Cathy Woodman

Vier Pfoten für die Liebe

Buch

Maz Harwood ist Tierärztin mit Leib und Seele! Und ihre Entscheidung, das Stadtleben in London hinter sich zu lassen, um in dem kleinen Dorf Talyton St. George eine Praxis zu übernehmen, hat sie bisher keine Sekunde bereut. Auch wenn das Landleben anfangs noch ein paar Tücken für sie bereithielt. Doch nun scheint alles gut: Sie ist mit dem umwerfenden Alex zusammen, die beiden haben einen hinreißenden kleinen Sohn, und schon bald sollen die Hochzeitsglocken läuten – an Weihnachten will sie ihrem Traummann endlich das Jawort geben. Doch mit Baby George und ihren Hochzeitsplanungen sind die Tage ziemlich ausgefüllt. Sehr zum Leidwesen von Alex. Also beschließt Maz, die Dinge selbst in die Hand zu nehmen – mit furchtbaren Konsequenzen für alle Betroffenen. Als Weihnachten näher rückt, merkt Maz, dass es mehr als ein Wunder braucht, damit sie und Alex wirklich vor dem Traualtar landen …

Autorin

Cathy Woodman ist Autorin mehrerer Romane und ausgebildete Tierärztin. Sie hat ein ganzes Haus voller Haustiere, auch wenn sie sich mittlerweile ausschließlich dem Schreiben widmet. *Vier Pfoten für die Liebe* ist Cathy Woodmans vierter Roman um die quirlige Tierärztin Maz Harwood.

Von Cathy Woodman bei Blanvalet bereits erschienen:

Schnupperküsse (37998)

Cathy Woodman

Vier Pfoten für die Liebe

Roman

Aus dem Englischen von Barbara Müller

blanvalet

Die Originalausgabe erschien 2011
unter dem Titel »It's a Vet's Life« bei Arrow Books,
a division of Random House, London

MIX
Papier aus verantwortungsvollen Quellen
FSC® C014496

Verlagsgruppe Random House FSC® N001967
Das FSC®-zertifizierte Papier *Holmen Book Cream* für dieses Buch
liefert Holmen Paper, Hallstavik, Schweden.

1. Auflage
Deutsche Erstausgabe November 2014 bei Blanvalet Verlag,
einem Unternehmen der
Verlagsgruppe Random House GmbH, München

Umschlaggestaltung und -motiv: © www.buerosued.de
Redaktion: Angela Kuepper
LH · Herstellung: sam
Satz: Uhl + Massopust, Aalen
Druck und Bindung: GGP Media GmbH, Pößneck
Printed in Germany
ISBN: 978-3-442-38134-0

www.blanvalet.de

Für Jess, in Liebe

1

Für jeden Topf den passenden Deckel

»Maz? Maz, es ist so weit.« Alex, mein Verlobter, erscheint im Türrahmen. Hinter ihm fällt strahlender Sonnenschein in die Scheune, sodass sich sein Schatten dunkel auf dem Steinboden abzeichnet. »Beeil dich!«

»Pst!«, flüstere ich, während sich George beim Klang der Stimme seines Vaters in meinen Armen bewegt. »Nicht so laut. Er ist gerade erst eingeschlafen.« Ich presse meine Lippen auf Georges Scheitel. Er scheint auch mit einundzwanzig Monaten noch nicht begriffen zu haben, wie das mit dem Mittagsschlaf funktioniert. Tatsächlich habe ich den Eindruck, als würde das Schlafgen, falls es so etwas denn gibt, bei ihm ganz und gar fehlen.

»Aber Maz, es ist unterwegs.« Alex senkt die Stimme, während er näher zu unserem Sofa kommt.

»Das hast du schon mal gesagt.« Ich lächle. Alex sitzt mindestens seit einer Woche wie auf glühenden Kohlen. »Bist du dir sicher, dass es sich nicht wieder um falschen Alarm handelt?«

»Absolut. Einhundert Prozent.« Alex' tiefblaue Augen blitzen ungeduldig. Sein kurzes dunkles Haar ist grau gesprenkelt, was seiner Meinung nach eine Folge unserer Beziehung und nicht seines fortschreitenden Alters ist. Liebend gern ziehe ich ihn damit auf, schließlich bin ich jünger als er. Im Moment ist seine Haarpracht auch noch mit Hobelspänen geschmückt.

Wir sind seit drei Jahren ein Paar, haben gute und schwierige Zeiten durchlebt, und er wirkt auf mich immer noch so anziehend wie ganz am Anfang unserer Beziehung. Heute trägt er ein Karohemd und eng anliegende Jeans, die sich an seine schlanken und doch muskulösen Oberschenkel schmiegen. Fast jeden Tag danke ich meinem Glücksstern, dass ich das Angebot meiner Freundin Emma angenommen habe, mich um ihre Praxis zu kümmern, damit sie Urlaub machen konnte. Wenn ich die Gelegenheit hätte verstreichen lassen, nach Talyton St. George zu kommen und hier zu arbeiten, wäre ich wahrscheinlich immer noch Tierärztin in einer Londoner Stadtpraxis, und Alex und ich wären einander nie begegnet.

»Komm schon, oder du wirst es verpassen. So etwas sieht man nicht jeden Tag«, sagt Alex. »Nimm George mit.«

Ich wecke unseren Sohn mit einer kaum merklichen Berührung seiner Wange. Er hebt den Kopf, blinzelt und starrt mich stirnrunzelnd an.

»Hallo, kommst du mit raus, um deinem Daddy zu helfen?«

»Nein«, murmelt George.

»Ich glaube, du meinst ja«, sage ich.

»Nein.« Georges Mund verzieht sich zu einem sabbernden Lächeln. Sein Haar, dunkel und glänzend wie das eines Flat-Coated Retriever, steht feucht von seiner Stirn ab, und winzige Schweißperlen bedecken seinen Nasenrücken.

Ich nehme ihn auf den Arm, tapse über den kühlen Boden und schlüpfe in ein Paar Hippie-Clogs, die dort herumstehen, wo ich sie ausgezogen habe – hinter der Haustür neben Georges Spielsachen und einem Stapel von Zeitschriften, darunter *Horse & Hound*, *Veterinary Times* und *Mother & Baby*. Ich bin mir nicht sicher, warum wir sie beziehen – wir haben nicht gerade viel Zeit, um uns hinzusetzen und sie zu lesen.

»Alex, warte auf uns!«, rufe ich, doch er ist längst vorausgegangen und verschwindet gerade in einem der Ställe in dem Gebäude auf der linken Seite des Hofes. Das Erdgeschoss besteht aus einer Reihe einzelner Laufboxen, während eine Treppe zu dem alten Heuboden hinaufführt, der jetzt die Tierarztpraxis Talyton Manor beherbergt.

Gegenüber der Scheune, in der wir wohnen, hat eine Ansammlung von Fahrzeugen auf dem Kies geparkt: Geländewagen, ein uralter Bentley und ein lilafarbener Pferdeanhänger. Dahinter befindet sich die Rückseite des Herrenhauses, wo Alex' Eltern mit ihren Hunden und einem Shetlandpony wohnen, das oft im Wohnzimmer anzutreffen ist. Das klingt unglaublich prachtvoll, doch das Gebäude droht in Wahrheit um sie herum einzustürzen. Die Fensterrahmen sind rissig, die Dachziegel locker, und die Wände bröckeln. Wäre es ein Tier, so wäre der Tierschutzverein schon längst zur Stelle, um es zu retten.

Rechts vom Hof erstrecken sich grüne Wiesen, die mithilfe von Elektrozäunen in einzelne Weiden unterteilt sind, auf denen Pferde grasen, mit den Ohren zucken und mit dem Schweif die Fliegen verjagen, die in der Junihitze zur Hochform auffliegen.

Ich erreiche den Stall und blicke über die halbhohe Tür. Alex steht am Kopf seiner schönen kastanienbraunen Stute und hält sie am Strick, der an einem ledernen

Halfter mit Messingbeschlägen angebracht ist. Die Stute liegt auf einer mit frischen Hobelspänen ausgestreuten Gummimatte.

Allmählich ersetzt der Geruch nach Pferd und Desinfektionsmittel den süßen Duft nach Babyschaumbad und Weichspüler in meiner Nase. Die Flanken der Stute sind dunkel vor Schweiß, und Alex' Stirn glänzt. Auch George scheint immer heißer zu werden – und schwerer. Ich setzte ihn mir auf die Hüfte.

»Nein!« George zappelt, um runtergelassen zu werden, während die Stute sich anspannt und stöhnt und mich in eine schmerzhafte und nicht allzu ferne Vergangenheit zurückversetzt, als der River Taly über die Ufer getreten war und ich vorzeitig mit George in den Wehen lag. Ich erschaudere selbst jetzt noch bei dem Gedanken an das eisige schwarze Wasser, an den immer kleiner werdenden Erdflecken, auf dem ich stand, und an die Wellen des Schmerzes, die meinen Körper durchfuhren. Ich erinnere mich an die Erleichterung, die ich verspürte, als Alex auftauchte, sich aus der Dunkelheit löste, um mich zu retten, und an meine Panik, als das Baby leblos und fleckig zur Welt kam, und ich glaubte, wir hätten es verloren. Ich entsinne mich auch an meine Angst, die ich durchlebte, weil ich mir einredete, niemals Liebe für mein eigenes Kind empfinden zu können. Jetzt kann ich darüber nur lächeln. Ich hatte nie vorgehabt, Mutter zu werden, und schon gar nicht, eine solche Wassergeburt zu erdulden.

»Sollen wir dich damit allein lassen, Alex?« Ich möchte nicht, dass Georges Kleinkindgeräusche Liberty stören und sie womöglich mitten in der Geburt innehalten lassen. Ich habe größtes Mitgefühl für sie und das, was sie gerade durchlebt.

»Bleibt!«, sagt Alex. »Du und George habt schon das letzte Mal verpasst.«

Das hier ist Libertys zweites Fohlen – Hero wurde im letzten Mai geboren. Alex' Stute war ein vielversprechendes Springpferd, bis eine Kolik und die darauffolgende Notoperation ihre Karriere zu einem vorzeitigen Ende brachten – und damit auch Alex' Ambitionen, für die britische Nationalmannschaft der Springreiter ausgewählt zu werden.

»Ich hoffe, du hast nicht vor, unseren Sohn einer Gehirnwäsche zu unterziehen, damit er in unsere Fußstapfen tritt. Sind drei Tierärzte in der Familie nicht genug?«, sage ich leichthin.

»Ich denke nur an die Zukunft der Praxis.« Alex grinst.

»Meinst du nicht vielmehr Praxen?« Alex unterhält mit seinem Vater Talyton Manor Vets, eine Nutztierpraxis mit einigen wenigen Klienten, die ihre Haustiere zu ihnen bringen, während Emma und ich gemeinsam das Otter House betreiben. »Außerdem dachte ich, Seb würde dazu erzogen, einmal deine Praxis zu übernehmen, wenn du dich irgendwann zu alt und schwach fühlst, um mit dieser Der-Doktor-und-das-liebe-Vieh-Geschichte weiterzumachen.«

»Heutzutage ist das schon ein bisschen anspruchsvoller.«

»Du verbringst immer noch viel Zeit damit, den Arm in eine Kuh zu stecken«, gebe ich zu bedenken. »Deine Nachkommen könnten möglicherweise diesen Lebensstil nicht zu würdigen wissen.« Alex hat neben George noch zwei Kinder aus einer gescheiterten Ehe. Seb ist erst fünf. Lucie ist fast neun, und ich nehme an, dass sie von den dreien diejenige ist, die noch am ehesten in die Fußstapfen ihres Vaters treten wird. »Wie geht es ihr?«

»Liberty geht's gut. Nicht wahr, mein Mädchen?« Alex lässt sich neben ihr in die Hocke nieder, die Augen auf die Region unter ihrem Schweif gerichtet, wo gerade die Fruchtblase erscheint. Und da platzt sie auch schon, sodass sich das Fruchtwasser über den Boden ergießt, bevor Liberty sich noch ein-, zwei-, dreimal anspannt. »Ah, ich kann schon die Hufe sehen. Es ist unterwegs.«

»Ist alles in Ordnung?«, fragte ich in Sorge um beide, Stute und Fohlen, und auch um Alex, als eine Weile nichts weiter passiert.

»Sie ruht sich aus.« Alex blickt auf seine Uhr. »Das ist ziemlich normal.« Trotzdem rückt er näher an sie heran und untersucht die Hufe des Fohlens, die jetzt deutlich zu sehen sind. Ich sehe, wie Alex' Körper sich versteift, als die Stute wieder presst.

Irgendetwas stimmt nicht.

Alex stößt einen lauten Fluch aus, woraufhin George zusammenzuckt und mit der Hand nach meiner Bluse greift, um sich zu beruhigen.

Meine Gedanken jagen voraus. Es ist zu spät, Liberty in die nächste Pferdeklinik mit einem OP zu schaffen, und es ist unmöglich, einen der Operationssäle vom Otter House zu nutzen, weil sie für kleine Tiere gedacht sind und nicht für Pferde. Der größte Patient, den wir einmal operiert haben, war eine Deutsche Dogge, und selbst für sie mussten wir unseren OP-Tisch mit einem Rollwagen verlängern.

»Es kommt verkehrt herum.« Alex' Stimme klingt dumpf und sachlich.

»Soll ich deinen Vater holen?«

»Dafür ist es zu spät. Halt du sie für mich fest.«

Ich frage mich, was ich mit George machen soll, und beschließe, ihn weiter auf dem Arm zu halten. Wenn nicht genug Zeit ist, um Hilfe zu holen, dann ist auch keine Zeit, um Georges Buggy heranzuschaffen. Ich öffne die Stalltür und nehme Libertys Halfter, halte sie fest, während George versucht, sich nach unten zu beugen und ihre Ohren zu streicheln, und Alex den Großteil einer Flasche Gleitmittel auf seinen Händen verteilt und herauszufinden versucht, wie er das Fohlen holen kann.

»Ich wünschte, es würde nicht ausgerechnet so herum liegen. Es muss jetzt sofort herauskommen.«

Ich weiß, was er meint. Vage kann ich mich an meine Notizen aus dem Tiermedizinstudium über eine Fohlengeburt erinnern. Wenn das Fohlen mit den Hinterbeinen voran kommt, wird die Nabelschnur an das Becken der Stute gedrückt und die Sauerstoffzufuhr gedrosselt, sodass das Fohlen verfrüht zu atmen beginnt. Wenn es seinen ersten Atemzug nimmt, solange sein Kopf noch in der Gebärmutter der Stute steckt, atmet es Flüssigkeit ein und ertrinkt.

»Liegt es mit der richtigen Seite nach oben?«, frage ich.

»Ja«, bestätigt Alex.

Wenigstens etwas, denke ich, während Alex die Hinterhufe des Fohlens packt und mit aller Kraft zieht. Er stemmt die Füße gegen Libertys Kruppe, seine Armmuskeln spannen sich an und treten vor, seine Haut glänzt vor Schweiß und Anstrengung. Es sieht brutal aus, doch es gibt keine andere Möglichkeit.

»Press, Libs«, brummt er mit zusammengebissenen Zähnen. »Du musst mir hier verdammt noch mal helfen. Kannst du auf die Uhr sehen, Maz? Fünf Minuten. Wenn es bis dahin nicht draußen ist, muss ich …« Seine Stimme verklingt, als er ein weiteres Mal zieht, aber ich weiß auch so, was er sagen wollte: dass er es zerteilen muss.

Mir wird schlecht bei dem Gedanken daran, dass das Fohlen vielleicht nicht an einem Stück geboren werden kann, doch wenn das der einzige Weg ist, die Stute zu retten … Mein Blick fällt auf die Spinnweben und den Staub im Gebälk über mir, und ich frage mich, ob wir nicht doch die mobile Anästhesiestation hereinschaffen und einen Kaiserschnitt versuchen könnten, aber das Infektionsrisiko ist einfach zu hoch. Stute oder Fohlen? Es gibt keine echte Alternative, und ich bin froh, dass ich das nicht zu entscheiden habe.

Anscheinend ist es jedoch zu spät, über Alternativen nachzudenken. Ich muss Liberty nicht länger festhalten. Sie gibt auf. Ihr Blick ist stumpf, und ihr Körper zittert, als sie den Kopf auf den Boden legt. Ich sehe auf die Uhr und höre meinen Herzschlag in den Ohren pochen, während Liberty noch einmal schwach presst, und Alex flucht, und die Zeit verrinnt.

»Alex, der Countdown hat begonnen. Vier Minuten sind um. Ich gehe deine Tasche holen«, sage ich und fürchte, dass er beide verliert, wenn er nicht bald eine Entscheidung trifft.

»Einmal noch«, murmelt Alex. Er klatscht Liberty auf die Flanke. »Komm schon, Mädchen. Du schaffst das.« Wieder packt er die Hinterbeine des Fohlens, Liberty presst ein letztes Mal, und das Fohlen gleitet in einer Flut blutiger Flüssigkeit aus ihr heraus. Vor Erleichterung schnaufend, zieht Alex das Fohlen ganz heraus, sodass es neben der Stute auf der Matte liegt. Es ist nass und glänzend – und reglos. Und die Stute will sich auf die Beine kämpfen, sodass ich mich in Sorge um Georges Sicherheit zurückziehe. Immerhin wirft sich hier eine Dreivierteltonne verzweifeltes Pferd von einer Seite auf die andere.

George ist still geworden; er scheint von der Bedeutung dieses Augenblicks wie gebannt. Er sieht zu, wie Liberty aufsteht, ins Gleichgewicht kommt und dann nach ihrem Fohlen sieht. Sie schnüffelt an seiner Kruppe, während Alex die Haut von den Nüstern des Fohlens streicht. Er packt es um die Hinterbeine und hebt es mit übermenschlichen Kräften hoch, sodass sein Kopf herabbaumelt und Flüssigkeit aus seiner Nase und dem Maul tropft. Er legt es wieder hin und zieht es am Ohr, um es so dazu zu bringen, seinen ersten Atemzug zu tun.

»Bitte…«, murmele ich und erinnere mich selbst daran, wieder zu atmen. »Bitte sei gesund.«

Alex reibt und stößt gegen den Brustkorb des Fohlens, aber nichts passiert. Während Liberty dem Fohlen das dunkle, nasse Fell leckt, streckt Alex seinen Kopf und Hals geradeaus, verschließt ihm Mund und eine Nüster mit der Hand, beugt sich hinab und bläst in die andere. Ich sehe, wie sich der Brustkorb des Fohlens hebt und senkt und wieder hebt und wieder senkt, aber es hilft alles nichts, wenn es nicht alleine atmet.

»Alex.« Ich gehe zu ihm und berühre seine Schulter. »Alex, ich glaube, es ist Zeit aufzuhören.« Ein Kloß, so groß wie ein Tumor, bildet sich in meiner Kehle bei dem Gedanken, dass wir etwas verlieren sollten, auf das wir uns so lange gefreut haben – elf Monate, um genau zu sein. »Es hat zu lange gedauert. Es wird es nicht schaffen…« Ich ziehe fest an seinem Hemd. »Alex, du kannst keine Wunder vollbringen.«

Er murmelt etwas. Ich kann die Worte nicht genau verstehen, aber ich glaube, er will andeuten, dass er es sehr wohl kann.

Plötzlich hustet das Fohlen. Alex hält inne, und während er seinen Brustkorb im Auge behält, legt er die Wange dicht an das Maul des Fohlens. Er blickt auf, und ein leises Lächeln huscht über sein Gesicht. Das Fohlen hustet noch einmal, dann hebt es den Kopf und schaut sich unsicher in der Laufbox um.

Tränen der Erleichterung brennen in meinen Augen. Ich kenne meinen Alex. Er schafft fast alles, was er sich einmal in den Kopf gesetzt hat. Ich hätte mehr Vertrauen in ihn haben sollen.

Sofort richtet Alex seine Aufmerksamkeit auf die Stute, prüft den Puls an der Unterseite des Kieferastes und die Farbe ihres Zahnfleisches. Kurz reibt er ihren Hals, dann geht er nach hinten, um unter ihrem Schweif nachzusehen. Offensichtlich zufrieden, dass es keine Zeichen einer Blutung gibt, die auf einen Riss infolge der doch eher traumatischen Geburt hindeutet, wendet er sich wieder dem Fohlen zu.

»Das war großes Glück«, sagt er und schaut zu mir rüber. »Wenn sie mit den Hinterhufen voran kommen, gebe ich ihnen üblicherweise eine Chance von eins zu eins. Höchstens. Ich dachte, das wäre ihr Ende.«

»Ihres?«

Alex hebt einen Hinterhuf an und nickt.

»Ja. Dieses Mal ist es ein hübsches Stutfohlen. Eine Schönheit.«

Sie ist dunkelbraun, fast schwarz, und hat leuchtende, kluge Augen mit einem weißen Stern dazwischen. Ich bin mir nicht sicher, wie Alex so schnell ihre Eigenschaften erkennen kann, obwohl ich mich daran erinnere, dass es bei George ähnlich war. Ganz der stolze Papa.

»Und was jetzt?«, frage ich.

»Wir lassen Mama und Baby sich erst einmal kennenlernen. Das Fohlen sollte innerhalb der nächsten halben Stunde oder so aufstehen und anfangen zu saugen. Wir lassen die Nabelschnur von selbst brechen, und dann kümmere ich mich um den Nabel.« Alex zögert, während er aufsteht und sich den Rücken reibt. »Tut mir leid, Maz, ich rede mit dir, als wärst du einer meiner Klienten.«

»Das macht mir nichts aus. Das hast du schon immer getan.« Kichernd nähere ich mich ihm und küsse seine Wange. »Ich liebe es, wenn du dich so gebieterisch gibst…« Liberty streckt den Hals und leckt das Fell ihres Fohlens. »Wie willst du sie nennen?«

»Hast du einen Vorschlag?«, fragt Alex.

»Ich weiß nicht – sie ist dein Baby. Du entscheidest.« Immerhin ist es ja nicht so, als würde man ein Kind taufen. Ein Tier muss sich nicht darum sorgen, in der Schule gehänselt oder wegen seines Namens für vornehm oder prollig gehalten zu werden.

»Ich dachte an Scheherazade, nach der persischen Prinzessin.« Alex streckt eine ziemlich klebrige und blutverschmierte Hand aus, als wollte er meine ergreifen.

»Damit nimmst du den Mund ganz schön voll, meinst du nicht? Stell dir bloß vor, an der Weide zu stehen und nach ihr zu rufen. Es ist zwar ein schöner Name, aber…«

»Er wird den Kommentatoren etwas zum Nachdenken geben.«

»Wenn du mit ihr springst, meinst du? Alex, du bist so ungeduldig als Dad!« Es würde noch ewig dauern, bis es einmal so weit wäre. Erst in drei oder vier Jahren würde er anfangen können, sie einzureiten.

»Dann nehme ich Shezza als Kurzform.«

»Oh, das wird deiner Mutter nicht gefallen. Sie wird sagen, dass es das Niveau senkt. Hey, wasch dich erst mal«, sage ich und drücke ihn von mir weg. »Du bist dreckig.«

»Früher hat dir das nichts ausgemacht«, sagt er grinsend.

»Wegen George«, sage ich leichthin. »Ich will doch nicht, dass er sich irgendwelche ekligen Bakterien einfängt. Morgen muss ich arbeiten, und die Krippe nimmt ihn nicht, wenn er nicht fit ist.«

Liberty verliert die Nachgeburt. Ihr Fohlen hebt den Kopf, streckt die Vorderhufe aus und versucht aufzustehen, indem es sich nach vorn wirft – und landet dabei bloß mit der Nase auf der Matte. Beim zweiten Versuch schafft es die kleine Stute und steht mit gespreizten Beinen da, schwankt für einen kurzen Moment, bevor sie die ersten vorsichtigen Schritte direkt auf ihre Mutter zumacht, an deren Flanke sie schnuppert. George gluckst, als das Fohlen wieder hinfällt. Er ist ganz schön schadenfroh.

»Warum konntest du eigentlich nicht so schnell auf deinen zwei Füßen stehen?«, sage ich zu George. Er war ein faules Baby.

»Er muss nicht vor Raubtieren fliehen«, bemerkt Alex. »Er hat zwei Elternteile, die ihn beschützen.«

Der Kopf der kleinen Stute verschwindet oben zwischen Libertys Hinterbeinen, wo sie eine Zitze findet und lautstark zu saugen beginnt.

»Sie klingt wie dein Vater, wenn er seinen Tee aus seiner Untertasse schlürft, Alex.«

»Wenigstens werden wir uns keine Gedanken darüber machen müssen, sie zu füttern. In dieser Hinsicht ist sie genau wie George. Ich sehe mir die Nachgeburt an, und dann lassen wir die beiden in Ruhe. Ich schaue in etwa einer Stunde noch mal nach ihnen.«

Alex nimmt die Nachgeburt, diese rötlich graue Membran, die von der Plazenta übrig geblieben ist, welche das Fohlen in der Gebärmutter versorgt hat, und breitet sie auf dem Boden aus. Sie erinnert mich an einen von Georges Strampelanzügen, nur ein bisschen größer und an der Taille abgeschnitten, aber mit den Füßen noch dran.

»Es ist alles da«, sagt Alex und meint damit, dass nichts in der Gebärmutter der Stute zurückgeblieben ist, was sie krank machen könnte. »Ich bin vielleicht ein bisschen paranoid – ich habe schon viele Fohlengeburten erlebt, aber es ist doch etwas anderes, wenn es das eigene Tier ist.«

Ich lasse zu, dass Alex den Arm um meine Schultern legt und mir einen Kuss auf die Wange gibt.

»Ich nehme an, ich sollte es meinen Eltern sagen. Mutter war wie immer sehr gereizt.«

Alex hat immer behauptet, seine Mutter hätte ihn wohl mehr geliebt, wenn er als Fohlen auf die Welt gekommen wäre, sinniere ich, während er mich erwartungsvoll anblickt und mir klar wird, dass er hofft, ich würde gehen, damit er bei der jungen Mutter und ihrem Fohlen bleiben kann. Er will sie noch nicht wirklich allein lassen.

»Na schön, ich gehe«, seufze ich.

»Kannst du mir auf dem Rückweg vielleicht einen Beutel für Klinikmüll mitbringen?«

»Dann solltest du mir aber besser einen Tipp geben, wo ich einen finde«, sage ich amüsiert. Weder Alex noch sein Vater sind besonders ordentlich.

»Sie sollten da sein, wo sie immer sind. In einer Schachtel auf dem Regal neben dem Heizkörper.«

Ich nehme George mit hinaus, gehe die Treppe hoch und in die Praxis. Ich brauche keinen Schlüssel – die Tür ist nicht verschlossen. Drinnen zögere ich kurz und blicke mich in dem Raum um, den sie ihr Büro nennen und der durch eine weitere Tür mit dem Behandlungszimmer und einem Lager verbunden ist, in dem ein paar alte Käfige und furchtbar viel Müll herumstehen. Eine Fliege brummt wie wahnsinnig hinter einer der Jalousien. Ich öffne ein Fenster und lasse sie hinaus und damit auch den Geruch nach Kuh und Mottenkugeln. Ich finde den Heizkörper und das Regal daneben, aber keine Schachtel mit den organgefarbenen Müllbeuteln. Ich mustere das restliche Chaos.

»Es ist an der Zeit, dass dein Daddy und dein Großvater hier einmal ordentlich aufräumen«, sage ich zu George. Er will runter, aber ich traue mich nicht, ihn abzusetzen. Die Schrotflinte vom alten Fox-Gifford liegt auf dem Schreibtisch, quer über Alex' Laptop. Das Gewehr sollte im Waffenschrank im Haus eingesperrt sein, wenn Alex' Vater es nicht benutzt, aber er zieht es vor, es in Reichweite zu haben, falls ihm ein ahnungsloses Eichhörnchen oder eine Elster über den Weg laufen, die er beide als Ungeziefer betrachtet.

Ich gebe die Suche nach einem Müllbeutel auf und nehme George mit quer über den Hof zum Hintereingang des Herrenhauses, den Sophia den Dienstboteneingang nennt und aus dem ein Rudel jaulender und bellender Hunde herausstürmt, als hätten sie uns nie zuvor gesehen. Als ich diesem zusammengewürfelten Haufen aus Labradoren und Spaniels zum ersten Mal begegnete, wurden meine Knie weich wie Pudding, aber jetzt kenne ich sie besser. Sie sind die sprichwörtlichen bellenden Hunde, die nicht beißen.

»Ach, stellt euch doch nicht so an«, knurre ich und imitiere meinen zukünftigen Schwiegervater. Sogleich beruhigen sie sich, streichen mir um die Beine und beschnüffeln Georges Füße. Ich sehe nach unten auf einen Kübel voller magerer Geranien, wo einer der Spaniels gerade das Bein hebt. Mein Blick fällt auf etwas Weißes, einen Briefumschlag, der zwischen den roten Blüten steckt. Vorsichtig ziehe ich ihn heraus. Er ist nicht geöffnet. Der Absender ist das Royal College of Veterinary Surgeons, und er ist an Alex' Vater adressiert.

»Der Briefträger muss ihn fallen gelassen haben«, sage ich zu George, während ich ihn auf dem Boden absetze, damit er laufen kann. Zusammen bahnen wir uns unseren Weg durch die rückwärtige Diele, wo wir über ausgezogene Schuhe und grüne Gummistiefel steigen. Es ist ziemlich kühl im Haus, beinahe kalt, bis wir zur Küche gelangen, wo uns eine Wand aus heißer Luft entgegenschlägt.

Alex' Mutter, gekleidet in eine eisblaue Bluse, schmuddelige cremefarbene Hosen und flache Schnürschuhe, nimmt gerade einen Kessel vom gusseisernen Herd, der den Raum im Winter gemütlich, aber im Sommer viel zu warm macht.

Es gab eine Zeit, da konnte ich mir nicht vorstellen, eine wie auch immer geartete Beziehung zu Sophia zu haben. Doch inzwischen hat sie aufgehört, mich Madge zu nennen, und sie kümmert sich an ein oder zwei Tagen die Woche um George. Seit wir beide mit Fox-Gifford'schen Männern zusammenleben, kommen wir besser miteinander aus. Ich kann nicht behaupten, dass wir Freundinnen sind – wir sind sehr verschieden und stammen aus gegensätzlichen Milieus –, aber wir sind beide selbstständig und teilen die Liebe zu Tieren, ausgenommen Füchse. Sophia hasst Füchse über alles.

Neben dem riesigen Eichentisch zögere ich. Mehrere mit Kutteln und Hundekuchen gefüllte Fressnäpfe stehen in einer Reihe darauf. Der Gestank verschlägt mir den Atem.

»Hi, Sophia!«

Sie drehte sich zu mir um, groß und schlank, mit Falten im Gesicht und grauem Haar, das vom Haarspray ganz steif ist.

»Hallo, Maz und George, mein Schatz. Ich weiche gerade die Zuckerrüben für die Pferde ein.« Sie gießt das Wasser aus dem Kessel in einen am Boden stehenden Eimer. Eine Pfanne voller Leinsamen blubbert auf dem Herd vor sich hin. Sie hält nichts davon, vorgefertigtes Futter zu verwenden. »Kann keine Pause machen. Alle wollen gefüttert werden.«

»Das ist eine Schande. Ich dachte, du würdest dir vielleicht gerne unseren Neuankömmling ansehen.«

»Liberty hat ihr Fohlen bekommen.« Sophias müdes Gesicht leuchtet auf. »Ach, warum hast du nicht eher etwas gesagt?«

»Wir hatten ein kleines Problem – es kam mit den Hinterhufen zuerst. Alex musste es ziemlich schnell rausziehen.« Ich sehe zu, wie sie sich die Hände an einem zerschlissenen Geschirrtuch abtrocknet und es auf den Tisch wirft, wo es in den Kutteln landet. Sie lässt es dort liegen, schnappt sich auf dem Weg durch die Diele einen alten Mantel von einem der Haken, während der alte Fox-Gifford mit seinem Stock aus dem dahinterliegenden Flur heranhumpelt. Er trägt ein gestreiftes Hemd und eine Cordhose, die zu einem seltsamen Rotton ausgeblichen ist und jetzt die Farbe eines Jagdjacketts angenommen hat.

»Was ist hier los?«, fragt er barsch.

»Maz sagt, Liberty habe ihr Fohlen bekommen«, antwortet Sophia.

»Gut. Gut. Aber warum ist niemand gekommen und hat es mir gesagt?« Der alte Fox-Gifford schlägt mit dem Stock auf den Boden.

»Maz hat gerade erklärt, dass es Probleme gab.«

»Umso mehr Grund, mir Bescheid zu geben«, murmelt der alte Fox-Gifford verärgert. »Ich hätte es holen können.«

»Wir hatten keine Zeit«, erkläre ich erneut, aber der Alte hört mir wie üblich nicht zu.

»Das Abfohlen ist meine Stärke«, fährt er fort, während sein Gesicht immer düsterer und roter wird und seine Koteletten sich sträuben. »Alexander weiß das. Was hat er sich nur dabei gedacht?«

Ob Notfall oder nicht, ich bezweifle, dass Alex dieses Mal seinen Vater zu Hilfe gerufen hätte. Als Libertys erstes Fohlen, Hero, im letzten Jahr geboren wurde, konnte der alte Fox-Gifford nicht an sich halten und kritisierte Alex bei allem, was er tat.

»Das war kein persönlicher Affront«, sagt Sophia leicht schnippisch. Mir ist aufgefallen, dass sie in letzter Zeit die Launen des alten Fox-Gifford mit viel weniger Geduld erträgt als in der Vergangenheit. »Alexander ist damit fertig geworden.«

»Ach, den hier habe ich draußen im Blumenkübel gefunden«, erinnere ich mich an den Briefumschlag in meiner Hand. »Ich weiß nicht, wie er dahin gekommen ist… Ein Brief vom Royal College. Wofür bringen sie dich vor den Kadi?«, füge ich hinzu, denn ich weiß, dass diese erlauchte Institution eine Rolle bei der Kontrolle der tierärztlichen Zunft spielt.

»Für gar nichts.« Der alte Fox-Gifford reißt mir den Umschlag aus der Hand und stopft ihn, ohne auch nur einen Blick darauf zu werfen, in seine Hosentasche. »Ich bin nicht in Schwierigkeiten. War es nie und werde nie in welche kommen.«

»Maz will nicht andeuten, dass du es bist«, verteidigt mich Sophia.

»Es sollte ein Scherz sein«, sage ich, überrascht von seiner Reaktion.

»Nicht witzig«, schnaubt er.

Hal, der alte schwarze Labrador, den ich vor einigen Sommern operiert habe, nachdem ihm der alte Fox-Gifford beim Putzen seines Gewehrs aus Versehen in den Lauf geschossen hat, steckt mir die Schnauze in den Schritt.

»Geh weg«, befehle ich ihm. Er ist blind und stocktaub, was eine perfekte Ausrede dafür ist, nicht auf mich zu achten, nehme ich an. »Geh weg! Hau ab!«

»Lass den armen Hund in Ruhe.« Der alte Fox-Gifford lächelt, als er fortfährt: »Das ist eine der wenigen Freuden, die ihm geblieben sind.« Trotzdem stupst er den Hund mit der Spitze seines Stockes an, und Hal, inzwischen lahm auf allen vier Beinen, humpelt davon. Irgendwie kann ich nicht glauben, dass er so lange durchgehalten hat. Wie der alte Fox-Gifford, der inzwischen in den Siebzigern ist, ist er offenbar unverwüstlich.

Wieder draußen, stehen wir bewundernd vor dem Neuankömmling, und die Situation erinnert mich daran, wie wir auf ganz ähnliche Weise George bewundert haben. George will auf dem Hof herumrennen, aber ich lasse ihn nur ungern los, wenn alle Hunde draußen sind. Er will jedoch partout nicht bei uns bleiben, während wir über Pferde fachsimpeln.

»Lass mich George nehmen«, sagt Sophia und streckt die Hand aus. »Komm zu Humpy.« Die Kinder nennen sie Humpy. Mir wäre es lieber, George würde »Granny« zu ihr sagen, um ihn vor zukünftigen Peinlichkeiten zu bewahren, doch sie weigert sich, mich darin zu unterstützen. »So, mein Schatz …«

George nimmt willig ihre Hand und begleitet sie über den Hof. Dort zeigt er ihr die Reifen von Alex' Auto und klopft auf ihnen herum, woraufhin er mit schwarz verschmierten Wangen zurückkehrt. Trotzdem bin ich Sophia dankbar. Ohne sie wäre ich nicht in der Lage, so viele Stunden zu arbeiten. Meine Mutter wohnt zu weit entfernt, um als Babysitter einzuspringen. Sie hat uns ein paar Mal besucht, aber ihr Leben spielt sich in London ab, nicht hier. Auch ich habe mich früher als Londoner betrachtet – ich bin dort in einer Sozialwohnung aufgewachsen, einer ganz anderen Welt als Talyton St. George.

Wir hatten ein Kindermädchen – für ganze zwei Wochen. Sie schien mir perfekt, aber Sophia drückte von Anfang an ihre Missbilligung aus. Aus ihrer Sicht hätte ich ein einfaches Mädchen auswählen sollen, um Alex nicht in Versuchung zu führen; vollkommen lächerlich, muss ich rasch hinzufügen, und ganz und gar nicht der Grund für ihr Gehen. Es lag eher daran, dass die Scheune für uns alle zu klein war und dass das Kindermädchen eher Peyton Flanders in *Die Hand an der Wiege* ähnelte als der zauberhaften Nanny McPhee. Ich hatte angenommen, dass sie als ausgebildetes Kindermädchen mehr von Säuglingen verstünde als ich, hatte mich jedoch geirrt.

»Ich sollte besser in der Küche weitermachen«, sagt Sophia, als das Pferd in der Box neben der von Liberty anfängt, gegen die Tür zu treten.

»Die Hunde wollen auch ihr Fressen«, bemerkt der alte Fox-Gifford.

Darüber lächelnd, wie die Tiere im Fox-Gifford'schen Haushalt den Takt vorgeben, greife ich nach Georges heißer, klebriger Hand und will ihn gerade ins Haus bringen, als ein Handy klingelt. Der alte Fox-Gifford, den Gehstock über einen Arm geklemmt, müht sich, das Handy aus der Hosentasche zu ziehen. Es könnte eins der ersten Geräte sein, ein schwarzes, brikettähnliches Teil, das er da ans Ohr hält.

»Mach schon! Ich sage, mach schon!« Er starrt auf das Gerät und hämmert willkürlich auf einige Tasten. »Was ist mit dem verdammten Ding bloß los?«

»Ich habe dir gesagt, du brauchst ein neues«, sagt Alex, und ich kann nur amüsiert zusehen, wie anders Alex und sein Vater ihre Praxis führen als meine Partnerin Emma und ich unsere, während der alte Fox-Gifford plötzlich ziemlich abrupt die Person am anderen Ende der Leitung anbellt.

»Was ist los?«, fragt Alex, als der alte Fox-Gifford sein Handy anstarrt, um herauszufinden, wie man es ausschaltet. Ich bin mir sicher, dass er eine Brille braucht, aber er würde niemals eine tragen.

»Das war Jim von Sandy Down drüben.«

»Was will er denn dieses Mal?« Sophia zieht eine dünne Augenbraue hoch. »Du warst doch erst heute Morgen bei ihm, oder nicht?«

»Ich habe mir ein paar Kälber angesehen. Er will, dass ich noch mal einen Blick auf sie werfe, damit er heute Nacht gut schlafen kann.« Der alte Fox-Gifford grinst. »Ich habe ihm gesagt, er soll sich ein warmes Bad und einen Whiskey genehmigen – das wird ihm beim Einschlafen helfen. Blödmann.«

Sophia schaut ihn böse an. »Nicht in Anwesenheit von George.«

»Ich sehe nach den Kälbern«, sagt Alex.

»Warum?«, knurrt sein Vater ihn an, und sein Ton wird sogleich defensiv.

»Um dir zu ersparen, dass du noch einmal dorthin fahren musst.« Alex sieht hinab auf die Füße seines Vaters. Es ist mir bisher noch nicht aufgefallen, aber er trägt Hausschuhe – graue Mokassins. »Du siehst aus, als hättest du mit dem Tag bereits abgeschlossen«, fährt er leichthin fort.

»Ich bin herausgerannt, als deine Mutter mir von dem Fohlen erzählte. Nein, Alexander, ich fahre.«

»Willst du nicht erst die Hausschuhe ausziehen?«

»Ich habe immer ein Paar Stiefel im Auto.«

»Wir können zusammen fahren«, schlägt Alex vor.

»Ich komme schon zurecht. Ich bin doch …« Er öffnet den Mund, um einen Fluch auszustoßen, doch angesichts von Sophias Miene besinnt er sich eines Besseren. »… noch nicht tot.«

»Ich habe nicht …«, erwidert Alex, doch der alte Fox-Gifford schneidet ihm das Wort ab.

»Zu meiner Zeit hatte ich keinen freien Tag in der Woche, um bei meiner Familie zu sein.«

»In der Tat. Du warst nie da, als Alexander ein Baby war«, erwidert Sophia, doch er zieht es vor, sie zu ignorieren.

»Du kommst ohne mich nicht zurecht, Alexander, also wäre ich dir dankbar, wenn du endlich aufhören würdest, mich zu bevormunden, und mich stattdessen meine Arbeit machen ließest. Jim ist mein Klient. Er hat nach mir gefragt, also bringt es nichts, wenn du dort auftauchst.« Mit diesen Worten dreht sich der alte Fox-

Gifford um und schlurft zu seinem verbeulten Range Rover, der schon bessere Tage gesehen hat, klettert hinein – noch immer in Mokassins –, lässt den Motor an und setzt dermaßen schnell zurück, dass der Kies aufspritzt. Er legt den Vorwärtsgang ein, gibt Gas und hinterlässt uns eine Spur aus öligem Qualm.

Als George später oben in seinem Bettchen im Kinderzimmer schläft, sitzen Alex und ich zusammen auf dem Sofa. Der alte rote Kater, der auf der Armlehne liegt, streckt eine Pfote aus und gräbt seine Krallen ins Leder. Versuchsweise werfe ich ihm einen mahnenden Blick zu, doch er nimmt keine Notiz davon. Es ist ohnehin zu spät, die Überreste des Sofas zu retten, und wahrscheinlich sollte ich anbieten, ein neues als Ersatz zu kaufen – Ginge ist meine Katze, und das Möbelstück gehört Alex.

»Alex, sag mir, warum hast du angeboten, für deinen Vater einzuspringen? Es ist dein freies Wochenende. Zeit für uns.« Ich strecke die Hand aus und streichle sein Knie. »Ich will nicht meckern, aber ich mache mir Sorgen um dich. Du reibst dich auf.«

»Maz, bitte jammere nicht.« Alex massiert meinen Nacken und löst die Verspannungen, die sich während der vergangenen Woche dort gebildet haben. »Du weißt doch, wie es ist.« Er lächelt reuevoll. »So ist nun mal das Leben eines Tierarztes.«

»Ich weiß eben nicht, wie es ist. Wir betreiben unsere Praxen auf unterschiedliche Art. Wir haben Angestellte. Herrgottnochmal, wir haben sogar einen zusätzlichen Tierarzt.«

»Aber das ist teuer, wie du sagst. Und du verlierst ein gewisses Maß an Kontrolle.«

»Es geht nicht um Kontrolle, Alex. Es geht um Teamwork. Im Otter House sind wir ein Team.« Ein tolles Team, denke ich, und vor Zuneigung und Stolz wird mir ganz warm ums Herz.

»Die Leute entscheiden sich für Talyton Manor, weil sie wissen, dass sie persönlich betreut werden. Sie können sichergehen, entweder mich oder meinen Vater zu bekommen.«

»Aber wie kannst du deine Arbeit gut machen, wenn du andauernd gerädert bist, weil du ständig Rufbereitschaft hast?«

»Ich mache dich doch trotzdem glücklich?«, flüstert Alex, lässt den Arm um meine Schultern gleiten und zieht mich eng an sich.

»Ja, das machst du ...« Ich drehe mich um und küsse ihn auf den Mund. Er macht mich sehr glücklich, aber wir sind wie zwei Seiltänzer, die ständig darum bemüht sind, das Gleichgewicht zu halten. Privatleben und Arbeit in ein ausgewogenes Verhältnis zueinander zu bringen war bereits schwierig genug, aber als wir ungewollt ein Kind hinzufügten, haben Alex und ich das Leben noch komplizierter gemacht, als es schon war.

»Es wird leichter werden, Maz.« Alex drückt mich, und ich spüre, wie ich in seiner Umarmung dahinschmelze. »Weißt du, eines Tages wirst du jemandem eine fantastische Ehefrau sein.« Seine Stimme ist warm und neckend. »Wenn du dich je dazu entschließen könntest zu heiraten«, fügt er etwas schärfer hinzu.

»Ist das ein Wink, dass ich mit den Vorbereitungen vorankommen sollte?«

»Das wäre gut.«

»Wir haben noch keinen Termin festgelegt.«

Alex hat mir nach Georges Geburt einen Antrag gemacht, nach der Überschwemmung, und wir beschlossen so bald wie möglich zu heiraten. Bisher ist es jedoch noch nicht dazu gekommen – das Leben übernahm die Regie. Alex hat Tag und Nacht gearbeitet, ich war vollauf mit George und meiner Rückkehr in die Praxis beschäftigt, dann das Fiasko mit dem Kindermädchen ... Eigentlich gibt es keine Entschuldigung dafür, aber wir haben es einfach nicht geschafft. »Wie wäre es mit nächstem Sommer?«, fahre ich fort und denke im Stillen, das würde mir genügend Zeit geben, eine Hochzeit zu organisieren.

»Ich finde, wir sollten an Weihnachten heiraten«, sagt Alex.

»Dieses Weihnachten?« Ich schaue auf den Ring an meinem Finger. Er ist aus antikem Gold mit einem Saphir und zwei Diamanten. Alex hat ihn mir gekauft, als wir einige Tage in London waren und mit George meine Mutter besuchten.

»Warum nicht?«

»Weil es nur noch ... sechs Monate bis dahin sind?« Ich halte inne. »Das ist kein besonders guter Zeitpunkt, oder? Die meisten Leute – unsere Gäste – sind in der Adventszeit ziemlich beschäftigt.«

»Na ja, es hat keinen Sinn, auf einen guten Zeitpunkt zu warten, denn es wird niemals einen geben. Wir sind immer im Stress.« Alex schnuppert an meinem Haar. »Maz, ich liebe dich ...«

»Ich dich auch ...«, murmele ich, und mein Herz macht vor sehnsüchtigem Verlangen einen Satz. Wir sagen uns längst nicht oft genug, dass wir einander lieben. »Wie wäre es mit nächstem Frühjahr?«

»Ablammsaison. Kein guter Zeitpunkt für mich«, gibt Alex zu bedenken. »Und den ganzen Sommer über hast du viel zu tun.«

Er hat recht. Da die Leute ihre Haustiere gewöhnlich in letzter Minute impfen lassen, um sie in Tierpensionen unterbringen und selbst in Urlaub fahren zu können, und durch die zusätzlichen Termine für Urlaubsgäste, die mit ihren Tieren unterwegs sind, ist der Sommer die Jahreszeit, in der wir im Otter House am meisten zu tun haben.

»Dann also im Dezember«, sagt Alex. »Wie wäre es mit dem dritten Samstag im Monat? Ich habe den Termin im Kalender überprüft. Das würde heißen, dass wir Weihnachten mit den drei Kindern feiern und danach in die Flitterwochen fahren könnten. Noch Einwände?«

»Es wird ganz schön kalt sein …«, sage ich leichthin, denn ich kann nicht glauben, dass wir endlich einen Termin festgelegt haben. Bis Alex mir einen Antrag machte, hatte ich nie gedacht, dass ich der Typ fürs Heiraten wäre, aber mein Puls beschleunigt sich bei dem Gedanken, bald Mrs. Fox-Gifford zu sein …

»Du kannst dir einen von Mutters Pelzmänteln ausleihen.« Alex zieht mich auf. Er weiß, dass ich niemals echten Pelz tragen würde. Aus Prinzip nicht. »Komm schon, Maz. Es wäre etwas ganz Besonderes.«

»Weihnachtlich, meinst du«, sage ich lächelnd.

»Tja, warum nicht. Wir können Kerzen haben, Ilexzweige, Weihnachtslieder … Schnee.«

»Schnee?« Ich gebe Alex einen Stoß in die Rippen. »Schneit es jemals in Talyton?«

»Talyton ist nicht gerade berühmt für weiße Weihnachten. Genau genommen kann ich mich an kein einziges erinnern.« Alex grinst reuevoll und zieht mich so dicht an sich, dass ich kaum atmen kann. »Also, Maz, es tut mir leid, wenn du das Gefühl hast, dass ich dich und George vernachlässige, und da Vater nicht mehr so fit ist, wie er es einmal war, kann ich nicht viel an meiner Arbeitszeit ändern, aber eins verspreche ich dir …« Er drückt seine Lippen auf meine. »An Weihnachten werden wir verheiratet sein.«

2

Vor George

VG – Vor George – war alles so … geordnet. Unter den gegebenen Umständen habe ich das Gefühl, als ränne ich ständig wie ein kopfloses Huhn durch die Gegend. Ich binde mein Oberteil zu, eines dieser lustigen mit Zeichentricktieren auf einem lilafarbenen Hintergrund, lasse einen nur zur Hälfte ausgetrunkenen Becher mit schwarzem Kaffee im Personalraum des Otter House zurück und begebe mich ins Behandlungszimmer, wo ich den Computer einschalte und die Terminliste hochlade. Ich hatte gehofft – nein, ich hatte darauf gebrannt, korrigiere ich mich selbst –, Emma anzutreffen, um ihr meine Neuigkeiten zu erzählen, aber ich werde damit warten müssen. Sie ist noch nicht da.

Wenn man Frances, unserer Empfangssekretärin, glauben darf, steht sie im Stau, aber das muss ein Euphemismus sein und heißt eigentlich, dass sie verschlafen hat. Es gibt keinen Verkehr um diese Zeit montagmorgens in Talyton, es sei denn, es sind Schulferien – dann bringen ganze Schlangen von Fahrzeugen die Urlauber zu jeder Tageszeit an die Küste und führen in den engen Einbahnstraßen zu einem totalen Verkehrskollaps.

Mir fällt auf, dass ich immer noch meinen Verlobungsring anhabe. Ich lasse ihn vom Finger gleiten und schiebe ihn auf meine Kette, eine diskrete Goldkette, die ich extra zu diesem Zweck gekauft habe. Da ich weiß, wie gut ich darin bin, mein Stethoskop zu verlegen, mache ich mir berechtigte Sorgen über etwas, was so klein ist wie mein Ring.

Ich rufe den ersten Patienten des Tages vom Empfang zu mir herein. Es ist Clive, der mit seiner Frau Edie den Talymill Inn unten am Fluss betreibt. Er ist Ende fünfzig, sieht aber älter aus. Er stellt eine Kunststoffbox auf die Gummimatte des Behandlungstisches, als wäre es eine Stiege Eier, öffnet das Gitter und ruft nach der Katze, die darin hockt.

»Cassandra, komm raus! Cassandra … Cassie, Liebes …« Seine Stimme, die noch immer eine Spur seines Ost-Londoner Akzents verrät, wird unnatürlich hoch, doch auch die Süßholzraspelei veranlasst Cassandra nicht dazu, sich herauszutrauen. Clive hebt die Transportbox an und hält sie sanft schräg, damit die Katze herausrutscht, aber sie bleibt entschlossen drinnen. Er versucht es mit einer anderen Taktik, nimmt eine kleine Packung mit Katzenleckerli aus der Hosentasche und schüttelt sie, doch keine Reaktion. Cassie ist nicht dumm.

»Das ist der Unterschied zwischen Katzen und Hunden«, bemerke ich. »Einem Hund kann man sagen, was er tun soll, aber eine Katze kann man nur darum bitten.« Clive hat vorher immer Hunde gehabt: den ehemaligen Polizeihund Robbie und eine Tierheimhündin namens Petra, die Alex und ich vor einigen Jahren einschläfern mussten, als sie ohne ersichtlichen Grund Edie angegriffen hat. »Soll ich sie für Sie herausholen?«, fahre ich amüsiert fort, doch Clive nimmt gerade die Transportbox auseinander.

Er hebt das Dach ab und gewährt mir so einen Blick

auf die Katze, die eingeschüchtert und argwöhnisch auf einem lila Kissen sitzt. Als Clives große Hände nach unten greifen, um sie zu packen, springt sie auf den Rand des Tisches, doch es ist zu spät. Clive nimmt sie hoch und drückt sie an seine Brust.

»Das reicht jetzt«, rügt er sie.

Klient und Haustier sind ein unpassendes Paar: ein stämmiger Expolizist mit einem freundlichen Lächeln und zwinkernden Augen und eine flauschige blau-cremefarbene Perserkatze mit ziemlich mürrischer Miene. Clives Kopfhaut ist straff und glatt, und sein schwarzes Hemd spannt über seinem Bauchansatz. Cassie, die mehr als genügend Haare für sie beide hat, trägt ein Strasshalsband und sieht aus, als würde sie fast zu Tode gebürstet.

»Was führt Sie zu mir? Ich habe Sie schon eine ganze Weile nicht mehr gesehen.«

»Sie haben mich vermisst, nicht wahr, Maz?« Clive lächelt und hält Cassie fest, die darum kämpft, sich aus seinem Griff zu befreien. »Sie hätten ruhig zu mir kommen können. Sie wissen ja, wo ich wohne.«

Es ist ein unbeschwertes Geplänkel. Ich kenne ihn jetzt seit drei Jahren, als ich damals Robbie operierte, und bin eine bald verheiratete Frau, und er tut so, als wäre er ein gelangweilter Ehemann, aber das ist er nicht. Er würde alles für Edie tun.

»Wie geht es Edie?«, frage ich. »Ich dachte, sie würde auch mitkommen.«

»Ach, sie hat eine harte Nacht hinter sich. Hatte viel zu tun. Am Tresen, meine ich.«

»Tja, schön zu hören, dass ihr immer noch so beliebt seid«, sage ich und überspiele so die etwas unangenehme Stille, während Clive anscheinend überlegt, ob er sich etwas von der Seele reden soll oder nicht. Ich mag Clive, und ich habe großen Respekt vor ihm und Edie und davor, wie sie den Talymill Inn restauriert haben, aber ich bin Tierärztin, keine Kummerkastentante.

»Um ehrlich zu sein, haben wir zu viel zu tun«, sagt Clive. »Manchmal habe ich das Gefühl, wir wären die Opfer unseres eigenen Erfolges. Wir wollten uns hier eigentlich zur Ruhe setzen, ein stilleres Leben führen, doch so ist es nicht gekommen. Wir arbeiten mehr als je zuvor, und ich denke daran, alles aufzugeben.« Ich ziehe fragend eine Augenbraue hoch. »Sie wissen ja, wie das ist«, fährt er fort. »Man bekommt keine Mitarbeiter. Oder man kriegt sie, aber sie schaffen den Job nicht. Was ist mit Ihnen und Emma?«

»Wir nehmen im Augenblick keine neuen Patienten an. Unser Assistenzarzt fängt heute an, aber es wird eine Weile dauern, bis er sich eingearbeitet hat. Er hat gerade erst sein Studium abgeschlossen. Ich hoffe, es wird ihm hier gefallen.«

»Sie haben einiges verändert, seit ich zum letzten Mal hier war.«

»Wir haben nach der Überschwemmung das ganze Haus renovieren müssen.« Es war das reinste Chaos, erinnere ich mich und muss bei dem Gedanken daran, wie wir zurechtgekommen sind, lächeln. Wir sind regelrecht übereinandergestolpert, während wir unsere Patienten in einem Wohnmobil auf dem Parkplatz versorgt haben und zur selben Zeit das Haus renoviert wurde. Dabei entschieden wir uns bei der Farbgebung der Praxis für ein blasses Flieder und Weiß anstelle des Blaus, das Emma früher bevorzugt hatte.

»Ich hatte erwartet, Cassie schon früher zu sehen«, sage ich taktvoll, für den Fall, dass Clive sie zu einem anderen Tierarzt gebracht haben sollte, um sie kastrieren zu lassen. Ich habe sie bestimmt über ein Jahr lang nicht hier gehabt.

»Ach, wir haben sie noch nicht operieren lassen. Edie mag es nicht, wenn sie rausgeht. Sie hat Angst, dass sie herumstreunt und auf der Hauptstraße überfahren wird, deshalb haben wir einen Teil des Gartens für sie eingezäunt, damit sie ein wenig Auslauf hat. Sie kann nicht raus, aber wir haben den ein oder anderen Katerbesuch gehabt.« Clive gluckst. »Der letzte war erst vor ein paar Tagen da. Deshalb bin ich heute hier. Edie macht sich Sorgen um Cassies Auge. Es gab einen kleinen Kampf, und wir glauben, sie könnte sich verletzt haben.« Clive hält mir die Katze vor die Nase. »Können Sie es sehen?«

Ich sehe zwei große, bernsteinfarbene Augen, von denen das eine ein wenig zu tränen scheint.

»Das linke«, sage ich.

»Edie meinte, das rechte.«

»Sieht für mich nach dem linken aus. Setzen wir sie am besten auf den Tisch.«

Clive setzt sie ab.

»Sitz«, sagt er. Leider beherrscht Clive die Katzensprache nicht, und die Katze versteht kein Hündisch. Er lässt sie los, und Cassie springt davon, landet mit einem weichen Plumps auf der Arbeitsfläche und tapst über das Keybord, woraufhin die Warteliste auf dem Monitor im Nichts verschwindet.

»Das tut mir leid.« Clive hebt sie zurück auf den Tisch.

»Nicht schlimm. Das kriege ich wieder hin.« Ich gehe rüber und klicke mit der Maus Cassies Akte an. »Halten Sie sie dieses Mal fest, Clive.« Kurz denke ich darüber nach, eine der Helferinnen hereinzurufen, aber die sind mit den Hundezwingern beschäftigt und kümmern sich um die stationären Patienten, und Cassie ist im Grunde keine Katze, vor der man sich besonders in Acht nehmen muss. Ich glaube, dass Clive mit ihr zurechtkommen könnte – wenn er bloß aufhören würde, sie wie einen kleinen Hund zu behandeln.

Ich untersuche beide Augen von Cassie und tropfe in jedes ein wenig Kontrastmittel, um nach Kratzern zu suchen.

»Sie ist gesund«, erkläre ich, während wir im Dunkeln im Schein der UV-Lampe stehen. »Kein Zeichen für einen Kratzer.« Ich knipse das Licht wieder an. »Kann ich sonst noch etwas tun?«

»Edie hätte gern, dass Sie sich Cassie mal genauer ansehen«, sagt Clive. »Sie hat in letzter Zeit ein bisschen zugenommen.«

»Wissen Sie, Sie sollten sie wirklich kastrieren lassen, wenn Sie nicht vorhaben, mit ihr zu züchten. Wenn Sie es dem Zufall überlassen, werden Sie irgendwann mit Hunderten Kätzchen dastehen, und es gibt schon genügend, die ein gutes Heim suchen, ohne dass Sie auch noch zum Anwachsen der Katzenpopulation beitragen.« Ich erinnere mich an Gloria Brambles und ihr Tierheim in meinem ersten Jahr hier, wie sie alle Streuner und Heimatlosen einsammelte, darunter auch meine Katze. Ich habe Ginge nach dem Feuer bekommen, in dem Gloria umkam und Alex fast sein Leben verlor, als er mir folgte, während ich vergeblich versuchte, Gloria zu retten.

»Ich weiß nicht, wie oft ich Edie das schon gesagt habe, aber sie will einfach nicht auf mich hören.«

Ich nehme mein Stethoskop – eigentlich ist es das von Emma, aber ich habe meins wieder mal irgendwo liegen lassen – und horche Cassies Brustkorb ab, bevor ich mit den Fingerspitzen ihren Bauch nach irgendwelchen Besonderheiten abtaste. Es gibt einige: Drei murmelgroße Knubbel schwimmen in ihrem Inneren umher.

»Gibt es ein Problem?«, fragt Clive, der meinen Gesichtsausdruck gelesen hat.

»Sie hat nicht zugenommen.« Ich küsse Cassie oben auf den Kopf, und ein paar Haarbüschel kitzeln mich in der Nase. »Sie ist trächtig.«

»Ich habe Edie doch gesagt, dass es daran liegt. Sie wird völlig aus dem Häuschen sein. Sie macht sich immer so viel Sorgen um die Katze.« Clive stößt einen selbstironischen Seufzer aus. »Ich wünschte, sie würde sich so um mich kümmern.«

Er meint es nicht so, denke ich. Es kommt mir eher so vor, als wären Edie und er sich immer sehr nah, und ich frage mich, ob es bei Alex und mir nach wer weiß wie vielen Jahren Ehe auch so sein wird. Das wünsche ich mir.

»Wie schwanger ist sie? Ich meine, wie viele bekommt sie? Wie lange dauert es noch, bis sie wirft? Und was müssen wir tun, wenn es so weit ist?«

»Immer eins nach dem anderen, Clive«, sage ich amüsiert. Es ist offensichtlich, dass er sich mindestens so sehr auf die Ankunft von Cassies Kätzchen freut, wie er es von Edie behauptet. Clive ist rührend. Sie haben keine Kinder. Er hat mir einmal anvertraut, es hätte nicht daran gelegen, dass sie keine gewollt hätten. Es ist bloß nie passiert, und das bedauert er zutiefst.

Vorher habe ich das nicht verstanden, aber jetzt habe ich George … Nun ja, er hat mich eine Menge über das Glück gelehrt und darüber, was im Leben wirklich wichtig ist.

»Ich kann Ihnen nicht genau sagen, wie viele Kätzchen sie bekommen wird. Drei kann ich fühlen, aber möglicherweise sind da noch mehr. Ich nehme an, sie ist in der vierten Woche, also wird sie wohl in fünf bis sechs Wochen werfen.«

»Nicht viel Zeit, um das Kinderzimmer einzurichten«, bemerkt Clive trocken. »Falls irgendwas schiefgeht, sind wir sofort wieder hier.«

»Aber rufen Sie vorher an. Nicht dass ich annehme, es könnte Probleme geben«, füge ich hinzu. Clive und Edie hatten mehr als genug davon mit ihren Hunden. Mit Cassie sind nun aller guten Dinge drei. »Rein mit dir.« Ich schiebe sie zurück in ihre Transportbox, in die sie hastig schleicht. »Wer ist der Vater? Wissen Sie das?«

»Edie wird es wissen. Sie hatte bei jedem Kater, der ihr nicht gefiel, die Wasserpistole spritzbereit.«

»Denken Sie daran, mich anzurufen, wenn irgendwas ist«, sage ich, während Clive die Transportbox nimmt. Ich weiß nicht, warum ich so sehr darauf beharre, wenn ich doch andererseits sicher bin, dass Cassie alles prima machen wird. Es ist seltsam. Man kann es ein Bauchgefühl nennen, aber irgendetwas an ihr kommt mir nicht ganz in Ordnung vor. Ist sie ein bisschen dünner, als sie sein sollte? Ist da etwas mit dem Blick ihrer Augen? Ich bin mir nicht sicher. Ich kann es nicht genau sagen.

»Danke, Maz«, sagt Clive. »Was bin ich Ihnen schuldig?«

»Ach, für heute nichts.« Es hat nicht lange gedauert, höchstens zehn Minuten. Clive will davon jedoch nichts wissen, und letztendlich einigen wir uns auf die Gebühr für die Augenuntersuchung. Clive geht zu Frances an den Empfang, um zu bezahlen, als im selben Moment unser neuer Tierarzt in einem gestreiften Hemd und beigefarbenen Chinos mit den Ellenbogen die doppelflügelige Tür aufstößt, in den Armen ein gläsernes Terrarium.

Will zieht in die Wohnung über dem Otter House. Er fängt morgen an zu arbeiten, ein Ereignis, dem ich mit leisem Bangen entgegensehe. Ich kann nicht umhin, ein wenig besorgt zu sein, wenn man bedenkt, was mit unserem Vertretungsarzt vor ein paar Sommern passiert ist, aber Will hat beste Zeugnisse von seinem Professor an der Uni und den Betreibern der Praxen, in denen er seine bisherigen praktischen Erfahrungen gesammelt hat. Er ist sympathisch und höflich, vielleicht ein bisschen streberhaft, und erinnert mich mit seinen Sommersprossen und dem sandfarbenen Haar an Prinz Harry, bloß mit Brille.

Er bleibt am Empfang stehen und setzt das Terrarium vor unserer Empfangssekretärin auf dem Tresen ab. Frances wirft einen Blick in den Glasbehälter und schreit, woraufhin Will eine höfliche Entschuldigung stammelt.

»Ein Skorpion?«, ruft Frances aus und weicht zurück, bis sie mit dem Rücken an die Registratur stößt. »Braucht man nicht eine besondere Genehmigung, um so etwas zu halten?«

»Das hängt von der Art ab«, sagt Will und runzelt sorgenvoll die Stirn. »Er tut Ihnen nichts.«

»Dieser Skorpion hat mehr Angst vor Ihnen in diesem Top als Sie vor ihm«, sage ich, als ich mich zu ihnen geselle. Frances, die bereits über sechzig ist, trägt eins ihrer grellbunten Oberteile, die noch aus den 1960er-Jahren stammen könnten. Sie hat sich immer geweigert, Praxiskleidung anzuziehen.

»Natürlich nicht. Ich habe keine Angst«, sagt sie. »Es ist bloß so, dass er alles dreckig macht.«

Ich lächele vor mich hin. Will wird sich schwertun, Frances' Respekt wiederzuerlangen. Einen Skorpion auf ihrem Tresen abzusetzen und sie damit halb zu Tode zu erschrecken ist nicht gerade die beste Art, um sich am ersten Tag in einem neuen Job beim Empfang beliebt zu machen.

»Wenigstens wissen wir jetzt, dass Will Tiere mag«, sage ich, als er das Terrarium hochgenommen und auf seinem Weg zur Wohnung hinaus in den Flur getragen hat.

»Diese Viecher sind keine Tiere. Das sind Insekten«, sagt Frances und offenbart ihr Markenzeichen – Lippenstiftspuren auf den Zähnen. Von meinem Standpunkt aus kommt ihre goldbraune Perücke natürlichem Haar im Aussehen ziemlich nahe. Ich beschließe, nicht mit ihr zu streiten. Falls Emma nicht auftaucht, werde ich die Termine abarbeiten und operieren. Ich kann es mir nicht leisten, Zeit zu verlieren.

»Emma ist da«, bemerkt Frances, als ein silberner Saab auftaucht und Clives Parkplatz übernimmt.

»Hallo, Fremde«, begrüße ich sie, als Emma hereinkommt, die in ihrem roten Rock und weißen Shirt cool und sommerlich aussieht. Ihr dunkles Haar ist zu einem glatten Knoten zurückgesteckt.

Emma und ich haben uns während des Studiums kennengelernt, und dem Urteil eines unserer Professoren nach ist sie Catherine Zeta-Jones, und ich bin Gwyneth Paltrow. Trotz allem, was sie in den letzten Jahren durchgemacht hat, erweckt Emma den Anschein, glücklich zu sein und ihr Leben im Griff zu haben, während ich mich irgendwie gluckenhaft fühle und aus der Balance geraten. Ich habe mir heute Morgen Mühe gegeben, aber ich bin nicht dazu gekommen, mein Haar zu glätten, das eine ärgerliche Krause entwickelt hat, seit ich George habe.

»So spät bin ich gar nicht.« Emma lächelt. »Ich habe verschlafen.«

»Was ist reingekommen?«, frage ich, denn ich weiß, dass Emma letzte Nacht mit Izzy Bereitschaftsdienst hatte.

»Am Ende gar nichts. Ich habe ein paar Anrufe entgegengenommen – einer hatte die falsche Nummer. Wie sich herausstellte, wollte er die Praxis oben im Herrenhaus, nicht uns. Es ging um eine Kuh, und ich habe ihm gesagt, dass wir nur im äußersten Notfall Tiere behandeln, die größer sind als eine Deutsche Dogge.«

»Das muss der Anrufer gewesen sein, der mich aufgeweckt hat«, sage ich kläglich. »Er hat Alex angerufen, nachdem er mit dir gesprochen hatte.« Ich zögere. »Du sagtest, es hätte zwei Anrufe gegeben. Von wem kam der andere?«

»Einer von unseren. Aurora hat sich Sorgen gemacht, dass Saba sich bald kahl kratzen könnte, und das hielt sie und ihren Freund vom Schlafen ab. Mich übrigens auch«, sagt Emma. »Deshalb habe ich wahrscheinlich heute früh den Wecker nicht gehört.«

»Ich dachte, wir hätten unsere Klienten besser erzogen.«

»Ach, ich konnte ihr nicht böse sein. Sie ist eine gute Kundin. War sie schon da? Ich habe ihr gesagt, sie könnte gleich in der Früh kommen, und wir würden sie dazwischenschieben.«

»Sie war noch nicht da«, sage ich und blicke mich im Wartebereich um, obwohl ich weiß, dass gerade niemand dort ist.

»Ich nehme an, sie schläft sich aus«, seufzt Emma.

»Sie macht ja erst um elf Uhr auf.« Emma meint damit Auroras Laden, eine Modeboutique, die für Talyton St. George ein wenig avantgardistisch ist. Viele mögen annehmen, dass es hier keinen Bedarf an Luxus-Lingerie vor elf Uhr morgens gibt, einige, dass es überhaupt keinen Bedarf gibt, aber nachdem ich einen von Auroras knappen Slips im Magen eines Hundes entdeckt habe, weiß ich es besser. Hinter der Fassade aus Scones, Marmelade und dicker Sahne und einer eng verschworenen Gemeinschaft ist Talyton St. George eine Brutstätte der Lust und Leidenschaft. Wenigstens wollen das die örtlichen Klatschweiber allen weismachen. Sie leben von Intrigen, sowohl echten als auch eingebildeten.

»Für einige ist es in Ordnung, morgens nicht so früh aufstehen zu müssen«, fährt Emma fort. »Ich bin wie gerädert.« Sie nimmt die Post vom Tresen am Empfang und ordnet den Ständer mit Halsbändern, Leinen und Spielzeug. »Was hat Clive hier gewollt?«

»Ach, er hat Cassie für einen Check-up hergebracht. Sie ist schwanger.« Am liebsten würde ich die Worte gleich wieder zurücknehmen. Ich wende den Blick ab und fummele am Ende von Emmas Stethoskop herum, das immer noch um meinen Hals hängt. Ich nehme an, mir wird es niemals leichtfallen, mit Emma über Schwangerschaften oder Babys welcher Art auch immer zu reden.

»Das ist nett.« Emma zögert und zieht eine Augenbraue hoch. »War es geplant?«

»Das glaube ich nicht. Sie hatte einen One-Night-Stand mit einem verwilderten Kater. Angeblich.«

»Hattest du ein schönes freies Wochenende?«, wechselt Emma das Thema.

Jetzt bin ich daran zu zögern. »Das Fohlen ist dank

Alex glücklich auf die Welt gekommen. Es war ziemlich knapp.«

»Und sonst?«

»Nicht viel.«

»Da ist doch noch etwas. Ich sehe es an deinem Grinsen, Maz.«

»Also, eigentlich bin ich ziemlich aufgeregt«, gebe ich zu. »Alex und ich haben den Termin für die Hochzeit festgelegt.«

»Oh, das sind fantastische Neuigkeiten.« Emma schlingt die Arme um mich und drückt mich an sich. »Endlich.«

»Wann ist es so weit?«, fällt Frances ein. Ich habe ganz vergessen, dass sie auch zuhört.

»Am dritten Samstag im Dezember. Diesen Dezember«, füge ich hinzu und bin mir bewusst, dass Emma und Frances mich anstarren, Frances mit offenem Mund und Emma mit gerunzelter Stirn.

»Im Dezember?«, sagen sie beide gleichzeitig.

»Natürlich müssen wir das erst noch mit dem Pfarrer abklären.«

»Das ist nicht unbedingt die beste Jahreszeit für Fotos«, meint Emma. »Habt ihr das bedacht?«

»Ich bin mir sicher, dass man Gänsehaut mit Photoshop wegbekommt«, sage ich leichthin.

»Und wenn es regnet?«

»Im Juni oder Juli ist Regen genauso wahrscheinlich wie im Dezember. Wir können die Fotos notfalls auch drinnen machen lassen.«

»Na ja, Sie und Alex dürfen es nicht weiter aufschieben«, seufzt Frances. »Ich werde mir wohl einen ordentlichen Mantel für den Anlass kaufen müssen.«

»Ein Set Thermounterwäsche wird reichen. Oh, das ist einfach reizend, Maz. Ich kann es kaum erwarten.«

Lächelnd öffnet Emma die Tür in den Flur für mich, und wir gehen nach hinten zu den Zwingern, oder auf die Station, wie wir den Bereich manchmal nennen. »An Weihnachten wirst du eine verheiratete Frau sein.«

»Ich werde mich dann kaum anders fühlen.«

»Ich damals schon.«

»Aber du warst doch schon seit Ewigkeiten mit Ben zusammen.« Die beiden waren schon während des Studiums ein Paar gewesen. Ben studierte Medizin. Jetzt ist er einer von Talytons Hausärzten. »Ihr wart längst wie ein altes Ehepaar, bevor ihr überhaupt den Mittelgang der Kirche hinuntergeschritten seid.«

»Ich habe Ben gegenüber nicht anders gefühlt als vorher. Es ging mehr darum, unsere Liebe zueinander vor der ganzen Familie und allen Freunden zu feiern.« Emma lächelt. »Ach, das klingt ein bisschen …«

Ein Hund übergibt sich in einem der Zwinger.

»Krank?«, beende ich ihren Satz. Ich kann Izzy hören, unsere erste Kraft, die herbeiläuft und saubermacht. Ich denke, es muss der English Setter sein, den wir hier haben, weil eine Warze an seinem Augenlid entfernt werden muss. Das Beruhigungsmittel scheint ihm nicht bekommen zu sein.

»Maz, du bist manchmal so zynisch«, sagt Emma.

Ich weiß, was sie meint. Ich verspüre einen Anflug von Schuld, weil ich nicht in der Lage bin auszudrücken, was ich wirklich empfinde, da es nämlich weich und albern klingt. Ich fahre fort: »Nein, das ist wirklich süß, Em. Romantisch …«

»Wir konnten uns endlich Herr und Frau nennen. Und die ganze Feier war so schön. Es war wirklich der glücklichste Tag in meinem Leben, und wenn es schwierig wird, genieße ich die Erinnerungen und denke daran, was wir einander versprochen haben.«

Ich beneide Emma um ihre Überzeugung, dass es so etwas wie ewige Liebe gibt, aber sie hat immer schon gewusst, was sie will: einen Mann, eine eigene Praxis und Kinder. Es ist alles eingetroffen, außer dem letzten Teil, der Familie.

Ich wäre zufrieden mit dem, was Emma hat. Kinder zu haben war niemals mein Ziel gewesen, und doch haben Alex und ich es geschafft, einen kleinen Unfall in Gestalt von George zu produzieren – trotz meiner Ausbildung und der Tatsache, dass ein wesentlicher Bestandteil meiner Arbeit darin besteht, Tierbesitzer über verschiedene Formen der Empfängnisverhütung aufzuklären.

»Was ist mit dem Kleid, Maz? Hast du schon über ein Kleid nachgedacht?«

»Ich kann nicht behaupten, dass es für mich an erster Stelle steht«, sage ich trocken. »George hat mich heute Morgen ganz schön auf Trab gehalten.«

»Du musst einfach das tollste Kleid haben. Es ist dein großer Tag.«

»Das klingt für mich ganz schön teuer. Ich möchte ein hübsches Kleid, aber ich sehe keinen Sinn darin, ein Vermögen für etwas auszugeben, das ich bloß einmal tragen werde.«

»Daran darfst du nicht sparen. Du fängst schon an, wie eine Fox-Gifford zu klingen, wenn ich das mal so sagen darf«, zieht Emma mich auf. »Wenn du glaubst, du kannst in Sackleinen vor den Altar treten, der mit Bindedraht zusammengehalten wird, dann täuschst du dich aber gewaltig. Ich gehe mit dir einkaufen. Wir können in der Innenstadt parken, ein bisschen bummeln und irgendwo zu Mittag essen.«

»Ein freier Tag? Das klingt verführerisch, aber was ist mit…«

»George ist in der Krippe, und Will macht für uns die Vertretung. Dafür ist er schließlich hier.«

»Wird er das schaffen?«

»Natürlich. Wir werden ihm erst ein bisschen Zeit geben, um sich einzugewöhnen. Izzy wird hier sein, um ihm auf die Finger zu schauen.« Emma senkt die Stimme. »Oder er bekommt einen Nervenzusammenbruch.«

»Oder Izzy.«

»Du heiratest nur einmal, also musst du das Beste daraus machen«, beeilt sich Emma zu erklären. »Was ist mit Brautjungfern? Du brauchst Brautjungfern.«

»Ich bin mir nicht sicher, ob ich dieses ganze Tamtam will«, gebe ich zu. Eigentlich geht es doch darum, dass ich für den Rest meines Lebens mit Alex zusammen bin, Seite an Seite, Hand in Hand.

Unerwartet steigen mir Tränen in die Augen, und mein Herz schmerzt vor Sehnsucht.

Bevor ich Alex kennenlernte, wollte ich nicht heiraten. Einen Ehemann zu finden und eine aufwendige Hochzeit zu feiern standen wahrhaftig nicht auf meiner To-do-Liste, wahrscheinlich weil mein eigener Vater mich, meinen Bruder und meine Mutter verlassen hat, als ich zwölf war. Das ist der Grund dafür, warum ich so hart gearbeitet habe, um der Sozialsiedlung, in der ich aufwuchs, zu entkommen, um eine erstaunliche Karriere in einem Beruf zu machen, den ich liebe, und um jetzt meinen Sohn mit alldem zu versorgen, was ich niemals hatte.

»Reg dich nicht auf, Maz«, sagt Emma.

»Ich musste gerade an meine Mutter denken.« Ich

sehe sie vor mir in ihrer Wohnung in Battersea, in einem ihrer Kleider, die mehr enthüllen, als man sehen möchte, mit absplitterndem Nagellack und einer Haut wie einer ausgetrockneten Mandarine.

»Wirst du sie einladen?«

»Ja, natürlich.« Mein Herz zieht sich jedoch vor Bedauern zusammen, dass sie bei den Vorbereitungen der Hochzeit keine Rolle spielen wird. Sie hat uns einige Male besucht, um George zu sehen, aber wir standen uns nie nahe, nicht so wie Emma und ihre Mum. »Ich bin mir nicht sicher, wie es je zu dieser Hochzeit kommen soll. Alex und ich sind beide so beschäftigt«, fahre ich fort.

»Tja, jetzt wird es aber dazu kommen«, sagt Emma hartnäckig. »Ich helfe dir, alles zu organisieren. Du brauchst einen Terminplan. Ich kann einen aus dem Internet runterladen.«

»Danke, Em.«

»Dafür hat man schließlich Freunde.« Sie grinst. »Da ich schon mal hier bin, fange ich am besten mit den Operationen an. Ich hatte nicht einmal Zeit, auf dem Weg hierher ein paar Donuts mitzubringen.«

»Ich besorge sie später.« Es ist das Mindeste, was ich tun kann. Emma hilft mir immer aus, und ich tue für sie, was ich kann.

»Könntest du vielleicht stattdessen auch glasierte Krapfen kaufen?«

»Geht es dir gut?« Ich strecke die Hand aus und befühle ihre Stirn. »Du wirst doch nicht krank?«

»Nein, ich möchte bloß mal ein bisschen Abwechslung. Das ist alles.« Sie tritt einen Schritt zurück. »Mach dir um mich keine Sorgen, Maz. Du hast mehr als genug zu tun.«

Ich denke immer noch über Emmas Angebot zu helfen nach, als ich später George von der Krippe abhole und mit ihm nach Hause komme. Er hat jede Menge Spaß. Er tapst durch die Scheune, versucht vor mir davonzurennen und fällt über seine eigenen Füße, als ich ihn in den Hochstuhl setzen will, um ihn mit Nudeln zu füttern.

»George, komm essen«, sage ich so streng wie möglich.

»Nein«, sagt er und saust um das Sofa herum.

»Bitte, George.«

»Nein.«

»Okay, dann komm eben nicht zum Essen.«

»Nein.«

»Dann meinst du also ja«, sage ich, und obwohl er das Konzept der doppelten Verneinung noch nicht versteht, fällt er lachend auf den Po. Ich kann nicht anders, als auch zu lachen. Es ist ganz egal, wie mein Tag war, George heitert mich immer auf, und ich wünschte, Emma könnte das auch erleben. Mein sehnlichster Wunsch ist, dass ich ihren Traum von einem Baby und einer eigenen Familie wahr werden lassen könnte.

3

Ich will dich lieben und achten und ehren

Es ist Wills erster Tag. Er hat einen rosa Teint, als hätte er sich das Gesicht geschrubbt, riecht nach einem Aftershave, das mir in der Kehle kratzt, und nach Pfefferminzzahnpasta. Vom Kragen seines Hemdes baumelt ein Preisschild, und er hat sich sogar die Schuhe geputzt.

»Morgen, Will«, sage ich, als ich ihn auf der Station antreffe, wo er in die Hocke gegangen ist, um Tripod, die dreibeinige schwarz-weiße Praxiskatze, zu streicheln. Sie schnurrt und streicht völlig ekstatisch um Wills Beine, weil sie ausnahmsweise einmal alle Aufmerksamkeit für sich hat. »Wie geht es Ihnen?«

»Danke, gut. Ich freue mich darauf anzufangen. Glaube ich«, fügt er hinzu.

Ich kann mich daran erinnern, wie nervös ich kurz vor der ersten bezahlten Behandlung meines Berufslebens war … so nervös, dass ich vergessen habe, dem Klienten eine Rechnung zu stellen.

»Äh, Will, Sie haben das Etikett an Ihrem neuen Hemd übersehen.« Ich nehme eine abgerundete Schere vom Labortisch – eine saubere, will ich betonen. »Wollen Sie, dass ich Ihnen …?« Ich hoffe, Will macht es nichts aus, aber ich habe das Gefühl, als spräche ich mit George.

»Danke«, sagt er und reibt sich den Nacken, als er aufsteht, damit ich das Etikett abschneiden kann.

»Viel Glück heute«, sage ich. »Denken Sie daran, dass Emma und ich vollstes Vertrauen in Sie haben.«

Will wirft einen Blick auf die Uhr. »Ich gehe dann mal besser und sehe nach, ob schon jemand wartet.«

»In Ordnung.« Ich lächle vor mich hin – es sind noch zwanzig Minuten bis zum ersten Termin.

Im Gehen hält er Izzy die Tür auf, die mit einem Korb voller sauberer Einweghüllen hereinkommt, die später noch sterilisiert werden müssen.

»Natürlich«, sagt Izzy, als ich sie bitte, ein Auge auf unseren neuen Tierarzt zu haben. Ihr Teint ist sommersprossig und ihr Haar kraus wie das eines Border Terriers. Sie ist Anfang vierzig, sieht aber jünger aus, da sie vom Hundetraining und dem Aushelfen auf der Farm zu Hause schlank und fit geblieben ist. »Ich habe große Lust zum Händchenhalten.«

»Und das von einer verheirateten Frau«, ziehe ich sie auf. Als ich Izzy kennenlernte, war ich mir nicht sicher, ob ich mit ihr klarkommen würde, aber sie ist mit Leib und Seele Tierarzthelferin und liebt Tiere. Sie kann auch sehr lustig sein und manchmal zutiefst sarkastisch.

»Es macht Ihnen nichts aus?«, hake ich nach.

»Ich kann ihm zeigen, wie die Dinge hier bei uns gehandhabt werden.« Izzy lächelt. »Auf meine Art nämlich.«

Wills erster Patient ist ein Nymphensittich namens … erraten, Fritzi.

Emma und ich treiben uns im Flur vor dem Behandlungszimmer rum. Emma ist ein wenig blass.

»Ich finde, wir sollten uns nicht so viele Gedanken machen, was meinst du?«, sage ich besorgt. »Er hat Izzy bei sich. Er wird es schon hinkriegen, nicht wahr?«

»Er weiß wahrscheinlich viel mehr, als wir jemals wussten, aber …«

Aber, sinniere ich. Das ist das Problem. Emma und ich denken beide an unsere eigenen Fehler, die wir gemacht haben, als wir frisch von der Uni kamen.

»Lassen wir ihn in Ruhe«, sage ich. »Ich habe noch genug zu tun, bevor Bridget um zehn kommt.« Bridget ist die Mutter von Shannon, unserer Auszubildenden.

»Shannon macht sich wirklich große Sorgen um Daisy, deshalb hielt ich es für das Beste, dass eine von uns sie sich mal ansieht.«

»Sie wird sich daran gewöhnen müssen, von Will behandelt zu werden«, sagt Emma. »Ich möchte, dass er sehr lange bei uns bleibt.«

Wills Anwesenheit im Otter House soll unser Leben erleichtern, aber ich bin mir nicht so sicher, dass es so kommen wird, denn plötzlich herrscht auf der anderen Seite der Tür ziemlicher Tumult: ein gejapstes »Autsch!« und Izzys Stimme, abwechselnd tadelnd und entschuldigend, die zunächst Will sagt, er solle überprüfen, ob beide Türen verschlossen sind, und dann dem Besitzer des Nymphensittichs, er brauche sich keine Sorgen zu machen, sie würden ihn fangen.

Ich bin mir nicht sicher, ob ich lachen oder weinen soll. Wills allererster Patient, und er hat ihn losgelassen.

Ich warte ein paar Minuten, lausche dem gelegentlichen dumpfen Aufschlag und Klirren und der gedämpften Unterhaltung, dann beschließe ich, dass ich nicht länger warten kann, und begebe mich ins Büro, um mich um den Papierkram zu kümmern, organisiere ein paar Einweisungen, bevor ich Wills nächsten Patienten nach hinten in den Vorbereitungsraum der Station nehme, wo ich die Tiere behandele. Bald erscheint auch

Bridget mit Daisy, doch Will hat den Behandlungsraum noch nicht freigegeben, und Emma operiert jetzt, wobei ich ihr nicht in die Quere kommen mag.

»Haben Sie irgendeine Ahnung, was da drinnen vor sich geht?«, frage ich Frances. »Ich dachte, er wäre inzwischen fertig.« Wir haben bewusst nur jeden zweiten Termin bei ihm vergeben und die anderen freigelassen, um ihm für den Anfang genügend Zeit zu geben.

»Er ist immer noch mit dem Nymphensittich da drin«, sagt Frances.

»Nein!«

»Ich habe meine Hilfe angeboten, aber Izzy lässt niemanden hinein oder heraus.«

»Toll«, seufze ich. »Was soll ich jetzt machen?«

»Sie werden Daisy im Personalraum untersuchen müssen.«

»Da ist es zu unordentlich«, entgegne ich. »Außerdem teilen sich Tripod und Miff das Sofa.« Miff, ein Border Terrier, gehört Emma. »Ich frage mich, ob ich Daisy mit ins Büro nehmen kann.«

»Wenn es denn sein muss«, sagt Frances. Aber dann besteht keine Notwendigkeit mehr, ein Ausweichquartier zu finden, denn die Tür zum Behandlungszimmer gleitet auf. Peter, der Gemüsehändler – ein kleiner, untersetzter Mann mit einem Backenbart und einem Kranz schwarzer Haare um einen glänzenden kahlen Schädel, der mich an einen Fall von Borkenflechte erinnert –, tritt aus dem abgedunkelten Zimmer, den Nymphensittich sicher in seinem Käfig.

»Am Ende hat er ihn gekriegt«, sagt er strahlend. »Du hast den jungen Mann ganz schön auf Trab gehalten, was, Fritzi?«

»Ich würde eher sagen, er hat ihn in die Luft gehen

lassen«, sagt Izzy und lächelt kläglich, als sie mit Will im Schlepptau herauskommt. Dieser ist hochrot im Gesicht, sein Haar ist zerzaust, und er grinst verlegen. Außerdem trägt er ein Pflaster am Finger.

»Fritzi hat mich gebissen«, sagt er.

»Er hat eine blutende Wunde verursacht«, mischt Peter sich ein. Er hat einen breiten Devoner Akzent, der für jemanden, der sich noch nicht darauf eingestellt hat, schwer zu verstehen sein kann. »Mir ist klar, dass er als Arzt noch ganz am Anfang steht und kein fertiger Tierarzt ist wie Sie, Maz. Und er braucht ganz gewiss noch mehr Praxiserfahrung. Sie hätten Fritzis Kopf zwischen die Finger nehmen sollen, damit er sich nicht zu Ihnen umdrehen kann.«

»Ich hätte Sie bitten sollen, ihn für mich zu halten«, sagt Will.

»Oh, keine Chance. Dann hätte er ja nach meinem Finger gehackt.«

Will schaut in meine Richtung. Ich verdrehe voller Mitleid die Augen. Er wird es lernen.

Ich sehe zu Bridget hinüber, die geduldig mit Daisy wartet, einer braun-weißen Britischen Bulldogge. Man sagt ja, Hunde ähnelten ihren Besitzern, und aus meiner Sicht gibt es hier tatsächlich eine gewisse Ähnlichkeit in der Form des Kiefers und der Augen und angesichts der Tatsache, dass beide enormes Übergewicht haben.

»Es tut mir leid, dass ich Sie habe warten lassen«, sage ich und bemerke Bridgets krisseliges blondes Haar und ihr zerschlissenes grünes Sweatshirt mit dem Blütenblatt-Logo darauf. »Ich hoffe, Sie haben jemanden, der sich um den Laden kümmert.« Ihr gehört der Blumenladen am Marktplatz, nur ein Stück die Straße hinunter vom Otter House.

»Ich habe einen Zettel an die Tür gehängt.« Bridget zieht eine störrische Daisy hinter sich her. Daisy läuft nicht. Sie watschelt keuchend, und alle paar Schritte macht sie eine Pause, um Luft zu holen. Sie erinnert mich an einen Tisch mit einem Bein an jeder Ecke, aber nicht an irgendein zierliches Chippendale-Stück, sondern an ein solides Teil aus einem Bauernhaus.

»Kommen Sie herein.« Ich schließe die Tür des Behandlungszimmers hinter ihr. »Was kann ich für Daisy tun?«

»Sie ist so faul geworden«, sagt Bridget. »Ich muss sie im Auto runter zum Park fahren, um dort mit ihr spazieren zu gehen, und wenn es so heiß ist wie heute, sitzt sie da nur herum. Ich habe Shannon gesagt, dass ich mir Sorgen um ihr Herz mache, und sie hat vorgeschlagen, dass ich mir einen Termin bei Ihnen geben lasse.«

Ich erinnere mich daran, dass Shannon es erwähnt hat – sie sagte, sie schäme sich für den Zustand, in dem Daisy sich befinde.

»Geht es ihr besser, wenn es draußen kühler ist?«, frage ich.

»Um ehrlich zu sein, ich weiß es nicht. Seit ein paar Tagen bin ich gar nicht mehr mit ihr rausgegangen – ich hatte das Gefühl, es wäre nicht fair, sie weiter zum Spazierengehen zu zwingen. Sie ist allergisch gegen Sport, so wie ich.« Bridget lächelt schwach, als wolle sie den Ernst der Situation irgendwie überspielen. »Das ist zumindest meine Ausrede.«

»Na, dann wollen wir sie erst einmal wiegen, und dann sehe ich sie mir an.« Es ist ein Kampf, denn das bedeutet, dass wir wieder hinaus in den Wartebereich gehen und Daisy überreden müssen, auf die Waage zu klettern. Ihr Gewicht erscheint auf dem Display.

»Das kann nicht stimmen«, sagt Bridget mit gerunzelter Stirn, und um ihr zu beweisen, dass es tatsächlich stimmt, nehme ich Daisy von der Waage und kalibriere sie neu, bevor ich Daisy noch einmal wiege.

»Es stimmt«, sage ich. »Sehen Sie es sich an.«

Ich lasse das Ergebnis sich erst mal setzen. Bridget wirkt schockiert. Ich fahre mit dem Finger an der laminierten Tabelle an der Wand hinab und lese vor, was eine Bulldogge eigentlich wiegen sollte.

»Dann hat Shannon also recht gehabt«, sagt Bridget.

»Man muss sie nicht wiegen, um zu sehen, dass sie übergewichtig ist. Sie ist sogar noch mehr als das. Sie ist adipös«, stelle ich klar.

»Das kann nicht sein …« Bridget zögert. »Sie hat schwere Knochen.«

»Glauben Sie mir, ihre Knochen sind nicht außergewöhnlich. Sie hat sogar einen ziemlich durchschnittlichen Körperbau.«

Bridget starrt mich an und verströmt Skepsis, Unglaube und Ablehnung.

»Ich kann ihre Rippen nicht fühlen, geschweige denn sehen. Und schauen Sie sich diese Fettpolster an«, rufe ich aus.

»Das sind Hautfalten«, beharrt Bridget. »Alle Bulldoggen haben das.«

Mir wird schwer ums Herz. Das hier läuft nicht gerade gut. Adipositas bei Hunden ist für uns Tierärzte ein wachsendes Problem, selbst in einer Landpraxis, und es ist schwierig, irgendetwas dagegen zu tun, wenn der Besitzer des Tieres ebenfalls übergewichtig ist. Es ist ein sensibles Thema, und ich kann nur ahnen, wie Bridget sich fühlen muss: schuldig, dass sie es bei ihrem Hund so weit hat kommen lassen, und dazu verlegen und sich schmerzhaft ihres eigenen Gewichtsproblems bewusst.

»Dann will ich sie mal untersuchen«, sagte ich, und gemeinsam mit Bridget hebe ich Daisy auf den Behandlungstisch, wo ich ihre Brust abhöre und ihre Gelenke untersuche. Beim Atmen knackt es, als würde jemand in ihrer Brust Luftpolsterfolie zerdrücken, und ich frage mich, ob sie vielleicht Wasser in der Lunge hat. Sie knurrt, als ich ihren linken Ellenbogen anfasse und ihre Hüfte. Außerdem ist ihre Haut entzündet.

Ich hänge mir das Stethoskop um den Hals und gehe Daisys Probleme mit Bridget durch.

»Es hat keinen Sinn, bloß die Symptome zu behandeln. Wir müssen uns um das grundlegende Problem kümmern, und das ist Daisys Übergewicht. Es liegt ganz an Ihnen«, fahre ich fort. »Ich kann Sie beraten. Ich kann Sie nicht zwingen, irgendetwas zu tun, aber wenn Daisy so weitermacht, endet sie mit Arthritis und wird kaum noch atmen können. Es wird ihr Leben verkürzen.«

»Sie meinen, sie könnte daran sterben?«

»Ja, das könnte sie.« Wir stehen eine Weile schweigend da und lauschen Daisys rauem Keuchen, während sie zusammengesunken auf den Hinterbeinen auf dem Tisch sitzt. Ich würde sie küssen, aber im Gegensatz zu den meisten Patienten ist sie mit dem ganzen Schorf im Gesicht und um die Ohren ziemlich abstoßend.

»Machen Sie Magenbänder für Hunde?«, fragt Bridget schließlich. »Oder Fettabsaugungen?«

»Es ist viel einfacher als das. Daisy braucht weniger Kalorien und mehr Bewegung. Wenn sie weniger Energie in Form von Futter zuführt, als sie durch Bewegung verbrennt, nimmt sie ab. Sie braucht kein Laufrad, keinen Hydrotherapiepool und auch kein Hundefitnessstudio. Sie braucht bloß mehr Spaziergänge. Geht sie nicht mit Sieben raus?« Sieben, Shannons Hund, hat kein Übergewicht.

»Sie kommt nicht mit ihm mit«, sagt Bridget. »Ich habe Shannon gesagt, sie solle sich nicht die Mühe machen, sie mitzunehmen.«

»Also, ich möchte nicht, dass Daisy es gleich übertreibt. Sie sollte anfangs zweimal am Tag für eine Viertelstunde spazieren gehen. Wir werden ihr ein strenges Regiment auferlegen, das in einer abgemessenen Menge von Diätfutter besteht. Das bekommt sie zweimal am Tag, sonst nichts.«

»Keine Soße?«

»Keine Soße«, bestätige ich.

»Was ist mit den Keksen, die sie als Betthupferl bekommt?« Bridget beantwortet sich die Frage selbst. »Nein… was ist mit Sieben? Kann er auch das Diätfutter fressen?«

»Es wäre besser, sie getrennt zu füttern.«

»Was ist mit Karotten? Ich habe irgendwo gelesen, dass man Hunden Karotten als Leckerli geben kann.«

»Keine Karotten«, sage ich streng, obwohl ich rapide meinen Lebenswillen verliere. »Karotten sind zusätzliche Kalorien, zwar nicht so viele wie Sahnetorte, aber genug.«

»Dann setze ich sie ab Montag auf Diät und gebe ihr das Wochenende Zeit, um sich an den Gedanken zu gewöhnen.«

Sie meint wohl, damit sie sich an den Gedanken gewöhnen kann, sinniere ich.

»Dann darf sie noch mal all ihre Lieblingssachen fressen, bevor sie mit Kaninchenfutter endet«, fährt Bridget fort.

»Es ist Hundefutter, das kann ich Ihnen versichern«, sage ich. »Wäre es vielleicht möglich, dass Sie Daisy für ein paar Stunden hierlassen, damit ich ihren Brustkorb röntgen und Shannon sie baden kann?«

»Ja, es spricht nichts dagegen.«

»Shannon kann sie am Ende ihres Dienstes mit nach Hause nehmen.«

»Danke, Maz. Ich bin froh, dass ich sie hergebracht habe.«

»Kein Problem«, sage ich. »Dafür sind wir ja da.«

»Überhaupt keine Leckerli?«, vergewissert sich Bridget noch einmal auf dem Weg nach draußen, nachdem sie mir Daisy übergeben hat. »Ist es okay, wenn sie weiterhin ihre Milch zum Frühstück bekommt?«

»Keine Leckerli. Keine Milch. Bloß das Diätfutter und Wasser zum Trinken. Nichts anderes kommt über ihre Lippen.« Ich lächle. »Denken Sie daran, dass ich es herausfinde, wenn wir sie das nächste Mal wiegen. Ich möchte sie in einer Woche wiedersehen.« Izzy betreibt zwar alle zwei Wochen eine Abnehmgruppe für unsere Dickerchen – Hunde und Katzen –, aber ich ziehe es vor, Daisy selbst zu überwachen, bis ich sicher sein kann, dass sie auf dem richtigen Weg ist.

Ich rede Daisy gut zu, dass sie langsam den Flur zur Station mit mir hinuntergeht, wo ich für sie ein Bett für den Rest des Tages finde, und bitte Emma, sie auf die Liste fürs Röntgen und Baden zu setzen. Will übernimmt wieder das Behandlungszimmer, und ich habe kurze Zeit nichts zu tun. Wahrscheinlich sollte ich das Beste daraus machen, denn es wird nicht lange anhalten. Schließlich lande ich im Büro, wo ich im Internet nach Tipps suche, wie man eine Hochzeit plant und ein Budget festlegt. Neben dem Kleid, Blumen und dem Empfang gibt es wohl noch andere wesentliche Dinge, die es zu beachten gilt: Unterwäsche, die zum Kleid passt, wahrscheinlich ein Kalligraf, der die Namen der Gäste auf die Einladungskarten schreibt, Tischschmuck. Ich habe nicht bedacht, wie viel dazugehört oder wie viel das alles kosten wird.

Während ich da sitze und mich frage, wie Alex und ich das alles finanzieren sollen, höre ich Stimmen aus dem Personalraum, Frances und eine Person des anderen Geschlechts. Ich brauche einen Moment, bis ich begreife, wer es ist. Es ist Lenny, der Auslieferungsfahrer, der mindestens einmal pro Woche Vorräte vom Großhändler in die Praxis bringt. Izzy und immer öfter auch Shannon kümmern sich um die Bestellung und überprüfen die Lieferung beim Auspacken. Frances ist das Mitglied im Team, das sich um Lenny selbst kümmert und ihn auf eine Tasse Kaffee oder Tee einlädt, bevor er zur nächsten Praxis auf seiner Tour aufbricht, Talyton Manor. Lenny fährt noch nicht lange hier aus – der letzte Fahrer wurde gefeuert, weil er die Güter, die er eigentlich ausliefern sollte, auf eBay verkauft hat.

Ich gebe zu, dass ich den Computer verlasse und unter dem Vorwand, mir einen Keks aus der Dose zu nehmen, in den Personalraum gehe, um zu hören, worüber sie sich unterhalten.

»Hallo, Lenny«, sage ich und nehme mir einen Schokoladenkeks, der bereits auf einem Teller auf der Arbeitsplatte liegt. »Wie geht's?«

Er ist vierundsechzig – das weiß ich, weil er uns erzählt hat, dass seine Enkelin ihm einen Kuchen mit vierundsechzig Kerzen drauf gebacken hat –, aber er sieht jünger aus.

»Nicht schlecht«, sagte er und wirft Frances einen

Blick zu, die sich auf das andere Ende des Sofas gehockt hat. Wie Will trägt sie neue Kleidung: neue Schuhe, um genau zu sein, rote Kitten Heels. »Ich muss jetzt los.« Er steht auf und wischt sich ein paar Krümel von der Hose.

Er ist sehr gepflegt, wie ein kürzlich geschorener Schnauzer, mit dunklen Augenbrauen, einem Mopp weißen Haars und einem Pfeffer-und-Salz-gesprenkelten Bart. Er trägt immer graue Hosen, ein weißes kurzärmeliges Hemd mit dem Logo des Großhändlers und einen Schlips. Das Allerbeste ist jedoch, dass er immer gut gelaunt ist, aber wenn ich so darüber nachdenke, könnte das auch etwas mit Frances zu tun haben …

»Danke für die Kekse«, sagt er auf seinem Weg aus der Praxis, während Frances und ich ihm dichtauf folgen. Wir warten am Empfang und sehen Lenny hinterher, der mit seiner Transportkarre den Parkplatz zu seinem Van hin überquert.

»Warum haben wir eigentlich immer so leckere Kekse an den Liefertagen?«, frage ich Frances.

»Lenny fängt so früh an und hat einen langen Weg bis zu uns.«

»Und?« Ich lächle. »Frühstückt er denn nicht wie jeder andere, bevor er mit der Arbeit anfängt?«

»Äh, schon, glaube ich. Aber es passt ihm ganz gut, hier eine kleine Teepause einzulegen.«

»Sind Sie sicher, dass er nur wegen des Tees eine Pause macht?«, ziehe ich sie auf. »Ich glaube, Sie werden rot.«

»Ich?« Frances fasst sich an den Hals. »Ach nein, das ist bloß mein hoher Blutdruck – Dr. Mackie hat mir dagegen ein paar Pillen verordnet.«

»Tja, dann will ich mal hoffen, dass sie bald zu wirken beginnen.«

»Was soll bald zu wirken beginnen?«, fragt Izzy, die gerade aus dem Behandlungszimmer kommt.

»Die Tabletten«, sage ich. »Keine Sorge, Izz. Was haben Sie mit Will gemacht?«

»Ich habe ihm gesagt, er muss an seiner Kondition arbeiten. Er hat sich kurz hingelegt.« Ihre Lippen verziehen sich amüsiert. »Er ist für eine kleine Pause hoch in die Wohnung gegangen. Die braucht er auch nach der Sache mit dem Nymphensittich.«

»Was ist schiefgegangen?«, frage ich sie. »Warum haben Sie ihn nicht für ihn eingefangen?«

»Will wollte das nicht. Ich wollte ihn vor Peter nicht noch mehr in Verlegenheit bringen. Er hatte alles bereitgelegt: Handschuhe, Tupfer und Silbernitratstäbchen.«

Fritzi ist uns wohlbekannt. Er kommt regelmäßig zum Schnabelkürzen zu uns. Wenn man es nicht macht, wächst er schief und biegt sich am Ende um, sodass Fritzi nichts fressen kann.

Izzy fährt fort: »Wenn Will nicht so rumgedruckst hätte, hätte er Fritzi in ein paar Minuten wieder eingefangen. Ich kann nicht glauben, dass ich so viel Zeit verschwendet habe.«

»Es wird besser werden. Wir müssen uns auf ein paar Zahnungsprobleme einstellen.«

»Er ist kein Baby, Maz. Er ist ein erwachsener Mann mit beruflicher Qualifikation, aber es kommt mir so vor, als wäre er einer dieser Leute, die theoretisch unglaublich clever sind, in der Praxis aber völlig nutzlos.«

»Oh, das hoffe ich nicht.« Ich seufze. »Izzy, lassen Sie uns nicht vorschnell ein Urteil bilden. Wir sollten ihm eine Chance geben.«

»Wie lange? Denken Sie an den Ärger, den wir mit Drew hatten.«

Wie könnte ich das vergessen? Drew war vor ein paar Jahren unser Vertretungsarzt, und er hat wirklich Mist gebaut, indem er ein falsches Bein amputierte – eins der gesunden und nicht das, in dem der Knochenkrebs steckte –, was zur Folge hatte, dass der Hund, eine Deutsche Dogge namens Harley, keine Überlebenschance hatte. Ich hätte ihm vergeben können, wenn er zu seinem Fehler gestanden hätte, doch er verschwand und flog einfach nach Australien zurück, woher er stammte.

»Drew war ein Sonderfall. Ihm war alles egal. Aber Will nicht.«

»Woher wissen Sie das?«, fragt Izzy skeptisch.

»Er mag Tiere. Sie hätten ihn heute früh mit Tripod sehen sollen.« Ich halte inne. »Izzy, der arme Kerl hat hier gerade mal seinen ersten Tag …«

»Na ja, ich werde ihn im Auge behalten«, sagt sie, und ich lächle stumm vor mich hin. Jeder wird das anfangs tun. Frances hat bereits ein paar Anfragen von Klienten erhalten, die ihre Haustiere zu dem neuen Doktor bringen wollen. Sie wollen ihn ausspähen. Tatsächlich bin ich überrascht, dass noch niemand von Talytons Empfangskomitee vorbeigekommen ist. Fifi Green, die Vorsitzende des Talytoner Tierschutzvereins, Gemeinderätin und Wichtigtuerin – auch wenn sie es gut meint –, nimmt ihre Aufgabe normalerweise sehr ernst.

Ich gehe und helfe Emma auf der Station. Wir röntgen Daisys Brustkorb, bevor Shannon sie badet, und bald ist der Raum vom Geruch nach medizinischem Shampoo und nassem Hund erfüllt. Er bleibt in meinen Kleidern hängen und ist immer noch da, als ich am Ende eines langen Tages nach Hause komme.

Ich sammle George im Herrenhaus ein, wo Sophia gerade versucht, einen verstopften Schlauch im unteren Teil der Waschmaschine wieder frei zu bekommen. George »hilft« ihr dabei.

»Das passiert jedes Mal, wenn ich die Pferdeschabracken wasche«, grummelt sie und meint damit die Decken, die unter die Sättel gelegt werden. »Möchtest du eine Tasse Tee, Maz?«

»Nein, danke. Ich gehe lieber und bereite das Abendessen zu.«

»George hat eine Riesenportion Cottage Pie zu Mittag gegessen.«

Wieder bedanke ich mich bei Sophia. »Bis später«, füge ich hinzu, bevor ich den Rückzug antrete, wobei ich George fest an der Hand halte, damit er nicht zurückrennen kann, um seine Finger in den langsamen Fluss aus grauem Wasser zu stecken, der aus der Maschine austritt.

Als wir in die Scheune kommen, stromert George auf der Suche nach seinem Lieblingsauto herum, um damit zu spielen. Ich finde Ginge, der in der Sonne ein Nickerchen macht. Ich streichle ihn, und er hebt den Kopf und faucht, bevor er bemerkt, dass ich es bin. Dann blinzelt er und streckt entschuldigend eine Pfote aus, wobei er dieses Mal die Krallen eingezogen lässt.

»Wenn ich du wäre, würde ich raufgehen und oben auf dem Bett schlafen, wenn ich nicht wollte, dass man mir am Schwanz zieht«, flüstere ich ihm zu. Ich bin stolz auf Ginges Zurückhaltung. Obwohl er halb wild war, als ich ihn zu mir genommen habe, hat er sich beruhigt, und es scheint, als würde er wissen, wie kostbar George für mich ist, denn als George ihn neulich am Schwanz zog – nicht aus Bosheit, sondern eher als eine Art Experiment, um zu sehen, was passieren würde –, ist Ginge jaulend aufgesprungen, hat jedoch nicht gekratzt oder gebissen. Ich hatte ein richtig schlechtes Gewissen, weil ich nicht da war, um ihn zu beschützen. Er ist inzwischen ein alter Knabe. Er verdient es nicht, in seinem Alter noch geärgert zu werden.

George und ich essen wieder einmal Nudeln, und ich bringe ihn ins Bett, als Alex nach Hause kommt. Alex macht eine Flasche Wein auf, und später, als unser Sohn schläft, sitzen wir zusammen, nur wir beide, und ich denke, dass so das Leben sein sollte.

»Wir müssen über die Hochzeit sprechen«, sage ich schließlich. »Wir müssen uns über den Kostenrahmen einig werden. Ich habe ein bisschen gegoogelt. Mir war nicht klar, wie viel das alles kosten würde.«

»Mach dir deswegen mal keine Sorgen, Maz.« Alex lehnt sich auf dem Sofa zurück. »Es kostet, was es kostet, und ich glaube, ich kann mich auf dich verlassen, dass du nicht zu sehr ausflippst.«

»Alex, ich hoffe, du wirst für diese Hochzeit auch ein bisschen Verantwortung übernehmen.«

»Mutter ist ganz versessen darauf, dir zu helfen«, sagt er und zwinkert unverschämt.

»Dann hast du es ihr gesagt?«

»Natürlich. Wenn ich du wäre, würde ich sie ein paar Aufgaben übernehmen lassen. Es würde sie sehr glücklich machen.«

»Ich bezweifle, dass es auf mich dieselbe Wirkung hätte.«

»Sie hat bereits ihren Hut ausgegraben.«

»Keine Reitkappe, hoffe ich.«

»Ihren Hochzeitshut. Sie trägt ihn seit Jahren.«

»Solange sie nicht diesen schrecklichen Fuchspelz mit den Glasaugen und dem mottenzerfressenen Schwanz anzieht… Den würde ich auf den Fotos nicht ertragen.«

Alex gluckst, doch ich spüre den Anflug eines schlechten Gewissens, dass ich weder meine zukünftige Schwiegermutter noch meine Mutter bei der Planung meiner Hochzeit hinzuziehen möchte.

»Was ist mit dem Empfang?«, frage ich.

»Ich dachte, das machen wir hier, im Herrenhaus.«

»Da bin ich mir nicht so sicher.«

»Es wäre nicht dasselbe wie bei meiner ersten«, sagt Alex und erinnert mich abrupt daran, dass das hier seine zweite Ehe sein wird. Es ist vorbei, und obwohl er wegen der zwei gemeinsamen Kinder Kontakt zu seiner Exfrau hat, habe ich nicht das Gefühl, dass sie auf irgendeine Art eine Bedrohung für unsere Beziehung darstellt. Trotzdem werde ich bei dem Gedanken, dass Alex das alles schon einmal getan hat, von irrationaler Eifersucht gepackt.

»Zunächst einmal war damals Sommer«, fährt er fort. »Wir hatten ein Zelt auf dem Rasen aufgebaut. Im Dezember ist es dafür zu kalt.«

»Nein«, sage ich. »Ich wäre ganz zufrieden, wenn wir den Empfang in einem Pub abhalten würden, im Talymill Inn, so wie Izzy und Chris.«

»Ich würde da aber doch etwas Vornehmeres vorziehen. Das Barnscote zum Beispiel«, erwidert Alex. »An Weihnachten wird es dort mit den offenen Kaminen sehr gemütlich sein. Elsa wird mir einen guten Preis machen – ich behandle ihre Schweine, die glücklichen.« Sie werden glückliche Schweine genannt, weil sie draußen gehalten werden, nicht etwa, weil sie nicht gegessen werden. »Es ist vor Ort und nicht zu weit von der Kirche entfernt«, fährt Alex fort. »Alles, was wir brauchen, ist gutes Essen, einen Platz, wo sich alle aufwärmen, ein paar Drinks zu sich nehmen und sich wieder auf den neuesten Stand bringen können, vor allem diejenigen unserer Gäste, die sich bloß bei Taufen, Hochzeiten und Beerdigungen treffen. Und gute Akustik für die Reden.« Alex legt den Kopf schief. »Oder vielleicht auch nicht so gute Akustik, damit niemand hören kann, was der Trauzeuge sagt.«

»Hast du Stewart schon gefragt?«

»Er hat es angeboten, sobald ich ihm davon erzählte, dass wir einen Termin festgesetzt haben. Ich mag gar nicht daran denken, was er wohl aus der Versenkung zerren und welche Geheimnisse er offenbaren wird. Hast du schon entschieden, wer dich zum Traualtar führen soll?«

»Das mache ich selbst.« Ich kichere. »Ich bin doch keine Kuh, die von einem Mann an einen anderen übergeben wird. Es ist eine lächerliche Tradition, die ich nicht einhalten werde.«

Alex grinst. »Man wird sich über dich das Maul zerreißen, Maz. Du Rebellin.«

Ich lehne den Kopf an Alex' Brustkorb und lausche seinem Herzschlag. Er riecht nach Antibiotika, der freien Natur und Moschus. Ich kann ein paar dunkle Haarlocken auf seiner Brust sehen, wo die oberen Knöpfe seines ausgeblichenen blauen Chambray-Hemds offen stehen.

»Und, sind wir ein bisschen weitergekommen?«, frage ich.

»Ich setze mich mit Elsa in Verbindung. Lass uns beide dort mal zum Lunch oder Dinner hingehen, um deine Erinnerung aufzufrischen, wie das Barnscote so ist. Wir müssen nur einen Babysitter finden.«

»Deine Mutter verbringt bereits genug Zeit mit George, und Shannon ist im Augenblick zu sehr mit Lernen für ihre Prüfungen beschäftigt, um zu babysitten.«

»Und was ist mit dieser Freundin von ihr, die das letzte Mal mitgekommen ist?«

»Sie hat bei mir den Eindruck erweckt, als würde sie es nicht wieder tun wollen – nicht wegen George, sondern weil dein Vater sie zu Tode erschreckt hat, als er auf eine Ratte im Hof geschossen hat.« Ich halte inne. »Weißt du, Alex, ich frage mich, ob wir nicht einfach einen Termin im Standesamt machen und in aller Stille heiraten sollten. Du, ich, George und ein paar Zeugen.«

»Das kannst du nicht machen, Maz. Ich dachte, du wolltest eine weiße Hochzeit mit allem Drumherum. Außerdem wären die Familie und unsere Freunde ziemlich enttäuscht.«

»Wir könnten trotzdem feiern.« Möchte ich eine weiße Hochzeit mit allem Drumherum? Bisher hatte ich das nicht geglaubt, doch mir wird klar, dass die Fotos in meinem zukünftigen Hochzeitsalbum mich in einem Märchenkleid zeigen und Alex mit Zylinder und Frack, inmitten unserer Familie und Freunde. Mir wird fast schlecht vor Vorfreude. Mit ein bisschen Organisation und Planung wird es ein herrlicher Tag. Ich werfe meinem großartigen zukünftigen Ehemann einen Blick zu. Ich bin mir nicht sicher, wie ich es bis Weihnachten aushalten soll.

4

Von diesem Tag an

Eine Woche vergeht, und die Hochzeitspläne treten für eine Weile in den Hintergrund, aber ich tröste mich mit dem Gedanken, dass noch jede Menge Zeit ist … Es ist Sommer. Bis Dezember sind es noch Monate hin.

Als ich am Dienstag in der Früh zur Arbeit aufbreche, ist George vor Übermüdung quengelig.

»Tut mir leid, George«, sage ich, denn er will heute ganz und gar nicht in die Krippe gehen. Ich weiß nicht, was Sophia gestern mit ihm gemacht hat, und das stört mich. Ich sollte mich um ihn kümmern, aber ich muss auch arbeiten.

Flüchtig sehne ich mich nach der Zeit zurück, da ich mich nur um meine Patienten und mich selbst kümmern musste. Damals meinte ich, das wäre hart. Jetzt weiß ich, dass es verglichen mit der Elternschaft ein Kinderspiel ist, vor allem, wenn der Partner einen verlassen hat. Das klingt dramatisch, aber so fühlt es sich nun mal an, weil Alex jetzt an den meisten Tagen bis spät arbeitet, da es länger hell ist. Ich habe kein Recht darauf, etwas anderes zu erwarten, denn ich kenne schließlich die Anforderungen seines Berufs, aber ich bin mir sicher, dass er nicht ganz so lange gearbeitet hat, als wir uns gerade kennengelernt hatten.

Ich lasse George bei Flick, der Krippenleitung, zurück und versuche mich davon abzuhalten, wieder zu ihm zurückzurennen. Dabei fühle ich mich wie die schlimmste Rabenmutter der Welt. Ich gehe das Stück bis zum Otter House und treffe unterwegs Shannon, die Daisy zu ihrem Check-up dabeihat. Shannons Mutter hat immer gearbeitet, und sie hat Shannon nach dem Tod ihres Mannes allein großgezogen, und aus ihr ist auch etwas geworden. Ich sage mir, ich sollte mich damit trösten und mir nicht so viele Gedanken machen.

»Mum hat so viele Bestellungen, um die sie sich kümmern muss, andernfalls hätte sie Daisy selbst vorbeigebracht«, erklärt Shannon.

Ich kann nicht umhin, mich zu fragen, ob sie sich nach dem letzten Mal vielleicht nicht einfach nur zu sehr schämt.

In der Praxis verbringe ich den Vormittag mit Behandlungen, während Emma Will durch seine vierte Operationsliste leitet. Er hält sich so gut, wie zu erwarten gewesen war, aber wir sind nicht vollkommen davon überzeugt, dass er es allein schafft. Dieses Mal haben Emma und ich durch Münzwurf entschieden, wer ihm die Ehre erweisen muss und wer nicht. Ich habe gewonnen.

Ich helfe Shannon dabei, Daisy auf die Waage am Empfang zu drängen, wobei uns eine Katze aus ihrer Transportbox mit einem hochmütigen Blick zusieht, als wollte sie sagen: Auf so ein Ding bekommt ihr mich nie.

Shannon überprüft die Anzeige. »Sie hat Massen verloren. Das ist unglaublich.«

»Ja, und ich glaube es auch nicht.« Ich gehe näher ran. »Es ist unmöglich.« Dann lache ich laut auf. Daisy steht auf der Waage, aber sie lehnt sich dabei an die Wand, und die trägt einen Großteil ihres Gewichts. Daisy verdreht ihre Glotzaugen und knurrt, als wir sie bitten, sich zu bewegen, aber letztendlich stellt sie sich richtig hin.

»Sie hasst es, wenn Leute über ihr Gewicht reden«, sagt Shannon.

»Sie scheint wirklich diesbezüglich einen Komplex zu entwickeln.« Ich streichle Daisys Fell. Ich küsse sie immer noch nicht. Ihre Haut ist fettig, ihr Fell rau und stachelig. Sie ist in keiner guten Verfassung.

»Was sollen wir als Nächstes tun? Ihr Futter noch mehr reduzieren?«

»Wie oft geht sie spazieren?«

»Nicht so oft, um ehrlich zu sein. Mum leidet unter dem Wetter, und es ist eine echte Qual, mit Sieben und Daisy gemeinsam Gassi zu gehen, denn Sieben will herumrennen und spielen, während ich Daisy mehr oder weniger hinter mir herziehen muss. Nach der Arbeit gehe ich getrennt mit ihnen raus, aber morgens bin ich dafür normalerweise nicht früh genug auf…«

»Dann müssen Sie einfach früher aufstehen«, ziehe ich sie auf. »Shannon, im Ernst: Sie haben so schon genug, worum Sie sich kümmern müssen. Lassen Sie uns einfach ihr Futter für die nächsten zwei Wochen noch mal um ein Viertel reduzieren und sehen, ob das irgendetwas bringt. Hat sie irgendwelche Leckerli bekommen?«

»Nicht, dass ich wüsste«, sagt Shannon. »Sie würde wahnsinnig gern von Siebens Futter naschen, aber ich stehe dabei und passe auf. Oh, eins noch – ich habe sie erwischt, wie sie aus einem Eimer mit Blumendünger getrunken hat. Er ist zuckerhaltig, aber da können ja nicht so viele Kalorien drin sein, oder?«

»Trinkt sie sehr viel – Wasser, meine ich?«

Shannon denkt einen Augenblick nach. »Ich weiß nicht. Sie trinkt nicht mehr als sonst.«

»Es könnte sinnvoll sein, ihre Trinkmenge innerhalb von vierundzwanzig Stunden zu messen. Es wäre eine nützliche praktische Aufgabe, um die Theorie, die Sie in der Schule lernen, zu ergänzen.« Shannon ist gerade im zweiten Jahr ihrer Ausbildung zur Tierarzthelferin.

»Ich will's versuchen. Mit Sieben und den ganzen Blumeneimern im Laden wird das nicht einfach werden.«

»Die Logistik überlasse ich Ihnen. Lassen Sie mich wissen, wie Sie zurechtkommen. Außerdem brauchen wir einen neuen Termin für Daisy in zwei Wochen.«

»Wird gemacht«, sagt Shannon strahlend.

Als Nächste sind sieben Springador-Welpen dran, Labrador-Springer-Spaniel-Mischlinge, die ich untersuchen und denen ich die erste Impfung verabreichen soll. Die Besitzerin hat die Hilfe mehrerer Familienangehöriger in Anspruch genommen, um sie alle in die Praxis zu bringen.

»Hallo, Jan«, begrüße ich sie und lasse die Menschenmenge mit Welpen auf dem Arm in das Behandlungszimmer. Jan ist eine langjährige Klientin, die mit dem örtlichen Austernzüchter verheiratet ist. Sie ist Ende zwanzig, schlank, blond und hat Sommersprossen, und sie sieht in ihrem im Surferstil bedruckten Baumwollkleid und flachen Sandalen sehr frisch aus. Vielleicht bilde ich es mir nur ein, aber sie scheint immer den Geruch des Meeres zu verbreiten.

»Ich habe alle mitgebracht«, lächelt sie. »Ich will nicht, dass meine Jungs und Mädels auf dem Boden herumtapsen, bevor sie nicht ihre ganzen Impfungen hatten.«

»Sie sind sehr süß«, sage ich, nachdem ich vergeblich versucht habe, die Tür zu schließen. Es sind wirklich sehr viele Leute hier in diesem Zimmer eingepfercht, das wirklich sehr klein ist. »Woran erkennen Sie, wer wer ist?« Aus meiner Sicht sind sie alle ziemlich gleich: schwarzes gewelltes Fell, Ohren und Pfoten, die viel zu groß für die kleinen Körper sind, und seelenvolle braune Augen.

»Ich habe sie mit Nagellack markiert. Sehen Sie.« Jan zeigt mir die Pfote des Welpen, den sie auf dem Arm hat. Eine Kralle ist rosa angemalt. »Das ist Bonnie. Sie ist die Frechste von dem ganzen Haufen.«

»Dann wissen wir also, wer wer ist«, sage ich. »Das macht es einfacher. Ich sehe sie mir zuerst alle nacheinander an, dann verpasse ich ihnen die Impfung. So regen sie sich wahrscheinlich gegenseitig weniger auf.«

Ich untersuche die Welpen, einen nach dem anderen. Shannon macht für mich Notizen am Computer.

»Sie sind toll, Jan. Alle fit und gesund«, verkünde ich, bevor ich zu Shannon hinüberschaue, die sich hingekniet hat, regelrecht in den Kühlschrank unter der Arbeitsplatte kriecht, um den Impfstoff zutage zu fördern. »Shannon, gibt es ein Problem?«, frage ich mit wachsender Sorge.

»Äh, ich bin mir nicht sicher. Ich gehe schnell im Kühlschrank auf der Station nachsehen.« Shannon richtet sich auf und zieht ihre Praxisuniform glatt. Ihre Wangen sind rot, und sie blickt verunsichert.

»Entschuldigen Sie bitte die Verzögerung«, sage ich, als sie durch die Tür verschwindet. »Beim Auspacken der Lieferung muss es zu einer Verwechslung gekommen sein.« Das wäre jedoch das erste Mal, dass so etwas passiert, denke ich bei mir. Ich weiß, dass Shannon die Erlaubnis hat, die Lieferung zu überprüfen, aber ich kann mir nicht vorstellen, dass Izzy ihr erlaubt, dabei auch nur einen Fehler zu machen.

Plötzlich höre ich Izzys Stimme und ihre Schritte, die den Flur zurück zum Behandlungszimmer stampfen.

»Es nützt nichts, Shannon. Dafür gibt es keine Entschuldigung. Wie oft habe ich Ihnen gesagt, Sie sollen immer alles noch einmal gegenprüfen? Sie werden sich bei Maz entschuldigen müssen…« Izzy zögert, als sie hereinkommt. »Mir war nicht klar, dass Sie den Impfstoff jetzt in diesem Moment brauchen.«

»Wir haben in der Praxis also keinen Welpenimpfstoff?«, mutmaße ich. Ich wende mich an Jan. »Das tut mir so leid, vor allem, da Sie sich alle diese Umstände gemacht haben.« Rasch denke ich nach. »Ich befürchte, ich muss Ihnen einen neuen Termin geben. Natürlich bekommen Sie dann einen Nachlass.«

»Das will ich doch hoffen. Es ist echt nervig«, sagt Jan. »Ich wollte, dass der Haufen hier geimpft wird, damit er so schnell wie möglich herumstromern kann.«

Jan und ihr Gefolge kehren zum Empfang zurück, um sich von Frances einen weiteren extralangen Termin geben zu lassen, während ich mich in den Personalraum begebe, wo Izzy ihre eher einseitige Diskussion mit Shannon fortgesetzt hat. Izzy ist verständlicherweise wütend, denn der Fehler fällt auf sie als erste Kraft zurück. Dampf steigt von einem Kaffeebecher neben dem Kessel auf. Und metaphorischer Dampf tritt aus Izzys Ohren.

»Du hast Glück«, sagt Izzy. »Frances meint, der alte Fox-Gifford hätte seinen Becher nach ihr geworfen, wenn sie einen Fehler gemacht hat.« Frances hat früher oben in der Tierarztpraxis im Herrenhaus gearbeitet – und der alte Fox-Gifford beschuldigt das Otter House, sie abgeworben zu haben. Ich glaube nicht, dass er uns je vergeben hat. »Was ist schiefgegangen, Shannon?«

»Später ist noch genügend Zeit für ein Verhör«, mische ich mich ein. »Shannon hat einen Fehler gemacht. Das passiert jedem mal.« Es ist wirklich schade, dass es ausgerechnet dieser Fehler war, denn wir brauchen den Impfstoff. Ich habe die Liste der Klienten überprüft, die für heute einen Termin haben, und es sind drei, wenn nicht sogar vier weitere Hunde dabei, die ihre Auffrischungsimpfung brauchen. Wir müssen irgendwie an Hundeimpfstoff kommen, andernfalls muss ich die Termine absagen, und das wird richtig teuer und hat einen Dominoeffekt auf alle weiteren Termine in dieser Woche. Wir haben das Glück, immer vollkommen ausgebucht zu sein und Notfallpatienten meist gegen Ende der regulären Sprechstunde einschieben zu können. VG, vor George, hatte ich damit kein Problem, aber es wird schwierig, wenn ich ihn aus der Krippe holen muss, bevor sie dort zumachen.

»Was sollen wir tun?«, fragt Izzy. »Ich kann jetzt etwas bestellen, aber das ist erst morgen gegen Mittag hier.«

»Ich frage erst mal bei Alex nach. Ich vermute, er kann uns mit ein paar Dosen aushelfen.«

Nachdem ich Alex angerufen und den letzten Patienten vor der Mittagspause untersucht habe – eine Katze, die auf dem Weg der Besserung nach einem Grippeanflug ist –, fahre ich zurück zum Herrenhaus. Ich hätte Shannon bitten können, das als eine Art Wiedergutmachung zu erledigen, aber die Fox-Gifford'sche Praxis ist ein solches Chaos, dass es fast unmöglich ist, den Kühlschrank zu finden, ganz zu schweigen von irgendeinem Impfstoff.

Ich bahne mir einen Weg durch den OP-Raum von Talyton Manor und räume eine Kiste voller Zahnarztutensilien – Knebel und Feilen für Pferdezähne – sowie einen Stapel von Fachmagazinen, die weder Alex noch sein Vater je gelesen haben können, beiseite, um an den wackeligen alten Kühlschrank zu gelangen. Drinnen finde ich drei Schachteln mit Hundeimpfstoff, von denen eine längst abgelaufen ist. Ich entdecke außerdem ein Schokoladenosterei, ein halbes Schinkenbrötchen in Frischhaltefolie und ein paar Blutproben, die in ihren Röhrchen geronnen und nicht länger von Nutzen sind.

»Brauchst du das wirklich alles heute?«, fragt Alex, als er den OP-Raum betritt.

»Unter normalen Umständen würde ich Nein sagen, aber wir haben bereits drei oder vier auf der Liste für heute stehen, und Will hat die Angewohnheit, zwei Fläschchen zu brauchen, wenn eins eigentlich reichen sollte.«

»Wie schafft er das denn?«

»Er spritzt den Impfstoff direkt durch den Nacken, von einer Seite zur anderen.«

Alex grinst. »Vielleicht wärt ihr besser dran, wenn ihr George als euren Assistenten einstellt.«

»Wir müssen uns vielleicht auch noch von Shannon trennen, wenn so etwas noch öfter passiert«, sage ich, aber das ist ein Scherz. Shannon lernt wirklich eifrig für ihre Prüfungen, es ist kein Wunder, dass sie die alltägliche Routine mal vergisst. Ich frage mich, ob wir ihr nicht zum Lernen freigeben sollten. Ich wechsle das Thema. »Alex, du musst dir deinen Vater wirklich mal vorknöpfen. Sieh nur, wie viel ihr verschwendet habt. Ihr werdet das niemals alles verbrauchen. Wie viele Hunde kommen pro Woche zu euch?«

»Ein paar.«

»Genauer bitte.«

»Ich nehme an, es war ein Sonderangebot – er kann keinem Schnäppchen widerstehen.«

»Ihr hättet euch mit uns zusammentun können, und wir hätten uns die Bestellung geteilt«, schlage ich vor.

»Das ist eine tolle Idee, Maz, aber du weißt genau, dass Vater nichts davon wissen will.«

»Nicht einmal, wenn er dadurch Geld spart?«

»Du weißt doch, wie er ist. Mein Boss geht nicht gern mit der Konkurrenz ins Bett, wohingegen ich … Nun, wie soll ich sagen: Mir macht es großen Spaß.«

»Alex! Ich weiß wirklich nicht, was du meinst«, fahre ich schelmisch fort. Ich stelle eine der nicht abgelaufenen Schachteln in eine Kühlbox, die ich – Izzy sei Dank – mitgebracht habe, und begebe mich zurück zum Ausgang, zu Alex, der in einem zerknitterten Hemd und grasfleckigen Hosen auf mich wartet, die leicht gebräunten Arme ausgestreckt, um mich einzufangen und zu umarmen.

»Ein Kuss?«, fragt er und drückt mich sanft an die Wand.

Ich schaue ihm in die Augen.

»Das ist sehr verlockend …«, murmele ich. »Aber ich muss gleich wieder zurück.«

»Maz …« Mein Name scheint ihm in der Kehle stecken zu bleiben. »Fünf Minuten …«

»Nein, Alex.« Ich bekämpfe meinen Instinkt, der sagen will: »Ach, was soll's?«, und schiebe ihn von mir weg. »Ich muss wirklich gehen.«

Ich kann Alex' Widerstreben spüren, als er mich langsam loslässt.

»Es tut mir leid«, sage ich, denn ich erkenne eine Spur von Unmut in seiner Miene. »Gib mir keine Schuld. Glaube mir, ich würde bleiben, wenn es ginge.«

»Vielleicht sollten wir nicht nur den Impfstoff, sondern die beiden Praxen zusammenlegen, dann könnten wir mehr Zeit miteinander verbringen«, sagt Alex in etwas unbeschwerterem Tonfall.

Ich lächle. »Niemals. Sieh dir doch nur an, wie es hier aussieht. Ehrlich, Alex, machst du dir nie Gedanken um Gesundheit und Sicherheit?«

»So schlimm ist es auch wieder nicht, Maz.«

»Das kommt dir nur so vor, weil du dich daran gewöhnt hast. Alex, es ist wirklich abstoßend.« Ich denke an die Wände im Otter House, die jede Woche von Izzy und Shannon peinlichst genau gereinigt werden. »Ich könnte hier nicht arbeiten.«

»Dann ist es ja gut, dass du das nicht musst«, entgegnet Alex schroff. »Bis später.«

»Bis später«, stimme ich zu. Es hat keinen Sinn zu fragen, wann genau. Keiner von uns weiß es. »Es wäre gut, wenn wir wieder mal ein bisschen reden könnten. Wir müssen den Empfang buchen. Für die Hochzeit«, füge ich hinzu, als Alex mich stirnrunzelnd ansieht.

Sein Gesicht verzieht sich zu einem Lächeln. »Hab dich, Maz«, gluckst er.

Ich versetze ihm einen Stoß in die Rippen. »Das ist ernst. Das Barnscote könnte vor Weihnachten ausgebucht sein. Wir haben uns ein bisschen viel Zeit gelassen.«

»Ach, mach dir keine Sorgen. Das Dog and Duck wird schon noch ein Plätzchen für uns haben.«

»Das Dog and Duck. Daran habe ich gar nicht gedacht. Ja, das könnte perfekt passen.«

»Aber es ist eine Spelunke«, sagt Alex ungläubig.

»Hab dich auch«, sage ich lachend. Das Dog and Duck ist einer der Pubs im Ort, dessen Publikum ungefähr so alt und verblichen ist wie die beflockte Tapete. »Wir reden später darüber.«

»Dann aber noch einen letzten Kuss«, sagt Alex.

»Einen …« Doch als ich zurück im Otter House bin und auf die Uhr sehe, wird mir klar, dass es vier oder fünf gewesen sein müssen. Ich übernehme die nächsten paar Termine, bevor ich mich im Personalraum mit Emma treffe. Will ist bei seinem Krabbelgetier oben in der Wohnung, Izzy räumt nach den OPs auf, und Shannon ist unterwegs, um ein paar Einkäufe zu erledigen. Frances versieht ihren Dienst am Empfang.

Emma hockt auf einem Hocker und nippt an einem Kräutertee.

»Ich habe keinen anderen Platz gefunden, um mich hinzusetzen«, sagt sie grinsend.

Obwohl Emma irgendwann einmal beschlossen hatte, dass wir keine Praxistiere haben würden, lebt Tripod immer noch hier und leistet Miff, Emmas Border Terrier, der mit ihr zur Arbeit kommt, Gesellschaft. Miff gehörte Emmas Mum, bevor diese starb. Sie ist inzwischen im fortgeschrittenen Alter, hat ein grau gesprenkeltes Fell und wird um die Schnauze ganz weiß. Emma behandelt sie wie ein Baby und kauft ihr neue Halsbänder und Regenjacken. Heute trägt sie ein rosafarbenes Halsband mit roten Herzen darauf.

Wie Emma erwartet hat, haben die Tiere die Regie übernommen. Jetzt gerade liegen sie zusammen auf dem Sofa.

»Schiebt ab!«, sage ich ihnen, doch Tripod rollt sich auf den Rücken und zeigt sein Bäuchlein, und Miff öffnet ein braunes Auge und schenkt mir einen ihrer Blicke, der besagt: Ich bin gar nicht da. Also wirklich.

Ich nehme sie hoch und schiebe sie ein Stück nach

links, damit ich mich hinsetzen kann. Sie krabbelt an meine Seite und bettelt darum, gestreichelt zu werden.

»Du bist so ein Schleimer«, halte ich ihr vor, woraufhin sie mit dem Schwanz wackelt. Wir sind inzwischen gute Freunde. Ich kümmere mich um sie, wenn Emma und Ben verreisen. »Wie war dein Tag?«, frage ich Emma.

»Okay, nachdem ich Will bei seiner ersten Kastration einer Hündin dann doch noch auf den rechten Weg gebracht habe. Ich wollte ihn eigentlich damit allein lassen, bin jedoch lieber geblieben. Izzy hat mich darum gebeten, klammheimlich.«

»Sie macht sich zu viele Gedanken. Über die ersten paar Operationen, die er durchgeführt hat, hat sie sich regelrecht beschwert. Die Löcher waren zu groß, er hat zu viele Stiche gebraucht und zu viele Tupfer verwendet.«

»Ich glaube, sie hat die erste OP als Kettensägenmassaker bezeichnet.« Emma gluckst.

»Ich hoffe, sie hat übertrieben.«

»Ich habe Frances gefragt, ob die Klienten ihn mögen.«

»Was hat sie gesagt?«

»Sie sagt, es gebe sehr gemischte Reaktionen. Die älteren Damen finden ihn charmant. Aurora schien nicht sonderlich beeindruckt, aber du weißt ja, wie sie ist…«

Ich erinnere mich daran, wie ich sie mit Drew, unserem Vertretungsarzt, im Behandlungszimmer in einer verfänglichen Situation erwischte, als er gerade einen Ausschlag auf ihrer Brust untersuchte. So sagte er zumindest.

»Ich habe mir unsere Einnahmen angesehen. Sie sind gestiegen, was toll ist, da wir ja jetzt einen zusätzlichen Angestellten haben, den wir bezahlen müssen.« Sie hält inne. »Da wir gerade von Geld reden: Haben Alex und du inzwischen einen Kostenrahmen für die Hochzeit abgesteckt? Ich würde gern wissen, wie viel uns für das Kleid zur Verfügung steht – ich dachte, wir würden uns gegen Ende der Woche auf die Suche machen, wenn es dir recht ist. Will sagt, er hält die Stellung für uns.« Emmas Gesicht leuchtet auf. »Ist dir klar, dass dies das erste Mal ist, seit Drew nicht mehr da ist, dass wir zusammen ausgehen können?«

Ich weiß, was sie meint. Wir haben uns gegenseitig in unseren Wohnungen zum Abendessen eingeladen, aber wir konnten nie gemeinsam ausgehen, weil immer eine von uns für Notfälle erreichbar sein musste.

»Daran könnte ich mich gewöhnen«, fährt Emma fort. »Es gefällt mir, Angestellte zu haben.«

Am nächsten Tag kommt Lenny, der Auslieferungsfahrer, mit den Notrationen an Impfstoffen vorbei, während ich mich mit Shannon auf eine OP vorbereite.

»Am Freitag ziehe ich mit Emma los, um Brautkleider anzuprobieren«, sage ich und ziehe mir eine ziemlich bezaubernde OP-Haube über, bevor ich mir die Arme wasche und in einen Kittel und Handschuhe schlüpfe. Eine Gesichtsmaske komplettiert das Ensemble.

»Cool«, sagt Shannon.

»Wie sehe ich aus?«, frage ich und drehe mich einmal um die eigene Achse. Shannon lächelt. Es ist ein schwaches Lächeln, aber immerhin ein Lächeln. In letzter Zeit kommt sie mir bedrückt vor. Was ich damit meine, ist, dass sie zwar keine überschäumende Frohnatur ist, aber trotzdem recht munter. Zumindest seit Drew fort ist, der Vertretungsarzt, der ihr das Herz gebrochen hat.

Wir machen mit der anstehenden Operation weiter. Es ist die Kastration von Auroras Hündin Saba. Saba, ein schwarzer Königspudel, ist eine unserer Stammpatientinnen. Vor achtzehn Monaten hatte sie einen Wurf Labradoodle-Welpen, und Aurora hat beschlossen, dass sie keine Würfe mehr aushält. Shannons Hund ist einer von Sabas Welpen. Er heißt Sieben, weil er als Siebter auf die Welt kam. Er hat eine Hasenscharte, sodass er nicht gesäugt werden konnte, also hat Shannon sich seiner angenommen und ihn per Hand großgezogen.

»Haben Sie geschafft herauszufinden, wie viel Daisy trinkt?«, frage ich Shannon, während ich mit der Operation beginne.

»Ja. Ich wollte es Ihnen schon sagen. Es waren …« Sie runzelt die Stirn und nennt mir dann die gesamte Menge.

»Und, ist das übermäßig viel?«, frage ich. »Ist es mehr als die durchschnittliche Trinkmenge für einen Hund von Daisys Größe?«

»Es kommt mir ziemlich viel vor.«

»Können Sie sich aus dem Unterricht daran erinnern, wie viel es pro Kilo Körpergewicht sein sollte?«

Shannon seufzt. »Ich kann nicht rechnen, Maz.«

»Natürlich können Sie das.« Shannon hatte auf der Schule gute Noten. »Ich rechne es nicht für Sie aus«, füge ich hinzu. »Teilen Sie Ihr Messergebnis durch Daisys Gewicht in Kilogramm, und was kommt dabei heraus?«

Sie kritzelt auf der Rückseite von Sabas Anästhesieprotokoll herum und verkündet das Ergebnis.

»Es ist viel zu viel.« Sie klingt überrascht. »Könnte es vielleicht am Wetter liegen? Es war heiß, und Daisy hechelt ständig.«

»Ich würde sagen, da muss noch mehr sein als das. Wir müssen ein paar Blut- und Urintests mit ihr machen.«

»Soll ich ihr für morgen einen Termin geben?«

»Besser noch heute. Je früher wir herausfinden, was ihr fehlt, umso besser.«

»Sie glauben doch nicht, dass sie Diabetes hat?«, fragt Shannon.

»Es könnte an vielem liegen, aber Diabetes steht auf meiner Liste ganz oben.«

»Aber Sie können das behandeln, oder?«

»Es ist nicht einfach, aber wir können es in den Griff bekommen.« Ich fahre mit der Operation fort. »Aber darüber sollten wir uns keine Gedanken machen, solange wir uns der Diagnose nicht sicher sind. Könnten Sie mir bitte eine Ersatzpackung mit Instrumenten aufmachen und eine Allis-Klemme geben? Sie scheinen sich unerlaubt entfernt zu haben.«

Shannon holt eine Packung mit Instrumenten und öffnet sie, sodass der Inhalt klappernd auf das Tablett rutscht.

»Shannon, ich sagte Allis-Klemme. Das sind Kocher-Klemmen.«

»Tut mir leid«, sagt sie mit rotem Gesicht und wird nervös. Sie eilt davon und kommt mit noch einer Packung zurück. »Maz, ich schaffe das nicht.«

»Natürlich schaffen Sie es.« Ich bin streng mit ihr, aber mitten in einer Kastration ist nicht der richtige Zeitpunkt für eine Vertrauenskrise. »Sie machen das sehr gut.« Shannon ist nicht mehr in Ohnmacht gefallen, seit sie zum ersten Mal bei einer größeren Operation zugesehen hat, aber daran möchte ich sie nicht erinnern.

»Ich meine nicht das hier.« Shannon überprüft Sabas Puls und Atmung, während sie mit einem Auge die Uhr an ihrem OP-Kittel im Blick hält, bevor sie ihre Messungen auf dem Anästhesieprotokoll notiert. »Ich meine die Prüfungen. Ich habe versucht, die Instrumente zu lernen, aber ich verwechsel sie ständig miteinander. Ich weiß überhaupt nichts. Ich werde durchfallen.«

»Shannon, Sie werden nicht durchfallen. Warum gehen wir nicht zusammen einen Teil davon durch?«

»Weil es nichts bringt.«

»Das können Sie nicht wissen. Kommen Sie schon, es tut mir gut, mein Hirn ein bisschen auf Trab zu halten.«

»Also gut«, willigt sie zögerlich ein. »Das wäre prima, Maz. Wenn Sie Zeit haben …«

»Ich kann mir die Zeit nehmen.« Tatsächlich wünschte ich, ich könnte mehr Zeit herbeizaubern, nur hin und wieder ein paar Stunden, damit ich Shannon unterrichten oder mich öfter mit Alex zusammensetzen und bei einem Glas Wein mit ihm reden könnte, als wir es in den letzten Monaten getan haben. Früher haben wir weit mehr Zeit miteinander verbracht. Zugegebenermaßen ist einer von uns oft dabei eingeschlafen, aber wenigstens hatten wir die Gelegenheit dazu, während jetzt, da sich George aufspielt wie die Lustpolizei, jegliche Romantik nur noch Wunschdenken ist.

Ich blicke zum Kopf der Patientin. Selbst betäubt schafft es Saba immer noch, mit ihrem ordentlich frisierten Fell und den perfekt gepflegten Pfoten, die unter dem OP-Tuch hervorschauen, glamourös auszusehen, zumal die Krallen gefeilt und wahrscheinlich sogar poliert sind.

»Wie geht es Sieben?«, frage ich. Im Hintergrund spielt das Radio leise *Who let the dogs out*.

»Gut«, sagt Shannon. »Er ist allerdings entgegen Ihrer Ankündigung nicht ruhiger geworden.« Ich fühle mich leicht bedrückt wegen Shannons Skepsis, ob ich vielleicht doch nicht so genau weiß, wovon ich rede, während sie fortfährt: »Er bedrängt Daisy immer noch, obwohl er jetzt keine Eier mehr hat. Sind Sie sicher, dass Sie alle notwendigen Teile entfernt haben, Maz?«

»Ziemlich sicher«, sage ich amüsiert. »Sie waren dabei, als ich es gemacht habe.«

»Ich konnte nicht wirklich zusehen, nicht weil ich zimperlich bin, sondern weil es um Sieben ging.«

»Es ist anders, wenn es das eigene Tier ist«, gebe ich zu. Ich bemerke, dass Shannon mehr Kajal aufgetragen hat als üblich. Schwarz passt nicht wirklich zu ihrem Teint. Sie ist so blass, dass ich mich manchmal frage, ob ich ihr nicht Blut abnehmen und sie auf Anämie untersuchen sollte. »Geht es Ihnen gut?«

»Das liegt nur an der Prüfung, das ist alles.«

»Sind Sie sich sicher, dass Sie nicht noch etwas anderes bedrückt? Shannon, wenn Sie mit mir nicht reden möchten, dann können Sie es immer noch bei Izzy versuchen. Oder bei Emma oder Frances …«

»Nicht bei Frances«, fällt Shannon mir ins Wort. »Sie würde es allen erzählen.«

»Sie könnten mit Ihrem Vertrauenslehrer an der Schule sprechen.«

»Maz, es ist nichts. Nicht viel«, korrigiert sie sich. »Also, eigentlich mache ich mir Sorgen um Mum … Sie ist in letzter Zeit ziemlich fertig, und sie will nicht zum Arzt, obwohl ich sie immer wieder darum gebeten habe.«

Das kommt mir unvernünftig von Bridget vor, denke ich, vor allem, wenn man bedenkt, dass Shannon bereits ihren Vater verloren hat. »Soll ich es ihr gegenüber ansprechen – so nebenbei, meine ich?«

»Ich werde damit fertig, Maz. Ich habe eine Idee.«

Shannon sagt nichts mehr über diese Angelegenheit, deshalb wechsle ich das Thema.

»Was hältst du von Will? Kommst du mit ihm zurecht?«

»Er kommt mir ziemlich vernünftig vor.« Ihr Gesicht leuchtet auf. »Er hat was Streberhaftes an sich. Und er redet über nichts anderes als seine Skorpione und Laubfrösche.«

»Also nicht unbedingt dein Typ?«, frage ich grinsend.

»Ganz bestimmt nicht. Maz, ich habe keine Zeit für einen Freund. Außerdem könnte ich das nicht, nicht nach der Sache mit Drew. Männer sind es ja so was von nicht wert.«

Shannon seufzt, und ich lächle vor mich hin. Ich glaube nicht, dass es lange dauern wird, bis sie ihre Meinung ändert.

Bridget bringt Daisy auf Shannons Wunsch hin noch am selben Nachmittag zur Untersuchung vorbei. Shannon und ich nehmen ihr Blut ab und machen einen Glukoseschnelltest, bevor wir eine Probe ins Labor schicken, um Daisys Leber- und Nierenfunktion zu überprüfen.

»Daisy, du siehst aus, als hättest du Kondition verloren.« Ich fahre mit den Händen über ihren Brustkorb, wo ihre Rippen sein sollten. »Shannon, wir sollten versuchen, eine Urinprobe zu bekommen.« Ich gebe ihr einen Sammelbehälter und schicke sie raus in den Garten, wobei ich ihr viel Glück wünsche.

»Das kann sie gebrauchen.« Bridget lächelt. »Daisy ist in dieser Hinsicht sehr schüchtern.«

»Wie geht's mit der Diät?«, frage ich, während wir warten. »Ich meine, mit Daisys Diät …« Ich lasse auch keinen Fettnapf aus! Bridgets Wangen nehmen eine dunklere Färbung an. Ich mache mir Sorgen wegen ihres Blutdrucks – bei ihr ist es viel wahrscheinlicher, dass sie damit ein Problem hat, als bei Frances, deren gelegentliche rote Wangen bestimmt eher etwas mit einer Herzensangelegenheit zu tun haben als mit einem Arterienproblem.

»Sie ist immer am Verhungern.« Bridget zuckt die Achseln. »Daisy ist wie ich. Keine von uns kann sich gut an eine Diät halten. Maz, falls sie wirklich Diabetes hat, was bedeutet das für ihre Behandlung?«

»Tägliche Insulinspritzen, eine strenge Diät und ein Bewegungsprogramm, aber dafür haben Sie ja eine Tierarzthelferin im Haus, die das alles für Sie erledigen kann. Und wir sind auch gleich um die Ecke, wenn Sie Hilfe oder einen Rat brauchen.«

»Danke, Maz.« Bridget macht eine Pause. »Shannon hat mir gesagt, dass Sie heiraten wollen. Es tut mir leid, wenn ich mich da einmische, aber Sie würden mir eine große Freude machen, wenn ich Sie hinsichtlich der Blumen beraten könnte – selbst wenn Sie sich dann entschließen sollten, nicht bei mir zu bestellen. Ich kann Sie darüber informieren, welche Blüten und welches Beigrün im Winter möglich sind, und Ihnen ein Gefühl dafür vermitteln, ob Sie ein gutes Geschäft machen. Sie waren zu Shannon so freundlich … und zu Daisy. Es wäre mir eine große Freude.«

»Also, um ehrlich zu sein, habe ich mir über den Blumenschmuck noch gar keine Gedanken gemacht«, gebe ich zu. »Ich bin nicht besonders gut organisiert. Emma und Frances würden mir am liebsten alles aus der Hand nehmen, aber ich möchte lieber selbst entscheiden. Sollen wir einen Termin ausmachen, oder kann ich einfach vorbeikommen?«

»Warum kommen Sie nicht einfach mal abends nach der Arbeit auf einen Sprung vorbei? Zu einem Glas Wein und etwas zu knabbern?«

»Danke. Das wäre toll.« Noch ein Punkt, den ich von meiner Liste streichen kann.

»Dann also heute Abend?«

»Nächste Woche würde es mir besser passen, wenn es Ihnen recht ist.«

»Wir sind wieder da«, unterbricht uns Shannon. Daisys Krallen klackern hinter ihr über den Fußboden. »Ta-ta!« Sie schwenkt einen Becher mit Hundepipi in meine Richtung – natürlich mit geschlossenem Deckel. Ich mache einen Glukoseschnelltest. Das Ergebnis ist positiv.

»Dann hat Daisy also Diabetes«, sagt Shannon.

»Wir kontrollieren noch das Blut im Labor, um sicherzugehen, dass es nicht noch etwas anderes ist«, sage ich. »Sie können das doch noch machen, bevor Sie heute nach Hause gehen, nicht wahr, Shannon? Dann schlage ich vor, dass wir Daisy gleich morgen in aller Früh einen Zwanzigminutentermin geben. Falls ich um neun Uhr schon belegt bin, kommen Sie um zwanzig vor.« Ich zögere. »Ich habe nicht vor, Daisy jetzt gleich etwas zu geben – wir müssen ein bestimmtes Programm für sie erarbeiten. Sie muss jeden Tag herkommen, bis wir sie stabilisiert haben.«

»Und sonntags?«, fragt Shannon. »Wir haben sonntags doch keine Sprechstunde.«

»Will kann sie sich ansehen. Er wird einen für beide Seiten passenden Termin finden.«

»Aber …« Shannon zögert. Ich weiß, was sie denkt. Kennt Will sich damit aus?

»Ich werde mit ihm reden und ihn wissen lassen, wo wir stehen.«

»Danke, Maz.« Offenbar ist Shannon beruhigt.

»Äh, welche Anzeichen gibt es denn für Diabetes?«, fragt Bridget.

»Polydisie – das ist übermäßiges Trinken«, erklärt Shannon, »neben übermäßigem Pinkeln und übermäßigem Fressen.« Sie lächelt. »Sehen Sie, ich habe gelernt. Ich weiß tatsächlich was.«

»Dann ist das bei Hunden dasselbe wie bei Menschen?«, fragt Bridget.

»So ziemlich«, sage ich.

»Es klingt… Was passiert, wenn man es nicht behandelt?«

»Dann stirbt man«, sage ich offen heraus. »Irgendwann ist der Blutzuckerspiegel so hoch, dass der Körper nicht mehr damit zurechtkommt. Der unkontrollierte Diabetiker kollabiert, hat Krämpfe und fällt schließlich ins Koma, und das war's dann.«

»Du wirst Maz doch behandeln lassen, oder, Mum?«, fragt Shannon und reißt vor Sorge die Augen weit auf. »Du willst sie doch nicht sterben lassen?«

»Ich lasse sie nicht sterben.« Bridget seufzt. »Dann werde ich mal den Termin vereinbaren.«

»Ich wünschte, du würdest dich um dich selbst so kümmern wie um die Hunde«, sagt Shannon leise. »Ich kann Daisy morgen früh hierher mitnehmen, dann kannst du zum Arzt, bevor du den Laden aufmachst.«

Bridget antwortet nicht. Wenn ich sie mir so ansehe, glaube ich nicht, dass sie schwierig ist. Ich glaube eher, sie hat Angst.

»Bitte, Mum«, sagt Shannon. »Tu's für mich.«

»Na gut. Für dich«, sagt Bridget schließlich. »Ich werde mich mal mit Dr. Mackie unterhalten.« Shannon blickt mich an, und ihrem Gesicht ist die Erleichterung deutlich anzusehen.

Doch Bridget hat das letzte Wort. »Ich bin mir sicher, dass mir nichts fehlt.«

Wenn ich mir mein Traumkleid vorstelle, ist es eine verschwommene Silhouette aus gebrochen weißer Seide. Ich habe wirklich keine Ahnung, wonach ich suche. Also hoffe ich, Emma hat eine genauere Vorstellung als ich. Sie hat mir ein paar Zeitschriften zur Inspiration gegeben. Da waren auch einige schöne Kleider abgebildet – aber zu viele, als dass ich mich hätte für eins entscheiden können.

»Wo fangen wir an?«, fragte ich, als wir das mehrstöckige Parkhaus in Exeter, Devons historischer Domstadt, verlassen und uns in Richtung Einkaufzentrum aufmachen.

»In dieser riesigen Metropole …«

»Du machst Witze, stimmt's?«

»Tja, schon, aber verglichen mit Talyton St. George … Wie auch immer. Wir können mit den Secondhandläden anfangen, wenn du den Vintage Look anstrebst. Oder mit den Kaufhäusern, wenn du etwas Fertiges von der Stange kaufen willst. Vielleicht wäre das ratsam, da du keine Zeit mehr hast, ein maßgeschneidertes Kleid zu bestellen.« Emma hält inne. »Du wirst bis zur Hochzeit noch ein paar Pfund verlieren.«

»Das wäre gar nicht mal so schlecht.« Ich schleppe immer noch ein paar Kilo Schwangerschaftsspeck mit mir herum.

»Weiß Sophia, dass wir heute unterwegs sind, um das Kleid auszusuchen?«

»Ich habe es ihr gegenüber nicht erwähnt. Ich will nicht, dass sie die Organisation an sich reißt, Em. Wahrscheinlich wird sie beleidigt sein, dass ich sie nicht nach ihrer Meinung gefragt habe, aber sie ist vollkommen gegenwartsfremd.«

Wir fangen in einem Laden für Brautmoden an, wo

wir von einer Beraterin namens Cara begrüßt werden, die so aussieht, als wäre sie gebotoxt, mit Selbstbräuner aufpoliert und mit einer Grundierung überzogen, die nicht zum Farbton ihrer Haut passt.

»Und welche der jungen Damen ist die errötende Braut?«, fragt sie, nachdem sie sich uns vorgestellt hat. Sie trägt ein marineblaues Kostüm und eine Strasshaarspange in Form eines Seesterns in ihrem glatten mahagonifarbenen Haar. »Das ist Maz hier«, sagt Emma, und wenn ich vorher noch nicht rot geworden bin, dann tue ich das jetzt.

»Emma ist meine Hochzeitsplanerin und Trauzeugin, wenn sie die Position annimmt.« Ich habe sie damit ziemlich überrascht, auch wenn ich mir nicht vorstellen kann, dass sie ablehnt. »Bitte, Em, ich brauche dich, um Lucie, Seb und George im Zaum zu halten.«

»Wie kann ich dem widerstehen? Oh, liebend gern!«, sagt sie und umarmt mich. »Ich bin so aufgeregt. Wie werden wir dieses Kleid jetzt aussuchen?«

»Keine Ahnung.« Ich weiß nicht, womit ich anfangen soll.

Cara mischt sich ein.

»Haben Sie ein Thema für die Hochzeit?«, fragt sie.

»Nicht wirklich.«

»Natürlich hast du das«, sagt Emma. »Es ist eine Landhochzeit … eine Weihnachtshochzeit.«

»Eine Weihnachtshochzeit«, plappere ich ihr nach.

»Neben dem Kleid müssen Sie sich also Gedanken darüber machen, wie Sie die blauen Arme und die Gänsehaut auf den Fotos und im Film vermeiden. Natürlich kann man diese Dinge heutzutage mit Photoshop beheben, aber besser ist es doch, es gar nicht erst so weit kommen zu lassen. Sie müssen trotzdem nicht auf ein ausgeschnittenes Kleid verzichten, wenn Sie einen Mantel oder Umhang darüberziehen. Wir haben einen reizenden Kapuzenumhang mit einem Kunstpelzbesatz für die Wintersaison.« Cara hält inne. »Bitte, nehmen Sie Platz. Ich hole uns einen Kaffee, und dann können wir ein paar Vorüberlegungen anstellen.«

»Du hast doch daran gedacht, ordentliche Unterwäsche anzuziehen, oder?«, flüstert Emma mir zu, als Cara mit einer Cafetière, Tassen und Untertassen zu uns zurückkehrt.

»Ja, dank dir.« Ich lächele.

»Um welche Tageszeit findet die eigentliche Trauungszeremonie statt?«, fragt Cara.

»Am späten Vormittag, hoffe ich. Wir müssen den Termin noch mit dem Pfarrer abstimmen.«

»Das ist ideal. Sie wissen ja, was man sagt – immer am Morgen heiraten. So hat man wenigstens nicht den ganzen Tag vertan, wenn es doch noch schiefgeht«, sagt Cara gut gelaunt. »Wie auch immer, nach dem Landrecht muss man ohnehin bei Tageslicht heiraten, damit der Bräutigam sehen kann, dass er tatsächlich die Person heiratet, die er auch heiraten wollte.«

Dazu weiß ich nichts zu sagen, und selbst Emma scheint es die Sprache verschlagen zu haben.

»Haben Sie sich bereits Gedanken über Ihre Silhouette gemacht?«, fragt Cara. »Über den Schnitt des Kleides?«

»Ich weiß, dass ich nicht aussehen möchte wie ein Baiser.«

»Denk daran, deine Vorzüge zu betonen«, sagt Emma. »Du hast einen hübschen Busen, schmale Hüften und einen ziemlich flachen Bauch. Ich bin ja so neidisch.«

Ich komme mir langsam so vor, als würde ich an einem Wettbewerb für das schönste Haustier teilnehmen.

»Ein schmales Kleid könnte Ihnen gut stehen, Maz, oder ein Meerjungfrauenkleid, das bis zum Knie eng anliegt und dann erst weiter wird. Mit denen fangen wir an«, sagt Cara. »Was halten Sie von einer Schleppe? Heiraten Sie in einer Kirche, auf dem Standesamt oder an irgendeinem exotischeren Ort?«

»In der Dorfkirche«, sagt Emma.

»Wie wunderbar! Das gibt Ihnen so viel mehr Spielraum, wenn es darum geht, eine Schleppe auszuwählen. Mit einer Kathedralen-Schleppe würden Sie eine eindeutige Aussage machen und alle Augen auf sich ziehen.« Cara mustert mich noch einmal. »Lassen Sie uns mit den schmalen Kleidern anfangen. Kommen Sie mit in die Umkleide, und legen Sie bitte ab. Haben Sie Ihre Schuhe dabei?«

Ich blicke nach unten auf meine flachen Pumps.

»Die gehen nicht. Sie brauchen etwas mit ordentlichem Absatz. Ich habe ein Paar hier, das Sie vorerst anprobieren können.«

Ich ziehe mich bis auf die Unterwäsche aus und stehe umgeben von Spiegeln da, die mir das Gefühl vermitteln, mich komplett entblößt zu haben. Ich erwarte beinahe, dass jeden Moment der berühmte Modeberater Gok Wan hereinkommt, aber dann ist es doch nur Cara, die mit den Armen voller Kleider vor mir steht. Sie hilft mir in das erste, ein einfaches elfenbeinfarbenes Kleid mit Wasserfallausschnitt. Sie zieht den Reißverschluss am Rücken hoch und knöpft den Rest zu, bevor sie mir in die Seiten kneift und ein paar Nadeln in den Stoff steckt, sodass ich zusammenzucke.

»Das ist großartig. Sie haben eine reizende Figur.« Sie zieht den Vorhang auf, damit Emma mich sehen kann. »Sieht sie nicht fantastisch aus?«

Emma mustert mich vom Scheitel bis zur Sohle. »Ich bin mir nicht sicher.«

»Ich komme mir ein bisschen wie eine Nonne vor.«

»Das darf nicht sein«, sagt Cara. »Das würde Sie nicht in die richtige Stimmung für Ihre Hochzeitsnacht bringen, oder? Ziehen Sie es aus. Ich habe noch viele andere.«

Fünf Kleider später sind wir dem Einen noch immer nicht nähergekommen.

»Das ist schwieriger, als einen Ehemann zu finden«, sage ich.

»Nun, in beiden Fällen müssen Sie sich Ihrer Wahl ganz sicher sein«, sagt Cara. »Ah ja, hier ist ja das, nach dem ich gesucht habe. Ziehen Sie es an.«

»Auf, Maz«, sagt Emma, die spürt, dass ich dabei bin, meine Begeisterung zu verlieren. »Ich habe über hundert anprobiert, als ich meins gesucht habe.«

»Nur so wenige?«, sagt Cara. »Ich hatte schon Bräute hier, die über zweihundertfünfzig angezogen haben, bevor sie sich entscheiden konnten.« Sie zieht den Vorhang wieder zu, hilft mir in das nächste Kleid und schnürt es fest zusammen.

»Das ist eine Nummer kleiner«, erklärt sie. »Wir können die nächste Größe aber bestellen.« Sie tritt zurück und zieht die Nase kraus. Offensichtlich ist ihr klar, dass es mir nicht gefallen wird. »Ich persönlich meine ja«, fährt sie fort, die eine Hand in die Hüfte gestützt, »dass das nicht das richtige Kleid für Sie ist. Es ist über der Hüfte zu bauschig und macht aus Ihrem Busen einen Balkon.«

»Würden Sie mich bitte wieder aufschnüren?« Ich bekomme kaum Luft, und als ich das Kleid wieder ausziehe, erleichtert es mich ungemein festzustellen, dass meine Rippen noch intakt sind, bloß ein wenig geprellt.

»Keine Bange, Maz«, ruft Emma. »Es gibt immer noch eBay.«

»Ich habe noch zwei«, sagt Cara, die mit Emmas Neckerei nichts anzufangen weiß. »Das eine, würde ich sagen, ist im Stil der Herzogin von Cambridge, aber es ist weiß, was zu Ihrem Teint nicht so vorteilhaft aussieht, obschon wir es auch in Elfenbein bekommen könnten. Und dann ist da noch das Meerjungfrauenkleid in Elfenbein, mit einem paillettenbesetzten Oberteil und angeschnittenen Ärmeln. Ich suche es für Sie raus.«

Das Meerjungfrauenkleid sitzt perfekt. Es ist umwerfend. Ich fühle mich um Zentimeter größer, sehr wie eine Prinzessin und überhaupt nicht wie eine Meerjungfrau.

»Ich nehme an, das könnte es sein«, sagt Emma.

»Du klingst nicht gerade überzeugt«, sage ich.

»Daran liegt es nicht … ich bin nur enttäuscht, dass wir es so schnell gefunden haben.«

»Oh, aber Sie müssen ja immer noch die Schuhe aussuchen, den Kopfschmuck, einen Umhang und die Kleider für die Brautjungfern«, sagt Cara eilig. »Sie haben ja gerade erst angefangen.«

»Aber es ist das Richtige«, stimme ich zu und streiche vorne und hinten die Seide glatt. »Es sitzt perfekt.« Aber dann kommt mir ein Gedanke, und ich drehe mich um, damit ich meine Rückseite im Spiegel begutachten kann.

»Sieht mein …«, setze ich zu einer Frage an.

»Absolut nicht«, fällt Emma mir ins Wort. »Mit deinem Po ist alles in Ordnung.«

»Sie haben ein überaus wohlgeformtes Gesäß«, sagt Cara, und ich merke, dass die Braut wieder errötet.

»Was auch immer Sie tun, lassen Sie nicht zu, dass

der Bräutigam Sie vor der Hochzeit in dem Kleid sieht«, sagt Cara. »Denken Sie immer daran, dass es Unglück bringt.« Sie legt den Kopf auf die Seite und lächelt, wobei sie ihre blendend weißen Zähne entblößt. »Ich bin mir sicher, dass die meisten Bräutigame diesen Aberglauben ausnutzen, um lange Einkaufstouren mit ihren zukünftigen Ehefrauen zu vermeiden.«

»Meiner auf jeden Fall.« Ich erwidere das Lächeln. »Alex hasst Shoppen.« Ich wende mich an Emma. »Meinst du, es wird ihm gefallen?«

»Alex wird nicht in der Lage sein, den Blick – oder seine Finger – von dir zu lassen.«

5

Haustiere gewinnen Preise

Es ist der Tag der Landwirtschaftsausstellung, eines von Talyton St. Georges jährlichen gesellschaftlichen Ereignissen und für viele der Höhepunkt des Jahres. Das Wetter enttäuscht nicht, indem es mit der Tradition bricht. In der vergangenen Nacht hat es heftig geregnet, und die Vorhersage verspricht Sonne und Schauer.

Bei der Erinnerung an meine erste Landwirtschaftsausstellung hier, als ich meine schicksten Pumps in knöcheltiefem rotem Devonschlamm ruinierte, entscheide ich mich dieses Mal für praktische, bodenständige grüne Gummistiefel. Nachdem ich mich stückchenweise von einem Stadtmädchen in eine Landtierärztin verwandelt habe, ist meine Metamorphose perfekt, sobald ich in eine Wachsjacke schlüpfe. Bedauere ich es? Ich muss mich nicht länger selbst durch modische Kleidung ausdrücken, aber – einige Leute mögen mich für oberflächlich halten – manchmal vermisse ich es. Vielleicht kompensiere ich das, indem ich mir für die Flitterwochen etwas ganz Besonderes aussuche.

Lucie und Seb sind für das Wochenende bei uns, und obwohl wir uns einig waren, dass Alex keinen Dienst haben und mich somit mit den drei Kindern allein lassen würde, wenn er gebraucht wird, raten Sie mal: Er hat Dienst.

Alex und ich fahren mit George zum Festgelände. Sophia fährt den Pferdeanhänger und hat Lucie dabei, Seb und Lucies Pony, das als Mitglied des Ponyklub-Teams an den Reiterspielen teilnimmt.

Alex parkt den Geländewagen in dem Teil der Wiese, der mit Absperrband vom Rest des Parkplatzes abgetrennt und für »Offizielle« ausgewiesen ist und nahe dem Eingang zum Festgelände liegt, sodass wir die Drehkreuze für die normalen Besucher aus Talyton St. George und Umgebung umgehen. Drinnen begrüßt uns Fifi Green mit einem Luftballon an einem Stab für George, der von Alex in seinem Buggy über das nasse Gras geschoben wird. Meine mütterlichen Gefühle melden sich, und ich mache mir darüber Sorgen, dass George sich ein Auge ausstechen könnte.

Während ich mich bücke, um den Stab aus seinem Griff zu winden, sagt Alex: »Lass nur, Maz, ich pass schon auf.«

»Er könnte sich selbst verletzen.«

»Dann hat er etwas gelernt.«

Ich drehe mich wieder zu Fifi um und widerstehe dem Drang, meinen Unwillen zu betonen, dass George aus Erfahrung lernt – jedenfalls jetzt noch nicht.

Fifis Haare sind kupferblond, und sie trägt eine Dauerwelle. Ihre Wimpern müssen falsch sein, ebenso wie ihre Nägel und wahrscheinlich auch ihre Zähne. Sie trägt eine kanariengelbe Bluse und einen marine-gelb getupften Rock in A-Linie, Gummistiefel mit Keilabsatz und eine blaue Baskenmütze, die sie sich in einem kecken Winkel aufs Haar gesetzt hat.

»Ich hoffe, meine Kopfbedeckung gefällt Ihnen, Maz«, sagte sie, nachdem sie bemerkt hat, dass ich sie ansehe. Die Baskenmütze entspricht nicht ihrem üblichen Stil.

»Wir haben heute Gäste aus unserer Partnerschaftsgemeinde hier. Das ist mein Beitrag zur Entente Cordiale.«

Ich bemerke, dass Alex mir zuzwinkert, und versuche nicht zu kichern. Fifi meint es gut, aber manchmal übertreibt sie es einfach.

Fifi justiert ihr Halstuch. Sie kommt inzwischen ein wenig in die Jahre, Mitte sechzig müsste sie sein, aber sie ist entschlossen, es sich nicht ansehen zu lassen. Ich kann ihr keinen Vorwurf machen. Ich hoffe, dass ich in ihrem Alter auch nur halb so viel Energie habe.

»Wo steckt Ihr Vater?«, fragt sie. »Ich habe ihn für eine halbe Stunde früher bestellt, als ich ihn eigentlich hierhaben wollte, damit er rechtzeitig da ist. Ist er nicht mit Ihnen gekommen?«

»Sie werden heute mit mir vorliebnehmen müssen«, sagt Alex. »Vater ist krank.«

»Krank? Sind Sie sich sicher?«, sagt Fifi, und ihre Stimme wird vor Überraschung ganz hoch.

»Ziemlich sicher«, sagt Alex. »Ich habe es heute früh aus erster Hand erfahren.«

»Oje.« Fifi klingt irgendwie enttäuscht.

»Man kann davon ausgehen, dass es ihm wirklich nicht gut geht, wenn er nicht hier ist. Normalerweise würde er sich die Landwirtschaftsschau um keinen Preis entgehen lassen.«

»Kann ich irgendetwas tun? Ich bin mir sicher, dass ich die Truppen zusammenziehen kann, um ihm ein bisschen Hühnersuppe oder Apfelmus zum Herrenhaus zu bringen.«

Mit den Truppen meint Fifi die guten Damen vom Frauenverein, dessen Vorsitzende sie ist.

»Danke, aber das ist nicht nötig, Fifi.« Alex wirft mir

einen raschen Blick zu und verdreht die Augen. »Ich nehme an, Mutter hat ihm ein bisschen Phenylbutazon ins Frühstück gerührt.«

»Phenylbutazon?« Fifi blickt finster und runzelt die Stirn, und mir kommt der Gedanke, dass Botox noch nicht in Talyton St. George angekommen sein kann, denn wenn es das wäre, wäre Fifi die Erste in der Schlange gewesen.

»Phenylbutazon – das ist ein entzündungshemmendes Medikament für Pferde«, erklärt Alex. »Es war ein Scherz, Fifi.«

Sie braucht ein, zwei Sekunden, um zu begreifen, was er gesagt hat, doch als sie es kapiert, ergreift sie Alex' Hand und gibt ihm einen Klaps.

»Ungezogener Junge! Sie sind genau wie Ihr Vater.«

Nicht wirklich, denke ich amüsiert. Ich hätte nie eingewilligt, jemanden wie den alten Fox-Gifford zu heiraten.

»Es ist so schade, dass er nicht hier sein kann«, sagt Fifi wehmütig. Ich hatte sie schon immer in Verdacht, eine Schwache für Alex' Vater zu haben. »Er ist so gut in diesen Dingen.«

Alex hört mit unbewegter Miene zu, und ich frage mich, woran er gerade denkt und ob er sich darüber ärgert, im Schatten seines Vaters zu stehen.

»Wann macht er Sie denn endlich zum Seniorpartner?«, fährt Fifi fort. »Ich würde sagen, alt genug dafür sind Sie ja inzwischen wohl.«

»Ach, dann müsste er mir mehr bezahlen, Fifi, und Sie wissen ja, wie knauserig er ist«, sagt Alex leichthin.

»Na, dann kommen Sie mal mit. Wir werden mit Ihnen auskommen müssen. Wenigstens haben wir einen Vertreter für beide Praxen.«

Vor drei Jahren hatte ich die zweifelhafte Ehre, neben dem alten Fox-Gifford als Juror das beste Haustier bestimmen zu dürfen. Im Jahr darauf haben wir Drew, den Vertretungsarzt, geschickt. Und letztes Jahr hat Emma geduldeterweise diese Aufgabe übernommen.

»Wir sollten langsam anfangen. Bitte, nehmen Sie die hier.« Fifi reicht uns Anstecker mit der Aufschrift »Jury«. George findet Gefallen an meinem, und um des lieben Friedens willen überlasse ich ihn ihm. Es ist keiner mit Nadel, sondern zum Befestigen an einem Knopfloch. Fifi schürzt missbilligend die Lippen und verschwindet im Kassenhäuschen, um noch einen zu holen.

»Hier, bitte, Maz. Doch lassen Sie ihn nicht in die falschen Hände geraten. Das freie Mittagessen ist ausschließlich für unsere Offiziellen. Aber es ist in Ordnung, wenn Sie George mitbringen, wenn es sein muss«, fügt sie hinzu.

»Danke, Fifi«, sage ich, weil ich nicht vorhabe, sie zu verärgern, indem ich sie wissen lasse, dass ich nicht so scharf auf ihr Mittagessen bin.

»Ich habe daran gedacht, Maz«, sagt sie, als könnte sie meine Gedanken lesen. »Ich habe Elsa gebeten, dieses Jahr eine vegetarische Alternative vorzubereiten. Für die Fleischfresser gibt es Spanferkel.« Sie schaut von mir zu Alex und wieder zurück. »Es ist ein glückliches Schwein, Maz.«

»War ein glückliches Schwein«, korrigiere ich sie sanft.

Wir folgen Fifi den Hauptgang hinunter, gehen zwischen den Ständen und Zelten mit ihren Ständern voller Wachsjacken, Deerstalker-Mützen und Stiefeln und allem Erdenklichen, was man für sein Pferd oder seinen Hund brauchen könnte – denn die meisten Leute hier werden entweder von einem Spaniel, einem Labrador oder einem Terrier der ein oder anderen Rasse begleitet – umher. Es gibt ernst aussehende Männer in Tweedjacken, die Farmversicherungen und Verträge für die Lieferung von Melkmaschinen verkaufen. Nicht viele interessieren sich für die Tombola zugunsten des Legehennenschutzes direkt neben dem Stand des Talytoner Tierschutzvereins, doch am nächsten Stand, Jennies Kuchenparadies, bilden sich Schlangen.

»Pell …« George schwenkt seinen Luftballon und deutet auf einen ausgestellten Traktor. »Pell … da … Pell.«

»George, das ist ein Traktor«, sagt Fifi. »Traktor …«

»Das ist Rumpel«, sagt Alex. »Rumpel, der Traktor aus Bob der Baumeister.« Er lächelt wehmütig. »Damit kenne ich mich aus. Ich bin die weltgrößte Autorität für diese Geschichten. Seb hat sie schon geliebt, und George jetzt auch.«

Wir biegen um die Ecke des Zeltes des Frauenvereins. Ich bleibe stehen und schaue kurz hinein, um Frances zuzuwinken, doch sie arrangiert gerade Scones auf einem Tablett an einem der langen Tapeziertische und sieht mich nicht.

»Pferd«, sagt George und deutet mit seinem Luftballon, als wir am Stand des Hufschmieds vorbeikommen. Sophia hat ihm einiges beigebracht.

»Es wird ein toller Tag«, sagt Fifi. »Die ganzen Vorbereitungen werden sich bezahlt machen.«

Die Luft ist schwer vom Duft ausgebackener Donuts und Kaffee und die Atmosphäre vom Geräusch der Generatoren und einer knisternden Lautsprecheranlage elektrisch aufgeladen.

»Hi, Alex. Hallo, Maz.« Chris, Izzys Ehemann, ruft uns einen Gruß zu, während er mithilfe zweier Schäferhunde, von denen jedoch nur einer mit Eifer bei der

Sache ist, eine Handvoll wolliger Schafe den nächsten Gang hinuntertreibt. Der andere kommt zu uns herübergetrottet.

Chris steckt die Finger zwischen die Zähne und pfeift, aber der Hund, ein wunderschöner dreifarbiger Collie, ignoriert ihn. »Freddie, bei Fuß!«, ruft Chris.

»Geh schon, Freddie«, sage ich zu ihm. »Er schmeißt dich noch raus, wenn du nicht aufpasst.«

Freddie war eins von unseren Tieren – vom Otter House, genau genommen. Entweder war seine Besitzerin absolut herzlos, oder sie war fest davon überzeugt, die Behandlung nicht bezahlen zu können, jedenfalls ließ sie ihn in der Praxis zurück, kurz nachdem ich dort anfing zu arbeiten. Freddie war schwer krank, doch dank unserer Behandlung und Izzys guter Pflege hat er es geschafft. Izzy hat ihn auf Chris' Hof gebracht, um herauszufinden, ob er ein Talent zum Hütehund besitzt. Wie sich herausstellte, hat er das nicht, aber das ist inzwischen egal, denn ohne Freddie wären Chris und Izzy niemals zusammengekommen.

Als wir den mit Strohballen und Schnur vom Hauptgang abgetrennten Bereich erreichen, wo der Haustierwettbewerb stattfindet, warten dort bereits mehrere Teilnehmer. Mich verlässt ein wenig der Mut. Ungefähr dreißig sind es, und sie haben alle möglichen Haustiere dabei: Hunde, Katzen und Kaninchen, teils an Leinen und teils in Transportboxen. Es gibt auch noch Hamster und Ratten, eine Ente, eine Python und etwas, das wie eine Tarantel in einer Schachtel aussieht.

Ich entdecke Raffles, der Stewart und Lynsey Pitt gehört. Er wird von ihrem ältesten Sohn, Sam, ausgestellt. Raffles ist einer unserer Patienten, während Alex sich um die Kühe auf dem Hof der Pitts kümmert. Raffles hat zwar kurze Beine, aber einen großartigen Charakter. Wenn wir das süßeste Haustier suchten, würde er mit seinem rotbraunen Fell und den blonden Knickerbockern gewinnen.

Saba, die Königspudeldame, würde den Preis für das glamouröseste Haustier bekommen. Ihr lockiges schwarzes Fell ist frisch getrimmt. Ihr Halsband und ihre Leine sind augenscheinlich mit Swarovski-Kristallen besetzt. Ihre Besitzerin Aurora trägt eine schwarze Lederhose, hohe Stiefel und eine kurze Jacke.

Cheryl vom Copper Kettle, dem Teeladen, ist auch hier. Sie war früher bei uns, hat dann aber nach einem bedauernswerten Missverständnis zu einer anderen Kleintierpraxis in der Nähe gewechselt. Als sie ihren preisgekrönten Zuchtkater zum Stylen ins Otter House brachte, verpasste ich ihm ein kürzeres Trimming, als sie meinte bestellt zu haben.

Sie hat heute denselben Kater dabei, Blueboy, einen blauen Perser. Er trägt ein Geschirr und sitzt auf einem mit Kristallen bestickten Kissen. Cheryl hat eine graue Hose und eine Weste mit Katzenmotiven an. Katzen baumeln auch von ihren Ohren und an ihrem Armband. Ihr Haar ist kurz und dunkel, außer am Ansatz, wo es silbergrau ist.

»Das wird ein ganz schöner Marathon«, raunt Alex mir zu. »Wie um alles in der Welt sollen wir entscheiden?«

»Ich weiß nicht«, sage ich lächelnd. »Wie haben dein Vater und du das gemacht, bevor Emma hier aufkreuzte und ihre Praxis eröffnete? Ihr müsst doch irgendein System gehabt haben.« Als er nicht reagiert, fahre ich fort. »Das erste und bisher einzige Mal, als ich das hier gemacht habe, haben wir an jedes Tier bis zu zehn Punkte verteilt, und Fifi hat dann die Bewertungen der beiden Juroren addiert und ist so zu einer Gesamtpunktzahl gekommen. Das Tier mit den meisten Punkten hat gewonnen.« Ich halte inne. »Oder wir könnten uns entscheiden, das süßeste oder das exotischste auszuwählen.«

»Oder das in bester Verfassung«, sagt Alex.

»Woran erkennst du, ob eine Tarantel in guter Verfassung ist?«

»Indem ich die Beine zähle? Sag du's mir, du bist doch hier die Kleintierspezialistin.« Alex grinst. »Komm, wir sollten George bei Mutter abgeben und anfangen, sonst sind wir hier den ganzen Tag beschäftigt.«

Sophia trifft uns mit Seb und Lucie auf der anderen Seite der Absperrung. Lucie hat ihre blonden Haare mit einer lila Schleife nach hinten gebunden und trägt bereits ihre Reitsachen: weiße Bluse, Ponyklub-Krawatte und Jodphur-Hosen. Seb, der vom Aussehen her ganz nach Alex kommt, hat ein blau kariertes Hemd an und schlurft in Gummistiefeln herum, die ihm mindestens zwei Nummern zu groß sind.

»Ich pass auf George auf.« Lucie zerrt den Buggy aus dem abgesperrten Bereich, löst den Gurt und hebt George heraus. »Du bleibst da auf dem Ballen sitzen«, befiehlt sie ihm.

»Nein«, sagt er, setzt sich aber dennoch hin.

»Lucie hat ein echtes Händchen für kleine Kinder«, sage ich zu Alex.

»Nur leider hat sie nicht dasselbe Händchen für Sebastian«, entgegnet er. »Wirst du zurechtkommen, Mutter?«

»Ja. Ich habe ein paar Ponyklub-Mütter aufgetrieben, die sich in der nächsten Stunde um die Ponys kümmern. Das haben wir allerdings nicht deinem Vater zu verdanken. Er hätte hier sein sollen.« Sophia wendet sich an

Fifi. »Er war keinen Tag krank, jedenfalls nicht seit dem Bullenangriff. Und auch das wäre nie passiert, wenn er nicht so stur gewesen und zu ihm in die Box gegangen wäre. Jeder wusste, dass er bösartig war.« Ich nehme an, diese Bemerkung bezieht sich auf den Bullen, nicht auf ihren Ehemann. »Er hieß Luzifer – wie der Teufel.«

»Haben Sie den Arzt gerufen?«, fragt Fifi.

»Dr. Mackie kommt nach der Sprechzeit zum Herrenhaus heraus.«

»Es muss ihm wirklich schlecht gehen, wenn er Ihnen erlaubt hat, den Arzt zu rufen. Sind Sie sich sicher, dass er allein zurechtkommt?«, sagt Fifi. Als Sophie ihr anstelle einer Antwort einen finsteren Blick zuwirft, fährt sie fort: »Tja, ich bin überzeugt, dass es ihm bald wieder besser gehen wird. Dr. Mackie ist so ein reizender junger Mann. Habe ich Ihnen je erzählt, dass er ein wahres Wunder an meinen entzündeten Fußballen bewirkt hat?«

»Sie erwähnten es, Fifi«, sagt Sophia barsch. »Bereits mehr als ein Mal. Und, Alexander, solltest du nicht langsam anfangen? Ich darf unmöglich die Reiterspiele versäumen.«

»Dann komm mit, Maz.« Alex nimmt meine Hand. »Auf in die Höhle des Löwen oder ins Getümmel oder wie immer man auch sagt.«

Fifi sorgt dafür, dass die Teilnehmer am Wettbewerb sich in einer Reihe aufstellen, und bittet diejenigen, deren Haustiere die entsprechende Größe haben, ihre Lieblinge auf die Strohballen zu setzen, bevor Alex und ich die Reihe abschreiten. Wir bieten ein Bild der Einheit, das perfekte Liebespaar. Ich drücke seine Finger. Er lächelt.

»Ich mag den hier«, sage ich leise und deute auf einen

kleinen, schmuddeligen grau-schwarzen Terrier. »Das ist Lucky, einer unserer Patienten.«

»Ich kenne Lucky«, sagt Alex und erinnert mich daran, dass der Hund zwar Patient im Otter House ist, die Familie, der er gehört, aber auch noch andere Tiere besitzt, nämlich Kühe, Ponys und Hühner, die von Alex' Praxis versorgt werden. »Ich traue ihm nicht über den Weg, und ich muss zugeben, dass er mich an eine Ratte erinnert«, fährt Alex flüsternd fort. »Und du darfst dich nicht auf der Grundlage entscheiden, dass es einer deiner Patienten ist. Das ist nicht fair. Mein Favorit ist die Tarantel.«

»Das ist doch nicht eine von euch?«, frage ich ungläubig.

»Nein – ich bin schließlich nicht voreingenommen.«

Eigentlich sollte es ein Spaß sein, sinniere ich, doch jeder Tierbesitzer hält sein Haustier für das beste, und ich kann die Anspannung spüren, während Alex und ich die Tiere begutachten und nicht in der Lage sind, eine Entscheidung zu treffen. Ich spüre die Schwere ihre Erwartungen und frage mich, wie überhaupt irgendjemand eine Entscheidung fällen soll, wenn doch jedes Haustier in den Augen seiner Besitzer gleich kostbar ist.

Aurora posiert für Alex, doch bei seiner Reaktion bin ich beruhigt. Er wendet den Blick von ihren Beinen ab und zwinkert mir vielsagend zu.

Lucky vergrößert seine Siegchancen nicht gerade, indem er nach Alex schnappt, als dieser ihn streicheln will.

»Wissen Sie, er mag keine fremden Männer, Alex«, erklärt der schlaksige Teenager, der mit ihm hier ist. Er ist fünfzehn oder sechzehn, und sein Hosenbund sitzt auf seinen Oberschenkeln, sodass man seine gestreifte Unterhose sehen kann.

»Danke für die Warnung, Adam.« Alex grinst.

»Ich wollte Sie nicht beleidigen oder irgendwas«, sagt Adam eilig. »Lucky wurde an der Autobahn ausgesetzt, bevor wir ihn aus dem Tierheim geholt haben. Man kann es ihm wirklich nicht übel nehmen.«

»Trotzdem ist es kein besonders liebenswerter Charakterzug, zu beißen und dann erst Fragen zu stellen«, sagt Alex. Es ist genau wie in einer dieser Reality-TV-Shows. Man drückt ein bisschen auf die Tränendrüse, und schon steigen die Siegchancen.

»Ihr Vater hat nie Probleme damit, zu einer Entscheidung zu kommen«, mischt Fifi sich ein. »Kommen Sie, Maz.« Sie berührt meinen Ellenbogen. »Dann werden Sie eben entscheiden müssen, sonst versäumen wir noch das Mittagessen.«

Alex sieht mich an. »Wie waren noch einmal die Kriterien für den Wettbewerb?«

»Ich bin zwischen Raffles und Lucky hin- und hergerissen.«

»Dem Struppigen da? Er hat mich mit seinem Futter verwechselt.« Alex reibt sich das Kinn. »Ich tendiere zu der Spinne.«

»Das wäre sicher nicht die Wahl deines Vaters«, sage ich amüsiert. »Er würde sie als Ungeziefer einstufen.«

»Das Mädchen scheint wirklich viel über Taranteln zu wissen – woher sie kommen und wie man sie halten muss.«

»Ich weiß nicht so recht, Alex. Wenn wir uns für die Spinne entscheiden, gibt das bestimmt einen Aufstand.«

Er gluckst. »Dann lass es uns tun.«

Es war keine gute Tat. Das Mädchen mit der Spinne ist zwar von ihrer roten Rosette und dem Wanderpokal, den sie nun für ein Jahr behalten wird, ganz begeistert, doch Cheryl legt sofort bei Fifi eine Beschwerde ein, die daraufhin mich und Alex zur Beratung zu sich ruft.

»Blueboy hat Preise bei nationalen Wettbewerben gewonnen«, sagt Cheryl. »Er ist ein Champion, aber hier rangiert er hinter einem Insekt. Das ist eine Schande.« Bei diesen Worten sieht sie mich an. Ich glaube nicht, dass sie mir jemals verzeihen wird. »Sehen Sie sich Blueboy doch nur an. Wie schön er ist.«

In diesem Moment liegt Schönheit ganz bestimmt im Auge des Betrachters. Blueboy hat seine bernsteinfarbenen Augen zusammengekniffen und guckt mürrisch – ähnlich wie Cassie, die eine seiner vielen Töchter ist. Aber sein Fell ist lang und seidig und frisch schamponiert.

»Cheryl, das ist ein Wettbewerb für Kinder«, sagt Fifi.

»Und wo genau im Reglement steht das?«, fragt Cheryl.

»Nirgendwo. Das sagt einem der gesunde Menschenverstand. Wir sollten diese Gelegenheit nutzen, damit unsere jungen Leute sich auszeichnen können. Es soll Spaß machen.«

Von Cheryls Miene kann ich ablesen, dass es nur dann Spaß macht, wenn man gewinnt.

Fifi fährt fort: »Cheryl, bitte akzeptiere diese Niederlage mit Anstand. Blueboys Qualität als Ausstellungskatze ist damit nicht im Geringsten gemindert, und das hier ist nun wirklich nicht die Nationale Katzenausstellung oder wie auch immer das heißt.«

»Das stimmt«, fängt Cheryl an einzulenken. »Es ist eine ziemlich unbedeutende Sache. Und die Richter sind nicht gerade kompetent.«

»Also, ich weiß ja nicht«, sagt Fifi zu unserer Verteidigung. »Sie sind Tierärzte.«

»Was wissen die schon?« Cheryl zuckt mit ihren knochigen Schultern und wendet sich wieder mir zu. »Ich dachte, Sie würden vielleicht gerne wissen, dass Clive vorbeigekommen ist und mich wegen Cassie um Rat gefragt hat. Wenn Sie mich fragen, spricht das von ausgeprägt fehlendem Vertrauen in tierärztlichen Rat, aber das nur nebenbei bemerkt. Sie haben sie jetzt natürlich ruiniert. Es ist eine solche Schande, dass sie nicht eher zu mir gekommen sind.«

»Was meinen Sie mit ›sie haben sie ruiniert‹?«, fragt Fifi.

»Sie hat sich mit einem Straßenkater gepaart. Sie wird nie mehr in der Lage sein, einen züchterisch wertvollen Wurf zu haben.«

»Das macht überhaupt nichts«, sage ich beherrscht.

»Ihr Blut ist verseucht«, beharrt Cheryl.

Ich sehe Alex an, damit er mir zur Seite springt.

»Maz hat recht«, sagt Alex mit fester Stimme. »Es gibt keinen Grund, weshalb sie beim nächsten Mal keinen züchterisch wertvollen Wurf bekommen sollte, wenn man sie denn mit einem züchterisch wertvollen Kater verpaart. Alles andere ist ein Märchen.«

Cheryls Wangen brennen leuchtend rot. »Ihr Tierärzte habt ja keine Ahnung von Perserkatzen. Ich verzweifle heute tatsächlich an Ihrem Berufsstand. Perser sind eine besondere Rasse.«

»Ich verzweifle auch«, flüstert Alex mir ins Ohr, als Cheryl sich zurückzieht. »Katzenzüchter sind nicht bloß eine besondere Rasse, sie sind eine eigene Spezies.«

»Oh, Alex, Sie sind mir vielleicht einer«, kichert Fifi, die seine Worte mitbekommen hat. Sie bringt die Teilnehmer des Wettbewerbs dazu, unter dem Applaus des Publikums eine Ehrenrunde zu drehen, und ich nutze den Moment, um mit Alex zu sprechen.

»Müssen wir denn zum Mittagessen? Deine Mutter möchte, dass wir die Kinder wieder nehmen, damit sie sich um das Reiterspiele-Team kümmern kann.«

»Ich habe das Gefühl, wir sollten uns wenigstens kurz blicken lassen«, erwidert Alex ernst.

Ich lege ihm die Hand auf den Arm. »Wir haben unsere Pflicht erfüllt. Ich möchte den Rest des Tages lieber mit George verbringen und Lucie beim Wettkampf zusehen.«

»Wir sind Stützen der Gesellschaft. Wir haben die Pflicht zu plaudern.« Seine Augenwinkel verengen sich, und um seine Mundwinkel spielt ein jungenhaftes Grinsen.

»Du ziehst mich auf«, sage ich lachend.

»Darauf kannst du wetten.« Er packt meine Hand und verschränkt die Finger mit meinen. »Ich mag Stout und Austern …« Er senkt die Stimme und flüstert mir ins Ohr: »… und dich.«

»Vorsicht!«, warne ich ihn. »Ich hoffe, du kannst dich bremsen.«

»Was ist denn hier los?« Fifi gesellt sich wieder zu uns. »Ach, junge Liebe«, seufzt sie. »Ich kann die Hochzeit kaum erwarten. Im Dezember ist es so weit, oder?«

Ich glaube, sie weiß ganz genau, wann es so weit ist, und irgendwie scheint sie zu denken, dass sie eingeladen wird, obwohl Alex und ich noch nicht einmal dazu gekommen sind, die Gästeliste aufzustellen.

»Ein kleiner Tipp, Maz«, fährt sie fort. »Vergessen Sie nicht, Ihre Kontakte zu nutzen. Wir haben eine hervorragende Auswahl an Kübelpflanzen im Gartenzentrum, falls Sie dem Beispiel des königlichen Paars folgen und Natur in die Kirche bringen wollen.«

»Das ist eine nette Idee, aber ich glaube kaum, Fifi.

Die Kirche ist zwar geräumig, aber doch kein Vergleich zu Westminster Abbey.«

»Ich hoffe sehr, dass Sie der Hochzeit eine persönliche Note geben und den Tag ganz zu dem Ihren machen. Sie müssen sich Gedanken über die Hochzeitsfotos machen.«

Hochzeitsfotos? Der Fotograf! Ich habe mich noch nicht um einen Fotografen gekümmert. Ich bekomme Panik. Es ist so viel zu tun. Ich fühle mich wie kurz vor der Abschlussprüfung an der Uni – dieses zittrige, von Übelkeit begleitete Gefühl, als hätte ich längst nicht genug getan, um die Prüfung zu bestehen.

»Wir müssen los, Fifi«, sagt Alex. »Wir müssen Mutter retten – sie hat alle drei Enkel unter ihre Fittiche genommen.«

»Dann essen Sie also nicht mit dem Wettbewerbskomitee zu Mittag? Schade. Der alte Fox-Gifford legt immer viel Wert darauf, sich zu uns zu gesellen.«

»Sie wissen ja, wie er ist – er würde nie ein kostenloses Mittagessen ablehnen«, erwidert Alex.

Wir treffen Sophia und die Kinder. George weigert sich, zurück in den Buggy zu klettern, also gibt Alex nach und trägt ihn auf den Schultern, woraufhin Seb einen Aufstand erster Güte veranstaltet, obwohl Alex ihm verspricht, ihn später ebenfalls auf die Schultern zu nehmen.

»Alle sehen her. Dieser ungezogene kleine Bengel«, sagt Sophia. »Das denken die Leute.«

»Seb nicht klein«, antwortet Seb in der Babysprache, in die er noch oft zurückfällt, obwohl er fast sechs ist. »Und auch nicht ungezogen.«

»Doch, bist du«, beharrt Sophia ernst. »Was Humpy sagt, stimmt.«

»Was Humpy sagt, stimmt«, wiederholt Lucie. Sie verehrt ihre Großmutter.

»Alexander, kommt ihr zurecht? Lucie und ich müssen das Pony aufwärmen. Die Spiele beginnen um Punkt eins in der Arena.«

»Vergiss das nicht, Daddy«, sagt Lucie. Ihre Augen leuchten erwartungsvoll.

»Ich werde da sein. Versprochen! Bis später.«

Alex und ich gehen mit den Jungs über das Gelände und lassen sie den Führerstand eines glänzend neuen Traktors erkunden. Alex trinkt ein halbes Stout und isst einige Austern, und ich probiere so viele lokale Käsesorten, dass ich irgendwann gar keinen Unterschied mehr schmecke. Seb und George bekommen ein Eis, und ich gebe meiner geheimen Schwäche nach: frisch gedrehte Zuckerwatte, die auf der Zunge zergeht. Am Ende haben wir alle klebrige Finger und Gesichter – Gott sei Dank gibt es Feuchttücher.

»Ich hab Durst«, sagt Seb, als wir auf dem Weg zu den Reiterspielen am Bierzelt vorbeikommen.

»Bitte ...«, mahnt Alex.

»Bitte ...«

»Ich hole dir was zu trinken«, biete ich an. Alles für einen Augenblick des Friedens. Ich verstehe jetzt, warum Eltern ihre Kinder verwöhnen. Ich hatte geglaubt, ich würde eine strenge Mutter werden, aber manchmal ist es einfacher, den Weg des geringsten Widerstandes zu wählen. »Bleibst du mit dem Buggy hier, Alex? Ich nehme an, du willst nichts trinken.«

»Ich hätte schon gern ein Bier, aber besser nicht, obwohl ich nicht erwarte, heute irgendwohin gerufen zu werden. Alle sind ja hier.«

»Bin gleich wieder da.« Ich winke George zu, bevor ich ins Bierzelt gehe, wo die Luft von nasser Kleidung, Bier und Mottenkugeln ganz schwer ist. Ich bin mir nicht sicher, woran es liegt. Vielleicht hat die ältere Generation der Farmer für diesen Anlass ihre besten Tweedanzüge aus dem Schrank geholt. Ich gehe an den Tischen vorbei ganz nach hinten zum Tresen, wo Clive bedient.

»Hi, Clive. Wie geht's?«

»Danke, danke, Maz. Edie kümmert sich um den Pub und natürlich um die Katze. Was soll's denn sein?«

»Bloß eine Cola zum Mitnehmen, danke. Heute lassen wir es mal so richtig krachen.«

Er gießt eine Cola ein und reicht sie mir.

»Was habe ich da von einer fehlgeschlagenen Vasektomie gehört?«

»Wovon?« Ich spüre, wie mir vor Scham die Ohren glühen. Obwohl wir gute Bekannte sind, ist es doch seltsam, dass Clive dieses Thema aufbringt.

»Sie wissen schon. Sie sind doch Tierärztin«, sagt er verlegen.

»Da müssen Sie sich täuschen. Mein Alex war nicht unterm Messer.«

»Nein, nein, das meine ich nicht.« Clive errötet heftig. »Ich meinte niemanden Spezielles. Tut mir leid. Nein. Ich hatte da Gerüchte über ein Schaf gehört. Vielmehr einen Widder.«

»Ach ja? Davon weiß ich nichts.«

»Dann muss ich wohl was falsch verstanden haben. Ignorieren Sie's einfach. Ich tappe offenbar in jedes Fettnäpfchen, das irgendwo bereitsteht. Sie sind mir gewissermaßen direkt an die Füße geschnallt.«

»Kein Problem.« Ich verabschiede mich und gehe hinaus zu Alex. Inzwischen will Seb nichts mehr zu trinken, sondern verlangt, dass wir zur Hüpfburg ein Stück weiter den Gang hinuntergehen. Während er kurz hüpft, spreche ich Alex auf das Vasektomie-Gerücht an.

»Es war schon ein merkwürdiges Gespräch«, stelle ich klar.

»Du weißt doch, wie das hier so ist. Du lebst ja schon lange genug hier.« Alex versetzt mir einen liebevollen Stoß in die Rippen, sodass die Cola überschwappt. »Ein bisschen was ist an dem Gerücht jedoch dran. Robert von der Headlands-Farm hatte ein paar Widder zum Kastrieren angemeldet. Vater hat einen übersehen, und zwar ausgerechnet den, der die deckbereiten Schafe aufspüren sollte. Jedenfalls wurde das erst offenkundig, als mit Beginn der Lammsaison im März neben den schwarzköpfigen eine große Menge weißköpfiger Lämmer geboren wurden. Ich kann dir sagen, das hat für großes Gelächter gesorgt.«

»Das hast du mir gar nicht erzählt«, sage ich ein wenig verletzt. »Es kann nicht wirklich witzig gewesen sein. War Robert nicht verärgert? Er muss dadurch ganz schön viel Geld verloren haben«, füge ich hinzu, doch Alex weicht dem Thema aus, indem er einen Hut von einem der Stände nimmt und mir auf den Kopf setzt.

»Steht dir gut, Maz«, gluckst Alex. »Na, George, wie gefällt dir Mummy mit Hut?«

George streckt auch die Hände nach einem Hut aus. Alex setzt ihm einen auf den Kopf, doch der ist viel zu groß und rutscht ihm über die Augen, sodass er zu weinen beginnt. Alex nimmt ihm den Hut vom Kopf und legt beide zurück, während ich George mit einem Schluck von Sebs Cola tröste und mir gleichzeitig durch den Kopf schießt, dass er deshalb heute Nacht wahrscheinlich nicht schlafen wird. Dann kommt Seb mit statisch aufgeladenen Haaren von der Hüpfburg herunter, will etwas zu trinken, und wir brauchen zehn Minuten, bis wir seine Gummistiefel gefunden haben. Währenddessen kündigt der Ausrufer den Beginn der Reiterspiele in der Hauptarena an, und wir müssen uns beeilen.

Es gibt fünf Teams, die unterschiedliche Abteilungen des Ponyklubs repräsentieren. Jedes Team besteht aus vier Kindern und ihren Ponys. Lucies Mannschaft trägt lila Westen über weißen Blusen und glänzende Stiefel. Es sieht so aus, als würde Lucie langsam zu groß für ihr Pony, den braunen Tinky Winky, doch auch bei den anderen Mitgliedern ihrer Mannschaft baumeln die Füße auf Höhe der Pferdeknie.

Mehrere Staffelrennen finden statt: Flaggenrennen, Dreibeinrennen, Becherrennen, Flaschenpendelverkehr und eine Slalomstaffel. Die Sonne scheint, und ich spüre, wie ich einen Sonnenbrand auf dem Nasenrücken bekomme. Ich schmiere George mit Sunblocker ein, aber er will partout seine Mütze nicht für länger als zwei Sekunden am Stuck aufbehalten.

Die Ponys galoppieren am kurzen Zügel auf und ab, während die Reiter sie heftig antreiben. Lucies Gesichtsausdruck ist gezeichnet von höchster Konzentration. Sie nimmt die Sache sehr ernst.

Im letzten Rennen ist sie die Schlussreiterin des Talyton-Teams. Sie trabt an, als ihre Vorreiterin mit dem Staffelstab um die letzte Stange galoppiert, und beim Stabwechsel bleibt mir fast das Herz stehen, aber die beiden schaffen es noch vor der Wechsellinie, und Lucie ist auf und davon und rast um die Slalomstangen. Für die Kehre um die letzte Stange braucht sie kaum mehr Raum, als auf einem Bierdeckel Platz ist, schlängelt sich im gestreckten Galopp um die Stangen herum zurück und kommt um Haaresbreite vor dem zweitplatzierten Team ins Ziel. Sie hat so viel Schwung, dass sie aus dem Zielraum hinausschießt und ihr Pony erst im Aufwärmbereich zum Stehen bringt.

»Ein weiterer Sieg für das hiesige Team, den Talyton St. George Ponyklub«, verkündet der Kommentator über den Jubel der Menge hinweg über die Lautsprecher.

»Wow, sie sind wirklich gut«, sage ich. »Das wirst du in ein paar Jahren auch machen, Seb.«

»Und George auch«, sagt Alex voller Stolz. »Du, ich glaube, sie haben gewonnen.«

Das haben sie tatsächlich. Applaus brandet wieder auf, als die Teams sich zusammenfinden, um ihre Schleifen in Empfang zu nehmen. Lucie kann gar nicht aufhören zu lächeln, als ihre Mannschaft den Pokal von Sophia, der Bezirksvorsitzenden der Abteilung, entgegennimmt. Ich schaue zu, wie Lucie die Schleife in den Zaum unterhalb vom Ohr ihres Ponys steckt, so wie all ihre Mannschaftskollegen, und dann machen sie sich auf zur Ehrenrunde in der Arena, recken die Arme in die Höhe und lassen ihren Ponys freien Lauf.

»Schade, dass mein Vater nicht hier sein und das sehen konnte«, sagt Alex. »Er wird sich verdammt ärgern, dass er es verpasst hat. Mutter versucht seit Jahren, diesen Pokal zurückzugewinnen. Er gehörte uns zum letzten Mal, als ich mit fünfzehn gerade noch mitmachen durfte.«

»Das ist ja ewig her«, ziehe ich ihn auf.

»Vielen Dank, Maz.« Lächelnd sieht er zu seiner Mutter, die mit dem Handy am Ohr hinaus zum Abreiteplatz geht. »Ich nehme an, sie überbringt Vater die gute

Nachricht – und liest ihm die Leviten dafür, dass er nicht hier war.«

»Es war ein toller Tag.« Ich sehe auf meine Armbanduhr. »Aber es ist Zeit, nach Hause zu fahren. Ich habe so viel zu tun.«

»Was denn?«

»Wäsche waschen. Du weißt schon, das langweilige Zeug, das gemacht werden muss.«

»Ach, Maz.« Alex schlingt einen Arm um meine Taille und legt das Kinn auf meine Schulter. »Das kann warten. Es muss warten, denn Mutter hat uns zum Abendessen eingeladen.«

»Oh, Alex.« Ich bin enttäuscht. »Müssen wir da hin?«

»Ich habe schon zugesagt.«

»Du hättest es erst mit mir bereden können.«

»Mutter hatte bereits alles arrangiert. Mrs. P. hat ein Menü zusammengestellt.«

»Wohl eher zusammengewürfelt. Bin gespannt, was es diesmal ist.« Mein Appetit ist augenblicklich verschwunden. Als Gegenleistung für ihre Unterbringung in einem der Cottages auf dem Besitz kocht und putzt Mrs. P. für die alten Fox-Giffords. Ich habe mal gehört, wie jemand sie »die Frau, die sich um alles kümmert« nannte, aber man muss sich nur den Zustand des Herrenhauses vor Augen führen, um zu wissen, dass sie ihre Aufgabe nicht gerade übermäßig gut macht.

»Maz, Mutter versucht bloß zu helfen. Wir waren alle den ganzen Tag unterwegs, wir haben die drei Kinder … Das ist ihre Art, uns etwas abzunehmen.«

»Ach, ich weiß.« Es ist lieb von ihr, aber der Gedanke an ein Abendessen mit Alex' Vater, bei dem dieser seine Ansichten verkündet, ist nicht gerade verlockend. »Braten und zweierlei Gemüse, nehme ich an.«

»Nein. Mrs. P. hat einen Schweinebraten und Nussbratlinge vorbereitet.«

»Das wird interessant. Meinst du, ich sollte mir vorher ein Sandwich genehmigen?«

»Mutter wird erwarten, dass du den Kindern mit gutem Beispiel vorangehst – du wirst deinen Teller leer essen müssen.« Alex gibt mir einen Kuss auf die Wange, und mir wird klar, dass ich mich unmöglich drücken kann, selbst dann nicht, wenn ich mir für George ein Wehwehchen überlege und somit eine Ausrede, um mit ihm zu Hause zu bleiben. Wenn ich Alex heirate, heirate ich die ganze Fox-Gifford-Familie. Sie haben Erwartungen, und obwohl ich mir sicher bin, dass ich diese niemals erfüllen werde – weil ich weder reite noch schieße noch fische und in ihren Augen immer noch eine Städterin bin –, werde ich meinem Ehemann zuliebe mein Bestes geben. Mein Ehemann? Ich frage mich, ob ich mich nach der Hochzeit je an dieses Wort gewöhnen werde. Ich gebe Alex einen Kuss. Mein Ehemann und ich …

6

Zwickmühle

Als wir schließlich zum Abendessen ins Herrenhaus zurückkehren, ist Sophia auf dem Kriegspfad. An der Tür klebt ein Zettel vom Arzt – »Habe Sie leider verpasst« –, und der alte Fox-Gifford ist mit den Hunden unterwegs. Wenig später kehrt er heim, das Gewehr über eine Schulter gehängt, und gesellt sich zu uns ins Wohnzimmer, wo Seb auf einem der Sofas sitzt und den Akku aus einem ferngesteuerten Auto herauspult und George mit seinem Spielzeugtraktor das Muster des Axminster-Teppichs nachfährt. Lucie und Alex haben Skye, dem Shetlandpony, das vom Garten hereingeschlendert ist, einen Minzbonbon vom Beistelltisch gegeben und scheuchen es gerade wieder hinaus.

»Dann lässt du dich also endlich dazu herab, dich zu uns zu gesellen, Fox-Gifford«, sagt Sophia voller Sarkasmus. »Wo hast du gesteckt? Ich habe versucht, dich zu erreichen.«

»Granpa, wir haben gewonnen!«, unterbricht Lucie sie und rennt hinüber zum alten Fox-Gifford, während Alex die Terrassentür schließt, bevor das Pony sich wieder hereindrängeln kann. »Wir haben die Reiterspiele gewonnen!«

»Herzlichen Glückwunsch, Lucie!« Fox-Gifford tätschelt ihr die Schulter, als sie die Arme um seine Taille schlingt.

»Ich wünschte, du wärst dabei gewesen«, sagt sie. »Wir haben fast jedes Rennen gewonnen, unsere Übergaben waren perfekt. Und dieses Mal habe ich beim Becherrennen den Becher nicht fallen gelassen.«

»Oh, gut gemacht. Ich wünschte auch, ich wäre da gewesen.«

»Mir scheint, das hättest du durchaus tun können«, mischt Sophia sich ein. »Mir erzählst du, du wärst am Sterben, aber wenn ich nach Hause komme, bist du mit den Hunden draußen. Du hättest wenigstens hier sein können, als der Arzt vorbeigekommen ist.«

»Die alten Hunde brauchten ihren Nachmittagsspaziergang«, entgegnet der alte Fox-Gifford. »Sie haben ihre Gewohnheiten.«

»Granpa, hast du geschwindelt?« Lucie macht einen Schritt zurück, die Augen vor Erstaunen weit aufgerissen.

»Ich habe mich heute früh ein bisschen seltsam gefühlt. Am Nachmittag ging es mir viel besser. Muss etwas Falsches gegessen haben.«

»Das bezweifle ich«, sagt Alex. »Du hast einen Magen aus Stahl.«

»Du hättest den Arzt anrufen und es ihn wissen lassen müssen, damit er seine Zeit nicht verschwendet, und dann hättest du für den Rest des Nachmittags mit uns bei der Ausstellung verbringen können. Du hast Lucies Augenblick des Triumphes verpasst und die Sternstunde des Talyton-Ponyklubs«, brüstet sich Sophia. »Zur Meisterschaft wirst du dabei sein.«

»Wirklich, Granpa?«, fragt Lucie.

»Ich hoffe, ich bin dann noch da …« Der alte Fox-Gifford stößt einen tiefen Seufzer aus.

»Erst sagst du, es ginge dir gut, und dann klingst du gerade so, als wärst du kurz davor …« Sophias Blick schweift zu den Kindern.

»Los, sag's schon«, keift der alte Fox-Gifford. »In die Kiste zu springen. Ja, mir geht es besser als heute früh, aber ich könnte jeden Moment abdanken. Meine Zeit ist um – ich will nicht herumhängen und zu nichts nütze sein.«

»Mach dich nicht lächerlich«, sagt Sophia. »Granpa redet Unsinn.« Das sagt sie insbesondere zu Lucie, die verängstigt aussieht. »Er wird nicht sterben. Er ist nicht einmal krank, denn wenn er es wäre, dann hätte er hier auf Dr. Mackie gewartet und wäre nicht mit den Hunden über die Felder gezogen.«

»Granpa ist nicht krank«, stimmt Seb ihr zu. »Wenn er krank wäre, dann wäre er so …« Er hustet und würgt und legt die Hände um seinen Hals, als wolle er sich selbst die Luft abdrücken.

»Nicht, Seb!«, sagt Sophia.

Doch George hat sich bereits anstecken lassen, und er hustet und würgt wie Seb.

»Jungs, ein wenig Contenance, wenn ich bitten darf.«

»Was ist Contenance?«, fragt Lucie.

»Selbstbeherrschung, Liebling«, erkläre ich.

Kurz danach lassen wir uns zu siebt an einem Ende des prunkvollen Esstisches im Esszimmer nieder, der mitten auf einem farbenprächtigen Perserteppich steht. George sitzt angeschnallt in dem Hochstuhl, den Alex bereits als Kleinkind hatte und der die ganze Zeit über für die Enkelkinder auf dem Speicher aufgehoben wurde. Ich habe mir einen Pullover über die Schultern gelegt, denn es ist kalt im Zimmer. Hier drin wird nie eingeheizt, und über allem liegt der Geruch nach Feuchtigkeit und Schulmahlzeiten.

Mrs. P. bleibt länger, um den Schweinebraten und die Nussbratlinge zu servieren. Als ersten Gang gibt es eine wässrige Suppe unbestimmter Herkunft.

»Was glaubst du, was das ist?«, flüstere ich Alex zu, nachdem Mrs. P. ratternd mit dem Servierwagen und der Suppenterrine durch die Tür verschwunden ist.

»Wir könnten eine Probe ins Labor schicken, um es herauszufinden.« Alex lässt die Suppe vom Löffel in seinen Teller tröpfeln. »Aber deine schicke Analysemaschine wird wahrscheinlich nicht in der Lage sein, irgendwelche Ergebnisse anzuzeigen. Was auch immer für Substanzen hier drin sind – sie sind jedenfalls in viel zu geringer Konzentration vorhanden, um nachweisbar zu sein.«

»Daddy, spiel nicht mit deinem Essen«, unterbricht Lucie ihn streng. »Er muss still sein und aufessen, nicht wahr, Humpy?«

»Sei nicht frech, Lucie«, sagt Sophia. »Und pass auf, dass du deine hübsche Schleife nicht vollkleckerst.«

Lucie hat ihre Siegerschleife von den Reiterspielen vor sich auf dem Tisch liegen. Sie ist rot-weiß-blau mit langen Bändern. Immer wieder fasst sie sie an und glättet sie.

»Möglicherweise gibt es eine Terminüberschneidung mit der Hochzeit«, sagt Sophia fröhlich. Offenbar gehen ihr die Reiterspiele nicht aus dem Kopf. Ich bin mir nicht sicher, wer begeisterter davon ist – Lucie oder Sophia. »Natürlich geht das Team vor. Wir können die anderen Mitglieder nicht im Stich lassen.«

»Mutter, du redest da von meiner Hochzeit«, erwidert Alex. »Lucie wird unsere Brautjungfer.«

Lucie scheint hin und her gerissen. Wir wollten sie fragen, sobald wir unter uns gewesen wären, nicht vor allen anderen. Brautjungfer oder Reiterspiele bei der National Horse Show im Dezember? Eine schwierige Entscheidung.

»Ich war bei deiner letzten«, sagt Sophia.

»Ich nicht«, sagt Lucie. »Da war ich noch nicht auf der Welt.«

»Vielleicht ist das deine einzige Chance auf die Meisterschaft«, sagt Sophia. »Ich bin *chef d'équipe* und werde gebraucht. Um wie viel Uhr ist die Trauung?«

»Das weiß ich noch nicht, Mutter. Maz und ich müssen noch mit dem Vikar reden.«

»Wenn du es auf den Vormittag legst, können wir danach noch mit den Ponys weg«, sagt Sophia.

Das kann nicht ihr Ernst sein, denke ich, aber das ist es. Ich gebe die Suppe auf und breche für George ein Stückchen Brot ab.

Die Nusspuffer sind zäh und die Kartoffeln kalt, aber man kann es essen, und wir haben Hunger. Alex macht viel Aufhebens um Mrs. P., die vor lauter Stolz über sein Lob ihrer kulinarischen Fähigkeiten strahlt. Er ist keineswegs gönnerhaft. Insgeheim betet er sie an. Sie ist Teil seines Lebens, solange er sich erinnern kann.

»Ich will Ketchup«, sagt Seb.

»Ich hole welchen«, antwortet Mrs. P.

»Richtigen Ketchup. Nicht das gesunde Zeug, das Mummy kauft«, fährt Seb fort.

»Was sagst du da, Seb?«, fragt Sophia.

»Danke, bitte«, sagt er kichernd, woraufhin George grinst und das Stückchen Brot, das ich ihm gegeben habe, über den Rand des Hochstuhls wirft, sodass die Hunde vom alten Fox-Gifford sich geifernd daraufstürzen.

»Aus!« Der alte Fox-Gifford greift nach seinem Stock,

der an den Tisch gelehnt stand, und sticht damit auf die Hundemeute ein. »Lasst das!«

»Zu spät, Vater.« Alex betrachtet das Schauspiel amüsiert. »Hal hat es inzwischen schon verdaut.«

»Dann hat der alte Knabe es erwischt?« Die Augen des alten Fox-Gifford funkeln freudig. »Er ist immer noch der Leithund.«

»Hier, Leithund«, sagt Seb, lässt eine Kartoffel fallen und verursacht damit einen weiteren Aufruhr.

»Nicht beim Essen«, sagt Sophia, während die Hunde sich langsam beruhigen und der Staub und die Haare sich wieder legen. »Die Manieren bestimmen einen Gentleman.«

»Er ist bloß ein Junge, Humpy«, sagt Lucie. »Ein dummer kleiner Junge.«

»Lucie, bitte fang nicht damit an«, sagt Alex.

»Gibt es Eis zum Nachtisch?«, fragt Seb, dessen Gedanken ums Essen kreisen statt um eine Retourkutsche für seine Schwester.

»Eis und Dosenpfirsiche«, sagt Sophia.

»Hurra! Mein Lieblingsdessert!«, ruft Lucie.

»Meins auch«, sagt der alte Fox-Gifford barsch.

»Du alter Lügner«, meint Sophia. »Letzte Woche hast du noch behauptet, es wäre Apfelstrudel mit Vanillesoße.«

»Vielleicht hat sich mein Geschmack verändert, liebe Sophia«, sagt er.

»Du machst das, um die arme Mrs. P. mit ihren Desserts auflaufen zu lassen. Sobald sie ein Gericht hinbekommt, verlangst du ein anderes.«

Der alte Fox-Gifford seufzt verärgert über die Nörgelei seiner Frau, hebt sein Glas und trinkt den bräunlichen Rotwein in einem Zug aus. Dann wischt er sich den Mund mit einer fleckigen weißen Serviette ab. Nirgendwo sonst habe ich gesehen, dass mit einem Monogramm verzierte silberne Serviettenringe alltäglich in Gebrauch sind.

Seb sammelt die Serviettenringe ein und baut damit vor George einen Turm, der ihn mit einer Armbewegung niederreißt. Ich will sie wegnehmen, doch Sophia hindert mich daran.

»Es ist in Ordnung, Maz. Die Jungs dürfen damit spielen.«

»Aber sie sind doch kostbar, oder nicht?«

»Ja.« Sie lächelt. »Einmal haben wir gedacht, einer unserer Gäste hätte sich einen als Andenken mitgenommen, aber dann haben wir ihn in Hals Körbchen gefunden. Damals war er noch ein Welpe. Er hat ihn kaputt gebissen, eine paar Teile in seinem Körbchen gelassen und den Rest runtergeschluckt.

»Kein Wunder, dass seine Zähne in diesem Zustand sind«, bemerkt Alex. »Ich habe tatsächlich schon darüber nachgedacht, ihn Emmas und Maz' neuem Tierarzt als Versuchskaninchen zu überlassen, damit er ein wenig üben kann.«

»Hal ist ein Hund.« Seb zieht die Augenbrauen hoch.

»Ich meinte das nicht wörtlich«, erklärt Alex.

Seb sieht ihn verwirrt an.

»Das war eine Metapher«, sagt Lucie. »Die haben wir in der Schule durchgenommen.«

»Es ist egal. Es war eine flapsige Bemerkung.« Alex sieht mich mit vor Belustigung funkelnden Augen an.

»Lästerst du etwa über unseren Assistenten?«, sage ich steif.

»Na ja, du hast doch selbst gesagt, er braucht noch ein wenig Erfahrung, beispielsweise im Umgang mit Vögeln. Offenbar kommt jeder ein bisschen ins Flattern, wenn man einen Nymphensittich loslässt und nicht wieder in den Käfig bekommt«, fügt er erklärend hinzu.

»Will ist nicht schlecht«, entgegne ich. »Es war ein typischer Fall von Anfängernervosität, sonst nichts. Das hätte jedem passieren können.«

»Mir nicht«, sagt der alte Fox-Gifford selbstgefällig. »Als ich damals mit der Ausbildung fertig war, konnten wir vom ersten Tag an alles. Diesen jungen Tierärzten heutzutage sind jede Menge wissenschaftliche Fakten eingetrichtert worden, aber sie haben keine Ahnung von der Kunst der Tiermedizin.«

»Ich denke, wir können voneinander lernen«, führe ich an. »Will ist ein wandelndes Nachschlagewerk – er kennt sich mit den neuesten Behandlungsmethoden aus.« Ich verschweige lieber, dass er sich nicht sicher ist, wie er sie auszuführen hat, aber ich bin optimistisch, dass er das mit der Zeit lernen wird.

Mir wäre es lieb, wenn Alex seinen Vater darauf ansprechen würde, auch einen Assistenten einzustellen, aber ich weiß, dass er es nicht tun wird, weshalb ich beschließe, das Thema für ihn anzuschneiden. Der alte Fox-Gifford ist jetzt beim zweiten oder dritten Glas Rotwein und erscheint mir recht milde gestimmt.

»Hast du schon einmal darüber nachgedacht, was aus der Praxis würde, wenn du länger als nur für ein paar Tage krank wärst?«, frage ich ihn.

»Es war bloß für ein paar Stunden«, verteidigt sich der alte Fox-Gifford. »Und ich weiß schon, worauf du hinauswillst. Alexander und ich kommen allein zurecht. Wir brauchen nicht mehr Personal.«

»Wenn du keinen Assistenten haben möchtest, könntest du wenigstens jemanden für den Empfang einstellen. Früher war doch auch Frances bei euch.«

»Und warum ist sie gegangen?«, erwidert der alte Fox-Gifford.

»Weil du ihr einen Kuli ins Gesicht geworfen hast«, sagt Alex.

»Ich hatte nicht auf sie gezielt.«

»Ich fände es gut, wenn ihr jemanden fürs Telefon hättet.« Noch kann ich darüber lachen – schließlich habe ich Humor. An manchen Tagen, wenn ich mit George zu Hause bin, muss ich ans Telefon gehen und Ratschläge erteilen, während Alex unterwegs ist. Einige Male habe ich Klienten mit kranken Hunden oder Katzen gesagt, sie sollen zum Herrenhaus kommen, und habe sie stellvertretend für Alex behandelt.

Sophia weist mich darauf hin, dass es als seine Frau – oder Fast-Frau – meine Pflicht sei, den Telefondienst mit ihm zu teilen.

»Eigentlich nicht, Sophia. Ich habe selbst einen Beruf. Ich arbeite viel. Das wirklich Letzte, was ich tun sollte, ist, in der wenigen Freizeit, die ich habe, auch noch das Telefon der Konkurrenz zu bedienen.«

»Man kann aber niemanden bezahlen, um nachts ans Telefon zu gehen«, sagt Sophia.

»Dafür gibt es Anrufdienste.«

»Und wo bleibt da der persönliche Touch?«, fragt Alex. »Das ist wichtig! Unsere Praxis ist nicht luxuriös, sondern eher ein wenig provisorisch. Der persönliche Touch ist unser Markenzeichen.«

»Ihr könntet die Praxis enorm verbessern, wenn ihr sie bloß mal aufräumen und saubermachen würdet«, sage ich. »Ich verstehe wirklich nicht, wie ihr in diesem Chaos effektiv arbeiten könnt.«

»Wir sind daran gewöhnt«, sagt er alte Fox-Gifford stur. »Ich habe ein System. Ich weiß genau, wo die Sachen liegen. Und eine Putzfrau brauchen wir auch nicht. Alexander wischt hin und wieder mal durch.«

»Das ist kaum die Aufgabe eines Tierarztes«, entgegne ich. »Ist es nicht kostengünstiger, einen Tierarzt die Patienten behandeln zu lassen und jemand anderen fürs Putzen und Bedienen des Telefons einzustellen?«

»Alexander wird nicht mehr putzen müssen, sobald er Seniorpartner ist – darauf kann er sich freuen, wenn ich nicht mehr bin.«

»Ach, lasst uns heute Abend doch nicht übers Geschäft sprechen«, bittet Sophia.

»Was gibt es denn sonst noch?«, sagt der alte Fox-Gifford. »Außer Hunde natürlich.«

»Und Pferde, Grandpa«, stimmt Lucie fröhlich ein.

Als wir später nach dem Abendessen die Kinder einsammeln, um sie zum Baden und Schlafengehen in die Scheune zu bringen, treibt mich der alte Fox-Gifford im Wohnzimmer, wo wir unseren Kaffee getrunken haben, in die Enge. Manchmal frage ich mich, ob er wie mein Hochzeitsplaner eine Checkliste im Kopf hat, die er Punkt für Punkt abarbeitet. Heute will er mir seine Einstellung zur Schulausbildung zugutekommen lassen.

»Du hast George angemeldet?« Er nennt den Namen des Internats, das Alex von seinem achten Lebensjahr an besucht hat.

»Er wird auf die örtliche Grundschule in der Stadt gehen«, sage ich bestimmt.

»Für gewöhnliche Jungs mag die in Ordnung sein, aber nicht für solche mit Grips oder sportlichem Talent.« Das Gesicht des alten Fox-Gifford wird rot und scheint anzuschwellen. Er steckt sich einen Finger in den Kragen seines Hemdes und zieht daran, als wolle er sich selbst mehr Raum zum Atmen verschaffen.

»Seit damals hat sich viel verändert.«

»Ihr Ruf ist schlechter geworden«, beharrt der alte Fox-Gifford. »Die machen da überhaupt keinen Sport mehr. Außer Softball, Frisbee und Tanz. Tanz?« Er schnaubt. »Das ist kein Sport. Nur was für Waschlappen.«

Es hat keinen Sinn, sich wegen seiner politisch nicht korrekten Ansichten zu streiten. Sie sind seit über siebzig Jahren in seiner Psyche und seiner Wortwahl verankert. Er wird sich jetzt nicht mehr ändern.

»Es gibt keine Verlierer mehr«, fährt er fort. »Fifi sagt, am Sporttag würden alle gewinnen. Wie kann man ein Schubkarrenrennen ohne einen Sieger veranstalten?«

Ich verschränke die Arme. Ich werde George nicht in ein Internat abschieben.

»Schulbildung ist das Wichtigste, womit du einen Jungen versorgen kannst«, sagt der alte Fox-Gifford. »Die richtige Schule verschafft ihm Zutritt zu den besten Universitäten, den einflussreichsten Kontakten und angemessenen sozialen Kreisen einschließlich Mädchen der eigenen Schicht.«

»Dann hat das bei Alex wohl nicht funktioniert, oder?« Ich kann den Triumph in meiner Stimme kaum verhehlen.

»Du bist eine unglaublich sture Frau, Maz. Hier geht es um Georges Zukunft. Falls du dir wegen der Kosten Sorgen machst – Sophia hat Treuhandkonten für die Enkel eingerichtet.«

»Also, dieses Angebot ist sehr nett von euch, aber wenn ich wollte, dass mein Sohn auf eine Privatschule geht, dann würde ich das Geld dafür schon selbst auftreiben.«

Der alte Fox-Gifford starrt mich an, ohne mit der Wimper zu zucken.

»Wenn du meinen Sohn heiratest, wirst du wohl den

Teil des Treuegelöbnisses, in dem es ums Ehren und Gehorchen geht, auslassen.«

Endlich einmal verspüre ich nicht den Drang, meinem zukünftigen Schwiegervater zu widersprechen.

»Wie geht es ihr?«, frage ich, als ich am Montagmorgen Daisy mit Bridget und Shannon ins Behandlungszimmer trotten sehe. Daisy sieht bereits besser aus, lebhafter, ihr Blick ist wacher, und sie wirkt nicht länger apathisch, sondern milde interessiert.

»Ganz gut«, meint Shannon. »Aber stellen Sie sich vor: Mum war beim Arzt, und es ist wirklich seltsam – sie hat auch Zucker, wie Daisy.«

»Was für ein Zufall«, sage ich.

»Ich habe später einen Termin im Krankenhaus«, berichtet Bridget. »Ich habe Dr. Mackie gesagt, ich würde lieber hierherkommen …«

»Wie hat er darauf reagiert?«

»Er hat gelacht.«

»Ist es Ihnen immer noch recht, dass ich heute Abend nach der Arbeit vorbeikomme?«, frage ich.

»Oh, ja, natürlich. Ich bin rechtzeitig zurück«, sagt sie. »Kommen Sie einfach, sobald Sie Zeit haben.«

»Wie sind Sie am Wochenende mit Will zurechtgekommen?«, frage ich und sehe im Computer nach. »Sie hatten am Freitag, Samstag und Sonntag Termine.«

»Gut. Ich habe Daisys Zuckerprotokoll dabei.« Shannon zieht eine Tabelle aus ihrer Tasche und liest die Anzahl der Insulineinheiten vor, die Will Daisy am letzten Morgen verabreicht hat.

»Hat Will Ihnen gezeigt, was Sie tun müssen, Bridget?«

»Ich habe ihm dabei zugesehen, habe also eine vage Vorstellung davon.«

»Gut. Das heißt, Sie können es heute selbst versuchen.« Ich beaufsichtige Bridget dabei, wie sie Daisys Probe auf Zucker beziehungsweise Glukose untersucht und den Wert in die Tabelle einträgt. Ich bestimme die Insulindosis, zeige Bridget, wie man die notwendige Dosis ohne Luftbläschen in der Spritze aufzieht und sie unter Daisys Nackenhaut injiziert. Glücklicherweise hat sie als Bulldogge mehr als genug Hautfalten.

»Ich gebe Ihnen eine Flasche sterilisiertes Wasser mit, damit Sie zu Hause mit einer Orange oder Ähnlichem üben können, wie man spritzt, bevor ich Sie morgen an Daisy lasse.« Ich hoffe, dass sowohl Daisy als auch ihre Besitzerin viel von diesem unerschütterlichen Bulldoggen-Wesen in sich haben.

»Es macht mir nichts aus, einer Orange eine Spritze zu geben. Orangen haben keine Gefühle«, sagt Bridget. »Kannst du das nicht übernehmen, Shannon? Du weißt ja, dass ich mit Spritzen nicht so gut bin. Ich habe Angst, ich könnte ihr wehtun.«

»Du musst das übernehmen, Mum. Ich kann es nicht täglich zur selben Zeit machen, wenn ich hier im Schichtdienst arbeite. Außerdem musst du lernen, wie du dich selbst spritzt. Daisy kann dein Versuchskaninchen abgeben.«

»Danke, dass du mich daran erinnerst, Shan.«

»Wenigstens musst du dich nicht notwendigerweise für immer spritzen.« Shannon krault Daisys Wange.

»Warum nicht?«, frage ich Shannon.

»Weil Mum und Daisy verschiedene Typen von Diabetes haben«, sagt sie ruhig.

»Großartig. Shannon. Sie behaupten, nichts zu wissen, aber das tun Sie. Es ist alles schon da drin.« Ich tippe mir an den Kopf.

»Kann sein. Es ist bloß so, dass alles verschwindet, sobald ich in der Prüfung sitze, wie bei einem Computer, dessen Festplatte gelöscht wurde.«

Ich spritze Daisy das Insulin.

»Sehen Sie? Sie hat es nicht einmal bemerkt.« Ich widerstehe dem Drang, Daisy mit einem Leckerli zu belohnen, denn das würde ihre strengen Diät- und Bewegungsplan durcheinanderbringen. »Gut gemacht.«

»Was passiert, wenn ich etwas falsch mache?«, fragt Bridget. »Was, wenn ein Teil davon zur anderen Seite wieder rauskommt?«

»Das ist unwahrscheinlich, denn die Nadel ist winzig, aber sollte es trotzdem passieren, machen Sie einfach nichts.«

»Sollte ich ihr dann noch etwas spritzen?«

»Erhöhen Sie niemals eine Dosis. Es ist für sie besser, zu wenig zu bekommen als zu viel, denn was passiert, wenn wir ihr zu viel Insulin geben, Shannon?«

»Ihr Blutzuckerspiegel sinkt, und sie fällt in ein hypoglykämisches Koma.«

»Und wie behandelt man das?«

»Mit Zucker. Glukosetabletten oder Marsriegel.«

»Der Marsriegel ist für Menschen, nicht für Hunde«, sage ich. »Warum sollte man einem Hund keinen Marsriegel geben?«

»Oh, ich weiß es wieder«, sagt sie nach kurzem Nachdenken. »Schokolade ist für Hunde giftig.«

»Zum Glück bin ich kein Hund.« Bridget lächelt.

»Du wirst trotzdem keine Schokolade mehr essen, Mum.«

»Ach, das habe ich schon nachgesehen. Es gibt Diabetikerschokolade, ich werde also weiterhin meine Tagesration bekommen.«

Shannon wirft mir einen Blick zu und verdreht in gespielter Verzweiflung die Augen. Ich nehme an, Daisy wird es leichter fallen, sich an ihre Diät zu halten, als Bridget.

Bridget bringt Daisy zurück nach Hause, und Shannon hilft mir für den Rest des Vormittags bei den Terminen. Mittendrin kommt jedoch Izzy in ihrem lilafarbenen OP-Kittel, weißen Clogs und Plastikhandschuhen ins Behandlungszimmer.

»Maz, Will hat im OP ein kleines Problem. Er sagt, er kommt zurecht, aber ich wäre wirklich froh, wenn Sie zwischen zwei Terminen mal kurz rüberkommen könnten, um ihm zu helfen.«

»O je.« Ich befürchte das Schlimmste, doch Izzy lächelt mit humorvoll funkelnden Augen.

»Er kastriert eine Katze, kann aber die Gebärmutter nicht finden«, erklärt sie.

»Vielleicht ist sie bereits kastriert.« Ich reibe mir das Kinn und entdecke einen kleinen Pickel. Wahrscheinlich der Stress. »So was kommt vor.«

»Diese Katze hat vor nicht allzu langer Zeit erst geworfen, sodass das eher unwahrscheinlich ist.«

»Sucht er an der richtigen Stelle?«, frage ich leichthin.

»Ungefähr.« Izzy ist offenbar nicht überzeugt.

»Tja, er hat noch nicht viel Erfahrung.« Es ist eine Zwickmühle – ohne Erfahrung wird Will nicht voll qualifiziert sein, aber es ist schrecklich, ihn auf unsere Patienten loszulassen, damit er etwas lernt.

Izzy und ich gehen in den OP-Raum, wo Will am Operationstisch steht. Er trägt eine Maske, einen Kittel und Handschuhe; seine Haut im Nacken und auf der Stirn glänzt vor Schweiß. Das OP-Licht fällt auf die auf der Seite liegende Patientin, die abgesehen von ihrer rasierten Flanke unter den OP-Tüchern verborgen ist.

Izzy schiebt sich auf den Stuhl am Kopf der Katze und überprüft das Betäubungsmittel. Sie räuspert sich.

»Ich hoffe, Sie werden es nicht bedauern, so viel rasiert zu haben, Will.«

»Die Region muss steril sein«, sagt Will errötend.

»Die meisten Klienten mögen das aber nicht«, weist Izzy ihn zurecht.

»Man muss das richtige Maß finden«, sage ich sanft. »Wollen Sie, dass ich übernehme?«

»Ähhh… ich…« Will konzentriert sich darauf, die Gebärmutter mithilfe einer Pinzette durch einen kleinen Schnitt in der Flanke der Katze zu finden.

»Haben Sie schon mal daran gedacht, dass es vielleicht sinnvoll wäre, den Schnitt ein wenig zu erweitern?«, schlage ich vor.

»Ich will ihn nicht zu groß machen«, murmelt er.

»Es ergibt keinen Sinn, den Hautschnitt möglichst klein zu halten, wenn Sie mit der Pinzette nicht richtig durchkommen.« Ich versuche taktvoll zu sein, vor allem da Izzy dabei ist, aber Will hört nicht richtig zu. »Will, hören Sie auf zu angeln, und machen Sie den Schnitt größer!«

Er legt die Pinzette auf dem Instrumententablett ab, nimmt das Skalpell und fängt zögerlich an, den Schnitt zu erweitern.

»Noch ein bisschen«, sage ich. »Haben Sie keine Angst. Sie können den Schnitt so lang machen, wie Sie ihn brauchen.«

Als Will fertig ist mit dem Schnitt, grinst Izzy mich an, und ich blicke böse zurück, damit sie damit aufhört. Will nimmt wieder die Pinzette zur Hand, und siehe da… Beim Herausziehen aus dem Schnitt kommt ein winziger blassrosa Schlauch zum Vorschein, ähnlich dem Blütenkelch einer Erdbeere.

»Ich habe sie gefunden«, sagt er erleichtert und triumphierend zugleich. »Danke für den Tipp, Maz.«

»Gern geschehen.«

»Ich komme jetzt zurecht.«

»Gut. Dann lasse ich Sie allein.« Ich ziehe mich in den Aufenthaltsraum für Mitarbeiter zurück und bin besorgt wegen Will. Er ist erst seit zwei, drei Wochen hier, doch er sieht bereits ziemlich erschöpft aus, und sein Selbstbewusstsein scheint zu schwinden. Ich hoffe, dass er in ein paar Monaten nicht völlig ausgebrannt sein wird.

Ich gieße mir etwas zu trinken ein und hole meine Sandwiches aus dem Kühlschrank. Gerade als ich es mir gemütlich machen will, erscheint Frances im Türrahmen.

»Maz, könnten Sie bitte mit Mr. Brown reden? Er versucht seine Rechnung mit Apfelstreuselkuchen zu bezahlen.«

»Das ist mal was Neues«, sage ich und lasse mein Mittagessen auf der Arbeitsplatte zurück.

Ich begebe mich mit Frances zu Mr. Brown an den Empfang. Mr. Brown, der seine übliche braune Strickjacke und Nylonhose trägt, steht mit der Leine seines Hundes um den Arm gewickelt am Empfangstresen. Pippin ist ein grau-weißer Shih Tzu. Er erinnert mich an eine Handpuppe, wie er mit schief gelegtem Kopf dasitzt und durch seinen Schopf blinzelt.

»Was höre ich da von Apfelstreuselkuchen?«, frage ich.

Mr. Brown deutet auf drei mit Frischhaltefolie abgedeckte Kuchenformen auf dem Tresen.

»Ich hatte nicht genug Geld dabei, als ich am Freitag mit Pippin bei Ihrem Assistenten war. Wir haben gerade nicht so viel Bares im Haus«, gesteht er, und mir fällt ein, dass er sich um seine behinderte Frau kümmert. Er ist nicht berufstätig.

»Wirklich, das ist nicht nötig«, sage ich.

»Ich koche und backe ziemlich gut«, erwidert er. »Das ist ein Rezept vom Frauenverein – dort habe ich Kochstunden genommen. Eingelegte Makrele mit Kartoffelbrei ist meine Spezialität, aber mein Apfelstreuselkuchen kommt direkt dahinter. Sagt jedenfalls meine Frau. Ich will mich ja nicht selbst loben.«

»Ich habe keinen Zweifel, dass er ganz köstlich ist«, sage ich, »aber Sie hätten sich nicht die Mühe machen müssen. Es muss ein Fehler vorliegen. Ich werde die Rechnung überarbeiten.«

»Ich nehme an, das liegt an dem neuen Jungen.« Mr. Brown lächelt. »Er war sehr nett. Er war freundlich zu Pippin und hat mir zugehört. Das tun nicht alle, müssen Sie wissen.«

Leider haben nicht alle die Geduld dafür, sinniere ich.

»Wie geht es Pippin?«

»Im Augenblick ziemlich gut, danke«, sagt Mr. Brown. »Aber er hatte heute Morgen einen Anflug seiner üblichen Verdauungsbeschwerden.« Er fährt damit fort, mir bis ins kleinste Detail Konsistenz und Farbe dessen zu beschreiben, was Pippin auf dem Rasen zurückgelassen hat, und wie er es nicht alles aufheben konnte.

»Mr. Brown«, sage ich so taktvoll, wie ich kann. »Sie verderben mir den Appetit.«

»O je, Maz. Halte ich Sie auf? Ich halte Sie auf.« Mr. Brown hält inne. »Behalten Sie den Apfelstreuselkuchen als Geschenk. Ich komme am Ende der Woche vorbei und hole die Formen ab.«

»Das ist sehr großzügig von Ihnen«, sage ich. »Danke.«

»Ist mir ein Vergnügen«, sagt Mr. Brown. »Komm, Pippin. Lassen wir die Frau Ärztin in Ruhe zu Mittag essen.«

Während er mit Pippin hinausgeht, hebt Frances die Folie über einer der Formen an. »Das würde den Anforderungen des Frauenvereins genügen.«

»Ich gehe dann mal«, sage ich.

»Oh, vorher wollte ich Ihnen und nur Ihnen etwas sagen«, meint Frances. »Emma ist schwanger.«

»Nein!« Mein Herzschlag beschleunigt sich. Kann das sein? Hat Emma endlich Glück?

»Ich weiß solche Dinge.«

»Frances, hat Emma es Ihnen gesagt, oder hat das hier mit Ihrem sechsten Sinn und übernatürlichen Kräften zu tun?« Ich kann nicht glauben, dass sie es Frances vor mir erzählt hat, aber vielleicht hat sie das ja auch nicht …

»Sie ist blass und müde und sieht irgendwie … durchsichtig aus. Es ist schwer zu beschreiben.«

»Ich gebe zu, dass sie erschöpft aussieht, und …« Mir fällt auf, dass ich in dieser Hinsicht schwer von Begriff war. »Sie isst keine Donuts mehr. O MEIN GOTT!« Ich klatsche vor Freude in die Hände.

»Na, bitte.« Frances' Augen leuchten vor Erregung. »Da haben wir den Beweis.«

»Haben Sie sie schon gefragt?«

»Das ist nicht nötig. Sie wird es uns sagen, wenn sie sich danach fühlt.«

Ich sollte sie auch nicht fragen. Ich möchte sie nicht verärgern, indem ich sie nach einer Schwangerschaft frage, wenn sie gar nicht schwanger ist. Die Zeichen deuten alle darauf hin, aber ich verstehe nicht, wie das möglich ist – sie hat sich nicht für eine künstliche Befruchtung freigenommen, so wie bei ihrem früheren Versuch, ein Baby zu bekommen. Trotzdem kann dieser leichte Zweifel nicht die Aufregung mindern, die in mir aufsteigt. Wenn Emma wirklich schwanger ist, dann ist das die beste Nachricht, die ich jemals bekommen habe.

Viel später lasse ich Will mit der Abendsprechstunde zurück. Ich überfliege die Liste der Termine. Nachdem ich mich vergewissert habe, dass nichts dabei ist, was für ihn zu schwierig werden könnte, verabschiede ich mich von Izzy, die noch bleibt, um ihm zu assistieren, bevor ich zu Bridget gehe, um mit ihr über die Blumen zu sprechen.

Sieben ist ganz aus dem Häuschen, mich zu sehen, und rennt und hüpft durch den Laden. Daisy ist zurückhaltender. Sie kommt zu mir, um mich kurz zu beschnüffeln, und kehrt dann zu ihrem Körbchen unter dem Tresen zurück.

»Hallo, Bridget«, sage ich.

»Hallo, Maz. Möchten Sie ein Glas Wein?«

Ich zögere.

»Ist schon okay. Niedriger Alkoholgehalt, wenige Kalorien …« Sie lacht. »Wie kann man so etwas Wein nennen? Ich habe auch eine Flasche von dem echten da, wenn Sie den lieber mögen.«

»Nein, danke. Aber ich hätte nichts gegen eine Tasse Tee, wenn es Ihnen nichts ausmacht.« Ich erinnere mich an den Zustand von Bridgets Küche. Tee aus abgekochtem Wasser klingt vom mikrobiologischen Aspekt her sicherer als Wein aus einem ihrer schmierigen Gläser.

Wir einigen uns auf Tee und Chips und setzen uns auf Polsterstühle mit Blumenmuster an einen geschnitzten Tisch im hinteren Teil des Ladens. Eine Preisliste steht wie die Menükarte in einem Pub da, und die Luft ist erfüllt von dem Duft zerdrückter Dahlien, geschnittener Stängel und stark riechender Edelwicken. Sieben pflanzt seinen Hintern auf meine Füße.

»Sie sind hübsch«, sage ich und deute auf die Wolken pinkfarbener, weißer und purpurner Blüten.

»Leider bekommt man sie für Ihre Hochzeit im Dezember nur sehr schwer«, sagt Bridget. »Welches Thema haben Sie denn gewählt? Haben Sie schon ein Kleid?«

»Oh, ja. Das Kleid habe ich. Es ist ziemlich schlicht. Elfenbeinfarben, im Meerjungfrauenstil, mit ein paar Pailletten.« Je öfter ich daran denke, umso mehr liebe ich es. Ich habe es bereits mehrmals heimlich angezogen, und ich kann es kaum erwarten, es an meinem großen Tag zu tragen.

»Das ist ein guter Anfang. Welche Farbe haben die Kleider der Brautjungfern?«

»Das habe ich noch nicht wirklich entschieden. Zumindest hat Emma das noch nicht.« Ich lächle. »Sie scheint alle Entscheidungen zu treffen.«

»Dann haben Sie also kein Stoffmuster dabei?« Bridget schüttelt missbilligend den Kopf. »Verschieben Sie nicht alles auf die letzte Minute.«

»Ich habe noch mehr als fünf Monate«, sage ich, nachdem ich im Kopf bis Dezember gerechnet habe.

»Das ist nicht lange nach Lage der Dinge.«

Ich verstehe nicht, warum die Zeit so viel schneller verstreichen sollte, wenn man eine Hochzeit plant, als unter normalen Umständen.

»Die meisten Bräute sind bereits ein Jahr vorher fertig«, fährt Bridget fort. »Möchten Sie es eher traditionell oder modern?« Sie grinst. »Hier, sehen Sie mal die Fotos hier durch.« Sie zerrt ein riesiges Fotoalbum auf den Tisch. »Wollen wir mal sehen, ob irgendeines dieser Brautbouquets Ihnen bei der Entscheidung hilft.«

Ich fühle mich wie ein Fisch auf dem Trockenen. Ich war noch nicht auf vielen Hochzeiten, was merkwürdig ist, denn ich habe verheiratete Freunde, nicht nur Emma und Izzy, die vor zwei Jahren unter die Haube gekommen ist. Doch an den Wochenenden musste ich oft arbeiten, und wenn ich gefragt habe, ob ich meine Schicht tauschen könnte, wurde mir aus verschiedenen Gründen das Gefühl vermittelt, unersetzlich zu sein.

»Es werden Blumen in der Kirche sein, weil es so kurz vor Weihnachten ist«, sagt Bridget. »Sie könnten sich an das Weihnachtsthema dranhängen: Ilex und Efeu.«

»Ilex? Piekst das nicht?« Ich mache mir Sorgen um die Person, die den Brautstrauß fängt – die Frau, die nach dem Volksglauben als Nächste heiraten wird.

»Ich kann es vor mir sehen, Maz. Ein Bouquet aus Immergrün, durchsetzt von Scharlachrot und Creme. Natürlich abhängig von den Kleidern der Brautjungfern. Es wird umwerfend aussehen.« Bridget reicht mir die Schüssel mit den Chips. Ich lehne ab, und während sie das Album durchblättert, nimmt sie sich selbst eine Handvoll. Am liebsten würde ich ihr raten, sich um ihre Gesundheit zu kümmern – wenn schon nicht für sich selbst, dann doch um Shannons willen –, doch ich beiße mir auf die Zunge. »Was meinen Sie?« Sie zeigt mir ein Foto eines Brautstraußes aus Immergrün.

»Ich bin mir nicht sicher.« Mir wird klar, dass ich auf den Hochzeiten, die ich besucht habe, mehr auf die Brautsträuße hätte achten sollen. »Es ist… Bridget, um ehrlich zu sein: Ich habe keine Ahnung, was ich hier gerade mache.«

»Dann wollen wir ganz von vorne anfangen, ja?«, sagt sie amüsiert. »Und ich lasse Sie nicht nach Hause, bevor Sie sich nicht entschieden haben. Wir wollen doch nicht, dass Sie auf Ihrer To-do-Liste ins Hintertreffen geraten.«

Bridget hat recht, denke ich auf dem Heimweg. Ich kann es mir nicht leisten, auf dieser verdammten Liste, die langsam mein ganzes Leben kontrolliert, ins Hintertreffen zu geraten. Mein Kopf schwirrt von Blumen und Bindegrün. Anemonen, Calla oder Amaryllis? Eukalyptus, Efeu oder Korkenzieherweide? Bridget ist jede nur erdenkliche Kombination mit mir durchgegangen. Zumindest fühlt es sich so an. Ich habe mich für einen Brautstrauß und den Blumenschmuck der Brautjungfern entschieden, für die Arrangements in der Kirche und die Tische beim Empfang … und bin erschöpft. Ich kann mir nicht vorstellen, wie ich je wieder irgendeine Entscheidung treffen soll, wenn doch gerade so viel anderes in meinem Leben passiert.

7

Eine tiefere Liebe

Drei Wochen später bestätige ich per Handy im Mitarbeiterraum der Praxis die Buchung des Fotografen.

»Ich schicke Ihnen einen Scheck als Anzahlung«, sage ich.

»Wunderbar«, sagt die Fotografin. »Ich melde mich kurz vorher noch einmal, um mögliche Sonderwünsche Ihrerseits zu besprechen. Tschüss, Maz.«

Als sie auflegt, möchte ich jubeln. Noch etwas, das ich von meiner Liste streichen kann.

»Maz! Maz!« Frances steht direkt neben mir im Mitarbeiterraum und schwenkt das Praxistelefon hin und her. »Saba.«

»Jetzt kann mich nichts mehr erschüttern«, sage ich trocken. »Ein Hund, der das Sprechen gelernt hat.«

»Sie wissen, wie ich's meine«, sagt Frances. »Aurora ist am Telefon wegen Saba. Sie ist vierzig Meter eine Klippe hinuntergestürzt. Tom von der Küstenwache ist dort. Saba hat es schlimm erwischt, aber nicht so schlimm, dass sie ihn an sich heranlassen würde, um gerettet zu werden. Sie mag keine Männer.« Frances reicht mir das Telefon, und Aurora meldet sich mit panikgeladener Stimme.

»Maz, ich weiß nicht, was ich tun soll. Ich würde ja selbst runtergehen, aber ich habe Angst, sie zu bewegen. Können Sie gleich herkommen? Saba braucht Sie.«

»Was ist mit der Inspektorin vom Tierschutzverein? Sie ist besser dafür qualifiziert, sich eine Klippe hinunter abzuseilen als ich.« Ich habe das schon einmal tun müssen, angeblich zum Spaß, aber meine Höhenangst hat sich gemeldet, und ich konnte nichts weiter tun, als die Augen zu schließen und mich festzuhalten.

»Sie hat Urlaub«, sagt Aurora. »Tom hat es schon bei ihr versucht.«

»Ich bin so schnell wie möglich bei Ihnen«, sage ich, denn mir wird klar, dass Saba ohne mich da nicht wegkommen wird. »Wo sind Sie?«

»Bei den Klippen bei Talymouth. Ungefähr fünf Minuten vom Parkplatz entfernt. Halten Sie sich an den Weg.«

Ich packe einen Maulkorb, Decken und Beruhigungsmittel in die Besuchertasche – für den Hund, obwohl ich Letzteres möglicherweise genauso dringend brauche –, bevor ich mich auf die Serpentinenstraße nach Talymouth begebe. Auf meinem Weg durch die Küstenstadt, vorbei an den pastellfarbenen Regency-Hotels und den Pensionen, versuche ich nicht daran zu denken, worauf ich mich hier eingelassen habe. Vierzig Meter hinab klingt nicht so schlimm, aber wenn man bedenkt, dass die Klippen ungefähr hundert Meter abfallen, dann ist es doch ein weiter Weg, bis man Grund unter den Füßen hätte.

Ich stelle das Auto auf dem Parkplatz ab und ignoriere den Parkscheinautomaten. Ein lauer Wind wirbelt Staub und Papierfetzen auf. Die Möwen kreischen, und Schaumkronen tanzen auf dem blau-grünen Meer. Während ich den sandigen Pfad zu den Klippen hinabgehe, kommt Aurora mir in einer paillettenbesetzten Weste und knappen Shorts entgegengelaufen.

»Maz, hier entlang«, ruft sie und deutet auf den Landrover vom Küstenschutz, der hinter ein paar verkrüppelten Ginsterbüschen geparkt ist. »Danke, dass Sie gekommen sind. Ich hatte sie nicht an der Leine. Sie hat ein Kaninchen gejagt und ist dabei abgestürzt.«

Tom vom Küstenschutz begrüßt mich mit einem festen Händedruck und einem Lächeln. Er ist gut gebaut, hat frühzeitig ergrautes Haar und trägt trotz der Julihitze orangefarbene wasserdichte Kleidung. Ich würde ihn als robust bezeichnen.

»Glauben Sie mir, ich würde den Hund retten, wenn er es zulassen würde, aber ich möchte mein Gesicht gern noch eine Weile behalten«, sagt er mit einem starken Devon-Akzent. »Sie lässt mich nicht in ihre Nähe.«

»Ist sie verletzt?«, frage ich.

»Ich glaube schon, denn sie liegt auf der Seite.«

»Oh, Saba!«, jammert Aurora los, woraufhin ein Heulen antwortet.

»Dann wollen wir Sie mal ausrüsten«, sagt Tom.

Nach einem kurzen Auffrischungsvortrag übers Abseilen hänge ich bald mit Helm und Stiefeln in einem Geschirr an einem Seil in den Klippen von Talymouth. Tom ist neben mir mit einem Paket, in dem sich ein Rettungssack, Schienen, Verbandszeug und Spritzen mit Schmerz- und Betäubungsmittel befinden, falls Saba das braucht. Ich verspüre einen Anflug von Erregtheit, die rasch von Angst ersetzt wird. Ich bin Mutter. Ich erkenne die Gefahr beim Essen einer ganzen Traube, das Risiko, in einer Pfütze zu ertrinken, und die Tücke des Heißwasserhahns, aber das alles ist nichts im Vergleich dazu, in hundert Metern Höhe an etwas zu hängen, was aus meiner Sicht immer mehr wie ein bloßer Faden aussieht.

»Halten Sie durch, Maz«, sagt Tom. »Machen Sie langsam.«

»Langsam? Ich will, dass es so schnell wie möglich vorbei ist. Ich habe ein Problem mit der Höhe.«

»Jetzt ist nicht der richtige Zeitpunkt, mir das zu erzählen.« Tom lächelt. »Ich glaube, der Hund ist gelähmt, und ich will nicht, dass Sie auf halbem Weg runter ebenfalls vor Angst gelähmt sind. Dann müsste ich Sie beide retten.« Er hält einen Moment inne. »Ich könnte diese Aurora um Hilfe bitten, aber ich glaube, sie hat Angst, sich einen Fingernagel abzubrechen.«

»Das ist ziemlich sexistisch von Ihnen«, sage ich leichthin, während ich versuche, das heftige Hämmern meines Herzens zu ignorieren.

»Dumme Frau«, sagt Tom. »Aurora, meine ich. Nicht Sie. Wie oft sagen wir den Leuten durch die Presse und auch unten am Strand, sie sollen ihre Hunde oben auf dem Klippenpfad an die Leine nehmen? Das ist jetzt der dritte Hund in drei Wochen.«

»Mussten Sie die anderen retten?«

»Einer hat es allein wieder hochgeschafft. Der andere ist auf die Felsen gestürzt. Er hat es nicht überlebt.«

»Danke, Tom. Sie sind ja so beruhigend.« Ich weiß nicht, ob er mich absichtlich aufzieht oder ob das seine übliche unverblümte Art ist. Zunächst kam er mir beruhigend vor, aber inzwischen bin ich mir nicht mehr sicher, ob ich ihn zukünftig noch einmal als Partner beim Abseilen wählen würde.

Ich kann das Salz auf meinen Lippen schmecken, und das Haar klebt mir feucht im Gesicht. Die sandige Klippe zerbröselt unter meinen Füßen, und wenn ich hinabschaue – ich darf nicht hinabschauen! –, sehe ich das Wasser über die roten Felsen tief unter mir fließen.

Stück für Stück schaffen wir es zu dem Felsvorsprung, wo Saba auf der Seite liegt und uns entgegensieht. Sie wirft einen Blick auf Tom und knurrt.

»Hey, Saba. Was ist denn mit dir los?«, sage ich besänftigend, woraufhin sie mich anschaut und mustert, als wollte sie sagen: Kenne ich dich? Sie kennt mich. Ich hoffe, sie erinnert sich nicht an die Operationen, die ich an ihr durchgeführt habe, denn sonst würde sie mich wohl auf dieselbe Art wie Tom begrüßen. Ich bin mir jedoch nicht sicher, ob sie überhaupt eine Gefahr für uns darstellt, denn sie scheint den Kopf nicht heben zu können.

Ich taste mich zu ihr vor, lasse den Maulkorb über ihr Gesicht gleiten und verschließe ihn behutsam hinter ihren Ohren, woraufhin sie voller Schmerz aufjault. Ich bin mir nicht sicher, was ich tun soll. Tom hat recht. Sie ist gelähmt, was auf eine Hals- oder Rückenverletzung hindeutet, und in einer idealen Welt würde ich sie auf eine Trage schnallen, aber das hier ist nicht ideal – sechzig Meter hoch über dem Meer auf einem schmalen Felsvorsprung. Ich spritze ihr Schmerz- und Beruhigungsmittel und fixiere ihren Nacken, wofür ich Schienen und Verbandsmaterial benutze, bevor ich sie mit Toms Hilfe in den Rettungssack hieve, damit wir sie hochziehen können.

Trotz der Beruhigungsmittel knurrt Saba auf dem ganzen Weg nach oben. Deshalb bemerke ich es zunächst gar nicht, dass Tom gestikuliert und jemanden über unseren Köpfen anschreit.

»Zurück! Ihr …«, flucht er.

Ich blicke hinauf und erkenne das Blitzen einer Kamera.

Tom sieht mich an. »Leute gibt's.«

Wir setzen unseren Aufstieg fort und kommen sicher oben an, wo ich durch das raue Gras ein gutes Stück von der Klippe wegkrabbele und mich vor Erleichterung übergebe. Ich zittere wie Espenlaub. Ich habe es geschafft. Ich habe es tatsächlich geschafft!

»Maz, ich bin Ihnen so dankbar!« Aurora kommt zu mir herüber, als ich Tom dabei helfe, Saba aus dem Sack zu befreien. »Sie haben Saba das Leben gerettet.«

»Machen Sie sich nicht zu große Hoffnungen«, sage ich, während ich Sabas Kopf halte. »Wir haben sie von den Klippen gerettet, aber sie ist schwer verletzt. Sie hat eine Wirbelsäulenverletzung, was bedeutet, dass sie vielleicht nie mehr wird laufen können.«

Aurora schlägt die Hand vor den Mund.

»Ich nehme sie mit in die Praxis, röntge ihren Hals und operiere, wenn ich es kann«, fahre ich fort. »Wenn nicht, würde ich sie an die nächste Praxis überweisen, die sich auf Tier-Orthopädie spezialisiert hat.«

»Ich fühle mich so schuldig.« Aurora weint. »Ich bin oft ohne Leine mit ihr hier oben spazieren gegangen. Sie hat das vorher noch nie gemacht. Wissen Sie, ich hasse dieses Kaninchen.«

Ich frage mich, was aus dem Kaninchen geworden ist. Ist es ihm gelungen, sich in einen Bau zu verkriechen und davonzukommen, oder hatte es ein blutiges Ende? Tom äußert seine Meinung über den rätselhaften Fotografen, der in einem kleinen weißen Van verschwunden ist.

»Haben Sie irgendeine Ahnung, wer das war?«, fragt Tom Aurora.

»Ich glaube, er kam von der Zeitung«, sagt sie beiläufig.

»Woher wusste er, dass wir hier sind?«

»Da sind ziemlich viele Leute.« Aurora deutet auf die Menge, die sich gerade verläuft.

»Was für ein Idiot. Ich hätte ihn nicht retten können, wenn er abgerutscht wäre«, bemerkt Tom.

»Es gibt ziemlich viele Gründe, Klippen zu verbieten«, sagt Aurora ausdruckslos.

»Danke, meine Liebste.« Tom gebraucht den hier üblichen Kosenamen, der mich ziemlich überraschte, als ich ihn zum ersten Mal hörte. Viele Leute hier in der Gegend sagen »meine Liebste« oder »mein Liebster« zueinander, auch wenn sie eindeutig nichts miteinander haben, aber vielleicht hat Tom ja gewisse Ambitionen. Er scheint seine Meinung über Aurora, die gedankenlose Spaziergängerin mit Hund, geändert zu haben, und ich nehme an, das hat ziemlich viel mit ihren Beinen zu tun. »Ich wäre meinen Job los«, fährt er fort.

Tom und ich hieven Saba hinten in meinen Wagen, und ich fahre sie zum Otter House, wo ich möglichst nah am Eingang der Praxis parke.

Shannon eilt heraus. »Soll ich mehr Hilfe holen?«

»Bitte … und die Trage wäre gut.«

Shannon kehrt mit Will und Frances zurück, die nichts verpassen möchte.

»Sollten Sie sich nicht um das Telefon kümmern?«

»Keine Sorge, Maz. Ich habe es dabei.« Frances hält es hoch, um es mir zu zeigen. »Ich würde niemals meinen Posten verlassen, außer bei Feuer oder Hochwasser.« Sie lächelt, denn sie erinnert sich wahrscheinlich daran, wie wir bei der großen Überschwemmung von Talyton vor fast zwei Jahren das Otter House überstürzt evakuieren mussten.

Will entfaltet die Trage, damit wir Saba aus meinem Wagen in die Praxis schaffen können.

»Will und ich werden die Patientin auf die Trage heben«, sage ich. »Shannon, Sie kümmern sich darum, dass Saba ruhig bleibt und sich möglichst nicht bewegt. Es ist absolut notwendig, dass wir ihren Kopf stützen, damit sie den Hals nicht bewegt. Will, ich nehme an, sie hat sich beim Sturz die Halswirbelsäule gebrochen, das Ganze könnte also eine rein akademische Übung sein. Wenn das Rückenmark komplett durchtrennt ist, können wir nichts für sie tun.«

»Arme Saba«, sagt Frances. »Aurora muss außer sich sein.«

»Sie kann jederzeit in der Praxis auftauchen.« Sie war nicht in der Lage, selbst Auto zu fahren, und ich glaube, Tom war nur zu bereit, sie nach Talyton zu fahren. »Wenn sie kommt, können Sie sie dann mit Ihrem legendären Tee und Keksen versorgen? Wenn sie möchte, kann sie warten, bis wir mehr wissen, aber es könnte eine Weile dauern.«

Wir transportieren Saba vorsichtig, als wäre sie eine Palette roher Eier, nach hinten zum Labortisch.

»Gutes Mädchen«, murmelt Shannon. »Was kann ich tun, Maz?«

»Bleiben Sie bei Saba. Will, können Sie eine komplette Untersuchung ihrer Reflexe durchführen und rausfinden, wo genau die Verletzung vorliegt? Ich bereite die Röntgenaufnahmen und ein Myelogramm vor.«

»Haben Sie vor, sie an eine Spezialpraxis abzugeben?«, fragt Will.

»Wenn ihr Zustand sich hinreichend stabilisiert, sodass sie transportiert werden kann, dann ja. Kommen Sie, Will! Los geht's.«

Ich versuche, dem Team die Dringlichkeit klarzumachen, und innerhalb einer halben Stunde haben wir eine ganze Reihe brauchbarer Aufnahmen. Wie befürchtet, hat Saba eine Wirbelverletzung. Der Fortsatz des zweiten Wirbels, der dafür verantwortlich ist, dass sie den Kopf drehen kann, ist abgebrochen. Wenn ich ihn nicht richte, verschieben sich die Wirbel zueinander, und es kommt zu einer irreparablen Verletzung des Rückenmarks. Saba wird vom Hals abwärts gelähmt sein. Wenn ich es richte, ist es möglicherweise bereits zu spät, oder die Operation selbst könnte eine weitere Verletzung bewirken, und Saba wird ebenfalls vom Hals abwärts gelähmt sein. Von welcher Seite man es auch betrachtet: Die Chancen stehen nicht gut.

Will und ich stehen im abgedunkelten Röntgenraum und betrachten die Bilder.

»Ich werde verschrauben müssen. Ich möchte, dass Sie mir assistieren, Will.«

»Haben Sie diese Art von Operation schon oft gemacht?«

»Ein Mal. Vor langer Zeit.« Ich lächle müde. »Es ist ein gewisses Risiko, aber es geht um Leben und Tod. Es ist schon okay – ich bin recht geschickt mit dem Bohrer.«

Ich mag zwar meinen, dass ich mit dem Bohrer umgehen kann, aber ich habe es lange nicht mehr gemacht und bin ziemlich langsam, und ich fühle mich beklommen, so dicht an jenen Nervenbahnen arbeiten zu müssen, die Sabas gesamten Körper vom Hals abwärts versorgen. Das alles bedeutet, dass ich drei Stunden später immer noch am OP-Tisch stehe und die Schrauben in den Platten anziehe, mit deren Hilfe ich Sabas Wirbel fixiert habe. Wir röntgen noch einmal, um zu überprüfen, ob alles am richtigen Platz ist, und nutzen dafür das Röntgengerät, das Will mit Mühe in den OP-Saal gezogen hat.

»Es sieht alles gut aus«, sage ich. »Machen wir sie zu. Dann können wir sie in den großen Zwinger verlegen und sie dort die nächsten vierundzwanzig Stunden überwachen.«

»Ich bin dabei«, sagt Shannon. »Ich übernehme die erste Schicht.«

»Ich nehme die zweite«, bietet Will an.

»Wunderbar. Dann übernehme ich die dritte.«

»Haben Sie morgen nicht frei?«, fragt Shannon.

»Das macht mir nichts aus«, sage ich.

»Ich räume für Sie auf«, sagt Will. »Nach Ihrer waghalsigen Klippenrettung können Sie eine Pause vertragen, Maz.«

»Meinen Sie, es kommt in den *Chronicle?*«, fragt Shannon.

»Die Chancen stehen gut«, sage ich seufzend. »Jemand hat ein Foto vom Klippenrand aus gemacht. Aurora sagte, er käme von der Zeitung.« Ich lächle. »Ich hatte zwar keine Chance, vorher mein Make-up aufzufrischen, aber es wäre eine gute Werbung fürs Otter House.« Ich streife die Handschuhe ab und rufe Aurora an. Frances hat sie nach Hause geschickt, als sie vor ein paar Stunden in der Praxis auftauchte.

Schließlich mache ich mich selbst auf den Heimweg und schließe die Tür zur Scheune auf. Alex ist in der Küche. Er trägt eine rote Schürze und rührt in einer Pfanne.

»Hallo«, rufe ich.

»Hallo, Schatz.« Er blickt auf.

»Wo ist George?«

»Im Bett.« Alex legt den Zeigefinger auf die Lippen. »Pst!«

»Geht es ihm gut?«

»Mutter hat ihn den ganzen Tag in den Stallungen herumkrabbeln lassen. Er ist erschöpft.« Alex kommt zu mir, umarmt mich und gibt mir einen Kuss auf die Wange.

»Das ist schön.« Ich drehe mich um und presse meine Lippen auf seine.

»Ich habe uns Pasta gemacht, und drüben auf dem Tisch steht eine offene Flasche Rioja.«

»Feiern wir irgendwas?«

»So könnte man es wohl nennen. Deine waghalsige Klippenrettung vielleicht? Wie ich höre, hattest du einen aufregenden Tag. Ich habe ein paar Schafe untersucht, eine beginnende Pferdekolik behandelt und bei zahllosen Kühen die Trächtigkeit festgestellt. Heute ist also nichts passiert, was meinen Puls auch nur irgendwie beschleunigt hätte – außer dich zu sehen«, fügt er grinsend hinzu.

Ich erwidere sein Lächeln, seiner Liebe versichert, auch wenn er es mir bei Weitem nicht oft genug sagt.

»Woher weißt du es?«

»Es ist das Thema im Ort – ich habe beim Gemüsehändler angehalten, um Obst und Gemüse einzukaufen. Peter hat es mir erzählt. Bridget hatte es ihm erzählt, und die wusste es von Aurora.« Alex kneift mir in den Po. »Wenn ich es rechtzeitig gewusst hätte, wäre ich gekommen. Ich weiß ja, wie sehr du Höhen verabscheust. Eigentlich kann ich gar nicht glauben, dass du dich dazu hast überreden lassen.«

»Ich hatte keine Wahl. Saba hat Tom vom Küstenschutz nicht in ihre Nähe gelassen.«

»Wie geht's dem Hund?«

»Sie ist sediert. Shannon und Will schauen nach ihr.« Ich sehe auf die Uhr. »Ich habe die Frühschicht ab fünf.«

»Klingt so, als müsste ich dich früh ins Bett kriegen.« Alex' warmer Atem schlägt mir ins Gesicht.

»Klingt nach einem ausgezeichneten Plan«, murmele ich.

»Wie geht es ihr?«, frage ich Will am nächsten Morgen. Wie ich scheint er die ganze Nacht auf gewesen zu sein. Seine Brillengläser sind verschmiert, seine Augen dunkel vor Erschöpfung, und in der Hand hält er einen koffeinhaltigen Powerdrink. Er trägt noch dasselbe Hemd wie gestern und hat einen winzigen Blutspritzer an der Wange, den er nach der letzten OP, bei der er die Arterie eines Patienten angeritzt haben muss, nicht abgewaschen hat.

»Will, das dürfen Sie hier drin nicht«, sagt Izzy und nimmt ihm die Flasche aus der Hand. »Sie kennen ja die Regeln.«

»Tut mir leid. Das hatte ich vergessen. Wie auch immer, zurück zu unserer Patientin: Saba ist bei Bewusstsein, mit Schmerzmitteln geht es ihr gut, sie hat Empfindungen in allen vier Pfoten, kann sich aber nicht auf den Beinen halten. Sie wedelt mit dem Schwanz, wenn man ihren Namen nennt.«

»Dann gibt es also positive Zeichen.« Ich bücke mich, um ihre seidenen Locken zu streicheln. Sie ist erstaunlich sauber und trägt ein Parfüm, das mich eher an Coco Chanel als an Eau de Chien erinnert. »Hat sie Urin gelassen?«

»Sie trägt einen Katheter. Ich habe ihn letzte Nacht gelegt«, sagt Will.

»Es ist noch früh, aber ich frage mich, ob wir sie nicht an einen Spezialisten zur Reha abgeben sollten.«

»Wir könnten einen Pool für Hydrotherapie im Garten

aufstellen«, sagt Izzy. »Könnten wir uns nicht irgendwo ein Planschbecken ausleihen?«

»Das wäre nicht tief genug, und es klingt auch nicht wahnsinnig hygienisch.«

»Was ist mit der Badewanne oben im Apartment? Die haben wir früher schon für Reha-Zwecke benutzt.«

»Ich erinnere mich. Der Dackel mit dem Bandscheibenvorfall. Wie hieß er noch mal?«

»Daffy.«

»Er hat in die Wanne gekackt, die damals noch meine war. Wir können sie nicht nehmen.«

»Es muss einen Weg geben«, beharrt Izzy. »Überlassen Sie es mir. Mir fällt schon was ein.«

Sie sucht mir die Nummer des örtlichen Hydrotherapeuten heraus.

»Es ist mir egal, wie viel es kostet«, sagt Aurora großzügig, als ich sie später darauf anspreche. Sie hat Glück – wir haben ihr ein Besuchsrecht eingeräumt, da sie die einzige Person ist, von der Saba Futter annimmt. »Saba hat eine umfassende Krankenversicherung, die die Kosten trägt, und selbst wenn dem nicht der Fall wäre, würde ich das Geld irgendwie beschaffen. Mein Hund bedeutet mir alles. Sie ist liebevoller, dankbarer und treuer als jeder Mann.« Sie seufzt. »Ich bin wohl bald wieder Single.«

»Tut mir leid …«

»Das muss es nicht. Er sah gut aus, hatte Geld, aber mit dem Sex war es nicht weit her.« Sie lächelt. »Ach, Maz, das muss Ihnen doch nicht peinlich sein. Ich dachte, euch Tierärzten könnte man da nichts vormachen. Heiraten Sie nicht recht bald schon den leckeren Alex?« Ich will nicht darüber sprechen, aber sie fährt fort: »Es war ziemlich schlau, ihn sich mit einer ungeplanten Schwangerschaft zu schnappen.«

»So war es nicht«, erwidere ich betroffen.

»Ich bin sehr dankbar für das, was Sie und Will getan haben«, fährt Aurora fort. Pass auf, Will, denke ich, amüsiert von dem Gedanken, dass er und Aurora zusammenkommen könnten. Er ist so sanft und bescheiden, Aurora würde ihn zum Frühstück verspeisen wie eine Schwarze Witwe. Ein begehrter Junggeselle mit guten beruflichen Aussichten, einige Jahre jünger als sie. Ich bin mir jedoch nicht sicher, wie sie es aufnehmen würde, wenn sie auf diese exotischen Viecher in seiner Wohnung stieße.

»Ach«, fährt sie fort. »Ich habe ein Exemplar des *Chronicle* bei Frances gelassen. Sie und Saba sind in den Schlagzeilen. Und mein Laden wird ebenfalls erwähnt.«

»Haben Sie bei der Zeitung angerufen?«, muss ich sie fragen.

»Man muss das Beste aus solchen Gelegenheiten machen, Maz.« Ihre Miene ist kühl und berechnend. »Wann kann ich wiederkommen, um nach Saba zu sehen?«

»Morgen. Zur selben Zeit.«

Ich sehe mir die Titelseite des *Chronicle* an – da bin ich. In Farbe. Ich starre die Klippe hinauf, das Meer unter mir. Mein Gesicht ist von Anstrengung und Furcht verzerrt, und mein Haar steht unter meinem Helm ab wie das Stroh auf dem Kopf einer Vogelscheuche.

Örtliche Tierärztin rettet Hund, lautet die Schlagzeile.

»Sieht gut aus, nicht wahr?«, bemerkt Frances. »Es sieht Ihnen sehr ähnlich.«

»Das sollte es auch«, sage ich. »Schließlich bin ich das ja auch.«

»Haben Sie sich schon einen Termin bei Maria besorgt? Für Ihre Hochzeitsfrisur? Maz, Sie sollten das jetzt wirklich erledigen. Es dauert keine fünf Minuten.«

»Ich weiß. Irgendwann komme ich schon dazu.«

Frances reicht mir das Telefon. »An Ihrer Stelle würde ich es jetzt gleich tun, während Sie einen Moment Zeit haben.«

8

Zu lieben und zu ehren

Es ist ein heißer, trockener Sommer, und obwohl es gerade erst Mitte Juli ist, ist das Gras auf den Weiden von Talyton Manor verdorrt, und der Boden ist, abgesehen von ein paar Büscheln Nesseln und Sauerampfer, über weite Strecken kahl. Das Wetter mag für die Bauern und ihr Vieh schlecht sein, aber es hat auch einen großen Vorteil: Man muss sich nicht jedes Mal, wenn man einen Fuß vor die Tür setzen will, die Gummistiefel anziehen.

»Komm mit, George.« Ich nehme ihn hoch, packe eine Einkaufstüte und trage ihn in die Scheune. »Ich muss Abendessen machen.« Ich freue mich darauf, dass Alex heute Abend nach Hause kommt, denn er hat heute Papa-Dienst, wie ich das nenne. Ich war den ganzen Tag mit George allein, und auch wenn ich es sehr genossen habe, bin ich vollkommen erledigt.

George war so sehr damit beschäftigt, mir zu helfen, dass ich außer dem Einkauf im Supermarkt nichts hinbekommen habe. Als ich zum Auto zurückkam, stellte ich fest, dass George unabsichtlich drei Trauben und zwei Karamellriegel geklaut hatte, indem er sie in der Fronttasche seiner Latzhose verschwinden ließ. Bin ich als Stütze der Gesellschaft und Berufstätige zurück in den Laden gegangen und habe gestanden? Nein, aber ich habe heimlich ein paar Münzen in eine der aufgestellten Spendensammelboxen gesteckt.

Ich hebe die Post vom Fußboden auf, stelle den Ofen an und bin gerade dabei, die Wäsche aus der Maschine zu zerren, eine Ladung von Alex' T-Shirts und Hosen, als dieser heimkommt.

»Hi!«, ruft er auf dem Weg zu unserem offenen Küchenbereich.

»Du bist früh dran«, sage ich, froh, ihn zu sehen.

»Ich dachte, ich könnte einmal ein paar schöne Stunden mit meiner Verlobten verbringen. Und mit meinem Sohn«, fügt er hinzu und küsst mich.

»Nachdem du geduscht hast. Du stinkst nach Kuh«, erwidere ich lachend, während ich ihn von mir stoße. »Ich mache inzwischen das Abendessen. Was hältst du von Pizza, Knoblauchbrot und Salat?«

»Klingt großartig.« Dann sagt er voller Ironie: »Du hättest nicht den ganzen Tag am Herd schuften müssen.«

»Du weißt, dass ich das nicht getan habe.«

»Wo ist der Junge?«

»Dada!« George tapst zu seinem Dad, der ihn hoch in die Luft hebt und die Nase an seiner reibt. George kichert. »Dada!«

»Vielleicht könntest du ihn mit raufnehmen und ebenfalls duschen«, schlage ich vor. »Oder baden.«

»Maz, ich bin gerade erst zur Tür reingekommen.«

»Ich weiß, es tut mir leid …«

»Gib mir fünf Minuten, und ich bin wieder da und helfe dir mit George und dem Essen.«

»Danke, Alex.« Meine Brust zieht sich vor Liebe und Verlangen zusammen. Manchmal frage ich mich, ob ich ihn verdient habe. Er ist nicht nur der attraktivste Mann, dem ich je begegnet bin, er ist darüber hinaus auch noch freundlich und großzügig.

Zum Geräusch des laufenden Wassers im Bad und einer von Georges CDs, *Die beliebtesten Kinderlieder*, decke ich den Tisch. Alex hält Wort und kommt ein paar Minuten später, nur mit Jeans bekleidet, die Treppe herunter. Mit einem Handtuch rubbelte er sich die Haare trocken. Ich komme nicht umhin, den dunkelroten Striemen an seinem Arm zu bemerken.

»Was hast du denn da gemacht?«

Alex sieht mich an, als wolle er sagen, das sei nicht so schlimm, doch als er das Handtuch auf die saubere Wäsche im Korb neben der Waschmaschine fallen lässt, verzieht er das Gesicht.

»Eine von Stewarts Kühen hat meinen Arm im Gedränge erwischt und ordentlich gequetscht.« Er flucht leise und entschuldigt sich umgehend. »So etwas passiert.« Er legt den Kopf schief. »Ich war mit den Gedanken nicht bei der Sache. Dachte an meine Verlobte.«

»Soll ich dir Eis zum Kühlen geben?«

»Es geht schon.« Alex spreizt die Finger. »Es wird die nächsten paar Tage ein bisschen wehtun, aber dann lässt es nach. Mir ist schon Schlimmeres passiert.«

Er nimmt sich ein Shirt aus dem Korb, ehe wir uns zum Essen am Tisch niederlassen. George sitzt angeschnallt in seinem Hochstuhl, ein Stückchen Pizza und etwas Gurke vor sich auf dem Tisch. Er ist kein großer Fan von Salat – oder irgendetwas Grünem –, aber ich höre nicht auf, es zu versuchen.

»Und, Maz«, sagt Alex, »hast du dir inzwischen Gedanken über die Flitterwochen gemacht? Wo würdest du gern hin?«

»Überrasche mich.«

Alex rauft sich in gespielter Verzweiflung die Haare.

»Du musst mir wenigstens einen Tipp geben. Irgendwohin – in die Sonne? Wo es heiß ist? Oder lieber in die Berge? Ins Kalte, Eisige?« Er nimmt meine Hand. »Ich möchte nichts falsch machen.«

Eigentlich möchte ich antworten, dass es mir egal ist, wohin wir verreisen, solange ich mit ihm zusammen bin, aber das würde dämlich klingen, also lasse ich es. »Ins Warme, aber auch nicht zu heiß … wegen George.«

Alex runzelt die Stirn, und mir wird klar, dass ich das Falsche gesagt habe.

»Was hat George damit zu tun? Er kommt nicht mit uns, Maz. Es sind unsere Flitterwochen. Ich dachte, wir hätten deshalb einen Kompromiss geschlossen und würden Weihnachten mit den Kindern verbringen, bevor wir verreisen.«

»Ich dachte …« Meine Stimme versagt. Ich kann mir nicht vorstellen, zwei Wochen von George getrennt zu sein. Ich glaube nicht, dass ich das schaffe.

»Traditionell machen Frischverheiratete in ihren Flitterwochen ein Baby. Sie nehmen es nicht schon mit«, sagt Alex lächelnd.

»Wir sind kein traditionelles Paar. Wir haben bereits ein Baby an Bord. Ach, ich weiß nicht, was ich tun soll … irgendwie habe ich mir immer vorgestellt, dass George mit uns fährt.«

»Mh-mh«, sagt Alex betrübt. »Und dass George bei uns im Bett landet, was bedeutet, dass wir viele schlaflose Nächte haben werden, aber leider aus einem völlig falschen Grund.«

Wir sehen beide George an, der gerade einmal still ist und die Pizza mit seinen Fingern zerdrückt.

»Ich rede mit Mutter. Ich bin mir sicher, sie würde ihn

nur zu gern für die Zeit übernehmen.« Alex hält inne, während ich denke, dass zwei Wochen zu lang sind – zu viel Zeit für Sophia, um unseren Sohn einer Gehirnwäsche zu unterziehen und ihm die Fox-Gifford'schen Familienwerte einzutrichtern. »Sie versucht ständig, George für sich zu haben.« Alex streichelt meine Finger, und seine Haut reibt sich an meiner. »Genauso wie ich daran arbeite, dich für mich zu haben. Halte mich meinetwegen für egoistisch, Liebling, aber das will ich nun mal.« Alex' Stimme klingt heiser. »Aber es ist deine Entscheidung.«

»Ich weiß nicht, Alex.«

»Wie kann ich dich davon überzeugen?« Er hebt meine Hand und presst die Lippen auf die Innenseite meines Handgelenks, lässt meine Haut, mein ganzes Sein erschauern, bis mein Inneres dahinschmilzt.

»Ich bin hin- und hergerissen«, murmele ich.

»Zwei Wochen. Nur du und ich …?«

Dem zu widerstehen ist schwierig. Unmöglich.

»Oh, Alex …«

»Das heißt also ja?« Er beugt sich näher zu mir und küsst meine Wange. »George bleibt zu Hause bei Mutter. Dann sollte ich schon mal anfangen, mich über die besten Ziele zu informieren. Es ist nicht mehr lange bis Weihnachten, und ich will nicht riskieren, ein Last-Minute-Angebot nehmen zu müssen.«

»Erinnere mich nicht daran – ich muss selbst noch jede Menge erledigen.« Ich lehne mich zurück.

»Ist noch Pizza da? Ich hol mir selbst was«, fährt Alex fort, als ich Anstalten mache aufzustehen, doch ehe er den Teller nehmen kann, klingelt sein Handy auf dem Sofa, wo er es auf dem Weg in die Wohnung hingelegt haben muss.

Ich ziehe eine Augenbraue hoch und warte, während

Alex auf und ab läuft. Es ist nach sechs, und Alex hat keine Bereitschaft, weshalb ich annehme, dass es eine Routinefrage ist. Kapieren die Leute hier denn nicht, dass es höflich wäre, Anfragen nur während der Sprechstunden zu stellen? Ich lächle vor mich hin, denn unsere Patienten sind genauso.

»Tut mir leid, Maz.« Alex hat das Gespräch beendet. »Ich muss los. Jemand vom Ponyklub. Ihr Pferd hat sich auf der Koppel verletzt. Das kann nicht warten.«

»Du hast heute keine Bereitschaft.« Wie ich auch. Das ist ja der ganze Sinn dabei, wenn man Zeit miteinander verbringen will. Ich bin teils enttäuscht und teils verärgert. Und das Pferd tut mir auch leid.

»So etwas passiert. Sie gehören zu meinen speziellen Patienten.«

»Du meinst, sie wollen nicht von deinem Vater behandelt werden?«

»So in etwa.« Alex sucht nach seinen Schlüsseln. »George, hast du sie vielleicht genommen?«, fragt er ungeduldig.

»Nein!«, sagt George.

»Bist du dir sicher?« Alex versucht, streng zu klingen, doch ich kann bereits hören, wie sich Belustigung in seine Stimme mischt.

»Nein!« George schüttelt den Kopf und lacht los.

»Heißt das jetzt ja?« Alex sieht mich hilfesuchend an.

Ich zucke die Achseln. »Versuch es oben. Du hast sie wahrscheinlich in die Wäsche geworfen. Es wäre nicht das erste Mal.«

»Okay, ich sehe mal nach. Ich nehme das mobile Röntgengerät mit, dann muss ich nicht noch einmal zurück, um es zu holen. Wenn wir Glück haben, dauert es nicht lange.«

»Dann bis später«, sage ich ermattet. Als er wieder unten ist, nachdem er seine Schlüssel aus dem Wäschekorb gerettet hat, ist mir ein Gedanke gekommen. »Alex, wenn ich in die Praxis gerufen werde, was soll ich dann mit George machen?«

»Du hast keinen Bereitschaftsdienst.«

»Ja, aber falls Will mich braucht…«

»Du wirst Mutter fragen oder ihn mitnehmen müssen.« Alex zieht sich einen Pullover über den Kopf. »Bleib heute Abend nicht lange auf, George. Geh früh schlafen. Für Mummy.« Er küsst mich zum Abschied, und ich denke über eine der beherrschenden Fragen im Leben eines Tierarztes nach: Warum scheinen sich Tiere immer mitten im Essen oder bei einem tollen Film zu verletzen? Deshalb sehe ich mir keine Filme mehr an. Ich habe viel mehr Anfänge als Enden gesehen.

Eine halbe Stunde später schickt Alex mir eine SMS. Er wird eine Weile brauchen, deshalb bade ich George, bringe ihn ins Bett und lese ihm ein Abenteuer von Tim und Struppi vor, der mich an Lucky erinnert, einen meiner Hunde-Patienten, der bei der Ausstellung nach Alex geschnappt hat. Sophia hat das Buch für George gekauft, ein weiteres Zeichen für die Fox-Gifford'sche Indoktrination. Dieses Kind wird Pferde und Hunde einmal lieben, oder sie sind ihrer Pflicht als Großeltern nicht nachgekommen.

Um zehn gehe ich zu Bett. Um halb elf liege ich wach, denn ich kann nicht einschlafen, weil ich überlege, wann Alex wohl nach Hause kommen wird. Kurz nach Mitternacht durchdringt das Licht meines Handys den Vorhang der Dunkelheit, der sich vor meine Augen geschoben hat. Die Melodie von »I'm getting married in the morning« kitzelt mein Trommelfell. Ich muss den

Klingelton wirklich ändern, er entspricht Izzys Art von Humor.

»Hallo?«, sage ich, während ich noch nach dem Handy taste. Ich erkenne die vertraute Nummer vom Otter House.

»Hallo, sind Sie das, Maz? Guten Abend.«

»Ich bin mir ziemlich sicher, dass es eher Morgen ist, Will.« Ich unterdrücke ein gequältes Lächeln. »Was ist los?«

»Es tut mir leid, dass ich Sie störe, aber ich habe hier eine Katze mit Wehen, und mir ist schon klar, dass sich das pathetisch anhört, aber ich habe keine Ahnung, was ich tun soll. Es ist eine Perserkatze, Cassie. Ich habe sie untersucht, aber ich kann nicht entscheiden, was das Beste für sie ist.«

»Ich bin gleich da«, entscheide ich. »Ist Shannon bei Ihnen?«

Ich kann die Erleichterung in Wills Stimme hören. »Sie bereitet für alle Fälle schon mal den OP vor.«

Ich schlüpfe in einen Sweater und Pants, fahre mir ein paarmal mit den Händen durchs Haar und binde es zu einem Pferdeschwanz zusammen. George? Ich werde George mitnehmen müssen. Ich kann Sophia nicht zu nachtschlafender Zeit stören. Und Emma wird im Bett sein und schlafen, und ich möchte nichts tun, um sie zu stören, falls sie durch einen glücklichen Zufall tatsächlich schwanger sein sollte, wie Frances angedeutet hat.

Ich hebe George aus dem Stubenwagen. (Ich habe ihn noch nicht in ein Bett umgelegt, weil er dort niemals bleiben würde.) Er schlägt die Augen auf und lächelt, und mein Herz setzt für eine Sekunde aus. Er hat gute Laune und ist bereit, sich in seinem Autositz anschnallen zu lassen.

Ich lausche einen Moment in der Hoffnung, dass Alex noch rechtzeitig nach Hause kommt, aber er tut es nicht. Ich habe keine Zeit zu verlieren.

»Auf jetzt, George. Und denk dran: Genau aus diesem Grund willst du später einmal nicht Tierarzt werden.«

George ist hellwach und unternehmungslustig, als wir in der Praxis ankommen. Weil ich den Buggy vergessen habe, in dem ich ihn anschnallen könnte, nimmt Shannon ihn für mich. Ihre Miene verrät mir, dass sie mir gerne sagen würde, sie sei kein Babysitter, sondern Tierarzthelferin, was nur vernünftig wäre, aber sie hält den Mund. Sie nimmt ihn an der Hand, während George in seinem gestreiften Schlafanzug herumtapst, Fruchtsaft aus einem angeblich tropfsicheren Kleinkindertrinkbecher verspritzt und überall Kekskrümel verteilt.

Wir gehen zusammen in den Untersuchungsraum, wo Cassie geschwächt auf dem Tisch liegt und sich anspannt, während Flüssigkeit aus ihrer Vagina sickert. Sie keucht wahnsinnig und wirkt wirklich mitgenommen. Ich kann mit ihr fühlen, so wie ich mit Liberty fühlte, nachdem ich George zur Welt gebracht habe.

Clive und Edi stehen bei ihr. Will lehnt am Schrank hinter ihnen und blättert in einem Nachschlagewerk, die personifizierte Unentschlossenheit.

»Hallo«, sage ich so heiter wie möglich. »Dass man Sie mal wiedersieht.«

»Ich habe schon gemeint, wir sollten Anteile an der Praxis haben, Maz«, scherzt Clive, aber es ist unverkennbar, dass er besorgt ist. »Sie könnten eine Abteilung nach uns benennen.«

»Okay. Will, sagen Sie mir, was Sie meinen«, sage ich.

Will, der gewissenhafte, frisch gebackene Tierarzt, gibt Cassies Vitalparameter an.

»Wann haben die Wehen angefangen?«, frage ich.

»Vor – oh, das weiß ich nicht.« Clive sieht Edie hilfesuchend an, aber sie ist sich nicht sicher. »Vor ungefähr zwei Stunden? Nicht allzu lange, bevor wir zugemacht haben.«

»Was können Sie ertasten, Will?«

»Ein Junges steckt mit dem Kopf voran im Beckenkanal. Ich war mir nicht sicher, ob ich es holen oder gleich einen Kaiserschnitt machen sollte.«

Ich wasche mir die Hände, ziehe Handschuhe an und taste Cassie kurz ab, um das zu überprüfen.

»Wir machen einen Kaiserschnitt«, entscheide ich. Shannon holt eine Einverständniserklärung – Izzy hat sie gut geschult –, und Clive überschreibt mir temporär Cassies Leben.

»Möchten Sie und Edie sich vielleicht im Mitarbeiterraum etwas zu trinken machen?«, frage ich Clive. Edie sieht aus, als könnte sie einen starken Kaffee vertragen.

»Was wird aus George?«, fragt Shannon. »Ich kann nicht gleichzeitig auf ihn und auf das Narkosemittel Acht geben.«

»Ich kümmere mich um ihn«, bietet Edie an.

»Ich bin dabei, Maz«, sagt Clive beruhigend. Wie wir alle ist er sich dessen bewusst, dass Edie nicht ganz bei der Sache ist, aber er wird aufpassen, dass George nichts passiert.

»Ich wünschte, er würde genauso gern in den Kindergarten gehen«, sage ich, während ich George hinterherlächle, der ohne zu protestieren mit Clive und Edie davonwatschelt.

»Ist es üblich, Klienten in der Praxis herumlaufen zu lassen?«, fragt Will. »Ich meine, ist das klug?«

»Sie sind reizende Leute, und ich kenne sie ziemlich

gut.« Ich wechsle das Thema. »Nun, wollen Sie operieren oder assistieren?«

»Äh …« Will schiebt sich die Brille auf der Nase hoch. »Ich assistiere.«

»In diesem Fall können Sie dann den nächsten Kaiserschnitt übernehmen.«

»Ich hoffe, es macht Ihnen nichts aus, dass ich Sie aus dem Bett geklingelt habe. Ich war mir bloß nicht sicher …«

»Schon okay. Es ist immer besser, auf Nummer sicher zu gehen.« Ich lächle ermutigend. Will muss an seinem Selbstvertrauen arbeiten. »Ich kann mich daran erinnern, wie es ist. Man glaubt, man hat es kapiert und alles, was man im Studium gelernt hat, beherrscht, aber dann kommen die Patienten, echte Patienten, und die verhalten sich nicht so wie in den Lehrbüchern.«

»Ich wollte Emma nicht anrufen.«

»Nein, rufen Sie immer mich an«, sage ich. »Kommen Sie. Wir wollen anfangen.«

Will und ich geben der Katze eine Narkose. Shannon überwacht Cassies Puls und Atmung, während ich den Bauch der Katze rasiere und dabei ganze Wollbüschel aufwirbele. Will säubert Cassies Haut, und ich wasche mich am Waschbecken und schlüpfe in einen OP-Kittel und Handschuhe.

»Ist sie bewusstlos?«, frage ich, nachdem ich die Tücher so arrangiert habe, dass nur noch der Operationsbereich unter dem kalten Licht der OP-Lampe zu sehen ist.

Shannon zwickt in Cassies Pfote. Sie zeigt keine Reaktion.

»Auf geht's!«, sagt sie und wartet darauf, dass ich den ersten Schnitt durch Haut und Muskeln in Cassies angeschwollenen Bauch mache, bevor sie kurz verschwindet, um einen weißen, mit einem Heizkissen und Handtüchern ausstaffierten Käfig für die Jungen zu holen.

Ich hoffe, es geht ihnen gut, und wir haben nicht zu viel Zeit verloren, nachdem Edie und Clive es nicht besonders eilig hatten hierherzukommen, weil sie erst noch den Pub schließen mussten, und Will nicht entscheiden konnte, was zu tun wäre.

»Mit wie vielen rechnen wir?« Shannon breitet ein Handtuch aus und legt es neben eine Tropfflasche mit einem Medikament, das, wenn nötig, die Atmung in Gang setzt.

»Zwei oder drei.« Ich meinte damals drei ertastet zu haben. Während ich die Gebärmutter der Katze öffne, wische ich das austretende Fruchtwasser auf und fische nach dem ersten Kätzchen. Ich reiche es Will, der es an Shannon weitergibt. Es ist ein dunkles, nasses, scheinbar lebloses Häuflein, wie ein Kuscheltier, das im Regen draußen geblieben ist.

»Nur zu!« Ich hole ein zweites Kätzchen heraus und reiche es an Will. »Säubern Sie Mund und Nasenlöcher, und reiben Sie es ab.« Ich überprüfe den Rest der Gebärmutter. Es gibt keine weiteren Jungen. Falls es ein drittes gegeben hatte, wurde es resorbiert und ist spurlos verschwunden. »Wie geht es allen?«

»Mama geht's gut. Aber das hier atmet nicht.« Shannon hebt das Katzenjunge hoch und mustert seine Brust. »Oh? Cool. Doch.«

Das Kätzchen schnappt nach Luft, miaut und zappelt. Es sieht nicht sehr stark aus, aber ich seufzte erleichtert. Es lebt.

»Es ist ein kleiner Junge«, säuselt Shannon, bevor sie ihn sehr sanft in den Käfig legt und zudeckt, damit er es warm hat, bis wir Cassie so weit haben.

»Dieses lebt, aber es hat eine Hernie. Sehen Sie?«

Ich kann nur kurz den Blick von meiner Aufgabe abwenden, die Gebärmutter und den Bauch zu schließen, aber es reicht. Da wo die Nabelschnur des Kätzchens sein sollte, ist ein Riss, und ich kann die Innereien sehen.

»Will, Sie müssen es drüben an die andere Narkosemaschine anschließen und sehen, ob Sie den Bruch schließen können.« Lohnt es sich? Ich beschließe, dass wir es versuchen müssen. Es wäre eine Schande, jetzt aufzugeben.

»Shannon, können Sie Will steriles Besteck geben? Danke. Ich bin hier gleich fertig.«

Während Will die Hernie des Kätzchens operiert, sehr langsam, aber sicher, beobachtet Shannon Cassie, die allmählich zu sich kommt, und ich behalte die Vitalfunktionen des Kätzchens im Blick. Shannon bittet mich, in der Zwischenzeit für ihre Prüfung zu lernen, die in ein paar Tagen stattfinden wird.

»Maz, was ist der Unterschied zwischen glatter Muskulatur, Herzmuskulatur und Skelettmuskulatur?«, will sie wissen.

»Da fragen Sie mich was.« Es ist lange her, dass ich mich mit Muskulatur beschäftigt habe, abgesehen von der von Alex … »Die Skelettmuskulatur ist willkürlich steuerbar und sieht unter dem Mikroskop gestreift aus.«

»Herzmuskulatur aber auch, oder?«

»Ja, aber der Herzmuskel funktioniert unwillkürlich. Er arbeitet rhythmisch, wobei Geschwindigkeit und Stärke des Zusammenziehens durch das Nervensystem gesteuert werden.« Es gefällt mir nicht, den Körper in seine Einzelteile zu zerlegen. Alles ist Teil des Ganzen, wie das Team im Otter House.

»MBNE«, seufzt Shannon. »Mum Bechert Niemals Eiscreme.«

Das wäre mir neu, denke ich, während ich an Bridgets Figur denke, obwohl ich schon annehme, dass sie weniger davon isst als früher, als noch niemand etwas von ihrem Diabetes wusste.

»Muskelgewebe, Bindegewebe, Nervengewebe und Epithel. Ich habe drei Stunden über meinen Aufzeichnungen gehockt und bin bloß bis zum Muskelgewebe gekommen. Ich werde es nie schaffen.«

»Sie übertreiben es doch nicht mit dem Lernen, oder? Denken Sie dran, Sie haben auch noch einen Fulltime-Job. Es ist ja nicht so, als würden Sie nur zur Schule gehen und hätten alle Zeit der Welt.« Ich frage mich, ob sie abends noch ausgeht. Sie war mal eine richtige Partymaus.

»Es wird mir besser gehen, wenn ich die Prüfungen ein für alle Mal hinter mir habe.«

»Erinnern Sie sich an Ihren ersten Kaiserschnitt?«, frage ich lächelnd.

»Wie könnte ich den je vergessen? So bin ich an Sieben gekommen.«

Bald sind Cassie und ihre Jungen wach und zurück in ihrer Transportbox, und wir stehen um den Behandlungstisch herum.

»Wie geht es meinen Babys?«, nuschelt Edie.

»Und Cassie, Schatz«, fügt Clive hinzu. Er hält George auf dem Arm, der sich nach vorn beugt und versucht, den Finger in die Transportbox zu stecken.

»Katze«, sagt er.

»Nein, George!«, sage ich.

»Katze!«, ruft er.

»Du hast recht, es ist eine Katze. Ich meine, nein,

steck deinen Finger da nicht rein. Katzen können beißen. Aua!«

»Böse Katze!«, sagt George fröhlich.

Er hat unrecht. Es sind reizende Katzen. Cassie ist jetzt entspannter und schnurrt, während ihre Jungen unter sie kriechen.

»Sie wird eine tolle Mama«, sage ich.

»Danke, dass Sie sich um sie gekümmert haben«, sagt Clive. »Wir sind Ihnen sehr dankbar.«

»Welche Farbe haben sie?«, fragt Edie. »Es war schwer zu erkennen.«

»Ein schwarz-weißes Katerchen und ein cremefarbenes Kätzchen«, sagt Shannon.

»Das ist eine seltsame Kombination«, bemerkt Clive.

»Wer ist der Vater?«, frage ich. »Ich nehme an, Cassie hat sich von zwei streunenden Katern beglücken lassen.«

»Wirklich?«, fragt Edie.

»Das machen Katzen so. Sie sind in dieser Hinsicht nicht sehr wählerisch.«

»Und ich dachte, du wärst ein braves Mädchen, Cassie.« Edie lächelt.

Nachdem Clive und Edie aufgebrochen sind, räumt Shannon auf. Will hilft ihr dabei, so gut er kann, und ich kümmere mich um den Papierkram. Cassie ist eher dünn, was für unsere Patienten bei dem heutzutage qualitativ hochwertigen Futter eher ungewöhnlich ist, und ich mache mir eine Notiz auf ihrer Karteikarte, dass ich das überprüfe, wenn sie zur Nachsorge kommt. Danach rede ich mit Will.

»Fühlen Sie sich in der Lage, den Nächsten zu übernehmen?«, frage ich.

»Ich denke schon. Danke, Maz.«

»Wofür?«

»Dafür, dass Sie verdammt nett waren und mir nicht das Gefühl gegeben haben, ein kompletter Idiot zu sein.«

»Ich kann Ihnen sagen, dass ich es vorziehe, wenn Sie um Hilfe bitten, wenn Sie sich nicht ganz sicher sind, anstatt trotzdem einfach loszulegen, wie unser Vertretungsarzt es getan hat.«

»Ich habe von Ihren Problemen gehört – Frances hat es mir erzählt.«

»Drew war hoffnungslos. Egoistisch. Die Patienten waren ihm vollkommen egal.« Ich halte inne. »Will, machen Sie sich keine Sorgen. Sie halten sich wirklich gut.«

»Nochmals danke.«

»Sie sollten jetzt besser gehen und sich ausruhen.« Ich sehe auf die Uhr an der Wand. »Es sind weniger als sechs Stunden, bis wir den ersten Rundgang durch die Zwinger machen müssen.«

Will stöhnt. »Es ist viel schwerer, als ich gedacht hatte.«

»Sie fühlen sich besser, wenn Sie ein wenig geschlafen haben.« Ich sehe ihm nach, wie er durch die Tür in den Korridor geht, die Hände in den Hosentaschen und mit gesenktem Kopf, und ich frage mich, ob er ohne mich zurechtgekommen wäre, wenn ich nicht greifbar gewesen wäre. Würde ich ihm die alleinige Verantwortung für die Praxis übertragen? Ich glaube nicht, dass er dafür schon bereit ist, und ich komme nicht umhin, mich zu fragen, ob er es jemals sein wird.

Während ich mit George nach Hause fahre, der jetzt tief und fest auf dem Rücksitz schläft, wird mir bewusst, dass das Verhältnis zwischen meinem Arbeits- und Privatleben nicht ausgewogen ist und dass es nicht viel braucht, um mich so oder so umkippen zu lassen. Ich habe Glück. Ich habe alles: Kind, Partner, Beruf, Geld. Ich werde geliebt und geachtet, aber ich habe keine Zeit für mich. Es gibt keinen Zeitpuffer, und langsam frage ich mich, wie ich es überhaupt schaffen soll, diese Hochzeit zu planen. Es ist über einen Monat her, dass Alex und ich den Termin festgelegt haben, und abgesehen vom Kleid, dem Fotografen und den Blumenarrangements sind die Vorbereitungen nicht wirklich vorangekommen. Ich fühle Panik in mir aufsteigen. Was ich für eine lange Zeitspanne hielt, ist in Wirklichkeit ziemlich kurz.

9

Etwas Neues

Es scheint mal wieder einer von diesen speziellen Tagen zu sein. Ich stehe um halb neun mit Flick, der Kindergartenleiterin, in dem winzigen Spielbereich vor dem Kindergarten. Flick trägt eine weiße Bluse, eine schwarze Hose und eine Schürze mit grellbunten Schmetterlingen. Sie ist ungefähr so alt wie ich, Anfang dreißig, zierlich, blond und entschlossen. Ausnahmsweise ist es nicht George, der den Kindergarten nicht will. Heute will der Kindergarten George nicht.

Ich hätte das Problem vorhersehen müssen. Ich erinnere mich daran, wie Frances in der Praxis auf ihre Enkeltochter aufpassen musste, als diese einen Ausschlag hatte, der sich dann als Flohbisse von ihrer Katze herausstellte. Georges Ausschlag hat nichts mit Flohbissen zu tun.

»Ich muss zur Praxis.« Ich sehe ostentativ auf meine Armbanduhr. »Sofort.«

»Sie müssen jemand anderen finden, der heute auf ihn aufpasst. Sie mit Ihren medizinischen Vorkenntnissen müssen doch am ehesten verstehen, dass wir ihn nicht aufnehmen können, solange Sie nicht in der Lage sind nachzuweisen, dass er für die anderen nicht ansteckend ist.«

»Ich kann aber nicht. Ich muss zur Arbeit. Mein Terminplan heute ist gerammelt voll.«

Flick baut sich zu ihren vollen eins sechzig vor mir auf.

»Sie müssen sich freinehmen. Es wäre unverantwortlich von mir, wenn ich ihn aufnehmen würde.«

Ich zeige ihr den Ausschlag auf Georges Arm. Es ist nicht viel, und ich hoffe verzweifelt, dass sie eine Ausnahme machen wird.

»Keine Flöhe«, verkündet George fröhlich, und ich wünschte, er wäre mit dem Sprechen ein bisschen verzögert statt seinem Alter voraus. »Keine Flöhe, Mummy.« Ich kann sehen, wie die anderen Mütter sich voller Entsetzen abwenden, als hätte ich ihm eingetrichtert, was er zu sagen hat.

»Na gut.« Ich gebe nach. Draußen vor dem Tor des Kindergartens rufe ich Alex an. Er ist unabkömmlich. Das hätte ich mir denken können. Bei wem sonst kann ich es versuchen?

»Wer hätte gern den ganzen Tag lang einen gepunkteten Jungen, George?«, frage ich seufzend. Er lächelt aus seinem Buggy zu mir hoch. »Emma kann ich nicht fragen, denn sie arbeitet auch. Will hat frei, und ich kann mir nicht vorstellen, dass er besonders scharf aufs Babysitten ist. Vielleicht Lynsey – sie hat sich früher schon angeboten, aber wenn der Ausschlag infektiös ist, wird sie mir nicht gerade dankbar dafür sein, wenn eins von ihrer Brut sich ansteckt. Es gibt nur eine Lösung, George. Du musst mit mir zur Arbeit kommen.«

Im Otter House rede ich mit Frances.

»Es ist die absolute Katastrophe«, sage ich. »Sophia und der alte Fox-Gifford sind für eine paar Tage nach London, um Freunde zu besuchen – Alex meint, sie würden dort ihre verlorene Jugend wiederaufleben lassen –, deshalb kann ich sie nicht bitten, George zu nehmen. Flick vom Kindergarten will ihn nicht wegen des Ausschlags an seinem Arm.« Ich hatte überlegt, ihn zu überschminken, aber das wäre spätestens beim Händewaschen vor dem Frühstück aufgefallen.

»Ich nehme ihn, Maz«, sagt Frances. »Bringen Sie ihn zu mir nach hinten. Oh, sieht er inzwischen nicht genau aus wie sein Daddy?«

Ich schiebe den Buggy hinter den Tresen, doch George gefällt es gar nicht, dass er nicht sehen kann, was auf der anderen Seite passiert. Er sträubt sich und zerrt an den Gurten, mit denen er angeschnallt ist, und kreischt, dass er aufstehen will. Der Patient im Wartebereich, ein uralter Basset Hound, sieht noch schwermütiger aus als ohnehin schon.

»Ist es was Ernstes?«, fragt Frances. »Es wird doch keine Meningitis sein! Ich habe neulich eine Sendung darüber gesehen, wie man den Ausschlag daraufhin überprüfen kann, indem man ein Glas auf die Flecken drückt.«

»Danke, Frances. Ich bin Tierarzt.«

»Und besser als jeder Arzt, deshalb wissen Sie, wovon ich spreche.«

»Ich nehme ihn mit nach hinten auf die Krankenstation. George, komm und sieh dir die Tiere an.«

Ich weiß, dass es George nicht schlecht geht, aber trotzdem mache ich auf dem Weg zur Krankenstation im Aufenthaltsraum den Test mit dem Glas. Die Flecken verschwinden beim Druck des Glases, was heißt, dass sie oberflächlicher Natur sind und nicht tief, was ich ohnehin wusste. Alles in Ordnung. Ich reibe mir die Schläfen. Manchmal glaube ich, ich werde noch wahnsinnig.

George ist vom Anblick der aufgenommenen Patienten nicht begeistert. Wir haben eine kranke, aufgeplusterte Taube, die ihrem Schöpfer bald entgegentreten wird. Sie ist seit drei Tagen hier und zeigt keinerlei Besserung. Außerdem gibt es noch eine schwarze Katze mit einer Halsbandverletzung, die uns anfaucht, als wir uns ihr nähern.

Auch Izzy ist nicht gerade begeistert, als sie George sieht. Ich erkläre ihr die Situation, und sie zerfließt nicht gerade vor Mitgefühl, aber sie hat ja auch keine Kinder. Sie hat Hunde.

»Ich kann mich nicht um ihn kümmern, Maz. Ich habe keine Ahnung, wenn es um Menschen unter achtzehn geht.«

»Stellen Sie sich vor, er wäre ein Welpe«, schlage ich leichthin vor. »Ich weiß, dass es unverschämt wäre, aber ich habe mich gefragt, ob ich Shannon nicht bitten könnte, auf ihn aufzupassen, während ich heute ohne Assistentin arbeite.«

»Sie werden sowieso ohne eine zurechtkommen müssen, fürchte ich. Sie hat sich krank gemeldet.«

»Sind Sie sich sicher? Das sieht ihr gar nicht ähnlich. Was hat sie?«

»Halsschmerzen. Eine Virusgeschichte. Sie war ziemlich vage.«

»Ich kann mich nicht daran erinnern, dass sie auch nur einen Tag gefehlt hat, seit sie bei uns arbeitet.«

»Nein, sie hatte zwar ein paar harte Tage, wenn sie am Abend zuvor zu lange gefeiert hatte, aber sie ist sehr zuverlässig. Wahrscheinlich der Prüfungsstress, aber sie hat es ja jetzt überstanden, sodass sie hoffentlich morgen wieder da sein wird«, sagt Izzy.

Ich verliere den Mut. Was soll ich bloß mit George machen?

Es hat keinen Zweck. Er wird eine Weile von seinem

Buggy aus im Behandlungszimmer zusehen und den Rest der Zeit bei Frances sitzen müssen. Ich hoffe, die Klienten stören sich nicht zu sehr daran. Ich wünschte, entweder Alex oder ich hätten einen normalen Bürojob, wo man, wenn nötig, am nächsten Tag seine Arbeit aufholen kann.

Zur Mittagszeit spiele ich mit George Ball im Garten hinter dem Haus – wir nehmen einen von Miffs Tennisbällen, den ich im hohen Gras unter dem Apfelbaum gefunden habe – und füttere ihn mit Sandwiches aus dem Supermarkt. Während wir gemeinsam die Sonne genießen, rufe ich Jennie an.

»Hallo! Maz hier. Kann ich mit Ihnen über Hochzeitstorten sprechen?«

»Planen Sie denn mehr als eine Hochzeit?«, fragt die Konditorin leicht amüsiert.

»Ich dachte an Cupcakes, wie Sie sie für Penny gemacht haben.«

»Für die hat es gute Gründe gegeben …«

»Ich weiß. Der Hund – Lucky – hat die eigentliche Torte am Tag vor der Hochzeit gefressen, und Sie haben mit Ihren Cupcakes den Tag gerettet. Jennie, niemandem außer Penny wäre irgendetwas aufgefallen.« Ich halte inne. »Obwohl … Alex' Vater hat angeboten, die Torte und den Champagner zu bezahlen, und ich bin mir fast sicher, dass er es wohl vorziehen würde, wenn ich mich für etwas Traditionelleres entscheide.«

»Ich kann demnächst mal in der Praxis vorbeikommen«, sagt Jennie. »Ich bringe ein paar Mustertorten und Probierstückchen mit.«

»Das wäre toll. Danke.« Ich übergebe George in Frances' Hände, bevor die Nachmittagssprechstunde beginnt. Frances übersteht den Rest des Tages, aber nicht ohne dass George ihre Perücke schief zieht und Saft auf den Tresen kippt. Emma passt mich ab, nachdem Frances nach Hause gegangen ist, und sieht sich Georges Ausschlag an. George ist begeistert davon, ihr jeden einzelnen Flecken auf seiner Haut zu zeigen, als würde er ein Punkt-zu-Punkt-Bild zeichnen.

»Ich nehme an, er braucht ein Antibiotikum«, sagt Emma und richtet sich vom Boden im Mitarbeiterraum auf, wo sie gekniet hat. »Warum kommst du auf dem Weg zum Herrenhaus nicht bei uns vorbei? Ben kann dir ein Rezept ausstellen.«

»Ich bringe ihn morgen in die Praxis.«

»Ach, morgen. Darüber wollte ich mit dir reden…« Emma zögert kurz, bevor sie fortfährt. »Ich habe morgen am späten Nachmittag einen Termin im Krankenhaus für einen Ultraschall. Maz, du musst es dir doch schon gedacht haben.«

Emma glüht. Sie strahlt vor Freude, und ich habe keinen Zweifel mehr.

»Du bist schwanger…«

Sie nickt. »Ich nehme an, ich bin in der zwölften Woche.«

»Emma, wie aufregend!« Ich schlinge die Arme um sie, während mir Freudentränen in die Augen steigen. Frances hatte recht. »Das ist wunderbar. Es freut mich so für dich und Ben. Aber wie ist das passiert?«

»Auf die übliche Art, Maz. Du hast recht, ich hatte dieses Mal keine künstliche Befruchtung.« Emma ist bereits mehrmals mit und ohne Fruchtbarkeitsbehandlungen schwanger geworden. »Es ist von ganz allein passiert – mit Bens Beitrag natürlich.«

»Zu viele Informationen.« Ich lächle und mache einen Schritt zurück.

»'tschuldigung!«, kichert Emma.

»Ich dachte mir, dass du schwanger bist… aber ich habe mich nicht getraut zu fragen.« Ich lege eine Hand über die Augen und sehe Emma an, als würde ihr Glück mich blenden. »Frances war sich mit der Schwangerschaft ziemlich sicher. Die Donuts haben dich verraten.«

»Ich hatte gehofft, es würde niemandem auffallen.«

»Hier kannst du nichts geheim halten.«

»Die Marmelade darin fing an, nach einer Eisenfüllung zu schmecken.«

»Ich kann nicht behaupten, dass ich die jemals probiert habe«, sage ich und stimme in ihr Lachen ein.

»So wie ich mir vorstelle, dass sie schmecken müsste«, ergänzt sie.

»Kommst du morgen und zeigst uns die Bilder?«

»Natürlich.«

»Oh, Emma. Ich kann es kaum erwarten.«

Ihre Miene wird ernst. »Ich versuche, auf dem Teppich zu bleiben«, sagt sie. »Ich will es so sehr…«

Ich strecke die Hand nach ihrer aus.

»Es ist nur allzu verständlich, dass du dir Sorgen machst«, sage ich sanft, »aber ich bin mir sicher, dass dieses Mal alles gut geht.«

»Danke, Maz.« Emma seufzt. »Ich weiß nicht, was ich ohne dich tun würde.«

»Geht mir auch so.«

Ich hoffe, dass das Ergebnis der Ultraschalluntersuchung positiv ist. Emma will dieses Baby mehr als alles andere auf der Welt. Ich weiß, dass es egoistisch ist, aber ich frage mich, ob Emma die Hochzeit überhaupt schaffen wird, ganz zu schweigen von ihrer Rolle als Brautjungfer. Mit einer raschen Überschlagsrechnung stelle ich fest, dass es dann bloß noch ein paar Wochen bis zum errechneten Geburtstermin sein können.

Die Operationen am nächsten Vormittag, die Kastration einer Katze und einer Hündin sowie zwei Geschwürentfernungen, scheinen nur sehr langsam zu vergehen. Will kümmert sich mit Izzy um die Termine, während ich mit Shannon operiere.

»Geht es Ihnen heute besser, Shannon?«, frage ich sie, während wir Sally behandeln, einen Golden Retriever mit einem Geschwür in der Flanke. »Hmhm«, macht Shannon ausweichend, während ich das Geschwür und die umliegende Haut entferne und zur histologischen Untersuchung wegschicke, um herauszufinden, ob es etwas ist, weshalb wir uns Sorgen machen sollten. Ich bin wahrscheinlich genauso beunruhigt wie Penny, Sallys Besitzerin. Sally ist eine meiner Spezialpatientinnen. Penny ist eine herzenswarme, lebensbejahende Person, eine Malerin, die hierher nach Devon gezogen ist, nachdem sie bei einem Verkehrsunfall querschnittsgelähmt wurde. Sally ist sowohl ihre Begleiterin als auch ihre Hilfe.

Ich fange mit dem Vernähen an. Als ich die Nadel durch Sallys Haut steche, zappelt Sally und hebt den Kopf, was alles andere als gutes Timing ist.

»Mehr Betäubungsmittel«, sage ich drängend. Ich mache eine Pause, um Shannon dabei zu helfen, die Hündin zu beruhigen, während sie mehr Betäubungsgas einatmet.

»Tut mir leid. Ich habe die Dosis zu schnell reduziert.«

»Ja, und ich muss mich jetzt noch mal desinfizieren«, sage ich erschöpft. »Vielleicht hätten Sie nach diesem Virus, oder was auch immer es gewesen ist, nicht so schnell wieder zur Arbeit kommen sollen.«

Schließlich bringen wir Sally in den großen Zwinger

und beobachten sie, bis sie wieder zu sich kommt, entfernen ihren Tubus und überprüfen die Temperatur.

»Gutes Mädchen, Sally«, sage ich zu ihr, und obwohl sie noch halb schläft, wedelt sie beim Klang meiner Stimme mit dem Schwanz. »Okay, Shannon«, rufe ich. »Ich habe Sallys Tubus entfernt. Shannon?«

Ich richte mich schwerfällig auf – muss am zunehmenden Alter liegen – und blicke mich nach ihr um. Sie ist nirgends zu sehen, was nicht gut ist, bedenkt man, dass sie für die stationär aufgenommenen Patienten verantwortlich ist und frühestens in einer halben Stunde Pause hat. Ich finde sie auf dem Flur, wo sie mit ihrem Handy telefoniert.

»Shannon«, ich halte die Tür für sie auf, damit sie zurück auf die Station kommt, »wir waren uns doch einig, dass außerhalb der Pausen nicht mit dem Handy telefoniert wird.«

»Tut mir leid, Maz. Ich musste zu Hause anrufen. Mum geht nicht dran.«

»Ich bin mir sicher, dass sie dafür einen guten Grund hat. Wahrscheinlich bedient sie gerade in ihrem Laden.«

»Ich muss für ein paar Minuten weg. Ich muss mich davon überzeugen, dass es ihr gut geht.«

»Shannon, du bist im Dienst. Du kannst nicht einfach gehen.«

»Sie könnte umgekippt sein. Irgendwas.« Ich kann hören, wie sich Panik in Shannons Stimme breitmacht. »Sie hat Probleme mit dem Insulin. Ihre Blutzuckerwerte sind das reinste Chaos. Ich habe sie allein mit Sieben und Daisy zurückgelassen.« Sie streckt die Hände mit den Handflächen nach oben aus. »Wer weiß, was passiert ist?«

»Okay, Shannon. Ich komme mit. Ich sage nur schnell

Izzy Bescheid, dass sie hier übernimmt. Haben Sie Ihren Haustürschlüssel dabei, falls Ihre Mutter weggegangen ist?« Ich klopfe und gehe ins Behandlungszimmer. Eine Katze liegt auf dem Tisch, die Luft stinkt nach Eiter, und Will putzt sich die Brille. Ich entschuldige mich für die Störung und bitte Izzy heraus.

»Wenn Sie kurz auf der Station übernehmen könnten?«, sage ich. »Ich erkläre es später.«

»Maz, haben Sie einen Moment Zeit?«, fragt Frances, als Shannon und ich am Empfangstresen vorbeieilen. »Clive ist am Apparat und möchte Sie kurz sprechen.«

»Sagen Sie ihm, ich rufe ihn gegen eins zurück.« Ich kann nicht stehen bleiben. Ein Teil von mir sagt mir, dass es Bridget gut geht, doch der andere befürchtet das Schlimmste.

Wir hetzen über den Parkplatz, biegen nach links zum Market Square ab, wo Bridgets Blumenladen ist, und ernten erstaunte Blicke von Leuten in ihren Autos, die in der Einbahnstraße hinter einem langsam fahrenden Traktor mit Miststreuer feststecken, denn wir tragen noch immer unsere OP-Kittel. Nach einem Blick auf mein Spiegelbild im Fenster des Copper Kettle wird mir bewusst, dass ich sogar noch meine OP-Haube aufhabe. Das sieht nicht gut aus.

Ich reiße sie mir vom Kopf und stopfe sie in meine Tasche, als wir am Blumenladen ankommen. Er hat eine grüne Markise, und ein Blumengestell steht davor auf dem Gehweg. Das Geöffnet-Schild hängt an der Tür, und Sieben winselt auf der anderen Seite und hinterlässt Nasenabdrücke auf der Scheibe.

Shannon stößt die Tür auf, woraufhin die Klingel ertönt.

»Mum!«, ruft sie, »Mum!«, während Sieben hin- und

hertrabt, als wollte er uns den Weg zeigen. Daisy schnüffelt unbeeindruckt herum und schlabbert Wasser aus den Blumeneimern auf dem Boden.

Ich folge Sieben und Shannon an dem Verkaufstresen vorbei nach hinten, wo Bridget zusammengesunken auf den Stufen hockt, die in den Wohnbereich weiter hinten führen.

»Mum?« Shannons Stimme überschlägt sich. »Oh, Mum!« Sie fällt neben ihr auf die Knie und ergreift ihre Hand. »Wann hast du zuletzt etwas gegessen? Wo ist deine Tasche?«

Bridget ist blass, ihre krausen Locken kleben ihr an der Stirn, und sie zittert am ganzen Körper. Sie hat versucht, sich ihr Poloshirt auszuziehen, hat jedoch nur einen Arm aus dem Hemd befreit.

»Ich … ich weiß nicht«, stammelt sie.

»Wann hast du zuletzt gespritzt?«

»Weiß nicht.«

»Zucker«, sage ich. »Sie braucht Zucker.«

»Sie hat eine Tasche. Da müssen ihre Glukose-Tabletten drin sein. Mum!« Shannon rüttelt sie heftig an der Schulter. »Wo ist die Tasche?«

Ich sehe im Laden nach. Eine Stofftasche liegt auf dem Tresen. Ich mache sie auf, finde ein Päckchen Glukosetabletten und reiche es Shannon, die zwei herausdrückt und Bridget gibt, wobei sie deren Hand an den Mund führt.

»Wasser«, murmelt Bridget.

»Ich hol es schon.« Ich schiebe mich an ihnen vorbei in die Küche, wo ich ein Glas ausspüle und mit Wasser aus der Leitung fülle. Mein Blick fällt auf das schmutzige Geschirr und das Besteck in der Spüle und auf den überquellenden Mülleimer, und ich frage mich, wie viel von ihrer Zeit Shannon zuletzt darauf verwenden musste, sich um ihre Mutter zu kümmern.

»Wie lange dauert es, bis es wirkt? Wann wird sie sich besser fühlen?«, fragt Shannon.

»Nicht lange.« Ich überlege, ob ich nicht besser den Notarzt verständige. »Am besten rufe ich Dr. Mackie an. Ihre Mum muss zum Arzt. Shannon, ist das schon einmal passiert? Haben Sie sich gestern krank gemeldet, weil Sie sich Sorgen um Ihre Mum gemacht haben?«

»Ich wusste nicht, was ich sonst hätte tun sollen. Es ist in letzter Zeit sehr schwierig.« Sie schnieft. »Sie hat nur mich, wissen Sie.« Sie hält noch immer die Hand ihrer Mutter.

»Ich weiß, dass es nicht richtig ist«, sagt Bridget jetzt etwas deutlicher. »Aber ich verlasse mich auf Shannon.« Sie schaut mit tränenverschleiertem Blick auf. »Es tut mir leid, Liebes. Ich bin nutzlos.«

»Sei nicht dumm, Mum.«

»Ich wünschte, Sie hätten eher etwas gesagt, Shannon. Es ist kein Wunder, dass Sie unter diesen Bedingungen so mit Ihren Prüfungen zu kämpfen hatten.« Ich hole mein Handy aus der Tasche und rufe Ben an. Es dauert ein paar Minuten, bis ich einen Termin vereinbart habe – er ist zu beschäftigt, als dass er einen Hausbesuch machen könnte, und die Praxis ist nicht weit weg. »Sie können in einer halben Stunde zu ihm«, sage ich zu Shannon. »Sie müssen sich den Rest des Tages freinehmen.«

»Aber, Maz …«, protestiert sie.

»Sie können nicht an zwei Orten gleichzeitig sein, und Ihre Mum braucht Sie jetzt. Ich muss zurück in die Praxis.«

Shannon geht mit mir zurück durch den Laden.

»Was soll ich tun? Auf lange Sicht, meine ich.«

»Shannon, das hier ist nicht unlösbar. Wir sprechen später mit Ben – ich meine, mit Dr. Mackie. Vielleicht können wir mit Izzy vereinbaren, dass Sie in nächster Zeit immer die Spätschicht übernehmen, bis sich der Diabetes Ihrer Mutter stabilisiert hat. Vielleicht hilft Ihnen einer dieser Diabetikerwarnhunde, die anhand einer Veränderung des Körpergeruchs einen niedrigen Blutzuckerspiegel wahrnehmen.«

»Wir können uns keinen dritten Hund leisten«, sagt Shannon.

»Sieben scheint mir ein Talent für die Rolle zu haben. Kopf hoch! Sie können unmöglich Ihren Job aufgeben, um Ihre Mutter zu pflegen. Das lasse ich nicht zu. Sie sind talentiert und einfühlsam, und in ein paar Wochen wird Ihre Mutter es nicht mehr nötig haben, dass Sie sich so intensiv um sie kümmern.« Ich mache eine kurze Pause. »Falls der Arzt sie ins Krankenhaus einweist, kann ich Sie hinfahren.«

»Ich kann fahren, Maz.« Shannon lächelt erschöpft. »Sie haben so schon genug zu tun. Sie haben die Operationen gemacht, und die Nachmittagssprechstunde ist randvoll ausgebucht, und zwischendrin kommt auch noch Jennie, damit Sie Ihre Hochzeitstorte bestellen können. Ich weiß nicht, wie Sie das alles schaffen.«

»Ich auch nicht, Shannon. Ich auch nicht.«

Als ich wenige Minuten später ins Otter House zurückkehre, lässt die Arbeit nicht nach.

»Maz«, begrüßt mich Frances, »können Sie mit Will sprechen, nachdem Sie mit Clive telefoniert haben? Ich hatte einen Klienten, der sich über das geforderte Honorar beklagt hat, das Will heute Morgen nach dem Öffnen eines Abszesses berechnet hat. Es war ein winziger

Abszess – auch wenn der Eiter offenbar überall hingespritzt ist –, und die Katze hatte schon mal einen. Als Sie sich damals darum gekümmert haben, hat es etwa ein Drittel so viel gekostet.«

»Wie viel war es denn?«

Frances nennt mir eine Summe.

»Will muss einen Fehler gemacht haben«, sage ich. »Ist in Ordnung, Frances. Ich spreche mit ihm.«

»Das ist nicht alles«, hält sie mich auf. »Ein paar von unseren Stammkunden sind auf die andere Seite gewechselt.«

»Was meinen Sie? Sind sie gestorben?«

»Sie sind nach Talyton Manor gewechselt, weil sie meinen, dass Will ihnen zu viel berechnet hat.«

»Ich verstehe …« Ich rufe Clive an, um die Aussprache über ein vermeintlich heikles Thema mit Will hinauszuzögern. Die Praxis gehört Emma und mir, aber Will ist ein Kollege, und wir müssen ihm Respekt erweisen.

Ich wäre nicht besonders glücklich darüber gewesen, wenn mir mein Boss damals bei meiner ersten Stelle andauernd gesagt hätte, was ich zu tun und was ich zu lassen hätte, obwohl, im Nachhinein betrachtet, hat er mich gerügt, nicht genügend Spritzen zu geben. Damals waren seine Klienten daran gewöhnt, ein langsam wirkendes Antibiotikum mit entzündungshemmender Wirkung – der Euphemismus meines Chefs für Steroide – zu erwarten, oder eine Vitamin-B-Spritze oder etwas zur Stärkung des Immunsystems und zur Förderung des Appetits. Er war ziemlich eloquent, verdiente nicht schlecht und konnte sich aufgrund all dieser Spritzen gleich mehrere Sportwagen zulegen.

Clive geht ans Telefon.

»Ist alles in Ordnung?«, frage ich.

»Ich wollte nur nachfragen, ob ich Cassie in die Praxis bringen muss«, sagt er. »Die Jungen haben ihre Fäden gezogen. Edie hat versucht, ihr so eine Art Bustier zu machen, um die Naht abzudecken, aber es hat nicht funktioniert. Sie hat Löcher an die entsprechenden Stellen gemacht, damit die Jungen saugen konnten.«

»Ist die Wunde geschlossen oder offen?«, frage ich, amüsiert von dem Gedanken an eine bekleidete Cassie.

»Sie sieht aus, als wäre sie geschlossen. Ist von trockenem Schorf bedeckt.«

»Geht es Cassie sonst gut?«

»Sie verhält sich wie immer.«

»In diesem Fall können wir es lassen. Falls die Wunde anfängt zu nässen oder eine Rötung oder Schwellung entsteht, bringen Sie sie aber sofort her.«

»Danke, Maz. Dann sehen wir uns zum Termin, um die restlichen Fäden zu ziehen.«

»Okay, Clive. Bis dann.«

Ich beschließe, nach oben in die Wohnung zu gehen, um mit Will zu sprechen; eine Kornnatter ringelt sich um seinen Finger, als er mir die Tür öffnet.

»Hallo, ich hoffe, Sie haben nichts dagegen, wenn ich Sie kurz in Ihrer Mittagspause störe.«

»Kein Problem«, sagt er. »Wollen Sie hereinkommen?«

»Ja, bitte. Wenn das okay für Sie ist«, füge ich hinzu, als er zögert.

»Es tut mir leid, es ist nicht aufgeräumt«, sagt er und lässt mich hinein.

Ich betrachte die Terrarien voller exotischer Tiere – es scheinen mehr als je zuvor zu sein.

»Für mich sieht es sehr ordentlich aus«, sage ich und vergleiche es im Stillen mit dem Zustand der Scheune.

»Möchten Sie etwas trinken? Fruchtsaft oder Kaffee?«

»Etwas Kaltes wäre schön, danke.« Ich gehe zum Fenster, während Will ein Glas aus der offenen Wohnküche holt. Neben mir auf dem Regal stehen Fotos – von Will und seinen Eltern, nehme ich an, vor der Tür eines Hauses; Blauregen fällt um Wills Schultern.

»Woher stammt Ihre Familie?«, frage ich, als er mir das Glas reicht.

»Berkshire. Mein Vater ist ein Banker. Ich beschloss, dass ich nicht auch jeden Tag nach London pendeln wollte. Deshalb habe ich mich entschieden, Tierarzt zu werden.« Er seufzt. »Jetzt kann ich besser verstehen, was daran so anziehend ist, morgens und abends für ein paar Stunden faul im Zug zu sitzen.«

»Freundin? Bessere Hälfte?«, frage ich vorsichtig.

»Nicht im Moment. Meine letzte Freundin fand eine Schlange unter der Bettdecke auf ihrer Seite des Betts.« Will wird rot. »Sie hat sie ins Bein gebissen, und das war es dann. Ich musste mich entscheiden – entweder sie oder die Schlangen. Und die Schlangen haben gewonnen.« Er grinst wehmütig. »Ich dachte, es könnte nicht so schwer sein, ein Mädchen zu finden, das Schlangen mag, aber wie sich herausgestellt hat, lag ich da vollkommen falsch.«

»Dann hat sie also nicht Tiermedizin studiert?«

»Sie war für Mittelalterliche Geschichte eingeschrieben. Nach einem Jahr hat sie es aufgegeben, als sie herausfand, dass es viel lukrativer ist, an der Stange zu tanzen.«

Stille Wasser gründen tief, denke ich. Ich kann mir nicht vorstellen, dass Will in einen Nachtklub geht, geschweige denn mit einer Pole-Tänzerin zusammen ist, auch wenn ich mir im nächsten Moment vor Augen halte, dass sie wahrscheinlich eine durch und durch anständige Frau ist. Bloß weil sie einen eher fragwürdigen Weg zur finanziellen Unabhängigkeit gefunden hat, heißt das ja nicht, dass sie eine Schlampe sein muss.

»Weshalb wollten Sie mit mir sprechen?«, fragt er.

»Es geht um die Katze mit dem Abszess. Die Besitzer haben sich bei Frances wegen der Kosten beschwert, und ich habe mich gefragt, ob vielleicht ein Missverständnis vorliegen könnte.«

»Ich habe eine Beratung, das Öffnen des Abszesses, Antibiotika, Schmerzmittel und die Laborgebühr berechnet.«

»Die Laborgebühr?«

»Ich habe eine Probe ans Labor geschickt.«

»Warum?« Ich bemerke, dass auf der Küchenablage einige tiefgefrorene Hähnchen auftauen und erschaudere. »Ist das da drüben Ihr Mittagessen?«

»Das der Pythons«, sagt Will und runzelt die Stirn. »Ich habe eine Probe ans Labor geschickt, weil es die korrekte Vorgehensweise ist. Das, was man tun muss.«

»Will, ich dämpfe Ihren Enthusiasmus ja nur ungern, aber eine Probe ans Labor zu schicken macht für das Wohlbefinden der Katze keinen Unterschied. Wir sind hier eine Feld-Wald-und-Wiesen-Praxis, kein wissenschaftlich hochgerüstetes Institut.«

»Was schlagen Sie also vor?«, fragt er kühl.

»Wir vergessen die Laborgebühr. Ich passe den Rest an, sodass das Honorar näher an dem liegt, was ich beim ersten Mal berechnet habe. Es kommt Ihnen gewiss so vor, als würde ich mich einmischen und Ihre Autorität untergraben, aber leider habe ich einen Präzedenzfall geschaffen, indem ich die Katze vorher behandelt habe. Ist das okay für Sie?«

»Ich nehme an, es bleibt mir nichts anderes übrig.«

Will zuckt mit den Achseln. »Wollen die Leute hier nicht das Beste für ihre Haustiere?«

»Im Großen und Ganzen schon. Es ist bloß so, dass sie es sich nicht immer leisten können, dafür zu bezahlen.« Ich lächle. »Danke für den Saft und das Gespräch. Ich muss wieder runter. Keine Ruhe den Gottlosen und so.«

»Ich komme später nach«, sagt Will.

Viel später sind die stationären Patienten alle fertig und zum Abholen bereit, und ich sitze wie auf Kohlen und warte darauf, dass Emma aus dem Krankenhaus zurückkehrt.

Sie kommt auf die Station, als ich gerade die letzten Notizen in den Computer eingebe und Izzy die Instrumente säubert. Der Autoklav läuft und verbreitet den vertrauten und tröstlichen Geruch nach dampfender Baumwolle.

»Und?«, frage ich.

»Komm mit«, flüstert sie verschwörerisch. »Ich muss dir etwas zeigen.«

Ich folge ihr in den Flur und weiter nach hinten ins Büro, wo die Wahrscheinlichkeit, gestört zu werden, geringer ist. Es ist schwierig, irgendetwas geheim zu halten. Im Otter House haben die Wände gewissermaßen Ohren, und diese Ohren gehören üblicherweise Frances. Sobald wir drin sind, schließt Emma die Tür hinter uns.

»Ich wollte sie dir als Erstes zeigen. Na ja, Ben hat sie auch gesehen. Natürlich.« Sie grinst, eine Hand auf den Bauch gelegt, während sie mir mit der anderen ein paar Ultraschallbilder reicht.

»Dann ist also alles in Ordnung«, sage ich vorsichtig. Ich habe das Gefühl, als könnte ich endlich frei atmen. Das Baby ist gesund.

»Es ist noch früh – die dreizehnte Woche nach den Messungen –, aber so weit, so gut.«

»Lass mich sehen!«

»Pass auf! Wenn du sie ansiehst, wirst du zur Oberglucke«, zieht Emma mich auf. »Dann wirst du selbst noch eins wollen.«

»Das glaube ich eher nicht.« Ich erinnere mich an die schlaflosen Nächte, an die Augenblicke voller Angst, wenn George endlich still war und ich mich fragte, ob er noch atmete, an das endlose Dünsten und Zerdrücken von frischem Obst und Gemüse, um ihm den bestmöglichen Start ins Leben zu geben. »Nein, ganz bestimmt nicht.« Ich betrachte Emmas Miene und lächle vor mich hin. Sie hat ja keine Ahnung. »Ich freue mich so für dich und Ben«, füge ich hinzu und nehme ihr die Bilder aus der Hand.

»Oh, da lutscht es am Daumen«, sage ich, und mein Herz schmilzt. Es erinnert mich an George, und es kommt mir schon so groß vor. »Es ist süß.« Ich will nicht noch ein Baby. Aah, vielleicht doch … Aber nicht solange Emma in Elternzeit ist. »Hast du eine Ahnung, ob es ein Junge oder ein Mädchen ist, oder kann man das noch nicht sagen?«

»Ich habe gesagt, ich wollte es nicht wissen«, sagt Emma, und ich frage mich, ob sie mir irgendetwas verschweigt.

»Bist du dir sicher, dass alles okay ist?«, frage ich leise.

»Ja, schon, aber es gibt eine kleine Komplikation. Wenn du dir die Bilder ansiehst, ist da ja ein Baby, das am Daumen lutscht.«

»Ja, das habe ich gesehen.«

»Schau dir das noch einmal an und zähle die Köpfe.« Sie schweigt, während ich diesen Satz verarbeite. Zwei Köpfe, und das bedeutet …

»Es sind zwei Babys«, fährt Emma fort. »Ich bekomme Zwillinge.«

»Oh, das ist ja fantastisch. Wahnsinn!« Ich umarme sie. »Wow, es gibt aber doch keine Zwillinge in deiner Familie, oder?«

»Ich weiß nicht so recht, woher sie gekommen sind, Maz. Oh, ich bin ja so glücklich.«

»Wie willst du das schaffen?« Ich erinnere mich nur zu gut, wie viel Zeit und Energie bereits ein einzelnes Baby aufzehren kann.

»Ist mir egal. Ich möchte schon so lange Mutter werden, dass ich mich sogar gefreut hätte, wenn der Arzt mir erzählt hätte, es wären acht Babys da drin.« Emma lächelt. »Ich werde eine Nanny haben. Nein, nach dem, was du erlebt hast, vielleicht doch nicht. Ben und ich können es uns leisten, jemanden für den Garten und die Hausarbeit einzustellen, wenn wir das brauchen.«

»Du musst wirklich auf dich Acht geben. Sag es mir, wenn du deine Stunden reduzieren willst. Übertreib es nicht.«

»Danke, Maz. Das weiß ich zu schätzen.« Ich verspüre einen Anflug von Scham über meine damalige Reaktion, als sie mir von ihrer Schwangerschaft mit Heather erzählte, dem Baby, das sie verloren hat. Erst als ich George bekam, habe ich es verstanden. Ich habe lange dafür gebraucht. Ich war anfänglich eine widerwillige Mum, denn George erschien wie aus heiterem Himmel, weil ich ein einziges Mal vergessen hatte, die Pille zu nehmen.

»Wenn ich irgendwas tun kann …«, fahre ich fort.

»Du kannst mir genau sagen, was ich anschaffen muss, was du als sinnvoll empfunden hast und worauf du gut hättest verzichten können. Oh, ich bin ja so aufgeregt …« Emma verstummt. »Und nervös. Nein, nicht nervös. Gelähmt vor Angst.«

»Oh, Em …« Ich strecke die Hand aus und streichle ihren Rücken. »Ich habe es schon einmal gesagt, und ich sage es wieder: Dieses Mal geht alles gut.«

»Das hoffe ich. Aber ich kann mir vorstellen, dass ich mir die ganze Zeit Sorgen machen werde, auch wenn ich diese Schwangerschaft doch eigentlich genießen sollte.«

»Wirst du es jetzt allen erzählen, nachdem du deinen Ultraschall hattest?«, frage ich. »Ich meine, ich muss es niemandem gegenüber erwähnen – nicht einmal Alex, wenn du das nicht willst, obwohl es mir schwerfallen wird, dieses Geheimnis zu hüten.«

»Ich werde es den Mitarbeitern hier in der Praxis erzählen, und du kannst es natürlich Alex sagen. Es macht mir auch nichts aus, wenn andere Leute es erfahren, aber ich möchte es nicht an die große Glocke hängen.«

Frances kommt ins Büro gestürmt.

»Maz, Mrs. Tarbarrels ist da zu ihrem Termin.« Sie bleibt abrupt stehen. »Oh, Emma, ist es das, was ich glaube, das es ist?« Emma versteckt die Ultraschallbilder hinter ihrem Rücken, doch es ist zu spät. Frances hat die Fährte aufgenommen. »Das sind wunderbare Neuigkeiten, Liebes. Herzlichen Glückwunsch!« Frances geht zu Emma und nimmt sie in den Arm.

»Ich lasse euch allein«, sage ich. Frances hat recht. Es sind wunderbare Neuigkeiten, aber es scheinen verdammt lange sechs Monate zu werden.

10

In Gesundheit und Krankheit

Es ist fast Ende Juli, und Alex arbeitet härter als je zuvor, womit er meine Befürchtungen bestärkt, dass wir niemals für die Hochzeit bereit sein werden. Die Schulferien haben angefangen, und Lucie und Seb sind für zwei Wochen bei uns, während Alex' Ex nach Mauritius reist oder nach St. Lucia – jedenfalls an einen exotischen Ort. Ich verstehe nicht, warum sie ihre Kinder nicht in den Urlaub mitnehmen will. Ich kann es mir immer noch nicht vorstellen, George zurückzulassen, wenn ich mit Alex in die Flitterwochen fahre.

Ihr Besuch bei uns ist so geplant, dass er mit dem Ponyklub-Camp zusammenfällt, dank der Fox-Gifford'schen Gastfreundschaft ein jährliches Ereignis im Herrenhaus. Dann wimmelt das ganze Gelände für fünf Tage nur so von Kindern und deren Ponys. Heute Nachmittag fängt das Chaos mit alldem Spaß und den unvermeidlichen Wasserschlachten an.

Ich blicke aus dem Fenster auf die Straße vor dem Otter House und bin froh, bei der Arbeit zu sein. Sophia hat heute alle drei Kinder, und ich mache mir Gedanken darüber, wie sie wohl zurechtkommt. Frances arrangiert Blumen in einer Vase am Empfangstresen und übt so für das Treffen des Frauenvereins heute Abend. Blickt von den Wicken und dem Bleigrün auf.

Der Duft vermischt sich aufs Merkwürdigste mit dem Gestank nach Hundepipi, der von der Glastür herüberweht, wo ein nerviger Patient von uns sein Bein gehoben haben muss.

»Maz, wenn Sie nichts hören, ist alles gut«, sagt Frances, als ich mein Handy zum hundertsten Mal auf eingehende SMS hin überprüfe. »Sophia ist sehr fähig. Wenn sie es geschafft hat, ihren wilden Pferden den Willen zu brechen, wird sie auch mit drei Kindern fertig.«

»Ich will aber nicht, dass sie ihnen den Willen bricht.«

Frances lächelt. »Ich nehme an, sie hat sie alle in den Stall gesperrt.«

Ich hoffe, sie macht einen Scherz. Natürlich macht sie einen Scherz. Ich kann nicht umhin zurückzugrinsen.

»So ist es besser. Ich bin mir sicher, dass es ihnen allen gut geht.« Frances geht ans Telefon.

»Für Sie, Maz«, sagt sie. »Es ist die Fotografin. Können Sie jetzt mit ihr reden?«

Ein bisschen verlässt mich der Mut. Was kann sie wollen? Ich dachte, ich hätte die Anzahlung überwiesen und die Buchung bestätigt, und es ist zu früh, im Detail zu besprechen, welche Art von Fotos ich für die Hochzeit möchte. Ich nehme das Telefon, und die Frau am anderen Ende der Leitung lässt eine langwierige Entschuldigung vom Stapel, warum sie am dritten Sonntag im Dezember nicht mehr verfügbar ist.

»Es tut mir so leid«, sagt sie und verspricht, die Anzahlung umgehend zurückzuüberweisen. »Ich wünsche Ihnen alles Gute für Ihren großen Tag. Auf Wiedersehen.«

»Schlechte Nachrichten?«, fragt Frances mitfühlend.

»Ja, die Fotografin hat abgesagt. Sie wandert aus. Frances, was soll ich bloß tun?«

»Eine andere finden? Es muss andere geben.«

»Aber ich hatte mich für sie entschieden. Sie hatte die besten Referenzen.« Ich verspüre leichte Panik. »Ich hatte vor ihr ein paar andere angerufen, und die waren damals schon alle ausgebucht.«

»Es können nicht alle ausgebucht sein«, erwidert Frances.

»Ich wette, die guten sind es.« Ich kratze an einem quälenden Pickelchen an meinem Kinn. »Ich wünschte, wir hätten früher mit den Vorbereitungen begonnen.«

»Ich kann Ihnen helfen. Wenn ich mal fünf Minuten frei habe, telefoniere ich herum und mache Ihnen eine Liste von verfügbaren Fotografen, damit Sie keine Zeit verschwenden.«

»Danke, Frances. Das wäre toll.« Frances schaut auf den Parkplatz.

»Da kommt Clive. Wieder ohne Edie.« Ich bemerke, wie Frances scharf die Luft einzieht und langsam und missbilligend den Kopf schüttelt. »Armer Mann.«

»Was meinen Sie mit ›armer Mann‹?«

»Eine Trinkerin zur Frau zu haben …«

»Ach, Frances …« Ich seufze.

»Sie ist Alkoholikerin«, fährt Frances fort.

»Sie sollten wirklich nicht so viel auf den Tratsch geben.«

»Edie hat zurzeit den Knöchel in Gips.«

»Und?«, sage ich. »Das beweist gar nichts.«

»Sie hatte ein paar Drinks zu viel und ist über die Katze gestolpert. Fifi hat es mir erzählt. Sie hat eine Freundin, die in der Ambulanz arbeitet, und die sagte, Edie sei um zehn Uhr vormittags mit einer Fahne dort erschienen.«

»Pst«, mache ich, als Clive die Tür aufstößt. Ich bin mir nicht sicher, wie unsere Klienten es auffassen würden, wenn sie herausfänden, dass wir hinter ihrem Rücken über sie tratschen.

»Hallo, Clive. Wie geht's Cassie?«

»Sie ist hier, um die Fäden gezogen zu bekommen – diejenigen, die noch da sind. Die Kätzchen haben Ihnen den Rest abgenommen.« Er lächelt. »Bekomme ich deshalb einen Rabatt?«

»Kommen Sie mit nach hinten.« Ich führe ihn in das Behandlungszimmer. »Dann will ich sie mir mal ansehen.«

»Es scheint ihr gut zu gehen, aber sie hat noch mehr Gewicht verloren«, sagt Clive, als Cassie aus der Transportbox schießt und an seiner Brust hinaufrennt, wo sie die Krallen in sein T-Shirt schlägt und hängenbleibt.

Ich helfe ihm, die Krallen aus dem Stoff zu lösen, sodass er sie auf den Tisch legen, auf den Rücken drehen und mir ihren Bauch zeigen kann. Cassie starrt mich mit weit aufgerissenen Augen an, als wollte sie mich einschätzen. Freund oder Feind? Sie blinzelt. Freund.

Die Wunde ist verhältnismäßig gut verheilt, wenn man bedenkt, dass die Jungen an den Stichen genuckelt haben. Es ist bloß noch ein Faden ohne Knoten übrig. Ich ziehe ihn mit einer Pinzette heraus. Cassie fängt an zu schnurren.

»Sie ist froh, einmal eine Pause von den Babys zu haben«, sagt Clive. »Sie lassen sie nicht mal in Ruhe schlafen.«

»Wie geht es den Kätzchen?«

»Sie wachsen wie irre.«

»Frisst Cassie genug?«, frage ich.

»Ich glaube schon. Edie hätte etwas gesagt … obwohl … sie bemerkt diese Dinge nicht immer.« Er wendet den Blick von mir ab und sieht in Richtung Tischende. »Sie ist nicht richtig fit.«

Ich weiß nicht, was ich sagen soll.

»Oh, Maz, ich weiß nicht mehr, was ich tun soll«, fährt Clive leise fort. »Sie ist abhängig vom Alkohol und kann oder will nicht sehen, was er aus ihr macht. Aus uns. Aus dem Geschäft.«

»Es tut mir so leid.« Ich halte einen Moment inne. »Wenn ich irgendetwas tun kann …«

»Danke. Ich dachte, sie würde vielleicht die Kurve kriegen, wenn Cassie ihre Jungen hat, wenn sie sich um jemanden kümmern muss, wenn sie etwas hat, womit sie sich beschäftigen kann.« Clive schüttelt den Kopf. »Ich glaube, es wird immer schlimmer.«

»War sie beim Arzt? Oder zur Beratung?« Ich stocke. »Clive, ich weiß, was es heißt, mit jemandem zusammenzuleben, der zu viel trinkt. Mein Vater war Alkoholiker.«

»Ist es besser mit ihm geworden?«, fragt Clive.

»Das weiß ich nicht. Es ist keine Geschichte mit einem Happy-End. Er hat uns verlassen, hat seine Familie im Stich gelassen, und wir haben nie wieder etwas von ihm gehört.« Ich zucke resignierend die Achseln.

»Das wusste ich nicht …«

»Darüber rede ich normalerweise auch nicht.« Ich schlucke den Kloß in meinem Hals hinunter. Ich habe seit Jahren nicht mehr um meinen Dad geweint. Das ist lächerlich. »Ich wünschte, ich hätte ihn gefunden. Es wäre mir sehr lieb gewesen, wenn er George kennengelernt hätte – um Georges willen, nicht um seinetwillen. Ich könnte ihm niemals vergeben, was er uns angetan hat – meiner Mutter, meinem Bruder und mir.«

»Aber das war der Alkohol, oder?« Clive schaut mich auffordernd an.

»Das glaube ich nicht. Mein Vater war krank – es ist

doch eine Krankheit, nicht wahr?« Ich halte inne. »Es muss schwer sein, da Sie ja den Pub betreiben … hinter der Bar zu stehen …«

»Es ist sehr schwer«, gibt er zu. »Sind Sie mit Cassie fertig?«, wechselt er abrupt das Thema.

»Nicht ganz. Ich würde sie gern noch einmal untersuchen.« Cassie steht auf dem Tisch, schnurrt und lässt sich von mir auf den Kopf küssen. Ihr Zahnfleisch ist blass, und über das Stethoskop höre ich ein Murmeln, ein zusätzliches Geräusch, während das Blut durch ihr Herz rauscht.

»Ist sie gesund?«

»Ich bin mir nicht sicher.« Es ist besser, es zuzugeben, als so zu tun, als wäre nichts. »Sie ist offenbar eine gute Mum, aber ich frage mich, ob irgendetwas sonst mit ihr nicht stimmt.« Vielleicht bin ich auch nur paranoid, weil Clive mit seinen Hunden so viel Pech hatte.

»Ich würde ihr gerne Blut abnehmen – nur um sicherzugehen.«

»Nur zu, wenn Sie meinen, dass es nötig ist.«

Ich rufe Shannon nach hinten, damit sie mir assistiert. Cassie gefällt es nicht, aber es dauert nicht lange.

»Shannon, wenn Sie das hier bitte heute Nachmittag durch die Maschine laufen lassen? Dann kann ich Sie gegen sechs anrufen, Clive.«

»Prima«, sagt er, doch ich weiß, dass das Ergebnis alles andere als prima sein kann, und als ich später die Ergebnisse bekomme, sind sie tatsächlich nicht gut. Ich rufe Clive im Pub an.

»Ich fürchte, es gibt einige Veränderungen im Blut«, sage ich. »Cassie ist anämisch, und ihre Nieren arbeiten nicht richtig. Trinkt sie mehr als früher?«

»Das wäre mir nicht aufgefallen, aber sie trinkt überall

draus – aus Wasserhähnen, dem Vogelbad, der Toilette.« Clive zögert. »Wie ernst ist es?«

»Ziemlich ernst. Ein Nierenschaden ist unumkehrbar. Wir können sie bloß mit Medikamenten und einer zielgerichteten Diät unterstützen und sie in ein paar Wochen wieder testen. Falls sich in der Zwischenzeit irgendetwas verändert, lassen Sie es mich wissen. Ich sehe sie mir dann gleich an.«

»Woher kommt das? Cassie ist eine junge Katze, oder?«

»Das werden wir vielleicht niemals herausfinden, aber es gibt eine genetische Prädisposition bei Perserkatzen, bei der Zysten in den Nieren entstehen, sodass sie nicht normal funktionieren.«

»Können Sie das operieren?«

»Nein. Man kann nichts tun.«

»Und … wird es schlimmer?«

»Ja, mit der Zeit.« Ich kann an Clives Stimme erkennen, dass er bestürzt ist. Ich wappne mich. »Einige leben länger als andere.«

»Wenn es genetisch bedingt ist, haben die Jungen es dann auch?«

»Ich muss noch eine Blutprobe nehmen und sie an ein Speziallabor schicken, um festzustellen, ob Cassie das Gen für eine Polyzystische Nierenerkrankung trägt. Falls nicht, sind ihre Jungen frei von Verdacht. Falls doch, können wir sie testen oder einfach abwarten. Manchmal wollen die Leute nicht alles wissen.«

»Oh nein. Das sind schlimme Neuigkeiten. Ich bin völlig fertig. Wie soll ich es Edie sagen? Wir haben einfach kein Glück. Manchmal fühlt es sich an, als wäre das Leben nichts weiter als eine einzige ewige Plackerei …« Seine Stimme verebbt, dann höre ich sie wieder, und sie klingt irgendwie heiterer. »Jetzt ist es endlich passiert.« Er gluckst freudlos. »Ich bin ein griesgrämiger alter Mann geworden.«

»Lassen Sie es mich wissen, wenn Sie jemanden zum Reden brauchen … über was auch immer. Und sagen Sie mir Bescheid, falls und wenn ja, wann Sie Cassie noch mal zum Blutabnehmen vorbeibringen wollen. Melden Sie sich wieder.«

»Das werde ich. Danke, Maz.«

Ich habe nicht das Gefühl, als verdiente ich Dank für das Überbringen schlechter Nachrichten. Es relativiert meine Probleme mit der Hochzeitsfotografin. Die Tatsache, dass unsere abgesagt hat und es Frances nicht gelungen ist, einen anderen ortsansässigen Profi zu finden, der zu unserem Termin im Dezember verfügbar ist, ist ein Albtraum, aber keineswegs eine Sache auf Leben und Tod.

Als ich später am Tag in die Auffahrt zum Herrenhaus einbiege, atme ich tief ein. Ich erwarte weder Ruhe noch Frieden. Auf halbem Weg, wo die Auffahrt sich durch eine kleine Parklandschaft windet, begegne ich einem schwarzen Pony mit Halfter und baumelndem Führstrick, das im gestreckten Galopp auf mich zuprescht.

Sophia rennt hinter ihm her wie der Rattenfänger von Hameln, gefolgt von einem Haufen Kinder in Jodhpur-Hosen und Ponyklub-Poloshirts. Eine Frau und ein weiteres Mädchen folgen mit etwas Abstand und bilden die Nachhut.

Ich springe aus dem Auto.

»Versperr ihm den Weg, Maz!«, schreit Sophia.

Ich habe keine Wahl. Als das Pony sich nähert, erkenne ich die reine Panik in seinem Blick, und das Geräusch seiner donnernden Hufe dröhnt mir in den Ohren. Es ist zu Tode erschrocken, und ich kann nicht gerade behaupten, dass ich besonders ruhig bin, während ich mich frage, ob ich nach links oder rechts springen soll, denn wenn es seine Richtung beibehält, wird es mich niedermähen oder auf der Straße landen, woran ich gar nicht zu denken wage.

Ich schreie und brülle und schwenke die Arme durch die Luft, dass es stehen bleibt, und zu meiner kurzfristigen Erleichterung dreht es ab. Doch es kracht direkt in den Zaun, durchbricht Pfosten und Latten und trabt zum Teich, wo es mit gesenktem Kopf zitternd stehen bleibt.

Als ich mich ihm langsam nähere, um es nicht wieder im wilden Galopp davonstieben zu lassen, kann ich Blut und Schweiß von seiner Brust tropfen sehen.

»Ganz ruhig, Pony«, sage ich so beruhigend, wie ich kann, nachdem ich so schnell wie nur möglich über das Feld gerannt bin. Das Pony verdreht die Augen und lässt mich das Weiße sehen. Es ist verletzt und verängstigt, und ich frage mich, was wohl passiert sein mag, dass es sich so aufgeregt hat. Und ich denke, was für ein Glück es war, dass kein Kind auf seinem Rücken saß, als es durchgegangen ist. Ich trete langsam an seinen Kopf und mache mich dabei klein – angeblich mögen Ponys das, denn dadurch wirkt man weniger bedrohlich. Ich strecke die Hand aus und ergreife den Führstrick, dann trete ich näher und tätschle seinen Hals, woraufhin die Kinderschar, die sich mit Sophia in ein paar Metern Entfernung versammelt hat, einen kollektiven Seufzer der Erleichterung ausstößt.

»Maz, geht es ihm gut?« Sophia marschiert zu mir, wirft einen Blick auf das Pony und sagt: »Hast du dein

Handy dabei? Ruf Alexander an.« Sie dreht sich um und gibt der Frau und dem Mädchen, die inzwischen zu uns aufgeschlossen haben, ein Zeichen. »Wartet dort, Jennie. Es ist kein schöner Anblick.«

Aber es ist zu spät. Jennie – die Konditorin, bei der ich meine Hochzeitstorte bestellt habe – tritt mit ihrer Tochter Georgia, die ein oder zwei Jahre älter ist als Lucie, an den Kopf des Ponys.

»Es stört mich nicht«, sagt Georgia. »Eines Tages werde ich Tierarzt, wie Alex.«

Georgia sieht ihrer Mum sehr ähnlich. Sie ist wie Jennie zierlich und brünett, aber die Bestürztere von beiden, und bricht beim Anblick des Blutes auf dem Boden in Tränen aus. Sie nimmt den Strick des Ponys aus meiner Hand und schlingt ihm die Arme um den Hals.

»Armer Guinness«, weint sie.

»Wir haben ihn erst seit drei Wochen«, sagt Jennie.

Ich spreche per Handy mit Alex, der wenig später mit George auftaucht – zum Glück waren sie zu Hause. Alex übergibt mir George, wirft einen Blick auf das Pony und beschließt, dass wir es in eine Box auf dem Hof bringen müssen.

»Ich werde ihn dort betäuben und mir die Wunde genauer ansehen. Wenn sie nicht allzu tief ist, kann ich sie an Ort und Stelle ausspülen und vernähen. Wenn sie voller Splitter ist, muss ich ihn vielleicht an die Pferdeklinik überweisen.« Er zieht eine Augenbraue hoch, während er mit Jennie spricht. »Sie haben nicht gerade viel Glück mit Ihren Ponys, nicht wahr?«

»Ich kann es kaum fassen. Aber für den hier haben wir eine Krankenversicherung abgeschlossen. Ich habe meine Lehren aus dem gezogen, was mit Bracken passiert ist.«

»Vielleicht könnten Sie uns mit dem Preis für die Hochzeitstorte ein wenig entgegenkommen«, sagt Alex, um die Stimmung etwas aufzuhellen. Schließlich bezahlt sein Vater ja die Hochzeitstorte und nicht wir.

»Das klingt gut«, sagt Jennie. »Ich hole den Truck.«

»Mutter kümmert sich bereits darum.« Alex schaut die Auffahrt hinunter. Sophia sitzt hinter dem Lenkrad des Fox-Gifford'schen Trucks, rattert über den Kies und poltert schließlich off-road über die Wiese. Sie hält an, springt heraus und klappt die Rampe herunter. Alex verlädt das Pony, und dann quetschen wir uns alle ins Führerhaus, und Sophia fährt uns das kurze Stück zum Hof zurück.

Obwohl Jennie und Georgia bei Guinness bleiben wollen, hat Sophia anderes mit ihnen vor. Jennie hat Küchendienst, wo sie das Abendessen für dreißig Ponyklub-Kinder vorbereiten muss, und Georgia muss ihr Lager für das Camp noch einrichten.

»Ich finde ein anderes Pony für das Camp für dich«, sagt Sophia. »Wir haben immer ein paar als Ersatz. Du kannst meinen Jumbo leihen. Er ist groß, aber er ist ein guter Junge. Er wird sich um dich kümmern.«

»Es ist zu schade«, sagt Jennie. »Wir haben Guinness gekauft, damit er in diesem Sommer springt. Wird er nach alldem noch dazu fähig sein?«

»Ich sehe nichts, was dagegen spricht«, sagt Alex. »Es gibt sozusagen ein paar Hindernisse, die er vorher noch überwinden muss, aber er sollte sich vollständig erholen.« Er schweigt kurz. »Mutter, kannst du vielleicht George nehmen? Ich könnte Maz als Assistentin gebrauchen.«

»Wenn sie damit einverstanden ist«, sage ich unbekümmert.

»Wenn du Angst hast, weil Guinness ein Pferd ist, dann stell dir einfach vor, er wäre etwas Kleineres – ein Hund oder so«, zieht Alex mich auf.

»George kann sich den anderen jüngeren Geschwisterkindern anschließen – Fox-Gifford und ein paar Ponyklub-Dads wollen vor dem Abendessen mit ihnen Kricket spielen«, sagt Sophia.

»Danke, Mutter.«

Alex lässt mich mit dem Pony in einer der Boxen zurück, während er ein paar Instrumente aus der Praxis holt. Als er zurückkommt, spritzt er Guinness ein Betäubungsmittel.

»Dann bist du also der Tierarzt und ich die Helferin«, bemerke ich.

»Du kannst auch gerne Tierarzt sein, wenn du es willst«, sagt er.

»Nicht heute Abend.« Ich habe keine Bereitschaft, und ich will auch nicht die Verantwortung übernehmen.

Ich helfe Alex dabei, die Wunde des Ponys zu untersuchen und Holzsplitter mit einer Pinzette aus dem Fleisch zu ziehen.

»Wie sieht es aus?«, frage ich.

»Es ist nicht so schlimm. Ich säubere es gründlich und lege eine Drainage, damit das Wundsekret abfließen kann. Das verringert die Gefahr, dass sich ein Abszess bildet.«

»Ich vermute, er bekommt ein paar Tage Antibiotika und entzündungshemmende Mittel.«

»Und Stallruhe. Ich nehme an, Mutter wird Guinness hierbehalten, damit Georgia nach ihm sehen kann.« Alex lächelt. »Das macht es mir leicht, ihn weiter im Auge zu behalten.«

Als er fertig ist, warten wir gemenisam darauf, dass

das Pony aus der Betäubung aufwacht. Wir beobachten Guinness von einem Strohballen aus, den Alex vorhin in den Stall gezerrt hat, damit er ihm als Ablage für seine Instrumente dienen konnte.

»Wenn du einen Assistenten hättest…«, fange ich an, lege ihm die Hand in den Nacken und spiele mit seinem Haar.

»Hätten wir das hier nicht zusammen gemacht«, beendet Alex den Satz für mich.

»Alex, warum gehen wir heute Abend nicht zusammen aus? George ist damit beschäftigt, sich zur Vorbereitung auf Cambridge dem eines Gentleman würdigen Kricket zu widmen«, sage ich ironisch. »Es muss ja nicht spät werden.«

»Ich kann nicht, Maz. Stewart hat mich angerufen, kurz bevor Guinness durch den Zaun gerannt ist. Ich habe ihm versprochen, noch mal vorbeizuschauen. Es geht um eine der Kühe. Es ist nichts Dringendes, aber er glaubt auch nicht, dass es bis morgen Zeit hat, und wenn ich ehrlich bin, will ich ihn auch lieber heute sehen, weil ich morgen komplett ausgebucht bin.«

»Dann ziehst du mir wieder mal eine Kuh vor«, sage ich verärgerter, als ich es sein sollte. Ich bin bitter enttäuscht. Dabei sollte es mir nichts ausmachen. Wir leben zusammen. Wir schlafen im selben Bett. Das Problem ist nur, dass ich langsam das Gefühl habe, Alex benutzt die Arbeit als Ausrede, um mir aus dem Weg zu gehen. Jedes Mal, wenn er sagt, er könne keine Zeit mit mir verbringen, fühlt es sich an, als weise er mich zurück. Wenn ich ihn darauf anspreche, geht er in die Defensive. Je öfter es passiert, umso schlimmer wird es.

Das Pony macht einen Schritt und schnuppert an den Spänen auf dem Boden herum.

»Guinness sieht schon wieder ganz munter aus«, sagt Alex und drückt meinen Oberschenkel. »In zehn Minuten oder so können wir ihn allein lassen.«

Als wir schließlich den Stall verlassen, küsst Alex meine Wange. Hin- und hergerissen zwischen Akzeptieren und Bedauern sehe ich ihm nach, wie er zu seinem Auto geht. Dank Alex' Zuwendung wird das Pony sich erholen. Ohne sie habe ich manchmal Angst, dass unsere Beziehung erkrankt und stirbt.

Wenn ich einen einzigen Moment einfangen und in eine Flasche stecken könnte, um ihn für immer zu behalten, dann würde ich vielleicht diesen wählen. Am letzten Tag des Pony-Camps bin ich mit George zu Hause und liege auf dem Sofa in der Scheune. Die Türen zum Hof stehen offen, und helles Sonnenlicht fällt an einem Topf mit scharlachroten Geranien vorbei ins Zimmer. Ich kann das sanfte Glucksen und Gackern eines Huhns hören, das mit seinen fedrigen Pluderhosen über den Steinboden stolziert und Krümel sucht.

Der Frieden hält jedoch nicht an.

Lucie stürzt mit drei anderen Ponyklub-Mädchen im Schlepptau auf Beutezug herein.

George, der in einem Reisebettchen, das langsam zu klein für ihn wird, vor sich hin gedöst hat, wacht auf.

»Danke dafür, Lucie.«

»Tut mir leid, Maz. Wir suchen ein Stück Band. Das steht auf der Liste der Sachen, die wir finden müssen.«

»Ist das nicht gemogelt, wenn ihr hier hereinkommt?«

»Nein«, sagt sie, und ich muss still in mich hineinlächeln. In den Augen der Fox-Giffords gibt es so etwas wie Mogeln nicht. Gewinnen ist alles – ob nun mit fairen oder unfairen Mitteln.

»In der Küche ist wahrscheinlich was«, überlege ich, doch Lucie ist mir voraus und kramt in der Schublade bei der Spüle herum.

»Hab's gefunden«, sagt sie und schneidet ein Stück ab. »Maz, gib sonst keinem was. Wir wollen den Preis gewinnen.«

»Dann ist es ein guter Preis?«

»Humpy hat lila Schweifbandagen gekauft.«

Lucie und ihr Team stürmen wieder hinaus und lassen einen verstörten George zurück. Ich nehme ihn hoch und hole ihm etwas zu trinken in seiner Schnabeltasse, bevor ich mich mit ihm in die Tür stelle und auf den Hof hinausblicke. Es ist ein guter Tag. Guinness, das Pony, ist auf dem Weg der Besserung, und Sophia hat mich angeheuert, einen Wettbewerb mit den Kindern zu machen.

»Ein kleiner Test über Hunde – Arbeits- und Jagdrassen – wäre wunderbar, Maz«, hatte sie gesagt, und als ich protestierte, dass ich die Jagd nicht wirklich guthieß, betonte sie mir gegenüber, ich hätte großes Glück, dass sie mich nicht um den Vortrag über Würmer gebeten habe. Alex hat den heute nach dem Mittagessen gehalten.

Eine Stunde später packe ich George in seinen Buggy und fahre mit ihm auf den Hof, wo er sofort von den Ponyklub-Kindern, hauptsächlich Mädchen, umringt wird. Ich habe eine Handvoll »Freiwillige«, die von Sophia mit sanftem Druck dazu gebracht wurden, für den Wettbewerb mit ihren Hunden zu erscheinen. Auch der alte Fox-Gifford ist mit Hal da, als Beispiel für einen arbeitenden Labrador. Nachdem die Mädchen über George hergefallen sind, der sie liebt, wenden sie ihre Aufmerksamkeit den Hunden zu. Sophia ruft sie zurück.

»Ihr könnt die Hunde gleich sehen«, sagt sie. »Maz, die Tierärztin vom Otter House, wird sich mit euch unterhalten und die Unterschiede der verschiedenen Jagdhunde erklären.«

»Jagdhunde? Ich dachte, wir hätten uns auf Arbeitshunde verständigt.«

»Die auch, aber wir würden uns gerne auf Jagdhunde konzentrieren, echte Hunde. Dann machen wir einen kleinen Test, bei dem ihr die hier anwesenden Rassen erkennen sollt. Wer den Test besteht, bekommt ein Abzeichen.«

»Hallo, alle zusammen«, sage ich, doch keiner scheint mich zu bemerken.

»Mädchen und Jungs, setzt euch auf die Strohballen und hört Maz zu«, sagt Sophia, und alle setzen sich. Zu meiner Verblüffung auch Sophia selbst.

»Ich erwarte, etwas Neues zu lernen«, sagt sie.

Bloß keinen Druck, denke ich amüsiert.

Ich beschließe, das Thema vorzustellen, das Publikum zu fragen, was es bereits über Arbeitshunderassen weiß, und dann die Hundebesitzer zu bitten, einer nach dem anderen ihre Hunde vorzuführen.

Ein Paar dreifarbiger Foxhounds jault nahezu ununterbrochen. Die Beagle und Jack Russel Terrier stimmen mit ein, gefolgt von den Labradoren und Spaniels des alten Fox-Gifford. Der Krach ist ohrenbetäubend.

Am Ende verleihe ich allen Kindern ein Abzeichen, bevor sie wegrennen, um ein letztes Mal ihre Ponys für einen Ausritt fertig zu machen. Sophia organisiert das Aufsatteln.

Als der alte Fox-Gifford sich aufmacht, ins Herrenhaus zurückzugehen, schließe ich mich ihm an und schiebe Georges Buggy vor mir her. Ich wollte schon seit geraumer Zeit mit ihm reden.

»Ich wollte fragen, wie weit du damit gekommen bist, Unterstützung für die Zeit zu finden, wenn Alex und ich fort sind«, sage ich. »Ich möchte gern, dass es noch eine Praxis gibt, wenn Alex zurückkehrt.«

Der alte Fox-Gifford zögert. Hal und eine junge Labradorhündin sind an seiner Seite. Die Hündin wurde als späterer Ersatz für Hal und für die Zucht angeschafft. Sie heißt Poppy, was wirklich schade ist, denn wenn wir je ein zweites Kind bekommen sollten, wäre das ein schöner Name für ein Mädchen gewesen.

Der alte Fox-Gifford geht zu der Koppel, wo Liberty und ihr Fohlen grasen, nachdem ihre Aufregung über die anderen Pferde sich gelegt hat. Er reibt sich den Rücken. Er sieht aus wie ein sehr alter Mann, doch es fällt mir schwer, Mitgefühl für ihn aufzubringen. Er ist nicht der Typ von Mann, dem ich mich nahe fühlen kann. Wir haben uns zivilisiert geeinigt – seit ich Hal mit einer Operation das Leben gerettet habe, hat Fox-Gifford mit seinen sexistischen Bemerkungen über Tierärztinnen aufgehört, und anscheinend hat er sich an den Gedanken, dass Alex und ich heiraten werden, inzwischen gewöhnt. Auf seine Art liebt er auch George.

»Weshalb glaubst du, ich könnte mich nicht um die Praxis kümmern? Noch liege ich ja nicht unter der Erde.«

»Ich möchte nicht, dass Alex sich Sorgen machen muss, was hier zu Hause passiert.«

»Während ihr eure Flitterwochen genießt«, sagt er. Höre ich da einen Anflug von Lüsternheit?, frage ich mich angewidert. »Er muss sich keine Sorgen machen. Ich bin sehr wohl in der Lage zu arbeiten. Bevor Alexander von der Universität heimkehrte, habe ich viele Jahre lang Tag und Nacht gearbeitet, sieben Tage die

Woche, zweiundfünfzig Wochen im Jahr. Ich war nie auch nur einen Tag krank.«

»Bis der Stier dich erwischt hat«, stelle ich fest. Im Gespräch mit einer anderen Person wäre ich taktvoller, aber der alte Fox-Gifford hält nichts vom Leisetreten, wie er es nennt. »Das Leben hat sich verändert, nicht wahr?«

»Worauf willst du hinaus? Dass ich zu nichts mehr nütze bin?« Seine Augen blitzen zornig, doch niemand kann in der Gegenwart eines langbeinigen Fohlens wie Scheherazade, die schnaubend auf der Koppel herumtrabt, sich vor den Hunden aufspielt und andeutungsweise buckelt und ausschlägt, lange wütend sein.

»Ich wollte nicht…«

»Doch, wolltest du.«

»Na gut. Ich wollte damit sagen, dass du es dir leichter machen würdest, wenn du jemanden hier hättest, der dich unterstützt. Alex ist neulich Nacht drei Mal herausgerufen worden.«

»Ich hätte den einen oder anderen Besuch übernommen, aber er hat mich nicht darum gebeten.«

»Es wäre besser für eure Klienten, wenn sie nicht warten müssten, während ihr gerade beschäftigt seid.«

»Die verstehen das. Das sind Bauern und Viehzüchter, treu und an die Praxis gebunden. Nicht so überspannt und flatterhaft wie die breite Masse der Haustierbesitzer.«

»Das ist aber nicht der Eindruck, den Alex bei mir erweckt hat.« Sofort frage ich mich, ob ich das hätte sagen sollen.

»Was hat er erzählt?«, erwidert der alte Fox-Gifford scharf.

»Nichts. Nicht wirklich. Ich glaube, Guy Barnes war sauer, als Alex neulich zwei Stunden brauchte, bis er endlich zu ihm kommen konnte, weil er vorher noch einen anderen Termin hatte.«

»Das liegt an Guy«, sagt der alte Fox-Gifford. »Ich wollte zu ihm, aber er hat darauf bestanden, auf Alex zu warten.«

»Ach?«

»Aber leite daraus jetzt nichts Besonderes ab«, sagt er. »Guy hat seine Launen.«

Ich kenne Guy nicht gut, aber die Leute aus der Gegend beschreiben ihn als einen von der ruhigen Sorte, geradeheraus und loyal.

»Und was passiert, wenn Alex fort ist und Guy nicht will, dass du zu ihm kommst?« Ich bin fest entschlossen, nicht aufzugeben, ehe ich eine befriedigende Antwort erhalte.

Der alte Fox-Gifford schweigt. Sein Blick ruht auf dem Fohlen, und ich frage mich, ob er seinen alternden Körper mit Scheherazades Wendigkeit und Jugend vergleicht.

»Weißt du«, sagt er schließlich, »eine gute Ehefrau mischt sich nicht in die Angelegenheiten ihres Mannes ein.«

»Ich bin noch nicht verheiratet, und ich werde keine Ehefrau sein, die man zwar sieht, aber nicht hört.«

Der alte Fox-Gifford lächelt.

»Ich würde meine Frau nicht als schüchtern und zurückhaltend bezeichnen«, sagt er, während Sophias Stimme über die Wiesen schallt und einer Gruppe von sechs kleinen Kindern und ihren Ponys Anweisungen erteilt. »Ein Landtierarzt braucht eine kompetente und solidarische Frau, und …« Fast überhöre ich das leichte Stocken seiner Stimme, als er fortfährt. »… ich hätte nicht besser wählen können.«

Der alte Fox-Gifford verschwindet im Herrenhaus und lässt mich mit George auf dem Hof zurück. Ich bin gerührt, dass er so empfindet, und frage mich, ob er dieses Gefühl Sophia gegenüber je geäußert hat.

»Was sollen wir jetzt tun, George?«, frage ich.

»Kommen Sie zu Tee und Kuchen zu uns«, ruft Jennie aus dem kleinen Pavillon, der auf dem Rasen aufgestellt worden ist, und so schließen wir uns der Party zum Abschluss des Camps an. Danach helfe ich beim Abwasch.

»George, langsam ist es Zeit, Lucie und Seb zu suchen«, sage ich irgendwann.

»Ich bin hier, Maz«, sagt Lucie und rennt auf mich zu. Ihre Augen funkeln vor Erschöpfung, aber sie lächelt noch immer. Als sie den Kopf schüttelt, spritzt Wasser aus ihrem Haar.

»Was ist mit dir passiert?«, frage ich.

Sie ist voller Staub und Dreck und riecht nach Pferdeschweiß. Ihre Jodhpurs sind schmutzig. Sie waren zu Beginn der Campwoche wahrscheinlich cremefarben – auch wenn es fast unmöglich zu erraten ist. Ihr Oberteil ist nass, und ihre Ponyklub-Krawatte klebt ihr am Ohr.

»Du siehst furchtbar aus«, schimpfe ich. »Wann hast du dich das letzte Mal gewaschen?«

»Gerade eben. Josh hat einen Eimer Wasser über mich gekippt. Und ich habe ihn mit einem nassen Schwamm beworfen. Und dann hat Georgia den Wasserhahn für den Schlauch aufgedreht, und alle haben mitgemacht. Sogar Humpy ist nass geworden.« Lucie kichert. »Sie freut sich nicht gerade. Sie hat uns alle ausgeschimpft und ist dann reingegangen, um sich umzuziehen. Wir sollen jetzt unsere Sachen zusammenräumen.«

»Dann mal los«, sage ich. »Brauchst du Hilfe?«

»Ja, bitte, Maz.«

Ich nehme George mit und helfe Lucie und einigen ihrer Freundinnen dabei, in ihrem Zelt ihre Kleidung zu sortieren und ihre Taschen zu packen. Ich bin mir nicht sicher, wie groß unsere Hilfe wirklich ist, doch George ist hellauf begeistert.

»Und, was ist das Beste am Pony-Camp?«, frage ich.

Die Mädchen sind sich nicht ganz einig.

»Die Freunde. Und das Essen. Und dass man den ganzen Tag reiten kann.«

»Am lustigsten sind die Wasserschlachten.«

»Nein. Als Sam in Ohnmacht gefallen ist, nachdem Daddy uns das Glas mit den eingelegten Würmern gezeigt hat«, sagt Lucie.

Ich gluckse vor mich hin. Das passiert jedes Jahr.

Die Kinder sind vielleicht traurig, dass das Camp vorbei ist, aber man kann beinahe die Erleichterung in den Augen der Ponys sehen, als sie auf die Hänger verladen werden. Sie mussten zweimal täglich arbeiten, springen und endlose Runden gehen. Sie sind über Land galoppiert, waren auf einem Picknick-Ausritt und haben sich an Dressur zu Musik und an Reiterspielen versucht.

Der Geruch nach kalten gebackenen Bohnen und verkohlten Würstchen liegt in der Luft. Ein Trailer mit schmutzigem Stroh wartet darauf, weggefahren zu werden. Während ich beim Aufräumen helfe, stoße ich auf ein paar kaputte Eimer und ein paar Fundsachen. Es handelt sich um ein Zaumzeug und drei Bürsten – ich bin mir nicht sicher, ob sie für Kinder oder Ponys sind. Ich habe Lucie schon einmal dabei erwischt, wie sie sich das Haar mit einer Kardätsche bürstete.

Die Kinder haben es geliebt, aber wie fällt Sophias Bilanz aus? Ich frage sie später, als die letzten Pferdeanhänger die Auffahrt hinunterrumpeln und der alte Fox-Gifford aus dem Herrenhaus auf den Rasen tritt, um sich über die Hufabdrücke zu beschweren.

»Es war ein großer Erfolg«, sagt sie. »Dieses Jahr hatten wir ein gepfähltes Pony, ein lahmes, ein verstauchtes Handgelenk und einen gebrochenen Arm. Es hat Jahre gegeben, da war es viel schlimmer.«

11

Ach, du armer Harry

Ich habe gelernt zu erkennen, dass es an der Zeit ist aufzuhören, wenn die Augen der Klienten glasig werden. Clive und Edie wollen keinen Vortrag über die Pathologie polyzystischer Nieren, egal wie faszinierend ich das Thema finde. Sie suchen Trost, wollen praktische Ratschläge und Medikamente.

Manchmal habe ich das Gefühl, als brauchte ich selbst ein Medikament, denke ich, als ich von draußen das Weinen einer Frau höre. Es ist Allie Jackson, rasende Reporterin des *Chronicle*, und ich weiß nicht, wie oft ich sie bereits in diesem Zustand erlebt habe.

Frances streckt den Kopf zur Tür herein.

»Es tut mir leid, wenn ich mittendrin störe.« Sie lächelt entschuldigend zu Clive und Edie. »Maz, es geht um Harry. Es sieht schlimm aus.«

»Wir gehen«, sagt Clive. »Wir haben bereits genug von Ihrer Zeit in Anspruch genommen. Ein neuer Termin, sagten Sie?«

»Ja. Bis dahin habe ich die Ergebnisse des Bluttests vorliegen. Ich will mir Cassie noch einmal ansehen, um zu entscheiden, ob sie vielleicht eine Weile an den Tropf muss.« Ich habe heute Blut abgenommen, um es genetisch untersuchen zu lassen. Wenn sie über Nacht nichts isst oder trinkt, wird sie Flüssigkeit brauchen.

Als Clive und Edie mit Cassie gehen, führt Frances Allie herein. Eingehüllt in eine Duftwolke aus blumigem Parfüm und Körpergeruch, trägt sie einen billigen Hosenanzug und eine gelbe Bluse, während sie einen Schuhkarton mit Hamsterstreu in der Hand hält. Es gibt keinen Deckel, was ein deutliches Zeichen dafür ist, dass es Harry, vormals bekannt als Harriet, der vor etwas mehr als einem Jahr nur knapp der Müllpresse der Praxis entkommen ist, dieses Mal wirklich nicht gut geht. Er muss inzwischen mindestens drei Jahre alt sein, ein gutes Alter für einen Goldhamster. Aber er wird auch arg verhätschelt.

»Ich weiß, dass er am Gehen ist, Maz, aber ich wollte absolut sicher sein …« Allie stellt den Schuhkarton auf den Tisch und hält sich ein Taschentuch an die Nase. »Er leidet schrecklich.« Ich dachte, sie wäre vielleicht gekommen, weil sie von mir erwartet, Harry zu heilen, doch sie scheint sich mit seinem Schicksal abgefunden zu haben. »Gibt es irgendeinen Weg, wie Sie ihn von seinem Leid erlösen können?«

»Ich will ihn mir mal ansehen.« Um ein Haar breche ich selbst in Tränen aus. Normalerweise weine ich nicht um einen Hamster, aber für Harry werde ich ziemlich sicher eine Ausnahme machen müssen. Er war ein toller Typ. Sehr vorsichtig hebe ich die Streu an, um den Hamster darunter freizulegen. Er ist komatös, aber ich kann nicht umhin, mir einzubilden, dass immer noch ein Anflug von Boshaftigkeit in seiner Miene liegt. Seine schwarzen Knopfaugen sind geöffnet und reaktionslos, und sein Mund steht weit offen, während er nach Atem ringt.

»Er hat in letzter Zeit mehr getrunken.« Allie versucht es mit schwarzem Humor, indem sie hinzufügt: »So wie ich. Eine Flasche Wein pro Nacht, um mir darüber hinwegzuhelfen, was kommen wird.«

»Es geht ihm schlecht«, stimme ich zu. »Ich denke, es wäre am besten, wenn wir ihm helfen.«

»In die andere Welt, in den Hamsterhimmel.« Allie seufzt.

»Ja.« Ich spiele mit dem Gedanken, sie zu bitten, dass sie mir eine Einwilligungserklärung unterzeichnet, doch ich kenne Allie wohl lange genug, sodass es kein Missverständnis geben wird.

»Ich helfe ihm, indem ich ihm etwas zur Betäubung verabreiche.«

»Sie werden ihm doch nicht wehtun, oder? Er ist doch sooo klein.«

»Wir haben eine kleine Plastikkiste, in die kann er hinein, so wie er ist, mit seinem Bett. Wir müssen ihn also nicht stören. Er atmet das Gas ein, das ihn einschlafen lässt, sodass er von der letzten Injektion nichts mitbekommt.« Ich bin mir nicht sicher, ob er überhaupt viel braucht. Er ist schon ziemlich am Ende.

»Kann ich ihn danach sehen, um mich zu verabschieden?«

»Natürlich.«

Harry ist tot. Mit dem Gefühl der Endgültigkeit und dem sicheren Wissen, dass er nie mehr versuchen wird, mich zu beißen, tue ich, was ich mich zu seinen Lebzeiten niemals getraut habe: Ich streiche mit dem Finger über seinen Rücken, berühre die winzigen Knochen seiner Wirbelsäule unter dem orangebraunen Fell. Ich bringe ihn in einem Papiertuch zu Allie. Er sieht friedlich aus, obwohl ich seine Augen nicht schließen kann. Allie streichelt ihn, während ihr Tränen über die Wangen laufen.

»Danke, Maz«, sagt sie schließlich. »Ich bin Ihnen

so dankbar, wie sehr Sie sich in den letzten Jahren um Harry gekümmert haben. Ich weiß, dass die Leute das nicht verstehen – mir kommt es so vor, als wären Sie die einzige Person, die das tut. Also, für mich ist er mehr als ein Hamster … er ist mein bester …« Sie stößt ein ersticktes Jammern aus. »… Freund. Ich konnte ihm alles erzählen, und ich wusste, er würde es niemals weitertratschen. Nicht, weil er nicht reden konnte, sondern weil er so treu war. Er hätte es niemals getan.«

Ich biete Allie Tee und einen Keks an, bevor sie sich verabschiedet, doch sie lehnt ab. »Was schulde ich Ihnen für heute?«, fragt sie.

»Oh, nichts. Für heute.« Ich finde es immer schwierig, ein Honorar für ein totes Fellchen zu verlangen, vor allem, wenn es Harry betrifft. Es kommt mir verkehrt vor, mit einer lebenslangen Angewohnheit zu brechen, nun, wenigstens so lang wie Harrys Leben. »Wollen Sie ihn mit nach Hause nehmen?«

»Oh. Oh? Ich weiß nicht. Ich hatte noch keine Gelegenheit, darüber nachzudenken.« Allie hält inne. »Ist es möglich, ihn einäschern zu lassen und die Asche mit nach Hause zu nehmen?«

»Möglich. Aber sehr teuer.«

»Es ist mir egal, wie viel es kostet.«

Allie mag das jetzt glauben, aber ich möchte sie nicht zu einer Entscheidung drängen, die sie später möglicherweise bereut, zumal sie im Augenblick unter Schock steht. Sie hat eine Familie, und ich kann mir nicht vorstellen, dass sie allzu viel verdient.

»Ich kann Harry so lange hierbehalten, bis Sie Ihre Tasse Tee getrunken haben. Sie können sich in den Personalraum setzen. Nehmen Sie sich Zeit, Ihre Gedanken zu sortieren.«

»Ich muss schrecklich aussehen«, sagt sie.

Ich sehe sie an. »Sie sind nicht in der Verfassung, sich hinters Steuer zu setzen. Gönnen Sie sich eine Pause.«

»Sind Sie sicher, Maz?«

»Das ist nichts, weswegen man sich schämen müsste. Es ist wirklich verstörend, ein Haustier zu verlieren.« Ich muss an Ginge denken – ich befürchte, dass ich bald eine Entscheidung über ihn treffen werden muss.

»Sogar bei einem Hamster.« Ein Anflug von Humor huscht über Allies Gesicht. »Es ist okay. Ich weiß, dass ihr mich alle für verrückt haltet.«

Darauf kann ich nichts erwidern, deshalb zeige ich Allie den Personalraum, rufe nach Shannon, damit sie ihr einen Tee macht, wenn sie Zeit hat, und entschuldige mich für die Unordnung, während ich Tripod vom Sofa scheuche. Es ist seltsam, aber je mehr Angestellte wir haben, umso weniger scheinen wir zu schaffen.

Ich kehre in das Behandlungszimmer zurück, um meinen nächsten Patienten zu untersuchen, Saba, die inzwischen wieder läuft, wenn auch wie eine betrunkene Ballerina. Aus meiner Sicht ist das ein wahres Wunder. Sie wird noch ein paar Monate Schwimmunterricht im Hydrotherapiebecken brauchen, aber ich bin mit ihrer Entwicklung zufrieden. Es hätte so viel schlimmer ausgehen können. Nachdem ich sie und Aurora nach Hause geschickt habe, begebe ich mich zurück in den Personalraum, wo Allie noch immer mit Shannon plaudert.

»Beim nächsten Mal nehme ich mir etwas, woran ich mein Herz nicht so hängen kann. Eine Spinne oder eine Stabheuschrecke vielleicht.« Allie gelingt ein Lächeln, trotz ihrer Tränen.

»Reden Sie doch mal mit Will, unserem neuen Tierarzt, wenn Sie einen Rat bei der Wahl eines Exoten brauchen«, sagt Shannon. »Er hält Schlangen, Geckos und Laubfrösche. Die sind jedoch nicht sehr kuschelig.«

»Danke für den Tee, Shannon«, sagt Allie. »Unser Gespräch hat mir wirklich geholfen. Maz, ich werde im Garten zur Erinnerung an Harry eine Strauchrose pflanzen.«

Ich frage mich, ob wir Shannon zu einem Trauerberatungskurs schicken sollten. Das scheint ihr zu liegen.

Ein paar Tage später liegt Cassies Ergebnis vor. Es ist positiv. Clive bringt sie vorbei, weil er sich Sorgen um sie macht. Sie bleibt bei uns in der Praxis. Ich nehme ihr Blut ab, übergebe es Izzy und lege eine Infusion. Cassie schnurrt die ganze Zeit. Es ist kein gesundes, fröhliches Schnurren, sondern das verzweifelte Schnurren einer kranken Katze.

»Es ist nicht fair, nicht wahr?«, sage ich und streichle ihren Kopf.

»Was ist mit den Kätzchen? Sie haben sie doch noch, oder …« Izzy zögert.

»Die Wahrscheinlichkeit, dass die Jungen das Gen haben, liegt bei fünfzig Prozent.« Ich mache eine Pause. »Wohin wollen Sie sie legen?«

»Ich dachte, sie würde sich vielleicht in der Quarantänebox unter der Treppe am wohlsten fühlen. Da ist es schön ruhig. Soll ich sie später füttern?«

»Sie können es mit ein bisschen Schonkost versuchen, wenn sie sich vorher nicht übergibt.«

»Mach ich.«

Wir bringen Cassie unter, und später rufe ich Clive an, um ihn auf den neuesten Stand zu bringen und ihm das Ergebnis des Bluttests mitzuteilen.

»Ihre Nieren arbeiten nicht besonders gut.«

»Dann geht es ihr schlechter? Oh, ich wusste es. Ich habe den Bluttest nicht gebraucht, um das zu erkennen.«

»Ich weiß. Aber er gibt uns etwas in die Hand. Wir können eine spätere Verschlechterung ihres Zustandes…« Meine Stimme versagt. Was soll das alles nützen? Ich bin nicht sehr viel anders als Will. Ich habe den Bluttest gemacht, denn ich wollte nicht untätig herumsitzen und konnte sonst nichts für sie tun.

»Sie fühlt sich mies, oder?«

»Sie fühlt sich krank wegen der Gifte, die sich in ihrem Körper ansammeln.«

»Cheryl hat nichts gesagt, als wir sie gekauft haben, Maz«, beginnt Clive. »Es geht nicht ums Geld, sondern ums Prinzip. Kranke Katzen zu züchten und an Leute wie uns zu verkaufen: Das ist nicht richtig.« Er hält inne. »Sie muss von dieser Sache gewusst haben, oder?«

»Ich bin mir sicher, dass sie schon davon gehört hat. Aber möglicherweise hat sie nicht darüber nachgedacht, dass es ihre Katzen betreffen könnte. Es gibt viele verantwortungsvolle Züchter, die die genetische Veranlagung aus ihren Zuchtlinien tilgen.«

»Ich wünschte, wir hätten uns besser informiert, aber wir dachten eben, sie ist von hier, und wir hatten noch von niemandem gehört, der Probleme mit ihren Katzen gehabt hätte. Die Zucht war nett, sauber und ordentlich, und Cheryl hatte die Kätzchen bei sich im Haus. Wir hätten zuerst mit Ihnen sprechen sollen, nicht wahr, aber Edie hat die Anzeige gelesen, und dann sind wir hingefahren, um sie uns anzusehen, und konnten nicht widerstehen… Also, wie groß ist ihre Chance, wieder nach Hause zu kommen?«, fragt Clive schließlich.

»Ich weiß es nicht. Wenn die Infusion nicht wirkt,

müssen wir darüber nachdenken, wie lange wir es noch vertreten können, ihr Leiden zu verlängern. Wenn sie ein Mensch wäre, würde sie regelmäßig zur Dialyse gehen und stünde auf einer Warteliste für ein Spenderorgan. Hören Sie zu, Clive. Ich rufe Sie heute Abend an, wenn sich ihr Zustand verändert. Falls Sie nichts von mir hören, melden Sie sich morgen gegen neun, sobald wir die Runde durch die Station gemacht haben.«

Am nächsten Morgen mache ich mit Will gemeinsam die Runde bei unseren stationären Patienten.

»Das ist die Niereninsuffizienz?« Will überprüft Cassies Kärtchen, als er sie von der Quarantänebox ins Behandlungszimmer trägt.

»Nein!« Izzy starrt ihn an. »Das ist sie nicht. Und sagen Sie nicht: O wie gut, dass ich das überprüft habe – denn so meine ich es nicht. Sie heißt Cassie, und sie ist eine Patientin mit Niereninsuffizienz, nicht die Krankheit an sich.«

»Tut mir leid.« Will starrt sie an, und seine Stirn erinnert an ein eilig hochgezogenes Rollo. »So haben wir das im Studium gemacht.«

»Es ist respektlos«, fährt Izzy fort, wird jedoch ein bisschen weniger streng, als sie sieht, wie ich sie anstarre. Sie will das Beste für die Tiere. »Ich sage ja nicht, dass Sie sie küssen müssen, wie Maz das macht, aber unsere Patienten reagieren auf Freundlichkeit. Es geht um ganzheitliche Pflege. Man betrachtet den Patienten als Ganzes.« Sie zuckt die Achseln. »Aber Sie sind ja Tierarzt. Für uns Tierpflegerinnen ist das etwas anderes.«

Will setzt Cassie auf den Behandlungstisch, und wir schauen sie uns gemeinsam an.

Sie blickt wacher und hat sich nicht mehr übergeben, deshalb schlage ich vor, dass wir es mit ein wenig Flüssignahrung versuchen. »Wenn sie es unten behält, könnten wir sehen, wie sie ohne Infusionen zurechtkommt, jetzt, da sie nicht länger dehydriert ist.«

»Sollten wir sie nicht länger am Tropf lassen?«, fragt Will und lässt damit durchblicken, dass er es täte.

»Das könnten wir, aber wenn sie ihre Flüssigkeitsaufnahme nicht selbst aufrechterhalten kann, wird sie zu Hause nicht überleben. Es widerstrebt mir, irgendjemandes Leiden zu verlängern – das von Cassie und das ihrer Besitzer. Cassie ist ohnehin ziemlich gestresst. Es ist besser, wenn sie in ihrer gewohnten Umgebung ist, als hier. Wenn wir es schaffen, möchte ich, dass sie heute Abend wieder nach Hause kommt.« So wie Clive sagt, fressen die Kätzchen ein wenig Nassfutter, vermischt mit Katzenmilchersatz, aber mir wäre es lieber, sie hätten ihre Mutter so schnell wie möglich zurück, damit sie sie weiter säugen kann.

»Sollten wir nicht noch mehr Bluttests durchführen?«, fragt Will.

»Wie viel wird das den Klienten kosten? Und wird es uns irgendetwas Nützliches verraten, sodass wir Cassies Behandlung darauf abstimmen? In einer perfekten Welt würden wir es tun, aber wie Sie wissen, ist unsere Welt alles andere als perfekt.« Ich fahre fort, als Will nicht antwortet: »Clive und Edie sind nicht Krösus, und Emma und ich wollen nicht vom Pech anderer Leute profitieren.«

»Es ist ihre Entscheidung«, argumentiert Will. »Ich gebe den Besitzern der Tiere die Information. Sie entscheiden, wie weit sie gehen wollen. Ich nehme an, Sie werden mich jetzt zur Schnecke machen, weil ich diesen Spaniel – ich meine, Jack – zum Kernspin überwiesen habe.«

»Das ist teuer«, sage ich. »Wird es dem Patienten helfen?«

»Ja, denn wenn er einen Gehirntumor hat, kann er operiert werden. Dann hat er eine Chance.«

»Das ist alles sehr hypothetisch. Und welchen Zweck hat es, dem Hund das zuzumuten, bloß um festzustellen, dass es ein bösartiger Tumor ist, der bereits gestreut hat?«

»Waren Sie schon immer so ein Pessimist?«

Wills Frage lässt mich innehalten und nachdenken. Ich nehme an, dass ich früher viel eher eine positive Entwicklung für die meisten meiner Patienten erwartet habe. Werde ich zu zynisch, oder habe ich dieses Gefühl aufgrund von Übermüdung und Überarbeitung?

»Wir werden sehen, was aus Jack wird, nicht wahr?« Ich versuche etwas zu finden, um Will nach Izzys Kritik und meinem Realitätscheck aufzuheitern, und erinnere mich daran, wie ich ihn vor einiger Zeit gesehen habe: voller Spritzer des Kontrastmittels, das er verabreichen sollte. Er hat es geschafft, mehr davon auf sich zu verteilen als in den Patienten hineinzubekommen.

»Wie geht es eigentlich dem Labradoodle, den Sie neulich untersucht haben – der den Maiskolben gefressen hatte?«

»Der …«, Will dreht sich zu Izzy um, »ich meine: Toby geht es gut. Er ist nach der Operation schon wieder ganz der Alte, obwohl er nicht mehr alles fressen kann, was ihm vor die Nase kommt. Er trägt jetzt einen Maulkorb, der ihn daran hindern soll, unterwegs alles Essbare zu verschlingen.« Will lächelt. »Zu Hause nennen sie ihn den Dyson.«

Schon besser, denke ich. Will scheint glücklicher. Bei diesem Job muss man lachen, so viel man kann, andernfalls – ich werfe der armen Cassie mit ihrem gequälten Gesichtsausdruck einen Blick zu – bricht man zusammen und weint.

»Maz, Cheryl Thorne ist am Empfang«, unterbricht uns Frances. »Ich habe sie gebeten, nach den Vormittags-OPs wiederzukommen, doch sie will nicht gehen. Sie wissen ja, dass ich mich nicht leicht geschlagen gebe, aber sie besteht darauf, Sie jetzt zu sehen.«

»Danke für den Versuch, Frances.« Ich seufze laut. »Das hat mir gerade noch gefehlt.«

»Cheryl gehört der Copper Kettle«, erklärt Izzy Will. »Außerdem züchtet sie Perser. Cassie ist eine von ihren.«

»Ich will wirklich nichts mit ihr zu tun haben«, sage ich, aber ich fürchte, diese Konfrontation ist unumgänglich. Clive muss mit ihr gesprochen haben. »Wartet sonst noch jemand?«

»Mrs. Dyer mit Nero, um von Izzy gewogen zu werden, und Mr. Brown mit Pippin für Will.«

»Also gut. Führen Sie Cheryl ins Behandlungszimmer, ich nehme sie zuerst dran. Izzy, ich möchte, dass Sie dabei sind.«

»Als Zeugin?«, fragt Izzy.

»Ja, andernfalls steht ihr Wort gegen meins.«

Im Behandlungszimmer hat Izzy neben mir Stellung bezogen. Cheryl steht uns gegenüber, auf der anderen Seite des Tisches. Ihre Ohrringe, schwarze Katzen, baumeln neben ihrem Hals. Ihr ultrakurzer Pony steht in die Luft wie das Fell auf dem Rücken einer Katze. Sie bebt am ganzen Körper, bereit zum Angriff.

Sie schlägt mit der Hand auf den Tisch.

»Sie!«, faucht sie mich an. »Hören Sie mir gut zu!«

»Guten Morgen, Cheryl«, sage ich so ruhig ich kann, während mein Herz in meiner Brust schneller schlägt als das einer Katze mit Schilddrüsenüberfunktion. »Sie haben fünf Minuten.«

»Sie wissen ja, was ich von Ihnen halte, Miss Harwood«, sagt sie. »Meiner Meinung nach sind Sie inkompetent und vollkommen unprofessionell, weshalb ich nicht länger Klientin Ihrer Praxis bin.«

Das ist mir nur recht, denke ich und beiße mir auf die Zunge.

»Es ist mir zu Ohren gekommen, dass Sie gemeine und haltlose Gerüchte über meine Babys in die Welt setzen.« Ich erinnere mich daran, dass sie ihre Katzen immer als ihre Babys bezeichnet.

»Wohl kaum haltlos«, führe ich aus. »Ich habe bei einer Katze aus Ihrer Zucht einen Bluttest durchgeführt und dabei das PKD-Gen nachgewiesen, welches sie von einem der beiden Elterntiere geerbt haben muss, die beide Ihnen gehören. Sie kann ihre DNS aus keiner anderen Quelle haben.«

»Was wissen Sie schon von der Vererbungslehre bei Perserkatzen?«, sagt Cheryl mit einem Mal defensiv. »Die sind ein ganz besonderer Fall. Sie folgen nicht den Regeln.«

»Oh, Cheryl, so besonders sind sie auch nicht. Das Gen muss von einem oder beiden Elterntieren stammen. Meine Frage an Sie lautet: Testen Sie Ihre Katzen routinemäßig, bevor Sie sie zur Zucht einsetzen? Ich habe das entsprechende Verzeichnis überprüft, und Ihr Zuchtziel ist darin nicht aufgeführt.« Ich halte inne. »Mir kommt es so vor, als wären Sie in diesem Fall die verantwortungslose Person, da Sie Katzen, die vor der Zeit sterben werden, an Mitglieder der Gesellschaft verkaufen, die es nicht besser wissen.«

»Was wissen Sie schon darüber? Mir war gleich klar,

dass Sie mir nicht zuhören würden. Ich werde mit meinem eigenen Tierarzt sprechen – er wird mich unterstützen, wenn ich mich mit meiner Beschwerde an das Royal College wende.«

Sie meint das Royal College of Veterinary Surgeons, die Standesvertretung der Tierärzte. Ich habe nichts falsch gemacht, deshalb wird sie mit ihrer Beschwerde nicht weit kommen. Doch obwohl es irrational ist, kann ich die Anspannung, die durch Cheryls Anwesenheit erzeugt wird, nicht abschütteln. Die Zeit hat meine Gefühle für sie nicht verändert. Sie stresst mich ungemein.

»Heiliges Kanonenrohr, die war vielleicht wütend«, sagt Izzy, sobald Cheryl die Praxis verlassen hat.

»Sie ändert sich nicht«, sage ich und versuche den Vorfall aus meinem Gehirn zu streichen, obschon ich ihn Clive gegenüber erwähne, als ich Cassie nach Hause schicke. Wir wollen sehen, ob sie für eine Weile wieder alleine zurechtkommt, wie lange das auch sein mag.

»Cheryl war hier«, erzähle ich ihm.

»Es tut mir leid. Ich musste etwas sagen. Ich habe sie gebeten, dass es unter uns bleibt.« Er lächelt wehmütig. »Ich hätte damit rechnen sollen. Ich hoffe, es war nicht zu unangenehm. Wird sie ihre Katzen testen lassen?«

»Ich glaube nicht, dass sie es vorhat. Sie will die ganze Sache nicht wahrhaben.«

»Was kann ich sonst noch tun, um zu verhindern, dass sie noch mehr Katzen wie Cassie in die Welt schickt, außer sie an den Pranger zu stellen? Ach ja, und sie auf Erstattung der Anschaffungs- und Tierarztkosten zu verklagen.« Er zögert. »Jetzt bringe ich erst einmal Cassie nach Hause. Wir haben nicht daran geglaubt, dass sie noch einmal zu uns zurückkehrt, Maz.«

»Es ist ein kleines Wunder«, sage ich, »aber leider kann

ich bloß garantieren, dass sie irgendwann wieder hier sein wird.«

»Wir werden die Jungen über kurz oder lang testen lassen, doch nicht jetzt gleich. Ich rufe Sie an, um einen Termin auszumachen.«

»Speziallieferung für Frances«, sagt Bridget, als sie am späten Nachmittag mit einem Blumenstrauß die Praxis betritt und Clive gerade geht.

»Von wem sind die denn?« Izzy und ich versuchen über Frances' Schulter zu schauen, als sie ihre Brille auf ihre Nasenspitze setzt, um die beiliegende Karte zu lesen, aber sie wendet sich ab. »Haben Sie Geburtstag?«

»Izzy, Sie wissen nur zu gut, dass dem nicht so ist. Mein Geburtstag war im letzten Monat.«

»Spannen Sie uns nicht so auf die Folter.«

»Es könnte ein Entschuldigungsstrauß sein«, sagt Frances mit Pokerface. »Oder ein Dankeschön. Warum glauben Sie alle, es wäre eine romantische Geste? Ich bin viel zu alt für diesen Mumpitz.«

»Zwölf rote Rosen?«, gebe ich zu bedenken. »Das verrät doch alles.«

»Wer ist es?«, fragt Izzy.

»Ach, lassen Sie sie in Ruhe, Izzy.« Ich sehe Frances an. »Sie wollen bestimmt nicht Ihr ganzes Privatleben vor uns ausbreiten, oder?« Ich wende mich ab, um ein Grinsen zu verbergen, denn ich weiß, dass Frances dem nicht widerstehen kann.

»Nun, es gibt schon einige Details, die man für sich behalten sollte, aber es reicht wohl, wenn ich sage, dass Lenny und ich …«

»… ein Paar sind?«, sage ich im selben Moment, in dem Izzy »… uns lieben« einwirft.

»…hin und wieder miteinander ausgehen«, sagt Frances. »Er lädt mich zum Essen ein.«

»Das ist großartig«, erwidere ich. »Aber seien Sie vorsichtig. Überstürzen Sie nichts. So gut kennen Sie ihn auch wieder nicht.«

»Er ist ein wahrer Gentleman«, schwärmt Frances. »Er ist immer höflich und charmant. Und er hat eine Katze.«

»Das hat Cheryl auch«, entgegne ich amüsiert. »Sie hat mehrere Katzen, aber das macht sie weder höflich noch charmant.«

»Ah, aber es ist etwas Besonderes an einem Mann, wenn er eine Katze besitzt. Es zeigt, dass er fürsorglich ist.«

»Na ja, ich hoffe, er kümmert sich so um Sie, wie Sie es verdient haben.« Ich freue mich ehrlich für sie – und bin ein wenig besorgt. Frances ist seit vielen Jahren verwitwet, als das Fischerboot ihres Mannes in einem Sturm vor der Küste von Talymouth kenterte. Soweit ich weiß, hat es seither niemanden für sie gegeben – außer einer kleinen Schwärmerei für den alten Fox-Gifford, damals, als sie noch in der Tierarztpraxis im Herrenhaus arbeitete.

Obwohl Frances ziemlich festgefügte Auffassungen hat und sich gegenüber Klienten wie Cheryl aufführen kann wie ein Höllenhund, der den Eingang zur Unterwelt bewacht, ist sie doch freundlich und rücksichtsvoll. Sie ist die Person, der es auffällt, wenn ich es am Ende eines anstrengenden Tages gerade noch so schaffe, nicht zusammenzuklappen.

»Maz, meine Liebe – bedenken Sie, dass ich jetzt als Ihre Freundin mit Ihnen spreche, nicht als Ihre Angestellte: Gehen Sie los, und holen Sie Ihren Sohn aus dem Kindergarten, bevor er schließt. Sie müssen damit aufhören.«

»Womit aufhören?«

»Dieses ganze Getue, die perfekte Tierärztin, Verlobte und Mutter zu sein. Reiben Sie sich nicht auf. Regen Sie sich nicht über Leute wie Cheryl auf. Versuchen Sie, sich nicht länger wegen Cassie Sorgen zu machen, denn Sie können es ohnehin nicht ändern.«

»Sonst noch was?«, sage ich und zwinge mich zu einem Lächeln.

»Nehmen Sie jede Hilfe an, die Ihnen angeboten wird, vor allem mit Blick auf die Hochzeitsplanung, und gönnen Sie sich mal eine Pause.«

»Aber alle anderen in der Krabbelgruppe kommen zurecht.«

»Diese ganzen Vorzeigemamis – alles Fassade. Die haben keinen Beruf wie Sie«, sagt Frances ernst, »und obwohl ich normalerweise nicht wette, gehe ich in diesem Fall doch jede Wette ein, dass Sie, wenn Sie auch nur ein bisschen an der Oberfläche kratzen, herausfinden werden, dass sie sich genauso aufgerieben fühlen wie Sie. Sie sind klug und erfolgreich. Was versuchen Sie zu beweisen?«

»Ich weiß nicht.« Ich zucke kläglich mit den Achseln.

Frances tätschelt mir die Hand, als ich wie ein Klumpen Salz vor ihr zerbröckele.

»Sie müssen mal durchatmen und Ihre Erwartungen niederschrauben. Lassen Sie den Dingen ihren Lauf.«

Ich wünschte, ich könnte es, aber ich bin dazu nicht fähig. Wenn ich es täte, würde ich den Faden verlieren. Als ich zum Beispiel an diesem Abend nach Hause komme und Alex eine Stunde später eintrifft, seinen Arztkoffer in der Spüle abstellt und seine matschigen Stiefel mitten im Flur, wo George herumkrabbelt, muss ich etwas sagen.

»Kannst du das nicht alles in der Praxis lassen?«

»Nicht jetzt, Maz«, seufzt Alex erschöpft. »Ich räume es später weg.«

Die schmutzigen Baumwolltücher von den Operationen des Tages wandern in unsere Waschmaschine, weil die in der Praxis vor Wochen kaputtgegangen ist und Alex keinen Handwerker angerufen, geschweige denn Ersatz bestellt hat. Ich glaube nicht, dass er schon immer so ineffizient gearbeitet hat, und er kann es auch nicht länger auf George schieben, denn der schläft inzwischen durch. Alex ist fix und fertig, sodass Dinge wie die Pflege des Haushalts bei ihm erst mal unter den Tisch fallen. Einer von uns muss sich um alles kümmern, und es sieht danach aus, als wäre ich das. Wenigstens habe ich Unterstützung bei der Arbeit. Aber das verhindert nicht, dass ich wütend auf ihn bin. »Was gibt's zum Abendessen?«, fragt er.

»Es ist kalt.«

»Was denn? Nicht schon wieder Kaninchenfutter?«

»Nein, kein Salat. Es war heiß, aber jetzt ist es kalt, weil du so verdammt spät dran bist.« In meinem Bauch kommt es zu kleinen Explosionen von Enttäuschung und Frustration. Ich weiß, dass er jeden zweiten Abend Bereitschaftsdienst hat, aber zum Abendessen kommt er jedes Mal zu spät.

»Ich tue das nicht, um dir aus dem Weg zu gehen. Ich tue es für uns – für dich, George und mich«, sagt Alex, als ich ihm vorhalte, so lange zu arbeiten. »Ich muss dafür sorgen, dass wir ein Dach über dem Kopf haben.«

»Das ist nicht allein deine Verantwortung«, gebe ich ein wenig sanfter zu bedenken. »Ich trage auch dazu bei.«

»Ja, und das rechne ich dir auch hoch an, aber seit wir George haben, arbeitest du nur noch vier Tage pro Woche, und du zahlst auch noch den Kredit für deine Teilhaberschaft am Otter House ab.«

»Dann meinst du also, ich übernehme hier nicht meinen gerechten Anteil?« Ich kann nicht glauben, dass wir uns wegen Geld streiten. Ein Strom von Störgeräuschen rauscht zwischen uns hin und her, als wäre unsere Partnerschaft ein schlecht eingestelltes Radiogerät. »Was meinst du damit? Ich dachte, du wolltest, dass ich Zeit mit George verbringe?«

»Das will ich auch, aber … Ach, zum Teufel damit. Ich habe im Augenblick finanzielle Probleme. Einige Klienten zahlen ihre Rechnungen nicht fristgerecht, andere tun es gleich gar nicht.«

Ich habe mit Alex noch nie wirklich über Geld gesprochen. Wir waren uns irgendwie einig, die anfallenden Kosten zu teilen. Es ist uns nicht in den Sinn gekommen, ein gemeinsames Konto einzurichten. Wir haben so weitergemacht wie vorher, als ich bei ihm eingezogen bin. Es erschien sinnvoll. Wir verdienen beide, und ich hatte den Eindruck, Alex sei wohlhabend.

»Ich dachte …«, fange ich an.

»Du dachtest?« Eine Spur von Herausforderung liegt in Alex' Stimme, und sein Blick wird düster.

»Als ich dich kennenlernte …«

»Als du mein Pferd zu Tode erschrocken hast, indem du wie ein Sumpfmonster aus dem Graben gekrochen bist.« Ein kurzes Lächeln huscht über Alex' Lippen und weckt in mir den Gedanken, dass ich ihn viel lieber küssen als mit ihm über Geld reden würde.

»Du hast gesagt, dir würde das alles hier gehören – das waren deine Worte. Du hast das Herrenhaus, die

Scheune, die Ländereien.« Ich stocke, als ich mir Alex' Gesichtsausdruck bewusst werde.

»Es gehört der Bank«, sagt er langsam.

»Der Bank?«

»Es ist alles seit geraumer Zeit beliehen. Vater hat dank seiner Freunde in der Kommunalverwaltung in den Neunzigern ein paar riskante Geschäftsentscheidungen getroffen. Seither bezahlen wir dafür.« Er zögert kurz, ehe er fortfährt. »Und dann sind da noch Astra und die Kinder ...«

»Warum hast du mir das nicht schon eher gesagt?« Es ist ein Schock für mich.

»Du hast nie danach gefragt, Maz. Ich rede nicht gern über Geldangelegenheiten. Es kommt mir so ...«

»Vulgär vor? Das wolltest du doch sagen, oder? Alex ... ich kann nicht glauben, dass du mir diese Information so lange vorenthalten hast. Hast du mir denn nicht zugetraut, damit zurechtzukommen?«

»Natürlich habe ich Zutrauen zu dir, Maz.« Alex versucht die Situation herunterzuspielen, tritt hinter mich und verwuschelt mir die Haare, was ich hasse. »Ich wollte nicht, dass du dir Sorgen machst.«

»Du bist der Tierarzt. Du solltest mir lieber sagen, wie die Prognose lautet.« Ich spüre einen Druck auf meiner Stirn.

»Wir kommen den laufenden Zahlungen nach. Die Schulden sollten innerhalb der nächsten zehn Jahre abgezahlt sein, wenn alles rentabel läuft: die Pferde, die Rinder und die Praxis, weshalb ich ...«, er knufft mich spielerisch, »... immer so lange arbeiten muss.«

»Ich weiß, dass wir schon früher darüber gesprochen haben, aber wäre es nicht besser, wenn du einen zweiten Tierarzt einstellen würdest?«

»Kann ich mir nicht leisten. So einfach ist das.«

»Wenn du einen Assistenten einstellen würdest, könntest du mehr Klienten aufnehmen«, sage ich voller Hoffnung, obwohl das ziemlich unwahrscheinlich ist, denn die Anzahl der Farmer, die Tiere halten, nimmt ständig ab, was bedeutet, dass Tierärzte wie Alex immer weniger zu tun haben. Ich sehe ihn an. Es soll angeblich gut sein, einige Geheimnisse in der Partnerschaft zu haben, aber das hier gehört bestimmt nicht dazu. Er reagiert nicht. »Alex, wie schlimm steht es?«

»Wie ich bereits sagte, du musst dir deshalb keine Sorgen machen«, entgegnet er scharf.

»Alex, wir heiraten demnächst. Wir sollten keine Geheimnisse voreinander haben. Keine Geheimnisse mehr. Versprochen?«

»Versprochen.«

Glaube ich ihm? Ich unterdrücke einen nagenden Zweifel. Ich muss ihm vertrauen. Was bleibt mir sonst übrig?

Ich biete ihm an, sein Abendessen in der Mikrowelle aufzuwärmen, aber er sagt, er habe keinen Hunger. Ich kippe es in den Mülleimer, um mein Argument zu unterstreichen, und lasse ihn sich selbst ein Sandwich machen.

»Vielleicht kann ich dir helfen.« Ich trete hinter ihn und lasse meine Hände über seine Schultern gleiten, ertaste seine Muskeln und sein Schlüsselbein unter dem kragenlosen Shirt. Alex dreht den Kopf und reibt sein kratziges Kinn an meinem Handgelenk. »Ich könnte einen zusätzlichen Kredit aufnehmen.« Es war falsch, das zu sagen. Ich fühle, wie sein Körper sich versteift.

»Ganz bestimmt nicht.« Alex windet sich aus meiner Umarmung. »Ich nehme kein Geld von dir.«

»Du würdest es nicht nehmen. Du kannst es mir meinetwegen mit Zinsen zurückzahlen, wenn du dich dann besser fühlst«, sage ich unbekümmert, doch tief in meinem Innern tut es mir weh, dass er ablehnt, was als gut gemeintes Hilfsangebot gedacht war. »Wo liegt das Problem? Dein männlicher Stolz?«

»Du bist manchmal so verdammt herablassend.« Alex starrt mich plötzlich wütend an.

Seine Worte treffen mich wie Eis, das in meine Wirbelsäule injiziert wurde. Alex verliert nicht so schnell die Ruhe, und er hat noch nie zuvor seine Wut gegen mich gerichtet.

»Ich wollte nur helfen.« Tränen schießen mir in die Augen.

»Ich habe wegen der ganzen Sache ohnehin schon ein schlechtes Gewissen, da musst du mich nicht auch noch mit der Nase drauf stoßen«, fährt Alex fort. »Ich komme damit klar, alles ist unter Kontrolle, halte also endlich den Mund. Ich will nichts mehr davon hören.«

Eine Träne rinnt heiß und feucht meine Wange hinunter. Als er es sieht, stimmt es ihn ein wenig milder.

»Maz, ich habe dich zum Weinen gebracht. Es tut mir leid … ich habe es nicht so gemeint. Was ich gesagt habe. Ich habe die Beherrschung verloren. Das hätte nicht passieren dürfen.« Alex tritt auf mich zu, und ich weiche vor ihm zurück, bis ich mit dem Rücken am Kühlschrank stehe. Ich versuche ihn wegzustoßen, habe die Handflächen schon an seiner Brust, doch der Blick in seinen Augen ist sanft und entschuldigend, und ich spüre, wie ich in seinen Armen dahinschmelze.

»Lass uns nicht mehr über Geld reden, Maz«, sagt er.

»Alex, ich fange an, mich zu fragen, ob du vielleicht vergessen hast, dass wir bald heiraten wollen. Alles, was ich habe, teile ich mit dir…« Ich spiele mit den Knöpfen an seinem Hemd und zitiere aus dem traditionellen Hochzeitsgelöbnis, während er die Lippen an meine Stirn presst. »Das schließt auch Schulden mit ein.«

»Maz«, entgegnet er in einem Tonfall, der allzu offen sagt, ich solle es sein lassen, »vergiss es!« Dann lässt er mich los, wendet seine Aufmerksamkeit der Zubereitung seines Abendessens zu und holt das Brot aus der Brotbox. »Erzähl mir, was du und George den Tag über so getrieben habt.«

»Alex.« Ich fühle mich verletzt von unserem Streit. »Hast du es vergessen? Ich war auch den ganzen Tag bei der Arbeit.« Ich sehe ihn an, wie er ein Messer nimmt und Butter auf ein paar Brotscheiben streicht. Warum habe ich das Gefühl, als schließe er mich aus? Was quält ihn, dass er so die Beherrschung verliert? Wie wird unser Leben aussehen, wenn wir verheiratet sind? Mein Magen krampft sich zusammen. Könnte es sein, dass er kalte Füße bekommen hat?

12

Etwas Altes

An diesem Morgen lausche ich auf der anderen Seite der Tür zum Behandlungszimmer, derjenigen zum Flur, sodass es nicht zu sehr auffällt. Ich weiß, dass ich Will nicht hinterherspionieren sollte, aber ich kann laute Stimmen hören. Er sollte einen Hund für eine Routinekastration aufnehmen, und er braucht ewig.

»Mrs. Taylor, bei Narkosen und Operationen besteht immer ein gewisses Risiko«, bestätigt er.

»Was für ein Risiko?«

»Das der Letalität«, sagt er ungerührt.

»Sie sagen also, er könnte diese kleine OP haben und nie mehr nach Hause zurückkehren?«

»Ja, dafür besteht eine geringe Wahrscheinlichkeit.«

»Wie gering?«

»Das hängt davon ab, aus welcher Quelle Sie die veröffentlichten Werte beziehen.«

»Es ist aber nicht so gering, dass man es ignorieren könnte? Frances hat nichts davon erwähnt, als ich den Termin ausgemacht habe.«

»Das liegt daran, dass sie Rezeptionistin ist und kein Tierarzt«, höre ich Will sagen.

Und ich denke: Bitte etwas leiser… aber ich kann nichts tun. Es würde nicht gut aussehen, wenn ich ihm den Marsch bliese. Ich beiße mir auf die Lippen.

»Wie genau stehen die Chancen, dass ich ihn heute Abend lebend zurück nach Hause bekomme und nicht in einer Kiste?« Sie ist verstört. Ich kann es an ihrer Stimme erkennen. »Nein, ich habe meine Meinung geändert. Da finde ich mich lieber damit ab, dass er alles in Sichtweite bespringt. Vielen Dank.«

»Ich kann ihm stattdessen eine Spritze geben, die seinen Testosteron-Spiegel senkt, das männliche Sexualhormon. Es ist eine vorübergehende Maßnahme.«

»Ich werde ihn so lassen, wie die Natur es vorgesehen hat. Meine bessere Hälfte hatte recht. Eine Kastration ist grausam. Es ist eine Verstümmelung. Simon wird so erleichtert sein. Er hat die letzte Woche mit überkreuzten Beinen zugebracht.«

Nachdem Mrs. Taylor und ihr Hund die Praxis verlassen haben und Will den letzten OP-Patienten des Tages aufgenommen hat, muss ich ein Wörtchen mit ihm reden.

»Ich … äh … habe gehört, dass Mrs. Taylor die OP heute abgesagt hat.«

»Es war ihre Entscheidung.« Will runzelt die Stirn.

»Ja, aber sie hatte sich entschieden, den Hund kastrieren zu lassen, und Sie haben sie mit möglichen Risiken so verunsichert, dass sie ihre Meinung geändert hat. Wir müssen unseren Klienten gegenüber aufrichtig sein, aber nicht übertreiben. Es ist nicht gut fürs Geschäft«, sage ich leichthin. »Emma und ich müssen Ihren Lohn zahlen.«

»Verstanden, Maz«, sagt er. »Beim nächsten Mal werde ich mir genauer überlegen, was ich sage.«

»Gut. Wir reden später weiter, nach den Vormittagsoperationen.«

»Ich mach mich dann mal fertig.«

»Wie viele Operationen haben Sie eigentlich heute aufgenommen?«

»Drei. Eine Katze zum Röntgen, eine Zahnbehandlung und eine Wund- und Nahtbehandlung. Eine von Emmas OPs.«

»Ist das für Sie in Ordnung?«

Will nickt. »Ich nehme an, ich weiß, was ich zu tun habe.«

Er klingt nicht überzeugt, deshalb schleiche ich mich zwischen zwei Patienten aus dem Behandlungszimmer, um nach ihm zu sehen. Ich schaue durch das Bullauge in der Tür zur Station, um mich davon zu überzeugen, dass ich ohne Probleme hineingehen kann. Am OP-Tisch erblicke ich Izzy, die eine Katze festhält, die ich nur allzu gut kenne. Cleo hat auffallend grüne Augen, ihr Fell ist schildpattfarben und weiß, und sie hat einen wilden Charakter.

Will schiebt eine Nadel in Cleos Vorderpfote, um ihr ein Anästhetikum zu verabreichen. Ich kann sehen, wie ihr Körper sich langsam entspannt, doch bevor sie bewusstlos wird, stößt sie ein letztes Miauen aus und gräbt die Zähne in Wills Daumen.

Ich gehe hinein, als Will aufkeucht und Izzy sich bei ihm entschuldigt.

»Ich habe Ihnen doch gesagt, dass sie eine Katze ist, bei der man aufpassen muss«, sagt sie.

»Sie hat mich auch mal erwischt«, bemerke ich, während Will, dem das Blut vom Daumen tropft, Cleos Nacken mit einem Lokalanästhetikum besprüht, um ihre Stimmbänder zu lösen, damit er ihr einen Tubus durch die Luftröhre legen und sie an die Beatmungsmaschine anschließen kann. »Ich behalte sie im Auge. Gehen Sie Ihre Hände waschen. Ist alles okay?«

Will spült sich das Blut unter dem Wasserhahn ab und tupft zaghaft mit einem Papierhandtuch an seinem Daumen herum.

»Es ist bloß eine Fleischwunde. Nichts passiert«, sagt er tapfer. »Okay, dann wollen wir mal die Wunde säubern.«

»Ihre oder die von Cleo?«, sagt Izzy leichthin, löst Cleo vom Beatmungsgerät und trägt sie in den OP-Saal, um sie dort wieder anzuschließen.

»Will, Sie sollten sich ein Antibiotikum besorgen.« Ich erinnere mich an die Schmerzen, die ich erdulden musste, nachdem ich Cleos Biss anfänglich ignoriert hatte. »Wir haben hier in der Stadt einen netten Mediziner – Emmas Ehemann, Ben.«

»Ich will abwarten, wie ich mich später damit fühle.«

Ich öffne den Mund, weil ich einwenden will, er müsse gehen, ändere aber meine Meinung. Offenbar verbringe ich zu viel Zeit mit George. Ich muss wirklich aufhören, mit Will zu reden, als wäre er ein Kind.

Wie sich herausstellt, ist es ganz praktisch, dass eine der OPs abgesagt wurde, denn nicht lange nachdem ich mit meinem letzten Termin fertig bin, erscheint Frances im Mitarbeiterraum.

»Maz, ich habe da einen jungen Mann am Empfang.«

»Glück für Sie, Frances«, ziehe ich sie auf. »Was will er denn?«

»Ich dachte, ich frage besser Sie als Will. Ich bin mir nicht sicher, ob er damit zurechtkommt.« Ich kann einen Streifen zwischen Frances' orangefarbener Grundierung und ihrer Perücke sehen, der aschblonden, die in unbewegliche Wellen gelegt ist. »Es geht um eine Ziege.«

»Eine Ziege? Sagen Sie ihm, er soll im Herrenhaus anrufen.«

»Er hat die Ziege dabei«, sagt Frances.

»Nun, er kann sie auf direktem Weg dorthin mitnehmen.«

»Das will er nicht«, sagt Frances. »Ich habe ihm erklärt, dass wir keine Ziegen behandeln, aber er weigert sich, irgendetwas mit den Talyton-Manor-Tierärzten zu tun haben zu wollen. Ihr Alex ist auf Hausbesuch unterwegs, und der alte Fox-Gifford ist in der Praxis, aber den will er nicht sehen, nachdem Fox-Gifford die letzte Ziege, die der Mann zu ihm brachte, verloren hat.«

»Verloren?«

»Sie ist abgehauen, Maz. Sie haben sie nie gefunden. Tatsächlich nehmen sie an, dass irgendjemand sie abgeschossen und aufgegessen hat, weil sie nämlich spurlos verschwunden ist.«

»Davon habe ich nichts gehört«, sage ich und runzle die Stirn. Alex und sein Vater sind inzwischen ziemlich gut darin, Dinge unter den Teppich zu kehren. »Aber was kann ich tun? Ich kenne mich mit Ziegen überhaupt nicht aus, und wenn ich je etwas über sie wusste, habe ich es vergessen.«

»Ich kann mir vorstellen, dass Sie mehr über sie wissen, als Sie glauben.«

»Das bedeutet aber nicht, dass ich mich einmischen und sie behandeln sollte«, kontere ich. »Vielleicht sollte Will sie sich ansehen – er ist scharf auf Exoten, und eine Ziege ist für uns ziemlich exotisch.« Ich beschließe, mit dem fraglichen jungen Mann zu sprechen, und gehe hinaus zum Empfang, wo er mit einer schwarz-weißen Zwergziege mit Halfter und Strick steht.

»Hallo, ich bin Maz. Wie kann ich Ihnen helfen, Mr.… äh?«

»Russ Jackson von der Oakmore-Farm. Das ist Ella.

Sie bekommt Zicklein. Die Fruchtblase ist vor einer halben Stunde geplatzt, aber es geht nicht voran.«

Russ sieht mich hoffnungsvoll an. Er ist Ende zwanzig und ungefähr eins neunzig groß. Er hat weißblondes Haar und leichten Flaum am Kinn. Seine Augen sind vom blassesten Blau, das man sich vorstellen kann, und die Pupillen dunkel und erweitert, als hätte er etwas eingeworfen. Er trägt Jeans, dazu ein Tweedjackett und eine Silberkette um den Hals. Die Ziege strengt sich an und hinterlässt ein paar Kügelchen auf dem Boden.

»Sie braucht einen Kaiserschnitt«, sagt er.

»Ich kann hier nichts weiter tun, als Erste Hilfe zu leisten, Russ, eine Notfallbehandlung, um ihre Schmerzen zu lindern, bis Sie Ella in eine Großtierpraxis geschafft haben. Das hier ist eine Kleintierpraxis. Wir sind auf Hunde und Katzen spezialisiert.«

»Ella ist eine kleine Ziege«, beharrt er, »und jetzt sind wir nun mal hier. Sie müssen sie behandeln.«

»Ich rufe im Herrenhaus für Sie an.« Ich gehe um den Tisch herum und nehme das Telefon. »Entschuldigen Sie mich bitte einen Augenblick.« Ich nehme das Telefon mit hinaus auf den Parkplatz und rufe Alex an. »Ich habe einen eurer Klienten auf der Schwelle.« Ich lasse die Nachricht von Stewart an ihn weitergeben, weil Alex gerade seinen Arm im Innern einer der Kühe auf der Barton-Farm hat. »Russ Jackson.«

»Oh, der komische Typ, dieser Singer-Songwriter … von welcher Band war der noch mal, Alex?«, sagt Stewart. »Irgendeine Indie-Band. Wir können uns nicht an den Namen erinnern, aber er hat eine Wagenladung Kohle gemacht und ist hergezogen, um Farmer zu spielen.« Stewart gluckst. »Er hat nicht den blassesten Schimmer.«

»Stewart, können wir das Geplauder bitte überspringen? Er hat eine Ziege dabei, die dringend einen Kaiserschnitt braucht. Sag Alex, er soll so schnell wie möglich ins Herrenhaus fahren, damit er sich um das Tier kümmern kann. Oder, wenn es zeitlich eng wird, kann er auch hierherkommen und im Otter House operieren.«

»Alex, deine Verlobte will dich sprechen«, höre ich Stewart sagen, dann ist seine Stimme weg.

Ich wähle noch einmal.

»Alex sagt, dass Sie es machen müssen«, meint Stewart. »Er sagt, Russ führt seine Ziege die meiste Zeit am Strick herum, sodass sie im Grunde genommen eher ein Haustier als ein Nutztier ist.«

Ich bin wütend darüber, dass sie die Situation nicht ernst nehmen.

»Dann sagen Sie meinem Verlobten, dass ich nicht glücklich darüber bin, so ins kalte Wasser geworfen zu werden, und wenn ich verklagt werde, sorge ich dafür, dass er darunter leidet.«

»Ich bin mir sicher, dass Sie das schaffen, Maz«, sagt Stewart lachend. »Ich lass es ihn wissen.«

»Noch eins. Er soll mir eine SMS schicken mit detaillierten Angaben, was er verwendet, um eine Ziege auszuknocken.«

»Mach ich. Viel Glück.«

Ich gehe wieder hinein. Obwohl ich besorgt bin, schlägt mein Herz schneller in Erwartung der neuen Herausforderung.

»Bitte«, sagt Russ. »Sie ist echt in Schwierigkeiten.« Die Ziege meckert klagend, als wollte sie sagen: Tu endlich was, und mein Entschluss ist gefasst. Wenn die Fruchtblase vor einer halben Stunde geplatzt ist, besteht die Gefahr, dass sie ihr Junges oder ihre Jungen bereits verloren hat. Und auch sie selbst ist in Gefahr.

»Ich sage Ihnen, dass ich nie zuvor einen Kaiserschnitt bei einer Ziege gemacht habe; diese Entscheidung liegt also allein bei Ihnen und geschieht auf Ihr Risiko hin.« Ich nenne ihm eine ungefähre Schätzung der Kosten.

»Ich will keine aberwitzigen Kleintierpreise bezahlen«, erwidert er, doch ich lasse mich nicht erweichen. »Es ist schon merkwürdig, dass Sie so viel teurer sind als die Praxis oben im Herrenhaus. Meiner Meinung nach ist das Wucher.«

»Talyton Manor hat keine hohen Overhead-Kosten«, führe ich aus, »und keine Angestellten.«

Nachdem ich Russ aufgefordert habe, die Einwilligungserklärung auszufüllen, und ihn ohne die Ziege nach Hause geschickt habe, rufe ich Izzy nach vorn und bitte sie, alles für einen Ziegenkaiserschnitt vorzubereiten, woraufhin sie sagt: »Brauchen Sie dafür irgendetwas Spezielles?«

»Das Hundesterilisationsbesteck? Ein paar zusätzliche Arterienzangen? Wundspreizer?«

»Ich stelle ein paar Bestecke zusammen«, sagt sie lächelnd. »Eine Ziege. Wie aufregend.« Sie hält die Tür für mich auf, als ich Ella, die ich inzwischen gewogen habe, zur Station nach hinten bringe. »Als Frances sagte, am Empfang stehe eine Ziege, dachte ich, jemand hätte bloß was zu meckern. Kapiert, Maz?«

»Ha-ha. Sehr witzig, Izzy. Sie sollten eine neue Karriere als Stand-up-Comedienne verfolgen. Sie könnten einen Abend Unterhaltung im Talyton Inn bestreiten.« Ich blicke auf mein Handy und ziehe eine Dosis Betäubungsmittel nach Alex' gesimsten Anweisungen auf: Betäubung, Epiduralanästhesie und ein Mittel zur lokalen Nervenblockade, um über die linke Flanke arbeiten zu können. »Wo ist Will? Vielleicht könnte er uns helfen.«

»Er ist oben in der Wohnung. Ich summe ihn an«, sagt

Izzy. »Meinen Sie, wir brauchen noch mehr Unterstützung?«

»Shannon macht eine späte Mittagspause – sie ist nach Hause gegangen, um mit Sieben zu spielen. Emma hat den Nachmittag frei. Ich glaube nicht, dass sie unbedingt dabei sein will, aber für Shannon wäre es eine gute Erfahrung.«

»Dann bitte ich Frances, sie anzurufen.«

Innerhalb von zehn Minuten liegt die Ziege auf dem OP-Tisch und ist von Tierärzten und Helferinnen umringt. Frances drückt sich an der Tür herum. Will und ich versichern einander, dass es im Prinzip dieselbe Vorgehensweise wie bei einem Hund oder einer Katze ist, doch Izzy macht sich Sorgen wegen der Keimfreiheit, deshalb hüllen wir Ellas Hufe in OP-Hauben.

»Ich weiß nicht, weshalb Sie so einen Wirbel machen«, sagt Will. »Die Ziege ist sauberer als einige der Hunde, wenn sie nass und voller Matsch nach einem Spaziergang hier hereinkommen.«

Will und ich operieren gemeinsam, während Izzy mit Shannons Unterstützung die Vitalfunktionen der Ziege überwacht.

»Sie wissen ja, dass ich nach Hause gegangen bin, um die Hunde rauszulassen«, fängt Shannon an. »Also, bei der Gelegenheit habe ich meine Prüfungsergebnisse aus dem Briefkasten gezogen.«

»Und?« Ich hebe den Blick von der Ziege. »Machen Sie es nicht so spannend! Ich glaube nicht, dass ich noch viel mehr aushalte.«

»Ich habe bestanden«, sagt sie und quietscht vor Begeisterung. »Ich kann es nicht glauben.«

»Ich schon«, sage ich. »Ich hatte großes Vertrauen in Sie gesetzt.«

»Nur noch ein Jahr, bis ich qualifizierte Tierpflegerin bin«, sagt sie, als Frances, Will und Izzy mit mir einstimmen und Shannon unsere Glückwünsche aussprechen.

Es dauert nicht lange, bis Shannon ein einzelnes schwarz-weißes Zicklein abreibt, das einfach zu groß war, als dass es auf natürlichem Weg hätte geboren werden können. Es ist sehr süß.

»Es ist ein Mädchen«, sagt Shannon. »Das ist toll. Ich kann es kaum erwarten, den anderen in der Arzthelferschule davon zu erzählen.« Sie hält inne, als das Zicklein ein Meckern ausstößt. »Soll ich den großen Zwinger für die beiden fertig machen?«

»Wir könnten ein Gehege auf dem hinteren Rasen aufstellen«, schlägt Izzy vor.

»Ich glaube nicht…«

»Sie haben wahrscheinlich recht, Maz«, sagt sie. »Irgendwann würden wir über den Gestank meckern.«

»Und ich meckere bald über Ihre Witze.« Ich gluckse laut hinter meiner OP-Maske. »Jetzt reicht es mit den Ziegenwitzen.«

»Okay. Ich halte mich raus.«

Ich wende mich an Will. »Sollen wir nähen oder klammern?«

»Es hat keinen Zweck, Will zu fragen«, seufzt Izzy. »Bis er sich entschieden hat, liegt dieses Zicklein bei jemandem auf dem Teller.«

»Ich nähe«, sagt Will rasch. »Wenn Sie einverstanden sind, Maz. Ich könnte die Übung gebrauchen.«

»Na dann los. Ich rufe Russ an.«

Russ kehrt kurz darauf mit einem Strohballen und einem Nest aus alten Handtüchern im Kofferraum seines Geländewagens zurück. Die Ziege und ihr Zicklein fahren nach Hause, und Shannon bekommt ein Autogramm von Russ auf dem Praxisbriefpapier. Es ist ein gutes Ende, aber ich möchte so etwas trotzdem nicht zur Gewohnheit werden lassen.

»Bei einer Kuh hört der Spaß auf«, sage ich später zu Alex. »Und ich will auch keine Wiederholung dessen, was heute passiert ist.«

»Ich habe gehört, du bist bestens mit der Ziege zurechtgekommen – wie ich es erwartet habe.« Er lächelt.

»Alex, das hier ist ernst. Du hast mich in eine unangenehme Situation gebracht. Ich fühle mich nicht wohl dabei, Farmtiere zu behandeln. Russ ist dein Klient. Versprich mir, dass so etwas nicht wieder vorkommt.«

»Das kann ich wirklich nicht versprechen! Was soll ich denn deiner Meinung nach tun, um Klienten wie ihn im Griff zu behalten?« Er legt die Zeitschrift beiseite, in die er sich vertieft hat, um – wie ich vermute – nicht beim Aufräumen helfen zu müssen. Er ist nicht sehr weit gekommen. Sie ist auf Seite zwei aufgeschlagen. »Deine sind auch nicht besser. Neulich hat Vater die Leute mit diesen beiden Berner Sennenhunden beraten, die manchmal im Park zu sehen sind.«

»Wieso? Das sind unsere.«

»Weil sie wie aus heiterem Himmel einfach aufgetaucht sind und außerdem unsere Klienten waren, bevor sie zu euch gewechselt haben, wie du dich vielleicht erinnerst. Vater meinte, er hätte es vollkommen vergessen. Wir hatten ihre Daten noch im Computer.«

»Warum überrascht mich das nicht? Du weißt, dass ihr nicht einfach unsere Klienten aufnehmen könnt, ohne uns vorher zu kontaktieren. Wir haben das doch alles schon mal durchgemacht.«

»Und du weißt, dass ich keinen Einfluss auf meinen Vater habe«, erwidert Alex belustigt. Er streckt die Arme nach mir aus. »Tut mir leid, Maz.«

Ich setze mich zu ihm aufs Sofa.

»Rate mal, was ich heute sonst noch gemacht habe«, sage ich etwas fröhlicher.

»Keine Ahnung. Überrasch mich.«

»Ich habe die Hochzeitseinladungen bei Penny abgeholt.« Wie bereits erwähnt, ist Sallys Besitzerin Künstlerin, und ich habe sie beauftragt, eine Skizze der Kirche anzufertigen. Ihr Mann Declan hat sie gedruckt. »Möchtest du nicht einen Blick drauf werfen? Sie sehen toll aus.«

»Ich schau sie mir später an«, sagt Alex.

»Ich dachte, wir könnten die Einladungen zusammen schreiben«, sage ich, ein wenig enttäuscht darüber, dass er meine Begeisterung nicht teilt.

»Nicht heute Abend. Ich bin fix und fertig.«

»Alex, ich mache mir Sorgen um dich …«

»Um mich? Ich kann gut auf mich aufpassen.«

»Das weiß ich. Vielleicht ist es ja das Alter …«

»Maz, so alt bin ich nun auch wieder nicht«, unterbricht er mich.

»Du bist immer so müde.«

»Niemals zu müde«, raunt er mit heiserer Stimme in mein Ohr.

»Alex, bitte hör mir ausnahmsweise mal zu – ohne es abzutun oder Witze darüber zu reißen. Das war nicht das erste Mal, dass jemand sich geweigert hat, einen Patienten zu deinem Vater zu bringen, was die Vermutung nahelegt, dass ihr tatsächlich ein Problem habt. Mir ist ziemlich klar, dass du die zusätzliche Arbeit für ihn auffängst, ohne die Konsequenzen zu bedenken.«

»Maz, du machst aus einer Mücke einen Elefanten.« Alex küsst mein Haar.

»Hör auf, mich ablenken zu wollen.« Halb lachend und halb verärgert stoße ich ihn weg. »Das hier ist wichtig. Du musst dir Hilfe holen. Beschaff dir einen Vertretungsarzt oder stelle einen Assistenten ein.«

»Ich bin immer schon müde gewesen. Erinnerst du dich nicht, wie ich mit einem Abendessen von Mr. Rock's zum Apartment im Otter House gekommen und dann auf dem Sofa eingeschlafen bin, wie es mir jetzt auch manchmal passiert? Maz, das heißt nicht, dass ich dich nicht… liebe.« Er lässt seine Hand auf meinen Oberschenkel gleiten, aber ich lasse mich nicht ablenken. Ich will diese Situation ein für alle Mal klären, damit ich mich auf die restlichen Vorbereitungen für die Hochzeit konzentrieren kann.

»Wenn du einen zweiten Vollzeittierarzt in der Praxis hättest, könntest du dir immer mal wieder ein paar Tage freinehmen und hättest auch nicht praktisch jede Nacht Bereitschaft. Ich könnte dich sehen, wenn du wach bist und nicht im Halbschlaf, und George… George würde auch was von seinem Dad haben.«

»George hat etwas von mir.« Alex' Stimme wird plötzlich hart. »Dafür sorge ich. Und das weißt du.«

»Und was ist mit den anderen?«

»Du meinst Seb und Lucie. Warum nennst du sie ›die anderen‹, als wären sie Aliens? Du hast doch gesagt, du wärst damit einverstanden, dass sie hier sind.«

»Sie sind mir willkommen.« Ich wollte nicht so klingen, als würde ich sie nicht mögen. »Womit ich jedoch nicht einverstanden bin, ist, dass du dich bereiterklärst, sie an deinen freien Wochenenden hierzuhaben, wenn dann doch alles an mir hängen bleibt, weil du für deinen Vater einspringst.«

»Das ist nun mal so«, seufzt Alex.

»Es ist harte Arbeit, sich um die Kinder anderer Leute zu kümmern, vor allem um Seb. Er ist ein Albtraum.«

»Er ist ein Junge«, sagt Alex. »George wird einmal genauso.«

Das hoffe ich nicht.

»Du kannst sie immer an Mutter weitergeben«, fährt Alex fort. »Sie liebt es, ihre Enkel um sich zu haben.«

»Es erscheint mir nicht fair, sie ständig zu belästigen. Alex, deine Eltern werden alt. Sie sollten inzwischen ihre Rente genießen.«

»Sie sind glücklich. Es gefällt ihnen, wenn sie etwas zu tun haben.«

»Tja, du wirst noch wie dein Vater enden. Du wirst auch nie in Rente gehen. Wenn du so weitermachst, stirbst du mit fünfundsechzig an irgendeiner stressbedingten Krankheit.«

»Es ist toll, dass du immer alles so positiv siehst, Maz«, sagt Alex voller Sarkasmus. Er rutscht von mir ab, schnappt sich seine Zeitschrift und starrt wieder auf dieselbe Seite.

Meine Brust fühlt sich hohl an, mein Herz schlägt in einer Ödnis. Eine tiefe Kluft des Missverständnisses und der Verschiedenheit hat sich zwischen uns aufgetan. Als wir uns kennenlernten, dachte ich, das ist es. Alex ist der Richtige. Mein Seelenpartner. Aber jetzt scheint das gar nicht mehr so zu sein. Ich dachte, ich könnte über alles mit ihm reden.

Vor Zorn erhitzt und innerlich bebend, beiße ich mir auf die Lippe. Männer! Ich habe im Moment eine bessere Beziehung zu Ginge als zu Alex. Ich nehme an, ich bin schon immer mit Tieren besser zurechtgekommen als mit der männlichen Spezies. Tiere hören zu, spüren instinktiv, wie es einem geht, und geben keine Widerworte.

Ich sehe Alex an. Ich möchte ihm nahe sein. Es ist mir egal, ob er meine Meinung teilt oder nicht, aber ich möchte, dass er sie respektiert. Ich möchte glücklich und zufrieden mit ihm sein, nicht auf Zehenspitzen um ihn herumschleichen und mich fragen müssen, welche Laune er wohl hat, wenn und falls er am Abend nach Hause kommt. Ich erwarte doch nicht zu viel, oder?

Am nächsten Tag treffe ich mich mit Emma bei Kaffee und Sahneschnittchen im Mitarbeiterraum.

»Ich habe alles über die Ziege gehört.« Emma setzt sich aufs Sofa und legt die Hand auf ihren Bauch, der bereits erstaunliche Ausmaße angenommen hat, wenn man bedenkt, dass sie erst in der siebzehnten oder achtzehnten Woche ist, selbst wenn sie Zwillinge bekommt. »Das war sehr tapfer von dir. Ich erinnere mich, dass du das letzte Mal im Sezierraum der Uni einer Ziege näher gekommen bist.«

»Um ehrlich zu sein, war das letzte Mal, als ich an Ostern mit George einen Ausflug mit der Krabbelgruppe zum Streichelzoo in Talysands gemacht habe«, erzähle ich. »Er wollte ein Zicklein streicheln, aber es hat ihn umgestoßen und so zum Weinen gebracht.«

»Kein vielversprechender Start für einen angehenden Tierarzt, der einmal die Familienpraxis übernehmen soll.« Emma grinst.

»Alex war nicht gerade beeindruckt, als ich es ihm erzählte.«

Emma trägt eine cremefarbene Bauchbinde mit einer marinefarbenen Baumwollbluse darüber. Das Haar fällt ihr offen auf die Schultern. »Angeblich liegt ein Stück

Ziegenkäse für dich im Kühlschrank. Frances sagte, Russ Jackson habe ihn heute früh vorbeigebracht.«

»Das ist nett von ihm. Ich glaube, er hat kapiert, dass ich nicht gerade glücklich darüber war, eine Ziege operieren zu müssen.«

»Hast du mit Alex darüber gesprochen?«

»Habe ich, aber du weißt ja, wie er manchmal sein kann. Er hat es nicht ernst genommen.« Bei der Erinnerung an unser Gespräch wird mir schwer ums Herz. »Ich habe mit ihm darüber geredet, ob er nicht einen zweiten Tierarzt einstellen will, denn im Grunde arbeitet er in Talyton Manor allein.«

»Und?« Emma beißt in eine Sahneschnitte.

»Er will es nicht wahrhaben, genau wie sein Vater.«

»Spätestens zu Weihnachten muss er entweder einen Stellvertreter oder einen Assistenten haben«, sagt Emma fassungslos. »Er hat eine Hochzeit, zu der er gehen muss – und Flitterwochen.«

»Da sagst du mir nichts Neues. Manchmal frage ich mich, ob Alex nicht hofft, die ganze Hochzeit würde sich einfach so in Luft auflösen.«

»Bestimmt nicht. Das musst du falsch verstanden haben, Maz. Er betet dich an«, versucht Emma mich zu beschwichtigen. »Er hat unmöglich seine Meinung geändert. Und wenn, dann bekäme er es mit mir zu tun.«

»Genug von mir, Em. Wie geht es dir?«

»Ich habe neulich zum ersten Mal gespürt, wie die Babys sich bewegt haben«, sagt sie glücklich. »Richtig, meine ich. Ich war mir vorher nicht sicher, da hätten es auch Blähungen sein können. Aber neulich … das waren ganz sicher die beiden. Es hat sich angefühlt wie Schmetterlinge.«

Ich erinnere mich daran, wie George mir wie ein

Fußballer unter die Rippen getreten hat, als er größer wurde.

»Es geht jetzt alles so schnell«, fährt Emma fort. »In drei Wochen habe ich schon wieder einen Ultraschall. Obwohl… sie haben gesagt, ich könnte jederzeit um einen bitten, wenn ich mir Sorgen mache.«

»Zwangsläufig machst du dir Sorgen.«

»Ich komme mir vor wie eine medizinische Fallstudie, so wie die Ärztin, die Hebamme und Ben mich behandeln. Möchtest du gerne meinen Blutdruck messen, Maz? Ben hat ihn nämlich seit dem Frühstück nicht mehr überprüft.« Emma wird ironisch. »Ich kann dir auch ohne irgendwelche Hilfsmittel sagen, dass er im Moment ziemlich hoch ist. Ich bin nicht krank. Ich bin schwanger.«

Ich lache. »Möchtest du gern eine Tasse Tee?«

»Nein, danke. Ich bin hier, um zu arbeiten, nicht, um die Füße hochzulegen. Ehrlich, Maz.«

»Musst du deine Stunden schon reduzieren?«

Sie lächelt schief und hat Sahne auf der Oberlippe. »Es würde mir nichts ausmachen, einen zweiten Nachmittag pro Woche freizuhaben – aber nur, wenn Will und du damit zurechtkommen. Ich will dir keinen Druck machen, Maz. Es ist wichtig, dass du genug Zeit für George hast.«

»Es gibt Gelegenheiten, da denke ich mir, ich habe zu viel Zeit mit ihm«, sage ich und erwidere ihr Lächeln. »Sein Lieblingswort ist noch immer Nein, und er ist zu spektakulären Wutanfällen imstande.«

»Will kommt zurecht, oder? Er könnte einen zweiten Nachmittag pro Woche im Alleinflug regeln, solange wir dafür sorgen, dass Izzy mit ihm Dienst hat.«

»Das hoffe ich. Er wird mehr arbeiten müssen, ohne

dass eine von uns ihm Händchen hält, wenn du in Mutterschutz gehst.«

»Er ist nicht gerade praktisch veranlagt, stimmt's?« Emma seufzt.

»Er hat Augenblicke, in denen er glänzt, aber viele sind es nicht. Das mit der Ziege hat er jedoch gut gemacht.«

»Was können wir tun? Wir können ihn nicht feuern.«

Wir schauen uns an und sagen wie aus einem Mund: »Oder?«, als Izzy in den Personalraum kommt, die Hände in die Hüften gestützt.

»Es tut mir leid, wenn ich Sie in der Pause stören muss, aber ich habe Will gesagt, dass er so nicht weitermachen kann. Eine von Ihnen wird für ihn übernehmen müssen.«

»Was ist los?«, fragt Emma.

»Er hat sich kein Antibiotikum wegen des Katzenbisses geben lassen, und jetzt ist sein Daumen doppelt so dick, wie er eigentlich sein sollte. In den letzten eineinhalb Stunden hat er gerade mal ein paar Hautbiopsien geschafft. Er fummelt herum und lässt überall im OP-Saal die Instrumente fallen. Er hat nicht nur zwei linke Daumen – jetzt kriegt er gar nichts mehr hin.«

»Ich übernehme«, biete ich an und erhebe mich von dem Sofa, woraufhin Tripod auf das Kissen springt, das ich gerade freigegeben habe, sich hinsetzt und mich anblinzelt, als wollte er sagen: Wie kannst du es wagen, meinen Platz zu besetzen? Wenigstens habe ich ein wenig Mitleid mit Will, da ich schon mal in derselben Situation war. »Was ist noch zu tun?«

»Ein paar besonders stinkende Zahnbehandlungen.« Izzy lächelt.

»Bist du dir sicher, dass ich die nicht übernehmen soll«, fragt Emma.

»Wenn du im Behandlungszimmer übernimmst, schicke ich Will zum Arzt. Wer ist der Nächste?«

»Einer der Labradoodles.«

»Brauchst du Hilfe?« Ich denke: schwangere Tierärztin, großer Hund, manuelle Handhabung…

»Shannon kann mir helfen.«

»Sie ist auch nicht gerade die geborene Gewichtheberin.«

»Maz, reg dich ab. Ich komme zurecht.«

»Wenn du dir sicher bist.« Ich überlasse Emma ihrem Schicksal und gehe nach hinten auf die Station, wo Will seinen Daumen unter den kalten Wasserhahn hält. »Sie müssen wirklich zu Ben.«

»Maz, ich habe zu tun.« Er verzieht vor Schmerz das Gesicht.

»Ich will Sie nicht verlieren, weil Sie ihren Daumen verloren haben. Los! Gehen Sie zum Arzt.«

»Ich habe keinen Termin«, stammelt er.

»Den brauchen Sie auch nicht. Gehen Sie einfach hin.« Ich betrachte ihn stirnrunzelnd und werde mir der Mischung aus Aftershave und Schweiß bewusst. »Sagen Sie, dass Emma sie schickt.«

»Danke«, sagt er schließlich. »Ich komme mir wie ein Idiot vor. Ich dachte, ich könnte trotzdem arbeiten.«

»Will, denken Sie immer daran, dass Sie sich auch um sich selbst kümmern müssen, nicht nur um die Patienten.«

Nach dem Mittagessen übernehme ich Wills Nachmittagstermine. Sie sind ziemlich harmlos. Als Erstes kommt Fritzi, der Nymphensittich, der angefangen hat, sich die Federn auszuzupfen und jetzt ziemlich erbärmlich aussieht. Ich fange ihn ein, um ihn auf Parasiten hin zu untersuchen und seinen allgemeinen Gesundheitszustand festzustellen, wobei ich darauf achte, dass die Lichter und der Ventilator ausgeschaltet sind. Es ist leicht, ihn einzufangen, und ich packe seinen Kopf behutsam, aber zugleich fest, sodass er sich nicht umdrehen und nach mir picken kann.

»Der andere Tierarzt hat kein besonderes Händchen für Vögel«, sagt Peter, Fritzis Besitzer. »Das war nicht zu übersehen.«

Ich lächle vor mich hin und gebe dann mein Urteil ab, nachdem ich Fritzi wieder in den Käfig gesetzt und eine seiner Federn unterm Mikroskop angesehen habe.

»Fritzi ist gestresst. Deshalb zupft er sich die Federn aus.«

»Wie kann er gestresst sein?« Peter lacht. »Er lebt in Saus und Braus.«

»Er könnte einsam sein«, schlage ich vor.

»Ich lasse den ganzen Tag den Fernseher für ihn laufen.«

»Ich nehme an, dann machen ihn die ständigen Wiederholungen verrückt«, witzele ich.

»Vielleicht sollte ich mal einen anderen Sender einstellen. Ich könnte ein paar Tierdokus für ihn finden.«

»Das macht nicht den geringsten Unterschied. Fritzis Vorstellung von einem glücklichen, stressfreien und erfüllten Leben deckt sich nicht mit unserer. Idealerweise braucht er Futter, Wasser, Wärme und die Gesellschaft eines Artgenossen.«

»Ich kann keinen zweiten Vogel anschaffen«, sagt Peter. »Er würde eifersüchtig werden.«

Ehe er geht, spreche ich mit ihm darüber, wie er Fritzis Futter und Umgebung verbessern kann, doch ich bin mir nicht sicher, ob er die vorgeschlagenen Verbesserungen durchführen wird. Wie so viele unserer Klienten weiß Peter ohnehin alles besser. Er wird tun, was er für richtig hält, ein paar Tipps, die er im Internet über Papageien gefunden hat, leicht abwandeln und sich dann darüber beschweren, dass es dem Vogel nicht besser geht. Wir werden sehen.

»Maz, Cheryl ist hier«, sagt Izzy. Sie vertritt Frances in deren Pause. Es würde mich ganz und gar nicht überraschen, wenn sie mit Lenny telefonierte.

Das Herz wird mir schwer. »Was kann sie jetzt schon wieder wollen? Können Sie sie nicht heimschicken?«

»Das würde ich ja gerne, aber sie scheint ausnahmsweise mal zerknirscht zu sein. Sie sagt, sie kann später wiederkommen, wenn es gerade nicht passt.«

»Nein, bringen wir es hinter uns.« Ich seufze. »Sind Sie wieder als Zeugin dabei, Izzy?«

»Kein Problem. Kommen Sie durch«, ruft sie. »Maz kann Sie jetzt drannehmen.«

Cheryl tritt ein. Sie sieht blass und nervös aus, eher wie eine Katze in der Falle als wie eine auf der Jagd.

»Hallo«, sage ich, als sie dasteht und an der Katze an ihrem Schlüsselring herumfummelt. Ihre Fingernägel sind im Tatzenmuster lackiert.

»Ich wollte fragen, wie es Cassie geht – Edies Katze.«

»Das kann ich nicht sagen. Es ist vertraulich.«

»Oh? Ich habe nämlich versucht, sie zu kontaktieren, aber sie will nicht darüber sprechen.« Cheryl schüttelt den Kopf. »Ich weiß, dass ich sie schlecht behandelt habe, aber ich mache mir immer noch Gedanken um die Katze. Ich mache mir Gedanken um alle meine Babys. Ich weine jedes Mal, wenn ich eins in die große weite Welt hinauslassen muss.«

»Zu schade nur, dass Sie sich nicht ausreichend Gedanken über sie gemacht haben, um ihre Eltern testen zu lassen, bevor Sie sie zur Zucht eingesetzt haben.« Ich bin nicht in der Stimmung, versöhnlich zu sein, selbst wenn Cheryl es ist. Ich traue ihren Motiven nicht.

»Ich habe angeboten, den Kaufpreis und die Hälfte der Tierarztkosten zu erstatten, aber Edie hat sich noch nicht wieder bei mir gemeldet.« Cheryl schürzt die Lippen, ehe sie fortfährt: »Ich bin hier, um mich bei Ihnen zu entschuldigen, Maz. Es tut mir sehr leid, dass ich Sie falsch eingeschätzt habe.«

Ich blicke zu Izzy hinüber, die die Augen verdreht. Sie ist genauso wenig überzeugt davon wie ich, dass Cheryl sich geändert hat.

»Ich bitte Sie darum, mir dabei zu helfen, meine Zucht von dieser gefährlichen genetischen Störung zu befreien, damit ich noch einmal von vorne anfangen kann.«

Ich fasse mir an den Hals. Ich weiß nicht … Es kommt mir vor, als begäbe ich mich in die Höhle des Löwen.

»Darauf bin ich nicht vorbereitet. Das müssen Sie mit Ihrem aktuellen Tierarzt in Angriff nehmen.«

»Das kann ich nicht. Ich habe die Praxis verlassen, weil sie da überhaupt nichts von Katzen verstehen, und schon gar nicht von Persern.« Sie zieht einen Umschlag aus ihrer Tasche und überreicht mir einen Brief. »Hier sind die Notizen meines letzten Tierarztes. Wie Sie sehen können, habe ich meine Rechnungen bezahlt.«

Ich lese widerwillig. Es gibt keine Aussage, dass Cheryl eine schreckliche Klientin war, aber wenn man zwischen den Zeilen liest, wird einem klar, dass sie so war wie immer, sich darüber beschwert hat, dass sie fünfunddreißig Meilen zu ihrem Notdienst fahren musste, und sich weigerte, eins ihrer Kätzchen auf Bandwürmer hin testen zu lassen, da sie keine Bandwürmer in ihrer Zucht hat, hatte oder je haben wird. An dieser Stelle hat derjenige, der den Arztbrief getippt hat, ein grimmig dreinblickendes Emoticon eingefügt.

Ich sehe Cheryl wieder an. Ich will ein friedliches Leben. Ich will sie nicht als Patientin im Otter House zurückhaben. Ich kann ihr nicht verzeihen, dass sie Poster von ihrem Kater Blueboy überall in Talyton aufgehängt hat, nachdem ich ihm dieses unvorteilhafte Trimming verpasst hatte. Offen gestanden mag ich sie nicht – und ich vertraue ihr nicht.

»Ich verspreche, dass ich keinen Ärger mehr machen werde, Maz. Ich weiß, dass ich nervig sein kann und schwierig, aber ich liebe meine Babys, und ich möchte, dass sie die bestmögliche Versorgung erhalten.«

»Sie waren Clive und Edie nicht gerade eine Hilfe. Die beiden sind sehr verstört. Nicht nur, dass ihre geliebte Katze an einer vermeidbaren genetischen Erkrankung stirbt, Sie haben auch noch behauptet, nichts damit zu tun zu haben.«

»Ich hatte Angst. Jetzt, da die Sache rausgekommen ist, bin ich die Persona non grata in der Welt der Katzenausstellungen. Alle sind ziemlich …« Cheryl hält inne. »… gehässig. Es soll ja ein Hobby sein, und mir gefällt das Soziale daran und die Aufregung des Wettbewerbs, aber nach dem, was ich gerade durchgemacht habe, weiß ich, wer meine wahren Freunde sind.«

Ich bin mir dessen bewusst, wie Izzys Körper sich versteift. Ziemlich sicher beißt sie sich gerade auf die Zunge. Ich kann mir vorstellen, was sie am liebsten entgegnen würde: Ich kann nicht glauben, dass diese Frau irgendwelche Freunde hat.

»Bitte, kann ich zu Ihnen zurück? Ich will das Beste

für meine Katzen. Ich will nicht als irgendein Monster gelten, das kranke Kätzchen verkauft.«

Ich bin mir nicht sicher, was ich tun soll. Wenn ich sie nicht aufnehme, wird sie dann mit denselben Zuchtlinien weiterzüchten?

»Ich kann Sie im Augenblick nicht aufnehmen. Ich werde mich mit meiner Partnerin und den Mitarbeitern vom Otter House zusammensetzen und es mit ihnen bereden, ob wir zu irgendeinem Arrangement kommen können. Ich verspreche jedoch nichts.«

»Kann ich morgen vorbeikommen, um zu erfahren, wie Sie sich entschieden haben?«

»Ich rufe Sie an«, sage ich bestimmt. Ich werde mich nicht manipulieren oder zwingen lassen.

»Warum haben Sie das getan?«, fragt Izzy, nachdem Cheryl gegangen ist.

»Was sonst hätte ich tun sollen? Ich musste ja irgendeinen Weg finden, sie loszuwerden.«

»Wahrscheinlich. Wir müssen ein Praxistreffen einberufen. Wir hatten schon lange keins mehr.« Izzys Stimmung verbessert sich. »Können wir Sandwiches bestellen?«

»Das ist immer prima als Wiedergutmachung für eine entgangene Mittagspause«, sage ich. »Machen Sie eine Liste, was jeder mag.«

»Ich dachte, für Listen wären Sie jetzt zuständig«, sagt Izzy amüsiert. »Wie kommen Sie mit den Hochzeitsvorbereitungen voran?«

»Peu à peu. Ich würde jetzt wirklich gern die Einladungen versenden, und ich möchte, dass Alex mir dabei hilft, aber er hat ständig zu viel zu tun. Zumindest behauptet er das.«

»Ach, Chris war auch zu nichts nütze. Er hat nicht

einmal eingesehen, dass wir Einladungen brauchten, wenn doch ohnehin alle wussten, wann die Hochzeit stattfinden würde. Er dachte, wir könnten es per SMS erledigen, bis ich ihn daran erinnerte, dass einige der alten Jungfern nicht einmal ein Handy haben. Am lustigsten war jedoch, dass die meisten eins hatten, wie sich dann bei der Hochzeit herausstellte.«

»Wie viele alte Jungfern gibt es denn in Ihren Familien?«

»Neun«, sagt Izzy. »Ich bin grade noch mal davongekommen.«

Nach Cheryl habe ich noch einen Termin, die Familie Cave, bestehend aus Mutter, Vater, zwei Teenagern und einem späten Nesthäkchen. Sie sind Touristen auf der Rückreise von einem Campingurlaub in Cornwall. Sie tragen Wanderstiefel, Bermudas und T-Shirts.

Sie bringen ihren Hund zu mir, einen riesigen Mastiff mit braunem Fell, faltiger Stirn und hängenden Lefzen. Er legt den Kopf schief.

»Das ist Monty«, sagt Mr. Cave. »Er hat irgendwas im Ohr. Ich habe mit einer Taschenlampe hineingesehen, so weit es ging, konnte aber nicht viel erkennen.«

»Das liegt daran, dass er kein Gehirn hat«, sagt Mrs. Cave, und ich frage mich, ob sie das auf ihren Mann oder den Hund bezieht.

»Lässt er sich am Ohr anfassen?«, frage ich.

»Er ist nicht gerade scharf drauf«, sagt Mrs. Cave.

Ich beschließe, ihm sicherheitshalber einen Maulkorb umzulegen, den größten, den wir haben. Ich verschließe ihn hinter Montys Kopf, und danach sind meine Hände voller Hundesabber. Dann nehme ich das Otoskop und eine extralange Zange. Ich blicke mit dem Licht in sein Ohr, während Mr. Cave auf dem Boden kniet und den

Hund festhält. Sobald ich Montys Ohr berühre, schüttelt er den Kopf. Es ist ihm offensichtlich sehr unangenehm.

»Wie lange geht das schon so?«, frage ich.

»Seit Anfang der Woche«, sagt Mrs. Cave. »Wir haben hier angehalten, weil wir nicht wollten, dass er warten muss, bis wir zu Hause zu unserem Tierarzt kommen. Wir haben ihn angerufen, haben aber erst für nächsten Dienstag einen Termin bekommen, während Sie ihn gleich eingeschoben haben.«

Jetzt kann ich es deutlich sehen. Der Hund hält still. Ein Grassamen steckt in seinem Gehörgang in der Nähe des Trommelfells.

»Halten Sie ihn fest.« Ich packe das Ende mit der Zange und ziehe ihn langsam heraus.

»War das alles?« Mr. Cave klingt enttäuscht, während ich überprüfe, dass der Grassamen das Trommelfell nicht verletzt hat. Glücklicherweise ist es unversehrt, sodass ich sie mit Ohrentropfen gegen die Entzündung nach Hause schicken kann.

»Danke«, sagt Mrs. Cave. »Wir werden uns jetzt einen Tee genehmigen. Wir lieben Talyton St. George. Es ist so ein verschlafener kleiner Ort.«

Verschlafen? Ich lächle vor mich hin. Wenn die wüssten …

Ich mache mich fertig für den Heimweg und nehme mir vor, meinen Verlobungsring aus dem Safe zu holen, wo ich ihn heute Morgen sicherheitshalber hineingelegt habe, nachdem ich meine Kette verloren habe. Auf dem Heimweg bemerke ich den blassen Streifen ungebräunter Haut an meinem Ringfinger, und mir wird klar, dass ich vergessen habe, den Ring aus dem Safe zu holen.

13

Ein Pferd im Haus

Es ist das erste Septemberwochenende, ich habe keinen Bereitschaftsdienst, und die Kinder – George, Lucie und Seb – sind für ein paar Stunden bei Sophia und dem alten Fox-Gifford. Ich gestehe, dass ich den Frieden und die Stille liebe. Ich schlendere die Treppe in der Scheune hinunter, die Haare noch feucht vom Duschen. Auf halbem Weg hinunter zögere ich, denn ich spüre die Anwesenheit eines anderen im Haus. Ginge? Er liegt ausgestreckt im Sonnenschein, der durch die hohen Fenster auf der Rückseite hereinströmt. Ich halte inne, beobachte einen Augenblick lang seinen Brustkorb und frage mich, ob er noch bei uns ist.

»Nein! Steh!« Lucies Stimme lässt mich und die Katze zusammenzucken. Ginge beschließt offenbar, dass es nichts gibt, worüber er sich sorgen müsste, und senkt wieder den Kopf. Erleichtert setze ich meinen Weg nach unten fort, um nachzusehen, was es mit diesem merkwürdigen schlurfenden Geräusch und dem Klirren des Bestecks auf sich hat.

»Lucie?« Jetzt wird mir alles klar. Lucie ist im Küchenbereich – mit dem Fohlen, das gerade versucht, ihr den Apfel zu klauen, den sie auf der Arbeitsplatte in Stücke schneidet. »Lucie, was tust du da?«

Sie schaut auf. »Alles okay, Maz«, sagt sie unschuldig.

»Shezza darf ein kleines Stück Apfel essen. Daddy will sie bald absetzen.«

»Der Apfel ist mir egal. Ich meine, was hat Shezza hier drin zu suchen?« Wie ich vermutet hatte, hasst Sophia den Kosenamen, doch trotz ihrer Versuche, uns davon abzubringen, bleibt es dabei.

»Sie wollte hereinkommen und sich hier mal umsehen.« Lucie und das Fohlen starren mich unerschrocken an. Komplizen. »Es ist wichtig, ihr die Scheuheit zu nehmen, solange sie jung ist, sodass sie sich an alles gewöhnt, was ihr Angst einjagen könnte. Sie hat den Wäschekorb auf dem Boden zuerst nicht gemocht, aber nachdem ich sie an den Kleidern habe herumschnüffeln lassen, ist alles in Ordnung.«

»Lucie, bloß weil deine Großeltern es für akzeptabel halten, ein Pony im Haus zu haben, heißt das noch lange nicht, dass ich das auch tue. Tatsächlich kenne ich sonst niemanden, der so denkt.«

»Sie ist kein Pony«, sagt Lucie vernichtend. »Sie ist ein Pferd.«

»So oder so wird sie hier drin äpfeln«, entgegne ich. »Lucie, du kannst ein Pony nicht stubenrein machen. Bring sie raus. Sofort!«

Es ist schwierig, anderer Leute Kinder zu erziehen, vor allem die des eigenen Verlobten. Ich könnte laut werden, aber ich will das Fohlen nicht scheu machen, wie Lucie das nennt, und es durch die Scheune jagen. Lucie starrt mich an, die Lippen aufsässig aufeinandergepresst, aber ich bin ihren bösen Blick gewöhnt. Ich erwidere ihn.

»Wenn du älter bist und dein eigenes Haus hast, kannst du so viele Tiere darin halten, wie du willst. Bitte schaff Shezza jetzt aus der Küche, denn ich will George einen Geburtstagskuchen backen.« Voller mütterlicher Schuldgefühle mache ich eine kleine Runde durch die Küche, um Lucie die Hintertür aufzuhalten, und frage mich, wie vielen Pferdeviren ich alle aussetze, während Lucie Shezza an mir vorbeiführt. Das Fohlen tänzelt und schlägt mit dem Schweif. Liberty wiehert aus dem Stall. Sie ruft nach ihr, und ich lächle still vor mich hin, denn es erinnert mich an meine eigenen Ängste, wenn ich George kurz in Lucies Obhut lasse.

Ich kehre in die Küche zurück, wo ich dem Boden und der Arbeitsfläche ein paar Spritzer vom antibakteriellen Reiniger verpasse und saubermache, ehe ich mich an die Zubereitung von Georges Kuchen mache.

Frances hat mir den Rat gegeben, es simpel zu halten, aber ich möchte, dass George den besten Kuchen aller Zeiten bekommt. Ich habe ein Rezept von ihr für einen Rührkuchen. Dabei könne ich nichts falsch machen, hat sie mir versichert, nachdem ich sie davon abhalten konnte, ihn für mich zu backen. Wie auch immer, das hier wird trotzdem kein langweiliger Kuchen. Es wird ein Traktor für Georges zweiten Geburtstag.

Fünf Minuten später schaue ich auf die Zutaten, die ich auf der Arbeitsplatte zusammengestellt habe, und auf das Backbuch mit handschriftlichen Notizen, das Frances mir geliehen hat. Es ist eine idiotensichere Anleitung. Eigentlich ist es so ähnlich wie eine Operation. Man hat ein Rezept, an das man sich hält, die richtigen Instrumente – und los geht's.

»Warum bittest du nicht Humpy, ihn zu backen?«, sagt Lucie, die dieses Mal ohne Shezza in die Küche gestürmt kommt. »Sie macht leckere Kuchen, bloß sind sie manchmal ein bisschen haarig.«

»Eine Nebenwirkung davon, wenn man diese ganzen

Hunde und ein Pony im Haus hat«, gebe ich zu bedenken. »Ich möchte Humpy damit nicht belästigen«, füge ich hinzu, obwohl es mir eher darum geht, dass Humpy nicht kommt und uns belästigt.

»Kann ich dir helfen?«, fragt Lucie.

Ich seufze innerlich. Da hatte ich mich auf eine Stunde ohne Kinder gefreut …

»Hast du keine Hausaufgaben zu machen? Wolltest du nicht mit Lisa ausreiten?«

»Ich bin schon ausgeritten – Humpy sagt, ich verschleiße Tinkys Beine. Und mit Mathe und Englisch bin ich fertig. Maz, lass mich dir helfen.«

»Na gut.« Lucie kann eine nette Gesellschafterin sein, und ich muss zugeben, dass ich sie liebgewonnen habe.

»Du brauchst eine größere Schüssel«, sagt sie und übernimmt in Fox-Gifford'scher Manier sofort das Kommando. Lucie wird es einmal weit bringen.

Ich wiege Butter und Zucker ab. Im Rezept heißt es, man solle die Butter eine Weile vorher aus dem Kühlschrank nehmen, damit sie weich ist, aber ich habe nicht vorausgeplant, und deshalb ist sie steinhart. Ich versuche sie mit dem Zucker zu verrühren, aber sie rutscht bloß in der Schüssel herum. Ich kann sie nicht einmal mit der Gabel zerdrücken.

»Humpy schmilzt die Butter im Herd«, sagt Lucie beflissen. »Wir könnten sie in die Mikrowelle tun.«

»Bist du dir sicher?« Ich bin es mir nicht. »Wie lange?«

Lucie zuckt die Achseln. Ich stelle die Schüssel für eine Minute auf voller Leistung hinein. Die Butter schmilzt zu einer hellgelben Suppe, und der Zucker wird hart.

»Ich glaube nicht, dass ich das hätte tun sollen.« Ich stoße gegen die Zutaten. »Sollen wir noch mal von vorn anfangen?«

Lucy runzelt die Stirn. »Ich weiß nicht.«

»Wir machen weiter.« Ich blicke auf die Uhr. Ich kann immer noch einen zweiten machen.

Ich füge das Mehl und die Eier hinzu und sehe dann im Rezept nach, da ich mich vage daran erinnere, dass ich es nach und nach hätte unterrühren sollen, nicht alles auf einmal. Als ich es verrühre, ist es klumpig. Mehlblasen zerbersten in der festen Mischung, und ein paar Eierschalenstückchen schwimmen auf der Oberfläche. Ich füge ein bisschen Milch hinzu, wodurch es zu flüssig wird, dann noch mehr Mehl…

»Ich glaube nicht, dass ich ein Talent zum Backen habe.«

Lucie kichert.

»Weißt du, Maz«, sagt sie, »du solltest tun, was meine Mummy macht: einen Kuchen kaufen.«

»Das kann ich nicht machen. Ich möchte für Georges Geburtstag etwas ganz Besonderes.«

»Du kannst einen ganz besonderen Kuchen bestellen. Seb wollte einen mit einem Schaf drauf, also hat Mummy ihm einen machen lassen.«

»Ich möchte ihn selber backen.« Was für eine Mutter bin ich denn, wenn ich nicht einmal einen Kuchen für meinen Sohn backen kann? »Was müssen wir als Nächstes tun, Lucie?«

»Die Kuchenform auslegen.«

»Mit Backpapier?« Ich sehe im Backbuch nach. »Ich habe keins.«

»Was ist mit Humpy? Sie hat bestimmt welches.« Lucie stürmt mir voraus aus der Scheune. Ich folge ihr über den Hof und begrüße unterwegs die Hunde, ehe ich das Haus durch den Dienstboteneingang betrete und zur Küche durchgehe, wo der alte Fox-Gifford mit dem Rücken zu uns in sein prähistorisches Handy bellt.

»Sie wissen wohl nicht, mit wem Sie reden! Ich bin ein hoch angesehenes Mitglied unseres Berufsstandes, und Sie behandeln mich wie einen verdammten Kriminellen. Das ist eine Schande!« Der alte Fox-Gifford schleudert das Handy zu Boden, wo es über die Fliesen schlittert und an einen Eimer mit Zuckerrüben knallt, die dort einweichen.

Ich räuspere mich, doch Lucie ist bereits bei ihm und zieht an einem seiner Hosenträger.

»Granpa«, schreit sie, hüpft weg und hebt das Handy für ihn auf. »Maz und ich backen einen Kuchen für George.«

Der alte Fox-Gifford runzelt die Stirn, als Lucie anfängt, in einer der Schubladen im Buffet herumzukramen.

»Entschuldigung«, sage ich betreten, denn es ist mir peinlich, auch wenn es Fox-Gifford das nicht ist. »Wir wollten fragen, ob Sophia vielleicht Backpapier für Georges Kuchen hat.«

»Oh, ich habe keine Ahnung. Kuchenbacken – das ist Weiberkram.«

Der alte Fox-Gifford hat nichts auch nur annähernd Metrosexuelles an sich, denke ich, und statt mich zu ärgern, wie ich das üblicherweise tue, wenn er seine chauvinistischen Bemerkungen macht, bemitleide ich ihn um alles, was er verpasst hat, indem er so entschlossen männlich ist. Denn erstaunlicherweise freue ich mich darüber, einen Kuchen zu backen.

»Hab's gefunden«, ruft Lucie.

»Wir bringen den Rest zurück«, sage ich, und Lucie und ich jagen einander über den Hof. Wieder in der

Küche malt Lucie mit einem lila Filzstift Markierungen auf das Backpapier und schneidet Kreise und Streifen aus. Ich mache mir Sorgen wegen der lila Markierungen, aber Lucie meint, dass die nicht schaden.

»Maz, ich hab das schon mal für Humpy gemacht, und keiner ist an dem Kuchen gestorben, oder?«, sagt sie heiter, während ich Kakaopulver unter den Teig hebe und ihn ein letztes Mal durchrühre, bevor ich ihn in die Form fülle. Im Rezept heißt es, man solle den Teig in die Form gießen, aber der hier fällt in einem Klumpen heraus. Ich schiebe die Form in den Backofen, stelle den Küchenwecker und warte. Währenddessen plaudere ich mit Lucie. Lucie plaudert ständig. Sie redet über die Hochzeit.

»Ich habe dich noch nie in einem Kleid gesehen«, sagt sie.

»Habe ich nicht bei der Silvesterparty eins getragen?«

»Ich kann mich nicht erinnern, aber du trägst nie welche, wenn du zur Arbeit gehst.«

»Kleider sind nicht gerade praktisch, wenn du auf dem Boden mit einem Rottweiler kämpfst.«

»Hast du ein Hochzeitskleid gekauft?«, fragt Lucie besorgt. »Du gehst doch nicht in Hosen in die Kirche?«

»Das Kleid habe ich«, sage ich. »Das habe ich als Allererstes von meiner Liste gestrichen. Emma und ich sind zusammen einkaufen gegangen.«

»Wie sieht es aus? Siehst du darin schön aus?«

»Das hoffe ich.« Ich lächle. »Ich brauche jede Hilfe, die ich kriegen kann.«

»Dad meint, dass du schön bist«, sagt Lucie.

Ich bin geschmeichelt, denke ich, und es erinnert mich daran, dass ich trotz unserer Zankereien wegen der Arbeit und des Buchens der Flitterwochen großes Glück habe, Alex Fox-Gifford zu heiraten.

»Wann suchen wir die Kleider für die Brautjungfern aus?«, fährt Lucie fort.

»Wenn du das nächste Mal zum Übernachten kommst. Emma begleitet uns, um sicherzugehen, dass wir nicht stattdessen zu Hack 'n' Tack gehen.« Ich ziehe sie auf – der Laden für Reiterbedarf ist ihr Lieblingsgeschäft.

»Maz, man kann keine Jodhpurs zu einer Hochzeit tragen«, sagt sie ernst. »Oder Stiefel.«

»Vielleicht muss ich Stiefel anziehen«, sage ich leichthin. »Ich musste die Schuhe an den Brautladen zurückschicken. Ich hatte sie passend zum Brautkleid in Elfenbein bestellt, aber stattdessen habe ich ein pinkfarbenes Paar bekommen.«

Lucie gluckst, und ich denke, dass ich inzwischen auch darüber lachen kann. Als es passierte, war ich wegen des zusätzlichen Aufwands ganz und gar nicht froh.

Lucie besteht darauf, nach der Hälfte der Zeit nach dem Kuchen zu sehen, was ich für keine gute Idee halte.

»Wir wollen doch nicht, dass er schwarz wird«, sagt sie.

»Ich will aber auch nicht, dass er in der Mitte einfällt. Ich habe gehört, man soll die Ofenklappe zwischendrin nicht aufmachen, weil sonst der Kuchen zusammenfällt.«

Im Endeffekt ist er in der Mitte eingesunken und am Rand schwarz.

»Das sieht nicht sehr appetitlich aus«, bemerke ich.

»Es wird gehen, wenn du einen Traktor draus gemacht und ihn verziert hast«, sagt Lucie voller Optimismus. »Ich bin mir sicher, dass du das hinkriegst, Maz. Du hast ja auch Hal hingekriegt, als Granpa ihn angeschossen hat.«

»Das ist nicht ganz dasselbe«, gebe ich zu und lächle.

»Weißt du, zukünftig halte ich mich daran, dass ich Tierärztin bin.« Plötzlich empfinde ich große Bewunderung für Konditoren wie Jennie … und da ich gerade an Jennie denke … ich habe die Hochzeitstorte bei ihr bestellt, also … »Ich habe gerade eine tolle Idee«, sage ich zu Lucie. »Lass uns Jennie anrufen und einen Kuchen bestellen. Wir haben zwar nur wenig Aussicht auf Erfolg, dass sie für Georges Party morgen noch einen fertig bekommt, aber einen Versuch ist es wert. Komm schnell.«

Alex pfeift vor Bewunderung, als er den Kuchen sieht.

»Für meinen Geburtstag hast du keinen Kuchen gemacht«, sagt er, als ich mich am nächsten Tag für Georges Party in der Scheune fertig mache. »Dieser hier ist ein voller Erfolg.« Es ist eine Torte, die mit einem Traktor und zwei Kerzen verziert ist. »Maz, mir war nicht klar, dass du so gut backen kannst.«

»Weil sie's gar nicht kann.« Kichernd hält sich Lucie eine Hand vor den Mund. »Sie hat gemogelt.«

»Vielen Dank, Lucie. Ich finde, wir hätten deinen Dad ruhig noch ein bisschen länger zum Narren halten können.« Ich stütze eine Hand in die Hüfte, während ich Schüsselchen mit Fruchtgelee (der mit einer vegetarischen Alternative zu Gelatine hergestellt ist) auf dem Küchentisch arrangiere. »Jennie hat den Kuchen gestern Abend gebacken und heute früh verziert. Sie sagte, sie würde das Doppelte dafür berechnen, weil es außerhalb ihrer Arbeitszeiten war, aber das war nur ein Scherz. Ich habe die Hochzeitstorte gesehen. Sie hat sie eingewickelt zum Reifen in ihrem Vorratsschrank stehen.«

»Wird sie nicht schlecht?«, fragt Lucie.

»Jennie benutzt Brandy zum Haltbarmachen«, erkläre ich.

»Ich glaube nicht, dass sie mir schmeckt.« Lucie rümpft die Nase. »Hast du sie gefragt, wie es Guinness geht?«

»Jennie sagt, ihrem Pony geht es gut. Er hat wieder mit dem Springen angefangen. Du siehst dich besser vor – er macht deinem Tinky Winky noch Konkurrenz.«

»Nein«, sagt Lucie. »Tinky ist mein Pony für die Ponyspiele. Humpy sucht nach einem Springpony für mich, und wenn wir Georges Pony eingeritten haben (ja, Sophia hat direkt nach seiner Geburt eins für ihn gekauft), darf ich das nehmen, bis George alt genug ist, es zu reiten.«

»Ein Pony für jede Gelegenheit«, bemerke ich.

»Das stimmt«, sagt Lucie. Sie nimmt die Reiterei wirklich ernst. Den größten Teil des Nachmittags hat sie damit zugebracht, auf dem Hof herumzurennen und zu üben, Kartoffeln in Eimer zu werfen.

»Was ist mit Libertys Fohlen? Sollen die nicht auch einmal Springpferde werden?«

»Die sind okay, wenn ich so weit bin, Pferde zu reiten«, sagt Lucie selbstbewusst. »Was kann ich jetzt machen?«

»Du kannst einen Teil der Chips in eine Schüssel füllen.« Ich blicke auf die Uhr. Bald werden die ersten Gäste kommen.

»Ich hole jetzt mal besser das Geburtstagskind aus dem Bett«, sagt Alex. Wir haben ihn dazu gebracht, ein Nickerchen zu machen, und er schläft immer noch. Aber nicht mehr lange.

Die Gäste treffen ein. Die alten Fox-Giffords, Mrs. P., Ben und Emma, Izzy, Frances, Lynsey und Fran und eine Handvoll Mütter mit ihren Kindern aus der Krabbelgruppe. Ich habe meine Mutter eingeladen, aber sie konnte nicht kommen. Sie kann sich nicht für Georges

Party und für die Hochzeit frei nehmen. Sie arbeitet als Geschäftsführerin einer Fahrzeugaufbereitungs-Werkstatt, die ihr derzeitiger Lebensgefährte aufgebaut hat.

Wir essen und unterhalten uns, und das Gespräch kommt unweigerlich auf Hochzeiten.

»Ich wünschte, du hättest mich dir helfen lassen, Maz«, sagt Sophia.

»Das solltest du«, sagt Emma schelmisch. »Wie wäre es, wenn Sie die kleinen Gefälligkeiten und die Tischdekoration übernehmen?«

»Gefälligkeiten? Was für Gefälligkeiten? So etwas gab es zu meiner Zeit nicht.«

Emma erklärt es ihr und schlägt vor, dass Sophia Körbchen mit gezuckerten Mandeln für den Empfang machen könnte.

»Das klingt nicht nach großer Unterstützung«, sagt Sophia.

»Es wäre sehr wertvoll«, sagt Emma.

»Und eine echte Hilfe«, pflichte ich bei.

»Hast du etwas Altes?«, fragt Sophia.

»Alex«, sage ich lachend.

»Daddy ist uralt«, stimmt Lucie zu.

»Etwas Neues?«, fragt Sophia.

»Das Kleid«, sagt Emma.

»Was ist mit etwas Geliehenem?« Sophia nutzt mein Zögern aus, denn ich stelle mir gerade vor, wie ich vor der Kirche stehe, mit ihrem Fuchspelz um den Hals, dessen Augen mich anstarren. »Du kannst dir meine Tiara ausleihen, die ich auf meinem Debütantinnenball getragen habe.«

»Danke, aber ich habe schon einen Kopfputz.«

»Oh«, sagt Sophia enttäuscht. »Dann wäre da noch etwas Blaues.«

»Darum kümmere ich mich«, sagt Emma. »Machen Sie sich keine Sorgen. Maz wird etwas Blaues am Morgen ihres Hochzeitstages haben.«

»Eine blau gefrorene Nase, nehme ich an«, sagt Sophia.

»Wir werden die Kleider für die Brautjungfern aussuchen, wenn wir das nächste Mal am Wochenende herkommen«, erzählt Lucie.

»Ich bin mir nicht sicher, wie wir mit Emmas Bauch klarkommen sollen – er wird an Weihnachten sehr viel größer sein«, sage ich.

»Welche Farbe werden sie haben?«, fragt Lucie.

»Dunkelrot oder flaschengrün«, sage ich.

»Nicht lila?«

»Nicht lila«, bestätige ich. »Weißt du, sie müssen zu den Blumen passen.«

»Maz, da muss etwas mit deiner Planung schiefgegangen sein«, gibt Emma zu bedenken. »Normalerweise sucht man die Blumen passend zu den Kleidern aus, nicht anders herum.«

»Ich bin gerne anders«, sage ich und entschuldige damit meinen Fehler, während Lucie sich auf die Suche nach mehr Gelee und Eiscreme macht. »Sophia, gibt es Neuigkeiten wegen einer möglichen Überschneidung der Hochzeit mit den Ponyspielen? Ich meine, wird Lucie bei der Hochzeit dabei sein? Es wäre eine Riesenverschwendung, wenn wir ihr ein Kleid kaufen würden, das sie dann niemals trägt.«

»Ich versuche, einen Weg zu finden«, meint Sophia. »Möglicherweise müssen Lucie und ich darauf verzichten, was eine große Enttäuschung für sie wäre.«

»Auf den Wettbewerb, meinst du?«, erwidere ich barsch.

»Auf die Hochzeit«, sagt Sophia.

»Tut mir leid, dass du so denkst. Bedeutet dir Alex' Glück denn gar nichts?«

»Natürlich tut es das. Es ist nur bedauerlich, dass ihr den falschen Termin ausgesucht habt. Maz, es ist noch nichts entschieden. Eine andere Möglichkeit wäre, dass unsere Ersatzreiterin Lucies Platz im Team einnimmt, oder wenn wir Glück haben, können Lucie und ich an der Trauung teilnehmen und verpassen bloß den Empfang.« Sophia hält inne. »Ich muss Alexander fragen, was er davon hält.«

»Soll ich also ein Kleid für Lucie kaufen oder nicht?«

»Ich würde es tun. Sie kann es immer noch zur Silvesterfeier hier im Herrenhaus tragen.« Sophia wechselt das Thema, während ich im Stillen bei dem Gedanken vor mich hin schäume, Geld für ein besonderes Kleid auszugeben, wenn Lucie nicht einmal bei unserer Hochzeit anwesend sein sollte. »Willst du nicht den Geburtstagskuchen anschneiden? Fox-Gifford wird bald unruhig werden, weil es Zeit für den Nachmittagsspaziergang mit den Hunden ist, und ich muss die Pferde füttern.«

Ich zünde die Kerzen auf dem Kuchen an, und wir singen »Happy Birthday« für George.

Als Alex den Mund aufmacht, um einzustimmen, reißt George überrascht die Augen auf. Ich lächle, und Georges Gesichtsausdruck wechselt von verängstigt zu beruhigt. Er gluckst.

»Lachst du über meinen Gesang?«, fragt Alex am Schluss.

»Du singst nicht allzu oft«, bemerke ich. »George hat dich vorher noch nie gehört.«

»Ich habe früher im Schulchor gesungen«, sagt er.

»Das kann ich mir gar nicht vorstellen.«

»Ich hatte meine Beweggründe – so konnte ich Mädchen treffen. Die Mädchenschule am anderen Ende der Straße brauchte ein paar Baritone und Tenöre – obwohl sie selbst mehr als genug davon hatten.«

»Also wirklich, Alexander!«, entrüstet sich Sophia.

»Das ist mein Junge«, sagt der alte Fox-Gifford.

Ich hebe George hoch, damit er die Kerzen ausblasen kann. Er ist sich erst nicht sicher, was er tun soll, aber Seb zeigt ihm, wie es geht, und besprüht den Kuchen mit Spucke. Ich zünde die Kerzen noch einmal an, und George bläst die Wangen auf und zieht die Luft ein, und die Flammen tanzen und flackern, gehen aber nicht aus.

»Seb, du musst George noch mal helfen.« Alex nimmt ein Messer zur Hand, während die beiden Jungen über die Torte prusten und husten und schließlich die Kerzen zum Applaus unserer Gäste löschen.

Alex schneidet den Kuchen als Übung für das Anschneiden der Hochzeitstorte.

»Das ist eine saubere Arbeit«, sage ich lächelnd, während er ihn in gleichgroße Stücke teilt.

»Ich bin kein schlechter Chirurg.« Alex hat Zeit, seinen Kuchen zu essen, ehe sein Handy klingelt und er zu einem Patienten gerufen wird, sodass es an mir hängen bleibt, unsere Gäste zu verabschieden, aufzuräumen, nachdem alle gegangen sind, und die Sachen von Seb und Lucie im Herrenhaus einzusammeln, damit ihre Mutter sie am Abend mit nach London nehmen kann und sie morgen früh rechtzeitig zur Schule kommen. Nachdem das getan ist, bade ich George und singe ihm auf seinen Wunsch hin einige Male »Happy Birthday« vor.

Es ist eine schlimme Nacht. Der Regen schlägt gegen die Fensterscheiben. George ist wach und schnieft. Neben einer Überdosis Zucker hat er Schnupfen. Das

Schlafzimmer riecht nach Eukalyptusöl. George liegt schließlich bei mir im Bett, und ich höre Alex nicht, als er nach Hause kommt. Am Morgen finde ich ihn auf dem Sofa, wo er unter einer Pferdedecke schläft, die Stiefel noch an den Füßen.

»Alex?« Ich berühre seine Schulter.

»Ich wollte dich nicht stören. Ich bin erst um vier zurückgekommen.«

»Tee?«, frage ich.

»Kaffee. Und vier Stück Zucker«, sagt er. »Danke, Darling.« Als ich mich umdrehe, ist er wieder eingeschlafen. Ich lasse ihn in Ruhe.

Ich gehe beim alten Fox-Gifford und Sophia vorbei, die in der Küche des Herrenhauses frühstücken, wo es nach Bückling, nassen Stiefeln und dem Knoblauchzusatz für die Pferde stinkt.

»Alex schläft noch«, sage ich. »Ich habe mich gefragt, ob du seine Vormittagstermine verschieben könntest, damit er ein bisschen Schlaf nachholen kann.«

»Ich übernehme sie«, sagt der alte Fox-Gifford und starrt mich lange an. »Ich möchte nicht, dass irgendjemand den Eindruck gewinnt, ich würde meinen Teil nicht beisteuern.«

14

In Reichtum und Armut

In einer dunklen, stürmischen Nacht Mitte September fahre ich zu Sally, dem Golden Retriever. Von der operativen Entfernung der Geschwulst, die sich als gutartig herausstellte, hat sie sich erholt, aber sie schafft es kaum ein paar Wochen, ohne dass Emma oder ich wegen irgendeinem Wehwehchen nach ihr sehen müssen.

Heute Nacht hat Penny, wie sie selbst zugibt, überreagiert, denn Sally hat mal wieder trickreich Essen geklaut. Einmal wäre sie dabei fast gestorben, als sie nämlich das Weihnachtsdinner verputzt hat. Dieses Mal hat sie einen Fasan verschlungen, den Declan, Pennys Ehemann, im Schuppen hatte hängen lassen.

Als ich dort ankomme, hat Sally kaum mehr als leichtes Bauchgrimmen, obwohl sie sehr kleinlaut aussieht. Ich empfehle, sie hungern zu lassen und dann ein paar Tage lang strenge Diät zu halten.

»Haben Sie Ihre Einladungen schon verschickt, Maz?«, fragt Penny, als ich die alte Schmiede in Talyford verlasse.

»Noch nicht«, gebe ich ein wenig verlegen zu, denn das hätte ich inzwischen wirklich tun müssen.

»Sie sollten sich besser beeilen.« Penny dreht ihren Rollstuhl von der Eingangstür weg, damit ich hinausgehen kann. »Es ist nicht mehr viel Zeit …«

»Als ob ich das nicht wüsste!«, sage ich. »Ich habe versucht, Alex dazu zu bringen, dass wir sie gemeinsam schreiben. Sie und Declan sind übrigens eingeladen, für den Fall, dass wir es nicht mehr schaffen sollten.«

»Danke«, sagt Penny. »Wir kommen gern. Es wird wunderbar werden. Talytons Hochzeit des Jahres. Alle reden darüber.«

Ich kehre gegen neun zur Scheune zurück, freue mich darauf, nach George zu sehen, in sein Zimmer zu schlendern und ihm beim Schlafen zuzusehen. Zumindest hoffe ich, dass er schläft und nicht Alex zu viel Ärger macht.

Ich springe aus dem Auto und überquere den Hof. Die Lichter sind aus, ein gutes Zeichen, obschon die Stalllichter anspringen, als ich vorbeigehe. Liberty wiehert mir ausnahmsweise einmal nicht zu. Ich nehme an, sie hat sich hingelegt – im Gegensatz zu George liebt sie ihr Bett. Ich gehe direkt ins Haus, schlüpfe aus meinen Schuhen und ziehe den Pullover am Fuß der Treppe aus, wo ich ihn liegen lasse. Oben bleibe ich vor Georges Schlafzimmertür stehen und lausche nach seinen Atemzügen.

Er ist nicht da. Ich weiß es, ohne in seinem Bettchen nachzusehen. Alex muss nachgegeben und ihn mit in unser Bett genommen haben. Doch im Schlafzimmer ist auch keiner. Obwohl ich weiß, dass George bei Alex absolut sicher ist, fängt mein Herz schneller an zu schlagen. Wo sind sie?

Ich ziehe einen Vorhang zurück und schaue hinaus. Ich weiß nicht, wie ich es übersehen konnte, aber Alex' Wagen steht nicht an seinem Platz im Hof, was nur eins bedeuten kann: Er macht einen Hausbesuch.

Er muss George mitgenommen haben, denn Sophia

ist bei einem Treffen des Ponyklubs. Irgendwas muss passiert sein. Der alte Fox-Gifford brauchte Hilfe beim Abkalben, oder zwei dringende Anrufe kamen zur selben Zeit rein. Auf den zweiten Blick sehe ich den Range Rover des alten Fox-Gifford draußen im Hof stehen und vermute, dass er und Alex gemeinsam aufgebrochen sind. Nicht zum ersten Mal wünschte ich, unser Leben wäre weniger kompliziert.

Ich will Alex gerade eine SMS schicken, als Scheinwerfer auf der Auffahrt erscheinen. Er ist zurück. Lächelnd fliege ich die Treppe hinunter, mache das Licht an und stelle Teewasser auf. Alex kommt herein und sieht ziemlich erschöpft aus, das Haar zerstrubbelt, Blut und Dreck auf der Hose und die Hände in den Taschen.

»Hallo«, begrüße ich ihn.

»Hallo, Darling.« Seine Stimme ist ohne Energie. Er klingt vollkommen erschöpft, aber meine Sorge um ihn verfliegt, als das Blut aus meinem Kopf weicht.

»Alex, wo ist George?«

»George?« Alex runzelt die Stirn.

»Ja, George.« Zuerst denke ich, er will mich aufziehen, indem er so tut, als hätte er vergessen, dass er einen Sohn hat, doch der Muskel in seiner Wange spannt sich an, und seine Augen weiten sich in reiner Panik.

Mein Herz schlägt wie die Hufe einer ganzen Pferdeherde.

Wenn Alex George nicht bei sich hat, wo ist er dann?

»Was hast du mit George gemacht?« Ich packe Alex' Unterarm. »Komm schon, Alex, du musst dich erinnern!«

Er stöhnt. »Ich hab's vergessen. Ich muss ihn dagelassen haben.«

»Wo?« Ich möchte ihn rütteln.

»Ich muss ihn bei den Pitts gelassen haben.«

»Oh, Alex, wie konntest du nur?«

»Maz…« Alex versucht, die Hände zu heben. »Lynsey wird sich um ihn kümmern. Es ist nichts passiert.«

»Nichts passiert? Du hättest ihn überall vergessen können, in irgendeinem verdammten Kuhstall, mitten auf dem Feld…« Ich fluche. Alex versucht mich festzuhalten, seine Arme umschließen mich, aber ich will nichts davon wissen. »Wie konntest du ihn vergessen, das Kostbarste…«

»Maz, ich habe es nicht mit Absicht getan, ja? Du weißt, dass ich niemals…« Alex versucht meinen Blick zu halten, aber ich wende mich ab. »Ich fahre zurück und hole ihn. Jetzt gleich.«

»Nein, das wirst du nicht. Ich hole ihn.« Ich reiße mich aus Alex' Griff. Jeder Versuch, verständnisvoll und vernünftig zu sein, hat mich verlassen wie die Fledermäuse, die draußen zwischen den Gebäuden auf dem Hof hin und her fliegen. Alles, was ich will, ist, meinen Sohn gesund und sicher wieder bei mir zu haben. Ich schnappe mir meinen Schlüssel, schlüpfe in meine Schuhe und lasse Alex stehen.

Ich fahre wie der Teufel, und als ich auf der Barton-Farm ankomme, finde ich George bei Lynsey in der Küche. »George!« Meine Freude darüber, ihn gefunden zu haben, schwindet, als ich mir die Umstände unserer Wiedervereinigung vor Augen halte. George blickt mir von seinem Stuhl am Eichentisch entgegen, wo er auf einem Schaumstoffkissen sitzt, damit er über die Tischplatte gucken kann. Er sieht mich an, als wäre ich verrückt. Lynseys dreijährige Tochter Fran kniet auf einem anderen Stuhl neben ihm und hilft ihm beim Malen. Er sieht aus, als würde es ihm gefallen.

Lynsey sitzt da und bindet sich gerade ihr sandfarbenes Haar zu einem Pferdeschwanz zurück. Ihre Arme sind stark und ihre Handgelenke fest. Sie trägt Jeans und etwas, was aussieht wie ein Hemd ihres Mannes. Sie hat sieben Kinder, von denen Fran das jüngste ist. Ich weiß nicht, wie sie das schafft.

»Ich hoffe, wir haben Frans Bettgehritual nicht gestört«, sage ich.

»Ich fürchte, wir haben da kein großartiges Ritual«, sagt Lynsey. »Wenn ich sie zu früh hinlege, wecken die Jungs sie bloß auf. Kaffee, Maz?«

»Besser nicht, danke. Ich habe gerade erst mit Penny einen getrunken. Ich werde niemals einschlafen können, wenn ich jetzt noch einen nehme. Und ich sollte George nach Hause bringen – er sollte schon längst im Bett liegen und nicht in der Gegend herumziehen. Ich könnte Alex umbringen.«

»Ach, sei nicht zu hart mit ihm, Maz. Ich habe ständig eins von meinen irgendwo vergessen. Es ist ihnen trotzdem nichts passiert.« Lynsey hält inne. »Fran, hör auf damit.« Sie nimmt ihr den Filzstift aus der Hand, mit dem sie Kringel auf Georges Gesicht gemalt hat. »Er ist ein Gast, nicht einer von deinen Brüdern.« Sie steht auf, holt zwei Becher Joghurt aus dem Kühlschrank und reicht einen Fran und einen George. »Ich hoffe, du hast nichts dagegen«, sagt sie entschuldigend.

»Ganz und gar nicht. Danke, dass du dich um ihn gekümmert hast. Ich habe ihn schon irgendwo im Dunkeln in einem dreckigen Kuhstall sitzen sehen.« Ich verdecke kurz meine Augen und versuche, meine Angst zu überwinden.

»Alex hat ihn hiergelassen, als er mit Stewart zu einer der Kühe gegangen ist. Wir haben es nicht geschafft, sie zum Aufstehen zu bewegen. Alex schon. Er hat ihr Magnesium gespritzt, und sie stand im Nu da. Es war wie Zauberei.«

»Und wieso brauchte es dafür zwei Tierärzte?«, frage ich verwirrt.

»Zwei? Ich weiß ja, dass er einen ambitionierten Großvater hat, aber ich hätte nicht gedacht, dass George bereits ein ausgebildeter Tierarzt ist.« Lynsey gluckst.

»War der alte Fox-Gifford denn nicht hier?«

»Nein …«

»Oh? Eigentlich sollte er Bereitschaft haben, nicht Alex.« In der gemütlichen Küche weit weg von der Scheune und vom Otter House fange ich an, mich zu entspannen. »Alex sollte sich um George kümmern, weil ich zu einem Patienten gerufen wurde.«

»Das klingt alles sehr kompliziert, Maz.« Lynsey zieht eine ungezupfte Augenbraue hoch. »Sich um George kümmern, eine Hochzeit organisieren, zwei Praxen am Laufen halten – ich hoffe, du nimmst es mir nicht übel, wenn ich frage … aber ist das nicht alles ein bisschen viel für euch beide? Glaubst du nicht, ihr müsstet euch vielleicht bei irgendwas helfen lassen?«

»Ein weiterer Tierarzt wäre gut, aber Alex und sein Vater weigern sich, über diese Option nachzudenken.«

George lässt seinen Joghurt stehen und gähnt. Ich gehe zu ihm, nehme ihn hoch, setze mich wieder auf meinen Platz und lasse ihn sich an mich kuscheln.

Lynsey räuspert sich. »Du glaubst doch nicht, dass Alex für seinen Vater einspringt, oder? Es ist bloß so, dass die Farmer hier in der Gegend darüber mutmaßen, der alte Fox-Gifford würde langsam die Zügel aus der Hand geben. Außerdem laufen da Gerüchte um, wahrscheinlich vollkommen unbegründete.« Die Art, wie Lynsey die letzten drei Wörter betont, lässt in mir die

Frage aufkommen, wie viel davon Gerücht und wie viel Tatsache ist. »Darüber, ob er in seinem Alter noch arbeiten sollte.«

»Warum? Was hat er getan?« Wie viel hat Alex vor mir geheim gehalten? Ich fühle mich betrogen. Ich wusste, dass irgendetwas im Busch war.

»Da war dieses Pferd von einer der Ponyklub-Mütter, das er vor nicht allzu langer Zeit behandelt hat«, sagt Lynsey. »Du wirst davon gehört haben.«

Ich weiß nicht, ob ich so tun soll, als hätte ich es, um mein Gesicht zu wahren, denn ich komme mir wie ein Idiot vor. Lynsey aber spricht ohnehin weiter und reicht die Erklärung nach, nämlich dass der alte Fox-Gifford das Pferd für gesund erklärt und somit übersehen hat, dass es auf einem Auge aufgrund einer Linsentrübung fast blind war.

Instinktiv verteidige ich die Praxis.

»Jeder macht mal einen Fehler«, erwidere ich mit schriller Stimme.

»Der alte Fox-Gifford hat in letzter Zeit einige zu viel gemacht.«

»Er hat schon immer dazu geneigt, ins Fettnäpfchen zu treten.« Beim nächsten Atemzug frage ich mich, warum ich ihn verteidige.

»Er war ein guter Tierarzt, aber wir haben den Eindruck, als wäre es für ihn an der Zeit, sich mit Würde zur Ruhe zu setzen.«

»Davon muss man ihn erst einmal überzeugen.«

»Stewart hat mit Alex gesprochen.« Lynsey beißt sich auf die Lippe. »Wir dachten, du könntest Alex vielleicht auch einen kleinen Schubs in diese Richtung geben.«

»Das werde ich«, sage ich eher steif, denn wenn Alex dieses Problem für sich behalten hat, wird er kaum auf mich hören wollen. Tatsächlich hat er mir überhaupt nicht zugehört. Ich rutsche auf meinem Stuhl hin und her. George schläft inzwischen, schwer und warm in meinen Armen. Ich presse die Lippen auf seinen Kopf. »Danke, dass du dich um ihn gekümmert hast, Lynsey, und für das Gespräch.«

»Ach, nicht der Rede wert, Maz. Ich mag ein bisschen Aufregung hin und wieder. Es ist manchmal ziemlich ruhig hier auf der Farm … selbst mit Stewart und den ganzen Kindern. Da wir gerade von Kindern reden … ich nehme an, du willst bald ein Geschwisterchen für George.«

»Das glaube ich nicht«, sage ich lächelnd.

»Eins mehr macht keinen Unterschied«, sagt Lynsey. »Glaub mir.«

»Ich bin mir nicht sicher, ob ich das schaffe.«

»Ich habe nach Sam noch sechs gekriegt, um diese Theorie gründlich zu überprüfen, und ich muss sagen, dass sie zutrifft.« Sie hält inne. »Wie ich höre, erwartet Emma Zwillinge.«

»Ja, der Geburtstermin ist Anfang des Jahres. Schon allein deshalb kann ich so bald noch kein zweites Kind bekommen, selbst wenn ich es wollte. Weißt du, Lynsey, ich habe im Augenblick mehr als genug, worum ich mich kümmern muss.«

Ich mache mich auf den Heimweg und frage mich, wie um alles in der Welt ich mit meinem sturen zukünftigen Schwiegervater umgehen soll – und mit seinem ebenso sturen Sohn.

»Alex, wir müssen reden«, sage ich zu ihm, als ich zu Hause angekommen bin und einen verschlafenen George ins Bett gebracht habe.

»Du meinst wohl, du musst reden?« Alex zieht eine

Augenbraue hoch. Er trägt noch immer seine schmutzigen Sachen. Und obwohl er auf dem Sofa sitzt, spielt er mit seinen Schlüsseln und sieht so aus, als wollte er gleich wieder aufbrechen.

»Ich hätte es gern, dass wir beide reden, Alex. Du weißt schon ... uns unterhalten, so wie früher.«

»Geht es um die Hochzeit?«

»Nein, auch wenn es gut wäre, wenn wir irgendwann mal die Vorbereitungen besprechen könnten. Es geht um deinen Vater. Diese Sache, dass du für ihn einspringst – das muss aufhören.«

Alex runzelt die Stirn. »Was meinst du damit?«

»Du weißt ganz genau, was ich meine. Lynsey hat sich verplappert – ohne Absicht.«

»Und?« Alex hebt sein Handy auf, das auf der Armlehne des Sofas gelegen hat.

»Rühr dich nicht von der Stelle.«

»Sieh mal, Maz, das ist keine große Sache.«

»Alex, verstehst du denn nicht? Für mich ist es eine große Sache. Für uns«, sage ich elend. »Am Ende wirst du alles allein machen, und das ist genau das, was dein Vater im Sinn hat. Es ist nicht richtig. Es ist überhaupt nicht fair.«

»Und was schlägst du vor, was ich tun soll?«

»Sprich mit ihm, Alex.« Ich berühre seine Hand. Seine Haut ist kühl und ein bisschen rau von dem ständigen Gebrauch scharfer Seife. Er weigert sich, eine Feuchtigkeitscreme zu benutzen, weil er ein richtiger Mann ist.

»Ich werde es irgendwann schaffen.«

»Das reicht nicht.« Ich bin wütend und frustriert über seine Antwort. »Je länger du es zulässt, umso mehr wird er sich dem Gedanken verweigern, einen zusätzlichen Tierarzt einzustellen. Das ist der einzige Weg aus dieser Situation, Alex. Es sei denn, du gibst einige deiner Klienten ab.«

»Das ist ein ziemlich verlockender Vorschlag, aber das wäre finanzieller Selbstmord. Okay.« Er seufzt. »Ich hasse es, das zugeben zu müssen, aber du hast nicht ganz unrecht. Ich kann so nicht weitermachen.«

»Ich möchte nicht einen anderen Mann mit in die Flitterwochen nehmen müssen, bloß weil du hier nicht weg kannst«, sage ich in dem Versuch, die Stimmung ein wenig aufzulockern. »Es sei denn, Johnny Depp oder Orlando Bloom haben Zeit.« Ich stelle mich hinter Alex und lasse meine Hände an seiner Brust hinuntergleiten. Ich beuge mich vor und schmiege meine Wange an seine, sodass seine Bartstoppeln meine Haut aufrauen.

»Ich werde sehen, was ich tun kann. Ich weiß nicht, warum du wegen der Hochzeit so einen Aufstand machst. Wir haben den Empfang gebucht…«

»Obwohl wir es nie zum Dinner ins Barnscote geschafft haben.«

»Das können wir jederzeit nachholen.«

»Elsa hat mich mehrmals bei der Arbeit angerufen, um mit mir das Menü durchzusprechen«, sage ich. »Ich hatte keine Ahnung, dass die Auswahl des Essens und der Getränke so anstrengend sein könnte. Sekt oder Champagner für die Reden und das Anschneiden der Torte?«

»Natürlich Champagner«, sagt Alex.

»Gefüllte Paprikaschote oder ein Nudelgericht für die Vegetarier?«

»Diese Entscheidung überlasse ich dir. Komm schon, Maz. Du hast es doch fast geschafft. Wir haben den Pfarrer getroffen und die Kirche gebucht. Wir haben ein paar Ideen hinsichtlich der Musik.«

»Ja, und was auch immer du sagst, ich weigere mich, den Zillertaler Hochzeitsmarsch spielen zu lassen.«

»Du sagst, du hättest ein Kleid«, fährt Alex fort.

Ich nicke. »Und eins für Lucie.« Ich lächle bei der Erinnerung daran, wie sie in einem dunkelroten Kleid mit Puffärmeln und einem langen Rock durch den Brautmodenladen gewirbelt ist.

»Ich muss jetzt wirklich los, Maz.«

»Los? Wohin denn dieses Mal?«

»Zu Guy drüben auf der Uphill-Farm – eine seiner Kühe will nicht aufstehen. Es muss irgendwas im Wasser sein.«

Das war ironisch gemeint. Diese Fälle sind zufällig und sporadisch.

»Aber du wirst mit ihm reden?«, dränge ich, als Alex aufsteht. »Versprochen?«

»Ich verspreche es. Alles für ein ruhiges Leben.«

»Danke, Alex.« Ich werde ihn jedoch nicht aus den Augen lassen, um sicherzugehen, dass er wirklich mit dem alten Fox-Gifford spricht. Wenn er erst einmal seinen Vater zur Vernunft gebracht hat, können die beiden sich darum kümmern, einen Vertretungsarzt oder Assistenten einzustellen, und das wäre dann noch ein Punkt, den ich von meiner Hochzeitsplanungsliste streichen kann: Ersatz für Alex für unsere Flitterwochen finden.

Ein paar Tage später halten wir ein Praxistreffen im Mitarbeiterraum ab. Alle sind da: Emma, Izzy, Shannon, Will und Frances. Will sitzt am einen Ende des Sofas, Shannon am anderen und Miff dazwischen. Tripod ist verschwunden – ich kann nicht umhin anzunehmen, dass er solche Meetings eher langweilig findet. Frances, die

Protokoll führt, hat ihren Drehstuhl vom Empfang mitgebracht, während ich auf der Kante der Arbeitsplatte hocke und Emma, die die Tagesordnung festgelegt hat, den Stuhl bekommt. Izzy lehnt an der Arbeitsplatte. Sie hat beim Bäcker gefüllte Plunderteilchen besorgt, damit wir es durch die Mittagspause schaffen.

Heute ist Cheryls Bitte, wieder als Klientin im Otter House aufgenommen zu werden, der erste Tagesordnungspunkt. Natürlich hätte ich in der Lage sein müssen, selbst zu entscheiden, ohne den Rest des Teams damit zu behelligen, als Cheryl vor ungefähr zwei Wochen in die Praxis kam. Aber Cheryl ist nicht der Typ, der sich mit einer negativen Antwort zufriedengibt.

»Sollen wir sie zurücknehmen oder nicht? Das ist die Frage«, sagt Emma. »Auf der Plusseite steht, dass Cheryl mal so sehr von Maz beeindruckt war, dass sie ein Kätzchen nach ihr benannt hat.«

»Danke. Das hatte ich ganz vergessen.« Bei der Erinnerung werde ich rot. Das Junge, das ich per Kaiserschnitt geholt hatte, erhielt den Namen Cheriam Maz – Cheriam heißt Cheryls Zucht.

»Wie süß«, sagt Shannon.

»Es lag nicht daran, dass das Junge sie an Sie erinnerte?«, fragt Izzy.

»Hey, wollen Sie mir damit vielleicht etwas sagen?« Ich reibe mir das Kinn und taste nach (wie ich hoffe) eingebildeten Barthaaren.

»Das Kätzchen war süß. Cheryl ist es nicht. Sie hätte Maz wegen Blueboy aus dem Register streichen lassen, wenn das möglich gewesen wäre.« Emma sieht Will an, der gerade einnickt, die Augen halb geschlossen und einen Becher Tee in der Hand, der jeden Moment Gefahr läuft umzukippen. »Will! Will!«

Ruckartig wacht er auf. »Otter House …«, murmelt er, als meldete er sich am Telefon. »Oh nein«, fährt er fort und reißt sich zusammen. »Tut mir leid. Ich muss eingenickt sein.«

»Wir müssen diese Meetings wirklich ein bisschen lebhafter gestalten«, sagt Izzy leichthin.

»Was ich gerade sagen wollte, Will«, fährt Emma fort, »ist, dass Sie sich Maz' Erfahrung eine Lehre sein lassen sollen. Wenn ein Klient Sie bittet, seine Katze zu scheren, stellen Sie sicher, dass Sie eine schriftliche Anweisung bekommen, was genau von Ihnen erwartet wird.«

»Blueboys Fell war dermaßen verfilzt, ich konnte gar nichts anderes tun, als ihn zu scheren«, sage ich zu meiner Verteidigung.

»Ja, aber das hättest du Cheryl klarmachen müssen, bevor du es getan hast«, sagt Emma.

»Emma, das weiß ich …«

Sie lächelt.

»Passiert ist passiert«, fahre ich fort. »Ich dachte, wir hätten sie zum letzten Mal gesehen.«

»Sie war nie das, was ich einen treuen Klienten nennen würde«, sagt Emma. »Sie ist aus der Herrenhauspraxis zu uns gekommen und war bei mindestens zwei anderen Praxen, seit sie uns verlassen hat. Ich habe ihr gesagt, wir brauchten ihre Unterlagen zum Wohle der Katzen – deshalb weiß ich das.«

»Das heißt also, dass sie schnell beeindruckt und rasch desillusioniert ist«, sagt Izzy. »Wollen wir sie wirklich zurückhaben?«

Es folgt eine lange Stille. Will stößt ein leises Schnarchen aus, und Frances rettet den Teebecher aus seiner Hand und stellt ihn sicher auf die Arbeitsplatte.

»Nicht alle auf einmal«, sagt Emma. »Maz?«

»Du weißt, wie ich darüber denke. Von mir kommt ein Nein.«

»Von mir auch«, sagt Izzy.

»Von mir auch«, sagt Shannon. »Ich erinnere mich an diese Poster, die sie im Schaufenster des Copper Kettle aufgehängt hat, um Maz und die Praxis schlechtzumachen.«

»Was ist mit Ihnen, Frances?«, fragt Emma. »Sie müssen schließlich auch mit ihr umgehen.«

»Die Entscheidung liegt bei Maz«, sagt sie.

»Will?« Emma versucht es wieder, aber er schläft fest, den Kopf in den Nacken gelegt und den Mund weit offen.

Ich lächle vor mich hin. Im ersten Jahr als niedergelassene Tierärztin habe ich nicht viel geschlafen – ich war ständig gespannt wie ein Flitzebogen und fragte mich, was wohl als Nächstes passieren und ob ich damit zurechtkommen würde.

»Wegen Cheryl«, fahre ich fort. »Mein Bauch sagt mir, dass wir sie nicht wieder aufnehmen sollten, aber zu ihrer Verteidigung muss ich anmerken, dass es ihr ehrlich leidzutun scheint, und sie hat nicht gerade wenige Katzen, was gut für unser Geschäft ist.«

»Und«, sagt Emma, »wie Mr. Kipling backt sie ziemlich köstliche Kuchen. Vielleicht bringt sie uns hin und wieder einen vorbei.«

»Ich glaube nicht, dass sie so gut sind wie Jennies Kuchen«, erwidert Izzy.

»Deshalb macht Jennie ja auch die Torte für meine Hochzeit«, werfe ich ein. »Ich liebe ihren Apfelkuchen. Hat den schon mal jemand probiert?«

»Wir kommen vom Thema ab«, sagt Emma streng. »Wir können jederzeit über Kuchen sprechen. Wie wäre es, wenn wir Cheryl und ihre Katzen unter bestimmten Bedingungen wieder aufnehmen?«

»Indem wir sie so eine Art Verhaltenskodex unterschreiben lassen?«, frage ich.

»Etwas in der Art.« Emma macht eine Pause. »Sieh es mal von dieser Seite: Wenn sie bei uns ist, kann sie uns nicht bei den anderen Tierärzten in der Gegend anschwärzen.« Sie blickt auf die Uhr. Die Zeit verrinnt. »Und? Sind alle einverstanden? Cheryl kommt auf Bewährung zu uns zurück.«

»Einverstanden«, sage ich. Izzy nickt, während Frances auf ihrem Block Notizen macht.

»Ich teile Cheryl unsere Entscheidung mit«, sagt Emma.

»Sonst noch etwas?«, frage ich.

»Deine Hochzeit und die Geburt meiner Babys«, sagt Emma. »Falls durch irgendeinen dummen Zufall diese beiden Ereignisse sich überschneiden – wie wollen wir dann mit dem Personal auskommen? Ist ein Tierarzt – zum Beispiel Will – genug?«

»Vielleicht schon, wenn er nicht die ganze Zeit schläft«, bemerkt Izzy.

15

Nur noch zehn Wochen

Fritzi ist zurück. Dieses Mal ist er jedoch für einen Check-up hier, und ich muss ihn nicht aus seinem Bauer holen, denn seine Haut sieht besser aus, und seine Federn fangen an nachzuwachsen.

»Ich dachte schon, ich müsste in eine Federtransplantation investieren«, sagt Peter. »Die können das bei Menschen ja mit Haaren machen. Ist es dann bei Vögeln mit Federn möglich?«

»Das kann ich mir nicht vorstellen.«

»Vielleicht sollten Sie es versuchen, Maz. Es wäre eine Feder an Ihrem Hut, wenn Sie erfolgreich dabei wären.«

»Sehr drollig«, sage ich amüsiert. Peters Witze sind ungefähr von gleicher Güte wie die von Izzy, doch er hat eine Kiste mit frischem Obst und Gemüse als Dankeschön mitgebracht – anstelle von Bargeld. Ich hatte letztes Mal vergessen, ihm etwas zu berechnen, und ich kann mich nicht dazu durchringen, eine Zahlung rückzudatieren.

»Sie haben sich getäuscht, dass Fritzi die Gesellschaft seinesgleichen braucht. Ich lasse die Tierdokus für ihn laufen, während ich unterwegs bin, und er steht total darauf. Ich nehme an, er denkt, er hätte eine Chance bei den Vögeln im Fernsehen, und passt deshalb auf sich auf.« Peter bringt sein Gesicht nahe an den Bauer.

Fritzi hüpft auf der Stange herum, legt den Kopf schief und sagt – beziehungsweise pfeift – die Worte: »Heißes Zeug!«

»Hat er gerade gesagt, was ich denke, dass er gesagt hat?«, frage ich. »Ich bin beeindruckt. Mir sind noch nicht viele sprechende Nymphensittiche begegnet.«

»Er spricht mir nach.« Peter grinst. »Ich habe viel Zeit damit zugebracht, ihm die eine oder andere Wendung beizubringen.«

»Peter, wenn Sie meine Meinung hören wollen – ich denke, Sie sollten mehr unter Leute gehen.« Ich werde mir bewusst, dass der Geräuschpegel draußen am Empfang steigt. Peter sieht mich an und zieht eine Augenbraue hoch.

»Mr. Fox-Gifford«, ruft Frances mit ihrer Empfangsdamenstimme: scharf, bestimmt und keinen Unsinn duldend. »Sie werden warten oder einen Termin zu einem beiderseits passenden Zeitpunkt ausmachen müssen, wenn Sie Maz sehen wollen, so wie jeder andere auch.«

Ein Rascheln und Jaulen ist zu hören.

»Dieser Hund muss zurückgehalten werden, oder Sie müssen ihn raus ins Auto bringen«, sagt Frances. »Es gibt immer wieder Leute, die das Schild nicht lesen können: Alle Hund müssen an die Leine.«

»Es liegt an diesem verdammten Kaninchen. Das macht ihn ganz wild«, bellt Fox-Gifford.

Ich habe genug gehört.

»Tut mir leid, Peter. Aber ich muss mich darum kümmern.«

Ich öffne die Tür und stehe dem alten Fox-Gifford in einer Jagdhose, Blazer und mit Schulkrawatte gegenüber. Der Haken seines Spazierstocks ist in Hals Halsband gehakt. Hal, der uralte schwarze Labrador, keucht und japst. Er versucht zu der Klientin zu gelangen, die in der hintersten Ecke steht, den Rücken an die Wand neben dem Tierfutterregal gepresst. Sie hält eine Transportbox mit einem Zwergkaninchen hoch über den Kopf.

»Schaff den Hund raus, Fox-Gifford.« Ich starre ihn an, und ehe er den Mund öffnen kann, um zu widersprechen, fahre ich fort: »Andernfalls werde ich nicht einwilligen, dich zu sprechen.« Ich bin mir nicht sicher, warum er hier ist. Geht es um Alex? Hat er mit seinem Vater geredet und angedeutet, dass es meine Idee war?

Peter trägt Fritzi aus dem Behandlungszimmer, und nachdem ich mich von ihm verabschiedet habe, wende ich mich an die Besitzerin des Kaninchens. Sie ist eine der neueren Bewohnerinnen von Talyton – mir ist aufgefallen, dass ihre Anschrift im Neubaugebiet liegt. »Es tut mir leid. Das hätte nicht passieren dürfen. Bringen Sie Bob gleich herein.« Ich hoffe, er hat keinen Herzinfarkt erlitten, wobei ich mich selbst ein bisschen panisch fühle.

Ich untersuche das Kaninchen. Glücklicherweise geht es ihm gut. Abgelenkt vom Geruch der Karotten in der Kiste, die Peter am Tischende stehen gelassen hat, lässt er sich ohne zu mucken seine Auffrischungsimpfungen geben. Ich entschuldige mich nochmals.

»Ach, er ist doch bloß ein mürrischer alter Mann. Er war Ihrer Dame am Empfang gegenüber extrem unhöflich.« Bobs Besitzerin lächelt. »Er sieht aus wie ein alter Landstreicher, und er riecht auch komisch.«

»Wirklich?«

»Konnten Sie es nicht riechen?« Ihre Nase zuckt, ähnlich wie die des Kaninchens. »Wie eine Mischung aus Eukalyptus und Teeröl.«

»Mottenkugeln«, sage ich und will nicht zugeben, dass dieser alte Landstreicher mein zukünftiger Schwiegervater ist.

»Mir fällt so etwas auf«, fährt sie fort. »Ich liebe Düfte und Essenzen. Einige können sehr beruhigend sein.«

Vielleicht sollte ich welche davon probieren, denke ich.

Nachdem Bob, das Kaninchen, sicher aus dem Weg ist, rufe ich den alten Fox-Gifford herein, der draußen auf seinen Spazierstock gestützt freundlich mit Frances plaudert. Ich bin überrascht. Er war fuchsteufelswild, als sie zum Otter House gewechselt hat.

»Warum bist du hier?«, frage ich ihn, als er steif ins Behandlungszimmer schlurft, dicht gefolgt von Hal an einer geliehenen Leine.

»Hal hatte einen kleinen Unfall.«

»Was hat er jetzt angestellt?« Hal schlägt mit der Rute gegen das Tischbein und presst seine Schnauze zwischen meine Schenkel. Es scheint ihm nicht viel zu fehlen.

»Es wäre mir lieb, wenn du nichts darüber zu Sophia oder Alexander sagen würdest. Es ist so …« Der alte Fox-Gifford beugt sich vor und fasst sich an die Nase. »Das muss unter uns bleiben …«

»Das ist kein Problem. Ich befolge die Vertraulichkeitsregeln.«

»Ich habe den alten Hund überfahren.«

»Du hast was?«

»Es war nicht meine Absicht. Das dumme Vieh hat sich gesonnt. Er hat mich nicht gehört, und ich habe ihn erst gesehen, als es schon zu spät war. Ich bin direkt über ihn drüber gefahren.«

»Er sieht nicht so aus, als hätte er irgendwelche ernsten Verletzungen davongetragen.« Ich runzle die Stirn, als ich Hals Kopf streichle. Warum bringt er ihn zu mir? Der alte Fox-Gifford ist ein Tierarzt mit vielen Jahren Erfahrung. »Er hat einen Kratzer auf der Nase, das ist ungefähr alles.«

»Das kann ich sehen.« Der alte Fox-Gifford klingt leicht verärgert, dass ich ihn darauf hingewiesen habe. »Ich mach mir Sorgen wegen seines Innenlebens. Ich dachte mir, du als Expertin für Haustiere könntest sicherstellen, dass er keine inneren Blutungen hat.« Er wird still und hustet. »Ich habe ihn untersucht und kann nichts Außergewöhnliches ertasten, und ich hätte Alexander darum gebeten, aber der ist unterwegs, und ich will ihn damit nicht belästigen.«

Ich grüble über die Tatsache, dass er den Hund überfahren hat.

»Ich würde es hassen, wenn der alte Knabe plötzlich tot umfällt«, fährt er fort. »Er ist der beste Hund, den ich je hatte, und ich hatte nicht wenige.«

Ich rufe Izzy herein, damit sie mir hilft, Hal auf den Untersuchungstisch zu heben, wo er dann so sehr zittert, dass der ganze Tisch vibriert. Ich gebe ihm einen Kuss und einen Keks, um ihn zu beruhigen, bevor ich ihn untersuche, von der Nasen- bis zur Schwanzspitze, wobei sich meine Finger mit einer Dreckschicht überziehen. Hin und wieder blicke ich zu dem alten Fox-Gifford, der in der Ecke steht und dessen Hand auf dem Gehstock ebenfalls zittert. Einen Augenblick lang tut er mir leid, ein alter Mann, der das Zutrauen in seine eigene Urteilskraft verloren hat, und dann erinnere ich mich daran, dass er gerade zugegeben hat, einen Hund überfahren zu haben.

»Es hätte eins deiner Enkelkinder sein können«, sage ich schließlich, nachdem ich mich davon überzeugt habe, dass Hal keine Anzeichen zeigt, demnächst zu verbluten. Ich werde ihn dennoch für ein paar Stunden hierbehalten, um ganz sicherzugehen.

Der alte Fox-Gifford schaut zu Boden.

»Solltest du überhaupt noch fahren?«, sage ich, als er nicht reagiert. Mir wird klar, dass ich ein so sensibles Thema nicht in Izzys Beisein hätte anschneiden dürfen, aber schließlich hat es keinen Sinn, anders als direkt mit dem alten Fox-Gifford umzugehen.

»Ich fahre seit über fünfzig Jahren«, raunzt er mich plötzlich an. »Das war ein Unfall. Wenn Hal nicht da gelegen hätte, hätte ich ihn niemals überfahren. Der Hund war selbst schuld. Er lag im Weg.«

»Das wird dann also deine Entschuldigung vor Gericht sein, ja? Der andere Fahrer war schuld, weil er auf der rechten Straßenseite war, Euer Ehren. Der Fußgänger ist zur falschen Zeit herausgekommen …«

»Das ist lächerlich. Hal war auf Privatgrund. Auf meinem Land.« Der alte Fox-Gifford zögert. »Was meinst du überhaupt? Wie geht es dem alten Knaben?«

»Auf den ersten Blick kann ich nichts feststellen, aber ich behalte ihn lieber zur Beobachtung hier bis heute Abend.«

Izzy sieht mich stirnrunzelnd an. Ich weiß, was sie mir zu sagen versucht, nämlich dass Hal beim letzten Mal, als er hier war, die ganze Zeit gebellt hat, aber ich beschließe, dass Hal wichtiger ist. Er ist ein Wrack, und mich juckt es seit Ewigkeiten in den Fingern, ihn mal in die Hände zu bekommen, um ihn richtig sauber zu machen. Jetzt habe ich die perfekte Ausrede.

»Während er hier ist«, füge ich hinzu, »werden wir ihm die Krallen stutzen und ihn baden.«

»Hunde sollten nicht gebadet werden. Es löst das Fett

aus ihrem Fell, nimmt ihm den Glanz und macht es weniger wasserabweisend.«

Izzy hilft mir, Hal wieder auf den Boden zu setzen.

»Soll ich ihn direkt nach hinten bringen?«, fragt sie.

»Ja, danke.« Ich warte, bis die Tür sich hinter ihr und dem Hund geschlossen hat, ehe ich mich wieder an den alten Fox-Gifford wende. »Ich werde dir nichts berechnen, da du zur Familie gehörst. Alles, worum ich dich bitte, ist, Alex anzuhören, wenn er mit dir redet.«

»Worüber?«, fragt er misstrauisch.

»Worüber wir schon gesprochen haben: die Vertretung für unsere Flitterwochen«, sage ich, weil ich nicht zu viel verraten will. Die Antwort des alten Fox-Gifford ist ein abfälliges Schnauben, deshalb mache ich mir keine großen Hoffnungen. Alex wird ganz offen mit ihm sein müssen.

Nachdem der alte Fox-Gifford die Praxis verlassen hat, nehmen Izzy und ich uns Hal vor. Er bellt ohne Unterlass, sodass Tripod humpelnd die Flucht ergreift und Miff darum bettelt, durch die Hintertür in den Garten gelassen zu werden. Früher konnte sie sich durch die Katzenklappe quetschen, aber sie hat in letzter Zeit wie aus Sympathie für Emma und ihren Babybauch einen Wohlstandsbauch entwickelt.

Wir bürsten, baden und föhnen Hal. Wir verpassen ihm eine Pediküre, schrubben so viel wie möglich von dem braunen, zementartigen Belag von seinen Zähnen, ohne ihn betäuben zu müssen, und spülen sein Maul aus. Wir reinigen seine Ohren von Schmalz und geben ihm Ohrentropfen. Wir säubern seine Augen und geben ihm Augentropfen. Schließlich mache ich einen Bluttest, um zu überprüfen, ob seine Nieren und seine Leber richtig arbeiten, bevor ich ihm ein Medikament gegen seine Arthritis verabreiche.

»Das war wie ein vollständiger TÜV.« Müde lächelnd wäscht sich Izzy hinterher die Hände. »Ich nehme an, ich hätte das erwarten sollen, da er einem Tierarzt gehört. Die halten sich nie an das, was sie anderen Leuten raten. Sehen Sie sich Miff an. Sie wird fett.« Sie hält inne. »Wie geht es Ginge? Kümmern Sie sich gut um ihn?«

»Wenn er es zulässt«, sage ich. »Es ist in Ordnung, Izzy. Ich gebe ihm jeden Tag seine Schilddrüsentabletten.«

»Bürsten Sie ihn auch, da er jetzt zu alt ist, sich selbst um sich zu kümmern?«

»Wenn er mich lässt.«

»Sehen Sie. Wenn ein Klient das zu Ihnen sagen würde, dann würden Sie erwidern, dass er sich davon nicht abhalten lassen darf.«

»Ich weiß … Izzy, jetzt machen Sie mir ein ganz schlechtes Gewissen.«

»Heute kam ein Werbegeschenk mit der Lieferung«, sagt sie lächelnd. »Eine Fellbürste – nehmen Sie sie mit nach Hause, und verwenden Sie sie für Ihre arme Katze.«

»Das werde ich tun, aber wenn ich wegen eines Katzenkratzerfiebers nicht arbeiten kann, mache ich Sie dafür verantwortlich«, ziehe ich sie auf. »Sie haben doch die Einladung zur Hochzeit bekommen, oder? Ich habe sie endlich verschickt.«

»Ja, Maz. Ich habe mich schon bedankt, falls Sie sich erinnern.« Izzy wird rot. »Ich habe jedoch noch nicht formell geantwortet, oder?«

»Sie müssen mir nicht schreiben«, sage ich. »Eine mündliche Antwort tut es auch. Ich versuche gerade, das Menü für den Empfang festzulegen.«

»Das ist nicht leicht, wenn man die ganzen verschiedenen Ernährungsweisen beachten muss«, sagt Izzy. »Wir hatten einen Halb-Vegetarier, was auch immer das ist, zwei Pescetarier und einen Veganer bei unserer Hochzeit zu versorgen.«

»Sie sagen es! Ich habe die Leute gebeten, mir ihre Vorlieben zu nennen, und einige von Alex' Verwandten ließen mich daraufhin wissen, dass sie keine Soße und keine Pilze mögen oder dass sie Eier nicht vertragen.«

»Was um alles in der Welt wollen Sie denen dann vorsetzen?«

»Hafer, Heu und Wasser, oder eine Dose Hundefutter, nehme ich mal an. Sie gehören zu den Pferdeleuten.«

»Ich verstehe.«

»Ich bin mir auch nicht sicher wegen der Sitzordnung. Ich weiß nicht, ob ich alle Verwandten zusammensetzen soll oder ob es besser wäre, den Fox-Gifford-Effekt abzumildern, indem ich sie über alle Tische verteile.« Ich mache eine Pause. »Ich hätte nie gedacht, dass es so kompliziert sein würde.«

»Na ja, man muss solche Dinge eben bedenken.« Izzy seufzt. »Schließlich soll es ja nicht zum Streit kommen.« Plötzlich gluckst sie los. »Maz, Sie sollten Ihr Gesicht sehen. Kopf hoch! Ihr Hochzeitstag soll der schönste Tag Ihres Lebens werden. Und das wird er auch«, fügt sie voller Überzeugung hinzu.

Der alte Fox-Gifford kommt, um Hal abzuholen. Ich habe nicht angeboten, ihn mit nach Hause zu nehmen, weil ich nicht will, dass er auf dem Heimweg im Auto bellt, sodass George das Trommelfell platzt. Er könnte einen Hörschaden davontragen, und das wäre schlecht, falls er eines Tages einmal Musiker werden will wie Russ Jackson. Ich übergebe dem alten Fox-Gifford den Hund

und eine Tüte mit Medikamenten. Ich bezweifle, dass irgendetwas davon in oder auf Hal landet, aber ich kann hin und wieder vorbeisehen und ihn behandeln. Das ist nicht gut, aber immer noch besser als nichts.

Als der alte Fox-Gifford geht, bietet Izzy an, ihm dabei zu helfen, Hal in den Kofferraum des Range Rovers zu hieven, doch er lehnt ab. Wir beobachten ihn vom Empfang aus, wie er den Kofferraumdeckel öffnet und eine Planke herausholt, die er mit einem Ende an die Stoßstange lehnt, ehe er Hal ermutigt, die sanfte Steigung hinauf in den Wagen zu laufen.

»Das ist ziemlich cool«, sagt Izzy.

»Und das nicht«, bemerke ich, als der alte Fox-Gifford mit Vollgas zurücksetzt, Zentimeter von der Wand entfernt auf die Bremse tritt, aus dem Parkplatz heraus über den Gehsteig rast und frontal in einem von Talytons legendären viktorianischen Lampenpfählen landet. Er setzt wieder zurück und kracht dieses Mal gegen den Pfeiler.

»Izzy, haben Sie das gesehen?«, keuche ich, aber Izzy ist bereits zur Tür hinaus und rennt zur Straße hinunter. Sie winkt dem Range Rover des alten Fox-Gifford hinterher, der mit qualmendem Auspuff die Fore Street hinunter zur Stadt hinaus verschwindet. Er ist ramponiert und misshandelt wie ein Sozialfall und sieht todkrank aus, aber er kann sich bewegen.

»Er ist weggefahren«, sagt Izzy überflüssigerweise, als ich mich auf dem Gehweg zu ihr geselle. »Das kann er doch nicht machen. Das ist Fahrerflucht.« Wir drehen uns um, um uns den Laternenpfahl genauer anzusehen. Er ist schief. Ich versetze ihm einen Stoß, aber er bewegt sich nicht. »Das hätte ein Fußgänger sein können«, fährt Izzy fort. »Oder eine von uns.«

»Fifi wird nicht gerade glücklich sein, wenn sie erfährt, dass einer ihrer kostbaren Laternenpfähle beschädigt wurde. Der Stadtrat wird dafür bezahlen müssen.«

»Wir werden mit unseren Steuern dafür bezahlen müssen«, korrigiert mich Izzy. »Es sei denn, der alte Fox-Gifford steht zu dem, was er getan hat.«

»Wir sollten ihm keine Wahl lassen. Ich rufe die Polizei an.«

»Maz, ich bewundere Ihren Mut, aber sind Sie sich sicher, dass das klug ist? Er ist Ihr zukünftiger Schwiegervater. Er wird Sie enterbt haben, bevor Sie überhaupt Teil der Familie geworden sind.«

»Er ist ohnehin nicht so gut auf mich zu sprechen. Das Risiko gehe ich ein. Er sollte wirklich nicht länger am Steuer sitzen. Er ist gefährlich.«

»Wäre es nicht besser, in Ruhe mit ihm zu reden und ihn zu bitten, über das nachzudenken, was er getan hat, und dann erst mal zu sehen, ob er für die Reparaturen aufkommt?«

»Wenn ich ihn anzeige, wird es eine Untersuchung geben, und er wird für fahruntüchtig erklärt. Er wird sich nicht herausreden können. Es wäre offiziell. Erledigt.« Wenn er nicht fahren kann, kann er auch keinen Bereitschaftsdienst übernehmen oder seine Runden machen. Der alte Fox-Gifford wird dazu gezwungen, sich zur Ruhe zu setzen, was heißt, dass er einen zweiten Tierarzt einstellen muss, um Alex zu helfen. Die Einwohner von Talyton – und George selbstverständlich – können wieder ungefährdet auf den Straßen unterwegs sein. Dem Range Rover wird gestattet, in Ruhe vor sich hin zu rosten.

Ich gehe hinein und nehme das Telefon zur Hand.

Als ich nach Hause komme, parkt ein Streifenwagen vor dem Herrenhaus. Ich forsche nicht nach. Jetzt, da ich auf der Fahrt nach Hause Zeit zum Nachdenken hatte, bin ich mir nicht mehr sicher, ob ich das Richtige getan habe.

Ich parke neben Alex' Geländewagen, und bei der Aussicht auf einen gemeinsamen Abend hebt sich meine Stimmung. Als ich an den Stallungen vorbeigehe, wiehert mir Liberty zu, und die Nase und die Ohrenspitzen des Fohlens erscheinen über dem Rand der halbhohen Tür. Ich schlendere weiter über den Hof zur Scheune, wo ich direkt in der offenen Tür eine Henne hochnehme und sanft zurück nach draußen befördere.

»Lästiges Huhn – wann wirst du endlich lernen, dass das hier kein Hühnerhaus ist?«, sage ich, als sie mit den Flügeln schlägt und sich ihre zerzausten Federn wieder legen. »Hi, George! Hi, Alex!«, rufe ich. »Wo seid ihr?« Ich höre Schritte oben – die von Alex. Und dann erblicke ich George, der mit einem blauen Stethoskop-Schlauch um den Hals um das Sofa herum auf mich zugewatschelt kommt. Er steckt sich ein Ende in den Mund und kaut darauf herum.

»George, nein!« Ich gehe neben ihm in die Hocke und versuche, ihm den Schlauch zwischen den Zähnen herauszuziehen. »Das ist nicht gut. Igitt!«

Er ist unheimlich stark, und es gelingt mir nur mit größter Anstrengung, es ihm zu entreißen, woraufhin er schreit, sich auf den Po fallen lässt und mit seinen Sandalenfüßen auf den Boden stampft.

»Hat Daddy deine Hausschuhe nicht gefunden?« Ich verstecke das begehrte Stethoskop hinter meinem Rücken und weiche zum Regal zurück, wo ich es in eines der höheren Fächer außerhalb von Georges Reichweite schmuggele. »Wo ist dein Daddy? Was machst du hier ganz allein zu Hause?«

»Er ist nicht allein.« Beim Klang von Alex' Stimme drehe ich mich um. Mit tropfenden Haaren steht er am Fuß der Treppe, nackt bis auf ein Handtuch, das er sich um die Mitte gewickelt hat. »Darling, wie war dein Tag?«

»Hast du geduscht?«

»Äh, ja. Ich habe mir gedacht, dass dir der Duft von Nachgeburtsresten zum Dinner nicht gefällt.«

»Warum hast du George nicht mit dir nach oben genommen?«

»Er wollte nicht mit. Er hat Nein gesagt.« Alex zuckt mit den Achseln. »Er hatte sich entschieden.«

»Er ist zwei Jahre alt, Alex. Du solltest für ihn entscheiden.« Ich halte inne und bemerke, dass der Streifenwagen vom Hof fährt. »Weißt du, was die Polizei hier wollte?« Ich stelle fest, dass ich mich nicht dazu überwinden kann, ihm zu gestehen, dass sie vielleicht meinetwegen hier waren.

»Vater hat gesagt, es wäre ein Besuch wegen verschiedener Fragen bezüglich der Gemeinde – wie man die Jugendlichen davon abhalten kann, Bier im Park zu trinken und die Recycling-Tonnen anzuzünden. So etwas.«

»Hast du also mit ihm gesprochen?«

»Worüber?« Alex zieht eine Augenbraue hoch.

»Bist du absichtlich so ausweichend?«

»Oh, Maz ... Ich habe Vater nur kurz gesehen, als ich George heute Abend nach der Arbeit im Herrenhaus abgeholt habe. Das ist alles.«

»Ich kann nicht alles tun, weißt du. Alex, ich babysitte unseren reizenden neuen Assistenten ...«

»Weshalb ich wirklich keinen brauche«, unterbricht

mich Alex. »Ich habe weder die Zeit noch die Geduld dafür.«

»Du könntest jemanden einstellen, der bereits seit ein paar Jahren praktiziert. Du musst ja niemanden nehmen, der direkt von der Uni kommt. Aber das ist nebensächlich. Wie ich sagte, ich kann nicht alles tun: arbeiten, mich um George kümmern …«

»Ich kümmere mich auch um ihn.«

»Wenn man das, was du gerade getan hast, während er sich fast mit einem Stethoskop erwürgt hat, so nennen kann. Nicht nur das. Ich organisiere unsere Hochzeit, und es sollte deine Aufgabe sein, die Flitterwochen und die Vertretung für eure Praxis für die Zeit unserer Abwesenheit zu buchen. Ich versuche immer noch, das Menü mit Elsa zusammenzustellen, was eine unmögliche Herausforderung ist, wenn deine Gäste so schnuckig sind.«

»Meine Gäste?«

»Ja, deine. Obwohl sie natürlich auch meine sein könnten, da du mir letztendlich ja nicht bei den Einladungen geholfen hast.«

»Ich habe die Adressaufkleber auf die Briefumschläge geklebt«, sagt Alex.

»Was ist mit der Tischordnung?«

»Das kann ich übernehmen.«

»Du sagst, du würdest es machen, aber dann machst du es doch nicht.«

»Ich erledige das nach meinem eigenen Zeitplan. Ich werde mich nicht umbringen, nur um die Termine auf deinem Hochzeitsplaner einzuhalten. Maz, es kann nicht mehr viel zu tun sein.«

»Jede Menge. Ich habe mich noch nicht um die Transportmittel gekümmert, habe meine Schuhe nicht eingelaufen oder die Musik für die Kirche ausgewählt, ganz zu schweigen von der Hintergrundmusik beim Empfang.« Ich gehe zur Küche durch, setze mich an den Tisch und stütze den Kopf in die Hände. Eine Welle der Erschöpfung und der Frustration erfasst mich. Eine Träne rinnt heiß und nass meine Wange hinab. »Alex, ich glaube, ich schaffe das alles nicht mehr.«

Er tritt neben mich.

»Maz, mir war nicht klar …« Seine Stimme bricht, während er mir übers Haar und den Nacken streichelt. »Was kann ich tun? Außer, dass ich ein ernstes Wort mit meinem Vater wechsle?«, fügt er trocken hinzu. »Ich bin mir nicht sicher, was im Augenblick mit ihm los ist. Er ist die ganze Zeit damit beschäftigt, den Papierkram im Büro zu erledigen. Er macht seit Jahren bloß das absolute Minimum, doch jetzt will er alles ordentlich, auf dem aktuellsten Stand und aufgeräumt haben. Können wir die Last noch ein wenig verkleinern?«, fährt Alex fort. »Ich meine, wir haben ja bereits eine Putzfrau.«

»Ja, Mrs. P. Leider ist sie nicht besonders gründlich.«

»Es wäre gefühllos, jemand anderen zu fragen«, sagt Alex sanft.

»Es wäre mir lieber, sie würde gar nicht mehr kommen, denn ich habe das Gefühl, ich muss erst mal aufräumen, bevor sie anfangen kann.«

»Aber das ist albern.« Alex rudert sofort zurück, vielleicht weil er bemerkt hat, wie sich die Haare in meinem Nacken aufstellen. »Ich meine nicht, dass du albern bist. Ich meine, es widerspricht der Tatsache, dass wir sie dafür bezahlen, uns im Haushalt zu helfen.«

»Ich weiß.«

»Gibt es sonst noch etwas? Wir können nicht viel hinsichtlich deiner Arbeitssituation tun, jetzt, da Emma schwanger ist, aber wir könnten George für einen zusätzlichen halben oder ganzen Tag im Kindergarten anmelden, damit du zwischendrin zur Ruhe kommst.«

»Alex, ich bringe ihn so schon nicht gern in den Kindergarten.«

Er seufzt. »Siehst du, Maz, wenn ich versuche, Lösungen anzubieten, verwirfst du sie sofort.«

»Das mache ich nicht.«

»Machst du doch.«

»Mache ich nicht«, wiederhole ich und spüre, dass sich ein weiterer Streit aufbaut. Ich will mich nicht mit Alex streiten. Ich will nicht ständig kämpfen.

»Was genau willst du? Du musst es mir sagen, denn ich habe keinen blassen Schimmer.« Alex zögert. »Warum verschieben wir nicht die Hochzeit, wenn sie dir so viel Stress macht?«

»Ist das dein Ernst?« Ich blicke zu ihm auf. Er meint es ernst. Mir wird schlecht vor Enttäuschung. Alex hat seine Meinung geändert. »Ich dachte, du wolltest an Weihnachten verheiratet sein.«

»Das möchte ich auch. Aber nicht, wenn es uns alle um den Verstand bringt, Maz. Solange es den Druck von dir nimmt…« Er flucht leise. »Ich habe das Falsche gesagt, nicht wahr?«

Ich vergrabe wieder mein Gesicht und lasse den Tränen freien Lauf.

»Es war ein Vorschlag. Eine Idee. Sonst nichts. Das Letzte, was ich will, ist, die Hochzeit noch länger aufzuschieben, und du hast schon so vieles vorbereitet…« Er beugt sich zu mir herab und flüstert mir ins Ohr, sein Atem warm und tröstend. »Bitte, weine nicht. Du bist fantastisch in allem, was du tust, und ich zeige dir nicht genug, wie sehr ich das zu schätzen weiß.« Er macht eine Pause und fügt dann verlegen hinzu. »Wenn überhaupt.«

Ich blinzele zwischen meinen Fingern durch.

»Es tut mir leid«, sagt er.

»Mir tut es auch leid. Was passiert mit uns, Alex?«, murmele ich. Meine Stimme ist belegt und mein Brustkorb eng.

»Wir stehen unter Druck«, sagt er, ein leises Lächeln auf den Lippen. »Das kommt vor. Wir werden das schaffen. Du wirst schon sehen. In ein paar Monaten – bald werden wir anfangen, in Wochen zu rechnen …«

»Das tue ich bereits«, unterbreche ich ihn.

»Okay. In wie vielen Wochen auch immer …«

»Zehn«, sage ich und zähle bis zur Hochzeit im Dezember.

»In zehn Wochen stecke ich dir einen Ring an den Finger …«

»Hast du den Ring schon gekauft?«

»Maz!« Alex sieht verletzt aus. »Vertraue mir. Ich werde so weit sein. Du musst mir glauben, wenn ich sage, dass ich mir nichts sehnlicher wünsche, als dass du meine Frau wirst.«

Ich strecke die Hand aus und drücke seine. Ich glaube ihm.

16

Schwarzer Hund

Es ist ein ganz normaler Tag. Beim Aufwachen spüre ich die moschusartige Wärme von Alex' Körper auf der einen Seite und den sanften Kleinkindgeruch von Georges Körper auf der anderen und frage mich, wie viele Lebewesen man in ein Doppelbett packen kann. Ich bin mir nicht sicher, wie die beiden dorthin gekommen sind, wo sie jetzt liegen. Als ich Alex das letzte Mal gehört habe, ist er zu einem Hausbesuch zu einer kranken Kuh aufgebrochen, und George lag schlafend in seinem Bettchen. Alex schnarcht leise, und George schnieft ununterbrochen, während Ginge auf meinem Brustkorb liegt, tretelt, schnurrt und auf die Bettdecke sabbert.

Das Licht fällt gedämpft durch die Vorhänge und neutralisiert den Schein des Weckers, und Motorengeräusche von einem Auto, das auf den Hof fährt, dringen in mein Bewusstsein. Das muss Lisa sein, Sophias Pferdepflegerin. Sie fängt um halb neun mit der Arbeit an, was bedeutet …

»Alex!« Ich rüttle ihn an der Schulter. »Wir haben verschlafen.«

Alex murmelt irgendetwas Unverständliches und richtet sich kerzengerade auf, sodass Ginge fluchtartig das Bett verlässt. George schlägt die Augen auf, hält einen Moment inne, um Luft zu holen, und bricht in Tränen aus.

»Was ist mit dem Wecker los?«

»Wir müssen ihn überhört haben.«

»Ich komme zu spät.« Alex springt aus dem Bett und sucht auf dem Fußboden nach einer Hose und einem Hemd. »Ich soll um neun auf der Headlands-Farm sein.« Alex reibt sich die Wangen, um zu überprüfen, ob er sich rasieren muss.

»Oh, Alex«, seufze ich.

»Wenn ich mich verspäte, wird er vermutlich die Praxis wechseln. Er ist wegen der Sache mit der Kastration noch immer ziemlich aufgebracht. Vater schwört, dass Robert ihm den Widder nicht gezeigt hat – er stand in einem eigenen Pferch –, aber Robert besteht darauf, dass er bei den anderen war, die er kastriert haben wollte.« Alex zuckt die Achseln. »Ich glaube, keiner weiß so genau, was passiert ist.«

»Ich bin jedenfalls kein bisschen klüger draus geworden. Deine Geschichten haben widersprüchliche Pointen.«

»Vater hat immer recht. Er hat in seinem ganzen Leben keinen Fehler gemacht oder gar einen zugegeben. Ich glaube nicht, dass er mit dieser Angewohnheit ausgerechnet jetzt brechen wird.« Alex küsst mich auf die Nasenspitze. Ich lege mich zurück, halte George in einem Arm, während ich Ginge streichle und Alex zusehe, wie er sich seine Klamotten überwirft.

»Mach dir keine Illusionen, Maz«, sagt Alex schroff. »Dieser Kater liebt dich nicht. Er will sein Frühstück.«

»Ich halte es auch nicht für Liebe. Es ist eher gegenseitiger Respekt.«

»Deshalb schlägt er also seine Klauen durch die Bettdecke.« Obwohl er ein Tierarzt ist, hat Alex Mühe, irgendetwas Liebenswertes an Katzen zu finden. »Hab einen schönen Tag. Denk an mich, wie ich mir den Arsch aufreiße.«

»Ich habe auch jede Menge zu tun. Versuch du mal, es den ganzen Tag mit George auszuhalten.«

Ich meine es nicht so. Ich liebe es, mit George zusammen zu sein. Er plaudert den ganzen Morgen, hilft mir beim Ausräumen der Spülmaschine und beim Vorbereiten eines Auflaufs für den Niedrigtemperaturofen. Um die Mittagszeit ist er bereit für ein Nickerchen. Ich lege ihn in seinen Stubenwagen und stelle das Babyfon an, damit ich mich auf die Suche nach dem alten Fox-Gifford machen kann.

Er hat mich zu sich zitiert, wahrscheinlich um mir ordentlich die Meinung zu sagen, weil ich die Polizei angerufen habe. Ich sehe es jedoch als eine Gelegenheit, mit ihm über seine Zukunft zu sprechen. Ich habe dabei ein schlechtes Gefühl. Es ist nicht wirklich meine Aufgabe, mich einzumischen, aber irgendjemand muss sich ja aus der Deckung trauen. Talyton Manor und auch Alex, unserer Familie, der Sicherheit anderer Leute und dem Wohlergehen der Tiere zuliebe sollte der alte Fox-Gifford nicht mehr praktizieren.

Ich bin mir ziemlich sicher, wie er es auffassen wird, aber um den Schlag etwas abzudämpfen, dachte ich mir, ich schlage ihm vor, als Berater weiterhin für die Praxis tätig zu sein, eine Position, in der er sich entweder in der Akquise neuer Klienten betätigen oder sich zurücklehnen kann, während Alex sich um das Alltagsgeschäft kümmert. Es ist an der Zeit, dass Alex die Gelegenheit bekommt zu glänzen. Ich weiß, dass er es kann.

Ich ziehe mir einen Fleecepulli über und überquere den Hof. Es ist fast Mitte Oktober, und es weht ein böiger Wind, der gefallenes Laub auf dem Kies aufwirbelt und wieder fallen lässt. Aus der Traufe der Stallungen tröpfelt es an einer Stelle, wo die Rinne verstopft ist, und vor der Treppe, die zur Praxis hinaufführt, hat sich eine matschige Pfütze gebildet.

Der alte Fox-Gifford sitzt am Schreibtisch der Praxis, Papiere liegen vor ihm auf dem Tisch, und sein Gewehr ruht quer über dem Aufbau. Ich bemerke Hal, der auf den Füßen seines Herrn liegt, welcher Hausschuhe trägt.

Ich stehe in der Tür, bereit, sämtlichen möglichen Geschossen auszuweichen, und räuspere mich dreimal, ehe der alte Fox-Gifford sich meiner Anwesenheit bewusst wird.

»Hallo«, sage ich.

»Alexander ist noch nicht zurück«, sagt er und blickt auf.

»Ich bin nicht auf der Suche nach ihm.« Ich halte inne und erwäge kurz, mich zu entschuldigen und zu gehen. Warum habe ich solche Angst vor ihm? Es ist albern. »Ich bin hier, um dich zu sehen.«

»Es ist lange her, dass ein junges Füllen mich gesucht hat.« Der alte Fox-Gifford trägt ein Hemd unter einer grauen Strickjacke mit Flicken auf den Ellenbogen und verblichene rosa Cordhosen.

»Du wolltest mich sehen, erinnerst du dich?« Ich frage mich, ob ich mich nicht vielleicht setzen sollte, aber es gibt keinen Stuhl. Ich räume ein paar schmutzige Kaffeebecher von der Fensterbank und hocke mich darauf. »Ich wäre nicht von allein auf die Idee gekommen, dich aufzusuchen.«

»Das mag ich so an dir, Maz. Du redest nicht um den heißen Brei herum …« Der alte Fox-Gifford starrt mich an und jagt einen Schauder der Feindseligkeit meinen Rücken hinunter. »Deshalb bin ich auch so enttäuscht, dass du mir in den Rücken gefallen bist und falsche Anschuldigungen in Hinblick auf meine Autofahrt gemacht hast.«

Ich streite nicht ab, dass ich ihn angezeigt habe.

»Du bist in diesen Laternenpfahl gekracht und dann einfach davongefahren«, sage ich erregt.

»Das war wohl kaum Fahrerflucht«, entgegnet der alte Fox-Gifford. »Das ist wieder mal viel Lärm um nichts, soweit es mich betrifft. Ja, ich gebe zu, dass ich den Laternenpfahl leicht touchiert habe, aber es ist kein Schaden entstanden.«

»Wie kannst du das behaupten? Der Pfahl ist krumm.«

»Die sind alle verdammt krumm«, poltert er los. »Die sind historisch – sie müssen über die Jahre ein bisschen was abbekommen haben. So wie ich …« Seine Stimme verklingt fast melancholisch, und ich frage mich, ob er sich gerade an glücklichere Zeiten erinnert. Was erwartet er von mir, das ich tun soll? Meine Anzeige zurückziehen? »Wie soll ich weiterarbeiten, wenn ich nicht fahren kann? Was hast du dir eigentlich dabei gedacht? Dank dir ist es mir aus medizinischen Gründen nicht mehr erlaubt, ein Fahrzeug zu führen.«

»Das kommt mir nur gerecht vor.«

»Gerecht? Wie arbeitet eigentlich dein gefühlsduseliges kleines Gehirn?«

Unsere Beziehung hatte sich verbessert, als ich Hal behandelt hatte, nachdem der alte Fox-Gifford ihn aus Versehen angeschossen hatte, aber nun hat sie sich wieder rapide verschlechtert. Ich bin jedoch nicht überrascht. Ich wäre auch ziemlich wütend, wenn mich jemand anzeigen würde, allerdings bin ich auch keine Gefahr für die anderen Verkehrsteilnehmer. Der alte Fox-Gifford ist das jedoch ganz zweifelsohne.

»Eines Tages wirst du mir dankbar sein.«

»Wohl kaum, denn jetzt wirst du deinen Willen kriegen und durchsetzen, was du von Anfang an geplant hast – die Tierarztpraxis in Talyton Manor zu zerstören. Du bist wie einer dieser Investmenthaie und wartest nur darauf, dir das beste Stück zu schnappen.«

»Das glaube ich einfach nicht, was du da sagst.« Ich kriege Kopfschmerzen. Ist er paranoid? Verrückt? Emma und ich haben genug zu tun, ohne uns in eine zweite Praxis einzukaufen. Und ja, ich kann mich um gebärende Ziegen kümmern, aber ich bin kein Experte, wenn es um größere Tiere geht.

»Alexander wird jetzt gezwungen sein, einen Assistenten einzustellen. Ihr werdet in diese Flitterwochen abhauen können, die du so sehr willst.« Er schüttelt langsam den Kopf. »Das ist das Problem von den Leuten heutzutage. Sie sind alle darauf aus, zwei Sachen zu kriegen, wo immer sie nur können: Ruhm und sofortige Befriedigung.«

Ich kann nicht erkennen, was das mit mir zu tun haben soll.

»Eines Tages wirst du die Herrin im Haus sein. Das alles hier…«, er breitet die Arme aus, »die ganzen Ländereien vom nördlichen Unterholz bis zum River Taly, vom Farley Kies bis zum Dead Man's Bend, werden dir und Alexander gehören – mitsamt den Hypotheken und den unzähligen Scherereien, die dazugehören, und ich wünsche dir viel Glück dabei, denn das wirst du verdammt noch mal brauchen.«

Er zieht einen Flachmann aus einer Schublade unter dem Tisch, schraubt ihn auf und nimmt einen Schluck, wahrscheinlich Brandy. »Du wirst dich fragen, was das alles soll. Wieso das alles?«

»Falls du jetzt nach dem Sinn des Lebens fragst, kommt mir das ein bisschen spät vor«, sage ich verwirrt. Ich fühle mich beklommen. Der alte Fox-Gifford ist mir immer wie ein Bär vorgekommen und oft auch grob, das bin ich gewohnt. Heute jedoch klingt er aggressiv, sogar verstört, und ich fange an, mich um meine Sicherheit zu sorgen.

»Wo ist der Junge?«

»George?« Sein Gedankensprung überrascht mich. »Er schläft.« Ich habe das Babyfon in der Hand. »Sollte ich ihn mitbringen?«

»Ich bin froh, dass du es nicht getan hast. Er muss das hier nicht mitbekommen.«

Das hier? Die Art, wie er die beiden Wörter betont, ist seltsam. Meine Kopfhaut kribbelt, während die Muskeln darunter sich voller Zweifel zusammenziehen. Die Kopfwäsche dafür, dass ich ihn bei der Polizei angezeigt habe, war seltsam zurückhaltend und so gar nicht Fox-Giffords Stil, gerade so, als würde hier etwas noch viel Unheilvolleres vor sich gehen. Man kann es meinen sechsten Sinn nennen, jedenfalls bin ich höchst wachsam.

»Dann können wir also fortfahren.« Der alte Fox-Gifford berührt die Lesebrille auf seiner von Adern durchzogenen Nasenspitze, deren Gläser von einer schmierigen Staubschicht überzogen sind. Er spießt eine Rechnung auf einen Zettelhalter. Das Papier zittert, als er es tut. Dann nimmt er eine weitere Rechnung zur Hand und schreibt mit einem kratzigen Füller ein paar Ziffern in ein Wirtschaftsbuch.

»Ich kann nicht glauben, dass du das immer noch in Papierform erledigst, wenn ihr doch einen Computer habt.«

»Ich brauche keine Maschine. Es ist alles hier drin.« Er tippt sich an die Schläfe.

»Du wirst hier immer noch gebraucht«, sage ich ihm. »Es gibt Arbeit für dich. Hast du schon einmal daran gedacht, als Berater tätig zu werden?«

Er starrt mich an. Seine Miene ist kälter als Eis.

»Versuch nicht, mir etwas vorzumachen. Du meinst, ich könnte hier ein bisschen herumwerkeln, den Papierkram erledigen und Klienten übers Telefon beraten wie eine verdammte Bürohilfe.«

»Bürohilfen dürfen nicht beraten.«

»Aber das tun sie, oder?« Seine Stimmung hellt sich auf. »Frances war immer sehr gut darin, den Leuten zu sagen, was sie tun sollten, damit sie nichts für einen Tierarztbesuch bezahlen mussten. Dank Fernsehen und Internet werden unsere Dienste bald nicht mehr gebraucht. Erst letzte Woche ist so ein Idiot mit einer Katze mit Flohallergie zu mir gekommen, der hatte bestimmt hundert ausgedruckte Seiten aus dem Internet dabei, wie ich sie behandeln sollte. Als würde ich mich darum scheren …«

»Was hast du gemacht?«

»Hab ihn weggeschickt.« Er zögert. »Ich nehme an, er ist mit der Katze im Otter House gelandet, oder?«

Ich nicke.

»Und du hast das ganze Zeug gelesen?«

»Die erste Seite«, gebe ich zu. »Es gefällt mir, wenn die Tierhalter gut informiert sind, aber diese Menge an Information war geradezu lächerlich, vor allem, da das meiste davon falsch war.«

»Tja, ich hasse es zu sagen, aber so ist das nun mal heutzutage. Die Welt ist verrückt geworden, und ich will nicht länger ein Teil davon sein, deshalb …« Der alte Fox-Gifford spießt die nächste Rechnung auf. »Das war's. Ich bin hier fertig. Außer dass er die Pitts wegen der Bezahlung für das letzte Quartal angehen muss, wird sich Alexander für den Rest des Monats nicht um die Bücher kümmern müssen.«

»Ist das dann alles, weshalb du mich sehen wolltest?« Ich frage mich, ob ich nicht zurückgehen und nach George sehen sollte. Der Gedanke, dass er aufwachen könnte und dann allein ist, gefällt mir nicht, obwohl Sophia wahrscheinlich die Auffassung vertreten würde, das wäre gut für ihn.

»Nicht ganz, Maz.« Der alte Fox-Gifford nimmt das Gewehr zur Hand, überprüft den Doppellauf und lässt es dann zuschnappen.

»Solltest du das nicht draußen tun?«, frage ich nervös.

»Du klingst haargenau wie Sophia. Warum sollte ich diese kleine Schönheit draußen haben wollen, wenn ich sie doch hier drinnen benutzen will?« Der alte Fox-Gifford dreht die Mündung zu seinem Gesicht und stützt den Schaft auf einem Stapel Zeitschriften ab, die auf dem Tisch liegen. Mein Herzschlag setzt aus.

»Was glaubst du eigentlich, was du da tust?« Und dann denke ich, er nimmt mich auf den Arm. »Oh, hör auf mit dem Unsinn. Es ist nicht geladen.«

»Ich habe sie letzte Nacht geladen, aber ich hatte noch zu tun und Dinge zu erledigen.«

»Dann ist es dir ernst?«

»Tod-ernst.« Er lächelt. Er lächelt tatsächlich. »Du lachst ja gar nicht, Maz.« Er zuckt die Achseln. »Ich war nie gut im Witzeerzählen, außer sie gingen auf Kosten eines anderen. Ich entschuldige mich dafür, dich in diese Sache hineinzuziehen, aber ich möchte dich um einen letzten Gefallen bitten …«

»Den ich dir nicht erfüllen werde«, unterbreche ich ihn schnell.

»Das wirst du doch. Es geht nämlich um den alten

Hal. Die anderen kommen allein zurecht, aber dieser liebe Kerl… na ja, er ist was Besonderes.« Hal schlägt mit der Rute auf den Boden, als würde er zustimmen. »Ich möchte, dass du dich um ihn kümmerst. Er mag dich.«

»Du hast mich herbestellt, um mich zu bitten, dass ich mich um deinen Hund kümmere?«

»Ja. Du wirst es doch tun, oder?« Seine Augen weiten sich flehentlich. »Wenn du es ablehnst«, fährt er fort, als habe er meine Gedanken gelesen, »werde ich mich trotzdem erschießen.«

»Ich mache es Hal zuliebe, aber du wirst dich nicht umbringen.« Er blufft. Er muss bluffen. Aber es ist ihm ernst damit, sagt eine Stimme in meinem Kopf. Mein Herzschlag scheint gänzlich auszusetzen. Plötzlich konzentriere ich mich nur noch auf die Mündung des Gewehrs und darauf, wie weit die Hände des alten Fox-Gifford vom Abzug entfernt sind.

»Du hast so viel, wofür es sich zu leben lohnt.« Ich weiß nicht, was ich sagen soll, aber irgendetwas muss ich sagen, um Zeit zu gewinnen, und wenn das das Einzige ist. »Die Entscheidung, sich umzubringen, sollte niemals impulsiv getroffen werden.«

»Jetzt geht es los«, seufzt er.

»Es ist nie wirklich so schlimm…«, hebe ich an und denke fieberhaft darüber nach, wie ich ihn davon abhalten kann. Ich habe schon in einigen schwierigen Situationen gesteckt, aber nichts in meinem Leben hat mich auf so etwas wie das hier vorbereitet.

»Maz, das ist eine Binsenweisheit. Ich dachte, gerade dir, einer intelligenten jungen Frau, würde etwas Besseres einfallen.«

»Was ist mit Sophia? Mit Alex? Deinen Enkelkindern?« Ich kann nicht glauben, wie kalt und beherrscht er ist.

»Die sind ohne mich besser dran.«

»Was ist mit Fifi und deinen Freunden in der Stadt?«

»Die wollen immer nur etwas von mir: Richter beim Tierwettbewerb, eine Spende für den Tierschutzverein, ein Beitrag zur Reparatur der Kirchturmglocke.« Er schüttelt den Kopf. »Keiner von denen wird mir fehlen.«

Ich hole mein Handy raus und berühre den Bildschirm.

»Was machst du da? Leg das weg!«

Mein Daumen schwebt über dem »Call«-Zeichen.

»Ich sagte, hör auf damit, oder ich beende es jetzt gleich.«

»Ich dachte, du möchtest vielleicht mit Alex sprechen, ich meine, mit Alexander«, sage ich. »Deinem Sohn.«

»Ja, ja, ich weiß schon, wer er ist«, sagt der alte Fox-Gifford, und die Haare seiner Koteletten scheinen vor Ungeduld zu knistern. Ich fühle mich von diesem Anflug von Streitlust ermutigt, der unter der Schicht von Niedergeschlagenheit hervorbricht – eine Bedrückung, die sich auf ihn gelegt zu haben scheint wie der Staub auf die Gegenstände in der Praxis. Ich lege mein Handy neben mich auf die Fensterbank.

»Du bist ein Feigling, weißt du das?« Meine Stimme wird unkontrollierbar schrill.

»Ich habe es mir nicht ausgesucht«, gibt er zu. »Aber ein oder zwei meiner Zeitgenossen haben Selbstmord als Ausweg gewählt. Ich nehme an, das hat damit zu tun, dass ich Tierarzt bin. Da hat man die Mittel und das Wissen darüber, wie man es am besten macht.«

Ich kenne die Statistiken, aber ich werde seinen Drang, sich umzubringen, nicht noch verstärken.

»Würde es dir etwas ausmachen, das Gewehr wegzulegen?«, versuche ich es mit einer anderen Taktik.

Der alte Fox-Gifford lächelt wieder. »Du hast Angst, ich könnte auf dich zielen?«

»Kannst du es mir verdenken? Du hast Hal aus Versehen angeschossen.« Ich versuche das Gespräch auf seinen Hund zu lenken. Wenn er seiner Familie zuliebe schon nicht seine Meinung ändert, dann vielleicht für Hal.

»Ich wollte es tun … Aber als es so weit war, konnte ich es nicht …«

»Was meinst du?«

»Hal. Heute früh. Ich habe ihn mit runter zum Wäldchen genommen, aber ich habe es nicht über mich gebracht.« Ich bemerke, dass er das Gewehr aufmerksam ansieht, und denke, es ist noch nicht vorbei. Ich mache einen kleinen Schritt auf ihn zu. Der alte Fox-Gifford schlägt mit der flachen Hand auf den Tisch. »Zurück!«

Der Schmusekurs funktioniert nicht, und ich wünschte, ich hätte mehr Krimis gesehen. Ich werde wütend.

»Wenn du das durchziehst, beweist es bloß, dass du dein ganzes Leben lang nie für jemanden etwas empfunden hast – außer für dich selbst.«

»Ah, und ich dachte, ich wäre Mitglied eines fürsorglichen Berufsstandes«, sagt er beißend. »Das war ich mal. Aber jetzt ist alles vorbei. Die Ärzteschaft kümmert sich nicht mehr um die ihren. Sie wollen mich den Löwen zum Fraß vorwerfen.« Er schiebt einen gedruckten Brief über den Tisch. »Sieh dir das an.«

Ich beuge mich vor, hebe ihn auf und weiche wieder zurück, als er mich anstarrt und die Mündung des Gewehrs ein wenig anhebt, sodass es wieder eine Gefahr für ihn darstellt. Ich lese, während er gleichzeitig fortfährt: »Nichts kann mich mehr retten. Morgen wird es überall in den Fachzeitschriften zu lesen sein. Man wird sich über mich lustig machen.«

»Das ist nicht das Ende der Welt…« Der Brief ist ein Nachfolger desjenigen, den ich im Blumenkübel gefunden habe. Er stammt von der Tierärztlichen Standesvertretung und teilt den Termin für die vorläufige Anhörung wegen mutmaßlich fahrlässigem Verhalten bei der Kastration eines Widders auf der Headlands-Farm mit. »Dieser Fehler hätte jedem passieren können.«

»Er ist nicht jedem passiert«, sagt er ein wenig sanfter. »Sondern mir. Und ich bin müde. Ich bin zu müde, um noch länger zu kämpfen. Das hier ist meine Entscheidung. Ich tue es nicht aus Boshaftigkeit, um irgendjemanden zu verletzen. Ich tue es für die Familienpraxis, um zu verhindern, dass Alexanders Reputation in Mitleidenschaft gezogen wird, wenn man mich von der Liste streicht. Mit dieser Schande kann ich nicht leben.«

»Man wird dich nicht streichen. Vielleicht wirst du für ein paar Monate ausgesetzt und musst einige zusätzliche Fortbildungskurse machen.« Alle Tierärzte sind dazu verpflichtet, Fortbildungsveranstaltungen zu besuchen und Fachzeitschriften zu lesen, um auf dem Laufenden über die aktuellen Entwicklungen in der Tiermedizin zu bleiben. Fox-Gifford geht zu ein paar regionalen Treffen, aber eher, um seine Kumpel zu sehen und nicht, um etwas Neues zu lernen.

»Ich bin hart am Wind gesegelt, aber dieses Mal hat mich ein Mahlstrom erfasst, und ich gehe unter.«

Ich will wieder einen Schritt nach vorn machen, aber der alte Fox-Gifford hebt die Hand, lehnt sich über den Tisch und legt den Finger an den Abzug.

»Es ist zu spät. Sag Sophia, dass es einen Brief für sie gibt – ich habe ihn hinter die Schmuckschatulle gesteckt. Und sprich nicht schlecht von mir vor den … Kindern. Lass sie wissen, dass ich sie geliebt habe …«

»Ich lasse nicht zu, dass du das tust«, sage ich. Ich weigere mich aufzugeben. »Wenn du Lucie, Sebastian und George liebst, entschärfst du das Gewehr, legst es weg, stehst auf und gehst mit mir diese Treppe runter. Kannst du dir vorstellen, was Lucie empfindet, wenn du das hier durchziehst? Sie betet dich an. Du bist ihr Großvater. Und Sebastian – auch er bewundert dich. Und George – du bist ein Teil seines Lebens …« Ich hole Luft. »Was meinst du, wie Alex sich fühlen wird, wenn er es ihnen sagen muss? Wenn er ihnen erzählen muss, was du getan hast?« Mit hämmerndem Herzen sehe ich, wie der alte Fox-Gifford nachdenkt. Endlich nimmt er die Waffe und sichert sie.

»Bist du jetzt glücklich?«, murmelt er. »Okay, hau ab, und lass mich allein.«

»Wäre es nicht besser, wenn du mit nach draußen an die frische Luft kommen würdest?«

»Traust du mir nicht?«

Ich starre ihn an.

»Sieh her.« Er zeigt mir das Gewehr. Ich will es ihm wegnehmen, doch er reißt es fort und legt es quer über seinen Schoß. »Ich denke an die Enkelkinder«, bestätigt er mir.

Überzeugt, dass er seine Meinung geändert hat, drehe ich mich um und gehe mit dem Gedanken die Treppe hinunter, Sophia aus dem Stall zu holen, damit sie ein ernstes Wort mit ihrem Ehemann spricht und entscheidet, was zu tun ist. Er braucht Hilfe, und ich überlege, ob ich Sophia bitten soll, Ben seinetwegen anzurufen.

Doch Sophia ist ohnehin auf dem Weg in die Praxis, und ich treffe sie am Fuß der Treppe.

Ehe ich den Mund aufmachen kann, um zu sprechen, explodiert mein Trommelfell beim Ertönen eines einzelnen Schusses. Ich drehe mich um und brülle: »Nein! Du Mistkerl! Nein!«

Sophia drängt sich an mir vorbei, als wir beide gleichzeitig versuchen, die Treppe hinaufzurennen.

»Fox-Gifford!«, ruft sie. »Ich drehe dir den Hals um! Du hast die Pferde erschreckt!«

»Sophia, bleib stehen!«

»Wie oft habe ich dir gesagt, du sollst dieses verdammte Gewehr nicht im Haus abfeuern! Fox-Gifford!«

»Nicht! Nicht!« Ich versuche, Sophia zurückzuhalten, und reiße an ihrer Jacke, aber es ist zu spät. Mit tauben Ohren stehe ich an ihrer Seite und starre auf die schreckliche Szenerie. Eine winzige Rauchfahne steigt von der Mündung des Gewehrs auf, und was da über dem Tisch liegt, sieht nicht mehr aus wie Fox-Gifford. Überall ist Blut.

Ich habe das Gefühl, als würde ich all das von irgendwo aus der Ferne beobachten wie einen Film. Ich weiß nicht, warum ich mich an Sophia vorbeidränge, um seinen Puls zu fühlen. Die Macht der Gewohnheit, nehme ich an. Ich weiß nicht, was mich dazu treibt, aber ich greife nach seiner Hand, die vom Abzug gefallen ist und warm und klauengleich auf dem Papierkram auf dem Schreibtisch liegt. Ich drücke sie, doch es erfolgt keine Reaktion.

So wie er aussieht, besteht keine Chance, dass er noch lebt. Er ist gegangen. Der alte Fox-Gifford ist tot.

»Ich fasse es nicht«, murmele ich vor mich hin, während ich seine Finger streichle. »Warum? Es kann doch nichts so schlimm sein, dass du es so beenden musstest.«

Ich zittere vor Schock und Schuldgefühlen, dass ich ihn nicht davon abhalten konnte. Ich mache einen Schritt zurück, nehme den Blick jedoch nicht von der Leiche. Hal, der tatsächlich zu taub ist, um den Schuss gehört zu haben, bleibt bei den Füßen seines Herrchens, legt sich wieder darauf nieder und stützt den Kopf auf die Pfoten. Mein Mitleid für Hal, Alex, Sophia und die Kinder schnürt mir die Kehle zu.

Werde ich den Tod des alten Fox-Gifford betrauern? Ich weiß es nicht.

Ich verspüre nichts außer einem Gefühl der Leere in meinem Bauch und wachsende Wut über diesen erbärmlichen alten Mann, dass er mir das angetan hat, denn er hatte seine Entscheidung längst gefällt, ehe ich durch diese Tür getreten war. Was war es? Irgendeine Form der Rache? Ein Versuch, sich davon zu überzeugen, dass er bis zum Ende die Zügel in der Hand hielt?

Hat er je in seinem Leben an jemanden gedacht außer an sich selbst? Er war egoistisch und selbstgefällig.

Ich beiße mir auf die Lippe, bis ich Blut schmecke, und ich bin mir nicht sicher, ob es meins oder seins ist, und eine Welle des Ekels schwappt durch mich hindurch und schlägt sauer gegen meinen Gaumen. Ich übergebe mich in den Papierkorb, und dann stehe ich da und versuche ungeschickt, mein Handy zum Leben zu erwecken.

Ich versuche auch, den Hund zu mir zu locken, doch Hal, treu bis ans Ende, bleibt bei seinem Herrn, während die Wärme langsam dessen Körper verlässt. Ich drehe mich zu Sophia um, die da steht und ihren Mann anstarrt, ihr Gesicht farblos und die Hände vor den Mund gepresst, als unterdrücke sie einen Schrei.

»Sophia!« Ich strecke die Hand nach ihr aus und nehme sie in den Arm. »Wir sollten rausgehen und draußen warten. Komm mit.«

Sie lässt sich von mir die Treppe hinunterführen und hinüber zu der Bank, die an der Seitenwand des Herrenhauses steht, wo ich ein paar Zweige abbreche, die über das Holz gewachsen sind, sodass sie sich hinsetzen kann.

Ich rufe den Notarzt an und dann Alex.

»Alex, du musst nach Hause kommen.« Meine Stimme schwankt, und erst jetzt fange ich an zu weinen.

»Geht es dir gut, Maz?«

»Ja … nein, nicht wirklich. Es geht um deinen Vater.«

»Was hat er jetzt schon wieder gemacht?«

»Komm nach Hause, Alex«, bitte ich ihn. Ich will es ihm nicht am Telefon sagen. Ich bin es gewohnt, schlechte Nachrichten zu überbringen, aber nicht so etwas.

»Maz, du musst mir den Grund nennen«, sagt er, obwohl er es sich vielleicht bereits denken kann, gemessen am tonlosen Klang seiner Stimme.

»Dein Vater ist tot«, sage ich leise. »Es tut mir leid.«

»Ich bin unterwegs.«

»Fahr vorsichtig«, füge ich hinzu, doch er hat bereits aufgelegt. »Alex ist unterwegs«, teile ich Sophia mit, aber ich bezweifle, dass sie mich hört. Ich rufe Ben an, der gerade mit Miff am Fluss spazieren geht. Er verspricht, sofort zu kommen.

Bald ist der Hof voller Blaulichter, ein paar Streifenwagen und einem Notarztwagen. Ich kann nicht verstehen, warum sie zwei Streifenwagen geschickt haben – ich dachte, Talyton St. George besäße bloß einen. Auch Ben kommt. Mrs. P. und Lisa lassen es sich nicht nehmen,

Tee zur allgemeinen Stärkung zu machen, und stellen ein Tablett auf die Aufstiegshilfe vor dem Stall. Auch Fifi Green ist da und mit ihr die Unterstützung der Gemeinde. Ich verstehe nicht, woher sie es weiß, aber ich bin ihr dankbar, denn sie bietet an, sich zu Sophia zu setzen, während ich in die Scheune gehe und nach George sehe.

Auf dem Weg zur Scheune rufe ich im Otter House an. Das Babyfon in meiner anderen Hand fängt an zu blinken.

»Tierarztpraxis Otter House. Wie kann ich Ihnen helfen?« Es ist Frances.

»Hier ist Maz. Kann ich bitte Emma sprechen?« Meine Hände zittern so sehr, dass ich das Gefühl habe, gleich alles fallen zu lassen. »Es ist dringend.«

»Ich hole sie, Liebes«, sagt Frances, und ich frage mich, ob sie bereits eine Ahnung davon hat, was im Herrenhaus gerade Schreckliches vorgefallen ist. »Emma, Maz für Sie.«

»Hi«, sage ich, als Emma an den Apparat kommt. »Es ist etwas passiert, und ich wollte fragen, ob ich morgen einen Tag frei haben kann. Können wir tauschen?«

»Stimmt das mit dem alten Fox-Gifford?«, fragt sie. »Alex war bei Chris, als du ihn angerufen hast. Chris hat es Izzy erzählt.«

Ich stelle fest, dass ich nicht antworten kann.

»Ich nehme an, das ist ein Ja. Oh, Maz, es tut mir so leid. Wie ist es passiert? Ein Herzinfarkt?«

»Emma, es war …« Ich bekomme kaum ein Wort heraus. »Er hat sich erschossen. In der Praxis. Er hat gedroht, es vor meinen Augen zu tun, aber ich dachte … ich dachte, ich hätte ihn davon überzeugt, es nicht zu tun. Ich bin rausgegangen, um Sophia zu holen, und dann … dann hat er es getan.«

»Maz, nein! Warum? Warum hat er das getan? Und warum tut er dir das an? Ausgerechnet dir? Oder warst du einfach nur zur falschen Zeit am falschen Ort? Es tut mir leid«, wiederholt sie. »Diese ganzen Fragen …«

»Er hat mich gebeten, mich um Hal zu kümmern, wenn er nicht mehr ist. Ich habe versucht, ihn davon abzuhalten«, wiederhole ich, »aber du weißt ja, wie er ist … er hat nicht auf mich gehört, und er hatte die Waffe … und …«

»Du brauchst nicht ins Detail zu gehen«, sagt Emma sanft. »Maz, bleib, wo du bist. Ich komme sofort zum Herrenhaus. Ich kümmere mich um George, während Alex und du tut, was ihr tun müsst.«

»Du musst nicht alles stehen und liegen lassen«, sage ich, aber ich meine es nicht. Ich brauche Emma hier. Ich brauche jemanden, dem ich vertrauen kann, dass er sich um meinen Sohn kümmert, während ich Alex unterstütze.

»Natürlich tue ich das. Wofür hat man sonst Freunde? Du stehst unter Schock. Ich kann es an deiner Stimme hören. Hör zu, ich habe noch drei im Wartezimmer. Ich bitte Will, sie zu übernehmen. Ich bin gleich bei dir.«

Da ich nicht weiß, was ich sonst tun soll, bis Alex ankommt, wecke ich George auf.

»Hi, George.« Ich hebe ihn aus dem Stubenwagen und setze ihn mir auf die Hüfte, um ihn ins Bad zu tragen, bevor wir hinuntergehen.

»Mama«, sagt George und fährt mit aufgerissenen Augen die Tränenspuren auf meiner Wange mit dem Finger nach. Ich lehne die Stirn an seine und unterdrücke den Schrei, der in meiner Kehle sitzt. Ich will nicht, dass George meinetwegen traurig ist, aber das Leben wird für eine Zeit lang merkwürdig sein.

Ich nehme George mit nach draußen und übergebe

ihn an Lisa, als ich sehe, dass Alex' Wagen sich nähert. Obwohl ich unter Schock stehe und mir bei der Erinnerung daran, was passiert ist, schlecht wird, und obwohl ich weiß, dass er von den Vorfällen erschüttert sein wird, legt sich meine Niedergeschlagenheit ein wenig bei dem Gedanken, ihn zu sehen. Ich eile an seine Seite, als er aussteigt, und umarme ihn, um ihn zu trösten und um getröstet zu werden.

»Alex«, hauche ich, als er mich fest an sich drückt. »Oh, Alex … es tut mir so leid.«

»Maz, was ist passiert?« Seine Stimme ist schroff, als er mir in die Augen sieht.

»Es ist nicht leicht, das zu sagen. Er hat sich erschossen.«

»Er hat was?« Alex runzelt die Stirn. »Das würde er nie …«

»Er hat damit gedroht, es zu tun, und ich dachte, ich hätte es ihm ausgeredet, aber als ich gegangen bin, hat er es trotzdem getan …«

Alex ist still. Seine Augen sind dunkel vor Gefühlen, Schock und Unglauben.

»Dann warst du dabei? Oh, Maz, das ist entsetzlich. Was hat er sich dabei gedacht?« Alex schüttelt den Kopf. »Warum?« Er zieht mich näher an sich und fährt mit den Fingern durch mein Haar, während ich an seiner Brust schluchze. »Ich verstehe das nicht. Was war so schlimm? Warum musste er dich da hineinziehen? Mein armer Schatz.«

»Er hat gesagt, er wollte mich sprechen.« Ich hebe den Kopf, als Alex einen Schritt zurück macht und mir ins Gesicht sieht.

»Dich? Warum hat er dich dafür ausgesucht?« Alex lässt mich los. »Ich muss ihn sehen.«

»Bist du dir sicher?«, frage ich zweifelnd.

»Ich muss es tun.«

»Dann komme ich mit dir.« Ich nehme seine Hand, doch als ich am Fuß der Treppe zur Praxis angelange, wo Ben uns begegnet, kann ich nicht weiter. Ich ertrage es nicht, noch einmal dort hinaufzugehen. Es ist zu viel. »Ich muss hier auf dich warten.«

»Geh zurück in die Scheune, Maz. Du hattest mehr als genug für einen Tag. Ich komme später zu dir.« Alex drückt meine Finger und ist fort.

Als Emma ein paar Minuten später eintrifft, sieht sie runder aus denn je in ihrer Umstandstunika und mit dem Stethoskop noch um den Hals. Sie umarmt mich, so weit es geht.

»Ich habe mich niemals mehr gefreut, dich zu sehen, als jetzt«, sage ich und erwidere ihre Umarmung.

»Ich habe mich nicht mal umgezogen.«

»Das sehe ich.« Ich hole George bei Lisa ab. Er freut sich, Emma zu sehen, und hält seinen Spielzeugtraktor hoch, um ihn ihr zu zeigen. Irgendwie hilft es. Es ist eine kleine Geste, die Normalität verspricht.

»Tee?«, frage ich, während ich mit ihr und George hinüber zur Scheune gehe.

»Ich dachte mir, du könntest vielleicht etwas Stärkeres gebrauchen. Ich habe dir eine Flasche Wodka mitgebracht. Hast du O-Saft oder Tonic im Haus?«

»Im Kühlschrank ist Fruchtsaft. Das reicht.« In der Scheune gießt mir Emma einen großen Wodka ein und fügt einen Spritzer Saft hinzu. Dann reicht sie mir das Glas.

Ich nehme es, lasse die Flüssigkeit kreisen, als wäre es eine Arznei, die vermischt werden muss, und kippe sie hinunter.

»Ich kann nicht glauben, dass er tot ist«, sage ich, als Emma mir ein zweites Glas Wodka eingießt und Saft für George und sie selbst. »Er hat gesagt, er wolle mit mir reden, also bin ich zu ihm gegangen. Ich dachte, es ginge um den Unfall – als er den Laternenpfahl angefahren hat und ich ihn bei der Polizei angezeigt habe, weil er einfach davongefahren ist. Em, ich habe den Gedanken nicht ertragen, dass er einfach weiter so Auto fährt, einen Unfall verursacht, vielleicht Leben zerstört, weil er zu stur gewesen ist zuzugeben, dass er es nicht mehr schafft. Ich fühle mich so mies.« Ich möchte mich zu einer Kugel zusammenrollen und mich verstecken. »Es ist alles meine Schuld.«

»Das ist es ganz sicher nicht. Der alte Fox-Gifford hat seine Entscheidung getroffen.« Emma runzelt die Stirn. »Es kann kein Unfall gewesen sein?«

Ich schüttele langsam den Kopf. »Es war kein Unfall. Er hat gedroht, sich umzubringen. Ich war überzeugt, ich hätte es ihm ausgeredet, also habe ich die Praxis verlassen, um Hilfe zu holen. Ich dachte, Sophia sollte bei ihm sein. Und dann war da dieser Wahnsinnsknall …« Ich erschaudere. »Warum haben sie zugelassen, dass er dieses verdammte Ding behält? Man sollte doch meinen, dass nach dem, was mit Hal passiert ist, irgendjemand es schaffen würde, dass er damit aufhört.«

»Hunger«, sagt George.

»Schon wieder? Du hast ständig Hunger.«

Er nickt mit ernster Miene, und ich erlaube mir ein kleines Lächeln. Das Leben geht weiter …

»Wo ist Alex?«, fragt Emma, als wir George dabei zusehen, wie er Nudeln mit Tomatensoße in sich hineinschaufelt. »Ich will nicht stören, Maz.«

»Ich glaube, er ist in der Praxis.« Ich möchte in Zeiten wie diesen bei ihm sein, aber er verabschiedet sich von seinem Vater, und dann, nehme ich an, wird er mit Ben und mit der Polizei reden und Sophia trösten müssen. Ich bin Teil der Familie. An Weihnachten werde ich eine Fox-Gifford sein. Es sei denn … Ein winziger Zweifel nistet sich in meinem Gehirn ein. Er breitet sich aus wie vom Krebs befallenes Gewebe. Wie kann es so kurz nach dem Tod des alten Fox-Gifford eine Hochzeit geben?

Ich habe ein schlechtes Gewissen, dass ich überhaupt derartige Gedanken hege … dass ich am Boden zerstört bin, weil die ganze Planung möglicherweise für die Katz war, und dass wir die Hochzeit vielleicht verschieben müssen. Und dann bin ich wütender als je zuvor auf den alten Fox-Gifford, dass er alles kaputt machen musste. Der Schuss traf ihn in den Kopf, doch die Folgen seines Todes treffen die ganze Familie, seine Freunde und die Tierarztpraxis von Talyton Manor.

»Es wird erst eine Beerdigung geben«, sage ich laut.

»Erst?«, sagt Emma.

»Vor der Hochzeit … Es kommt mir nicht richtig vor.«

Emma streckt die Hand nach meiner aus und hält sie fest. Es fühlt sich tröstlich an.

»Ich habe seine Hand gehalten«, erinnere ich mich.

»Das ist ein menschlicher Instinkt«, sagt Emma. Mir wird bewusst, dass sie bereits mehr Menschen hat sterben sehen als ich. Ihr Dad ist plötzlich gestorben, als sie ein Teenie war, ihre Mum starb an Krebs, dann die Fehlgeburten und der Verlust von Heather, ihrem Baby … »Maz, möchtest du, dass ich Ben bitte, dir etwas zu verschreiben, damit du heute Nacht schlafen kannst?«

Ich schüttele den Kopf. »Er hat mich schon gefragt.

Lieber nicht. Ich muss wegen George bei klarem Bewusstsein sein.«

»Wie wäre es mit einem Termin bei einem Therapeuten? Maz, du hast gerade eine wirklich entsetzliche Erfahrung gemacht.« Emma redet über post-traumatische Belastungen, während die Erinnerung an den Tod des alten Fox-Gifford immer wieder vor meinen Augen abläuft.

»Maz. Maz? Hast du auch nur ein Wort von dem gehört, was ich gesagt habe?«

»Tut mir leid, Emma.«

»Warum gehst du nicht rauf und nimmst ein heißes Bad?«

»Warum?«

»Weil zu zitterst. Ich kümmere mich um George.« Emma lächelt. »Ich brauche die Übung. Ich brauche tatsächlich so viel Übung, wie ich nur kriegen kann. Komm mit, George. Wir lassen Mummy ein Bad ein.«

»Schon gut«, sage ich. »Ich mach's selbst.«

Ich gehe nach oben ins Badezimmer. Nackt schaue ich in den Spiegel. Ich sehe abgezehrt aus. In der Wanne schrubbe ich mich mit heißem Wasser und Seife sauber, bis meine Haut brennt.

»Soll ich bleiben?«, fragt Emma, als ich wieder nach unten komme. »Ich weiß was. Ich bleibe, bis Alex zurück ist. Ich finde nicht, dass du heute allein bleiben solltest.«

»Ich bin nicht allein.« Ich deute in Georges Richtung, der an dem einen Ende des Sofas vor sich hin döst, und zu Ginge am anderen Ende. »Ich bin nie allein.«

»Du weißt, was ich meine.« Emma entscheidet für mich, indem sie verkündet, sie werde im Kinderzimmer schlafen.

»Es ist nicht genug Platz für dich, die Babys und

George.« Ich habe Angst, dass George ihr versehentlich in den Bauch treten könnte. »Er ist kein ruhiger Schläfer.« Mir kommt der Gedanke, dass er vielleicht überhaupt nicht schlafen wird, weil er heute einen ungewöhnlich langen Mittagsschlaf gehalten hat, als habe er verstanden, dass etwas Schlimmes passiert ist, und beschlossen, einfach darüber zu schlafen. Mir kommt auch der Gedanke, dass der alte Fox-Gifford noch am Leben sein könnte, wenn ich George mit zu seinem Großvater genommen hätte.

Als ich Emma diese Theorie bei einem weiteren kleinen Wodka erzähle, winkt sie ab.

»Quäl dich nicht, Maz. Er hätte es so oder so irgendwann getan.«

»Ja, aber ich bin mir sicher, dass er es nicht getan hätte, wenn George bei mir gewesen wäre. Ich hätte Zeit gehabt, Hilfe zu beschaffen.«

»Glaubst du wirklich, er hätte Hilfe angenommen? Ganz sicher nicht. Die Tatsache, dass er die Papiere in Ordnung gebracht hat und mit dir über Hal sprechen wollte, legt die Vermutung nahe, dass er es schon lange geplant hat.« Emma streichelt ihren Bauch. »Vielleicht schon seit Jahren.«

»Er hat immer gesagt, dass er sterben wollte, solange er noch im Geschirr steht. Er wollte kein Gnadenbrot.«

»Er war nicht der Typ für den Ruhestand.« Emma seufzt.

»Ich kann mir vorstellen, dass er immer mit einem lauten Knall abtreten wollte, und das hat er geschafft«, sage ich niedergeschlagen. Immer wenn mein Gespräch mit Emma zu einer Pause kommt, höre ich den Schuss in meinen Ohren hallen.

»Wo ist George?« Alex' Stimme dringt in mein Bewusstsein. Sie ist schneidend und schroff, doch ich fasse Mut. Ich stehe vom Hocker in der Küche auf und gehe mit ausgebreiteten Armen auf ihn zu, doch er läuft an mir vorbei, ohne auch nur in meine Richtung zu blicken. Er beugt sich runter und flüstert etwas in Georges Ohr, bevor er ihn vom Sofa hochnimmt.

»Dada, Dada, Dada.« George wirft die Ärmchen um Alex' Hals und küsst ihn auf die Wange.

»Hallo, Söhnchen«, sagt Alex leise, während ich nach Zeichen danach suche, wie er sich fühlt. Sein Gesicht ist ausdruckslos und unlesbar, als er sich zu mir umdreht. Ich kenne diesen Blick, doch ich erkenne darin nicht meinen Verlobten. Ich fange wieder an zu zittern. Er hat die Kühle des Abends mit sich in die Scheune gebracht.

»Emma.« Er begrüßt sie mit einem Kopfnicken.

»Ich bin gekommen, sobald ich davon erfahren habe«, sagt sie und steht auf, um ihn mit einer kurzen Umarmung zu begrüßen. »Mein Beileid, Alex. Wie geht es Sophia?«

»Sie steht unter Schock«, sagt Alex barsch. Er stellt George auf dem Boden ab.

»Wenn Ben und ich irgendetwas tun können, sag es einfach.« Emma nimmt George an der Hand.

»Danke.« Alex beißt sich auf die Lippe.

»Ich bringe George ins Bett und lese ihm seine Lieblingsgeschichte vor«, sagt Emma. »Was hast du am liebsten, George?«

»Fuerähmann Säm«, sagt George und steckt die Finger in den Mund.

»Feuerwehrmann Sam«, übersetze ich. »Ich komme rauf und gebe dir noch einen Gutenachtkuss.« Dann wende ich mich wieder zu Alex um.

»Übernimmst du das Telefon, Maz?«, bittet er. »Es

hört nicht auf zu klingeln. Es bringt Mutter noch um den Verstand.«

»Natürlich. Was ist, wenn jemand einen Tierarztbesuch braucht?«

»Dann kannst du ihn an mich weiterleiten.« Alex will gehen, doch ich halte ihn am Arm fest.

»Wie geht es dir, Alex? Wie fühlst du dich?«

Seine Augen sind trocken und die Lippen zu einer geraden Linie aufeinandergepresst.

»Okay, nehme ich an.« Er zuckt die Achseln und denkt noch einmal nach. Die Kluft zwischen uns scheint für einen kurzen Moment überwindbar, als er hinzufügt: »Taub.« Doch dann tut sie sich wieder auf.

Mein Brustkorb zieht sich schmerzhaft zusammen, als mir bewusst wird, dass ich nicht an ihn herankomme. Dass er es nicht zulässt.

»Möchtest du, dass ich mit dir ins Herrenhaus gehe?«

Er schüttelt den Kopf.

»Wie geht es Hal? Ist er bei euch?«

»Mein Vater ist gerade gestorben, und du hast nichts Besseres zu tun, als dich nach dem Hund zu erkundigen?« Alex flucht.

»Das ist nicht fair, Alex«, sage ich betroffen.

»Ist es nicht?«

»Ich habe gefragt, weil dein Vater mich gebeten hat, mich um Hal zu kümmern.«

»Hat er das?« Der Muskel in Alex' Wange spannt sich an. »War das, bevor oder nachdem er herausgefunden hatte, dass du ihn wegen Fahrerflucht angezeigt hast? Ich weiß alles. Er ist gegen einen Laternenpfahl gefahren, mit vielleicht zwei Meilen pro Stunde, als er vom Parkplatz beim Otter House gefahren ist. Kevin – Constable Philips – hat es mir erzählt.«

»Das hätte er nicht tun sollen …«

»Es war richtig von ihm, dass er es mir erzählt hat, da du ja zu feige warst, es selbst zu erwähnen. Was hast du dir dabei gedacht?«

»Alex, du bist aufgebracht.« Ich weine wieder.

»Natürlich bin ich aufgebracht. Verdammt aufgebracht sogar.« Er zögert.

»Alex, nimmst du mich in den Arm? Bitte …« Ich schluchze, klammere mich blind an seine Kleidung. Ich spüre, dass er hin- und hergerissen ist. Er hebt meine Hand hoch und drückt einen kühlen Kuss auf die Haut, was mir Hoffnung macht. Er will alles noch einmal durchgehen, wie ich es mit der Polizei und mit Emma getan habe, weil ich die letzte Person war, die mit dem alten Fox-Gifford gesprochen hat. Ich will das Ganze wirklich nicht noch einmal durchleben müssen, aber für ihn tue ich es.

»Was hast du sonst noch zu ihm gesagt?« Alex' Atem riecht säuerlich. »Er war mein Vater. Ich muss wissen, was passiert ist, Maz.«

»Ich weiß es nicht, Alex. Er hat sich umgebracht.«

»Verdammt noch mal, Maz. Du warst doch da.« Alex macht einen Schritt zurück, seine Augen dunkel vor Zorn. »Was hat er gesagt?«

»Er hat mich gebeten, ihn in der Praxis zu treffen. Ich dachte, er wollte mir wegen der Anzeige den Kopf waschen, was er auch getan hat.«

»Und?«

»Er ist die Rechnungen durchgegangen. Das Gewehr lag auf dem Tisch und Hal zu seinen Füßen.«

»Erzähl weiter.«

»Er hat das Gewehr entsichert und dann so auf die Zeitschriften gestützt, dass die Mündung auf ihn zeigte.

Dann hat er mich gebeten, mich um Hal zu kümmern. Er hatte versucht, Hal zu töten – ob mit dem Gewehr oder per Injektion hat er nicht gesagt.«

»Hat er gesagt, warum?«, fragt Alex. »Warum er beschlossen hat, sich …«

»Er hat nichts erklärt, außer dass er mir einen Brief der Tierärztlichen Standesvereinigung gezeigt hat. Darauf war ein Datum für die Anhörung zu der Kastration des Widders, die er versäumt hat. Er sagte, er könnte nicht mit der Schande leben, von der Liste gestrichen zu werden. Ich sagte ihm, so weit würde es nicht kommen.« Ich seufze tief. »Ich habe versucht, ihn aufzuhalten, aber wann hat er mir schon mal zugehört? Wann hat er überhaupt je einem andern zugehört?«

Ich fühle mich leicht angetrunken. Mein Mund ist pelzig, und meine Zunge bewegt sich nicht so wie üblich.

»Wir haben darüber gesprochen, dass er seine Arbeit aufgeben muss, über die Möglichkeit, eher beratend tätig zu sein und nicht mehr praktizierend. Es war meine Idee – ich dachte, es würde helfen.«

»Du hast was?«, fährt Alex mich an. »Was hast du gesagt? Was geht dich das an?«

»Du hast ja nicht mit ihm geredet. Was hätte ich denn sonst tun können? Weiter mit ansehen, wie du dich fertig machst, Klienten verlierst, möglicherweise die ganze Praxis, weil du es nicht über dich gebracht hast, mit ihm zu sprechen? Du bist hier der Feigling, Alex.«

Ich wünschte, ich hätte es nicht gesagt. Ich wünschte, ich könnte die Worte zurücknehmen, aber es ist zu spät.

»Alex, so habe ich das nicht gemeint«, sage ich verzweifelt. »Es tut mir so leid.«

»Ich muss zurück zu Mutter«, erwidert er barsch und macht auf dem Absatz kehrt.

»Oh, Alex … bitte geh nicht. Ich komme mit dir. Lass mich für dich da sein, bitte.«

»Gute Nacht«, schneidet er mir das Wort ab.

Ich sehe ihm hinterher. Er hält das Heft in der Hand. Er hat seine Gefühle in Ketten gelegt, in eine metaphorische Kiste gesperrt, auf den Grund des Ozeans versenkt und den Schlüssel weggeworfen. Ich frage mich, wann er sie wieder freilassen wird, wann er wieder zur Normalität zurückkehren kann, wie auch immer diese Normalität aussehen wird, jetzt nach dem Tod des alten Fox-Gifford.

Emma kommt die Treppe herunter und gießt mir noch einen Wodka ein. Wir sitzen auf dem Sofa, bis Emma einnickt und ich sie hoch ins Bett schicke. Ich bleibe sitzen, schere mich nicht um die Dunkelheit und die Kälte. Ich bin taub, wie Alex, fühle mich dabei aber längst nicht so gut.

17

Alle Geschöpfe, ob groß oder klein

»Alex ist letzte Nacht nicht nach Hause gekommen«, erzähle ich Emma, als wir unsere Pause im Personalraum des Otter House verbringen. Ich hatte ein paar Tage frei und hätte auch noch länger freinehmen können, doch Alex braucht mich nicht – es fühlt sich so an, als ertrage er es nicht, auch nur in meiner Nähe zu sein –, und mir ist es lieber, wenn ich etwas zu tun habe. »Er hat seit drei Tagen nicht mehr bei mir und George in der Scheune geschlafen. Er sagt, er hält es für keine gute Idee, wenn seine Mutter allein in dem alten Haus ist.«

»Das kann ich verstehen«, sagt Emma.

»Es macht mir nichts aus, aber …«

»Es ist gerade erst passiert, Maz.«

Ich weiß, dass Emma recht hat. Und doch kann ich nicht anders, als verletzt zu reagieren, nachdem Alex nicht mal bei uns war, um wenigstens hin und wieder eine Stunde mit George zu verbringen. George ist ein Kleinkind. Er versteht nicht, dass sein Großvater gestorben ist. Für mich selbst sehne ich mich nach einer Bestätigung, dass am Ende alles gut werden wird, denn unsere Beziehung hat sich in letzter Zeit nicht gerade stark angefühlt. Alex hat mir sogar klargemacht, dass meine Anwesenheit nicht erwünscht sei, als das Testament des alten Fox-Gifford verlesen wurde.

»Mir wäre es fast lieber, Sophia würde bei uns wohnen – in Lucies Zimmer.«

»Ich vermute, sie möchte lieber in ihrem eigenen Haus bleiben. Mit ihren Erinnerungen an den alten Fox-Gifford«, sagt Emma. »Wie geht es ihr?«

»Furchtbar.«

»Und die Beerdigung?« Emma senkt die Stimme. »Alle erwarten einen angemessenen Abschied.«

»Ich habe meine Hilfe angeboten, aber Alex und Sophia erledigen das gemeinsam. Ich glaube, Fifi hat ihre Hände ebenfalls mit im Spiel. Sie schleppt Quiches und Salate ins Herrenhaus und Kannen mit Kaffee. Ben war wieder da, und wie es scheint, kann der Pfarrer sich auch nicht losreißen.« Ich lehne mich auf dem Sofa zurück, Tripod auf dem Schoß. »Um ehrlich zu sein, sind alle wirklich hilfsbereit und unterstützen die beiden sehr.«

»Was sie auch tun sollten«, sagt Frances und betritt den Personalraum mit dem Telefon in der Hand. »Der alte Fox-Gifford war ein ziemlicher Charakterkopf.«

Ich lächle still vor mich hin angesichts der zweischneidigen Ehrungen, die dem alten Fox-Gifford zuteilwurden. Statt »Charakterkopf« könnte man auch »schwieriger alter Knacker« sagen.

»Frances, haben Sie etwa gelauscht?«, fragt Emma amüsiert.

»Sie beide sprechen so laut …« Frances reicht mir das Telefon und eine Notiz. »Es geht um Robert von der Headlands-Farm – Alex soll zu ihm rauskommen.«

»Ich rufe ihn an.« Wir haben den Tag über alle Anrufe für die Tierarztpraxis im Herrenhaus entgegengenommen, und es war mir möglich, einige von Alex' Klienten zu beraten, doch Robert ist definitiv ein Sonderfall. Ich rufe Alex auf seinem Handy an.

»Hallo, Darling. Wie geht es dir?«

»Was meinst du wohl?«, sagt er brüsk, sodass ich mir wünschte, ich wäre taktvoller gewesen und hätte nicht gefragt. Ich bin mir nicht sicher, wie ich im Moment zu ihm stehe. »Was ist los?«

»Robert braucht einen Tierarzt. Ich habe mich gefragt, ob ich das für dich weiterleiten soll.« Ich meine damit an die nächste Großtierpraxis, die Alex und seinem Vater schon einmal in einer Zeit der Krise ausgeholfen hat.

»Ich fahre hin.«

»Aber …«

»Ich muss. Vater hätte das von mir erwartet.«

»Alex …«

»Es wäre mir lieb, wenn du herkommen und Mutter Gesellschaft leisten könntest. Mrs. P. ist ausgegangen. Es ist ihr Bridge-Abend.«

»Ich muss George unterwegs aus dem Kindergarten abholen.«

»Wie auch immer«, sagt er. »Sonst noch was?«

»Ich habe mich gefragt, ob es helfen würde, wenn Emma heute Nacht deine Anrufe entgegennehmen würde. Sie hat Bereitschaft und hat es angeboten.«

»Maz, hör auf damit.« Alex flucht.

»Ich versuche bloß zu helfen.«

»Ich brauche deine Hilfe nicht. Ich komme verdammt gut allein zurecht. Und wenn wir schon dabei sind: Ihr könnt die Leitungen wieder auf mich umlegen. Danke«, fertigt er mich ab und legt auf.

Ich starre das Telefon an. Tränen schießen mir in die Augen. Emma streckt die Hand danach aus, nimmt es mir ab und legt es auf die Armlehne des Sofas. Sie tätschelt mir die Schulter.

»Nimm es nicht persönlich, Maz«, sagt sie. »Alex muss am Boden zerstört sein. Er hat an seinem Vater gehangen, seit er ein kleiner Junge ist, und die letzten Jahre haben sie auch noch miteinander gearbeitet.«

»Es fühlt sich an, als gäbe er mir die Schuld.«

»Er lässt es an dir aus, weil du die Person bist, die ihm am nächsten steht. Das ist keine Entschuldigung, aber es ist verständlich.« Emma hält inne. Das Tätscheln hört auf. Ich rutsche weg, sodass sie mich nicht mehr berühren kann. »Siehst du, du weist mich zurück«, fährt sie fort. »Es ist eine normale Reaktion.«

»Kann schon sein.«

»Alex hätte vielleicht sehr viel anders reagiert, wenn der alte Fox-Gifford an einem Herzinfarkt gestorben wäre oder an Krebs. Sein Vater hat sich für den Tod entschieden. Ich kann mir nicht mal ansatzweise vorstellen, wie Alex sich fühlen muss.«

»Ich weiß«, sage ich leise. Ich versuche, stark zu sein und für George alles zusammenzuhalten, aber wie eine Sandburg an der Flutlinie bereite ich mich darauf vor, dass die Wellen mich überspülen und davonwaschen, denn auch ich trauere – um Alex.

Dank dem alten Fox-Gifford bin ich mir nicht sicher, ob je wieder etwas so wird wie früher.

»Ich gehe besser«, sage ich zu Emma.

Ich nehme George mit ins Herrenhaus. Seine Anwesenheit hilft, denke ich, denn er ist jemand, um den man sich kümmern muss. Er spürt unsere Trauer, aber sie wirkt sich nicht so stark auf ihn aus. Das Leben geht weiter, nehme ich an.

Sophia hält ihn, trägt ihn zum Fenster des Wohnzimmers und schaut hinaus in die Dunkelheit, die sich auf den Park hinter dem Haus senkt.

»Ich sollte besser die Hunde rauslassen«, sagt sie aus heiterem Himmel. Ihre Stimme klingt angespannt. »Er hat die Hunde immer um sieben rausgelassen. Und um neun«, fährt sie fort. »Er hat die Hunde geliebt. Sie waren sein Leben. Deshalb verstehe ich das nicht.«

Sophia versteht es nicht, dabei war sie die Person, die ihm am nächsten stand. Ich schweige. Ich weiß nicht, warum er es getan hat, obwohl ich langsam Trost in der Erkenntnis gewinne, dass es nicht meine Schuld war. Der alte Fox-Gifford hatte viele Probleme, die seine Entscheidung, dem Ganzen ein Ende zu setzen, beeinflusst haben können.

»Weißt du, Maz«, hebt Sophia wieder an, »ich glaube wirklich, dass ihm die Hunde wichtiger waren als ich. Ich bin mir nicht sicher, ob er mich je geliebt hat. Gesagt hat er es jedenfalls nie.«

»Er hat einmal mit mir über die Eigenschaften einer guten Ehefrau gesprochen, und in diesem Zusammenhang sagte er, er hätte keine bessere wählen können … ja, genau das waren seine Worte: ›Ich hätte keine Bessere wählen können.‹«

Sophia dreht sich zu mir um und fasst sich an den Hals.

»Wirklich? Das klingt nicht sehr nach meinem Mann.«

»Das hat er gesagt.«

Sophia hebt eine Faust in die Luft und schüttelt sie. »Verdammt sollst du sein, Fox-Gifford! Wenn dieser dumme alte Mann sich doch nur überwunden hätte, es mir ins Gesicht zu sagen. Er hat sich mir nie anvertraut. Trotzdem danke ich dir, Maz. Es ist mir ein kleiner Trost.«

»Gern geschehen«, sage ich.

»Alles liegt an seiner Erziehung. Seine Mutter …«,

Sophia lächelt gequält, »… tja, Maz, du glaubst, du könntest Probleme mit der Schwiegermutter bekommen. Meine kam direkt aus der Hölle, und sein Vater war ein Tatar. Und dazu hat Fox-Gifford viele Jahre eine Privatschulausbildung durchlaufen, um ihm beizubringen, sich wie ein steifer Engländer zu verhalten und seine Gefühle von früh bis spät zu kontrollieren.«

»Das tut mir leid.« Ich weiß nicht, was ich sonst sagen soll.

»Ich bin froh, dass du dich so sehr für Georges Erziehung einsetzt, Maz. Lass nicht zu, dass Alexander deine Meinung ändert. Eine Mutter weiß es immer am besten.«

Ich bin von ihrer Haltung überrascht. Ich glaube nicht, dass sie dies mir gegenüber geäußert hätte, solange ihr Ehemann noch am Leben war.

Sophia blickt zur Uhr auf dem Kaminsims. »Die Hunde.«

»Sophia, ich mach das schon. Ich lasse die Hunde raus.« Ich ziehe Hal am Halsband von seinem Platz vor dem Kamin hoch, wo er das Bestmögliche aus der dürftigen Wärme der qualmenden Apfelholz-Scheite herausgeholt hat, und bringe die Hunde hinaus, wobei ich halb erwarte, im Flur zur Küche auf den alten Fox-Gifford mit dem Gewehr in der Hand zu treffen.

Zwei Wochen nach seinem Tod, nachdem die amtliche Untersuchung endlich abgeschlossen ist, begraben wir ihn an einem nassen Oktobertag auf dem Friedhof. Offenbar war kein Platz mehr in der Familiengruft, und trotz seines Sinns für Tradition hatte er Anweisungen hinterlassen, im Freien beerdigt zu werden, denn er wollte nicht, dass seine Enkelkinder Albträume erlitten, wie er sie als kleiner Junge hatte, nachdem sein Vater ihn gezwungen hatte, seinen verstorbenen Großvater unter der Erde zu besuchen. Sophia zeigte mir einen Auszug des Briefes, den er für sie hinterlassen hatte.

»Dieses Erlebnis hat mich zutiefst beeindruckt«, schrieb er. »Obschon ich alles andere kontrollieren konnte, stellte ich von diesem Tag an fest, dass ich die Skelette meiner Vorfahren nicht aus meinen Gedanken zu verbannen vermochte. Man kann einen Geist nicht erschießen, sobald er einem erschienen ist.«

Talytons Kirche ist wie eine kleine Kathedrale, erbaut aus lokalem Sandstein. Die Glocken im Turm läuten. Die Münder der Gargoyles speien Regenwasser und erschaffen dunkle Flecken auf dem Stein, und der Kirchhof ist von dunkelgrünen Eiben gesäumt, was zu der gedämpften Atmosphäre beiträgt.

Der Sarg trifft auf einem von zwei Rappen mit Federn auf dem Kopf gezogenen Wagen ein. Sophia wartet bei mir und Fifi Green, während die Sargträger – Alex, Stewart, Chris, Guy und zwei entfernte Onkel von Alex, die weder groß noch stark genug für die Aufgabe aussehen – den mit Messingbeschlägen versehenen Eichensarg herunterheben.

Die Pferde scharren mit den Hufen, und ihre Hufeisen klirren auf der befestigten Straße vor der Kirche. Sophia steht stolz, kühl und blass da, ganz in Schwarz gekleidet; ihren grässlichen, mottenzerfressenen Fuchspelz hat sie um den Hals geschlungen.

»Ich dachte, er würde mich ins Grab bringen. Ich dachte, er wäre unverwundbar.«

Fifi hält Sophias Arm. »Er lebt in Ihrem reizenden Sohn fort. Wie geht es Alexander?«

»Sie können ihn selbst fragen. Nicht, dass Sie eine befriedigende Antwort erhalten würden. Er sagt, er hält es aus, dass das Leben weitergeht, aber ich kann nicht sagen, was er wirklich empfindet. Wie sein Vater vor ihm behält er alles für sich – außer seinen Zorn. Das hast du schon mitbekommen, nicht wahr, Maz?« Sophia dreht sich zu mir um. »Wo sind die Kinder?«

»Sie sind in der Kirche. Lynsey meinte, sie würden hier draußen frieren.« Es hatte einiges Hin und Her gegeben, ob die Kinder an der Beerdigung teilnehmen sollten, aber letztendlich haben wir sie selbst entscheiden lassen. Lucie und Seb jedenfalls, obwohl ich annehme, dass ihre Entscheidung damit zu tun hatte, dass sie ein paar Tage schulfrei bekommen haben. George hatte bei der ganzen Angelegenheit nichts zu sagen.

»Du gehst mit mir«, sagt Sophia.

»Natürlich«, sage ich. Fifi geht auf der einen Seite, ich auf der anderen, und wir folgen dem Sarg des alten Fox-Gifford in die Kirche, wo der Organist viel zu schnell Mendelssohns Hochzeitsmarsch spielt. Ich bemerke, dass der Pfarrer über den Gang eilt, um mit ihm zu sprechen. Wir sind auf halbem Weg zum Altar, als der Organist zu einer passenderen Fuge von Bach wechselt.

Die Kirche ist voll bis auf den letzten Platz. Ich kann nicht mit Sophia und Alex in der Familienbank sitzen, weil dort schon alles besetzt ist. Schließlich lande ich bei Lynsey und Emma mit den Kindern. Während wir darauf warten, dass der Gottesdienst beginnt, flüstert Emma mir zu: »Wie geht es Alex? Maz, ich weiß, dass du nicht darüber reden willst, aber das musst du.«

»Es geht ihm gut. Er macht immer noch weiter, als wäre nichts passiert. Es ist seltsam.«

»Er ist stark.«

»Ich halte es für eine Schwäche, so hart zu sein.«

»Es ist bloß seine Art, mit den Geschehnissen umzugehen«, meint Emma.

»Ich weiß nicht, ob er damit umgeht, denn er spricht nicht mit mir. Wenn ich ihn frage, macht er zu. Es ist so schwierig. Ich möchte für ihn da sein, aber er stößt mich die ganze Zeit weg. Ich glaube, ich muss irgendetwas falsch machen …«

»Es muss ihn schwer getroffen haben, seinen Vater auf diese Weise zu verlieren. Sie haben viel Zeit miteinander verbracht.«

»Ja, aber ich bin mir nicht sicher, ob man sagen kann, dass sie einander nahestanden. Sie hatten keine einfache Beziehung.«

»Alex fühlt sich wahrscheinlich schuldig.«

»Wofür?«

Emma zuckt die Achseln. »Ich weiß nicht. Als Mum starb, hatte ich viele Schuldgefühle. Ich grübelte ständig darüber nach, ob ich sie hätte retten können, wenn ich früher bemerkt hätte, dass sie krank war. Alex muss sich fragen, ob er die Depression seines Vater hätte erkennen müssen und so wenigstens hätte versuchen können, ihn von seiner Tat abzuhalten.«

»Du sagst das alles, als würde es ihm etwas ausmachen. Em, Alex lebt, als wäre fast nichts passiert. Er ist zwar nicht fröhlich, aber sehr kalt.« Schaudernd ziehe ich den Mantel enger um mich. »Wahrscheinlich spricht er mit seinem Pferd.«

»Maz, er muss sehr deprimiert sein«, sagt Emma.

»Um ehrlich zu sein, Emma, das Ganze hat mich eine andere Seite an ihm erkennen lassen. Ich weiß, dass es noch nicht lange her ist, aber so, wie er sich verhält, frage ich mich wirklich, ob ich ihn überhaupt heiraten möchte.« Ich reibe mir das Auge und tue so, als habe sich eine Wimper verhakt.

»Du könntest einen Termin bei Ben für ihn ausmachen.«

»Er würde nicht hingehen. Alex würde es als Zeichen von Schwäche betrachten.«

Emma wechselt das Thema. »Ist dir der Fehler des Organisten aufgefallen?«

»Er ist wahrscheinlich betrunken«, sage ich. »Offenbar muss man ihn im Auge behalten, oder er verschwindet im Dog and Duck auf einen schnellen Drink. Ich werde jemanden organisieren, der am Morgen der Hochzeit ein Auge auf ihn hat.«

»Wie lange ist es jetzt noch hin? Knapp acht Wochen?« Emma lächelt. »Ich sollte es wissen. Die Zwillinge haben drei Wochen später Termin.«

Ich lächle zurück.

»Wenn das hier vorbei ist«, sagt Emma, »und wir uns vom alten Fox-Gifford verabschiedet haben, werden Alex und du weitermachen können. Es wird bestimmt nicht so schwer sein, wie du es dir jetzt vorstellst. Nach dem Abschiednehmen können wir uns auf eine Hochzeit und eine doppelte Ankunft freuen.«

Der Organist wechselt die Melodie und kündigt somit den Beginn des Gottesdienstes an, und wir verstummen alle außer George, der mit seinem Spielzeugtraktor plaudert, den er an der Seite der Kirchenbank auf und ab fahren lässt. Alex erweist seinem Vater die Ehre, und wir singen das Lied »Alle Geschöpfe, ob groß oder klein«.

»Wolltet ihr dieses Lied nicht zu eurer Trauung?«, flüstert Emma.

»Ja. Aber jetzt bin ich mir nicht mehr sicher …« Ich frage mich, ob uns das Lied nicht zu sehr an die Beerdigung des alten Fox-Gifford erinnern wird.

Nach dem Gottesdienst stehe ich am Grab unter einem Schirm. George ist in seinem Buggy angeschnallt, damit er nicht losrennen und das Loch begutachten oder in dem Hügel feuchter Erde daneben spielen kann. Während wir auf den Sarg warten, umgeben von Alex' Familie, Freunden und Klienten, verhakt sich mein Regenschirm mit einem anderen.

»Entschuldigung.« Ich drehe mich um – zu Fifi Green und Frances. Ich befreie die Schirme, und sie fahren mit ihrer gar nicht so leisen Unterhaltung fort.

»Talyton wird nie mehr so sein wie früher.« Fifi trägt einen schwarzen Hut, Jackett und Faltenrock und dazu Stöckelschuhe. »Er war einmalig.«

»In der Tat«, sagt Frances, die fast exakt das Gleiche anhat. »Er war ein einzigartiger Mann.«

Fifi tupft mit dem Taschentuch ihre Augenwinkel.

»Ich habe ihn sehr gern gehabt. Er war ein wunderbarer Mitstreiter, als diese schrecklichen Leute das Land beim Anger erschließen wollten.«

»Ich erinnere mich«, sagt Frances.

»Und er war ein wunderbarer Richter beim Wettbewerb. Er hat nie irgendwelchen Unsinn geduldet, aber dabei war er sehr charmant.«

»Du hast deine rosarote Brille auf. Er war ein schwieriger Mann. Nicht, dass ich schlecht über die Toten sprechen möchte.« Frances hebt eine behandschuhte Hand. »Ich habe jahrelang für ihn gearbeitet, ich kenne ihn also wahrscheinlich besser als du, Fifi.« Bemerke ich da einen Anflug von Triumph in Frances' Stimme? Ich lächle vor mich hin.

»Das glaube ich nicht«, sagt Fifi. »Es gab eine Zeit, da standen der alte Fox-Gifford und ich uns sehr nah.«

»Es wundert mich, dass du das ansprichst«, sagt Frances. »Ich verstehe das nicht, du hast doch selbst einen reizenden Ehemann. Und dann diese kleine Goldmine von Geschäft …« Fifi und ihr Mann besitzen das örtliche Gartenzentrum, wo sie von solarbetriebenen Leuchtgartenzwergen bis zu Weihnachtskugeln alles verkaufen. »Das hast du alles aufs Spiel gesetzt für eine Affäre mit …«

Ich bemerke, dass Sophia die beiden mit einem merkwürdigen Ausdruck im Gesicht von der anderen Seite des Grabes beobachtet. Ich räuspere mich.

»Ladies«, sage ich zu den beiden Hexen. »Nicht jetzt.«

Fifi und Frances sind nicht leicht mundtot zu machen. Sie senken die Stimmen und wechseln das Thema.

»Wenn wir uns das nächste Mal hier treffen, wird es zu einem freudigeren Ereignis sein, Maz«, sagt Frances.

»Das hoffe ich«, erwidere ich leise. Ich bin mir nicht sicher, ob irgendjemand, Alex eingeschlossen, in der Stimmung für eine Hochzeit sein wird.

»Der alte Fox-Gifford wäre stocksauer. Es gab nichts, was er mehr genoss als ein freies Mittagessen«, meint Fifi.

»Und einen guten Schwof«, sagt Frances, die sich offenbar nicht geschlagen geben will.

»Er hatte angeboten, für den Kuchen und den Champagner beim Hochzeitsempfang zu bezahlen«, sage ich. »Er konnte auch großzügig sein.«

Sophia richtet den Leichenschmaus im Herrenhaus aus. Sie hat ein Team von Caterern beauftragt, die von Elsa vom Barnscote Hotel angeführt werden. Shannon kellnert, um sich ein wenig dazuzuverdienen. Clive betreibt die kostenlose Bar, und Jennie hat die Kuchen geliefert.

»Er hat Anweisungen für einen guten Abschied hinterlassen«, höre ich Sophia zu Fifi im Wohnzimmer sagen. Skye, das Shetlandpony, stößt mit dem Maul gegen das bodentiefe Fenster und will hereingelassen werden. Die Hunde sind ausnahmsweise in die Lobby im hinteren Teil des Hauses eingesperrt worden – der alte Fox-Gifford hätte das niemals zugelassen, und ich muss gestehen, dass ich nicht übermäßig glücklich darüber bin, dass Hal bei ihnen ist. Er steht inzwischen ziemlich wacklig auf den Hinterbeinen, und ich glaube nicht, dass er es noch lange macht. Er wäre auf seinem üblichen Platz vor dem Kamin besser aufgehoben. »Das war eine Last, die er mir nicht aufgehalst hat.«

»Sie haben das alles sehr gut gemacht, Sophia«, sagt Fifi. »Es ist genauso, wie er es hätte haben wollen.«

»Was Sie ja wissen müssen, besser als jede andere«, sagt Sophia verdrossen. »Fifi, Sie können für den Leichenschmaus bleiben – ich möchte jetzt keine Szene machen –, aber von heute an sind Sie in meinem Haus nicht mehr willkommen.«

Ich habe noch nie zuvor erlebt, dass Fifi Green sprachlos gewesen wäre. Ihr Glas mit Buck's Fizz fällt zu Boden, ihr Gesicht wird blass, und ihr Lippen formen ein gemaltes O. Mehrere Leute einschließlich Shannon eilen ihr zu Hilfe. Ich dränge mich dazwischen, um Sophia zu retten. Wenn sie wirklich nichts von Fifis Techtelmechtel oder Affäre oder was auch immer mit dem alten Fox-Gifford gewusst hatte, dann war das heute ein Schock zu viel für sie.

»Danke, Maz«, sagt sie steif, als ich ihr einen Brandy reiche. »Du bist ein Pfundskerl.«

Ich glaube, das ist ein Kompliment. Aber Pfundskerl?

Ich schaue mich nach Alex um. Er scheint mit der ganzen Aufmerksamkeit zurechtzukommen – damit, dass ihm alle auf den Rücken klopfen und ihm sagen, wie toll er ist, weil er den Tod seines Vaters so verarbeitet wie sein Vater den Tod seines Vaters zuvor. Doch für mich zu Hause ist es eine andere Geschichte.

Viel später, als die Kinder schlafen – Wunder geschehen also doch immer wieder –, finde ich Alex im Halbdunkel an Libertys Stalltür gelehnt, wo er sie und ihr Fohlen beobachtet. Ich stelle mich zu ihm, die Arme um den Oberkörper geschlagen, denn trotz Mantel und Hut friere ich.

»Alex, willst du nicht hereinkommen?«

»Wenn ich so weit bin.« Er hält das Gesicht von mir abgewendet.

»Ich weiß, dass es wehtut«, fange ich an.

»Woher kannst du wissen, wie ich mich fühle?«, schnauzt er mich an. »Du hast nicht gerade deinen Vater verloren.«

»Du hast vergessen, dass ich meinen auch verloren habe, vor langer Zeit.«

»Tut mir leid.«

»Ja, ich war am Boden zerstört und wütend auf ihn, dass er uns einfach im Stich gelassen hat.« Ich mache eine Pause und atme trotz der Enge in meinem Hals ein. »Alex, du darfst um ihn trauern. Wenn du es nicht tust, weiß ich nicht, wie du darüber hinwegkommen willst.«

Alex antwortet nicht.

»Es war so ein Schock.«

»Hör auf das zu sagen, Maz. Du klingst wie eine Schallplatte mit Sprung. Immer wieder und wieder und wieder …«

»Es ist ganz normal, dass du wütend bist.« Ich weiß nicht mehr weiter.

»Ja, auf die Leute hier, die mir ständig sagen, was ich tun und denken und fühlen soll.«

Ich habe das Gefühl, als hätte er mir eine Ohrfeige gegeben. Ich bin deine Verlobte, will ich sagen, aber die Worte kommen mir nicht über die Lippen.

»Ich bin seit Jahren darauf vorbereitet«, sagt Alex. »Ich dachte, es wäre vorbei mit ihm, als der Bulle ihn erwischt hat. Ich habe dieses ganze Trauerzeug bereits hinter mir. Ich habe nicht vor, das alles noch mal durchzumachen.«

Er will es nicht wahrhaben, denke ich, er ist sturköpfig, genau wie sein Vater.

»Alex, lass uns reingehen …«

Er schüttelt den Kopf.

»Beim Leichschmaus heute haben sich die Leute nach der Hochzeit erkundigt«, fange ich an. »Es könnte gefühllos gegenüber dem Andenken an deinen Vater erscheinen, wenn wir einfach weitermachen. Wir könnten es verschieben, aber Weihnachten war der einzige Termin, auf den wir uns einigen konnten.«

»Maz, ich kann jetzt nicht über unsere Hochzeit nachdenken.«

»Du meinst, du würdest sie gern verschieben?«

»Das habe ich nicht gesagt.« Alex fährt sich mit den Fingern durchs Haar. »Ich wünschte, du würdest nicht alles, was ich sage, neu interpretieren, denn du machst es nie richtig. Ich sagte, ich kann nicht darüber nachdenken. Es ist so …« Alex scheint nach dem richtigen Wort zu suchen. »… trivial.«

»Trivial?« Mein Blut könnte kaum noch kälter werden, aber das tut es. »Sagst du damit, dass unsere Hochzeit trivial ist?«

»Da, du machst es schon wieder.« Alex tritt gegen die Stalltür. »Ich meine, dass es nicht so wichtig ist, verglichen damit, dass Vater sich umgebracht hat oder dass Mutter vor einem Nervenzusammenbruch bewahrt werden muss – vor allem nach dem, was diese Frau da heute vom Stapel gelassen hat – und dass die Praxis am Laufen gehalten werden muss.«

»Alex!«

Er geht ein paar Schritte weg und bleibt dann stehen, wo die Schatten ihn verschlucken. »Ich hatte einen langen und schwierigen Tag. Ich habe genug davon, nett zu sein, und mehr als genug davon, über die Hochzeit zu reden, denn sie haben mich auch alle darauf angesprochen.«

»Okay. Wir verschieben sie«, sage ich. »Nehmen wir uns Zeit. Es besteht kein Grund zur Eile.«

»Ich dachte nicht daran, sie zu verschieben …« Alex' Augen glänzen in der Dunkelheit, aber ich glaube nicht, dass er weint. »Ich finde, wir sollten sie absagen.«

»Absagen?«

»Ja, vergessen wir's.«

»Sag das bitte noch mal.« Ich muss mir sicher sein.

»Cancel es, Maz. Sag die ganze Geschichte ab.«

Ich spüre, wie Tränen heiß über meine Wangen laufen.

»Es ist mein Ernst. Ich zahle alle ausstehenden Auslagen.«

Das Geld ist mir egal. »Alex, beantworte mir nur eine Frage«, sage ich. Seine Worte sind wie Klammern um mein Herz, die es zusammendrücken, bis es nicht mehr schlagen kann. »Liebst du mich noch?«

Alex marschiert über den Hof davon zu seinem Wagen. Zu viel Druck. Ich hätte nicht fragen sollen. Ich blicke hinauf zu den Sternen, verschwommene Flecken im dunkelblauen Himmel, und denke an meinen Verlobungsring, der im Safe liegt. Ich hätte ihn am Finger tragen sollen, damit ich ihn hätte abnehmen und irgendeine dramatische Geste damit vollziehen können, um Alex zu zeigen, dass es mir egal ist – was natürlich gelogen wäre. Mir liegt mehr an Alex und an unserer Zukunft als an irgendwas sonst auf der Welt, George ausgenommen. Die Hochzeit, auf die ich mich gefreut und die ich seit Monaten geplant habe, ist abgesagt. Ich höre das Motorengeräusch von Alex' Wagen, der vom Hof fährt, und bin am Boden zerstört.

Ich versuche mich zusammenzureißen. Ich muss es tun – George zuliebe. Er kann nichts dafür. Er hat sich seine Eltern nicht ausgesucht. Es wäre nur allzu leicht für mich, mich in der Scheune zu verstecken, Emma anzurufen und ihr zu sagen, dass ich nicht zur Arbeit kommen kann, aber ich tue es nicht. Es ist wichtiger als je zuvor, dass unsere Praxis gut läuft, denn unabhängig davon, was Alex beschließt beizusteuern, will ich in der Lage sein, den Lebensunterhalt für mich und meinen Sohn zu bestreiten. Ich habe meinen Stolz, und das macht es mir doppelt schwer, mit Leuten wie Elsa vom Barnscote oder dem Pfarrer zu sprechen und ihnen zu sagen, dass die Hochzeit abgeblasen ist. Nachdem ich George sein Frühstück gegeben habe, nehme ich den Hochzeitsplaner vom Kühlschrank, werfe den Kühlschrankmagneten – ein stilisiertes Hufeisen, das Emma mir geschenkt hat und das Glück bringen sollte – in den Müll und zerreiße die Blätter in kleine Stücke.

»Ich will«, sagt George und streckt die Hand aus. »Ich will.«

»Hier, mein Schatz. Du hilfst Mummy.« Ich gebe ihm

ein Blatt und sehe ihm dabei zu, wie er es mit den Zähnen zerreißt und die matschigen Stücke ausspuckt. Er findet es rasend komisch, und ich muss unwillkürlich lächeln, während er sich durch seine Aufgabe kichert und zerstört, was von der verdammten Liste noch übrig ist. Ich wasche ihm das Gesicht und zupfe die Schnipsel von seinem Shirt, damit er sauber ist, wenn ich ihn auf dem Weg zum Otter House im Kindergarten absetze. Als ich dort ankomme, trinke ich mit Emma einen Becher Tee.

»Es war eine beeindruckende Beerdigung«, sagt Emma und spült die Becher im Personalraum aus, ehe wir uns auf unsere Morgenrunde durch die Station begeben. Es ist der Tag nach dem Abschied des alten Fox-Gifford – und nach Alex' Abfuhr, bloß war es mehr als das. Ich beiße mir auf die Lippe. Es könnte genauso gut das Ende der Welt sein.

»Ziemlich angemessen, denke ich, für einen so herausragenden Mann. Alle sprechen darüber«, fährt Emma fort.

»Das glaube ich gern«, sage ich. »Ich wünschte bloß, es wäre nicht so passiert. Ich sollte mich nicht schuldig fühlen, aber ich tu's.«

»Du hast das Richtige getan, als du ihn angezeigt hast. Der alte Fox-Gifford hätte sich schon vor Jahren zur Ruhe setzen und aufhören sollen, Auto zu fahren.«

»Es tut mir trotzdem leid. Seine Arbeit hat ihn am Leben erhalten. Sie gab ihm einen Sinn. Die Leute sahen zu ihm auf. Und er genoss diese wunderbare Kameradschaft mit seinen Klienten. Er fühlte sich gebraucht, nehme ich an.« Und das ist mit ein Grund dafür, dass ich zutiefst erschüttert bin – denn Alex scheint beschlossen zu haben, dass er mich nicht mehr in seinem Leben braucht. Das sagt er damit doch, oder? Dass es keinen Sinn für ihn macht, mich zu heiraten, denn er hat erkannt, dass er keine Zukunft für uns als Familie sieht: für ihn, mich und George.

»Die Praxis im Herrenhaus war ein echter Familienbetrieb. Es kann nicht mehr viele davon geben.« Emma versetzt mir liebevoll einen Stoß in die Rippen. »Es ist das Ende der Herrschaft des alten Fox-Gifford, aber die Dynastie besteht weiter.«

»Alex hofft, dass wenigstens eines der Kinder in seine Fußstapfen tritt…« Nachdem ich die ganze letzte Nacht über Alex und das, was er gesagt hat, nachgedacht habe, kann ich nun, da ich seinen Namen ausgesprochen habe, nicht mehr weiterreden.

»Ist alles in Ordnung mit dir, Maz?«, fragt Emma sanft.

»Schon gut. Ich konnte nicht schlafen.« Ich hebe eine Hand. »Bitte sei nicht nett zu mir, andernfalls… rege ich mich nur auf.«

»Was ist passiert?« Emma berührt meine Schulter. »Du kannst es mir sagen.«

Ich fange an zu weinen. »Alex hat die Hochzeit abgesagt.«

»Oh, Maz, das tut mir leid. Nach all der Mühe, die du hineingesteckt hast.« Ich bemerke durch meine Tränen hindurch, dass ein leises Lächeln um Emmas Lippen spielt. »Vielleicht ist es aber so am besten.«

»Wie das denn?«, schluchze ich.

»Weihnachten ist kein so guter Zeitpunkt für eine Hochzeit. Hey, du kannst sie stattdessen im späten Frühjahr oder Frühsommer planen.«

Ich schüttele den Kopf.

Emma runzelt die Stirn. »Maz, sagtest du nicht, sie sei verschoben?«

»Nein, abgesagt. Es gibt keine Hochzeit.«

»Das glaube ich nicht. Warum?« Als ich nicht antworte, fährt Emma fort: »Er hätte diese Entscheidung nicht jetzt treffen sollen – er trauert, wahrscheinlich ist es die anstrengendste Zeit seines Lebens … Soll ich mit ihm reden?«

»Das ist es ja, was ich falsch gemacht habe, Em. Ich habe versucht, mit ihm zu reden, und er …«

»Ist zusammengebrochen«, beendet Emma den Satz für mich.

»Nein, ist er nicht. Er war … So habe ich ihn noch nie erlebt. Ich habe das Gefühl, als würde ich ihn gar nicht kennen.«

»Gib ihm Zeit. Er wird seine Meinung ändern«, versucht Emma mir Mut zu machen. Doch es gelingt ihr nicht.

»Dafür ist es zu spät. Er hat mir heute früh eine SMS geschickt, um zu bestätigen, dass ich den Empfang und alles andere absagen soll. Er hat zu viel zu tun.« Es wird eine schmerzhafte und erniedrigende Erfahrung werden. »Und alles andere … dass er keinen Assistenten einstellen wollte oder eine Vertretung für unsere Flitterwochen … ich muss einfach immerzu denken, dass er kalte Füße bekommen und es nicht übers Herz gebracht hat, mir zu sagen, dass er nicht mehr heiraten will. Der Tod seines Vaters … liefert ihm die perfekte Ausrede.«

»Oh, Maz.« Emmas Augen glänzen, und ihre Oberlippe zittert. Dass sie meinetwegen traurig ist, macht mich noch mehr fertig. Es endet damit, dass ich in ihren OP-Kittel heule, während sie mich in die Arme nimmt, so weit ihr Babybauch das zulässt.

»Warum nimmst du dir nicht einen Tag frei?«, fragt Emma sanft, als ich mich irgendwann von ihr löse.

»Ich möchte lieber hierbleiben.« Ich ziehe ein Papierhandtuch aus dem Spender und putze mir die Nase. »Vielleicht verhindert das, dass ich verrückt werde. Außerdem treffe ich am Mittag die Familie in der Kirche.«

»Maz, du Arme«, sagt Emma.

Auf der Station schaue ich in die Zwinger. Wir haben drei stationäre Patienten: eine Katze, einen Hund und eine senffarbene Ratte. Ich fange mit der Ratte an und nehme ihren Käfig und die Patientenkarte zum Behandlungstisch.

»Das ist Bella«, sagt Emma. »Die Besitzerin ist ein Twilight-Fan. Sie hat Robert zu Hause – in einem separaten Käfig, will ich rasch hinzufügen. Wie auch immer, Will hat gestern eine Lumpektomie durchgeführt, und Bella brauchte eine Weile, bis sie wieder zu sich kam, weshalb er entschied, sie zur Beobachtung hierzubehalten.«

»Hier steht ›Mastektomie‹«, sage ich und lese von der Karte ab.

»Das ist, glaube ich, der Fachausdruck.« Emma ist sarkastisch.

»Hat er eine Probe ins Labor geschickt?«

»Die Klientin will darauf noch einmal zurückkommen. Sie glaubt nicht, dass sie das von ihrem Job als Zeitungsausträgerin bezahlen kann.«

»Ich verstehe.«

»Es ist okay. Ich habe ihm gesagt, er soll sein Möglichstes tun, um es ihr heute auszureden, und er schien die Logik dessen zu begreifen. Wenn der Knoten wiederkommt, bedeutet das ohnehin das Ende für die Ratte. Wenn nicht, ist es toll … Was auch immer geschieht, wir haben der Klientin wahnsinnig viel Taschengeld gespart.« Emma hält inne, als ich den Käfig öffne. »Übrigens, sie hat Will gebissen.«

»Mich wird sie nicht beißen.« Ich tauche rasch die

Hand hinein und packe die Ratte bei den Schultern, sodass sie den Kopf nicht drehen kann. Dann sehe ich mir ihre Wunde an. Sie ist sauber und trocken, und es gibt keine Naht. »Das ist ein guter Job.«

»Will hat eine Intrakutannaht gemacht«, sagt Emma und meint damit eine Naht unterhalb der Haut. »So brauchen wir keinen Kragen oder Strumpf, damit Bella nicht an den Nähten herumnagt.«

»Ich bin beeindruckt.« Ich setze Bella zurück in ihren Käfig und lasse das Schloss zuschnappen, während Emma Notizen auf der Patientenkarte macht. Wir sind ein gutes Team. Früher dachte ich, auch Alex und ich wären ein gutes Team … Ich unterdrücke die Tränen. Ich kann mich daran erinnern, dass ich völlig fertig war, als mein vorheriger Freund, mein Exboss, Schluss mit mir gemacht hat, um zu seiner Exfrau zurückzukehren, aber das war nichts im Vergleich zu diesem Gefühl der Zerstörung und des Verlustes.

Ich werde mir bewusst, dass Emma mich anstarrt.

»Es ist alles in Ordnung«, beharre ich.

»Ja, klar.«

Ich nehme mir als Nächstes die Katze vor und greife nach dem Infusionsbeutel am Haken an der Außenseite des Käfigs.

»Ist das Blueboy?«

»Er ist gestern reingekommen. Er hat ein bisschen lange gebraucht, bis er wieder zu sich gekommen ist, deshalb haben wir auch bei ihm beschlossen, ihn über Nacht hierzubehalten.«

»Ihr habt ihn geschoren.« Er sieht lächerlich aus, wie schon einmal, mit einem aufgeplusterten Gesicht, Pfoten und Klobürstenschwanz, während sein restliches Fell kurz und glatt ist.

»Cheryl hat uns die ausdrückliche Erlaubnis dazu gegeben, schriftlich und in dreifacher Ausfertigung. Sie hat beschlossen, ihn nicht länger für die Zucht oder für Ausstellungen zu benutzen.«

»Wie ist sein Bluttest ausgefallen?«

»Negativ, was das PKD-Gen betrifft. Es muss also Cassies Mutter gewesen sein, die es hatte, und sie ist bereits tot. Das war's dann also.«

»Der bestmögliche Ausgang.«

»Nicht ganz. Cheryl sucht nach einem neuen Deckkater.« Emma lächelt. »Das ist nicht toll für die Katzenpopulation, aber es ist gut für unser Geschäft. Wie auch immer, ich denke, Blueboy kann nach Hause, was uns dann zu Tolstoy führt, einem Hund mit literarischen Ambitionen.«

»Ist das nicht einer von Sabas Welpen?«, frage ich und nehme ihn aus dem großen Zwinger, in dem er reichlich niedergeschlagen mit dem Schwanz wedelnd stand. »Er sieht genauso aus wie Sieben, bloß ohne die Hasenscharte.«

»Das hier ist seltsam«, sagt Emma und nimmt die Patientenkarte. Ich hebe Tolstoy auf den Tisch, wo er zitternd steht und mitleiderregend aussieht. »Er ist seit einiger Zeit nicht ganz auf dem Posten, nichts Aufregendes, bloß nicht ganz so scharf aufs Fressen wie sonst. Und spielen mag er auch nicht mehr.« Sie schiebt ein Thermometer unter seinen Schwanz, woraufhin er sich prompt hinsetzt. »Das ist nicht gerade hilfreich, nicht wahr?« Tolstoy dreht den Kopf und leckt ihr übers Gesicht.

Nach etwa einer Minute prüft sie das Thermometer.

»Achtunddreißig. Viel besser als gestern.« Emma kümmert sich um den Patienten und untersucht ihn, während ich eine Dosis Antibiotikum aufziehe.

»Geht Tolstoy nach Hause?«, frage ich.

»Mit einem Termin für Freitag«, bestätigt Emma.

»Da wird Will Dienst haben … ist das okay?«

»Wir müssen schon bald anfangen, ihm mehr zuzutrauen.« Emma streichelt sich über den Bauch. »Sehr bald. Was kriegt er? Der Hund, meine ich. Nicht Will.«

»Amoxicillin.« Ich reiche ihr eine Spritze. Es kommt mir vor wie in alten Zeiten. »Bitte, die habe ich schon aufgezogen.«

»Du bist heute ultra-effizient.«

»Das muss ich sein.« Nachdem Alex heute Morgen bloß zum Duschen und Umziehen zurückgekehrt ist, muss ich dafür sorgen, dass das Leben für unseren Sohn so normal wie möglich weitergeht. »Ich musste Georges Sachen zusammenpacken und ihn auf dem Weg hierher im Kindergarten abliefern«, fahre ich fort, »und mich selbst fertig machen, obwohl das jetzt als Letztes kommt. Du wirst schon sehen, Em.«

»Ich kann's kaum erwarten«, sagt sie amüsiert.

Ich mache weiter mit den Beratungsterminen, während Will operiert und Emma den Papierkram im Büro erledigt.

Zur Mittagszeit verlasse ich das Otter House, marschiere eilig zur Kirche und haste den Weg hinauf zu Alex, Sophia, George, Lucie und Seb auf den Friedhof, um den neuen Grabstein für den alten Fox-Gifford zu sehen. Der Wind fegt zwischen den Grabsteinen hindurch und knickt Lucies roten Regenschirm um.

Als ich Alex erblicke, die Hände in den Taschen seiner Wachsjacke vergraben, setzt mein Herzschlag kurz aus. Wird er mir sagen, dass alles ein Fehler war? Er zerstört jedoch den leisen Anflug von Hoffnung, der sich in meiner Brust geregt hat, indem er mir zur Begrüßung knapp zunickt. »Dann hast du's also doch geschafft. Ich dachte schon, du hättest zu viel zu tun.«

»Du hofftest, wolltest du wohl sagen«, entgegne ich verbittert, nehme ihn beiseite, bis wir nahe der Mauer unter dem Schutz einer der Eiben stehen. »Es wäre dir lieber gewesen, wenn ich nicht gekommen wäre.«

Alex zuckt mit den Schultern. Ich bemerke, dass er sich nicht rasiert hat.

»Vielleicht solltest du für eine Weile aus der Scheue ausziehen«, sage ich, denn nachdem ich ihn jetzt gesehen habe, weiß ich nicht, wie ich weiter mit ihm unter einem Dach leben soll.

»Das ist lächerlich, und das weißt du genau.«

»Wenn du mich nicht mehr genug magst, um mich zu heiraten, sehe ich keinen Grund, warum wir zusammenbleiben sollten.« Mir ist elend. Zu meinem Bedauern, da ich Alex nicht die Befriedigung verschaffen wollte zu sehen, was er mir angetan hat, rinnen mir bittere Tränen über die Wangen. Eine Heirat war mir nicht wichtig, bis Alex mir einen Antrag machte. Dann schien es mir plötzlich eine tolle Idee zu sein. Wir lebten zusammen, wir hatten ein Baby – zu heiraten machte Sinn. Die Vorstellung, bloß zusammenzuleben, kommt mir jetzt wertlos vor.

»Alex, ich verstehe nicht, was passiert ist, was ich getan habe …«

»Ich habe genug von irgendwelchen Befragungen«, sagt er schroff. »Ich will nicht darüber reden.«

Mit vor der Brust verschränkten Armen und schlurfenden Füßen folge ich ihm zurück zum Grab. Ich würde ihn gern schlagen, eine Reaktion provozieren, irgendeine … anstelle seines langen, kalten Blickes.

Lucie streichelt den Grabstein aus schwarzem Granit,

der am Grab des alten Fox-Gifford errichtet worden ist. Er passt dorthin, trägt seinen Namen, Lebensdaten und Qualifikationen. Es ist kein Zitat eingraviert. Sophia erklärt, das läge daran, dass das von ihm gewünschte viel zu lang dafür sei. »Deshalb habe ich beschlossen, stattdessen Platz für mich zu lassen«, sagt sie.

»Humpy, du wirst aber nicht sterben«, erwidert Lucie. »Oder?«, fügt sie zweifelnd hinzu.

»Wir müssen alle eines Tages sterben«, sagt Sophia.

»Aber du wartest damit bis nach der Nationalen Pferdeschau«, erwidert Lucie.

»Lucie, ich habe vor, noch eine ganze Weile hier zu sein. Bis Scheherazade erwachsen ist und selbst Fohlen hatte, und diese Fohlen wieder Fohlen hatten.«

»Und diese Fohlen ihre Fohlen hatten«, ergänzt Seb sicherheitshalber.

Ich kann verstehen, warum die Kinder sich verunsichert fühlen. Es ist schwer genug, wenn der Großvater stirbt, aber wenn er dann auch noch selbst den Tod gewählt hat… Es muss sie rätseln lassen, wie viel sie ihm wert waren, wenn er so etwas tun konnte. Es kommt mir vor wie der ultimative Akt von Egoismus.

Vielleicht wollte er aber auch nicht, dass sie mitbekamen, wie er versagte.

Lucie stellt eine Schale mit Blumen aufs Grab. Seb lässt ein Bild von Hal da, eins, das er gezeichnet hat. Ganz ernst legt George einen Spielzeugtraktor daneben, und wir stehen eine Weile schweigend da. Ich sehe zu Alex hinüber. Seine Mutter hält seinen Arm, während er dort steht, regungslos mit Ausnahme des Muskels, der an seiner Wange zuckt. Er scheint in Ordnung zu sein, während ich am Boden zerstört bin. Ich blicke hinauf in den Himmel, in den Regen, der auf uns herabprasselt, und frage mich, wann – und ob – Alex zusammenbrechen wird.

18

In guten wie in schlechten Tagen

Ein paar Tage später nutze ich eine Arbeitspause, um den Empfang im Barnscote abzusagen. Ich hätte es bereits eher tun sollen, aber ich kann mich erst jetzt dazu durchringen, Elsa anzurufen, teils weil ich Angst habe zusammenzubrechen und nicht sprechen zu können, und teils weil ich gegen alle Vernunft gehofft hatte, Alex würde mir sagen, er habe einen Fehler gemacht, eine voreilige Entscheidung infolge des Verlusts seines Vaters, und habe seine Meinung geändert.

»Sind Sie sich sicher, Maz?«, fragt Elsa.

»Ziemlich sicher«, sage ich schroff, um meine Verzweiflung zu übertünchen. Das ist das Letzte, was ich geplant hatte, das Letzte, was ich jemals wollte. »Sie haben unsere Anzahlung bekommen. Sollten noch irgendwelche Zahlungen ausstehen, lassen Sie es mich bitte wissen.«

»Das tut mir sehr leid.« Es herrscht einen Moment Stille. »Suchen Sie einen anderen Veranstaltungsort?«

»Nein. Es tut mir auch sehr leid, aber ich möchte lieber nicht darüber reden.«

»Ich verstehe«, sagt sie, aber ich glaube, dass sie keine Ahnung hat. »Wenn Sie einen Tisch für ein Weihnachtsessen reservieren möchten, lassen Sie es uns bitte weit im Voraus wissen. Unsere Tische gehen schnell weg.«

»Auf Wiederhören.« Ich habe nicht vor, dieses Jahr

Weihnachten zu feiern, oder je wieder, obwohl ich George zuliebe gute Miene zum bösen Spiel werde machen müssen. Nachdem ich mit Elsa gesprochen habe, rufe ich Jennie wegen der Hochzeitstorte an. Sie sagt mir, ich solle mir angesichts der Umstände deswegen keine Sorgen machen, da sie kein Problem damit haben werde, die Stockwerke als einzelne Kuchen zu verkaufen.

Ich lasse mein Handy in meine Tasche gleiten und schlendere zurück an den Empfang, in der Hoffnung, dass mich dort etwas ablenkt.

»Hey, Maz, schauen Sie sich das hier mal an.« Frances winkt mich zu sich.

Auf dem Tresen am Empfang steht eine dieser Geschenketüten mit einer Flasche darin, und das Muster darauf wetteifert ganz offensichtlich mit Frances' Tunika um die Auszeichnung für das grellstmögliche Design. Frances schiebt sich ihre Dame-Edna-Brille auf die Nase und mustert das Etikett.

»Oh, für Will«, sagt sie überrascht. »Stellen Sie sich das mal vor.«

»Er hat einen Fan«, sage ich. »Von wem ist es?«

»Hier steht: ›Von Jack Pike, mit Dank und vielen Hundeküssen.‹ Sehen Sie nur, er hat mit einem Pfotenabdruck unterschrieben.«

»Einem schlammigen?«

»Nein, in Farbe getaucht, möchte ich annehmen. Oh, wie süß.«

Jack Pike ist ein braun-weißer English Springer Spaniel. Sein Besitzer, Ed, gehört zur Jagen-Schießen-Fischen-Fraktion.

»Das ist der Hund, den Will zum Kernspin überwiesen hat«, erkläre ich.

»Tatsächlich«, sagt Frances. »Haben Sie das nicht mitbekommen? Sie haben einen Gehirntumor gefunden. Er ist behandelt worden und inzwischen auf dem Weg der Besserung.«

Frances sieht mich lächelnd an. »Ich glaube, Sie müssen Ihre Worte zurücknehmen, Maz. Hatten Sie nicht gesagt, es wäre übertrieben, Jack an einen Spezialisten zu überweisen?«

»Teuer.« Und unnötig, das dachte ich zumindest. Ich habe mich getäuscht. Offensichtlich. Eine rasche Überweisung hat Jack das Leben gerettet. Ich frage mich, wie Ed, der verheiratet ist und zwei Kinder hat, es sich leisten konnte.

»Hier ist ein Geschenk für Sie, Will«, sage ich und trage es ihm nach hinten auf die Station. Shannon hält Cleo, die mit Vorsicht zu genießende Glückskatze, auf dem Behandlungstisch fest, während Will ihr ins Ohr schaut.

Ich zögere, denn ich kann nicht glauben, was ich da sehe.

»Will, ist Ihnen nicht klar, dass Sie sie früher oder später betäuben müssen?«

»Schon in Ordnung«, murmelt Will.

»Können Sie denn immer noch nichts sehen?«, fragt Shannon ungeduldig.

»Nein… nein, es ist ziemlich dunkel da drin.«

»Da ist nicht irgendein Wachs oder so etwas am Ende, was die Sicht blockiert, oder?« Mit einer Hand greift Shannon nach dem Topf mit Wattepads auf dem Regal und nimmt den Deckel ab, während sie zugleich Cleo festhält, die zunehmend ärgerlicher wird, mit dem Schwanz schlägt und kleine, aber drohende Geräusche aus tiefster Kehle von sich gibt. Izzy hat Shannon gut ausgebildet. Ich höre nie auf, mich darüber zu wundern, wie Arzthelferinnen derart geschickt im Multitasking sind.

Will untersucht das Otoskop und stopft Watte in den Tubus, den er gerade aus Cleos Ohr gezogen hat. »Es macht keinen Unterschied.«

Shannon fängt an zu kichern.

»Ich weiß, was Sie getan haben – Sie haben vergessen, das Licht einzuschalten.«

Will fummelt einen Moment an dem Instrument herum.

»Ah, ja«, sagt er dann.

»Ist Ihnen endlich ein Licht aufgegangen?«, fragt Shannon, und ich überlege, ob ich wegen ihrer spitzen Bemerkungen mal ein Wörtchen mit ihr reden sollte. Sie fängt an, Izzy erstaunlich ähnlich zu klingen. Sie beurteilt Will zu streng. Er ist der Tierarzt, während Shannon, noch immer, in der Ausbildung zur Tierarzthelferin ist.

Ich frage mich, ob diese Situation mehr mit Shannon und dem zu tun hat, was zwischen ihr und unserem früheren Vertretungsarzt Drew passiert ist, als mit Will. Sie ist über Drew hinweg – inzwischen sind mehr als zwei Jahre vergangen, aber vielleicht … Sie hat in der Zwischenzeit keinen festen Freund gehabt, obwohl sie oft mit ihren Freundinnen unterwegs ist.

»Heureka!«, sagt Will.

»Was ist es?«, fragt Shannon. »Spannen Sie mich nicht länger auf die Folter. Cleo dreht jeden Moment einen Looping.«

»Ohrmilben«, sagt Will triumphierend, woraufhin Shannon eine Flasche vom Regal nimmt und ihm reicht.

»Ich nehme an, Sie wollen dann das hier.«

»Äh, ja. Danke.«

»Wollen Sie zuerst spülen?«, fragt sie.

»Äh …« Will denkt etwa eine Minute lang nach. »Nein, ich glaube nicht.«

»Okay, wenn Sie meinen.«

»Ich denke schon … ja.« Ich glaube, er hat vergessen, dass ich da bin. Ich räuspere mich.

»Hier ist ein Geschenk für Sie, Will«, wiederhole ich. »Ich lasse es hier, während Sie die Behandlung beenden. Ich will nicht Zeuge eines Blutbads werden.« Ich weiß nicht, warum ich das sage – ein Bild vom alten Fox-Gifford, wie er nach dem Abzug seines Gewehrs greift, entsteht vor meinem geistigen Auge. Ich atme tief ein und bleibe, denn ich kann die Ablenkung gut gebrauchen. Es ist drei Wochen her, dass es passiert ist, und die Erinnerung daran ist so frisch wie eh und je.

»Danke, Maz.« Will wendet seine Aufmerksamkeit wieder Cleo zu, drückt die Tropfen in ihr Ohr, während Shannon die Augen in meine Richtung verdreht. Sie muss wirklich damit aufhören. Will massiert das erste Ohr, wobei Cleo miaut und mit dem Hinterbein versucht zu kratzen. Er lässt sie los, und die Katze schüttelt unverzüglich den Kopf, woraufhin die Ohrentropfen überallhin spritzen.

»Bäh«, sagt Shannon und greift nach einem Papierhandtuch, um sich das Gesicht abzuwischen. »Warum haben Sie das Ohr nicht erst mit Watte abgedeckt, so wie Maz das immer macht, damit die Tropfen drin bleiben, wenn sie den Kopf schütteln?«

»Ich habe nicht daran gedacht«, stammelt Will und betrachtet wehmütig die schmierigen Tropfen auf seinem Hemd.

»Ich hatte die Wattepads sogar schon für Sie bereitgelegt. Also echt, jetzt werde ich den ganzen Tag lang nach Ohrentropfen riechen.«

»Das tut mir leid, Shannon. Ich mache das wieder gut.«

»Geben Sie sich keine Mühe, Will. Das geht dann bestimmt nur auch wieder schrecklich schief.«

»Ich bin trotzdem beeindruckt«, mische ich mich ein. »Will hat es geschafft, die Katze mit dem schlechtesten Ruf in der Praxis zu zähmen. Wie haben Sie das geschafft?«

»Ah, mit Taktgefühl und Geduld«, sagt er grinsend. »Ich habe eine Menge von Izzy gelernt. Ich war respektvoll und habe Cleo als Individuum behandelt. Als Ergebnis herrscht Einvernehmen.«

»Sie nehmen mich auf den Arm.«

»Ich weiß nicht genau, um ehrlich zu sein. Als ich Cleo zum ersten Mal begegnete, habe ich die Warnhinweise auf ihrer Karteikarte übersehen.«

»Ich weiß nicht, wie«, sagt Shannon. »Die stehen in Rot und mit Ausrufezeichen versehen da drauf.«

»Sie kennen mich doch«, sagt Will. »Egal, jedenfalls habe ich sie gestreichelt und habe ihr ein Leckerli gegeben. Ich glaube, sie mag mich.«

»Meine Theorie ist, dass sie männliche Tierärzte bevorzugt«, sagt Shannon.

»Dann ist sie also nicht nur gewaltbereit, sondern auch noch misogyn ...«, sage ich leichthin.

»Das ist nicht ganz korrekt«, unterbricht mich Will. »Misogyn bezeichnet eigentlich einen Mann, der Frauen hasst.«.

»Vielen Dank dafür«, sage ich und reiche ihm die Tüte. »Sie halten sich heute wacker. Hier ist ein Geschenk von Jack Pike.«

»Sieht nach Wein aus«, sagt Shannon, als Will die Flasche halb aus der Verpackung zieht.

»Es ist Whisky, ein Single Malt. Das ist sehr nett von Ed. Aber das hätte er nicht tun müssen, ich habe bloß meine Arbeit gemacht.«

»Lassen Sie ihn sich schmecken«, sage ich. »Sie verdienen ihn. Es tut mir leid, dass ich Ihrem Urteil misstraut habe. Sie haben Jack das Leben gerettet.«

Will wird rot. »Wenigstens habe ich einmal etwas richtig gemacht.«

Er bringt das Geschenk hinauf in seine Wohnung und lässt mich mit Shannon zurück.

»Sie waren eben ein bisschen frech Will gegenüber.«

»War ich das?«, sagt Shannon unbekümmert, während sie Cleo zurück in ihren Käfig setzt, nachdem sie zuerst das Vetbed darin glattgestrichen hat.

»Ja, und das wissen Sie.«

»Na ja, er ist ein bisschen …«

»Respekt, Shannon«, unterbreche ich sie. »Sie müssen ihm gegenüber Respekt zeigen und nicht so streng mit ihm sein. Das ist alles noch ziemlich neu für ihn. Sie erinnern sich doch noch daran, wie es war, als Sie hier angefangen haben. Damals haben Sie auch nicht gleich alles richtig gemacht.«

Wie es scheint, haben meine Worte einen Nerv getroffen.

»Ich mache immer noch nicht alles richtig«, gibt sie zu. »Wie zum Beispiel die Bestellung für die Impfstoffe. Oh, ich werde mir Mühe geben, nett zu ihm zu sein. Es ist bloß, dass er so langweilig ist, wenn er von seinen Spinnen und Echsen erzählt, und dann braucht er morgens eine halbe Stunde für jeden stationären Patienten, dabei brauchen Sie und Emma maximal fünf Minuten, und er kann nie irgendeine Entscheidung treffen.«

Es stimmt, dass Will Schwierigkeiten damit hat, Entscheidungen zu treffen. Während meiner Nachmittags-OPs bittet er mich ins Behandlungszimmer. Es ist verständlich, denn es handelt sich dabei um Cassie, und sie ist – wie Will sehr richtig sagt – eine meiner Spezialfälle.

»Noch ein Mal«, sagt Clive. »Ich weiß, Maz, ich sollte Sie besser nicht darum bitten, aber Edie ist noch nicht bereit, sie gehen zu lassen.«

Ich nehme Cassie auf und lege ihr mit Wills Hilfe eine Infusion, um ein wenig Flüssigkeit in ihren Körper zu bringen. Sie hat nichts mehr gefressen oder getrunken. Ihr Mäulchen ist ausgetrocknet, und als ich in die Haut an ihrem Nacken kneife, bildet sich eine Art Zelt, das viel zu lange braucht, um wieder in sich zusammenzufallen. Sie ist schwach, kann kaum stehen, und ihr Atem riecht nach Ammoniak.

Binnen weniger Stunden hat sich ihr Zustand verschlechtert. Sie übergibt sich und jammert, und ich ertrage es nicht, sie so zu sehen. Ich rufe Clive an. Innerhalb von fünfzehn Minuten ist er mit Edie da. Frances funkt mich an, um es mir mitzuteilen.

»Ich dachte, Sie sollten außerdem wissen, dass Edie ziemlich betrunken ist, Maz«, sagt Frances. »Sie kann kaum stehen.«

»Bringen Sie die beiden in den Mitarbeiterraum«, beschließe ich. »Werfen Sie Miff und Tripod raus. Nicht wortwörtlich«, füge ich finster hinzu. »Wir wollen schließlich fürsorglich sein.«

»Oh, Maz«, seufzt Frances. »Sie müssen keine Witze reißen. Ich weiß, dass Sie aufgebracht sind.«

Ich sage nichts. Ich muss es tun. Es ist meine Art, mit der Situation fertig zu werden.

Shannon und ich bringen Cassie in den Personalraum, wo Edie und Clive nebeneinander auf dem Sofa sitzen. Shannon breitet ein Handtuch auf Edies Schoß aus, und ich lege Cassie darauf. Dann ziehe ich eine Spritze mit der letzten Injektion aus der Flasche auf, die ich mitgebracht habe.

»Mein armes Baby«, schluchzt Edie.

»Es ist schon gut, Liebes«, sagt Clive, obwohl klar ist, dass gar nichts gut ist. Ich kann den Alkohol in Edies Atem riechen. Ihr langes Haar – dunkel mit silbernen Strähnen – ist fettig, ihr lila Top ist fleckig und hängt so an ihrem knochigen Körper, dass man einen schmuddeligen BH-Träger sehen kann. Sie ist ein Wrack.

»Ich wünschte, wir hätten sie nicht so lange behalten«, fährt Clive fort und streichelt Cassies Kopf.

»Wir haben ihr eine Chance gegeben«, murmelt Edie. »Letztes Mal hat sie sich doch erholt.«

»Sie ist eine wahre Kämpferin.« Ich verstehe nicht, wie Cassie so lange mit dieser hohen Harnstoffkonzentration im Blut überleben konnte. Es zeigt bloß wieder, dass man sich nicht allein auf Laborergebnisse verlassen sollte. »Sind Sie so weit, oder möchten Sie noch ein bisschen Zeit mit ihr haben?«

»Erlösten Sie sie von ihren Qualen«, antwortet Clive schroff.

Ich stecke die Nadel in den Verschluss des Infusionsschlauches, knicke den Schlauch ab, sodass das Mittel in die Katze läuft und nicht in die Flasche. Langsam drücke ich den Kolben und schicke die blaue Flüssigkeit in den Schlauch. Binnen Sekunden legt Cassie das Kinn auf Edies Hand und stößt ein tiefes Seufzen aus, während ihr Körper sich entspannt und ihre Atmung stoppt. Noch ehe ich ihren Puls fühle, weiß ich, dass sie tot ist. Ich nicke Clive zu, während Edie Cassie an ihre Brust drückt. Tränen rinnen ihr übers Gesicht.

»Wir möchten gerne, dass sie eingeäschert wird. Ich mag nicht daran denken, dass sie draußen bei den Hunden liegt.« Clive meint diejenigen, die er zuvor im Garten des Talymill Inn beerdigt hat. »Und ich mache einen Termin aus, um ihre Jungen testen zu lassen. Ich möchte sie nicht auch noch so leiden sehen. Ich will nicht, dass Edie sich jedes Mal, wenn sie aus irgendeinem Grund nicht ganz auf der Höhe sind, Sorgen um sie macht.« Shannon löst den Katzenkörper aus Edies Griff, dann hilft Clive seiner Frau beim Aufstehen, indem er einen Arm um ihre Taille legt. »Wenigstens wird uns das ein wenig inneren Frieden geben.«

Ich sehe ihnen hinterher – Edie, wie sie den Flur hinunterschwankt, und Clive, der sie aufrecht hält.

Shannon blickt mich mit hochgezogener Augenbraue an.

»Es ist sehr traurig, sie so zu sehen«, sage ich. Es erinnert mich daran, dass einige Leute viel größere Probleme haben als ich. Werden Clives Probleme sich durch die Testergebnisse der Jungen noch vergrößern?

Als ihre Resultate nach einer Woche eintreffen, rufe ich Clive sofort an.

»Spannen Sie mich nicht auf die Folter«, sagt er.

»Ich habe gute Neuigkeiten. Sie sind beide negativ.«

»Gott sei Dank. Ich werde es Edie sagen …«

Eine lange Pause entsteht, und ich weiß nicht, was ich sagen soll.

»Eigentlich glaube ich nicht, dass es sie interessiert, Maz«, setzt Clive wieder an. »Sie ist ganz unten.«

»Das tut mir leid, Clive. Wenn ich irgendetwas tun kann …«

»Jetzt kann niemand mehr etwas tun. Edie muss sich selbst entscheiden …« Clive räuspert sich. »Mir tut es auch sehr leid, Maz. Ich habe von Ihnen und Alex gehört. Elsa hat es erwähnt. Wir kaufen bei ihr unsere Wurst.«

»So etwas passiert«, sage ich rasch. »Clive, ich muss Schluss machen …« Ich bin nicht in Eile, aber ich möchte nicht reden. Ich gehe früh nach Hause, um Zeit mit George zu verbringen.

Alex ist in der Praxis und räumt auf. Ich biete ihm meine Hilfe an, doch er erfindet Ausflüchte. Er sagt, das wäre etwas, was er allein tun müsste. Er scheint nicht sehr weit zu kommen, bemerke ich, denn um Mitternacht ist er immer noch in der Praxis, das Licht brennt, und er schläft mit dem Kopf auf dem Schreibtisch. Als ich nachsehe, was er gemacht hat, scheint er bloß die altertümlichen veterinärmedizinischen Fachbücher seines Vaters aus dem Regal genommen und auf dem Boden aufgetürmt zu haben

Ich strecke die Hand aus, um ihn an der Schulter zu berühren, ändere jedoch meine Meinung.

»Alex«, sage ich leise und denke dabei, dass es ganz ähnlich ist, als würde ich George aufwecken. Man kann sich nie sicher sein, wie er reagieren wird. »Alex, komm ins Bett.«

Er setzt sich auf und gähnt.

»Ich habe zu viel zu tun.« Seine Stimme ist wie berstendes Eis. »Lass mich in Ruhe.«

»Können wir reden? Ich könnte bleiben, und wir unterhalten uns, während du die Bücher aussortierst. Soll ich ein paar Kisten holen? Ich bringe auch gleich etwas zu trinken und zu essen mit. Du hast nichts zu Abend gegessen.«

»Maz, hör auf, mich zu betütteln.«

Betütteln? Was ist das denn bitte schön für ein Wort? Es klingt, als würde sein Vater sprechen.

»Es ist erdrückend«, fährt Alex fort. »Bitte geh, bevor ich etwas sage, was ich später bereue.«

»Alex…« Seine Name bleibt mir in der Kehle stecken. Ich atme tief ein und rede mir ein, mich zu beruhigen. Er hat seinen Vater verloren, er ist deprimiert und überarbeitet… Er ist ein Mann, und er hat sich in seine Höhle zurückgezogen, um seine Wunden zu lecken. Tja, er kann nicht länger darin bleiben. Ich habe genug davon, alles zusammenzuhalten, mich allein um George zu kümmern und wie auf rohen Eiern zu laufen, weil ich nicht weiß, wo ich stehe. »Alex… du musst eine Entscheidung treffen…« Mein Herz hämmert so laut, dass ich das Echo meines Herzschlags in meinem Kopf hören kann. »… über uns. Ich muss wissen, ob wir irgendeine gemeinsame Zukunft haben, denn ich kann so nicht weitermachen. Die Ungewissheit…« Ich drehe mich um und gehe davon, schwanke die Treppe hinunter. Ich kann nicht weitersprechen. Es ist zu schmerzhaft.

Alex geht mir nicht nach, und ich verbringe eine weitere Nacht allein in unserem großen Bett. Irgendwann am frühen Morgen halte ich es nicht länger aus, hole George aus seinem Stubenwagen und nehme ihn mit zu mir ins Bett. Sein warmer Körper und sein Schniefen trösten mich ein wenig, und schließlich döse ich ein.

19

Liebster Schatz

Ich wünschte, ich wüsste, was zwischen mir und Alex gerade passiert. Manchmal kommt er mir glücklicher vor, dann spielt er mit George und redet mit mir über Alltägliches, nichts Tiefes oder Bedeutungsvolles. Manchmal zieht er sich zurück und weigert sich überhaupt zu sprechen. Er schläft auf dem Sofa oder in Lucies Zimmer, was mich sehr traurig macht, denn es bedeutet doch, dass über kurz oder lang einer von uns ausziehen wird.

»Es ist Zeit, dass wir uns von dem alten Hund verabschieden«, sage ich an einem eisigen Morgen Mitte November. Hal lag inkontinent und verwirrt auf dem Axminster-Teppich vor dem Kamin im Herrenhaus, als ich kurz zuvor nach ihm sah. (Das Pony ist aus Respekt vor Hals Gefühlen aus dem Wohnzimmer verbannt.) Sophia fragte mich nach meiner Meinung über den Hund, obwohl sie bereits wusste, wie sie ausfallen würde.

»Sag es Alexander«, bat sie kaum hörbar.

»Deine Mutter möchte, dass wir es heute tun«, sage ich, während ich Alex beim Essen von Coco Pops zusehe. Ich hatte sie für George gekauft, doch der mag Cornflakes lieber. »Alex, hörst du mir zu?«

»Was hast du gesagt, Maz?« Er schaut von der Schüssel auf.

»Wegen Hal.« Ich beschließe, dass es am besten ist, wenn Alex selbst seine Schlüsse zieht. Vielleicht hat er weniger Probleme damit, ihn einzuschläfern, wenn er denkt, er wäre selbst darauf gekommen. »Schaust du ihn dir bitte an, bevor du nachher gehst? Er sieht nicht gerade gut aus.«

»Tut er das denn je? Er hat schon immer ziemlich fertig ausgesehen, zumindest solange ich mich erinnern kann.«

»Alex …« Ach, was soll's, denke ich. Den Atem kann ich mir sparen. Aber dann denke ich an Hal und wie ich ihn auf den alten, übelriechenden Kopf geküsst habe. Er hat ein Mal mit dem Schwanz gewedelt. Zu mehr war er nicht in der Lage. »Alex, es muss gemacht werden. Ganz egal, wie du dich dabei fühlst, ob du ihn behalten willst, weil du es nicht übers Herz bringst, die Entscheidung ausgerechnet jetzt zu treffen, oder weil du es nicht erträgst, diese Verbindung zu deinem Vater zu verlieren – es ist dem Hund gegenüber nicht fair. Er ist ein armer, alter Kerl.«

»Er ist alt«, schnauzt Alex mich an. »Er ist ein bisschen klapprig, sonst nichts. Er leidet nicht.« Er starrt mich an. »Aber wenn du meinst, es wäre das Richtige, dann werde ich mich wohl deinem übergeordneten Urteil fügen müssen, da Vater schließlich dich gebeten hat, sich um Hal zu kümmern.«

Mein Herz hämmert schrecklich schnell, als ich meinen Becher nehme und davongehe. Ich bin wütend auf Alex, dass er aus irgendeinem Grund, der nur ihm bekannt ist, nicht als Erstes an Hal denkt, aber mir ist klar, dass ich ihn nicht dazu drängen darf. Ich würde es hassen, wenn er die Entscheidung später bereute. Nicht nur der Patient muss dazu bereit sein.

Es ist Wochenende, und ich habe keinen Dienst, aber ich merke, dass ich nicht mit Alex zu Hause sein will, wenn er in dieser merkwürdigen beklemmenden Stimmung ist. Ich schlüpfe in meine Gummistiefel und mache mich mit George in seinem Geländebuggy auf den Weg. Singend laufen wir durch den Regen zum Flusstal. Der Wind weht in Böen, doch wir sind gut gegen die Kälte gewappnet.

Als wir den Pfad am Fuß des Hügels erreichen, erblicke ich einen großen schwarzen Hund. Zuerst denke ich, dass es Poppy sein könnte, einer der schwarzen Labbies, der uns vom Herrenhaus gefolgt ist, doch als ich ihn rufe, verschwindet er zwischen den Brombeersträuchern und dem Hartriegel. Ich mache mir keine weiteren Gedanken – irgendwo in der Nähe wird es einen Spaziergänger geben, der seinen Hund ausführt.

»Was wollen wir als Nächstes singen, George?« Ich beuge mich vor, um über das Verdeck des Buggys zu schauen.

»Bus«, sagt er und grinst erwartungsvoll.

»Das hatten wir schon. Zweimal. Und Mummy hat sich zusätzliche Strophen ausgedacht.«

»Bus«, insistiert George, also ist es mal wieder »Die Räder von dem Bus, die drehn sich rundherum«.

Einige Strophen später erreichen wir den Pfad am Fluss. Der Pegelstand des Flusses ist hoch, und er strömt durch die grünen Felder, wo eine Herde Schafe unter den Bäumen entlang der alten Bahnlinie grast. Heute kann man den Grund nicht sehen. Das Wasser ist braun und schlammig.

»Raus«, sagt George. »Will raus.«

Ich bin hin- und hergerissen und schätze das Risiko ab. George. Wasser.

»Wenn du an Mummys Hand bleibst«, sage ich rasch. Ich schnalle ihn ab und halte ihn an seiner Jacke fest, als er über den Pfad watschelt und sich in Richtung Fluss wirft. »Nein, George.« Ich ziehe ihn gerade noch rechtzeitig zurück. Er stampft mit einem Fuß im Matsch auf.

»Sieh mal da drüben. Ein Vogel.«

»Kein Ogel.« Er schüttelt den Kopf, und ich denke, wo ist ein Vogel, wenn man ihn mal braucht, denn er käme mir gerade recht, um George abzulenken. Wie als Antwort kommt ein Entenpaar herangeflogen, landet platschend auf dem Wasser und wird von der Strömung mitgetragen. George klatscht in die Hände. Jetzt ist er glücklich, doch unter den Regen haben sich inzwischen Hagelkörner gemischt, die auf uns niederprasseln, als würde der Mann in den Wolken – ja, so nennen wir ihn – sie händeweise auf die Erde schleudern. Die Nässe dringt durch meinen Mantel.

Als der Himmel sich weiter verdunkelt, fühle ich mich niedergeschlagen. Es geht nicht nur um Hal. Es geht um Alex und mich. Was soll ich tun, wenn wir es nicht schaffen, wieder miteinander zu reden und unsere Beziehung zu retten? Mit George an der Hand schaue ich auf die Hügelkette hinter der alten Bahnlinie. Ich kann mir nicht vorstellen hierzubleiben, wenn wir uns trennen. Ich könnte es nicht ertragen. Alles würde mich an Alex erinnern. Hier unten am Fluss sind wir uns das erste Mal begegnet …

Maz, du wirst jetzt nicht anfangen zu weinen, schärfe ich mir ein, doch ich hocke mich in den Matsch und umarme meinen Sohn.

»Sollen wir nach Hause gehen?« Ich drücke meine Lippen an seine Wange.

»Nein«, sagt er.

»Wir könnten Milch trinken und Kekse essen.«

»Nein«, wiederholt George, doch er macht sich von mir los und versucht in seinen Buggy zu klettern. Ich bringe ihn zurück zur Scheune. Es ist eine Schinderei den Hügel hinauf.

Ich hatte gehofft, dass ich mit meinem Spaziergang Alex genug Luft gegeben hätte, um zu entscheiden, was er mit Hal tun soll. Letztendlich muss ich jedoch die Initiative ergreifen. Um die Mittagszeit lasse ich Alex nicht länger die Option, Hals Elend zu ignorieren. Ich übergebe George an Sophia, die beschließt, mit ihm nach Talyton zum Einkaufen zu fahren. Sie scheint relativ gut zurechtzukommen – sie hat nach der Beerdigung wieder mit dem Reiten angefangen –, doch sie zieht es vor, nicht im Haus zu sein, wenn wir Hal einschläfern.

Nachdem ich Sophia geholfen habe, George in seinen Autositz zu verfrachten, und ihnen zum Abschied hinterhergewinkt habe, hole ich den Arztkoffer und bitte Alex mitzukommen und nach dem Hund zu sehen, der keinen Schritt von seinem Platz am Kamin weggemacht hat.

Ich setzte mich neben Hals Kopf und schaue zu Alex auf.

»Möchtest du es hier machen?«, frage ich und öffne den Arztkoffer neben mir.

Stumm streckt Alex die Hand nach der Spritze aus, die im Deckel befestigt ist. Ich nehme sie.

»Wenn du willst, mache ich es«, sage ich sanft, als ich bemerke, wie sehr Alex' Hände zittern. Er sieht mitgenommen aus, als hätte er seit einer Woche nicht geschlafen.

»Ich mach's.« Er nimmt mir die Spritze aus der Hand, und mir wird ganz eng ums Herz. Wo ist der kühle, unbekümmerte Alex? Ich sehe zu, wie er Desinfektionsmittel in die Richtung von Hals Vorderpfote sprüht. Hal bekommt davon etwas in die Nase und niest.

»Willst du nicht ein wenig Fell abrasieren?«, frage ich vorsichtig.

Ich habe gespürt, dass Alex verärgert war, aber jetzt ist er richtiggehend wütend.

»Du meinst, ich verfehle sonst die verdammte Vene?«

»Er atmet ziemlich flach.« Es ist nicht leicht, unter diesen Umständen eine Vene zu finden.

Ich beiße mir auf die Lippe, und ein metallischer Geschmack kriecht über meine Zunge, während ich beobachte, wie Alex die Schutzhülle von der Nadel zieht. Stumm packe ich Hals Bein und presse die Vene mit meinem Daumen hoch. Alex stiert auf Hals Bein, die Stirn gerunzelt, und ich frage mich, ob er es sehen kann. Draußen ist es düster und wolkig. Ich rutsche ein wenig zur Seite, um nicht das magere Licht, das durch die hohen Fenster ins Zimmer fällt, zu verdecken.

»Hey, halt still«, sagt Alex schnippisch, und ich spüre, wie Hal sich neben mir bewegt, und mache mir Sorgen, dass er gestresst ist, weil er spürt, dass Alex gestresst ist, und das wiederum stresst mich, denn ich habe Angst, dass es nicht funktionieren wird.

»Drück noch mal«, sagt Alex.

»Das tue ich schon.«

»Fang noch mal an. Ich kann nichts sehen.«

Ich umschließe mit der Hand Hals Ellenbogen und presse. Ich versuche, seine Pfote aufzupumpen, um das Blut in der Vene zu vermehren, doch das Ergebnis ist nicht gerade beeindruckend.

»Ich habe gesagt, dass er ziemlich …«

»Ich weiß, was du gesagt hast«, unterbricht Alex mich. »Ich weiß. Mach's einfach noch mal.«

Ich möchte ihm sagen, er soll nicht so mit mir sprechen. Jetzt weiß ich, warum er und sein Vater niemals Helferinnen hatten. Niemand würde lange bleiben, wenn er so behandelt würde. Und ich bin – oder war zumindest – seine Verlobte, die Liebe seines Lebens …

Hal liebkosend, mustere ich Alex, die Umrisse seiner Wangenknochen und die Bartstoppeln in seinem Gesicht.

Ich unterdrücke den Instinkt, ihn zu berühren, ihm zu sagen, dass ich immer noch so für ihn empfinde wie früher, egal was er für mich fühlt, und dass das immer so sein wird, egal was passiert. Ob er mich noch liebt oder nicht, ich liebe ihn noch immer und werde ihn immer lieben …

Die Ungewissheit darüber, was er für mich empfindet, schmerzt, und so versuche ich mich auf die anstehende Aufgabe zu konzentrieren. Meine Beine fangen an zu krampfen, während ich warte und beobachte, wie Alex Hals Bein anstarrt und hin und wieder antippt. Der arme Hal blickt mich aus verschleierten Augen an, und sein ganzes Wesen gibt zum Ausdruck, dass er gehen will …

»Alex …«, sage ich leise. »Es muss getan werden.«

Alex scheint sich entschlossen zu haben und sticht die Nadel in Hals Haut. Hal winselt, als Alex den Kolben hochzieht. Zu meiner Bestürzung kommt kein Blut. Er hat die Vene nicht getroffen. Leise fluchend zieht Alex die Nadel heraus und sticht ein zweites Mal zu. Immer noch kein Blut. Hal stößt ein protestierendes Jaulen aus. Es tut weh. Ich kann seinen Schmerz spüren und halte es nicht länger aus.

»Alex, hör sofort auf. Das ist nicht richtig, und das weißt du.«

Er zögert und blickt mir direkt in die Augen. Zu meinem Entsetzen stelle ich fest, dass er weint.

»Nichts ist richtig, oder?« Er flucht und schleudert die Spritze auf den Boden, sodass die Nadel im Teppich stecken bleibt. Alex steht auf und tritt ans Fenster, steht da, mit dem Rücken zu mir, das Gesicht in den Händen verborgen. Ich lausche dem Ticken der Uhr auf dem Kaminsims.

»Mach du es, Maz«, murmelt Alex schließlich, und er bleibt, wo er ist, während ich eine neue Nadel und eine Bandage hole, die ich als Aderpresse hernehmen kann. Als ich zurückkehre, schlägt Hal einmal mit der Rute auf den Boden.

»Braver Junge. Lass es uns hinter uns bringen, ja?« Ich rasiere ein Stückchen Fell an seinem Bein weg, um die Vene besser sehen zu können, klopfe darauf und schiebe die Nadel in die Vene, nachdem ich Hal einen Kuss auf den Kopf gegeben habe. Ich bin drin, und Hal hat es kaum bemerkt. Ich löse die Aderpresse und injiziere das Medikament. Binnen Sekunden lässt er den Kopf in meinen Arm fallen, seufzt tief und wird bewusstlos. Ich beobachte seinen Brustkorb, das ersterbende Flattern seines Herzens, und fühle, wie mir heiße Tränen über die Wangen laufen.

»Mach's gut, alter Knabe«, murmele ich und streichle sein verknautschtes Ohr, bevor ich aufstehe und weggehe. »Er ist tot«, sage ich zu Alex, woraufhin er herüberkommt und sich auf den Boden setzt, Hals Kopf in den Schoß nimmt und wehklagt, um ihn weint, wie er niemals geweint hat, als sein Vater gestorben ist, und ich weine auch, und ich möchte ihn trösten, aber irgendetwas hält mich davon ab.

Ich setze mich Alex gegenüber auf den Boden, der

tote Hund zwischen uns, vielleicht symbolisch für unsere Beziehung. Ich weiß nicht, wie lange wir so sitzen bleiben, während uns kalt wird und die anderen Hunde im Zimmer aus und ein gehen, um Hals Körper herumlaufen und ihn beschnüffeln, als wollten sie verstehen, was geschehen ist, und Abschied von ihm nehmen. Poppy, die junge Labradorhündin, drückt für eine gefühlte Ewigkeit ihre Nase an Hals Schnauze.

Aus dem feuchten Holz im Kamin steigt eine gekringelte Fahne blauen Rauchs auf. Es müsste einmal ordentlich mit dem Schürhaken geschürt werden, so wie der alte Fox-Gifford es getan hat, aber niemand hat sich darum gekümmert.

Ich bin sprachlos vor Rührung, doch es war das Beste für den alten Hal. Ich kann mich damit trösten, dass er ein gutes Leben mit dem alten Fox Gifford hatte, als Vater von Sabas Labradoodles und einen guten Tod, doch Alex ist am Boden zerstört.

»Willst du ihn nicht wegbringen?«, frage ich schließlich, aber Alex reagiert nicht.

»Wir könnten es zusammen machen?«

Alex will mich hier nicht haben, das kann ich fühlen. Er will überhaupt nichts mehr mit mir zu tun haben.

Kurz erwäge ich, den Hund allein wegzubringen. Ich möchte nicht, dass Sophia oder die Kinder die Leiche finden.

»Was soll jetzt mit Hal geschehen? Ich nehme an, du willst ihn einäschern lassen und die Asche wiederhaben.«

Alex schüttelt den Kopf. »Natürlich will ich das verdammt noch mal nicht. Ich bin nicht bescheuert. Selbst zum Sonderpreis ist das viel zu teuer.«

»Alex! Dein Vater wollte seine Asche zurückhaben,

damit sie in seinem Grab beerdigt werden kann.« Ich halte inne. »Wenn du dir wegen des Geldes Sorgen machst, dann bezahle ich das.« Ich beuge mich leicht zu ihm hinüber. »Und wage bloß nicht, mir zu sagen, dass du zu stolz dafür bist, verdammt noch mal.«

»Maz, halt einfach den Mund, ja? Ich habe mich entschieden. Ich muss nicht jede verdammte Entscheidung, die ich treffe, analysieren lassen. Ich will mit niemandem reden. Ich brauche keine Therapie. Ich will einfach bloß, dass alle damit aufhören, mir auf die Nerven zu gehen.«

Ich stehe auf. Es zerreißt mir das Herz für ihn. Für uns.

»Alex«, sage ich leise. »Ich kann sehen, dass meine Anwesenheit in deinem Leben dir Kummer bereitet. Wenn du willst, dass George und ich ausziehen, dann musst du das nur sagen. Aber«, füge ich hinzu, »wenn du dich dafür entscheidest, musst du wissen, dass ich nicht zurückkehren werde. Ich habe Fehler gemacht. Ich weiß, dass ich nicht die perfekte Verlobte bin und auch nicht die perfekte Mutter, aber ich habe mein Bestes gegeben, um alles im Griff zu behalten, und wenn mein Bestes für dich nicht gut genug ist … ich liebe dich … das werde ich immer tun …« Ich kann nichts mehr sagen. Aber das macht nichts, denn ich habe auch nichts mehr zu sagen. Es ist vorbei.

Ich sehe zu, wie er Hal hochnimmt, sich hinkniet und schwankend aufrichtet. Auf dem Weg zur Doppelflügeltür zum Garten stolpert er über die aufgerollte Ecke des Teppichs und droht das Gleichgewicht zu verlieren. Ich springe vor und stabilisiere Hal mit einer Hand, während ich mit der anderen die Tür öffne.

»Wohin bringen wir ihn, Alex?«

»Hier in die Gefriertruhe?« Alex' Augen sind geschwollen und rot.

»Wie, und dann rufst du das Krematorium an? Wäre es nicht besser, ihn in den Kofferraum meines Wagens zu legen, damit ich ihn zum Otter House fahren kann? Das Krematorium holt regelmäßig bei uns ab, und unsere Truhe ist noch nicht voll. Für einen haben wir noch Platz.«

»Okay. Dann lass mich durch. Wir tragen ihn durchs Haus.«

»Bist du dir sicher?«

»Außenrum ist es ein weiter Weg.«

»Meinst du, wir sollten ihn zudecken?«

»Da drüben auf dem Stuhl liegt eine alte Decke. Nimm die«, sagt Alex. »Du kannst jetzt loslassen. Ich habe ihn.«

Letztendlich verfrachten wir Hal nach einigem Hin und Her auf eine Kunststoffmatte in den Kofferraum meines Autos und decken ihn mit einer Decke zu. Sie wirft Falten. Gleichzeitig strecken wir beide die Hand aus, um sie glattzustreichen. Unsere Finger berühren sich. Keiner von uns bewegt sich.

»Maz?« Ich höre, wie Alex' Atem stockt, und spüre den allerzärtlichsten Druck seiner Haut, als seine Hand über meine streichelt. Ich blicke auf. Zum ersten Mal seit Wochen scheint er seinen kalten, zugeknöpften Blick abgelegt zu haben. Seine Augen sehen feucht aus. Weint er wieder? Das Herz pocht mir im Hals. »Es tut mir leid…«, sagt er. »Ich war ein kompletter Idiot. Ich war wütend auf dich, dass du dich einmischst, dabei hast du es aus den richtigen Gründen getan. Du musstest den Tod meines Vaters und meine Zurückweisung ertragen, nachdem ich eifersüchtig auf dich war, weil er mit dir und nicht mit mir reden wollte, bevor er starb, und weil er dich und nicht mich gebeten hat, nach dem Hund zu sehen.«

Ich zucke die Achseln. »Du hast mich ausgeschlossen«, mache ich ihm klar. »Du hast mir das Gefühl gegeben, als wäre es dir egal. Du hast dich mir nicht anvertraut oder mit mir darüber gesprochen, was es mit dem Testament deines Vaters auf sich hat. Du hattest mir vorher erzählt, dass das Anwesen bis an die Grenzen des Möglichen belastet ist, und ich kann aufgrund deines Schweigens nur schließen, dass die Situation jetzt noch um einiges schlimmer ist. Alex, ich wünschte, du würdest nicht alles in dich hineinfressen.«

»Oh, Maz, es geht nicht ums Geld. Der finanzielle Status von mir und meiner Mutter ist unverändert.«

»Warum konntest du das nicht eher sagen? Es war nicht so schwierig, oder?«

Jetzt zuckt Alex die Achseln. »Wie ich schon sagte ... es tut mir leid. Das ist mein Ernst.« Er verschränkt die Finger mit meinen. »Wo ist dein Ring?«, fragt er plötzlich. »Mir ist aufgefallen, dass du ihn nicht mehr trägst. Seit Urzeiten.«

»Ich weiß. Ich habe immer wieder vergessen, ihn bei der Arbeit abzunehmen, deshalb habe ich ihn weggeschlossen, und dann hatte ich immer so viel zu tun ...« Ich zögere, als mir klar wird, wie das ausgesehen haben muss. »Alex, hast du geglaubt, ich würde ihn absichtlich nicht tragen?«

»Ich habe geglaubt, du hättest deine Meinung hinsichtlich unserer Heirat geändert. Der Ring war nicht mehr da. Du hast dich beklagt, wie schwierig es sei, die Hochzeit zu organisieren ... Maz, was soll ein Mann dann denken?«

»Du hättest einfach geradeheraus fragen können, wo er ist.«

»Ich hatte Angst, was du antworten könntest. Ich weiß, dass du mit weit geöffneten Augen in unsere Beziehung gekommen bist, das sagtest du zumindest – und ich dachte … mit George und meinen Eltern und dem ständigen Stress … du könntest deine Meinung geändert haben … über uns.«

»Es ist nicht immer leicht«, gebe ich zu. »Alex, was ist bloß passiert?«

»Du hast nicht gerade viel Widerstand geleistet, als ich vorschlug, es abzublasen.«

»Die Hochzeit. Ich war am Ende, aber du warst so unnachgiebig. Ich sah keine Chance, deine Einstellung zu ändern. Man kann niemanden dazu zwingen, einen zu heiraten. Man kann niemanden dazu bringen, einen zu lieben. Wie auch immer, der Ring liegt im Safe im Otter House. Ich wusste nicht, was ich damit machen sollte.«

»Dann hast du ihn behalten? Ich dachte, du hättest ihn vielleicht ins Pfandhaus gebracht oder in den Fluss geworfen«, sagt Alex mit einem leisen Anflug von Humor. »Ich hätte dir deswegen keine Vorhaltungen gemacht.«

Ich drehe mich um, um sein Gesicht zu sehen.

»Aber du machst mir Vorhaltungen.«

»Ich weiß.« Alex hebt meine Hand von dem toten Hund, und ohne dass er mich loslässt, gehen wir einen Schritt zurück, und Alex klappt den Kofferraumdeckel zu. Wir stehen Seite an Seite, Hand in Hand und schauen über die Felder und die nackten Bäume. Ich weiß nicht, was ich sagen soll. Ich weiß nicht, was ich fühlen soll. Ich nehme ihm übel, wie er mich verletzt hat, doch zugleich hoffe ich, dass das hier der Anfang einer Versöhnung sein kann, denn ich will ihn zurück, egal, wie er sich verhalten hat. Ohne ihn war ich verloren.

Schließlich drücke ich seine Hand. Er drückt zurück – sehr fest, und der Kloß aus Zweifel in meinem Hals beginnt sich aufzulösen.

»Maz, meinst du … kannst du mir je verzeihen?«

Ich erblicke zwei Möwen, die über den grauen Himmel fliegen.

»Mir ist klar, wie sehr ich dir wehgetan habe«, fährt Alex fort. »Ich kann es nicht ungeschehen machen, aber ich kann dir versprechen, dass es nie wieder passieren wird.«

»Jetzt machst du dir selbst Vorhaltungen. Wir haben beide Fehler gemacht. Ich hätte dich mehr unterstützen können – nein, müssen. Ich hätte dir vertrauen sollen. Du bist groß genug und …« Ich wollte »hässlich genug« sagen, aber als ich ihm in die Augen sehe, werde ich daran erinnert, wie schön er ist, wie er mir immer noch den Atem rauben kann. Seine Finger umschließen meine, und er beugt sich zu mir, bis ich die Wärme seiner Lippen an meinen fühlen kann. »Oh, Alex …«

»Du hast mir gefehlt«, murmelt er.

Es hat mir gefehlt, dir nahe zu sein, erklingt stumm das Echo in mir. Wir werden beide Zeit brauchen, um zu vergeben und zu vergessen, was wir einander angetan haben, aber jetzt lebe ich den Augenblick und finde Trost in seiner Umarmung. Es ist, als wäre ich tot gewesen, und mit jedem Kuss holt er mich ein Stück mehr ins Leben zurück.

Wir sind zusammen, aber darüber hinaus habe ich keinerlei Erwartungen. Hoffnung schon, aber die ist zerbrechlich und schwankt in den nächsten Tagen, in denen Alex anfängt, den Tod seines Vaters zu verarbeiten.

Eines Abends komme ich im Dunkeln mit George nach Hause zurück, als Alex uns in der Scheune erwartet.

»Du bist früh dran«, sage ich.

»Ich habe meinen letzten Termin verschoben.« Alex wendet sich an George. »Ich sollte ein paar Ponys auf der Weide impfen. Sie haben zwar vielleicht ihre Karotten gegessen, aber ich habe keine Lust, im Dunkeln im Matsch herumzuirren. Außerdem habe ich heute Abend noch etwas anderes vor.« Er sieht mich an, und seine Lippen verziehen sich zu einem spitzbübischen Lächeln. Mein Herz macht einen Sprung. »Erst hat uns Mutter jedoch gebeten, die Stute und das Fohlen reinzuholen. Lisa musste früh nach Hause, und Mutter geht mit Mrs. P. zum Bridge. Es macht dir doch nichts aus, Maz?«

Ich habe mit den Pferden nicht viel zu schaffen, wenn ich es vermeiden kann, aber hin und wieder auszuhelfen macht mir nichts aus. Alex überredet George, Jacke und Mütze anzuziehen, schnallt ihn im Buggy fest und gibt ihm einen Spielzeugtraktor, um ihn für ein paar Minuten zu beschäftigen.

»Sollte er nicht seinen Schneeanzug anziehen?«, sage ich. »Es ist eiskalt.«

»Das wird schon gehen.« Alex grinst. »Lass es uns erledigen.« Er stellt George vor Libertys Box ab und holt zwei Halfter, und gemeinsam gehen wir hinaus zur Koppel, wo die Pferde am Gatter auf uns warten. Liberty wiehert, als sie Alex erkennt. Er streift ihr das Halfter über, während ich versuche, Shezza zu erwischen, die anscheinend ihre Meinung geändert hat und nicht mehr in den Stall will.

»Bleib ruhig stehen und warte darauf, dass sie zu dir

kommt«, sagt Alex. »So ist's gut«, fährt er fort, als ich ihr das Halfter über den Kopf streife. Alex öffnet das Gatter und führt Liberty hindurch, während Shezza den ganzen Weg zum Stall neben mir hertänzelt. Wir lassen sie los und sehen zu, wie sie es sich in der Box bequem machen. Liberty zupft am Heu in ihrem Netz, und das Fohlen legt sich auf die Einstreu.

»Sie ist ganz schön gewachsen, nicht wahr?«, bemerke ich. »Sieh dir nur ihre Beine an.«

»Lieber sehe ich mir deine an«, sagt Alex und stößt mir kameradschaftlich in die Rippen.

Ist das seine eher unbeholfene Art, mir zu zeigen, dass der alte Alex zurück ist?, frage ich mich. Ich bin mir nicht sicher. Ich wende meine Aufmerksamkeit wieder dem Fohlen zu.

»Wann fängst du mit ihr an zu arbeiten?«, frage ich.

»Ich fange mit ein bisschen Longentraining an, sobald sie zwei ist, mit drei hat sie dann noch ein bisschen Ruhe, doch wenn sie vier ist, fange ich mit der richtigen Arbeit an. So lautet zumindest der Plan.«

»Es kommt mir so lange vor ...«

»Auf manche Dinge lohnt es sich zu warten«, sagt er ein wenig schroff. »Maz, ich wollte eigentlich warten, bis George im Bett ist, aber ...« Er drehte sich zu mir um, kniet vor mir auf dem Boden und nimmt meine Hand. Mit der anderen Hand fummelt er in seiner Jackentasche herum und zieht schließlich einen Ring heraus – meinen Verlobungsring.

»Maz, ich dachte mir, dass ich nichts mehr als selbstverständlich betrachten sollte, nach dem, was passiert ist. Also los geht's.« Freude schnürt mir schier die Kehle zu, als er fortfährt: »Willst du mich heiraten?«

»Alex, natürlich will ich das.«

»Wirklich?«, fragt er. »Ich dachte, du könntest deine Meinung geändert haben.«

»Es hat Zeiten gegeben, da wollte ich nur noch davonlaufen«, bekenne ich leise, »aber meine Gefühle für dich haben sich nie geändert. Also ja, Alex, ich will dich heiraten.« Zitternd strecke ich meine linke Hand aus. Alex steckt mir den Ring an den Finger, wo er im Licht über der Stalltüre glitzert.

Dann steht er auf und schlingt die Arme um mich, drückt seine Lippen auf mein Haar, meine Wange, mein Ohr … ich verschränke die Finger in seinem Nacken und atme seinen warmen, moschusartigen Duft ein.

»Lass uns einen Termin festlegen«, murmelt er. »Für die Hochzeit«, fügt er hinzu, als wüsste ich nicht, wovon er redet.

»Ich nehme an, es wird irgendwann nächstes Jahr sein müssen.«

»Ich will nicht warten«, sagt Alex abrupt. »Ich dachte, wir könnten auf den ursprünglichen Termin im Dezember zurückgreifen.«

»Das ist nächsten Monat, Alex.«

»Und? Wir schaffen das. Dieses Mal übernehme ich meinen Anteil an der Organisation. Bitte.«

»Wenn du dir sicher bist.« Es ergibt einen Sinn, denke ich. Wir können immer noch unsere Weihnachtshochzeit haben.

»Ich gebe eine Anzeige für einen Assistenten auf und buche die Flitterwochen. Maz, ich will alles wiedergutmachen bei dir. Ich bin jetzt für dich da und werde es immer sein, das verspreche ich. In guten wie in schlechten Tagen.«

Irgendwann lässt er mich los, und wir gehen mit George über den Hof zurück.

»Und«, sagt Alex später, »wie habt ihr den perfekten Assistenten gefunden?«

»Du meinst Will?«, erwidere ich lächelnd. Ich sitze auf dem Sofa. Alex liegt auf dem Rücken, die Beine über die Armlehne baumelnd und den Kopf in meinem Schoß. George haben wir zu Bett gebracht. Im Kamin brennt ein Feuer, und Alex' schwaches Aroma nach Antibiotika und Minze vermischt sich mit dem Duft des Pinienholzes. »Er ist noch nicht perfekt, aber er ist auf dem Weg dahin. Er hat endlich einen lebensnahen Ansatz gefunden, die Fälle anzugehen und zu berechnen, und er hat gelernt, Klientisch zu sprechen, sodass die Leute auch verstehen, was er zu ihnen sagt. Emma und ich hatten eine Anzeige in eines der Fachblätter gesetzt. Ich dachte, ich hätte sie dir damals gezeigt.«

»Das ist schon möglich, aber da habe ich es wohl ignoriert, weil ich vermutete, du hättest Hintergedanken und wolltest mich davon überzeugen, dass ich einen Assistenten brauche, als ich keinen wollte.« Dann fügt er hinzu: »Als ich glaubte, dass ich keinen wollte... Ich war ein ganz schön sturer Bastard, nicht wahr?«

»Alex!« Ich ziehe ihm mit dem Kissen spielerisch eins über.

»Was habt ihr geschrieben?«

»›Eifriger junger Absolvent für freundliche Landpraxis gesucht. Nur Kleintiere.‹«

»Das war gelogen.«

»Abgesehen von einer Ziege«, stelle ich klar.

»Will könnte euch wegen fehlerhafter Darstellung drankriegen«, zieht Alex mich auf. »Was noch?«

»›Drei-Schicht-Betrieb‹, obwohl sich das ändern wird, sobald Em ihre Babys hat...«

»Gluck, gluck«, sagt Alex. »Du klingst wie eine Glucke, Maz.«

»Keins mehr«, sage ich rasch. »Jedenfalls nicht so bald.« Ich kehre zu der Anzeige zurück. »Am meisten gezogen hat aber bestimmt unser Bekenntnis zu Donuts. Ich bin mir sicher, dass wir deshalb so viele Anfragen bekommen haben. Es haben sich viele beworben, wir hatten drei auf der Liste, und Will war der Beste für den Job. Komisch ist bloß, dass er gar nicht so scharf auf Donuts ist. Er hat neulich erst den Mut gefasst, Emma zu beichten, dass er eher auf Haferkekse steht.«

»Aber jetzt im Ernst, Alex«, fahre ich fort, »du musst dich entscheiden, was du anbietest und welche Person du für den Job haben willst. Möchtest du einen Absolventen frisch von der Uni in den Beruf einweisen, oder willst du eher jemanden mit Erfahrung?«

»Wenn ich bedenke, was ihr mit Will durchgemacht habt, möchte ich lieber einen erfahrenen Tierarzt – solange er nicht zu sehr in seinen Gewohnheiten festgefahren ist. Maz, du darfst nicht zulassen, dass ich es mir selbst ausrede.«

»Das werde ich nicht, mach dir keine Sorgen. Ich schreibe die Anzeige für dich, wenn es sein muss.« Ich streichle Alex' Schläfe und Wange, fühle das Prickeln seiner Bartstoppeln und die Wärme seiner Haut an meinen Fingerspitzen.

»Du wirst keine Zeit haben, die Anzeige zu formulieren«, sagt Alex schließlich. Er nimmt meine Hand und küsst sie. »Du wirst viel zu sehr damit beschäftigt sein, die Hochzeit noch einmal zu organisieren.« Er zögert. »Keinen Stress, Maz. Wie ich sagte, ich werde dir dieses Mal helfen, und ich bin mir sicher, Mutter würde auch gern das Ihre dazu beitragen. Es würde ihr etwas zu tun geben und sie davon abhalten, an Du-weißt-schon-was zu denken.«

Ich lächle schief.

»Alex, wir schaffen das nie. Es ist zu wenig Zeit. Ich habe mit Mühe alles geplant, als ich fünf, sechs Monate Zeit hatte – wie soll das in fünf Wochen gehen?«

»Wir packen das«, sagt Alex. »Hör auf, mich anzusehen, als wäre ich verrückt. Ich weiß, dass ich in letzter Zeit zu nichts nütze war.«

»Mit gutem Grund«, werfe ich ein.

»Vielleicht. Der Verlust meines Vaters war ein schwerer Schlag. Ich wusste nicht, wie ich damit umgehen sollte. Aber ich bin jetzt wieder auf der richtigen Bahn. Ich habe noch immer dunkle Momente, und dann komme ich mir vor wie in einem Tunnel ohne ein Ende in Sicht …« Er räuspert sich. »Wir haben uns nicht immer verstanden. In Wahrheit hat es viele Augenblicke gegeben, da … Ach, das ist jetzt unerheblich.« Alex setzt sich auf und dreht sich um, um mich zu umarmen. »Alles, was zählt, das sind du und George und ich … und die Hochzeit.« Er küsst meine Nasenspitze. Frische Flammen lodern im Kamin auf. »Ich liebe dich, Maz.«

»Ich liebe dich auch …«

Was ist das Erste, was ich tue? Ich rufe Emma am nächsten Morgen an, um ihr zu sagen, dass zwischen Alex und mir wieder alles stimmt und dass die Hochzeit stattfinden wird. Danach rufe ich den Pfarrer an, um die Kirche wieder zu buchen – was kein Problem ist – und anschließend Elsa im Barnscote, um über den Empfang zu sprechen – was eines ist. Ich kontaktiere Clive.

»Clive, ich möchte Sie um einen Gefallen bitten.«

»Schießen Sie los«, sagt er.

»Ich plane eine Hochzeit. Sie ist wieder aktuell.«

»Das ist großartig. Ich habe sowieso nicht verstanden, warum Sie sie abgeblasen haben. Sie beide sind füreinander geschaffen. Herzlichen Glückwunsch!«

»Danke, Clive. Jedenfalls, äh, wir wollten den Empfang im Barnscote machen, aber es ist zu dicht an Weihnachten, und sie sind vollkommen ausgebucht. Da habe ich mich daran erinnert, dass Izzy und Chris ihren Empfang im Tallymill Inn hatten.«

»Ja. Normalerweise richten wir keine Hochzeitsempfänge aus. Im Sommer schon, wenn man ein Bierzelt auf der Wiese aufstellen kann, aber im Winter ist das Lokal – nun ja, schon sehr gemütlich«, sagt Clive. »Also, was ich gerade auf ziemlich umständliche Art auszudrücken versuche, ist: Ja, wir würden Ihren Empfang liebend gern ausrichten, Maz, aber das hängt davon ab, wie viele Gäste Sie erwarten.«

Ich nenne ihm eine ungefähre Anzahl.

»Ich denke, wir könnten so viele hier reinquetschen, wenn wir die Bar und den Restaurantbereich nutzen. Und wenn es hart auf hart kommt, gibt es immer noch unsere Wohnräume. Wir könnten da ein bisschen aufräumen.«

»Ich will Ihnen nicht das Leben schwermachen, Clive. Was ist mit Edie? Würde sie mit diesem Arrangement einverstanden sein?«

»Ah, Edie ist nicht zu Hause«, sagt Clive. »Sie besucht ihre Schwester in East London. Sie hat vor, eine Weile dort zu bleiben.«

»O je.«

»Ich vermisse sie, aber es gibt gute Neuigkeiten. Als Cassie eingeschläfert werden musste, hat sie sich voll und ganz der Flasche hingegeben. Ein paar Tage später ist sie ins Krankenhaus eingeliefert worden, dort hat man ihr Blut untersucht und ihr gesagt, dass sie in einem Jahr tot sein wird, wenn sie so weitermacht.« Ich höre ihn wehmütig seufzen. »Ich hatte ihr das immer wieder gesagt, aber auf mich hat sie nicht gehört. Jedenfalls ist sie jetzt weg, um Zeit mit ihrer Schwester zu verbringen, wo es keine Bar und keinen Wodka gibt, der sie in Versuchung führt. Sie geht dort zu den Anonymen Alkoholikern und lässt sich bei ihrer Sucht helfen.«

»Wie lange bleibt sie weg?«

»Das kann ich Ihnen nicht sagen. Ich weiß nur, dass ich eine Entscheidung hinsichtlich des Pubs treffen muss, denn Edie kann als trockener Alkoholiker nicht hier leben.«

»Dann wollen Sie aufgeben? Gehen Sie zurück nach London?«

»Das weiß ich noch nicht«, gibt Clive zu. »Ich möchte es nicht. Mir gefällt es hier unten. Ich liebe es, wie das Leben hier verläuft, die Landschaft, die Leute …« Seine Stimme versagt. »Ich muss jetzt Schluss machen. Wollen Sie demnächst mal vorbeikommen und mich wissen lassen, was genau Sie für den Empfang in Sachen Speisen und Getränke haben wollen? Wir werden dann die Weihnachtsdekoration hängen haben. Wir haben einen Baum, Lichter und Kerzen. Der Pub sieht zu dieser Jahreszeit immer am besten aus.«

Ich bin froh, dass ich den Empfang gebucht habe, aber ich werde Clive vermissen, sollte er sich entscheiden, nach London zurückzukehren. Ich erinnere mich an den Sommerstress, wenn vierzig Patienten vor dem Mittagessen zu verarzten sind, an den ständigen Verkehrsstau und die Heerscharen grauer, hetzender Pendler. Es ist nichts, wofür ich mich entscheiden würde.

Ich heirate jetzt und werde sesshaft. Talyton St. George hat sich zu meinem Glücklich-bis-an-ihr-Lebensende-Zuhause entpuppt. Ich könnte niemals hier wieder wegziehen.

20

Entweder ich oder der Hund

Alex und ich beauftragen eine Firma, um seine Praxis zu entrümpeln, zu renovieren und neu einzurichten. Es dauert ein paar Tage, mehr nicht. Alex lässt nur das Nötigste machen, denn er plant, als Nächstes eine der moderneren Scheunen zu einer Praxis umzubauen.

Auf seine Anzeige hin erhält er einige Bewerbungen als Assistenzarzt, und so lädt er drei potenzielle neue Tierärzte zum Vorstellungsgespräch ein. Ich lerne alle drei kennen. Die Frau, der er schließlich die Stelle anbietet, lehnt ab, weil sie ein besseres Angebot von einer anderen Praxis bekommen hat, in der es – wie sie es ausdrückt – mehr Spielsachen gibt. Alex ist ziemlich niedergeschlagen, aber es bedeutet, dass er meinen Favoriten einstellt.

»Er ist perfekt«, sage ich beim Frühstück, als Alex sich Sorgen darüber macht, ob er den richtigen Tierarzt ausgewählt hat.

»Er trägt einen Ohrring.« Alex steht auf und stellt seine Müslischüssel in die Spülmaschine. »Ich bin mir nicht sicher, ob meine Klienten dafür schon bereit sind.«

»Ach, sei nicht albern. Es wird ein paar von der alten Garde geben, die ihn argwöhnisch beäugen, und die Frauen von Talyton St. George könnten ein wenig niedergeschlagen reagieren, wenn er sich als schwul herausstellt.«

»Wieso glaubst du, dass er schwul ist?«

»So wie er sich verhält. Er wirkt einfach ein bisschen so.«

Alex legt mir einen Arm um die Schulter. »Das ist mir egal«, gluckst er. »Solange er einen Lungenwurm von einem Strahlenpilz unterscheiden kann, organisiert und selbstbewusst ist und sowohl mit einem Navi als auch einer Karte umgehen kann, bin ich glücklich. Ich muss zugeben, dass ich mir die anderen Bewerbungen noch einmal angesehen habe, aber der hier ist wie Sahne – er steigt immer wieder an die Oberfläche.«

»Das wichtigste Kriterium ist, ob du mit ihm zurechtkommen wirst. Ihr müsst zusammenarbeiten. Ihr müsst in der Lage sein, unterschiedliche Meinungen zu vertreten, ohne euch komplett zu zerstreiten.«

»Wie bei einer Ehe, meinst du?« Alex lächelt wieder. »Gibt es noch etwas, was ich erledigt haben sollte?«

»Dein Anzug. Du hast gesagt, du wolltest einen neuen kaufen. Und ich fände es wirklich ganz toll, wenn du die Geschenke für die Brautjungfern und die Pagen abholen könntest.« Amüsiert von seinem alarmierten Gesichtsausdruck bei dem Gedanken, er könnte etwas Passendes für Emma aussuchen müssen, fahre ich fort: »Alles okay. Ich habe eine Liste erstellt. Du musst nichts weiter tun, als sie in die Läden zu tragen – ich habe dir sogar aufgeschrieben, in welche.«

»Danke, Maz. Ich muss jetzt los. Kuss?«

Ich drehe den Kopf und küsse ihn auf die Lippen.

»Bis später«, sagt Alex. »Viel Spaß mit George.«

Es ist mein freier Tag, aber George ist um halb sechs mit den Hühnern aufgewacht. Will und Emma arbeiten zusammen; Will macht die OPs, Sprechstunde und Abendoperationen, und Emma erledigt das Administrative, denn sie will den Mutterschutz so lange wie möglich hinausschieben. So ist der Plan, doch um halb neun, nicht lange nach Alex' Aufbruch, erhalte ich einen Anruf von Emma.

»Maz, mach dir keine Sorgen, es ist alles in Ordnung. Ich bin im Krankenhaus für ein paar Tests, was heißt, dass Will allein in der Praxis ist. Ich weiß, dass George zu Hause ist, aber gibt es irgendeinen Weg …«

»Ich fahre runter, sobald ich es kann. Em, wenn du sagst, es wäre alles in Ordnung, was meinst du damit? In Ordnung wie ›Alles bestens, vielen Dank!‹ oder wie ›Nicht wirklich gut, aber ich will nicht, dass sich irgendjemand Sorgen macht‹?«

»Lass uns sagen, ich bin ein bisschen unpässlich«, sagt Emma nach einem beredten Schweigen. »Mein Blutdruck ist zu hoch, und meine Knöchel sind ein bisschen angeschwollen. Ich sehe aus, als würden meine Waden direkt in die Füße übergehen.« Sie versucht es zu verharmlosen, aber ich kann hören, dass sie besorgt ist. Auch ich mache mir Sorgen um sie. Ich hoffe, dass es den Babys gut geht. »Ben sagt, das wären Anzeichen für eine Präeklampsie.«

»Oh?« Das klingt nicht gut, denke ich.

»Wenn ich wirklich eine habe, muss ich überwacht werden und ruhen.« Emmas Stimme hellt sich auf. »Ich könnte eine Ausrede gut gebrauchen, um eine Pause einzulegen – ich fühle mich schwer und langsam, wie ein Walross an Land.«

»Du kannst dir jederzeit eine Auszeit nehmen«, sage ich. »Du musst nicht zur Arbeit kommen, das weißt du doch.«

»Ja, schon, aber zu Hause langweile ich mich. Es gibt nur endlich viele Möglichkeiten, die Möbel im Kinderzimmer umzustellen.«

»Also, wenn ich sonst noch irgendetwas für dich tun kann … Wenn du im Krankenhaus bleiben musst, kann ich mich um Miff kümmern.«

»Danke, Maz.«

»Alles Gute, Em. Ich denke an dich. Gib mir bitte sofort Bescheid, wenn du etwas Neues weißt.«

»Maz, auch wenn ich gerade im Krankenhaus bin, bedeutet das nicht, dass ich mich nicht mehr an den letzten Vorbereitungen für deine Hochzeit beteilige. Ich kann Jennie wegen des Kuchens Beine machen, wenn du noch mit den Cupcakes einverstanden bist.«

»Ja, ja, das bin ich.« Ich wäre nicht in der Lage, eine traditionelle Hochzeitstorte anzusehen, ohne an den alten Fox-Gifford zu denken, und das würde mich traurig stimmen.

»Und ich kann mit dem Typen vom Autoverleih sprechen.«

»Danke, Em. Ich muss jetzt leider los. Wir telefonieren später.«

Ich schiebe Ginge aus dem Buggy, wo er zusammengerollt geschlafen hat. Er sieht gut aus – sein Fell glänzt, und er hat ein wenig zugenommen. Ich bin optimistisch, dass er es noch ein paar Monate lang schafft.

»Die Katze ist jetzt weg, George«, sage ich. »Du kannst deinen Buggy zurückhaben.«

»Katze. Weg«, wiederholt er. Heute gibt es keine Diskussionen darüber, ob er im Buggy sitzt. Der Buggy gehört George, und er möchte nicht, dass Ginge wieder hineinklettert.

Nachdem ich George angeschnallt habe, fahre ich ihn

raus auf den Hof, wo wir von Sophia abgefangen werden, die mit Libertys lila Kapuzendecke über dem Arm aus der Sattelkammer am Ende der Boxengasse kommt. Ja, ich weiß, dass es kaum zu glauben ist, aber Alex' Pferd trägt im Winter eine gefütterte Decke mit einer Kapuze.

»George, Humpy ist hier!«, ruft Sophia. Sie beugt sich steif zu ihm hinunter, um ihn zu begrüßen, bevor sie zu mir aufblickt. »Geht ihr heute Morgen nicht zur Krabbelgruppe?«

»Emma lässt heute im Krankenhaus ein paar Tests machen, sodass ich zur Arbeit muss, und da dachte ich mir …« Ich zögere. Es ist ein bisschen frech, was ich da tue … »Ich dachte, ich könnte Flick im Kindergarten fragen …«

»Du möchtest, dass ich mich heute um den Jungen kümmere.« Sophias Augen leuchten vor Freude. »Liebend gern, solange du nichts dagegen hast, dass ich ihn bei meinen Besorgungen mitnehme. Der Hufschmied kommt nachher, und am Nachmittag fahre ich mit Tinky Winky zur Physio.«

Ich lächle vor mich hin, während ich mich bei ihr bedanke. Lucies Pony hat also einen eigenen Physiotherapeuten, während Sophia, die sichtlich dringender einen braucht als das Pony, keinen hat. Sophia läuft mit langen gefütterten Stallstiefeln herum, die sie notdürftig mit Isolierband geflickt hat, wohingegen die Pferde alle sieben oder acht Wochen neu beschlagen werden. Das ist die typische Fox-Gifford'sche Logik.

»Geht es Emma gut?«, fragt Sophia.

»Sie sagt, es wäre alles in Ordnung, aber ich bin mir nicht sicher. In ein paar Stunden wissen wir mehr.« Mir kommt ein Gedanke. »Ich lade erneut unsere Gäste für die Hochzeit ein und habe mich gefragt, ob es dir vielleicht lieber wäre, wenn ich Fifi nicht einladen würde. Ich weiß, dass ihr euch überworfen habt und du ihr gesagt hast, sie wäre im Herrenhaus nicht mehr willkommen.« Ich versuche aus Respekt vor Sophias Gefühlen taktvoll zu sein.

Sie sieht mich an, und für einen Augenblick frage ich mich, ob ich sie allein durch die Andeutung, Fifi könnte eingeladen sein, beleidigt habe.

»Ich wollte nicht, dass sie eine Szene macht«, fahre ich fort.

»Lade sie ein«, sagt Sophia. »Geschehen ist geschehen, und ich möchte nicht, dass die Leute anfangen müssen, sich für eine Seite zu entscheiden. Nein, Maz, Fox-Gifford hatte in einer Sache recht: Du solltest deine Freunde eng um dich scharen, aber deine Feinde noch enger.«

Ich lasse George im Buggy und betrachte ihn voller Sorge, dass er von einem Pferd getreten werden könnte oder, noch schlimmer, dass Sophia beschließen könnte, es sei für ihn an der Zeit, eines zu reiten.

»Ich habe mir überlegt, dass wir später Venezianische Leber machen – das magst du doch, George.«

»Ich habe ihm etwas zu Mittag eingepackt«, sage ich und denke an das Vollkornsandwich mit Käse, Karotten und Hummus, das nun in der Frühstücksbox vor sich hin gammeln wird.

»Es würde dir ersparen, heute Abend für ihn zu kochen, Maz.« Sophia weiß, dass ich dagegen nichts einwenden kann. Im Moment beinhaltet unser Kühlschrank einen Schokoriegel und ein paar Becher mit guten Joghurtbakterien, die schon so lange dort sind, dass sie schlecht geworden sind.

»Sophia, wie würde ich ohne dich zurechtkommen?«

»Ich kümmere mich gern um George. Er ist mein kleiner Sonnenschein. Er erinnert mich mit jedem Tag mehr an seinen Großvater.«

Ich lasse das unkommentiert und fahre zur Arbeit, das Radio angeschaltet, und hole tief Luft, während ich darüber nachdenke, was mich wohl erwartet. Einige der Patienten werden Emmas Spezialfälle sein.

Ich bin jedoch positiv überrascht. Bridget bringt Daisy zur Kontrolle vorbei.

»Sie sieht toll aus«, sage ich, als wir Daisy ermuntern, auf die Waage zu steigen. »Wie Sie übrigens auch, Bridget.«

»Ich habe knapp zehn Kilo verloren.« Sie stützt eine Hand in die Hüfte, um stolz ihre neue Figur zu präsentieren. Sie trägt nicht länger ein sackartiges Sweatshirt, sondern einen figurbetonten Zwiebellook. »Meine Insulin-Dosis ist inzwischen ganz niedrig, und ich fühle mich fantastisch.«

»Sie müssen eine Diät-und-Bewegungs-DVD aufnehmen und verkaufen«, sage ich leichthin.

»Ich könnte eine für Hundebesitzer machen: Wie Sie und Ihr Hund mit Spaß abnehmen.« Sie lächelt. »Aber zwei Sachen sprechen dagegen: Erstens habe ich kein ›Vorher‹-Foto, denn ich habe es damals nicht ausgehalten, Bilder von mir zu sehen. Sie wussten, dass ich es selbst nicht wahrhaben wollte, nicht wahr, Maz? Zweitens«, fährt sie fort, »hat es nicht wirklich Spaß gemacht abzunehmen. Mir fehlt meine tägliche Schokolade, und am Sport habe ich auch nicht mehr Spaß als früher.«

»Also keine DVD«, sage ich grinsend.

»Ich denke nicht.« Bridget schaut auf die Anzeige der Waage. »Ich habe vergessen, noch einmal nachzufragen, wohin und zu welcher Zeit Sie die Blumen geliefert haben wollen. Gerne bringe ich den Brautstrauß und die Ansteckstäußchen in die Kirche, bevor ich im Pub die Arrangements für den Empfang herrichte.«

»Das wäre wunderbar, Bridget. Dann hätte ich eine Sache weniger, um die ich mich an dem Tag kümmern muss.«

»Sind Sie nervös?«

»Ein bisschen«, gebe ich zu, ehe ich meine Aufmerksamkeit wieder meiner Patientin zuwende. »Daisy wiegt exakt dasselbe wie beim letzten Mal.« Ich notiere es auf ihrer Diabetes-Karte. »Das ist sehr gut. Sie hat genug Gewicht verloren, jetzt muss sie ihr neues Gewicht nur noch halten.«

Ich nehme sie mit nach hinten in das Behandlungszimmer, um sie gründlich durchzuchecken, und als ich damit fertig bin, gebe ich ihr einen Kuss auf ihren faltigen Kopf. Daisy dreht sich um und leckt mir übers Gesicht. Sie ist glücklich. Ich bin glücklich. Ihr Diabetes ist unter Kontrolle, sie keucht nicht oder müht sich beim Laufen, und sie riecht auch sehr viel besser, da ihre Hautentzündungen abgeklungen sind.

Den nächsten Termin hat Allie Jackson. Ich habe sie eine Weile nicht gesehen, seit Harry, der Hamster, den Tod gefunden hat. Ich überprüfe ihre Daten auf dem Monitor, nachdem ich sie aufgerufen habe, doch Frances hat die Details zu ihrem Haustier noch nicht eingegeben.

Frances ist in letzter Zeit ein wenig schlampig geworden, als hätte sie andere, wichtigere Dinge im Kopf. Ich nehme an, sie haben etwas mit ihrer knospenden Romanze mit Lenny zu tun. Shannon hat ihr neulich geholfen, ein Handy zu kaufen, und sie bringt ihr in ihren

Pausen das Simsen bei. Ich kann mir nicht vorstellen, wie sie vorankommen – Frances gibt selbst zu, dass sie schon immer technophobisch gewesen ist. Früher hat sie die Computertastatur mit dem Ende eines Stiftes bedient, weil sie Angst davor hatte.

Doch zurück zu Allie. Mir kommt der Gedanke, dass sie hier sein könnte, um ein paar Stabheuschrecken oder einen Gecko untersuchen zu lassen, doch als ich sie hereinrufe, trägt sie einen winzigen blonden Hundewelpen mit unglaublich großen braunen Augen auf dem Arm.

»Schon gut, Maz. Ich weiß, was ich gesagt habe.« Allies Stimme ist vor Aufregung ganz hoch. »Aber dann habe ich eine Anzeige wegen dieser Chihuahuas im *Chronicle* gesehen – ich konnte nicht widerstehen. Darf ich vorstellen? Blondie.« Sie stellt den Welpen auf dem Tisch ab. Blondie trägt ein pinkfarbenes Geschirr mit passender Leine. Auch Allie sieht schick aus und irgendwie jünger. Statt ihres üblichen verschwitzten Hosenanzugs trägt sie einen kühlen graugrünen Regenmantel und cremefarbene Hosen.

Ich kratze mir die Stirn. »Ich dachte, Sie wollten etwas, was Sie nicht liebgewinnen können? Blondie ist entzückend.«

»Sie ist süß, nicht wahr?« Allie zögert. »Ich habe sie gegen meinen Mann eingetauscht.«

»Wie bitte?«

»Er hat Harry gehasst, und als ich sagte, ich würde mir einen Hund anschaffen, meinte er, das könnte ich nicht machen. Wenn ich einen Hund ins Haus brächte, würde er gehen.« Sie lächelt schief. »Ich habe ihn beim Wort genommen.«

»Werden Sie und die Kinder denn allein zurechtkommen?«, frage ich.

»Es wird hart. Ich gebe mich keinen Illusionen hin, aber ich bin froh, dass ich mich dieses Mal nicht habe kleinkriegen lassen. Es war ein Fall von ›entweder ich oder der Hund‹ – und der Hund hat gewonnen.«

Es kommt mir seltsam vor, Allie zum Ende ihrer Ehe zu beglückwünschen, wo ich doch gerade davorstehe, in den Hafen der Ehe einzulaufen. Ich lenke das Gespräch wieder auf Blondie.

»Sie ist neun Wochen alt und bekam ihre ersten Impfungen beim Züchter«, erzählt Allie. »Ich wollte bloß, dass Sie sie sich mal ansehen. Und ich mache mir Sorgen um ihre Ernährung – ich bin mir nicht sicher, ob ich ihr das Richtige füttere. Sie hat außerdem eine wunde Stelle am Rücken – sie ist sehr klein, aber ich habe Angst, dass sie sich entzünden könnte.«

Allies Beziehung zu Blondie wird genauso werden, wie ihre Beziehung zu Harry war: obsessiv und übermäßig liebevoll. Blondie wird es an nichts fehlen. Ich lächle vor mich hin, während ich mit den Fingern durch ihr seidenes Fell fahre. Ich zögere, teile ein paar Haare und fange mit Daumen und Zeigefinger eines der schwarzbraunen Tierchen, die über Blondies blasse Haut flitzen.

»Hier ist die Ursache für die wunde Stelle an ihrem Rücken«, sage ich und zeige es Allie. »Blondie hat Flöhe. Machen Sie sich keine Sorgen«, füge ich rasch hinzu, als Allie bereits den Mund öffnet, »wir können sie loswerden, und sie haben auch keinen bleibenden Schaden verursacht.«

»Oh, mein armer kleiner Schnuckiputz«, jammert Allie. »Kein Wunder, dass du so kribbeldikrabbel warst.«

Ich behandle Blondie auf Flöhe, gebe ihr einen Termin für die nächste Impfung und trage sie für Izzys nächste

Runde von Welpenpartys ein, wie wir die Pflege junger Hunde intern nennen.

»Allie, ich weiß nicht, ob Sie mir vielleicht helfen können«, sage ich, bevor sie sich zum Gehen wendet.

»Worum geht's denn?«, fragt sie.

»Ich versuche, noch einen Hochzeitsfotografen für den dritten Samstag im Dezember zu finden. Es scheint unmöglich. Hat der *Chronicle* vielleicht irgendwelche freien Fotografen, die einen solchen Auftrag möglicherweise gern übernehmen würden? Ich möchte keine Action-Bilder wie das von mir an der Klippe – und ich verlange auch keine Perfektion.«

»Vielleicht Simon«, sagt sie. »Ich kann Ihnen seine Nummer geben.«

»Danke. Ich hoffe, er kann es übernehmen. Mir läuft langsam die Zeit davon.«

Als Allie fort ist und ich die restlichen Termine abgearbeitet habe, rufe ich Allies Kontaktperson an. Zuerst meint er, er wäre bereits für ein anderes Ereignis verplant, aber nachdem er noch mal in seinem Kalender nachgesehen hat, teilt er mir mit, dass er frei ist. Geschafft! Je mehr ich von meiner Liste abhaken kann, umso mehr freue ich mich auf die Hochzeit. Ich kann es kaum erwarten.

Am Spätnachmittag treffe ich mich mit Will. Er bittet mich, ihm bei der Obduktion einer jungen Katze zu helfen, die unerwartet gestorben ist.

»Ich dachte, Sie sollten das tun, Maz, andernfalls könnte der Klient denken, ich verschweige ihm etwas«, sagt er. Er sieht erschöpft aus.

»Selbstverständlich kann ich das übernehmen. Will, geht es Ihnen gut? Es kommt vor, wissen Sie? Sie können nicht alle retten«, fahre ich fort, als er nicht antwortet. »Manchmal ist es unmöglich, sich nicht emotional zu engagieren.«

»Das bin ich nicht«, sagt er knapp. »Es ist eher so … also, ich habe das Gefühl, als hätte ich alle enttäuscht.«

Ich denke, wir reden über dasselbe, aber wenn es Will leichter fällt, seine Reaktion als Gefühle und nicht als Emotionen zu definieren, werde ich nicht versuchen, ihn davon abzubringen. Ich gehe mit ihm auf die Station, wo Izzy die tote Katze auf den Behandlungstisch gelegt hat, damit einer von uns ihren Körper öffnen kann.

»Es war eine junge Katze«, sagt Will, als wir uns Kittel, Handschuhe und Schürzen anziehen. »Ich habe nicht erwartet, dass sie stirbt. Ich kann nicht glauben, dass mir nichts aufgefallen ist, als sie zum Impfen hergebracht wurde.«

»Katzen können die Tatsache, dass sie krank sind, gut verbergen.«

»Ich habe sie vollständig untersucht. Ich habe ihren Puls überprüft, die Brust abgehört. Nichts.«

Abgesehen von dem Offensichtlichen, nämlich, dass sie leblos ist, gibt es augenscheinlich nichts, was darauf hindeutet, was schiefgegangen sein könnte. Deshalb öffne ich Brustkorb und Bauch der Katze, teile Haut und Muskeln und durchtrenne die Rippen. Beide Lungenflügel sind voller Flüssigkeit, und das Herz ist dreimal so groß, wie es eigentlich sein sollte. Ich weise Will darauf hin.

»Dann also Herzversagen aufgrund eines Muskelschadens«, sagt er.

»Traurigerweise ja.« Ich sehe nach irgendeiner anderen möglichen Todesursache, ehe ich Brustkorb und Bauch wieder schließe. Es ist ziemlich deprimierend, einen Tierkadaver wieder zuzunähen, aber es muss gemacht werden, weil der Besitzer das Tier zu Hause beerdigen möchte.

»Ich übernehme das«, bietet Will an.

»Ich bin schon fast fertig.«

»Ich kann nicht einfach nur hier herumstehen. Ich habe das Gefühl, als müsste ich etwas tun.«

»Ich weiß. Würde es helfen, wenn ich mit dem Klienten spreche? Ich kann ihm das Ergebnis der Obduktion mitteilen.«

»Maz …« Will schaut mich kläglich an. »Ich glaube, das hier ist nicht das Richtige für mich. Ich habe den falschen Job.«

»Sie meinen, Sie möchten jetzt schon in eine andere Praxis wechseln?« Ich bin schockiert und ein bisschen verletzt, dass er nicht das Gefühl hat, in unserem Team angekommen zu sein. »Wenn Sie lieber die Schicht wechseln möchten oder woanders wohnen wollen statt direkt über dem Laden, dann bin ich mir sicher, dass wir daran etwas ändern können, damit Sie sich wohler fühlen. Sie hätten schon früher etwas sagen sollen.« Ich hatte mich bisher nicht für eine schlechte Chefin gehalten. Ich dachte, ich wäre zumindest einigermaßen zugänglich.

»Ich meine, dass ich kein Tierarzt mehr sein möchte. Das war ein Fehler. Ich kann so nicht weitermachen.«

Einen Augenblick lang befürchte ich, dass er in Tränen ausbricht. Izzy kommt herein, um die Katze in ein Handtuch zu wickeln und in ihre Transportbox zu legen, ehe sie uns wieder allein lässt.

»Das ist uns allen schon passiert. Der Arbeitsdruck, das Unvorhersehbare, die unregelmäßigen Arbeitszeiten, die traurigen Momente. Sie sind erschöpft. Sie brauchen ein paar Tage Urlaub, das ist alles.«

Will schüttelt den Kopf. »Für mich ist es hauptsächlich die Enttäuschung darüber, dass ich meine Arbeit nicht richtig machen kann.«

»Wenn Klienten sich nicht die beste Behandlung leisten können, meinen Sie?«, wende ich ein. »Was wir für die korrekte Herangehensweise an einen Fall halten, ist für sie nicht immer die richtige.« Ich denke an einen Hund, den wir eine Weile mit Chemotherapie behandelt haben – die Medikamente verlängerten sein Leben, zogen aber auch sein Leiden in die Länge. »Willkommen in der realen Welt, Will. Sie müssen das Beste unter den gegebenen Umständen machen. So ist das nun mal.« Ich beschließe, mich auf das Positive zu konzentrieren: »Die Klienten mögen Sie.«

»Wirklich?«, entgegnet er verdrossen. »Das Gefühl habe ich nicht. Mrs. Dyer hasst mich.«

»Mrs. Dyer ist eine Klientin von Hunderten, und sie hat allen Grund, männlichen Tierärzten gegenüber misstrauisch zu sein. Was ist mit Mr. Brown und Pippin? Und Clive?«

»Jedes Mal wenn Mr. Brown kommt, verabreiche ich Pippin seine Steroide, während Mr. Brown mir vorschwärmt, wie wunderbar doch die Homöopathie ist. Clive ist ein guter Kerl, aber seit Cassies Tod fühle ich mich verpflichtet, so zu tun, als würde ich Perserkatzen oder vielmehr Halbperser mögen.«

»Clive ist nicht so. Er ist ziemlich geradeheraus«, sage ich lächelnd. »Das alles ist Teil der Tiermedizin. Es ist schön und gut, wenn man den wissenschaftlichen Aspekt draufhat, aber der größte Gewinn liegt in der Kunst, die Menschen zu behandeln.«

»Es fühlt sich nicht richtig an. Es ist eher falsch. Oh, ich weiß nicht«, seufzt er. »Ich weiß nicht, was ich tun soll.«

»Schlafen Sie drüber.«

»Kann ich nicht. Ich bin auf Bereitschaft. Ich kann nicht schlafen, wenn ich Bereitschaftsdienst habe.«

»Dann übernehme ich das. Machen Sie morgen einen freien Tag, schlafen Sie aus, unternehmen Sie einen Strandspaziergang, rücken Sie alles in die richtige Perspektive.«

»Danke, Maz, aber nein … Sie müssen bereits an Ihrem freien Tag für Emma einspringen. Ich halte durch.«

»Sind Sie sich sicher?«

»Ich bin mir sicher.«

»Was würden Sie eigentlich tun, wenn Sie kein Landtierarzt wären?«, frage ich ihn.

»In London arbeiten. Ein Praxisjahr in einer Fachklinik machen. Zurück an die Uni gehen und promovieren.«

»Will, Sie müssen tun, was immer Sie glücklich macht. Solange Sie das Otter House nicht vor Mitte Januar verlassen – ich würde gern meine Flitterwochen genießen können.«

»Oh, ich gebe Ihnen rechtzeitig Bescheid. Ich werde Sie nicht im Stich lassen«, verspricht Will. »Wie schaffen Sie es eigentlich dabeizubleiben, Maz?«

»Ich liebe meinen Job. Und George hat mich meine Prioritäten neu setzen lassen. Mein Beruf ist nicht mehr mein Ein und Alles. Ich mag unsere Klienten, zumindest die meisten.« Ich sprühe den Behandlungstisch mit Desinfektionsmittel ein und wische ihn ab. »Im Großen und Ganzen überwiegt das Positive.«

»Maz, Lynsey ist unterwegs«, unterbricht uns Frances.

»Raffles ist krank. Er spuckt Blut. Ich dachte nicht, dass das warten kann.«

»Danke, Frances. Will, würden Sie sich bitte um sie kümmern? Ich muss mit Clive noch ein paar Dinge wegen des Empfangs besprechen.«

Viel später, als ich mich auf dem Sofa breitmache und mit George kuschle, weil ich zu müde bin, um ihn ins Bett zu bringen, kommt Alex nach Hause.

»Wie war dein Tag?«, frage ich ihn. »Wie macht sich der neue Mann? Justin?«

»Er hat verschlafen und ist gewissermaßen gerade noch rechtzeitig aufgetaucht. Er hat letzte Nacht wohl ein paar Bier mit Stewart getrunken.«

Das überrascht mich nicht. Er wohnt auf dem Hof der Pitts, bis er etwas Passendes gefunden hat.

»Und dann hat er ziemlich kämpfen müssen, um einer Kuh Blut abzunehmen, was recht beeindruckend ist, wenn man die Größe von deren Venen bedenkt«, fährt Alex fort. »Irgendwann hat er es aber geschafft. Ich habe ihn zu Guy rübergeschickt, während ich zu Robert gefahren bin.« Alex nimmt die Flasche Wein aus dem Kühlschrank und gießt sich ein Glas ein. »Weißt du, ich könnte mich daran gewöhnen. Möchtest du auch eins?«

»Bitte … Aber nur ein kleines. Will hat heute Nacht Bereitschaft.«

»Wie war es bei Clive?«, fragt Alex.

»Ich hätte nie gedacht, dass ich mich das einmal sagen hören würde, aber alles ist unter Kontrolle. Ich habe das Essen ausgewählt, und Clive hat die Musik festgelegt. Die beste Nachricht ist jedoch, dass Clive nicht zurück nach London zieht. Er und Edie bieten den Pub im neuen Jahr zum Verkauf an und wollen ein neues Geschäft eröffnen. Er sagt, er wäre noch nicht bereit für den Ruhestand.«

»Wie geht es Edie?«

»Sie steht noch am Anfang, aber anscheinend hat sie sich fest vorgenommen, ihre Sucht zu bekämpfen, denn sie möchte für Cassies Junge da sein – und wahrscheinlich für Clive. Clive schien ziemlich optimistisch zu sein, aber er sagt, dass sie bei ihrer Schwester bleiben muss, bis der Pub verkauft ist.« Clives Loyalität ist bewunderungswürdig, denke ich, und mir fällt das Gelübde ein, das Alex und ich demnächst ablegen werden: in Gesundheit und Krankheit.

Während Alex einen Auflauf aus dem Niedrigtemperaturofen auftischt, ruft Emma aus dem Krankenhaus an. Sie ist für ein paar Tage stationär aufgenommen worden.

»Die sind hier ein bisschen wie Will. Sie machen jeden nur erdenklichen Test. Es würde mich nicht überraschen, wenn sie mich demnächst zu einem Gehirnscan karren würden. Wohlgemerkt, ich werde noch verrückt, wenn ich länger hier eingesperrt bleibe.«

»Ich komme dich besuchen«, biete ich an.

»Vielleicht morgen. Ben ist jetzt hier. Du musst dich auf die Hochzeitsvorbereitungen konzentrieren. Ruf mich einfach hin und wieder an.«

Sobald ich auflege, meldet sich Lynsey.

»Hallo, Maz. Wie läuft es mit der Hochzeit?«

»Ich habe ein viel besseres Gefühl, seit ich den Empfang gebucht habe. Ich hatte schon befürchtet, ich würde so kurz vor Weihnachten nirgendwo mehr unterkommen.«

»Kann ich irgendwie helfen?«

»Ich lass es dich wissen …« George versucht mir das

Telefon aus der Hand zu reißen. »Nein, George.« Ich knie mich aufs Sofa, sodass George nicht an das Telefon kommt, selbst wenn er sich ganz groß macht.

»Um ehrlich zu sein, rufe ich an, weil ich mit dir über Raffles sprechen wollte. Will hat ihn stationär aufgenommen, und ich mache mir wirklich Sorgen.«

»Das kann ich gut verstehen«, sage ich, »aber er ist in den besten Händen.«

»Du könntest nicht vielleicht… ich weiß, das ist ein bisschen unfair…« Lynsey setzt noch einmal neu an. »Könntest du mal ein Wort mit ihm reden?«

»Warum?« Ich frage mich, wie ich reagieren soll. Lynsey ist nicht nur Klientin, sondern auch eine Freundin, weshalb ich ihr gern einen Gefallen erweise. Aber es kommt mir Will gegenüber respektlos vor, so als würde ich sein Urteilsvermögen infrage stellen. »Du möchtest, dass ich ihm auf die Finger sehe.«

»Äh, ja. Er hat noch nicht so viel Erfahrung, und er hat mehr oder weniger zugegeben, dass er keine Ahnung hat, weshalb es Raffles so schlecht geht. Kein Wunder, dass ich beunruhigt bin. Tatsachlich komme ich fast um vor Sorge.«

»Warum rufst du ihn nicht selbst an?«, schlage ich vor. »Es macht ihm nichts aus. Er hat Bereitschaft. Er kann dich auf den neuesten Stand über Raffles Entwicklung bringen.«

»Ach, ich weiß nicht…«

»Lynsey, Will ist ein Profi. Er hat eine fünfjährige Ausbildung für diesen Job durchlaufen. Er lässt es mich wissen, wenn er Unterstützung braucht.«

»Bist du dir sicher?«, fragt sie zweifelnd.

»Absolut. Verlass dich auf mich, Lynsey. Ich bin Tierärztin.«

Ich gestehe, dass meine Gedanken in dieser Nacht ein paarmal zu Raffles wandern, und es ist eine Erleichterung, als ich ihn am nächsten Morgen bei meinem Eintreffen in der Praxis lebendig vorfinde. Aber das würde ich Will oder Lynsey gegenüber niemals zugeben.

Will hat Raffles in den Quarantänezwinger unter der Treppe gesteckt, wo wir all jene Patienten unterbringen, die eine Ansteckungsgefahr für die anderen Tiere darstellen.

»Was ist los?«, frage ich und lese rasch die Patientendaten auf der Karte, die an der Vorderseite des Käfigs angebracht ist: »Raffles Pitt. Barton-Farm. Männlich. Unkastriert. Ca. vier Jahre alt. Zusammenbruch.«

»Ich weiß nicht, Maz. Ich habe Ihnen ja gesagt, dass ich ziemlich unnütz bin.«

»Hey, hören Sie auf damit. Hatten Sie eine schlechte Nacht?«

»Ich bin vier Mal rausgerufen worden, und dann konnte ich vor Sorge um den kleinen Kerl hier nicht schlafen.« Will hängt sich sein Stethoskop um den Hals. »Ich habe ihn aufgenommen, weil er Bauchschmerzen hatte. Er hat Blut erbrochen, ist unruhig, und jetzt hat er angefangen zu keuchen, und seine Muskeln zucken unkontrolliert. Sein Herz schlägt so schnell, dass ich beim Zählen kaum mitkomme.

Er ist dehydriert, aber warum? Es ist mir ein Rätsel. Er ist geimpft – in seinem Ausweis steht, dass Sie es gemacht haben.« Will kratzt sich den Kopf wie ein Hund, der Flöhe hat. »Er war ein gesunder junger Hund. Ich verstehe es einfach nicht. Ist es ein Virus, hat er etwas Schlechtes gefressen oder irgendeine rätselhafte metabolische Störung?«

»Die metabolische Störung würde ich erst mal außer

Acht lassen«, sage ich. »Lassen Sie uns mit den ersten Schritten anfangen. Was würden Sie als Nächstes vorschlagen?«

»Ich habe ihm Blut abgenommen – Izzy lässt es gerade durch die Maschine laufen. Ich habe ihm eine zweite Infusion angehängt, ihn vorsorglich mit Antibiotika versorgt, falls eine Infektion vorliegen sollte, Medikamente gegen das Erbrechen verabreicht, und ich erwäge ihm etwas zu geben, das seinen Herzschlag verlangsamt. Was halten Sie davon?«

»Ich denke, Sie sollten mögliche Nebenwirkungen außer Acht lassen und es durchziehen. Wenn wir nicht wissen, was los ist, müssen wir die Symptome bekämpfen, wie sie auftreten. Will, mehr können wir nicht tun. Geben Sie mir Bescheid, wenn die Blutwerte da sind. Ich kann Lynsey anrufen, wenn Ihnen das lieber ist – sie ist eine gute Freundin.«

»Kein Druck also«, sagt Will beklommen.

»Sie haben so weit gute Arbeit geleistet. Ich hätte nichts anders gemacht.«

Will ist frustriert, weil er nicht weiß, was Raffles fehlt, aber er muss lernen zu akzeptieren, dass man nicht alles wissen kann.

»Lynsey wird deswegen nicht weniger von Ihnen halten. Wir behandeln viele Patienten, die gesund werden, ohne dass wir auch nur eine Ahnung haben, warum sie überhaupt krank waren. So ist das Leben, Will. So ist das Leben eines Tierarztes.«

Sobald die Blutergebnisse da sind, rufe ich Lynsey an und bitte sie, zu kommen und nach Raffles zu sehen. Normalerweise gibt es ein erkennbares Muster in den Blutwerten, das den Schluss auf die eine oder andere Krankheit nahelegt, doch Raffles Werte sind rätselhaft.

Mehr noch, sein Zustand verschlechtert sich rapide, und ich würde es mir für immer vorwerfen, wenn ich Lynsey und ihrer Familie nicht die Chance gegeben hätte, sich von Raffles zu verabschieden …

Raffles ist sehr still – wäre er ein Mensch, würde man sagen, er sähe aus, als habe er Kopfschmerzen. Er hat einen langen Körper, kurze, krumme Beine, einen geringelten Schwanz und welliges rotblondes Fell – insgesamt eine kuriose Erscheinung, so als wäre er aus mehreren verschiedenen Hunden zusammengesetzt. Ich erinnere mich an ihn mit einem Lächeln im Gesicht, muskulös und quirlig; doch so ist er jetzt nicht.

Lynsey kommt mit Sam, ihrem ältesten Sohn, der inzwischen um die zwölf ist. Er trägt einen Kapuzenpulli, Jeans und Gummistiefel. Blond und groß für sein Alter kommt er mit einem Quietscheball herein.

»Das ist Raffles Lieblingsspielzeug.« Er gibt ihn mir. »Kann er es hier haben, damit es ihn an zu Hause erinnert?«

»Natürlich.« Ich bringe sie nach hinten, wo Izzy und Will gerade den Infusionsbeutel wechseln.

»Ich habe ihm ein wenig Diazepam gegeben«, sagt Will.

Ich muss nicht fragen, wofür. Raffles muss einen Anfall gehabt haben, kein gutes Zeichen. Ich beschließe, das später mit Lynsey zu besprechen. Zuerst müssen wir versuchen herauszufinden, warum Raffles krank ist, damit wir seine Behandlung darauf abstimmen können.

Ich fange ganz am Anfang an und folge der Maxime, dass meist ganz gewöhnliche Dinge die Ursache sind.

»Frisst er draußen?«, frage ich.

»Er ist ein Plünderer. Er frisst alles.«

»Er hat mal die Butter vom Tisch runtergeklaut.«

»Legt Stewart auf der Farm Rattengift aus?«

»Nein, das benutzen wir nicht. Wegen der anderen Tiere und der Kinder. Meinst du, er könnte vergiftet worden sein?«

»Das ist sehr wahrscheinlich.« Es würde helfen zu wissen, was er gefressen hat, dann könnten wir ihm ein Gegenmittel verabreichen, wenn es denn eines gibt. Aber so einfach wird es wohl nicht werden.

»Ich habe nachgedacht«, bringt sich Will ein. »Was ist mit einer Schokoladenvergiftung? Könnte Raffles Zugang zu Schokolade gehabt haben?«

»Wir haben Schokolade im Haus, aber ich kann mir nicht vorstellen, dass Raffles da rangekommen sein könnte«, sagt Lynsey halb lächelnd. »Die Kinder hätten das nicht zugelassen, stimmt's, Sam?«

Sam senkt den Blick auf seine Gummistiefel.

»Sam?«

»Mum, ich wollte das nicht«, murmelt er.

»Sam, sieh mich an.« Lynsey ergreift sein Kinn und hebt seinen Kopf. »Bitte sag uns, was Raffles gefressen hat. Maz und Will können ihn sonst nicht retten.«

»Du weißt doch, die drei Tafeln Schokolade, die du gekauft hast ...« Sams Augen sind voller Tränen.

»Die ich oben auf dem Schrank für Weihnachten versteckt habe?«

Sam nickt.

»Ich habe sie genommen, Mum«, gesteht er jämmerlich. »Ich habe sie auf dem Boden liegenlassen, und Raffles hat sie sich geschnappt.«

»Oh, Sam«, heult Lynsey auf. »Wie konntest du nur?«

»Ich wusste es nicht. Ich wusste nicht, dass es ihm schadet.« Er schaut zu Raffles. »Er ist so still – ist er schon tot?«

»Nein«, sage ich. »Er hat ein Medikament bekommen, das ihn schlafen lässt.«

»Er wird sterben, nicht wahr? Und ich bin dran schuld.«

»Schsch«, macht Lynsey und legt den Arm um Sams Schultern. »Gib dir nicht selbst die Schuld. So etwas passiert. Das ist das Leben.«

»Können wir ihn neben Cads begraben?«

»Sam, jetzt reicht's. Ich halte es nicht aus, ihn so zu sehen, aber Raffles gibt noch nicht auf. Tut alles, was ihr für ihn tun könnt.« Dann versagt Lynsey die Stimme.

»Wir tun unser Möglichstes«, sage ich erstickt.

Die Pitts haben bereits einen Hund verloren, Cadbury, ironischerweise einen schokofarbenen Labrador, und ich kann ihnen keinen Vorwurf machen, dass sie nun fürchten, noch einen zu verlieren.

Plötzlich erkennt Will, dass die präzise Diagnose auch nicht der Heilige Gral der Veterinärmedizin ist, denn obwohl es eine persönliche Befriedigung ist, die Symptome des Hundes mit der Tatsache in Verbindung zu bringen, dass er drei vorweihnachtliche Tafeln Schokolade gefressen hat, macht es für Raffles doch keinen Unterschied. Es ist zu spät, ihm den Magen auszupumpen, es gibt kein Gegenmittel, und gemessen an der Menge, die er gefressen hat, stehen seine Chancen nicht gut. Einige von ihnen schaffen es. Andere nicht.

Gegen Ende der Woche komme ich als Erste in die Praxis, denn ich habe George bei Sophia gelassen. Auf meinem Weg durch die Räume schalte ich die Lichter und die Bildschirme an und schnappe mir einen sauberen Kittel, ehe ich auf die Station gehe.

Als ich um die Ecke am Behandlungstisch biege, erblicke ich auf dem Boden vor den Käfigen ein Paar nackte Füße.

»Will?« Ich springe hinüber, wo unser Assistent mit dem Kopf auf einem zusammengerollten Vetbed liegt, den Körper in eine Decke gehüllt. »Will, geht es Ihnen gut?«

Er stöhnt und rollt sich auf die Seite, wobei ein leerer Kaffeebecher klappernd zu Boden fällt. Raffles, der aus der Quarantäne in einen Käfig direkt über ihm umgezogen ist, winselt. Ich bemerke, dass er sich wieder übergeben hat. Kein gutes Zeichen.

»Will?« Ich beuge mich über ihn und rüttle ihn sanft. »Es ist acht Uhr.«

Er stößt ein weiteres Stöhnen aus, öffnet die Augen und blinzelt ins Tageslicht. Plötzlich richtet er sich auf.

»Was zum …«, murmelt er mit belegter Stimme. »Ich bin heruntergekommen, um bei dem Hund zu sitzen. Muss eingeschlafen sein. Was für ein Schwachsinn!« Er kommt taumelnd auf die Beine, wobei er die Decke eng um sich gewickelt hält, es jedoch nicht schafft, seine knochigen Knie und dünnen Waden zu verhüllen. »Sie müssen mich für einen Volltrottel halten. Sie werden das doch gegenüber den anderen nicht erwähnen, oder?«

»Niemand wird etwas davon erfahren, wenn Sie sich beeilen und raufgehen. Izzy kann jeden Moment hier sein.«

»Danke, Maz.«

»Wenn Sie wissen wollen, was ich davon halte«, rufe ich ihm hinterher, während er hinauseilt. »Es ist ein Zeichen großen Pflichtbewusstseins, Will. Ich bin beeindruckt.« Ich beuge mich hinab und hebe die Zettel auf, die er liegen gelassen hat. Er hat eine Kurve von Raffles Herzschlag angefertigt und Notizen über einen Fall von

Theobrominvergiftung gemacht. Ich lächle vor mich hin. Ich habe mich selbst immer für sehr arbeitseifrig gehalten, aber Will treibt das Ganze eine Stufe höher.

Ich lese Wills Notizen durch und sehe Raffles an, dessen Verfassung sich kaum verändert hat.

»Ach, Raffles.« Ich streichle ihn. Er stöhnt und verdreht die Augen. »Dummer Hund«, sage ich liebevoll zu ihm. »Du hast genug durchgemacht. Gib nicht auf.«

Ich rufe Lynsey an.

»Wie geht es ihm heute?«, fragt sie.

»Nahezu unverändert, fürchte ich.« Ich gebe Lynsey Zeit, um die Bedeutung dieser Aussage zu begreifen.

»Wie lange wollen wir ihn noch leiden lassen?« Ihre Stimme klingt ungewöhnlich verzagt.

»Mir gefällt die Idee nicht, jetzt schon aufzugeben. Warum warten wir nicht bis heute Abend und sehen, was sich bis dahin tut? Dann nehme ihm noch mal Blut ab. Wenn sich sein Zustand nicht gebessert hat…«

»…lasse ich ihn einschläfern«, sagt Lynsey. »Sonst kannst du nichts mehr tun, nicht wahr?«

»Wir können ihm eine unterstützende Behandlung zukommen lassen. Es liegt jetzt an ihm.«

»Danke, Maz. Ich rufe später wieder an.«

Ich lege auf und gebe Raffles eine weitere Dosis Antibiotika, bevor ich zu Izzy und Frances an den Empfang gehe. Frances räumt die Auslage mit dem Hunde- und Katzenspielzeug um, damit die Weihnachtsartikel Platz haben. Ich bemerke, wie sie hin und wieder zusammenzuckt, wenn sie aus Versehen die quietschenden Plastiklebkuchen drückt. Izzy ist auf einen Stuhl geklettert und bringt Schleifen aus Lametta und Silberpapier an. Der Weihnachtsbaum, ein echter von der Farm, die sie mit Chris betreibt, liegt der Länge nach auf der Waage.

»Äh, Gesundheit und Sicherheit, Izzy«, bemerke ich. »Emma bekommt einen Anfall, wenn sie Sie auf diesem Stuhl balancieren sieht.«

»Mir passiert schon nichts. Ich habe das jahrelang so gemacht, ehe ich hierhergekommen bin. Es war schon immer meine Aufgabe, die Praxis zu dekorieren.« Sie grinst zu mir herunter. »Ich liebe Weihnachten.«

»Könnten Sie wenigstens den Baum wegräumen, bevor einer unserer Klienten noch darüberfällt?«

»Geben Sie mir fünf Minuten. Maz, schauen Sie mal da in die Kiste. Wir haben einen Schneemann!«

Ich linse in die Umzugskiste, die bis zum Rand mit Perlen und Weihnachtskugeln gefüllt ist. Darin liegt der hässlichste Schneemann, den ich je gesehen habe. Er hat blaue Augen und rote Lippen und ist ungefähr so groß wie Daisy die Bulldogge, aber viel breiter.

»Er singt und tanzt auf der Stelle«, sagt Izzy glücklich.

»Woher haben Sie denn den?«, frage ich.

»Aus dem Gartencenter. Fifi hat mir einen Sonderpreis gemacht.«

»Das überrascht mich nicht. Er ist schrecklich.«

»Ich stelle ihn auf den Karteischrank. Frances, Sie müssen einen anderen Platz für einen Teil der Weihnachtskarten finden. Ich könnte sie aber auch auffädeln und an der Wand herunterhängen lassen.«

Ich lasse Izzy in Ruhe werkeln. Jedes Jahr will sie die Weihnachtsdekoration früher anbringen, und wenn sie so weitermacht, dauert es nicht mehr lange, und sie fängt bereits im Juni damit an.

Gegen Abend sehe ich noch einmal voller Beklommenheit nach Raffles. Will ist bei ihm und macht sich weitere Notizen für seine Fallstudie.

»Wie geht es ihm?«, frage ich.

»Es gibt deutliche Anzeichen für eine Verbesserung.« Will drückt die Notizen an seine Brust. »Vielleicht wird alles gut.«

»Warum sind Sie so erpicht darauf, die Details aufzuschreiben, wenn Sie doch den Job aufgeben wollen?«, fordere ich ihn heraus. Seit unserem Gespräch über seine Enttäuschung in Bezug auf sich und seinen Beruf war er sehr still hinsichtlich seiner Pläne.

»Ach, ich hatte Zeit nachzudenken«, sagt er und lächelt schief. »Sie hatten recht – ich war müde und an einem Tiefpunkt angelangt, aber Raffles hat mir gezeigt, dass ich nicht vollkommen unnütz bin und vielleicht sogar etwas bewirken kann.«

»Das ist fantastisch, Will. Ich fürchtete schon, Sie würden am Ende alles hinwerfen, ohne sich noch einmal eine Chance zu geben.« Um ehrlich zu sein, hatte ich trotz seiner Versicherung, dass er uns rechtzeitig Bescheid geben würde, Angst, er könnte zusammenbrechen und uns noch vor der Hochzeit im Stich lassen. »Wissen Sie, ich würde keinen anderen Assistenten haben wollen. Sie sind eine echte Bereicherung für unsere Praxis.«

Errötend bedankt sich Will. »Ich gehe dann mal und tippe das hier ab – es sei denn, Sie brauchen mich für irgendwas anderes.«

»Nein, ich werde hier allein fertig. Gehen Sie ruhig.«

Ich bin zuversichtlich, dass er die Praxis alleine weiterführen kann, wenn Emma und ich nicht da sind; das sage ich mir, während ich ihm zusehe, wie er durch die Doppeltür in den Korridor schlendert. Dann wende ich meine Aufmerksamkeit wieder Raffles zu.

Izzy hat auf der Station das Radio angelassen. Slade läuft gerade: »Merry Christmas Everybody.« Und während Raffles da liegt und mit der Schwanzspitze wedelt, denke ich, dass es vielleicht tatsächlich ein sehr fröhliches Weihnachtsfest für alle werden wird.

21

Etwas Blaues

»Ein kleines Dankeschön für dich und das Team vom Otter House, dass ihr Raffles Leben gerettet habt«, sagt Lynsey, als sie am Freitagnachmittag vor der Hochzeit mit einem Obstkuchen vorbeikommt. Raffles durfte am Montag nach Hause. Letztendlich war er zwei Wochen bei uns. »Wir dachten uns, Schokolade wäre wohl unpassend. Was tust du überhaupt in der Praxis, Maz? Morgen ist dein Hochzeitstag.«

»Ich muss noch ein paar Dinge erledigen.«

»Als ich geheiratet habe, war ich bis zum letzten Augenblick in Panik.«

»Ich bin auch in Panik – innerlich, aber ich denke mir, wenn ich irgendetwas vergessen habe, dann ist es jetzt ohnehin zu spät.«

»Also, ich bin jedenfalls froh, dass hier alle so engagiert arbeiten. Wir sind überglücklich, Raffles wieder zu Hause zu haben. Mir war gar nicht klar, wie sehr ich ihn vermisst habe.« Lynsey reibt sich die Augen. »Ich liebe ihn wie eins meiner Kinder. Ganz schön dumm, nicht wahr? Stewart hält mich für verrückt.«

Stewart hat unrecht, denke ich. Lynsey ist einer von diesen Menschen, die warmherzig, freundlich und überaus großzügig sind.

»Ich hoffe, Will bleibt. Er ist ein Juwel.«

»Wir haben großes Glück, dass er hier ist«, stimme ich zu.

»Hoffentlich ist Alex' neuer Assistent wenigstens halb so gut.«

»Er wird doppelt so gut sein müssen, um von den Farmern akzeptiert zu werden«, erwidere ich leichthin. »Ich wette, sie stellen ihn auf die Probe. Es wird ein paar Witze auf seine Kosten geben.«

»Er scheint … charmant zu sein.« Lynsey schaut auf die Uhr. »Ich muss bald los. Wie geht es George?«

»Gut, danke. Er ist heute im Kindergarten.«

»Freut er sich auf die Hochzeit?«

Ich lächle bei der Erinnerung, wie Alex George aus dem Stubenwagen gehoben hat, als der Wecker losging, ihn durch die Luft geschwenkt und »Morgen heiratet die Mami« gesungen hat. George hat gegluckst, während mein Herz beim Anblick meiner beiden Jungs schmolz.

»George weiß, dass er etwas Feines anziehen und mit Emma, Lucie und Seb hinter mir hergehen wird, aber er versteht nicht wirklich den Grund dafür. Ich hoffe, er entscheidet sich nicht dafür, auf halbem Weg zum Altar hinunter Nein zu sagen und sich auf den Po zu setzen. Das sähe ihm ähnlich.«

»Du hast zu viele Filme gesehen, bei denen die Hochzeit das reinste Chaos ist«, sagt Lynsey.

»Ich habe gar keine gesehen.« Ich lächle. »Das alles ist meine überbordende Fantasie.«

»Ach, jeder ist in der letzten Minute nervös. Das ist vollkommen normal.«

»Ich frage mich, ob Alex sich auch so fühlt.«

»Ich denke schon. Außerdem hat er mehr Grund, nervös zu sein, als du. Stewart hat die letzten Tage damit verbracht, die Rede zu schreiben.«

Stewart ist Alex' Trauzeuge. Takt ist nicht gerade seine Stärke.

»Schon gut, Maz. Ich habe ihm gesagt, er soll nicht übertreiben, sonst bekommt er es mit mir zu tun.«

Ein beängstigender Gedanke. Ich kann mir vorstellen, dass Lynsey eine Respekt einflößende Person ist, wenn sie in Rage gerät. Ich erinnere mich an ihren Zorn, als sie ihre Jüngste in den Praxisräumen zur Welt brachte, nachdem sie erfahren hatte, dass Stewart eine Affäre hatte. Ja, wirklich. Es ist eine lange Geschichte.

»Der Wetterbericht hat für morgen Schnee angekündigt.«

»Schnee? Wirklich?« Ich fühle mich wieder wie ein Kind und bin ganz aufgeregt bei dem Gedanken an Schneemänner und Schneebälle und, am allerschönsten, an den Schnee, der für meine Hochzeit wie das Konfetti der Natur vom Himmel herabschwebt.

»Leichten Schneefall, aber hier in Talyton bleibt er meist nicht liegen. Ich kann mich an keine weiße Weihnacht erinnern, und ich habe mein ganzes Leben hier verbracht.« Lynsey schaut wieder auf die Uhr, und ich denke, dass ich auch endlich weitermachen muss. »Hast du gehört, was ein Stück weiter im Norden los ist? Es kam in den Nachrichten.«

»Ich habe in letzter Zeit nicht so sehr darauf geachtet, was rundum passiert«, muss ich zugeben. »Ich hatte zu viel zu tun.«

»Sie haben heute Morgen davon berichtet. In den Midlands sind fast zwanzig Zentimeter Schnee gefallen. Bei Bristol musste die Autobahn gesperrt werden.«

»Izzy hat die Wetterwarnung heute Morgen erwähnt, aber ich habe nicht aufgepasst«, erinnere ich mich. »Ich hoffe, unsere Gäste schaffen es trotzdem irgendwie hierher.« Die meisten kommen von hier, doch einige, darunter meine Mutter, müssen ein gutes Stück anreisen. »Ich nehme an, das heißt, dass die Reiterspiele des Ponyklubs abgesagt werden. Sophia hat immer noch vor, Lucie und ihr Pony nach der Hochzeit dorthin zu fahren, damit sie am Sonntag am Wettkampf teilnehmen kann.«

»Es hat alles sein Gutes«, sagt Lynsey. »Alex hat Stewart erzählt, dass er nicht glücklich damit ist. Wird Lucie nicht enttäuscht sein?«

»Ein bisschen, nehme ich an, doch sie wollte den Empfang nicht verpassen.«

»Wo steckt Emma?«, wechselt Lynsey das Thema. »Ich habe sie schon eine Weile nicht mehr gesehen.«

»Sie geht es ruhig an, hoffe ich. Auf Anweisung des Arztes – damit meine ich ihren Gynäkologen im Krankenhaus, nicht Ben. Sie hat in ungefähr drei Wochen Termin.«

Lynsey sieht zum dritten Mal auf die Uhr. Ihre Augenbrauen fliegen in die Höhe und verschwinden unter ihrem zerzausten Haar.

»Ich muss los. Ich sollte die Jungs vor fünf Minuten von der Schule abholen. Jetzt werde ich wohl für eine weitere Gardinenpredigt ins Direktorenzimmer geschleppt. Wir sehen uns morgen, Maz.«

»Morgen …«, wiederhole ich, als sie geht. Mir ist schlecht vor Vorfreude und der sprichwörtlichen Nervosität. Was habe ich vergessen? Wird der Organist dem Pub fernbleiben? Werden die Cupcakes unversehrt beim Empfang ankommen? Ich blende meine Sorgen aus. Sie sind lächerlich. Es geht um mich und Alex – eine öffentliche Feier und Bestätigung unserer Liebe zueinander. Der ganze Rest ist lediglich traditionelles Drumherum, und ja, auch wenn es schön und etwas Besonderes ist, ist es im Vergleich dazu trivial.

Solange die Leute kommen – das ist es, was zählt.

Wir haben nicht viel zu tun, deshalb verbringe ich die Zeit bei einem Schwätzchen mit Frances am Empfang.

»Wie lange bleiben Lucie und Sebastian bei Ihnen?«, fragt sie.

»Bis zum zweiten Weihnachtsfeiertag. Ihre Mutter holt sie zurück nach London, wenn Alex und ich in die Flitterwochen fliegen.« Ich mache eine Pause.

»Sollten Sie jetzt nicht zum Friseur oder irgendwas in der Art, Maz?«, fährt Frances fort.

»Das ist für morgen vorgesehen. Machen Sie sich keine Sorgen. Alles ist unter Kontrolle. Ich habe meine Liste ausgedruckt und an den Kühlschrank gehängt und hake eins nach dem anderen ab.« Optimistisch halte ich inne. »Jetzt kann nichts mehr schiefgehen.«

»Ich bewundere Sie dafür, wie Sie das alles geschafft haben. Es hat mehr als eine Gelegenheit gegeben, da dachte ich, diese Hochzeit würde nie stattfinden.« Frances zieht sich ein Taschentuch aus dem Ärmel und tupft sich die Augen. »Oh, ich weine immer bei Hochzeiten ... Sie und Alex. Das ist ja so romantisch.«

»Wissen Sie was, ich denke, wir sollten früher zumachen.« Ich trete ans Fenster und schaue hinaus. Es ist nach vier, und in der Stadt wird es langsam ruhig. Die Weihnachtsbeleuchtung ist eingeschaltet und blinkt zwischen den Laternenpfählen. Hin und wieder schwebt eine Schneeflocke aus dem bleiernen Himmel. Peter vom Gemüseladen winkt, als er sein Fahrrad mit einem riesigen truthahnförmigen Paket auf dem Lenker vorbeischiebt. Eine Familie schlendert in die andere Richtung, eines der Kinder hält einen Weihnachtsmann-Ballon in der Hand. Eine Windböe erfasst den Ballon und reißt ihn aus seinem Griff, und er fliegt hoch in die Luft und wirbelt über die Dächer der Häuser davon.

Das Kind tut mir leid, doch das ändert nichts an meiner Hochstimmung. Morgen um diese Zeit bin ich verheiratet.

»Wann kommt Will zurück?«, fragt Frances.

»Er übernimmt um zehn das Telefon.«

»Ich kann das nicht glauben, Maz. Es ist die Nacht vor Ihrer Hochzeit, und Sie sind in Bereitschaft.«

»Nur bis zehn«, sage ich leichthin, »und es ist wirklich ruhig. Die Leute gehen heute Abend nach Hause, zünden den Kamin an und packen Geschenke ein. Die Wettervorhersage hat Schnee angekündigt. Sie werden später nicht mehr vor die Tür gehen.«

»Shannon hat erzählt, dass Will mit einer ihrer Freundinnen ausgegangen ist.«

»Ach, das ist nichts Ernstes. Shannon hat zu mir gesagt, dass ihre Freundin, eine Mitschülerin von der Berufsschule, bloß sagt, sie hätte ein besonderes Interesse an Geckos, weil sie damit angeben will, mit einem Tierarzt ausgegangen zu sein.«

»Das ist ein bisschen gemein, oder?«, meint Frances.

»Ja, aber es könnte auch ein doppelter Bluff sein, stimmt's? Diese Freundin könnte wollen, dass Shannon nicht erfährt, was sie wirklich empfindet.«

»Maz, ich bin mir sicher, dass Sie es komplizierter machen, als es ist.«

»Beziehungen sind kompliziert«, sage ich und denke an die von mir und Alex, an das Auf und Ab der letzten Monate, und jetzt …

»Sie sollten gehen, Sie brauchen Ihren Schönheitsschlaf«, sagt Frances.

»Herzlichen Dank! Gehen Sie ruhig nach Hause. Gehen Sie, und stauben Sie für morgen Ihren Hut ab.«

»Danke, Maz. Ich kann es kaum erwarten. Ich liebe eine gute Hochzeit über alles. Es erinnert mich immer an meine eigene …« Sie nimmt sich ihren Mantel. »Es wird ziemlich kalt sein in der Kirche, und Sie wollen doch nicht, dass sich alle zu Tode frieren. Kommen Sie also nicht zu spät, Liebes.«

»Das habe ich nicht vor. Gehen Sie jetzt, Frances. Ich mache zu, ehe ich George abhole.«

»Vergessen Sie ihn bloß nicht.«

»Als ob ich das je könnte.«

Frances bleibt an der Tür stehen und bindet sich einen Schal um den Kopf. »Morgen Abend werden Sie und der junge Mr. Fox-Gifford Mann und Frau sein.«

»Nicht mehr ganz so jung«, sage ich mit vorgetäuschtem Ernst. »Hin und wieder verhält sich mein Mann, als wäre er ganz schön alt.«

»So sollte es sein. Das ist der Lauf der Dinge.«

»Gute Nacht, Frances.« Ich will gerade die Tür hinter ihr zuschließen, da fällt mir noch etwas ein. »Oh, das hatte ich ganz vergessen. Bringen Sie morgen jemanden mit? Ich muss Clive die endgültige Gästezahl wissen lassen.« Das muss ich nicht wirklich. Ich bin nur neugierig. »Begleitet Lenny Sie?«

»Nein, Maz.«

»Oh, das ist aber schade …«

»Ich begleite Lenny, wenn es Ihnen recht ist. Er ist ein Gentleman.«

»Sie sind beide herzlich willkommen.« Ich küsse Frances auf die Wange. »Danke.«

»Wofür?«, fragt sie überrascht.

»Dafür, dass Sie so sind, wie Sie sind«, sage ich. »Gute Nacht.«

»Gute Nacht, Maz.«

Ich sehe Frances nach, wie sie zu ihrem Auto geht und davonfährt. Ich schließe den oberen Riegel und dann den unteren, als plötzlich Emmas Saab schleudernd den Weg heraufbraust, der zum Eingang führt, und ihre Stoßstange bloß Zentimeter vor dem Pflanzkübel mit Immergrün zum Halten kommt. Emma steigt aus, ein Bündel Handtücher an die Brust gedrückt. Sie taumelt zur Tür. Ich schließe so schnell wie möglich wieder auf, öffne die Tür und nehme das Bündel in meine Arme.

»Maz, es ist Miff. Hilf mir. Ich glaube, sie stirbt.«

Mein Herz schlägt so schnell, dass es schmerzt, während ich das Bündel nach hinten auf die Station trage, alle Lichter anmache und es auf dem Behandlungstisch ablege. Das Bündel ist blutverschmiert, hat die Länge eines Hundes und keucht.

»Was ist passiert?«, frage ich, während ich vorsichtig auswickele, was von Miff übrig geblieben ist. Ich bin unsicher und habe Angst davor, was ich finden werde.

»Ich bin mit ihr im Park spazieren gegangen. Sie ist angegriffen worden. Ein großer schwarzer Hund. Zumindest glaube ich, dass es ein Hund war. Es ist alles so schnell passiert. Er ist auf sie los und hat nach ihrer Brust und ihren Beinen geschnappt. Sie hat versucht wegzulaufen, aber er hat sie am Nacken gepackt und geschüttelt. Oh Gott, es war so furchtbar.« Emma presst die Hand auf den Mund. »Ich musste ihm auf den Kopf schlagen, ehe er loslassen wollte. Dann ist er jaulend weggelaufen. Oh, arme Miff. Sieh dir nur ihre Augen an … Und ihre Farbe ist schrecklich.«

Ich kann Emma nur zustimmen. Es ist schockierend.

Miff liegt auf der Seite und ringt nach Luft, ihre Zunge ist blassblau, und ihre schönen braunen Augen stehen vor und erinnern mich an einen Frosch mit Schilddrüsenüberfunktion. Tatsächlich stehen sie nicht nur vor, sondern sind komplett aus ihren Höhlen getreten, nachdem ihr Angreifer, was auch immer es war, sie am Nacken gepackt und geschüttelt hat. Es ist kein schöner Anblick, aber darum werde ich mich später kümmern, wenn ich sie stabilisieren kann. Wenn …

Ich greife nach einem Stethoskop, das Erste, das mir in die Hände fällt, und höre Miffs Brustkorb ab, während ich zugleich die Bisswunden betrachte, aus denen Blut in ihr krauses Fell sickert. Es gibt keine Atemgeräusche an ihrem linken Lungenflügel und viel Gurgeln an ihrem rechten.

»Soll ich Izzy rufen?«, frage ich.

»Keine Zeit.« Emma holt ein paar Beutel mit Flüssigkeit vom Regal, reißt die Verpackung von einem Infusionsset ab und bereitet alles für eine Infusion vor. Meine Partnerin hat inzwischen einen riesigen Bauch, der nur knapp von einem übergroßen Regenmantel verhüllt wird. Ihre Knöchel sind angeschwollen, und ihr Gesicht ist blass.

»Emma«, sage ich voller Sorge um sie, »du solltest das hier nicht tun.«

»Miff ist mein Hund, und das ist ein Notfall, und es ist keine Zeit, jemand anderen zu holen.«

»Okay«, versuche ich sie zu beruhigen. »Dann wollen wir mal, aber du überwachst, und ich operiere.« Ich greife nach meinem Handy, während ich Emma dabei helfe, die Infusion zu legen. Ich rufe Alex an.

»Zwei Dinge. Kannst du George bitte vom Kindergarten holen und ihm sein Abendessen machen? Und rufst du bitte den Hundefänger an, dass er versuchen soll, diesen schwarzen Hund einzufangen, der hier schon eine Zeit lang herumläuft? Er war vor nicht allzu langer Zeit im Park – es könnte eine gute Gelegenheit sein, ihn zu fangen. Ich werde hier eine Weile beschäftigt sein. Es geht um Emmas Hund. Ich habe jetzt keine Zeit… ich erkläre es dir später. Danke, Darling.«

Wir verabreichen Miff ein leichtes Narkotikum und intubieren, und Emma übernimmt es, sie zu beatmen; im Grunde genommen atmet sie für sie, indem sie den Beutel an der Narkoseeinheit benutzt, während ich behelfsmäßig die Haare von Miffs Wunden schere und sie großzügig mit Wundbenzin besprühe.

»Wie geht es ihr?«, frage ich, als ich mich wasche und einen Kittel überwerfe.

»Nicht gut«, murmelt Emma. »Halte durch, Miffy. Bitte.« Eine Träne tropft auf das Tuch über Miffs Hals, und ich erinnere mich daran, dass Miff Emma ganz besonders am Herzen liegt, weil sie der Hund ihrer Mutter war. »Sollten wir nicht zuerst röntgen?« Ich bemerke einen Anflug von Selbstzweifel in Emmas Stimme.

»Wir sollten besser keine Zeit verlieren«, entgegne ich knapp. »Lass uns erst ihre Atmung stabilisieren.« Denn, so denke ich, wenn wir das nicht schaffen, können wir sie nicht auf ewig beatmen, auch wenn Emma es versuchen wird, und wie groß ist der Hirnschaden, den Miff möglicherweise bereits erlitten hat, und ist es das wirklich alles wert? Aber ich mag Miff auch. Ich habe öfter auf sie aufgepasst, wenn Emma fort war. Die Hoffnung stirbt zuletzt…

»Maz, sie verabschiedet sich gleich…« Emmas Stimme bricht vor Trauer.

»Gib sie noch nicht auf. Mach weiter mit dem Beutel.« Ich nehme mir Zange und Schere und vergrößere eine der Wunden an Miffs Brust. Sie sieht nicht nach viel aus, ist nur so groß wie ein Hundezahn, aber tief. Ich folge ihrer Spur durch die Lagen von Muskelgewebe zwischen den Rippen, und ssssst, da ist das Geräusch der Luft, die aus Miffs Brust entweicht, und dazu ein winziger Luftzug. Ich kann Miffs oberen Lungenflügel sehen, der lachsfarben in die Tiefe ihres Brustkorbs zurückfällt. Emma drückt den Beutel, und die Lunge kommt wieder hoch.

»Ihre Farbe hat sich gebessert.« Ich beobachte Miffs Zunge, die neben dem Tubus aus dem Maul hängt. »Miff ist noch bei uns.«

»Körperlich, aber nicht geistig«, sagt Emma steif. Sie öffnet eine Packung sterilen Nahtmaterials und schüttet es auf das Instumententablett. Ich benutze es, um die verschiedenen Schichten der Wunde eine nach der anderen zu verschließen, dann halte ich die Luft an und lausche auf das Zischen.

Es ertönt nicht. Meine Hoffnung steigt ein wenig. Emma hört auf, den Beutel zu drücken. Miffs Brustkorb hebt sich, erschaudert und senkt sich wieder, um sich dann nach einer gefühlten Ewigkeit erneut zu heben, zu senken und einen stoßartigen, aber konstanten Rhythmus anzunehmen. Ihre Farbe wechselt von Blau zu Pink. Emma sieht mich an. Ich weiß, was sie meint: Das sieht doch vielversprechend aus.

»Brustdrainage?«, frage ich.

»Was meinst du?«

»Wir müssten sie dann eine Weile in Narkose lassen. Ich bin mir nicht sicher, ob das so eine gute Idee ist.«

»Dann versuchen wir's ohne. Wir können später noch eine legen, wenn wir sie wirklich brauchen.«

Ich überprüfe die anderen Wunden, die nur die Haut und nicht die Brust penetriert haben, und lasse sie offen, um keine Keime von den Zähnen des anderen Hundes einzuschließen.

»Jetzt die Augen, ehe ich diese Wunde ordentlich ausspüle«, sage ich, doch Emma ist bereits bei der Arbeit und durchfeuchtet Miffs Augen mit warmer Kochsalzlösung. Je länger sie aus den Höhlen sind, umso mehr schwellen sie an, und umso schwieriger wird es, sie an ihren Platz zurückzudrücken, was zur Folge haben kann, dass Miff erblindet. Ich beobachte, wie Emma versucht, das erste Auge in die Höhle zurückzudrücken, doch es will nicht.

»Ich mache das«, biete ich an, als ich bemerke, wie sehr ihre Finger zittern, während sie den Augapfel vorsichtig mit einem feuchten Tupfer hält.

»Danke, Maz. Anscheinend bekomme ich es nicht hin.«

»Nimmst du dir bitte einen Stuhl und setzt dich hin, Em? Ich würde mich besser fühlen, wenn du nicht mehr auf den Beinen wärst.« Sie tut, worum ich sie bitte, und ich übernehme die Sache mit den Augäpfeln. Glücklicherweise bin ich nicht zimperlich, aber es geht mir trotzdem ganz schön an die Nerven.

Ich versuche beide in die Höhlen zurückzudrücken, doch ich habe dabei nicht mehr Glück als Emma. Es gefällt mir nicht, aber ich habe bloß eine Möglichkeit, nämlich die Augenlider zu durchtrennen, um mehr Raum zum Manövrieren zu haben. Es klappt, und die Augen gleiten zurück an ihren Platz. Eine Welle der Erleichterung erfasst mich. Brustkorb erledigt und die Augen wieder da, wo sie hingehören. Wir schaffen das. Ich spüle die offenen Wunden, während Miff noch schläft, dann müssen wir nur noch herausfinden, wie sehr Miffs Gehirn durch das Trauma in Mitleidenschaft gezogen wurde und wie gut sie noch sieht – beides wird eine Weile dauern.

»So, dann erzähl mal«, fange ich an. »Warum bist du bei dieser Eiseskälte im Park spazieren gegangen, obwohl es schon fast dunkel war? Ich dachte, du solltest dich schonen.«

»Ich habe genug davon, nichts zu tun, Maz. Es ist so langweilig. Miff wollte raus wie üblich, und Ben ist auf dem Rückweg von einem Seminar in Plymouth.«

»Miff hätte gut auf ein, zwei Spaziergänge verzichten können. Sie wird sich daran gewöhnen müssen, wenn die Zwillinge erst einmal da sind.«

»Ich weiß, aber ich habe mich unwohl gefühlt. Ich dachte, es könnte helfen.«

Ich zögere. »Wie unwohl? Auf einer Skala von eins bis zehn?«, füge ich hinzu, als sie nicht antwortet. »Emma?«

»Keine Panik, Maz. Ich habe ein paar Vorwehen, das ist alles.«

»Bist du dir sicher?«

»Absolut.« Sie wischt meine Sorge darüber, dass möglicherweise ihre Wehen gleich einsetzen könnten, beiseite, indem sie das Thema wechselt. »Du solltest dich auf deine Hochzeit morgen freuen. Es tut mir leid, dass ich dich in das hier hineingezogen habe. Ich hätte zu Hause bleiben sollen.« Sie lächelt schief. »Bist du fertig?«

»Vielleicht«, ziehe ich sie auf. »Und wenn nicht, dann liegt es nicht daran, dass du, Frances und alle anderen mich nicht dazu getrieben hätten. Im ganzen Haus hängen Listen herum – am Kühlschrank und auch sonst überall.«

»Du hast ein paar zusätzliche Knopflochblumen bei Bridget bestellt, oder?«

»Ja. Ich wusste, dass du mir sonst die Hölle heißmachen würdest.«

»Irgendjemand muss das ja tun. Du bist eine tolle Tierärztin, aber du zeigst keinerlei Talent als Hochzeitsplaner.«

»Ich glaube nicht, dass ich in naher Zukunft meinen Beruf wechseln möchte.«

Ich nähe Miffs Augenlider zusammen, sodass die Augäpfel nicht einfach wieder herausspringen können, und verpasse ihr eine extraweiche Halskrause – bloß das Beste für unsere Patienten –, die sie eine ganze Woche wird tragen müssen, während die Nähte drinbleiben. Es wird für Miff desorientierend sein, wenn sie vorübergehend erblindet aufwacht, aber es ist notwendig. Als ich die offenen Wunden an Miffs Brust gespült habe, sind mehr als drei Stunden vergangen, in denen wir operiert haben.

Emma verabreicht Miff erneut für ein paar Minuten Sauerstoff. Plötzlich höre ich ein Keuchen.

»Warst du das oder der Hund?«, frage ich.

Emma schaut mich mit glänzenden Augen an.

»Das sind keine Übungswehen, Em. Das sind echte. Vertrau mir, ich kenne mich damit aus. Ich habe selbst den gleichen Fehler gemacht, als bei mir damals mit George die Wehen einsetzten.« Ich überprüfe die Anspannung in Miffs Kiefer, um herauszufinden, wann ich den Tubus aus ihrer Luftröhre entfernen kann. »Hast du Ben angerufen?«

»Ich habe ihm eine Nachricht auf dem AB hinterlassen.« Emma entspannt sich wieder. »Es geht mir gut. Mach dir keine Sorgen um mich, Maz. Miff sollte noch mehr Schmerzmittel bekommen. Was meinst du, wäre das Beste für sie?«

»Ich hole es«, sage ich. »Und dann mache ich uns einen Tee, während wir zusehen, wie sie zu sich kommt.« Dann können wir noch einmal versuchen, Ben zu erreichen, denke ich.

»Ich hoffe, sie wird wieder«, sagt Emma leise, während ich das Schmerzmittel injiziere.

»Wir haben sie noch nicht verloren. Sie ist eine eiserne kleine Lady. Sie wird nicht kampflos aufgeben, und das werde ich auch nicht.«

»Danke.« Emma berührt meinen Arm, während ich mir den Kittel ausziehe.

»Lass sie uns in den Mitarbeiterraum bringen.« Es ist gegen die Vorschriften, aber ich möchte lieber, dass Emma mit ihrem riesigen Bauch sicher auf dem Sofa sitzt, statt auf einem Hocker zu kauern. »Ich trage sie.« Ich zögere. »Bist du sicher, dass mit dir alles in Ordnung ist?«

Emma nickt, eine Hand am Bauch, der so prall aussieht wie ein übermäßig aufgepumpter Fußball, und die andere nach der Ecke des Operationstisches greifend.

Vorsichtig nehme ich Miff auf den Arm. »Ich gehe hinter dir. Du kannst die Türen aufhalten.«

»Was ist, Maz? Wohin gehen wir?« Emma bleibt stehen und holt tief Luft.

»In den Mitarbeiterraum«, sage ich unbekümmert. »Erinnerst du dich an den Weg?«

»Ich bin mir nicht sicher …«

»Dann komm.« Ich gehe voraus und stemme mich rückwärts gegen die Türen, sodass ich sie mit dem Po aufdrücken kann, während ich Miff in den Armen halte und den Beutel mit Infusionsflüssigkeit zwischen den

Zähnen. Okay, auch das ist gegen die Vorschriften und widerspricht auch den Gesundheits- und Hygieneanweisungen, aber Emma kommt mir so vor, als wäre sie weit weg und nicht in der Lage, sich auf das zu konzentrieren, was ich sage. Ich bin mir nicht sicher, ob es eine verspätete Reaktion darauf ist, was mit Miff passiert ist, oder ob sie sich Sorgen macht, wie es dem Hund gehen wird, wenn er wieder zu sich kommt, oder ob sie von ihren Babys abgelenkt ist.

Auf dem Weg zum Personalraum beugt sich Emma plötzlich vor und hält sich mit beiden Händen den Bauch. Ein Ploppen ist zu hören.

»Meine Fruchtblase«, keucht sie. »Sie ist geplatzt.«

Ich weiß nicht, ob ich mich zuerst um Emma oder Miff kümmern soll. Ich entscheide mich für Letzteres, lege Miff auf ein Vetbed auf dem Boden neben dem Sofa und hänge den Infusionsbeutel an eine Stuhllehne, ehe ich zu Emma zurückkehre, die mit dem Rücken an der Wand lehnt. Schweißtropfen stehen ihr auf der Stirn, und sie weint.

»Meine Babys – sie sind unterwegs«, stohnt sie. »Das fühlt sich verkehrt an …«

»Schsch, alles wird gut. Komm und setz dich zu Miff.« Ich halte Emmas Arm und helfe ihr in den Personalraum, bevor ich nach einem Handtuch greife und es auf dem Sofa ausbreite. »Setz dich, Em«, sage ich. Ich weiß nicht, wie Miff es geschafft hat, noch immer halbbetäubt von der Narkose, mit ihren zugenähten Augen, einem möglichen Hirnschaden und der Behinderung durch die Halskrause, doch sie sitzt auf ihrem Ende des Sofas und hat den Kopf auf die Armlehne gelegt.

Ich hole mein Handy aus meiner Tasche und rufe den Notarzt. Es ist bereits ein Baby in der Praxis geboren worden, Lynseys Jüngste, die sie nach Frances benannt hat. Die Praxis ist kein Kreißsaal, und ich will keine Geburten mehr, schon gar nicht anfällige und frühgeborene Zwillinge.

»Der Notarzt ist unterwegs«, sage ich und halte Emmas Hand. Sie drückt meine Finger so fest, dass das Blut nicht mehr zirkulieren kann, und hält sie weiter fest, als eine Wehe sie wie ein Python erfasst. Die Wehen folgen zu schnell aufeinander, als dass man noch ruhig bleiben könnte. Ich fürchte, dass diese Babys sehr bald kommen werden, möglicherweise noch vor dem Notarzt, wenn der Verkehr sehr dicht ist. Ich mache mir Mut mit dem Gedanken, dass es zu dieser Tageszeit nicht allzu viel davon geben sollte. Ich habe sämtliches Zeitgefühl verloren …

Bens Handy ist ausgeschaltet. Ich hinterlasse ihm zwei Nachrichten in der Hoffnung, dass er sie bald abhören wird.

»Emma, wo ist Ben noch mal?«

»Ich weiß nicht.« Emma beißt sich auf die Lippe, als versuche sie sich zu erinnern. »Er war in Plymouth. Ist jetzt wahrscheinlich im Auto. Wegen des Radios hört er sein Handy nicht immer.«

»Dann sollte er bald nach Hause kommen.« Ich drücke die Daumen und hoffe, dass Ben sich meldet, während ich Shannon anrufe und sie bitte, herzukommen und auf Miff aufzupassen, denn ich kann sie so nicht allein lassen. Sie muss überwacht werden. Falls ihre Atmung nachlässt, braucht sie sofortige Hilfe. Ich bedauere, dass ich die Brustdrainage nicht gelegt habe.

Shannon trifft binnen weniger Minuten ein, eingehüllt in nicht nur einen, sondern zwei Hoodies, mit fingerlosen Handschuhen, einem dicken Schal und nachgemachten UGG-Boots.

»Schneit es?«, frage ich sie.

»Es hat aufgehört. Was runtergekommen ist, ist nicht liegen geblieben.« Shannon wendet sich an Emma, doch die scheint in ihrer eigenen Welt zu sein.

»Machen Sie sich keine Sorgen, Shan«, sage ich. »Der Notarzt sollte jeden Augenblick hier sein.«

Shannon geht zu Miff hinüber und geht vor ihr in die Hocke.

»Ach, Miff. Deine armen Augen. Wo sind die denn? Maz, mussten Sie sie entfernen?«

»Sie stecken sicher hinter den Augenlidern. Sie ist im Park angegriffen worden. Ein anderer Hund hat sie am Nacken gepackt und geschüttelt, sodass ihre Augäpfel aus den Höhlen gesprungen sind. Wenn alles gut geht, kommt sie wieder in Ordnung. Können Sie hierbleiben? Müssen Sie sich nicht um Ihre Mum kümmern?«

»Ja und nein. Inzwischen läuft mit ihrem Diabetes alles rund. Sie hat seit mindestens drei Monaten keinen Unterzucker mehr gehabt.«

»Sie sah ziemlich fit aus, als ich sie das letzte Mal gesehen habe.« Ich schaue auf die Uhr. Wo bleibt der Notarzt? Emma braucht Hilfe.

»Maz, ich blute«, murmelt sie. Ihr Gesicht ist aschfahl, ihre Lippen sind blass. Das gefällt mir nicht. Sie zittert und steht kurz vor einem Schock. Wenn Emma eine meiner Patientinnen wäre, würde ich mich auf einen Kaiserschnitt vorbereiten.

Shannon sieht mich mit sorgenvoll aufgerissenen Augen an.

»Schon gut. Sie kümmern sich um Miff. Ich kümmere mich um Emma.« Ich war noch nie zuvor so glücklich, eine Sirene zu hören und das Blaulicht auf dem Parkplatz vor der Praxis blinken zu sehen, aber es ist noch nicht ausgestanden. Ich werde mich nicht entspannen können, ehe Emma im Krankenhaus ihre Babys sicher zur Welt gebracht hat. Ich behalte dieses Bild vor Augen: Emma mit ihren Zwillingen. Die Alternativen sind zu schmerzhaft, als dass ich sie ertragen könnte.

»Ich habe meine Tasche nicht dabei«, sagt Emma, als wir endlich im Notarztwagen sind.

»Du brauchst keine Tasche.«

»Da sind meine ganzen Sachen drin, CDs und ein Schwamm.«

»Ist der Schwamm dafür da, deine Stirn abzutupfen oder die von Ben?«

»Vielleicht auch deine, wenn er nicht rechtzeitig kommt«, sagt sie in einem Augenblick der Klarheit.

»Mach dir keine Sorgen darum, Emma. Ich hole sie später.«

Emma macht sich Gedanken wegen ihrer Tasche. Ich stelle fest, dass ich mir Gedanken wegen der Hochzeit mache. Es ist, als wäre sie verflucht, als sollte sie nicht stattfinden …

»Wo ist Ben? Es muss ihm etwas passiert sein.«

»Quäle dich nicht wegen Ben. Er wird noch rechtzeitig zu uns stoßen. Außerdem kann er auf sich selbst aufpassen. Du musst dich auf dich und die Babys konzentrieren.«

»Lass mich nicht allein, Maz.«

»Als würde ich das je tun.« Ich zwinge mich zu einem Lächeln.

Sobald wir im Krankenhaus ankommen, werden wir eilig zum Kreißsaal geschoben. Emma liegt auf einem fahrbaren Bett, einen Infusionsbeutel in der Hand, und ihr wird Blut abgenommen, um es wegen einer eventuell notwendigen Transfusion zu überprüfen. Ein Ultraschall wird gemacht, und die Herztöne der Babys werden mit dem CTG überwacht. Eines der Herzen schlägt regelmäßig. Das andere wird ständig schneller.

Die Ärzte reden über Blutungen und Gefahr für die Embryos, es entspinnt sich eine Diskussion über Emmas nächste Angehörige, und während der ganzen Zeit beobachte ich die Herztöne der Zwillinge und denke, es ist höchste Zeit, etwas zu unternehmen.

»Sie braucht einen Kaiserschnitt«, mische ich mich ein, während der Arzt mit Fliege und Kurzarmhemd Zeit verschwendet.

Er wirft mir einen müden Was-zum-Teufel-wissen-Sie-denn-schon-Blick zu.

»Ich bin Tierärztin«, sage ich. »Wie Emma. Wir alle wissen, dass, wenn diese Babys nicht sehr bald auf die Welt kommen … Also, ich muss Ihnen ja wohl nicht sagen, was die Folge davon sein wird.«

»Also gut, in den OP mit ihr«, sagt er glatt. »Vollnarkose. Wir haben keine Zeit für eine Epiduralanästhesie.«

»Lass mich nicht allein«, wiederholt Emma, und ich marschiere eilig neben ihrem Bett her.

»Ich bin da.« Sie ist meine beste und liebste Freundin. Mir ist eng ums Herz. Ich fühle mich absolut hilflos, vor allem als das Krankenhauspersonal mir nicht erlaubt, bei ihr zu bleiben, sobald sie ihr ein Narkotikum verabreichen. Ich habe nicht länger Angst, die Zwillinge zu verlieren. Was mich nun zutiefst ängstigt, ist der Gedanke, Emma zu verlieren.

Ich sehe zu, wie die Türen sich hinter ihr schließen, und gehe unruhig auf und ab.

»Maz, wo ist sie?«

Als ich mich umdrehe, steht Ben mit zerknittertem Anzug und gelöster Krawatte direkt neben mir.

»Im OP«, sage ich. »Ein Notkaiserschnitt.«

»Es hat einen Unfall gegeben. Der Verkehr… Seit wann ist sie hier?«

»Eine Weile.« Ich wünschte, ich könnte es genauer sagen.

»Ich suchen jemanden, der mir Auskunft gibt.« Ben stößt die Türen mit der Aufschrift »Kein Zutritt« auf, und mir fällt ein, dass er nicht nur Emmas Ehemann, sondern auch Arzt ist und Kontakte im Krankenhaus hat.

Ich muss alleine warten, und es ist die längste Wartezeit meines Lebens.

Ich gehe hinaus, um Alex anzurufen.

»Wo bist du?«, fragt er.

»Im Krankenhaus. Emma ist hier. Notkaiserschnitt.«

»Oh nein… Maz, das ist… Ich weiß nicht, was ich sagen soll, außer dass sie in guten Händen ist.«

»Sie hat geblutet, und einem der Babys ging es nicht gut. Alex, es ist schrecklich.« Ich fange an zu weinen.

»Soll ich kommen und mit dir warten? Ich kann die Kinder bei Mutter lassen.«

Ich denke kurz nach. Liebend gern hätte ich Alex hier bei mir. Ich könnte eine Umarmung gut gebrauchen, aber ich hatte vergessen, dass er heute Nacht alle drei Kinder dahat.

»Sie sind alle noch auf«, sagt Alex kläglich. »Sie sind zu aufgeregt…« Seine Stimme verliert sich. Ich weiß, was er denkt. Die Hochzeit. Wie wichtig ist das jetzt noch?

»Bleib bei ihnen«, entscheide ich.

»Bist du dir sicher?«

»Ja.«

»Melde dich wieder, Maz. Wenn du mich brauchst, komme ich sofort zu dir, das weißt du ja.«

»Alex«, hebe ich an. »Glaubst du…«

»Ich würde wegen der Hochzeit noch nichts unternehmen«, sagt er, ganz auf einer Wellenlänge mit mir. »Wir haben Zeit bis morgen früh um elf. Jetzt ist es erst neun. Bis dahin kann noch viel passieren.«

»Danke, Darling.«

»Emma und die Babys werden es schaffen«, versucht Alex mir Mut zu machen, aber ich bemerke das Stocken in seiner Stimme. »Ruf mich an, sobald du etwas Neues weißt. Ruf mich an, wann immer dir danach ist.«

Als ich auf den Korridor zurückkehre, spielen sich vor meinem inneren Auge Szenen aus guten und schlechten Zeiten mit Emma ab, wie eine Reihe von YouTube-Clips. Wie wir uns bei der Obduktion eines toten Greyhounds in der Pathologie der Uni kennengelernt haben. Endlose nächtliche Gespräche bei billigem Wein über das Leben, das Universum und unsere ehemaligen, derzeitigen und zukünftigen Freunde. Lange heiße Sommertage mit einer Gartenparty nach der anderen. Staken auf dem Fluss, wobei wir unser Picknick und die Stange bei einem Angriff von unseren Komilitonen auf dem anderen Stechkahn verloren.

Unsere Abschlussfeier im Festzelt auf dem Rasen vor den Fakultätsgebäuden, bei der wir in unseren festlichen Kleidern Unsinn gemacht haben. Der Tag, an dem wir im Copper Kettle in Talyton gesessen haben und Emma mich dazu brachte, als Partnerin im Otter House einzusteigen. Der Tag, an dem sie ihr Baby Heather verlor, und wie ich nicht fähig war, so für sie da zu sein, wie ich es hätte sein sollen, weil ich Angst hatte, ihr zu erzählen, dass ich mit George schwanger war.

Ich drücke die Daumen und die Zehen. Es ist ein lächerlicher Aberglaube, aber es ist alles, was mir übrig geblieben ist.

22

Hochzeit in Weiß

»Ben!« Die Welt hört auf, sich zu drehen, als ich sehe, wie er in einem grünen Kittel, der ihm wie eine Toga von einer Schulter gerutscht ist, auf den Flur tritt. Seine Miene ist ernst. »Was gibt es Neues?«

Er kommt zu mir, seine Augen leuchten auf, und er lächelt, und mein Körper scheint vor Erleichterung zusammenzuklappen.

»Emma geht es gut«, sage ich, »und die Zwillinge …?«

»Sie sind alle außer akuter Gefahr.« Ben tritt zwischen meine ausgebreiteten Arme und lässt sich umarmen.

»Das ist fantastisch. Ich habe mir solche Sorgen gemacht.« Es reicht mir nicht, dass Ben mir sagt, Emma gehe es gut. Ich kann nicht weg, ehe ich sie nicht mit eigenen Augen gesehen habe. »Kann ich zu ihr? Ben, bitte.« Als er zögert, fahre ich fort: »Du bist der Arzt – du kannst mich für eine Minute zu ihnen lassen.«

»Es wird eine Weile dauern, drei bis vier Stunden – Emma liegt im Aufwachraum. Sie hatte eine Vollnarkose.«

»Das macht mir nichts aus. Ich warte so lange, wie es sein muss.« Ich wische mir mit einem Taschentuch die Augen. »Und? Willst du mir nichts über die Babys sagen?«

»Emma und ich sind stolze Eltern von zwei wunderbaren kleinen Mädchen. Endlich bin ich Vater.«

»Haben sie schon Namen? Wie schwer sind sie?«

»Das lasse ich dir von Emma erzählen.« Ben grinst. »Sie wäre fuchsteufelswild, wenn ich ihr zuvorkäme.«

»Herzlichen Glückwunsch, Ben.«

»Ich bin gleich wieder da«, sagt er.

Ich rufe Alex an, um ihn auf den neuesten Stand zu bringen. Ich bin erleichtert, aufgeregt und völlig aus dem Häuschen.

»Ich komme dich abholen«, sagt er.

»Ich bleibe noch, bis Emma aus der Narkose aufgewacht ist. Ich muss sie und die Babys sehen.«

»Maz, du klingst wie eine Glucke«, sagt Alex leichthin.

»Kann sein. Außerdem sollten wir uns sowieso bis zur Trauung nicht mehr sehen.«

»Dann heiraten wir also?« Es ist mitten in der Nacht, doch ich höre Alex mit seiner Tochter reden. »Morgen geht es los, Lucie.«

»Die Hochzeit steht!«, höre ich sie ausrufen. »Wir dachten schon, wir würden alle sehr enttäuscht sein, stimmt's? Ich gehe und erzähle es Humpy!«

»Nein, nicht jetzt. Lass Humpy ihren Schönheitsschlaf.«

»Aber, aber, aber …«

Ich stelle mir vor, wie Lucie auf den Fußballen auf und ab springt.

»Kein Aber«, sagt Alex. »Wenn du nicht in fünf Minuten im Bett bist, lasse ich aus deinem Kleid eine Decke für Shezza machen.«

»Du hast doch nicht Lucies Kleid gesehen, oder?«, frage ich.

»Nein«, antwortet Alex, aber ich kann am Klang seiner Stimme erkennen, dass er schwindelt. Lächelnd lasse ich es unkommentiert.

Drei Stunden später, um halb zwei in der Nacht, kehrt Ben zurück und führt mich auf die Wöchnerinnenstation, wo Emma in einem Einzelzimmer liegt. Die Babys liegen auf dem Rücken in Kunststoffbettchen, in weiße Decken gehüllt, sodass bloß ihre Köpfchen, die spärlich von braunem Haarflaum bedeckt sind, ihre geschlossenen Augen und ihre Nasen sichtbar sind.

»Em, wie geht es dir?« Ich trete ans Bett und nehme die Hand, die sie mir entgegenstreckt. Sie ist an einen Transfusionsbeutel angeschlossen.

»Ich würde gerne sagen, dass ich mich fantastisch fühle«, sagt sie leise, »aber ich fühle mich … furchtbar, um ehrlich zu sein.« Ihre Augen glänzen, und ihr Teint hat kaum mehr Farbe als die Bettdecke. Sie schaut sehnsüchtig zu ihren Babys. »Ich habe noch Angst, sie auf den Arm zu nehmen. Ich bin noch nicht ganz bei mir … Wie geht's Miff?«

»Shannon passt auf sie auf. Mach dir keine Gedanken um Miff. Du brauchst all deine Kraft für dich selbst und diese wunderschönen Babys.« Es ist seltsam, doch eine Welle mütterlicher Gefühle und ein Anflug von Eifersucht überkommen mich. »Darf ich sie kurz drücken?«

»Natürlich«, sagt Emma. Ich sehe zu Ben.

»Ich bin mir nicht sicher, ob wir sie aufwecken sollten«, sagt er, und mir wird klar, dass er gerade als Vater und nicht als Arzt gesprochen hat. Ich erkenne die Unsicherheit in seiner Stimme. Es ist schön und gut, theoretisch alles über den Umgang mit Säuglingen zu wissen, aber wenn es dann um die Praxis geht …

Ich hebe eines der Babys aus seinem Bettchen. Ben nimmt das andere. Ganz kurz halte ich das kleine Mädchen, rieche ihren milden Neugeborenenduft, als ich meine Nase an die weiche Haut ihrer Stirn schmiege. Dann lege ich sie Emma in die Arme.

»Ich weiß nicht, was ich tun soll … wie ich sie halten soll«, sagt sie, doch jetzt lächelt sie.

»Übung macht den Meister«, sage ich. »Haben sie schon Namen?«

»Lydia und Elena«, sagt sie.

»Welche ist wer?«

»Ich bin mir nicht sicher …« Emma wickelt das Baby in ihrem Arm aus und untersucht ihren Nacken. »Das hier ist Lydia – sie hat ein Muttermal.«

»Sind es eineiige Zwillinge?«, frage ich.

»Nein«, antwortet Ben. »Aber sie sehen sich sehr ähnlich.«

Lydia streckt einen winzigen Arm mit einem noch winzigeren Händchen und Fingerchen aus und gähnt.

»Sie ist wunderschön«, sage ich. »Beide.«

»Mum hätte sie nur zu gern kennengelernt«, fängt Emma an.

»Sie wäre sehr stolz auf dich.«

»Manchmal denke ich, ich könnte ihre Stimme hören, wie sie mir sagt, was ich tun muss.« Emma lächelt unter Tränen. »Und jetzt sagt sie mir, dass du hier verschwinden solltest, Maz. Geh nach Hause und schlafe ein bisschen, damit du für den großen Tag bereit bist.«

»Aber was ist mit dir? Ist mit dir alles in Ordnung?«

»Ben ist ja jetzt da. Geh«, wiederholt sie. »Die Braut hat zwar ein Recht darauf, zu spät zu kommen, aber spanne alle nicht zu lange auf die Folter. Vor allem nicht Alex.« Sie zögert. »Es gab eine Zeit, da war ich dagegen, dass ihr zwei zusammenkommt, aber er ist ein guter Kerl, auf seine Art, und er macht dich glücklich. Ihr macht euch gegenseitig glücklich. Also geh schon, Maz.

Ich werde hier sein, wenn ihr aus den Flitterwochen zurückkehrt. Na ja, hoffentlich nicht exakt hier, aber zu Hause mit Ben und meinen Babys.«

»Danke, Em. Aber ich besuche dich bald wieder. Wir fliegen erst am zweiten Weihnachtsfeiertag.«

»Ich hab's fast vergessen«, sagt sie. »Ich habe dir ein Hochzeitsgeschenk gekauft, etwas Blaues. Es sollte in der Tüte mit dem Kleid von Auroras Laden sein.«

»Danke.« Ich küsse ihre Wange, ehe ich gehe. »Pass gut auf dich und deine beiden Süßen auf. Du sollst dir um nichts anderes Gedanken machen.«

»Was ist mit Will?«, fragt Emma halb scherzhaft.

»Vergiss Will. Er weiß endlich, was er tut. Er hat Fuß gefasst.«

»Ach ja? Denk dran, sobald du kannst mit den Fotos vorbeizukommen.«

Ben begleitet mich zum Ausgang der Wöchnerinnenstation. »Danke, Maz«, sagt er leise. »Ich weiß nicht, was passiert wäre, wenn …«

»Pst. Auf eine Tierärztin kannst du dich immer verlassen. Die sind besser als jeder andere Arzt.«

»Ich muss zugeben, ich bin ziemlich froh, dass du nicht beschlossen hast zu operieren.«

»Ich hätte es getan, wenn ich es hätte tun müssen.«

»Daran habe ich überhaupt keinen Zweifel. Geh jetzt, Maz. Und alles Gute für die Hochzeit. Tut mir leid, dass Emma und ich nicht dabei sein können.«

»Ich hebe euch einen Cupcake auf.«

»Geh jetzt!« Ben schiebt mich fast auf den Korridor. »Beeil dich, oder wir sind nicht die Einzigen, die die Hochzeit verpassen.«

Es ist halb drei. Ich schicke Alex eine SMS, um ihn wissen zu lassen, dass alles okay ist, und rufe mir dann ein

Taxi, um nach Talyton St. George zurückzufahren. Ins Otter House. Ich will Sophia im Herrenhaus nicht stören – die Hunde würden verrücktspielen, wenn ich dort mitten in der Nacht auftauche. Und ich will auch Alex nicht begegnen. Also, eigentlich schon. Nichts lieber als das, aber es soll dem Bräutigam ja Pech bringen, wenn er die Braut in der Nacht vor der Hochzeit sieht, weshalb ich mich zurückhalte. Wenn ich in die Praxis gehe, kann ich nach Miff schauen und Emma wissen lassen, wie es ihr geht.

Als ich eintreffe, ist Miff auf den Beinen und sucht schnüffelnd nach ihrem Frühstück, offenbar unbeeindruckt davon, dass sie mit ihren zugenähten Augenlidern nichts sehen kann. Irgendjemand – Shannon wahrscheinlich – hat die Vorderseite ihres Käfigs mit Lametta geschmückt. Ich simse Emma ein Update, ehe ich mich für ein Nickerchen auf das Sofa im Personalraum lege. Ich habe keine Ahnung, ob Sophia es nötig hat, aber ich brauche dringend meinen Schönheitsschlaf. Mein Gesicht im Rückspiegel des Taxis erinnerte mich an die Braut von Godzilla.

Ich hatte den Wecker meines Handys auf sieben Uhr gestellt, damit ich zu dem Hochzeitsfrühstück, das Sophia für mich und die Kinder für acht Uhr geplant hat, im Herrenhaus sein kann, aber ich wache erst um Viertel nach acht auf. Ich sehe nach meinem Handy. Sophia hat mehrere Nachrichten auf dem AB hinterlassen.

Ich rufe sie zurück.

»Maz, wo steckst du? Ich durchlebe tausend Ängste.«

»Es tut mir leid. Mir war nicht klar, wie spät es schon ist.«

»Sag mir einfach«, fährt Sophia fort, »ob es heute eine Hochzeit geben wird oder nicht. Es könnte ja sein, dass du kalte Füße bekommen hast.«

Ich bekomme wirklich kalte Füße, aber nicht so, wie Sophia es meint. Im Personalraum ist es ohne eine Decke eiskalt. »Sophia, ich heirate. Heute.« Mein Leben wird sich für immer ändern. Aus Miss Harwood wird Mrs. Fox-Gifford die Jüngere.

»Du hättest dir keine Sorgen machen müssen.«

»Aber das habe ich. Du machst es dir irgendwie zur Gewohnheit, verloren zu gehen. Ich werde den Tag nie vergessen, als du während der Überschwemmung verschwunden warst.«

»Alex weiß, wo ich bin. So ungefähr zumindest«, sage ich. »Ich habe mich bei ihm gemeldet.«

»Du hast ihn doch nicht gesehen, oder? Also wirklich, Maz. Ich dachte, es ginge darum, euch voneinander getrennt zu halten, bis ihr euch vor dem Altar begegnet. So will es die Tradition.«

Wenn sie eine solche Verfechterin der Tradition ist, wage ich nicht daran zu denken, was Sophia wohl zur Hochzeitstorte sagen wird.

»Wo hast du denn gesteckt?«

»Ich hätte mich bei dir gemeldet, um dir Bescheid zu geben, aber ich hatte gedacht, Alex würde dich auf dem Laufenden halten.« Mir fällt ein, dass Sophia einfach vom Herrenhaus über den Hof zur Scheune hätte gehen können, um Alex zu fragen.

»Alexander hat heute in aller Frühe die Kinder rübergeschickt und ist zu Stewart gefahren, um sich fertig zu machen. Ich hatte keine Gelegenheit, mit ihm zu sprechen – ich habe mich um die Pferde gekümmert.« Sophia seufzt. »Irgendwie ist es ein Glück, dass die Reiterspiele abgesagt wurden. Es wäre vielleicht zu viel gewesen.«

»Es gibt immer noch nächstes Jahr«, sage ich. »Ich war

mit Emma im Krankenhaus. Wir hatten ein paar aufregende Minuten. Die Zwillinge sind zu früh und ziemlich schnell auf die Welt gekommen.«

»Oh! Geht es ihnen gut?«

»Emma hat viel Blut verloren, und die Zwillinge sind klein, aber außer Gefahr.«

»Das ist eine gute Nachricht. Wo war Dr. Mackie?«

»Er ist verspätet nach Talyton zurückgekehrt. Er ist aber jetzt bei ihnen. Sophia, die Hochzeit kann steigen.«

»Maz, lass uns alles überdenken.«

»Da gibt es nichts zu überdenken. Ich sagte, die Hochzeit kann steigen.«

»Die Logistik, meine liebe Maz. Es ist, als würde man das Sommerlager des Ponyklubs organisieren. Hast du genug Zeit, ins Herrenhaus zu kommen, oder soll ich alles in die Stadt bringen? Du kannst im Otter House duschen und dich umziehen, und Maria kann dir auch dort die Haare machen. Es würde dir ungefähr eine halbe Stunde Fahrt sparen. Du hinkst dem Zeitplan weit hinterher.«

Ich habe den Hochzeitsplaner ausgedruckt und Sophia eine Kopie gegeben.

»Acht Uhr. Frühstück der Braut – Champagner und Rührei. Das hast du bereits verpasst. Ich werde Lucie bitten, ein paar Eier mitzunehmen. Wir treffen uns im Otter House. Rühr dich nicht vom Fleck.« Wenig später trifft Sophia mit den Kindern und Maria im Schlepptau im Otter House ein. Als ich Alex simse, dass für die Hochzeit wieder alles auf Kurs ist, entdecke ich ein Update von Jennie mit einem Foto von den Kuchen für den Empfang.

Ich zeige es Sophia, die – wie erwartet – die Nase rümpft.

»Das ist keine Torte, Maz. Das sind gewöhnliche Teilchen.«

»Das sind Cupcakes, und Jennie hat sie mit unseren Initialen, M und A, in Rot, Grün und Gold dekoriert. Ich musste die Bestellung der Hochzeitstorte stornieren. Und als ich neu bestellt habe, habe ich es mir anders überlegt.«

»Tja.« Sophia seufzt resigniert. »Du warst schon immer für eine kleine Rebellion gut.«

Will lässt mich oben in der Wohnung duschen, ehe wir uns alle im Personalraum treffen, wo Sophia zähes Rührei in der Mikrowelle brät und den Toast verbrennt. Schließlich trinke ich Champagner auf nüchternen Magen, während Maria mir die Haare macht. Es ist mir egal. Ich bin nicht hungrig.

Ich bewundere Sophia dafür, wie sie nach dem Verlust des alten Fox-Gifford die Kraft gefunden hat, weiterzumachen und wieder Freude an ihrem Leben zu haben. Irgendwie hat sie es geschafft. Ich sehe sie an in ihrem Poloshirt und der eleganten Hose, das Haar zu einer steifen Frisur geformt.

Sie hat das Kleid und alle Accessoires mitgebracht, und Regenschirme, falls es schneien oder regnen sollte, wenn die Fotos gemacht werden. Sie hat auch die drei Kinder und deren Kleider mitgebracht. Ich hoffe, sie hat auch an ihr eigenes gedacht.

Kaum zu glauben, dass ich sie zu Beginn nicht in die Vorbereitung der Hochzeit einbeziehen wollte! Wie sich herausgestellt hat, hätte ich es ohne sie niemals geschafft.

»Danke, Sophia«, sage ich.

»Nicht der Rede wert. Es tut gut, gebraucht zu werden.« Sie sieht die Kleidung der Pagen durch – sie ist sehr einfach, bloß Hose, Weste und Fliege und ein Pulli, falls einer gebraucht wird. »Komm, Sebastian. Du musst die Fliege anziehen. Daddy wird auch eine tragen.« Sie versichert sich, dass Seb sich anzieht, ehe sie sich wieder mir zuwendet.

»Hier ist ein Geschenk von Emma.« Sie reicht mir einen winzigen Beutel. Ich mache ihn auf.

»Ein blaues Strumpfband«, sage ich lachend. »Izzy und Shannon haben auch eins für mich besorgt.«

»Du ziehst sie besser beide an, bevor ich dir in dein Kleid helfe. Und dann habe ich noch etwas Geliehenes für dich … Meinen Fuchs. Ich habe bemerkt, wie versessen du darauf bist.«

»Äh, nein, Sophia. Das hast du falsch …«, fange ich an.

Sophias Augen funkeln vor Belustigung, und mir wird voller Erleichterung klar, dass sie einen Witz gemacht hat. Sie hat ihre nachdenklichen Momente, aber sie wird eine ziemlich lustige Witwe.

»Wenn du eine Leihgabe von mir akzeptieren könntest … ich habe da einen Ring – er gehörte meiner Mutter, und ich habe ihn an meinem Hochzeitstag getragen. Sei unbesorgt, er ist sehr diskret. Ich zeige ihn dir.« Sie zieht ein kleines Kästchen aus ihrer Handtasche und öffnet es. Darin glitzert ein einfacher Goldring mit drei Rubinen.

Ich nehme ihn vorsichtig heraus und streife ihn mir auf den Finger.

»Er ist hübsch, Sophia«, sage ich. »Vielen Dank.«

Zu meiner Überraschung gibt mir Sophia einen Kuss auf die Wange. »Ich hoffe, du und Alexander werdet so glücklich, wie Fox-Gifford und ich es waren. Nein, glücklicher«, setzt sie mit einem schiefen Lächeln hinzu.

Endlich sind wir fertig, oder zumindest so fertig, wie

wir es je sein werden, und ich bereite mich darauf vor, die Praxis zum letzten Mal als unverheiratete Frau zu verlassen. Sophia und die Jungs fahren als Erste mit dem Auto, einem cremefarbenen Bentley, der mit weißen Schleifen geschmückt ist, zur Kirche. Lucie und ich folgen als Zweite und sind uns unterwegs einig, dass der Weg, der eigentlich vom Herrenhaus zur Kirche führen sollte, jetzt viel zu kurz ist. Ich weiß, dass ich inzwischen zu spät dran bin, aber ich brauche Zeit, um mich zu sammeln. Es ging jetzt doch alles ein bisschen zu schnell, und ich bin geradezu lächerlich nervös.

Der Fahrer lässt uns am Tor zum Friedhof aussteigen. Lucie holt meinen Brautstrauß und ihr Sträußchen aus dem Vorraum der Kirche, wo Bridget sie hingelegt hat, während ich mein Kleid glattstreiche und den Schleier zurechtzupfe.

»Wie sehe ich aus?«, frage ich und mache einen Schritt rückwärts.

»Sehr hübsch, Maz.«

»Du auch, Lucie.« Die immergrünen Blätter, Rosen und Beeren in ihrem Kopfputz und dem Sträußchen passen gut zu ihrem scharlachroten Kleid. Gegen die Kälte trägt sie einen kuscheligen Bolero. Sie reicht mir den Brautstrauß, eine Kaskade aus Immergrün und roten Rosen, und wir schreiten gemeinsam den Pfad entlang zwischen den Grabsteinen mit den Inschriften der Familien von Talyton St. George. Der Himmel über uns ist bleigrau, als wollte es jeden Moment anfangen zu schneien, aber das Wetter ist mir egal. Ich kann es jetzt kaum erwarten, in die Kirche zu kommen.

Sophia wartet mit den Jungen im Vorraum. Auch Frances und Lenny sind dort.

»Es tut mir leid, dass ich Sie an Ihrem großen Tag

stören muss.« Frances sieht nervös aus. »Aber ich muss wissen, was es Neues zu Emma gibt. Ich habe gehört, sie wäre im Krankenhaus.«

»Sie ist noch ein bisschen schwach.« Ich bin froh, Frances nicht länger auf die Folter spannen zu müssen. »Aber sie wird wieder.«

»Und die Zwillinge?«

»Denen geht es auch gut. Ben hat mir eine SMS geschickt, um mich auf dem Laufenden zu halten. Sie sind sehr klein, aber das war eigentlich zu erwarten.«

»Gott sei Dank.« Frances fasst sich an den Hals.

»Sie haben sie Lydia und Elena genannt. Sie sehen aus wie Emma.«

»Das will ich auch meinen. Sie wären komische kleine Mäuschen, wenn sie wie ihr Vater aussähen«, meint Frances liebevoll.

»Na ja, bisher hat noch keine von ihnen besonders viele Haare«, sage ich lächelnd.

»Frances, wir dürfen den Bräutigam nicht noch länger warten lassen«, sagt Lenny und nimmt ihre Hand. »Alles Gute, Maz.«

»Danke.«

Die Kirche ist rappelvoll – selbst die zusätzlichen Stühle, die ganz hinten aufgestellt wurden, sind besetzt. Entlang des Mittelschiffs und um den Altar herum befinden sich Gestecke aus Tannenzweigen, Ilex mit Wolfsbeeren, Efeu, Lilien und Rosen. Mir fällt auf, dass viele Gäste Hüte tragen.

Der Organist spielt den Hochzeitsmarsch. Es ist eine etwas gehetzte Version, eher ein Rennen als ein Marsch, doch ich bin ohnehin versucht, den Mittelgang hinunterzuhetzen, weil ich so spät dran bin. Lucie zu meiner Rechten zwingt mich zu einem Schneckentempo, das sie als dem Anlass angemessen empfindet. Sebastian geht vor uns her und fällt am Ende in einen Trab, als er seinen Vater entdeckt.

»Daddy, sie ist hier – deine Braut, die sich nicht traut«, ruft er, woraufhin die Gemeinde in Gelächter ausbricht. »Du hast doch geglaubt, sie würde nicht kommen.«

George, der meine linke Hand hält, bleibt auf halbem Weg stehen, um eine der Mütter mit Kind aus seiner Krabbelgruppe anzulächeln, und mir wird klar, dass ich auf mehr als eine Art traurig darüber sein werde, dass Emma nicht hier ist.

Zum Glück retten mich Sophia und Lynsey, indem sie die drei Kinder einsammeln und zur Seite ziehen.

»Danke«, flüstere ich, ehe ich selbst einen Moment beiseitetrete, um meine Mutter und meinen Bruder mit einer Umarmung zu begrüßen. Fifi, die neben ihr steht, sieht eher wie eine Brautmutter aus als die Brautmutter selbst. Meine Mutter trägt ein schwarzes Minikleid mit einem engen roten Jackett, das mich an die Lederjacke eines Motorradfahrers erinnert. Trotzdem bin ich froh, sie zu sehen. Ich bin froh, dass sie es trotz des schlechten Wetters geschafft hat.

»Du siehst wunderbar aus«, sagt sie leise. »Ich bin so erleichtert, dass du noch gekommen bist – ich dachte schon, du würdest dir die Chance deines Lebens entgehen lassen.« Ich kann nicht umhin, mich zu fragen, ob sie mich jetzt hier vor allen Leuten in Verlegenheit bringen will – das hat sie schon immer gut gekonnt. Ich runzle die Stirn, als sie fortfährt: »Eines Tages wirst du die Gutsherrin sein. Denk nur, Amanda. Du hast wirklich viel aus dir gemacht. Ich bin so stolz auf dich.«

»Wir reden später, Mum.« Ich küsse sie auf die Wange und mache mich auf den Weg dorthin, wo Alex auf mich wartet, den Blick offenbar auf die Engel in den Buntglasfenstern in der Wand hinter dem Altar und dem Chorgestühl fixiert.

»Alex?«, sage ich leise. »Ich habe es geschafft.«

Er dreht sich um, und die Welt scheint stillzustehen. Ich hebe meinen Schleier – vielleicht entgegen der Tradition –, aber ich möchte meinen Bräutigam lieber nicht durch einen Tüllschleier ansehen. Alex mustert mich von Kopf bis Fuß, ehe er mir in die Augen sieht und stumm mit den Lippen formt: »Maz, du bist wunderschön …«

»Du auch«, murmele ich. In Anzug und Fliege sieht Alex besser aus denn je.

»Ich liebe dich.« Er nimmt meine Hand und führt mich zum Altar, wo der Pfarrer auf uns wartet. Stewart schreitet hinter uns her.

Ich denke, ich höre, wie die Worte »unkonventionell« und »zu meiner Zeit niemals« in der versammelten Menge von unseren Freunden und Familienangehörigen gemurmelt werden, aber ich bin froh, mich dagegen entschieden zu haben, mich von jemandem zum Altar führen zu lassen.

Der Pfarrer begrüßt uns und beginnt mit den einführenden Worten, ehe er erklärt: »Zunächst bin ich verpflichtet zu fragen, ob einer der Anwesenden einen guten Grund nennen kann, dass diese beiden nicht rechtmäßig getraut werden können …«

»Was hat er gesagt?«, höre ich Lucie fragen.

»Pst, Schatz«, sagt Sophia.

»Beeil dich mit deiner Hochzeit, Daddy«, schaltet sich Seb ein. »Ich hab Hunger.«

»Wo is …?«, sagt George, der offenbar seinen Spielzeugtraktor vermisst.

»Anstand, Kinder«, sagt Sophia. »Noch ein Ton von einem von euch, und ich nehme euch alle mit raus. Dann verpasst ihr es.«

»Danke«, sagt der Pfarrer freundlich. »Kann ich jetzt weitermachen und diese beiden noch vor Heiligabend trauen, ehe der Weihnachtsmann sich auf den Weg macht?«

»Ja«, sagt Seb, »sonst bekommen wir keine Geschenke.«

Ich blicke mich um und sehe die drei Kinder mit fest aufeinandergepressten Lippen bei Sophia stehen.

Der Pfarrer macht mit dem ersten Teil der Zeremonie weiter, und obwohl ich genau weiß, dass es keinen Hinderungsgrund für unsere Heirat gibt, halte ich den Atem an, bis der Pfarrer fortfährt:

»Alexander Abelard Fox-Gifford, willst du Amanda Harwood zur Frau nehmen? Willst du sie lieben, trösten, ehren und beschützen, allen anderen versagen und ihr treu sein, bis dass der Tod euch scheidet?«

Eine lange Pause entsteht. Lucie, die von der Aufregung des Tages mitgerissen wird, kann nicht anders. »Sag ja, Daddy!«, ruft sie. »Du musst ja sagen. Schnell.«

»Okay, Lucie.« Alex dreht sich wieder zu mir um und lächelt mich entschuldigend an.

»Bis dass der Tod euch scheidet …«, wiederholt der Pfarrer, um ihm weiterzuhelfen.

»Ich will«, sagt Alex mit einer Stimme, die vor angestauten Gefühlen ganz schroff klingt.

Als ich an der Reihe bin, bringe ich kaum ein Wort heraus. »Ich will …«

Nach der Kollekte und der Predigt singen wir das Lied »Alle Geschöpfe, ob groß oder klein«. Ich blicke zu Alex hinüber, der laut und deutlich singt, und frage mich, ob er sich daran erinnert, wie wir dieses Lied bei der

Beerdigung seines Vaters gesungen haben. Neben dem offensichtlichen Bezug zu unserem Beruf und der Tatsache, dass der Organist das Lied spielen kann, haben wir es für unsere Hochzeit ausgesucht, um den alten Fox-Gifford zu ehren.

»Ist es jetzt vorbei?«, fragt Seb, als die letzten Töne verklingen.

»Pst!«, macht Sophia. »Sie müssen noch das Gelübde ablegen, und Daddy muss Maz den Ring geben.«

Alex und ich sprechen dem Pfarrer das Gelübde nach.

»Ich, Maz, nehme dich, Alex, zu meinem Mann, dich zu haben und zu halten von diesem Tage an, in guten wie in schlechten Tagen, in Gesundheit und Krankheit, in Armut und Reichtum …« Meine Brust schmerzt vor Glück.

»Der Ring«, sagt der Pfarrer. »Stewart, Sie haben den Ring?«

Mir wird bewusst, wie Stewart die Taschen seiner Weste abklopft.

»Du hast ihn doch nicht verloren?«, flüstert Alex voller Sorge.

»Natürlich nicht.« Stewart lächelt. Er legt den Ring auf das Gebetbuch des Pfarrers. Der Pfarrer spricht ein paar Worte, dann reicht er Alex den Ring.

»Maz«, flüstert er. »Deine Hand. Die andere.«

Ich strecke meine linke Hand aus, und Alex steckt mir den Ring an den Finger.

»Maz, ich gebe dir diesen Ring als Zeichen unserer Ehe. Mit meinem Körper will ich dich ehren, alles, was ich bin, gebe ich dir, und alles, was ich habe, teile ich mit dir.« Alex schiebt den Ring ganz auf meinen Finger, und meine Augen füllen sich mit Tränen.

Ich hatte mir fest vorgenommen, nicht zu weinen, nicht vor all den Leuten, aber es ist zu spät. Ich kann die Tränen nicht zurückhalten.

»Ach, Maz«, sagt Alex. Hinter seinem Lächeln liegt Beklommenheit. »Weine nicht. Ich dachte, ich mache dich glücklich.«

»Das machst du auch …« Ich bin der glücklichste Mensch im ganzen Universum.

»Ein Taschentuch für die Braut.« Lucie springt zwischen uns. »Von Humpy.«

»Danke«, sage ich verlegen. »Das ist sehr lieb.«

»Können wir weitermachen, Maz?«, fragt der Pfarrer.

Ich nicke, während ich mir die Augen trockne. Alex nimmt das mascaraverschmierte Taschentuch und steckt es in Stewarts Anzugtasche.

Der Pfarrer wendet sich an die Gemeinde und beschließt die Zeremonie mit den Worten: »Hiermit erkläre ich die beiden zu Mann und Frau. Alex, Sie dürfen die Braut jetzt küssen.«

Alex beugt sich zu mir.

»Jetzt k…«

»Pst, Sebastian!«

Alex legt die Arme um mich und drückt seine Lippen auf meine, woraufhin die Versammelten in Applaus ausbrechen. Es ist ein keuscher Kuss mit dem Versprechen auf mehr …

Als Alex und ich die Heiratsurkunde unterschrieben haben und schließlich Hand in Hand aus der Kirche treten, kommt es mir so vor, als würden helle Rosenblütenblätter vom dunklen Himmel auf uns niederschweben. Doch die Menge applaudiert wieder und wirft nicht mit Konfetti.

»Es schneit!«, ruft jemand.

»Also doch noch eine weiße Hochzeit«, bemerkt Stewart trocken.

»Hey, hör auf damit, falsche Anschuldigungen gegen meine reizende Braut zu äußern«, zieht Alex ihn auf.

»Danke, lieber Ehemann, dass du meine Ehre verteidigst.« Ich lächle. Es wird eine Weile dauern, bis ich mich daran gewöhnt habe, ihn so zu nennen. Mein Ehemann. Mein liebster Ehemann. Ich blicke zu unserem Sohn, der Sebastian nachäfft, indem er versucht, die Schneeflocken mit dem Mund zu fangen.

Die Schneeflocken glitzern in Georges Haaren.

»Ne«, sagt er und deutet darauf.

»Nein«, sagt Lucie. »Das ist Schnee.«

»Ne!«, brüllt George. »Das Ne.«

»Können wir einen Schneemann bauen?«, fragt Seb.

»Noch nicht. Schneller, schneller, schneller!«, ruft Lucie in die Wolken.

»Pst, Lucie«, mahnt Sophia.

»Meinst du, Granpa sieht uns zu?«, fragt sie.

Sophia berührt Lucies Schulter. »Er ist da oben und leistet uns Gesellschaft an diesem besonderen Tag für deinen Daddy und Maz.«

»Es war sehr traurig, dass er gestorben ist«, sagt Lucie.

»Er war kein gesunder Mann«, sagt Sophia. »Ich habe ihm gesagt, dass er vor mir gehen wird.« Obwohl sie traurig ist, scheint sie eine gewisse Genugtuung in der Tatsache zu finden, dass sie recht behalten hat – vielleicht gar nicht mal so überraschend, nachdem der alte Fox-Gifford ihr diese Gelegenheit zeit seines Lebens nicht gegeben hat.

»Daddy«, wechselt Lucie das Thema, »weißt du eigentlich, dass du immer noch die Etiketten auf deinen Schuhsohlen hast?«

Stewart neigt den Kopf; seine Schultern beben. Er war's, das weiß ich genau. Alex' Schuhe sind ein altes Paar, das so stark gewienert wurde, dass es wie neu aussieht. Stewart muss die Etiketten als Streich draufgeklebt haben. Ich fürchte mich vor der Rede des Trauzeugen – auf die nettestmögliche Art.

»Ich hasse es, den Zeitplan durcheinanderzubringen«, sagt Stewart, als der Fotograf mit seiner Kamera auftaucht, »aber all die guten Leute werden nass und frieren sich zu Tode, während sie auf Hunderte von Fotos warten. Ich schlage vor, wir machen sie mit Ausnahme der Fotos von Braut und Bräutigam und den engsten Familienangehörigen alle bei dem Empfang. Ist dir das recht, Maz?«

Der Schnee fällt jetzt dichter, wirbelt um die Laternen vor dem Friedhof, die wegen der starken Bewölkung früh eingeschaltet worden sind. Obschon die Wege frei sind, liegt eine dünne Schneedecke auf dem Gras und den Grabsteinen, genug für die Kinder, die herumrennen, um ihre Fußspuren zu hinterlassen.

»Noch eine kleine Veränderung im Ablauf macht überhaupt keinen Unterschied. Von mir aus gern.« Ich blicke zu Alex. Mir ist nicht kalt.

Auf dem Weg zum Talymill Inn sitze ich neben Alex auf dem Rücksitz des Bentley, seinen Arm um meine Schultern gelegt, und beobachte den Schnee, der vorbeizieht und die Hecken und Mauern auf dem Weg zum Pub überzieht.

»Ich fürchte, wir schneien noch ein«, sage ich.

»Das ist egal. Ich habe ein Zimmer gebucht, sodass wir bleiben und unsere Hochzeitsnacht allein verbringen können.« Alex gluckst. »Und wie das so mit guten

Plänen ist, sieht es ganz so aus, als könnten wir sie mit dem Großteil der Bevölkerung von Talyton verbringen.«

»Dann müssen wir das Beste daraus machen. Eine durchgefeierte Nacht kann viel Spaß machen.«

»Solange wir rechtzeitig zur Bescherung zu Hause sind.«

»Früher. Ich hatte noch gar keine Zeit, Geschenke zu besorgen. Das Einzige, das ich habe, ist das für George. Für dich habe ich noch nichts, Alex.«

»Mrs. Fox-Gifford, das ist mir egal. Ich brauche nichts Neues.« Er küsst meine Wange. »Es ist, als würde ich all meine Weihnachtsfeste auf einmal feiern.«

Als ich mich an ihn lehne, an meinen Ehemann bis ans Ende unserer Tage, vibriert ein Handy in seiner Tasche. Ich ziehe die Augenbraue hoch. »Wer zum Teufel ist das denn? An unserem Hochzeitstag!«

Alex blickt auf die Nummer des Anrufers, dann schaut er mich verlegen an. »Ich habe Justin gesagt, er kann mich anrufen, wenn er sich wegen irgendeiner Sache nicht sicher ist.«

»Na dann los«, seufze ich. »Du solltest besser drangehen.«

Wie sich herausstellt, hat sich Alex' neuer Assistent aus der Praxis oben im Herrenhaus ausgesperrt. Alex erklärt ihm, wie er ohne einen Schlüssel einbrechen kann.

»Erledigt«, sagt er. »Es tut mir leid, Maz… aber du weißt ja, wie das ist.«

»Ja, das weiß ich«, murmele ich und drehe das Gesicht, um ihn sehr zärtlich auf die Lippen zu küssen. »So ist das Leben eines Tierarztes, und ich liebe es. Ich möchte es gar nicht anders haben.«

Danksagung

Ich danke meiner Agentin Laura Longrigg bei MBA, meiner Lektorin Gillian Holmes und dem Rest des wunderbaren Teams bei Arrow Books für ihren Enthusiasmus und ihre Unterstützung.

Danke auch an Tamsin und Will, an meine Familie und meine Freunde für ihr Verständnis.

Das Rezept zum Glücklichsein ...

448 Seiten. ISBN 978-3-442-37998-9

Jennie Copeland dachte, sie hätte das perfekte Leben: Sie ist mit ihrem Traumprinzen verheiratet, wohnt in einem schicken Haus und hat drei wunderbare Kinder. Als ihr Mann sie jedoch eines Tages verlässt, braucht Jennie dringend eine Luftveränderung. In Talyton St. George findet sie genau das Richtige: Ein kleines Häuschen, einen Hund, ein Pferd, unzählige Hühner und ein neues Leben als Zuckerbäckerin ... Doch Jennie zweifelt. Ist sie für das Leben auf dem Land wirklich geschaffen? Oder fehlt ihr einfach nur eine entscheidende Zutat zum Glücklichsein – zum Beispiel ihr grummeliger Nachbar Guy?

Lesen Sie mehr unter: **www.blanvalet.de**